Norman Mailer
Der Hirschpark

Meiner Frau Adele
und
meinem Freunde Daniel Wolf

Bitte verstehen Sie mich nicht zu schnell
André Gide

„...der Hirschpark, dieses liebliche Tal, anzuschauen wie der Hort der Unschuld und Tugend, hat dennoch so viele Opfer verschlungen, die, falls sie je wieder zur Gesellschaft zurückkehrten, alle Laster und Ausschweifungen mit sich trugen, die sie zwangsläufig von den skrupellosen Initiatoren dieses Ortes übernahmen.

Von dem Unheil, das dieser fürchterliche Ort auf die Moral der Menschen ausübte, abgesehen, ist es schon erschreckend genug, die Summen zu errechnen, die er dem Staat kostete. Wer vermag schon den Aufwand dieser Horde von Kupplern und zweifelhaften Damen abzuschätzen, die ununterbrochen alle Ecken des Königreiches durchforschten, um immer neue Objekte aufzuspüren; die Kosten, die Mädchen an ihren Bestimmungsort zu befördern, sie abzurichten, zu kleiden, zu parfümieren, sie mit allen Verführungsmitteln und -künsten auszustatten! Und hinzuzurechnen sind außerdem die Entschädigungen für diejenigen, die erfolglos darin blieben, die erschöpften Begierden des Herrschers wiederzuerwekken, aber schließlich für ihre Unterwerfung und Verschwiegenheit belohnt werden mußten, und mehr noch dafür, daß sie am Ende der Verachtung preisgegeben sind...“

Mouffle d’Angerville, Vie privée de Louis XV, ou principaux évènements, particularités et anecdotes de son règne

1

In der Kakteenwildnis Südkaliforniens, dreihundert Kilometer von der Film-Metropole entfernt, liegt „Desert D'Or" (*Goldwüste*). Diesen Ort suchte ich nach meiner Entlassung aus der Luftwaffe zu meinem Vergnügen auf. Das liegt nun schon einige Zeit zurück.

Fast jeder, den ich in Desert D'Or kannte, hatte eine ungewöhnliche Lebensgeschichte, und das gilt auch für mich. Aufgewachsen bin ich in einem Waisenhaus. Mit dreiundzwanzig Jahren noch unversehrt, die Fliegerspange an der Oberleutnantsuniform, so kam ich in dem Ferienort an. Vierzehntausend Dollar hatte ich in der Tasche, die ich beim Pokerspiel in einem Tokioter Hotelzimmer gewann, während ich mit Kameraden auf das Flugzeug wartete, das uns heimbringen sollte. Das Merkwürdige war, daß ich nie ein Spieler gewesen bin, ja mir gar nichts aus dem Spiel machte. Doch in jener Nacht hatte ich nichts zu verlieren, und vielleicht war mir gerade deswegen das Glück im Kartenspiel hold. Nehmen wir es jedenfalls an. Bei meiner Entlassung aus der Luftwaffe stand ich ohne jedes Ziel da, hatte keine Familie, um sie aufzusuchen, und so zog ich nach Desert D'Or hinunter.

Der Ort, der erst nach dem Zweiten Weltkrieg erbaut wurde, ist der einzige mir bekannte, der vollkommen modern ist. Vor langer Zeit wurde Desert D'Or von den Goldgräbern Desert Door (*Tor zur Wüste*) genannt. Einst errichteten sie dort ihre Bretterbuden am Rande der Oasen und zogen in die angrenzenden Berge, um Gold zu suchen. Doch nichts erinnert heute noch an jene Männer. Als man das heutige Desert D'Or aufzubauen begann, waren ihre Hütten längst verschwunden.

Nein, alles ist heute moderne Gegenwart, und in den Monaten, die ich an diesem Ort verbrachte, lernte ich ihn so gut kennen, wie es einem nur selten möglich ist. Obwohl dieser Ort zu keinem anderen Zweck erbaut wurde als dem, Geld zu machen, war es verpönt, das in Erscheinung treten zu lassen. Desert D'Or besaß keine „Hauptstraße", und seine Läden sind alles andere als normale Verkaufsräume. In den Häusern, wo man zum Beispiel Kleider kaufen konnte, waren keine ausgestellt. Man wartete in einem modern eingerichteten Wohnzimmer, während der Verkäufer Schiebeschränke in der Wand öffnete, um etwa sommerlich helle Flanellanzüge vorzuführen oder um zwischen seinen Händen die üppige Blüte eines exotisch gemusterten Schals zu entfalten. So gab es auch einen Juwelierladen, der wie eine luxuriöse Schiffskabine aussah. Von der Straße aus erblickte man durch ein Bullauge gerade noch eine Halskette an den silbernen Verästelungen eines Stückes Treibholz. Keines der Hotels, weder der „Yachtklub" noch das „Debonair", die „Yucca Plaza", der „Sandpiper", das „Creedmor" oder „Desert D'Or-Arms", war von außen sichtbar. Sie lagen hinter Einfriedungen aus Stein oder Holz in den typischen Farben von Desert D'Or. Selten sah man ein Haus, das nicht zartgrün, zartgelb, orange oder blaßrot angestrichen war. Der gewundene Kiesweg der Auffahrt lag hinter leuchtend blühendem Buschwerk verborgen. So trat man zum Beispiel durch das Eingangstor des Yachtklubs, des vornehmsten Hotels, folgte dem Weg und erwartete, an seinem Ende ein herrschaftliches Wohnhaus zu erblicken, fand aber nichts anderes als einen Parkplatz, ein Schwimmbassin in der geschwungenen Form moderner Abstelltische, und im Halbkreis darum Kabinen, Spieltische und Rasen-Tennisplätze auf dem einzigen Rasen in dieser Gegend Südkaliforniens. Nachts konnte man hier auf gelben Kieswegen entlangwandern, die über künstlich angelegte Bäche führten und durch Lampions erhellt wurden, die von den Ästen tropischer Bäume herabbaumelten. Dann gelangte man an die über das ganze Gelände verstreuten Bungalows für die Gäste. Ihre Türen in leuchtenden Pastellfarben erhöhten noch den eigenartigen Reiz der Atmosphäre.

Ich ließ einen Teil meines Vierzehntausend-Dollar-Vermögens draufgehen und blieb im Yachtklub, bis ich das Haus fand, das ich für die Zeit meines Aufenthaltes in Desert D'Or mietete. Ich könnte dieses Haus in allen seinen Einzelheiten beschreiben, aber es würde sich nicht lohnen, denn es sah aus wie beinahe alle Häuser dort: Es war modern, einstöckig, mit hellen Möbeln und Teppichen ausgestattet, deren Gewebe einem zottigen Pudelfell glich, und es hatte einen Garten und eine Mauer, die den Garten umgab, was sich als Achillesferse aller baulichen Anlagen in Desert D'Or erwies. Die dem Wüstenplatz zugewandten Wände waren aus Glas und gestatteten den Ausblick auf steinfarbenen Sand und violett schimmernde Berge. Dort standen die Häuser so dicht beieinander, daß sie eingefriedet werden mußten. Deswegen hatte man den Eindruck, in einem Zimmer zu wohnen, dessen Wände nur aus Spiegeln bestehen. Übrigens befand sich in einem Zimmer meines Hauses ein ungeheuer großer Spiegel, der dem ebenso riesigen Fenster gegenüberlag, wodurch, ganz gleich wie ich mich in meinem Wohnzimmer bewegte, stets die „Aussicht" vor meinen Augen stand und das Bild meines Gartens mit seiner Wüstenflora und der einsamen Yuccapalme.

Während der neunmonatigen regenlosen Jahreszeit wurde der Ort von der Sonne ausgedörrt. Bei Tagesende wuschen zwar die Strahlen aus tausend Wassersprengern den Staub von dem grauen Blattwerk, vom Morgen bis zum Nachmittag aber sog die Sonne den Saft aus den Pflanzen, und die Wüste umklammerte mehr und mehr die Siedlung. Schärfer hoben sich die Kakteen vom Horizont ab, und die nackten, staubigen Felsen in der Ferne schienen wie Aasgeier auf der Lauer zu liegen. Der blaue Himmel brannte über der bleichen Wüste. Es fiel mir manchmal auf, daß Desert D'Or ein Ort war, wo die Bäume keine Blätter trugen. Die Palmen und Yuccas bildeten ein Ornament aus Büscheln, Fächern, Wedeln und Schößlingen, aber es waren keine Blätter. In einigen Straßen, wo große Palmen den Weg begrenzten, baumelten ihre toten Wedel wie Straußenfedern herab.

Außerhalb der Hochsaison spielte sich das Leben meist in den Bars ab. Sie bildeten ein Dorf inmitten der Stadt – oder wenigstens eine Hauptstraße – für sich. Sie ersetzten gewissermaßen die dem Ort fehlende Hauptstraße. Dennoch waren sie so verschieden von den warmen Farbtönen der Häuserfronten in Desert D'Or wie das Innere unseres Körpers von der Hautoberfläche. Genau wie an vielen anderen Plätzen dieses Landstriches versuchten die Bars, die Cocktailräume und die Nachtklubs in ihrer Ausstattung einem Dschungel, einer Unterwassergrotte oder der Halle eines modernen Kinos zu gleichen. „Der himmelblaue Raum" – um aufs Geratewohl ein Beispiel herauszugreifen – hatte unsymmetrisch gezogene, rosaorangefarbene Wände und Nischen mit gelben Kunstlederbezügen unter einer alles beherrschenden dunkelblauen Decke. Über der Bar mit ihren durchsichtigen Flaschenreihen und den Zitronenpyramiden verdunkelte eine gelbliche Rauchschicht das reflektierte Bild des Raumes in dem hinter dem Bartisch befindlichen Spiegel und hob dadurch die Konturen eines halbnackten Mädchens hervor, das in das Spiegelglas eingraviert war.

Wenn man in dieser Umgebung trank, wußte man nie, ob es Nacht oder Tag war, und dem entsprach auch die Unterhaltung. Vom Alkohol benommene Menschen redeten mit anderen, die noch nüchtern waren, Geschichten wurden angefangen, ohne jemals beendet zu werden. An einem dieser typischen Nachmittage in der künstlich erzeugten Kühle und mitternächtlichen Beleuchtung an der Bar konnte man etwa einen stattlichen alten Herrn im Tropenanzug im Gespräch mit einem jungen, vom Lippenstift glänzenden und von der Sonne tiefgebräunten Mädchen sehen, das an dem alten Herrn sichtlich mehr interessiert war als umgekehrt. Unternehmer, Touristen, Frauen mittleren Alters mit frisch gefärbtem Haar und Jünglinge, die miteinander um die Wette in kleinen Rennwagen durch die Wüste gejagt waren – alle diese Menschen vermischten sich hier. Ihre beliebig austauschbaren Unterhaltungen beschränkten sich fast ausnahmlos auf Tips für Rennpferde, auf Schilderungen von Trinkgelagen in der vergangenen Nacht und auf Erörterungen von Roulettsystemen. In die sonoren, abgemessenen Worte eines Unternehmers, der sich um Kredite bemühte, drang beständig das hysterische, durchdringende Gelächter eines blonden Tanzgirls, das in seinem Rhythmus auszudrücken schien: Wie bin ich blöd, wie bin ich blöd, aber du bist zum Brüllen!

In solcher Umwelt glitt der Nachmittag unabänderlich in die Nacht hinüber und die trunkene Nacht in die Dämmerung eines neuen Morgens in der Wüste. Man schien aus der theatralischen Dunkelheit des Nachmittags in die strahlende Helle der Nacht zu geraten, und die Sonne von Desert D'Or wurde für den Betrunkenen zu etwas Unheimlichem, das ihn zu verfolgen schien.

Auf diese Weise verbrachte ich viele Wochen in Desert D'Or, ohne kaum mehr zu tun, als die Barzettel all dieser nach Vergnügen schürfenden Menschen Hollywoods in mich aufzunehmen, und in der zusammengerafften Lebensgeschichte – das einzige, was jeder von jedem kannte – galt ich als ein Pilot der Luftwaffe, dessen Familie wohlhabend war und im Osten lebte. Ich sorgte noch für die Ergänzung, daß meine Ehe auseinandergegangen sei und ich mich dem Alkohol zuwende, um darüber hinwegzukommen.

Manchmal glaubte ich selber an das, was ich sagte, und versuchte mich damit zu betrügen – unter der sehr realen Sonne dieser pastellfarbenen Welt mit ihren Kakteen, ihren Bergen und dem üppig sprießenden Geld...

2

Den meisten Barbesuchern von Desert D'Or muß ich ziemlich eindrucksvoll erschienen sein. Ich trug die Litzen und Epauletten eines Oberleutnants, ich besaß Kampfauszeichnungen aus jenem Krieg in Asien, der sich, immer wieder aufflackernd, so lange hingezogen hatte. Ich war auch der Typ danach: blond, mit blauen Augen und 1,81 m groß. Und ich wußte, daß ich gut aussah; ich hatte den Spiegel oft genug studiert. Dennoch glaubte ich niemals, überzeugend zu wirken. Wann immer ich meine Uniform anzog, fühlte ich mich wie ein junger, stellungsloser Schauspieler, der einen Theaterdirektor auf sich aufmerksam zu machen sucht, indem er im Kostüm einer bestimmten Rolle vor ihm erscheint.

Natürlich betrachtet sich jeder nur mit eigenen Augen, und ich kann daher kaum mit Bestimmtheit sagen, in welchem Licht ich anderen Leuten erschien. In jenen Tagen fühlte ich mich trotz meiner Jugend manchmal wie ein alter Mann, und obwohl ich eine ganze Menge zu wissen glaubte, konnte ich doch nur herzlich wenig von dem vollbringen, was mir an Plänen vorschwebte. Das gewonnene Geld, die Luftwaffenuniform und meine äußere Erscheinung wirkten jedoch zusammen, um den meisten Leuten den Eindruck zu vermitteln, ich könnte auf eigenen Füßen stehen, und ich vermied es sorgfältig, diesen Eindruck zu verwischen. So viele Umstände muß man sich machen, wenn man die Figur eines Halbschwergewichtsboxers hat.

Trotzdem sah ich nur wenige Leute regelmäßig. Es wäre für mich zu schwierig gewesen. Außerhalb der Saison war jede Berühmtheit, die in Desert D'Or lebte, von einem Schwarm von Anbetern umgeben. Gleichgültig, wohin man ging, man stieß unausweichbar immer auf den gleichen Kreis von Menschen, die dem Gastgeber die Flaschen leertranken, über seine Bemerkungen beifällig lachten und dafür sorgten, wie ich vermute, daß seine Stimmung noch verbessert wurde, indem man die Lieblingsspiele bevorzugte, die ihm genehm waren, und ihm die Geschichten erzählte, die er gern hörte. Sein Hofstaat bildete Cliquen, die seine besondere Gunst zu erwerben suchten. Nichts war so selten, als zwei Leute von annähernd gleicher Bedeutung zu finden, die befreundet waren und den Wunsch hatten, sich öfters zu sehen.

In Dorothea O'Fayes Haus, das sie „Hangover" (*Katzenjammer, Kater*) getauft hatte – es war der Ort, den ich am meisten aufsuchte, seit mich Dorothea eines Nachts in einer Bar aufgelesen und mit anderen Freunden zu sich eingeladen hatte –, bestand der Kern der Besucher aus einem Garagenbesitzer und seiner Frau, einem Grundstücksmakler und seiner Frau, einem Propaganda-Agenten der „Supreme Pictures", einer ehemaligen Revuetänzerin, die vor Jahren einmal Dorotheas „Freundin" gewesen war, und aus einem Säufer namens O'Faye, der mit Dorothea verheiratet, jetzt von ihr geschieden war, den sie jedoch um sich behielt, damit er gelegentlich einige Besorgungen für sie erledigte. Dorothea war einmal so etwas wie eine Berühmtheit, eine Schauspielerin von Rang gewesen, auch eine halbwegs berühmte Sängerin in einem Nachtklub, bis sie mit dreiundvierzig Jahren abtreten mußte. Ein Freund hatte ihr vor einigen Jahren geraten, ihr Geld im Grund und Boden von Desert D'Or anzulegen, und es hieß, daß Dorothea jetzt reich sei. Wie wohlhabend sie war, wußte jedoch keiner, denn in Gelddingen umgab sie sich mit der gleichen Geheimnistuerei, wie sie nicht nur bei den sehr Reichen, sondern auch bei denen üblich ist, die von dem Anschein, reich zu sein, leben.

Dorothea war keine Unbekannte. Sie war hübsch, von rundlichem Typ und besaß aufregend schwarzes Haar. Wie schon erwähnt, war sie sowohl als Revuetänzerin und später als Nachtklubsängerin zu einiger Berühmtheit gelangt. Sie prahlte damit, überall dabeigewesen zu sein, alles mitgemacht zu haben und alles zu wissen, was wissenswert war. Auch ein Call-Girl war sie gewesen, Redakteurin einer Skandalecke (nicht gleichzeitig, was betont werden muß); mal eine Berühmtheit, mal eine Niete. In Chicago wurde sie geboren und in New York entdeckt; ihr Vater blieb bis zu seinem Tode ein Säufer, und ihre Mutter brannte mit einem anderen Mann durch. Dorothea hatte mit zwölf Jahren die Beschäftigung ihres Vaters, eine Art Portierstelle, übernommen. Sie begann die Mieten zu kassieren und den Müll hinauszuschaffen. Mit sechzehn wurde sie von dem Erben eines Stahlvermögens ausgehalten, und wenige Jahre später hatte sie eine Affäre mit einem europäischen Prinzen, dem sie einen unehelichen Sohn verdankt. Geld hatte sie eingenommen und wieder ausgegeben, dreimal war sie verheiratet gewesen, das letztemal mit einem Mann, von dem sie zu sagen pflegte: „Meine Erinnerung an ihn ist undeutlicher als an die Männer, mit denen ich nur eine Nacht zusammen war." Auch die große Liebe hatte es in ihrem Leben gegeben. Er war jedoch als Pilot der Luftwaffe bei einem Postflug umgekommen. Sie sagte mir oft, daß sie sich aus diesem Grunde zu mir hingezogen fühle. „Ich habe nie wieder einen solchen Burschen wie ihn kennengelernt", seufzte sie dann. Während der sentimentalen Phasen ihrer Trunkenheit pflegte sie festzustellen, daß ihr Leben einen anderen Verlauf genommen haben würde, wenn er am Leben geblieben wäre. Im nüchternen oder sehr betrunkenen Zustand war sie vom Gegenteil überzeugt. „Wenn er nicht gestorben wäre", sagte sie dann, „würden wir unsere Liebe getötet haben. Groß ist ein Erlebnis nur dann, wenn es keine Zeit hat, seine Süße in Bitternis zu verwandeln."

Wegen ihres derben Witzes und der Stärke ihrer Persönlichkeit war Dorothea sehr anziehend für diese immer wiederkehrende Gruppe von Ölmagnaten, von Männern, die ihr Geld in der Bekleidungsindustrie gemacht hatten, und jenen – aber es ist sinnlos, sie alle aufzuzählen. Was beinahe alle kennzeichnete, war ihr ständiges Unterwegssein – aus Geschäftsgründen – und ihr Bemühen, Frauen an sich zu fesseln, die den Neid der Männer in allen Städten erregten, die sie bereisten. Ich war erstaunt über ihre angenehme Reiseroute, die unveränderlich im Dreieck durch Kalifornien, Florida und den Osten führte. Für gewöhnlich wurden diese Männer mit jüngeren Frauen gesehen – von Millionären ausgehaltene Mannequins oder junge, geschiedene Frauen, die das Glück hatten, in einen Skandal verwickelt gewesen zu sein. Aber Dorothea besaß im Gegensatz zu dieser Art Frauen eine geistige Konsistenz und eine Schlagfertigkeit, die ihr uneingeschränkt Respekt verschaffte. Ich nehme an, daß diese Männer sie wie einen Geschäftspartner betrachteten und sie als zu ihnen gehörig empfanden in der mulmigen Atmosphäre eines Nachtklubs; sie konnten mit ihr sprechen. Dorotheas Bewunderer erklärten immer wieder: „Sie ist ein fabelhafter Kerl, sie ist eine der Besten." Während Dorothea, nach ihrer Meinung über ihren neuesten Liebhaber befragt, zu antworten pflegte: „Er ist ganz akzeptabel; ein Schweinehund, aber kein Bluffer.“Sie hatte eine bestimmte Einteilung: die guten Kerle, die Schweinehunde und die Bluffer. Letztere waren in ihren Augen die schlimmsten. Ein guter Kerl war, wie ich mir beibringen ließ, einer, der niemandem vorzumachen versuchte, an etwas anderem als sich selber interessiert zu sein. Ein Schweinehund besaß die gleiche Haltung, fand aber Vergnügen daran, andere unnötig zu kränken. Ein Bluffer hingegen gab vor, an alle anderen, nur nicht an sich selber zu denken. Anfangs hatte sie wegen dieser Kategorien Schwierigkeiten mir gegenüber. Sie wußte nicht recht, wie sie mich in ihrer Männerwelt der guten Kerle, Schweinehunde und der Bluffer einordnen sollte. Ich war hier, um mich zu amüsieren, wie ich stets betonte, was sie auch billigte, aber ich hatte andererseits den Fehler begangen, ihr zu gestehen, daß ich schreiben wollte, und Schriftsteller gehörten nach ihrem Kodex nun einmal zu den Bluffern.

Unzweifelhaft besaß sie einige gute Seiten. Sie war frei von Heuchelei und sehr anhänglich. Wurde man von ihr Freund genannt, war man es wirklich. Obgleich sie in geschäftlichen Dingen unerbittlich sein konnte, war ihr Prinzip, niemals einen Freund in der Not sitzenzulassen. Sie war unnachgiebig und großzügig zugleich. Stets hatte sie Gäste zu Tisch, und stets war Whisky im Hause, und obwohl zwei große Wohnräume vorhanden waren, jeder mit schweren Polstermöbeln angefüllt, bevorzugte der Schwarm ihrer Courmacher einen kleinen, mit Kiefernholzbekleidung ausgestatteten behaglichen Raum mit seiner Miniaturbar, seinem Fernsehgerät und den alten Plakaten der Nachtklubs, in denen sie aufgetreten war. Jetzt gab man sich meist Gesellschaftsspielen hin – man bevorzugte natürlich jene Spiele, die sie liebte – und dem Klatsch, der sie interessierte. Wir verbrachten Abend für Abend beinahe immer in der gleichen Weise. Ihr Lieblingsspiel war Ghost *(Pfänderspiel),* und ich wunderte mich oft über ihre Besessenheit, mit der sie zu gewinnen suchte. Dorothea war ohne Schulbildung geblieben, besaß aber die Fähigkeit, die Schreibweise schwieriger Wörter richtiger zu buchstabieren als ihre Gäste, was sie jedesmal in gute Laune versetzte.

„Na, meine Süße, was sagst du nun?“ pflegte sie dann triumphierend zu sagen und einen ihrer Gäste, etwa das ältliche Tanzgirl, liebkosend unters Kinn zu fassen.

„Donnerwetter“, antwortete dann ihre Freundin voller Bewunderung, und „Großartig“, murmelte der Garagenbesitzer. „Mein Engel, misch mir doch einen kleinen Martini“, würde dann Dorothea fortfahren und ihr Glas irgend jemandem reichen.

Dorothea hatte sich gut gehalten. Wenn auch ihre Nachtklubzeit vorüber war und ihre sagenhaften Affären der Vergangenheit angehörten, war sie doch immer noch recht attraktiv. Sie besaß ein Haus, einen Kreis von Bewunderern und Geld auf der Bank; noch immer waren die Männer hinter ihr her. Jedoch, wenn Dorothea sehr betrunken war, konnte sie auch heftig werden. Etwas trunken war sie immer; in ihrer Ruhelosigkeit verschlang sie Menschen und Zeit. Man konnte vormittags zu ihr zum Frühstück gehen und vier Uhr nachmittags noch Rühreier bei ihr essen, worauf ein stundenlanges Trinkgelage folgte, aber stets blieb sie, außer wenn sie sehr betrunken war, umgänglich. Dann beschimpfte sie die Menschen und warf mit Gegenständen um sich. Einmal wurde sie sogar von Fremden bei einem Streit auf der Straße geohrfeigt. Ein völlig in Trunkenheit untergegangener Abend endete damit, daß Dorothea schrie: „Hinaus mit dir, du Schweinehund, bevor ich dich umbringe.“ Wobei es ganz gleichgültig war, welchem ihrer Verehrer sie dies ins Gesicht brüllte, jedoch schien sie dabei ihre reichen Liebhaber zu bevorzugen. Immerhin blieben solche Auftritte vereinzelt, weil sie es haßte, allein zu sein. Man konnte den ganzen Tag mit ihr verbringen und die anschließende Nacht, und um sechs Uhr morgens, wenn Dorothea längst bettreif war, umschmeichelte sie uns noch immer mit ihrer rauhen tiefen Stimme, doch noch zu bleiben. Bei ihr zu sein wurde so sehr zur Gewohnheit, daß sich ihr Hofstaat an den Wochenenden und gelegentlichen Abenden, wenn Dorothea mit einem ihrer Verehrer ausging, trotzdem im Hangover einfand und in dem getäfelten kleinen gemütlichen Raum zechte. Keiner wußte, wie er sich ihr entziehen könnte. Schon Stunden, bevor es Zeit war, zu ihr zu gehen, verspürte man die Beklemmung, daß einem nichts anderes übrigbleiben würde, als abermals einen Abend oder eine Nacht bei ihr totzuschlagen.

Ungefähr einen Monat, nachdem ich sie kennengelernt hatte, ging sie ein festes Verhältnis mit einem reichen Mann ein. Martin Pelley hatte einen birnenförmigen Kopf mit ernsten Gesichtszügen, ein dunkles Kinn und beinahe traurig dreinblickende Augen. Er besaß viel Geld, das aus Ölbohrungen stammte, aber es war etwas eigenartig Demütigendes an ihm, als ob er auszudrücken wünschte: Ich habe gelernt, Geld zu verdienen, aber sonst nichts. Seine zweite Ehe hatte vor kurzem in Desert D'Or ihr Ende gefunden. Ich erinnere mich an seine Frau, eine Platinblonde, deren Hals sehnig vor verkrampfter Anspannung war. Entsetzlicher Ehekrach war bei ihnen alltäglich. Man konnte nicht an Pelleys Räumen im Yachtklub vorübergehen, ohne daß man ihr Gekreisch hörte und die fürchterlichen Beschimpfungen, die sie gegen ihn ausstieß. Ihre Scheidung war in Mexiko rasch vor sich gegangen, und nun hatte Martin Pelley zum Hangover gefunden. Er bewunderte Dorothea. Mit seinem schweren Körper saß er gewichtig den Abend über in einem Lehnsessel. Er kicherte über die Witze der anderen, und seine Stirn lag in besorgten Falten, als ob er bemüht sei, unsere Billigung auf irgendeine Weise zu erwecken. Wenn Ghost gespielt wurde, war er meist der erste, der ausscheiden mußte. „Ich bin zu schwerfällig dafür", pflegte er zu sagen, „ich bin nicht so gewandt wie Dorothea."

Er hatte jedoch eine wunderbar leichte Hand, Geld auszugeben. Besonders gern lud er alle Gäste des Hangovers zu Cocktails und Beefsteaks in eines der einsam am Wege gelegenen Wüstengasthäuser ein, und wenn er betrunken war, zeigte er sich außergewöhnlich heiter. Zu jeder jungen Frau sagte er „meine Tochter", und immer und immer wieder erzählte er uns: „Aus meiner ersten Ehe hatte ich eine Tochter, wissen Sie, den aufgewecktesten kleinen Racker, den Sie sich vorstellen können. Sie starb mit sechs Jahren."

„Du mußt das endlich vergessen", sagte dann Dorothea.

„Ach, sie kommt mir immer wieder in den Sinn."

Zwei Wochen lang verbrachte er jeden Abend bei Dorothea. Als er sie zum ersten Male nicht antraf, lief er unruhig im Zimmer auf und ab und hörte kein Wort von dem, was wir sagten. Dorothea unterrichtete ihr Gefolge später über den Krach, der nachfolgte. Pelley sei rasend vor Eifersucht gewesen.

„Du Schweinehund", hatte Dorothea gesagt, „ich gehöre niemandem."

„Was bist du – ein Flittchen? Ich dachte, du besitzt Charakter."

Er hatte sie bei den Schultern gepackt. „Und dabei hast du immer behauptet, du möchtest gern wieder heiraten und Kinder haben." (Das war eines von Dorotheas Lieblingsthemen.) Sie hatte sich von ihm losgerissen. „Nimm deine Pfoten weg. Was bildest du dir ein? Denkst du, du kannst so mit mir umspringen?"

„Ich will dich heiraten."

„Scher dich zum Teufel!"

Der Streit hatte damit geendet, daß Pelley mit Dorothea ins Bett ging. Unglücklicherweise war es zu nichts gekommen.

Er konnte es nicht verwinden. Er entschuldigte sich immer wieder bei Dorothea. Eine ständige Bitte um Verzeihung schien auf seinem Gesicht zu liegen. Von einer Ecke aus lauschte ich eines Abends ihrer Unterhaltung. Ich vermute fast, daß er wollte, ich solle zuhören, denn er sprach ziemlich laut. „Früher war das bei mir ganz anders, weißt du", sagte er zu ihr. „Als ich jung war, tat ich es zu oft. Ich habe es übertrieben und mußte zum Arzt. Du wirst es mir nicht glauben, aber ich war wirklich groß darin."

Dorothea schmiegte sich an ihn, ihre kecken Augen schauten ihn liebevoll an. „Um Gottes willen, Marty, ich werfe dir doch nichts vor."

„Ich übertrieb es, glaube mir."

„Aber natürlich glaube ich dir."

„Dorothea, du bist mein Juwel." Er hielt ihre Handgelenke zwischen seinen Pranken. „Ich versichere dir, ich war hervorragend. Ich werde es ja auch wieder werden."

„Das eilt doch nicht. Ich kannte einen, der war der beste Hengst im Stall, und dem ging es anfangs wie dir."

Nun behandelte Dorothea ihn mit größtem Zartgefühl, und trotz seiner Impotenz entspann sich zwischen ihnen eine Art Liebesverhältnis. Pelley wäre fast ganz vom Hangover-Kreis aufgesogen worden, wenn man nicht durch die Häufigkeit, mit der er darauf bestand, alle freizuhalten, immer wieder peinlich an seinen Wohlstand erinnert wurde. Dorothea hörte auf, ihre Abende mit anderen Männern zu verbringen. Von jetzt ab mußten diese reichen Freunde zu ihr kommen, und viele Stunden wurden damit zugebracht, mit Pelley in ihrer Mitte, Ghost zu spielen, im mürrischen Wetteifer gegenüber dem neuen Eindringling. Aber schließlich mußte ihn jeder als Dorotheas Liebhaber anerkennen. Und dann kam sogar die Nacht, in der mich das dickliche ehemalige Tanzgirl anrief, um mir aufgeregt mitzuteilen: „Marty hat es endlich geschafft, und nun möchten sie es feiern." Als ich nicht sofort antwortete, fügte sie hinzu: „Möchtest du nicht wenigstens wissen, wie es war?"

„Na und?" fragte ich.

„Dorothea hat nichts weiter verraten, aber angedeutet, daß es wenigstens sozusagen ein Anfang gewesen sei."

In dieser Nacht feierten wir. Pelley benahm sich, als ob ihm ein Sohn geboren worden sei. Er spendierte nicht nur für alle Sekt, sondern er tat während des Essens so besorgt um Dorothea, als sei sie gerade aus dem Krankenhaus zurückgekommen. „Ihr seid eine herrliche Bande", sagte er zu der Tafelrunde, „eine Mordsbande, wie ich keine zuvor kannte." Und darin schloß er alle ein, das dicke Revuegirl, den Garagenbesitzer, den Grundstücksmakler, ihre Frauen, den Propaganda-Agenten, mich, alle Freunde von Dorothea, auch den betrunkenen O'Faye, der einmal ihr Ehemann war.

3

Das war eine Geschichte mit O'Faye! Immer wenn ich an sie dachte, war ich entsetzt über O'Fayes jetzigen Zustand. Er war ein zierlicher kleiner Kerl mit einem dünnen Schnurrbart und einem sanften, nichtssagenden Lächeln. Niemals wollte ich glauben, daß vor einigen Jahren Dorothea nächtelang weinte, weil sie ihn verloren hatte.

Sie war siebzehn, als sie sich zum ersten Male trafen. Er war ein Kabarettänzer und damals auf dem Gipfel der Beliebtheit. Dorothea lebte mit ihm, sie war, wie sie versicherte, verrückt nach ihm, arbeitete Couplets und Tänze für ihre gemeinsame Nummer aus und litt unter seiner Untreue; denn jede Nacht besaß er eine andere Frau. Sie wurden miteinander nicht einig. Sie spielte immer wieder darauf an, daß sie gern einen Hausstand gründen und Kinder haben möchte, worauf er nur lächelnd erwiderte, daß sie dafür noch viel zu jung sei, und im gleichen Atemzug bat er sie, sein neues Seidenhemd zu bewundern, das er gerade gekauft hatte. Sie überlegte ständig, wie man Geld sparen, er – wie man es ausgeben könnte. Als sie feststellte, daß sie in anderen Umständen war, gab er ihr zweihundert Dollar für die Abtreibung, hinterließ ihr die Adresse eines befreundeten Arztes, nahm seine Sachen und verschwand.

Dorothea sang in Nachtklubs. Allabendlich plärrte sie dasselbe kleine Chanson: „Ich sehne mich nach meinem Sprößling, der in Yale studiert", und ihr Publikum war begeistert. Sie war bereits bekannt und nunmehr neunzehn, schön – und heimlich wieder schwanger nach einem flüchtigen Zusammensein mit einem durchreisenden europäischen Prinzen. Daß er ein Prinz war, schmeichelte ihrer Anlage zum Snobismus. Sie war eines Portiers Töchterlein, und nun trug sie königliches Blut in sich! Sie konnte es nicht über sich bringen, die Frucht dieser Zeugung zu vernichten. Drei Monate vergingen, vier Monate, dann war es zu spät. O'Faye rettete sie. Sein Ruhm war auf dem Abstieg, er hatte mit dem Trinken begonnen. Eines Tages besuchte er sie zufällig und empfand Mitleid mit ihr in ihrer mißlichen Lage. O'Faye war ein unsteter Mensch, nie würde er ein Mädchen geheiratet haben, das sein eigenes Kind trug, aber er empfand es als richtig, einem Freund aus der Patsche zu helfen. Sie wurden rasch getraut und ebenso rasch wieder geschieden, aber Dorotheas Junge hatte wenigstens einen Namen. Sie nannte ihn Marion O'Faye. In jenem Jahre gastierte sie in einer Operette. Später, Jahre später, nachdem Dorothea zu Geld gekommen war, es wieder verloren und sich neues erspielt hatte, nach all ihren Abenteuern, und nachdem sie sich schließlich nach Desert D'Or zurückgezogen, ihre Skandalecke verkauft und ihren Hofstaat gebildet hatte, war O'Faye wieder aufgetaucht; nunmehr ein Wrack, daran konnte man nicht zweifeln. Seine Hände zitterten, seine Stimme hatte alle Kraft verloren: die Zeit seines Erfolges war endgültig vorüber. Dorothea nahm ihn gern auf. Sie haßte es, sich jemandem gegenüber verpflichtet fühlen zu müssen. So lebte er nun im Hangover und empfing von ihr ein bescheidenes Taschengeld. Zwischen Marion Faye – als er herangewachsen war, hatte er das „O" fallenlassen – und dem Vater, dem er seinen Namen verdankte, bestand überhaupt keine Beziehung. Sie betrachteten einander wie Kuriositäten. Übrigens betrachtete Marion seine Mutter auch nicht anders. Wenn sie betrunken war, konnte es Dorothea nicht lassen, sich damit zu brüsten, daß ihr Sohn das uneheliche Geschenk eines Prinzen war. Marion war seine Herkunft schon als Kind beigebracht worden, was einiges in seinem Benehmen zu erklären vermag. Mit vierundzwanzig war er eine ungewöhnliche Erscheinung. Schlank, wohlgebaut, mit feinen Gesichtszügen, leicht gewelltem Haar und klaren grauen Augen hätte man ihn für einen Chorknaben halten können, wäre nicht seine unangenehm überlegene Haltung gewesen, seine Arroganz, mit der er einen Menschen anzustarren, seinen Wert abzuschätzen und zu verwerfen pflegte. Zur Zeit lebte er in Desert D'Or, aber nicht im Hause seiner Mutter. Sie vertrugen sich zu schlecht, und außerdem hätte er seiner Beschäftigung von dort aus nicht nachgehen können. Er war eine Art Zuhälter.

Ich hörte oft, daß man ihm als Kind eine andere Karriere prophezeit hatte. Er war ein schöner, überempfindlicher Knabe gewesen, wechselweise eigensinnig und zärtlich. Als Dorothea dazu in der Lage war, umgab sie ihn mit Kindermädchen und Bedienten. Sie hatte es gern, ihren Sohn zu verwöhnen, ihm alle Freiheit zu lassen und seinen Launen ihre eigenen anzupassen. Auch heute noch wurde sie es nicht müde, eine Geschichte über Marion zu erzählen, wenn sie sentimental wurde, und zu bedauern, daß sie sich inzwischen so entfremdet hatten. Einmal, vor langer Zeit, als sie verzweifelt weinend in ihrem Schlafzimmer lag – worüber, daran konnte sie sich nicht mehr erinnern –, war er hereingekommen, damals ein dreieinhalbjähriges Bürschchen, und hatte ihre Wange gestreichelt. „Weine nicht, Mutti", hatte er gesagt und gleichzeitig selber angefangen zu weinen und versucht, sie auf seine Weise zu trösten: „Weine nicht, Mutti, du bist doch so schön!" In der Schule war er ein verträumter Knabe gewesen, den plötzlich Leidenschaften überfielen. Sie erzählte mir, daß er von Eisenbahnen fasziniert gewesen sei, von Baukästen, Briefmarken und Schmetterlingen – ein im Grunde schüchternes, verzogenes Kind, gelegentlich verzweifelt mit verzweifelten Temperamentsausbrüchen. Bei seiner ersten Schlägerei mit dem feisten Sohn eines Filmproduzenten mußte man ihn schreiend vom Nacken dieses Jungen herunterzerren. Irgendwann zwischen zehn und dreizehn veränderte er sich dann. Er verlor das mädchenhaft Sensitive und wurde hochmütig und verschlossen. Zu ihrer Verblüffung sagte er ihr einmal, er wolle Priester werden. Seine Intelligenz war manchmal überraschend, wenigstens für Dorothea. Es wurde nun schwieriger, mit ihm umzugehen. Ständig kam es zu unangenehmen Zwischenfällen. Er hänselte seine Lehrer, rauchte und trank, kurz, er tat alles, was ihm verboten wurde. Noch kurz vor der Abschlußprüfung hatte Dorothea sich gezwungen gesehen, ihn von einer Privatschule zur anderen zu schicken. Aber überall entwickelte er ein Talent, sich sofort Freundschaften außerhalb der Schule zu verschaffen. Mit siebzehn wurde er von der Polizei festgenommen, weil er mit über hundertzwanzig Kilometer Stundengeschwindigkeit einen der Boulevards in Hollywood entlanggerast war. Dorothea brachte es wieder in Ordnung. Sie mußte vieles in Ordnung bringen, was er anstellte. An seinem achtzehnten Geburtstag bat er sie um dreihundert Dollar.

„Wofür?“ fragte Dorothea.

„Eine Freundin von mir muß sich operieren lassen.“

„Hast du noch nie etwas von Verhütungsmitteln gehört?“

Er hatte lässig vor ihr gestanden, wie gelangweilt, und seine klaren grauen Augen hatten sie spöttisch angeschaut. „Schon“, sagte er, „aber damals war ich mit zweien zusammen, verstehst du, und wir waren wohl völlig verrückt...“

Dorothea brachte es am Tage seiner Einberufung zum Militär fertig, einen gefühlvollen Artikel über ihn in einer Zeitung zu schreiben; es wurde der letzte, den sie über ihn schreiben konnte. Als er aus der Armee entlassen wurde, weigerte er sich zu arbeiten; er weigerte sich, überhaupt etwas zu tun, was ihm keinen Spaß mache. Sie besorgte ihm eine Anstellung als Assistent bei einem bekannten Regisseur in einem Filmstudio, die er nach drei Monaten aufgab. „Es ist langweilig“, war alles, was er sagte, und er zog wieder zu ihr in den Hangover.

In Desert D'Or war er mit Gangstern, Kupplern, Revuetänzerinnen, Call-Girls und Barmädchen gut bekannt.

Er war sogar ein Liebling jener wenigen Einwohner, die als internationale Gesellschaft bezeichnet werden konnten, und außerdem hatte er, da er es fertigbrachte, Tage in einer Bar nach der anderen oder Stunden auf dem Patio des Yachtklubs zu verbringen, und da er die Oberkellner der vornehmsten Klubs kannte und von ihnen geschätzt wurde, weil er sie sehr gering einschätzte, Zugang zu dem sich immer erneuernden Strom von Geschäftsleuten, Filmproduzenten, Tennisspielern, geschiedenen Frauen, Sportlern, Spielern, Schönheiten und Halbschönheiten, mit denen die Stadt des Films aus ihrem Überfluß die Siedlung ständig versorgte. Als ihn Dorothea schließlich wegen eines Streites um Geld hinauswarf, in der Hoffnung, ihn dadurch zur Arbeit zu zwingen – ihr Sohn war der einzige Mensch, von dem sie einen achtbaren Lebenswandel erwartete –, hatte er bereits sein Handwerk gefunden. Dorothea erfuhr davon und bat ihn zurückzukommen, doch Marion lachte sie aus. „Ich mach' es doch nur als Amateur“, erklärte er, „genau wie du.“ Sie traute sich nicht einmal, ihn zu ohrfeigen; es war um viele Jahre zu spät, dies zu tun. Er führte sein „Geschäft“ in bescheidenem Umfange und hielt sich von den Berufsmäßigen fern; er scheute die Arbeit, die damit verbunden gewesen wäre. Viele seiner Arrangements waren einmalig. Er kannte Mädchen, die eine Verabredung annahmen, aber dann niemals wieder, jedenfalls nicht vor Ablauf mehrerer Monate. Er kannte sogar eine Frau, die Geld nicht benötigte und nur das Vergnügen der bezahlten Hingabe suchte. Er war tatsächlich, wie er erklärt hatte, ein Amateur und tat alles mit der linken Hand. Harte Arbeit bedeutete ihm Sklavenarbeit. Er verabscheute sie. Sie verderbe den Charakter. So bewahrte er sich viel Freiheit und benutzte sie, um sich dumpf dem Trunk hinzugeben, sich Rauschgifte einzuflößen und seinen ausländischen Wagen im gefährlichen Tempo – an Stelle eines Führerscheins den Revolver im Handschuhfach – durch die Wüste zu jagen. Der Führerschein war ihm schon vor langer Zeit entzogen worden. Ein einziges Mal fuhr ich mit ihm, danach versuchte ich, es zu vermeiden. Ich verstehe bestimmt etwas vom Autofahren, aber so wie ihn habe ich noch niemanden fahren sehen.

Hin und wieder kam er noch nach Hangover, doch er verachtete den Schwarm der Anbeter, die sich ihrerseits in seiner Gegenwart unbehaglich fühlten. Von all den Leuten tolerierte er nur zwei. Ich war der eine, doch niemals machte er ein Hehl aus seinen Gründen dafür. Ich hatte Menschen getötet, ich war beinahe selber getötet worden, und das waren Gemütserregungen, die er der Mühe wert fand. In seiner charmanten Art hatte er mich einmal gefragt: „Nun, wie viele Flugzeuge haben Sie eigentlich abgeschossen?“

„Nur drei“, sagte ich.

„Nur drei! An Ihnen haben sie Geld verloren.“ Sein Mund zeigte Verachtung. „Würden Sie mehr abgeschossen haben, wenn Sie gekonnt hätten?“

„Ich nehme an.“

„Sie waren also darauf aus, Asiaten umzubringen?“ fragte Marion.

„So habe ich es nicht gemeint.“

„Natürlich haben Sie es nicht so gemeint, aber die wissen schon, wie man euch Kerle ausbildet.“ Er nahm eine Zigarette aus einem Platinetui. „Ich war kein Offizier“, sagte er, „ich kam als Gemeiner in die Armee, und so verließ ich sie. Ich war der einzige wirklich Gemeine, den sie je hatten.“

„Hin und wieder hat man Sie ins Militärgefängnis gesteckt, hörte ich."

„O ja, ich habe einiges hinzugelernt", sagte Marion nachdenklich. „Es gehört nichts dazu, einen Menschen umzubringen. Es ist leichter, als nach einer Küchenschabe zu jagen und sie zu zerquetschen."

„Vielleicht wissen Sie doch nicht so genau über alles Bescheid."

Marion war mir immer überlegen. „Möchten Sie ein Mädchen?" fragte er unvermittelt. „Ich besorge Ihnen eines, umsonst."

„Danke, nicht heute abend", sagte ich.

„Ich habe auch nicht damit gerechnet, daß Sie ja sagen würden", spöttelte er. Er hatte gefühlsmäßig entdeckt, was ich vor allen zu verbergen suchte. Pelleys Versagen war mir nahegegangen, denn wir teilten das gleiche Mißgeschick. Es hatte mich befallen, kurz bevor ich Japan verließ, und seitdem war ich ratlos. Einige Male hatte ich mit Mädchen, die ich in den Bars von Desert D'Or auflas, versucht, meine Hemmungen zu überwinden, mit dem einzigen Erfolg, daß sich die Fesseln nur noch enger knoteten. „Ich hebe mich für die Frau auf, die ich liebe", sagte ich scherzend.

Liebe war das Thema, das Marion wütend machte. „Hören Sie auf damit", sagte er zu mir. „Nehmen wir einmal zwei Menschen, die zusammenleben, und lassen wir mal allen Tamtam beiseite. Es ist doch langweilig. Das Letzte. Und dann versucht man auszubrechen. Kleine Mädchen findet man zu Hunderten. Aber es wird dann noch schlimmer als langweilig. Es wird einem übel davon, bis man wahrhaftig mit dem Gedanken spielt, sich die Kehle durchzuschneiden. Ich glaube, das ist es", sagte er, einen Finger wie ein Pendel hin und her bewegend. „Herumhuren auf der einen Seite und Qual auf der anderen. Töten. Ist doch alles Scheiße. Deswegen wollen die Leute eben lieber langweilig leben."

Das alles war mir begreiflich. Ich sah in seine blassen grauen Augen, die vor innerer Erregung funkelten, und sagte mild: „Wo wollen Sie damit hinaus?"

„Ich weiß es nicht", sagte er, „ich muß es durchstehen." Er hatte sich aufgerichtet, auf seine Uhr geschaut, um den Eindruck zu erwecken, als ob er erstaunt sei, sich so lange mit Reden aufgehalten zu haben, und dann ruhig gefragt: „Wann kommt Jay-Jay hierher? Ich habe Dorothea etwas mitzuteilen."

Jay-Jay war sein zweiter Freund im Hangover-Kreis. Wann immer Dorothea und Marion sich aus dem Weg gingen, benutzte er den Propaganda-Agenten Jennings James als Vermittler für notwendige Mitteilungen. Jay-Jay hatte es zuwege gebracht, mit beiden auf gutem Fuß zu bleiben. Früher hatte er Dorothea Gesellschaftsklatsch für ihre Artikel zugetragen, und Marion kannte er von Kindheit auf. Es war eine merkwürdige Bindung zwischen ihnen; Marion duldete Jay-Jays lange Reden, seine Trunkenheit, seine Depressionen, er hatte beinahe eine Art Zuneigung für ihn.

Trotz seiner roten Haare gaben Jay-Jays lange dünne Gestalt und sein hageres Gesicht mit der silberumrandeten Brille ihm das Aussehen eines Bankangestellten; zugleich war aber etwas Knabenhaftes an ihm. Er lebte in der Vergangenheit und liebte es, sich der verflossenen Tage der Wirtschaftskrise zu erinnern, als er in Hollywood ohne einen Pfennig dastand, mit zwei Jazzspielern einen Bungalow bewohnte und von Orangen und der Hoffnung lebte, eine seiner Kurzgeschichten verkaufen zu können. Das waren für ihn die guten alten Zeiten. Jetzt führte er gelegentlich Propagandaaktionen für Supreme Pictures durch und für Desert D'Or, indem er Redakteuren allen Klatsch über jeden Star von Supreme Pictures zutrug, der zufällig hierherkam. Außerdem stimmte es, daß er sein Einkommen gelegentlich damit aufbesserte, Marion ein Mädchen in die Hände zu spielen.

Zudem hatte er einen gewissen Charme. Jay-Jay war mir nicht unsympathisch, aber er pflegte eine Geschichte nach der anderen herunterzunäseln und mir wiederholt anzuvertrauen – ich schien der einzige zu sein, der neu genug war, um sie anzuhören. Das Bonmot: „Männer mit Lippenstift im Gesicht sehen aus, als ob sie gerade erst die Liebe entdeckt hätten", das man dem Filmstar Lulu Meyers zuschrieb, stammte von ihm. Er hatte es für sie erfunden. „Wie satt habe ich das alles", sagte dann Jay-Jay zu mir. „Ich erinnere mich noch, wie diese Lulu Charley Eitel heiratete, und dachte mir, ein kluges Köpfchen. Dann sah ich sie eines Abends auf einer Gesellschaft mit strahlendem Gesicht ein Zimmer betreten, als ob sie gerade erst die Liebe entdeckt oder einen berauschenden Trunk zu sich genommen hätte. Und alles, was sie sagte, war: ‚Eitel hat mir gerade meinen ersten Schauspielunterricht gegeben, es war so aufregend!' Das, nachdem sie drei Jahre lang Filme gedreht hatte in sieben Hauptrollen! Für so was muß ich Propaganda machen!" Ich glaube, er war der erste in Desert D'Or, der mir gegenüber den

Namen Charles Francis Eitel erwähnte. Aber von da an schien es, als ob jeder nur darauf bedacht sei, mir irgendeine neue Geschichte über ihn zu erzählen. Eitel war ein berühmter Filmregisseur, der hier lebte, und einer von Marions Freunden, die nicht im Hangover auftauchten. Bis ich es später besser wußte, glaubte ich oft, daß Marion die Freundschaft nur deswegen aufrechterhielt, um Dorothea damit vor den Kopf zu stoßen, denn über Eitel wurde seit einem Jahr viel geklatscht. Ich erfuhr, daß er eines Tages mitten in den Aufnahmen zu einem seiner Filme einfach das Studio verließ, und zwei Tage später erklärte ihn ein parlamentarisches Untersuchungskomitee zum „feindlich gesinnten Zeugen". Dorothea war wütend auf Eitel. Als Redakteurin für Skandalgeschichten war sie nie über eine begrenzte Bedeutung hinausgelangt, aber bevor sie sich zurückzog, hatte sie in den letzten Jahren stets am Kopf ihrer Zeitungsspalte neben ihrem Bild die amerikanische Flagge zur Schau gestellt und ihre Zeilen mit Anspielungen über umstürzlerische Umtriebe in der Filmindustrie gefüllt. Auch jetzt noch gebärdete sie sich sehr patriotisch, und wie bei allen Patrioten war es nicht leicht, mit ihr zu diskutieren. Ich versuchte es nie und war vorsichtig genug, Eitel ihr gegenüber nicht zu erwähnen. Bald nachdem ich ihn kennengelernt hatte, betrachtete ich Eitel bereits als meinen besten Freund im Orte. Einmal jedoch unterbrach ich Dorothea in ihren Tiraden und erklärte, daß Eitel mein Freund sei und ich nicht wünsche, daß über ihn geklatscht werde. Für einen Augenblick glaubte ich, sie würde in Wut geraten. Sie näherte sich mir. Ihr Gesicht lief dunkelrot an, und dann ging es über mich her.

„Sie sind der erbärmlichste Snob, den ich je gesehen habe", schrie sie mir ins Gesicht.

„Das stimmt", erwiderte ich und konnte Dorothea die wahrheitsgetreue Feststellung nicht einmal verübeln. „Ich bin ein Snob."

„Ersticken sollen Sie daran", stieß sie zwischen den Zähnen hervor, doch dann war Pelley mit einem Drink zur Stelle, und das Thema Eitel war beendet.

„Nur weil Sie eines reichen Mannes Sohn und ein Bluffer dazu sind, brauchen Sie nicht zu denken, Sie wüßten alles besser", fing Dorothea von neuem an.

„Schon gut", murmelte ich nur, und damit ließen wir die Auseinandersetzung endgültig fallen.

Doch ich war mit diesem Ausgang sehr zufrieden. Dorothea, die sich stets ihrer beträchtlichen Erfahrung brüstete, behauptete, bei jedermann zu erkennen, auf welcher Seite des Lebens er geboren wurde. Deswegen hatte ich die Idee, kein allzu schlechter Schauspieler zu sein.

4

Meine Mutter habe ich nie gekannt, denn sie ist früh gestorben, und mein Vater, der mir den fürstlichen Namen Sergius O'Shaugnessy gab, hörte auf, für mich zu sorgen, als ich fünf Jahre alt war, und er begann, von Stellung zu Stellung zu wandern. Auf seine Art war er kein schlechter Mensch, und seine seltenen Besuche im Waisenhaus waren für mich Ereignisse, die mir noch lange im Gedächtnis haftenblieben. Er brachte mir dann jedesmal ein Geschenk mit, hörte traurigen Blickes meine Bitte an, mich mitzunehmen, versprach, bald wiederzukommen, und verschwand wieder für mehrere Jahre. Erst später, als ich älter geworden war, begriff ich, daß er nie sein Versprechen einlösen konnte.

Im Alter von zwölf Jahren entdeckte ich, daß mein wirklicher Name nicht O'Shaugnessy war, sondern ein entfernt ähnlich klingender, der auf eine slowenische Herkunft schließen ließ. Es erwies sich, daß mein Alter Herr Seefahrerblut von seltsamer Mischung in den Adern hatte. Seine Abstammung mütterlicherseits war walisisch-englisch, während seine Vorväter Russen und Slowenen waren, und zwar sämtliche aus niedrigem Stand. Nun gibt es aber nichts Schlimmeres in der Welt als einen unechten Iren. Vielleicht war auch meine Mutter irischer Abstammung. Sobald mein Vater mir das alles gestanden hatte, brachte er es nie mehr über sich, weitere Einzelheiten hinzuzufügen. Er, der sein ganzes Leben hindurch ein Arbeiter blieb, hatte sich immer gewünscht, Schauspieler zu werden, und der Name O'Shaugnessy war sein Tick. Bevor es mit ihm bergab ging, hatte er eine ganze Anzahl verschiedener Berufe. Er diente bei der Handelsmarine, spielte seine geliebte Mundharmonika als Eisenbahner auf manchem Güterzug und schmuggelte schließlich auch Rum, bis ihn das Glück verließ und man ihn ins Staatsgefängnis steckte. Als er wieder herauskam, taugte er nur noch zum Tellerwaschen. Ich muß sagen, daß er mir einige seiner Charaktereigenschaften vererbt hat. Im Heim war ich der Größte unter meinen Altersgenossen, doch ich war ziemlich menschenscheu. Zumindest damals. Als mein Vater starb, versuchte ich, diese Scheu abzulegen. Mit vierzehn hat man es nicht leicht, wenn man Sergius heißt. Deswegen hatte ich meinen Vornamen stets verborgen gehalten, nannte mich abwechselnd Gus und Spike oder Mac und Slim. Doch als er tot war, als ich begriff, daß keine Besuche meines Vaters mehr zu erwarten waren und ich nun allein auf mich gestellt war, begann ich wieder, mich Sergius zu nennen. Natürlich mußte ich diese Offenheit mit einem Dutzend Raufereien bezahlen, und zum erstenmal in meinem Leben war ich so draufgängerisch, daß ich eine oder zwei als Sieger beenden konnte. Bisher hatte ich immer zu den Jungen gehört, für die das Unterliegen ganz natürlich war, doch aus meinen ersten Siegen habe ich viel gelernt. Ich fand Gefallen am Boxen, das ich damals zwar noch nicht recht beherrschte, das aber, wie ich herausfand, meinem Selbstbewußtsein guttat. In den darauffolgenden vier Monaten verlor ich nur noch drei Kämpfe und gewann alle übrigen. Einmal gewann ich sogar in einem von der örtlichen Polizeibehörde veranstalteten Mannschaftskampf, und erst dann hatte ich mir meinen Namen redlich verdient. Von nun ab nannten mich auch die anderen Sergius.

Dieses neugewonnene Selbstbewußtsein hatte ich bitter nötig. Mein Vater hatte mir eine besonders miserable Erbschaft hinterlassen. In all den Jahren seiner Trunkenheit und Enttäuschungen, seiner Scheu mir gegenüber, bei all dem Leben in billigen Pensionen, wo die Tapeten von den Wänden abblätterten, da er Jahr um Jahr in Kneipen verdämmern sah, hielt er seine Idee aufrecht, es sei etwas Besonderes an ihm. Eines Tages, irgendwann, irgendwie...

Das steckt zwar in jedem Menschen, doch mein Vater hatte mehr davon als andere, und er hat es mir vererbt. Nie hätte ich jemals einer Seele etwas davon verraten, doch heimlich bei mir meinte ich stets, ich müßte einem besonderen Schicksal zusteuern. Ich wußte, daß ich begabter war als andere. Selbst im Waisenhaus entwickelte ich eine Menge der verschiedensten Talente. Beim Weihnachts-Krippenspiel mußte ich stets die Hauptrolle übernehmen, und mit sechzehn gewann ich einen Fotografen-Wettbewerb mit einer geliehenen Kamera. Doch war ich meiner niemals sicher. Niemals empfand ich, daß ich mit den anderen irgend etwas gemein hatte. Vielleicht ist das einer der Gründe dafür, daß ich mir immer wie ein Spion oder Schwindler vorgekommen bin.

Natürlich hatte ich mein ganzes Leben lang geschwindelt. Aus meiner Waisenhauszeit erinnere ich mich noch, daß wir die dortige Gemeindeschule besuchten. Während der Unterrichtsstunden wurden wir behandelt wie die anderen Kinder, doch die Frühstückspause wurde uns zur Qual. Man brachte uns Butterbrote vom Waisenhaus herüber und wies uns an, sie gemeinsam in einer Ecke des Frühstücksraumes zu verzehren, wobei uns die anderen Kinder anstarrten. Das erschwerte es, uns mit ihnen anzufreunden. Ich erinnere mich, daß ich es einmal ein halbes Jahr lang vorzog, lieber ohne Frühstück auszukommen. Gleich am ersten Tag des neuen Semesters freundete ich mich mit einem Jungen an, der in derselben Straße wohnte, in der auch die Schule lag. Ich entsinne mich seines Namens nicht mehr, aber in all diesen Monaten war ich fast krank vor Angst, daß er entdecken könne, ich wohne im Waisenhaus. Jahre später ging es mir auf, daß er es die ganze Zeit über gewußt hatte, ohne es sich anmerken zu lassen.

Es gäbe genug Geschichten, die ich über das Waisenhaus erzählen könnte, doch das wäre hier verfehlt.

Ich würde unaufhörlich nur von dem Waisenhaus sprechen und davon, daß keine der Schwestern einer anderen glich, denn manche waren grausam, andere grillenhaft und zwei oder drei gutherzig. Eine Nonne dort hieß Schwester Rose, und als Kind liebte ich sie mit dem ganzen kindlichen Hunger nach Mütterlichkeit. Sie nahm besonderes Interesse an mir, und da sie aus wohlhabender Familie stammte, konnte sie sich klar ausdrücken. Mit sechs und sieben Jahren träumte ich davon, daß ich als Erwachsener ihrer Familie einen Besuch abstatten würde, wobei alle meine guten Manieren loben würden. Sie gab sich große Mühe, mich im Katechismus zu unterrichten, und als ich lesen lernte, gab sie mir die Lebensgeschichte der Heiligen und Märtyrer. Doch ich weiß nicht, ob mir das etwas genützt hat, denn mein Vater lehrte mich einen ganz anderen Katechismus. In seinem angenommenen irischen Dialekt riet er mir, die Nonne nach der Lebensgeschichte des Bartolomeo Vanzetti zu fragen. Stundenlang konnte er von dem Martyrium in Boston sprechen und daß die Religion für Frauen sei und Anarchismus für Männer. Er war ein Philosoph, mein Vater, und fürchtete

Schwester Rose. Und doch war er der einzige, der mir je begegnete und der nett zu dem buckligen Jungen war, der neben mir schlief. Und das war wirklich ein armer Kerl. Häßlich war er und mit einem üblen Körpergeruch. Alle stießen ihn umher, und die Schwestern ließen ihn immer in die Badewanne steigen. Selbst Schwester Rose konnte ihn kaum ertragen mit seiner ständig tropfenden Nase. Doch mein Vater hatte Mitleid mit dem Krüppel und brachte auch ihm stets Geschenke mit. Das letzte, was ich von dem Buckligen erfuhr, war, daß er im Gefängnis saß. Als geistig beschränkter Junge war er bei einem Ladendiebstahl ertappt worden.

Ja, das war schon ein Leben in dem Waisenhaus. Nachdem mein Vater gestorben war, bin ich fünfmal in drei Jahren ausgerissen. Einmal blieb ich vier Monate lang fort, ehe sie mich erwischten und in das Heim zurückbrachten. Und doch ist das nicht die ganze Wahrheit, denn es müßte auch noch erwähnt werden, was ich in der Zeit alles erfahren habe, und das würde zuviel Zeit in Anspruch nehmen. Es ist schwer, über seine eigene Kindheit zu sprechen, weil oft Mitleid mit sich selbst die Stimme erstickt.

Darum will ich lieber davon berichten, was ich gelernt habe. Ein einziger Ehrgeiz beherrschte mich, als ich das Heim mit siebzehn Jahren verließ. Ich hatte viele Bücher gelesen – alles, was ich erwischen konnte. Lesen war meine Lieblingsbeschäftigung als Junge. Schließlich stahl ich mich von den Lebensgeschichten der Märtyrer fort in die öffentliche Bibliothek, wo ich Geschichten las von englischen Edelleuten und Rittern, von Abenteurern, tapferen Männern und von Robin Hood. Das alles erschien mir echt und wahrheitsgetreu. So bekam ich den Ehrgeiz, ein aufrechter Schriftsteller zu werden. Ich weiß nicht, ob hier der Grund liegt, warum Charles Francis Eitel beinahe die ganze Zeit über, während ich mich in Desert D'Or aufhielt, mein bester Freund war. Bei einer Freundschaft oder in der Liebe wird einem klar, daß man vielerlei erklären und beschreiben kann, nur an den Kern gelangt man dabei nicht. Dennoch glaube ich eines feststellen zu dürfen: Nach meinem Weltbild gibt es immer nur wenige gute Menschen auf der Erde, und immer sind sie Verfolgungen ausgesetzt. Zu diesen Menschen rechnete ich Eitel.

Bevor ich ihm begegnete, hatte ich, wie erwähnt, seinen Namen erfahren, den die Amerikaner auf der letzten Silbe betonen, so daß es klingt wie „I tell“ (Ich erzähle). Ebenso hatte ich den Klatsch um seine Person gehört. Ich hatte sogar einen Anhaltspunkt gefunden, der mir Dorotheas Abneigung verständlich machte. Anscheinend hatten sie vor Jahren etwas miteinander gehabt, und es mußte schmerzlich für sie ausgegangen sein, während die Affäre für Eitel wahrscheinlich nur wenig Bedeutung hatte. Mehr als eine Vermutung war das jedoch nicht, und schließlich waren beide nicht an Affären arm gewesen. Während der ganzen Zeit unserer Bekanntschaft hörte ich weder sie noch ihn auf die wenigen Wochen oder Monate ihres Zusammenlebens Bezug nehmen, und ich möchte annehmen, daß ihre Geschichte jetzt für niemanden mehr außer Marion wichtig war.

Eines Abends, als ich zu ihm hinübergeschlendert war, um mit ihm ein Glas Alkohol zu trinken, kam Marion auf den Filmregisseur zu sprechen. „Das ist so ein Fall!" sagte er. „Als ich noch ein kleiner Junge war, hielt ich ihn" – Faye lachte rauh auf – „für den lieben Gott und den Teufel in einer Person."

„Man kann sich kaum vorstellen, daß Sie solche Gefühle für irgend jemanden jemals aufbrachten", bemerkte ich.

Er zuckte die Achseln. „Eitel nahm sich meiner an, als er Dorothea den Hof machte. Ich war ein schwer zu behandelndes Kind gewesen, und ich wünschte nun, genauso wie er zu werden. Selbst nachdem er mit meiner Mutter gebrochen hatte, pflegte er mich manchmal noch zu sich einzuladen." Faye lächelte über die Andeutung von Gefühlen, die in seinen Worten lag.

„Und was halten Sie jetzt von ihm?" fragte ich.

„Oh, ganz in Ordnung", meinte Marion achselzuckend, „wenn er nur nicht so Mittelklasse wäre, so sehr 19. Jahrhundert, verstehen Sie?" Mit undurchsichtiger Miene ließ er mich für einen Augenblick allein, um das Schubfach seines aus Aluminium und hellem Holz hergestellten Schreibtisches zu durchsuchen. „Hier", sagte er dann, „schauen Sie sich das mal an. Lesen Sie es." Er reichte mir die gedruckte Zeugenaussage Eitels vor dem Untersuchungsausschuß des Kongresses. Es war eine Broschüre mit dem Regierungssiegel, und als ich sie skeptisch betrachtete, sagte Marion: „Eitels Aussage beginnt auf Seite 83."

„Sie haben sie sich kommen lassen?" fragte ich.

Er nickte. „Ich wollte sie besitzen."

„Warum?"

„Oh, nur so", sagte Marion. „Eines Tages werde ich Ihnen von dem Künstler in mir erzählen."

Ich las.

Die Zeugenaussage des Regisseurs erstreckte sich auf zwanzig Seiten. Vieles wiederholte sich, im Grunde war sie langweilig, aber da sich Eitel mir damit quasi zum ersten Male vorstellte, halte ich es für richtig, hier wenigstens einige Seiten daraus wiederzugeben, die zudem typisch sind für den Rest seiner Aussage. Tatsächlich habe ich sie mehrmals laut gelesen. Ich hatte ein Bandaufnahmegerät nach Desert D'Or mitgebracht und wollte meine Sprechtechnik verbessern. Eitels Aussage bot mir willkommene Gelegenheit, und obwohl ich mir aus Politik wenig machte, weil ich sie wie die Moral eines Gentleman als einen Luxus ansah, den ich mir noch nicht leisten konnte, lösten seine Worte doch starke Empfindungen in mir aus. Ist es anmaßend? Es kam mir vor, als lese ich meine eigenen Worte. Deshalb war seine Zeugenaussage für mich nicht langweilig; außerdem bekam ich beim Lesen den Eindruck, daß ich noch eine ganze Menge von Eitel lernen konnte:

Kongreßmann Richard Selwyn Crane: Sind Sie noch jetzt Mitglied der Partei, oder waren Sie es je zuvor? Ich bitte Sie, genau zu sein.

Eitel: Ich hoffe, daß ich mich klar genug ausdrücken werde.

Vorsitzender Aaron Allan Norton: Verweigern Sie die Aussage?

Eitel: Darf ich sagen, daß ich nur widerstrebend und unter Zwang antworte. Ich bin nie Mitglied irgendeiner politischen Partei gewesen.

Vorsitzender Norton: Hier besteht kein Zwang. Aber kommen wir zur Sache.

Crane: Kannten Sie jemals Herrn...

Eitel: Wahrscheinlich habe ich ihn auf der einen oder anderen Gesellschaft getroffen.

Crane: Wußten Sie, daß er ein Agent der Partei war?

Eitel: Nein.

Crane: Mr. Eitel, es scheint Ihnen zu gefallen, sich als dumm hinzustellen.

Norton: Wir vergeuden unsere Zeit. Eitel, ich möchte Ihnen eine einfache Frage vorlegen. Lieben Sie Ihr Vaterland?

Eitel: Nun, Sir, ich war dreimal verheiratet, und bei Liebe habe ich eigentlich immer nur an Frauen gedacht. (Gelächter.)

Norton: Wir werden Sie wegen ungebührlichen Verhaltens vor Gericht in Strafe nehmen, wenn Sie nicht damit aufhören.

Eitel: Es ist nicht meine Absicht, mich ungebührlich zu verhalten.

Crane: Mr. Eitel, Sie sagen also, Sie wären dem betreffenden Agenten begegnet?

Eitel: Ich bin dessen nicht sicher. Mein Gedächtnis ist schlecht.

Crane: Ein Filmregisseur sollte ein gutes Gedächtnis haben. Wenn Ihr Gedächtnis so schlecht ist, wie Sie behaupten, wie haben Sie dann Ihre Filme zustande gebracht?

Eitel: Das ist eine gute Frage, Sir. Jetzt, da Sie darauf hingewiesen haben, wundert es mich selbst, wie ich es fertiggebracht habe. (Gelächter.)

Norton: Sehr witzig. Vielleicht erinnern Sie sich wenigstens an etwas, was aktenkundig ist. Es heißt da, sie kämpften in Spanien. Soll ich Ihnen die Daten sagen?

Eitel: Ich ging hinüber, um am Kampf teilzunehmen. Leider aber muß ich gestehen, daß ich als Kurier endete.

Norton: Und Sie wollen nicht zur Partei gehört haben?

Eitel: Nein, Sir.

Norton: Sie müssen Freunde in der Partei gehabt haben. Von wem stammt die Anregung, hinüberzugehen?

Eitel: Wenn ich mich an sie erinnere, weiß ich nicht, ob ich die Namen nennen würde.

Norton: Wir werden Sie des Meineids anklagen, falls Sie sich nicht in acht nehmen.

Crane: Um noch einmal darauf zurückzukommen. Ich bin nämlich sehr neugierig, Mr. Eitel: Würden Sie im Falle eines Krieges für unser Land kämpfen?

Eitel: Wenn man mich einzöge, würde ich wohl keine andere Wahl haben, nicht wahr? Darf ich mich so ausdrücken?

Crane: Sie würden also ohne Begeisterung kämpfen?

Eitel: Bestimmt ohne Begeisterung.

Norton: Aber wenn Sie für einen gewissen Feind kämpfen würden, das wäre dann etwas anderes, wie?

Eitel: Ich würde für ihn mit noch weniger Begeisterung kämpfen.

Norton: Das sagen Sie jetzt! Eitel, hier steht noch etwas in den Akten. Sie haben erklärt: Vaterlandsliebe ist etwas für Ferkel. – Können Sie sich daran erinnern?

Eitel: Wahrscheinlich sagte ich es.

Iwan Fabner (Rechtsbeistand des Zeugen): Darf ich zugunsten meines Mandanten unterbrechen, denn ich glaube, daß er diese Bemerkung neu formulieren möchte.

Norton: Genau das ist es, was ich wissen möchte, Eitel. Wie denken Sie jetzt darüber?

Eitel: Es klingt etwas vulgär, so, wie Sie es sagen. Ich würde es anders formuliert haben, wenn ich gewußt hätte, daß ein Agent Ihres Komitees darüber berichten würde, was ich auf einer Gesellschaft äußerte.

Norton: „Vaterlandsliebe ist etwas für Ferkel!" Und Sie verdienen Ihren Lebensunterhalt in diesem Lande?

Eitel: Der Stabreim beim „V" und bei den beiden „F" verführte mich zum Vulgären.

Norton: Das ist keine Antwort.

Crane: Wie würden Sie es heute formulieren, Mr. Eitel?

Eitel: Wenn ich weiterreden muß, fürchte ich, eine umstürzlerische Bemerkung zu machen.

Norton: Ich befehle Ihnen, weiterzureden. Sagen Sie uns genau, mit welchen Worten Sie es heute dem Komitee gegenüber formulieren würden.

Eitel: Ich würde vielleicht sagen, Patriotismus verpflichtet den Mann zur Bereitschaft, seine Frau auf höheren Befehl augenblicklich zu verlassen. Das ist vielleicht das Geheimnis seiner Anziehungskraft. (Gelächter.)

Norton: Hegen Sie immer so edle Gefühle?

Eitel: Ich bin nicht gewohnt, meine Gedanken in diese Richtung zu lenken. Filme zu machen, hat wenig mit edlen Gefühlen zu tun.

Norton: Ich bin ziemlich sicher, daß Ihnen die Filmindustrie nach der heutigen Aussage viel Zeit lassen wird, um über Ihre edlen Gefühle nachzudenken. (Gelächter.)

Fabner: Darf ich um eine Unterbrechung bitten?

Norton: Dies ist hier ein Komitee, das sich mit Umstürzlern befaßt, und kein Forum für unverdaute Ideen. Eitel, Sie sind der törichteste Zeuge, den wir je gehabt haben.

Als ich zu Ende gelesen hatte, blickte ich zu Faye auf. „Er muß seine Stellung am nächsten Tag verloren haben", sagte ich.

„Selbstverständlich", murmelte Faye.

„Aber warum bleibt er noch hier?"

Marion grinste hintergründig. „Sie haben recht. Hier soll man nicht bleiben, wenn man alles verloren hat."

„Ich dachte, Eitel sei reich", sagte ich.

„Das war er auch, aber Sie wissen gar nicht, wie stark sich so etwas gegen einen auszuwirken vermag", erwiderte Faye ruhig. „Sehen Sie, ungefähr zur gleichen Zeit setzte die Überprüfung seiner Einkommensteuererklärungen ein. Die Folge war, daß er sich bis zum Letzten entblößen mußte, um die Rückstände zu bezahlen. Alles, was ihm blieb, war sein Haus hier, das natürlich mit Hypotheken belastet ist."

„Und nun bleibt er nur so hier?" fragte ich. „Tut er denn gar nichts?"

„Sie werden ihn treffen und dann alles begreifen", bemerkte Faye. „Charles Eitel könnte schlimmer dran sein. Vielleicht brauchte er nur einen Tritt in den Hintern."

Aus der Art, in der Faye das sagte, gewann ich einen Anhaltspunkt.

„Sie mögen ihn."

„Ich haben nichts gegen ihn", sagte Faye unwillig.

Im Yachtklub, ein paar Tage später, stellte mich Marion Eitel vor, und ich genoß es, mich mit ihm zu unterhalten. Ich glaube, daß ich bereits am Ende der Woche versuchte, ihn beinahe täglich wiederzusehen.

5

Die Kaffeeterrasse des Yachtklubs mit ihren zartrosa gestreiften Tischen und Stühlen hob sich von den Badehütten und dem Schwimmbassin nicht mehr ab als irgendein anderer Farbfleck gegen den Hintergrund der Hotels und der Berge jenseits von Desert D'Or. Tatsächlich war Charles Francis Eitel, wie man mir vorausgesagt hatte, beinahe jeden Nachmittag, mit einem zusammengehefteten Manuskript vor sich auf dem Tisch, dort anzutreffen. Dann und wann fand man ihn darin vertieft und mit einem Bleistift in der Hand anscheinend bereit, Einfälle niederzuschreiben. Jedoch hatte man nicht den Eindruck, daß ihn das Manuskript sonderlich fesselte. Sobald ich hinzutrat, pflegte er es sofort zu schließen, etwas zum Trinken zu bestellen und eine Unterhaltung zu beginnen. Ich war etwas überrascht, als ich ihm vorgestellt wurde. Obwohl er über vierzig Jahre alt war und in dem Ruf stand, ein außerordentlich befähigter Filmregisseur zu sein, hatte ihn sein Verhalten auf anderen Gebieten noch bekannter gemacht. Er war mehrere Male verheiratet gewesen, und man sagte ihm nach, der Urheber von mehr als einer Scheidung gewesen zu sein – Gerüchte, die nicht einmal so schwer wogen. Ich hörte auch, er sei ein Trinker, Rauschgiften verfallen, geil im Übermaß; ja selbst, daß er ein Spion sei, hörte ich tuscheln. Wenn man all dies bedachte, war man verwirrt, dann auf einen Mann von mittlerer Gestalt zu stoßen, der gesund und kräftig zu sein schien, mit einer eingedrückten Nase und einem offenen Lächeln. Das breite Gesicht paßte gut zu dem umfangreichen Körper. Seinen kahlen Kopf umgab ein Kranz kräftigen, gekräuselten Haares, und er besaß wundervolle, tiefblaue Augen, um die sich lustige Fältchen zogen. Die eingedrückte Nase gab ihm etwas Gemütliches. Nur seine Stimme vermittelte einen Eindruck von der Bedeutung seiner Persönlichkeit. Hundert Dinge schienen in ihr zu schwingen, und ein Mädchen sagte einmal, sie hielte Eitels Stimme für „verführerisch“. Er hatte eine besondere Art, sich zu geben und sich gleichzeitig wieder zu entziehen. Dachte man eben, er lachte einen aus, schien er einen besonders gern zu haben, und meinte man, jetzt sei alles in bester Ordnung, stieß einen seine Stimme wieder ab. Obwohl ich als Amateurboxer ein paar kräftige Kopftreffer einstecken mußte, ist mein Gehör vortrefflich, und ich kann Stimmen gut beurteilen. Eitels Stimme beherrschte die verschiedensten Akzente. Der Jargon von New York schwang ebenso darin wie die Sprache der Theaterleute. Und wenn er gelegentlich mit Leuten aus dem Süden oder dem Mittelwesten sprach, nahm seine Stimme auch ihren Akzent an. Bei alledem war seine Stimme beherrscht und erinnerte an die Sprache der großen Gesellschaft. In der ihm eigenen Art der Selbstverspottung erzählte er mir einmal lachend, den typisch englischen Akzent habe er als letzten erworben.

Eine ausgedehnte Beschreibung ist das. Ich weiß. Doch ich habe selten einen Menschen so gern gehabt wie Eitel. Ich fühlte, daß er aus gleichem Holz geschnitzt war wie ich, nur mir weit überlegen, weiser, und er besaß Erfahrungen, die keinen Vergleich mit den meinigen aushielten. Später stellte ich fest, daß viele Leute Eitel in gleicher Weise einschätzten. Ich schenkte keinem der Gerüchte über ihn Glauben, obwohl Eitels Bekannte ein Vergnügen daran zu finden schienen, in die Welt zu setzen, daß es mit seiner Karriere aus sei. Er trank eine ganze Menge, aber ich sah ihn nie betrunken; er redete dann langsamer, und sein Benehmen lockerte sich, aber daß er Rauschgifte nahm, schien mir zu absurd, und es entsprach auch nicht der Wahrheit. Seine Sicherheit Frauen gegenüber würde ich gern geteilt haben. Mehr als einmal beneidete ich ihn um die freundlich-vertrauliche Aufmerksamkeit, die er ihnen zu schenken wußte.

Trotz alledem war er zur Einsamkeit verdammt. Ich glaube, daß die rasche Entwicklung unserer Freundschaft besonders der Tatsache zu verdanken war, daß ich seine Gesellschaft suchte. Er hatte die Angewohnheit, am frühen Nachmittag die Kaffeeterrasse aufzusuchen und dort, wie ich schon sagte, etwas zu trinken, sich zu unterhalten oder in sein Manuskript zu schauen. Früher war er ein guter Freund des Hoteldirektors gewesen, aber jetzt darauf gefaßt, daß man ihn bitten würde, den Yachtklub nicht mehr zu betreten. „Sehen Sie, vor vielen Jahren lieh ich dem Direktor einmal Geld, und er gehört zu den Menschen, die sich damit großtun, eine Gefälligkeit nie zu vergessen." Eitel schmunzelte. „Nun, im Augenblick ist mir der Charakterzug sehr nützlich. Der Grund ist ziemlich töricht: Ich liebe diesen Platz." An vielen Tagen setzte sich niemand außer mir zu ihm, und ich leistete ihm vom Nachmittag bis in die Nacht beim Trinken Gesellschaft. Anscheinend war er nie irgendwo eingeladen, oder wenigstens nicht von jemandem, dessen Einladung er zu folgen wünschte. Regelmäßig wurde Eitel nach einiger Zeit unruhig und bestand darauf, daß ich ihn auf einer Runde durch all die zweitrangigen Nachtlokale und Bars begleitete. Diese Stunden glichen einander vollkommen. Er schien sich nicht bezähmen zu können, seine Lebenslust an belanglose Begebenheiten zu verschwenden. Zechkumpane wurden gefunden und wieder verloren; manchmal wurde ein Mädchen aufgelesen und ebenso rasch wieder laufen gelassen; einmal wurde er beinahe in einen Streit verwickelt, weil ein Betrunkener ein Barmädchen beleidigte, das mit uns zusammensaß. Und obwohl all dies sich zufällig ereignete, wurde es zu einer Art Gewohnheit, die ihn stundenlang weiterwandern ließ. Anscheinend flößte ihm der Gedanke an Schlaf, bevor die blasse, verwaschene Morgendämmerung über der

Wüste aufstieg, Grauen ein. Durch die sinnlosen Saufrunden schleppte er sich wie ein Mann, der an einer zerbrochenen Ehe litt, dessen Gewohnheiten zerschlagen worden waren und vor dem sich die tausend Umstände seines Lebens zu Bergen häuften. Ich konnte ihn einen Tag und eine Nacht vergeuden sehen, ohne daß er in diesen Stunden mehr zustande brachte, als einen Brief zu beantworten.

Die Geschichte seines Lebens wurde mir mehr als einmal erzählt. Ich hörte sie sowohl von früheren Freunden, von falschen Freunden und Leuten, die ihn überhaupt nicht kannten, als auch von Eitel selber. Die Berichte variierten, sie widersprachen sich teilweise und waren im Grunde nicht überzeugender als eine Zeitungsnotiz. Er war der einzige Sohn eines Automobilhändlers in einer Großstadt im Osten. Die Eltern seines Vaters waren aus Österreich eingewandert; Der Vater hatte als Altwarenhändler begonnen. Eitel war der erste in seiner Familie, der das Gymnasium besuchte. Man hatte erwartet, daß er Rechtsanwalt werden würde, aber während seiner Schulzeit begann er sich für die Bühne zu interessieren mit dem Ergebnis, daß er mit seinen Eltern wegen seiner Zukunftspläne in Streit geriet. Nach dem Abschlußexamen war dies Problem bereits überholt: der Vater hatte sein Geld in der Wirtschaftskrise verloren. Eitel streifte stellungsuchend durch New York. Er war kein gutaussehender junger Mann, zudem schüchtern, und verliebte sich daher in das erste Mädchen, das ihn anziehend fand. Sie studierte soziale Fürsorge, wohnte bei ihren Eltern und wünschte ihn zu heiraten, um das Elternhaus verlassen zu können. Verständlich, daß sie sich einbildeten, einander sehr zu lieben. Ihre Ehe hielt neun Jahre, und zwei oder drei Jahre davon verliefen harmonisch. Das politische Interesse seiner Frau und ihrer Freunde veranlaßte ihn, sich mit radikaler Literatur zu beschäftigen. Mit großer Begeisterung nahm er an politischen Diskussionen teil und schloß sich einer Gruppe junger Schauspieler an, die in gleicher Weise politisch interessiert waren. Seine Frau arbeitete, um ihren gemeinsamen Unterhalt zu bestreiten, in einem Buchladen. Er selbst schrieb Stücke, spielte an kleinen Theatern, verschaffte sich die notwendige Routine, um Theaterstücke einzustudieren, und im tiefsten Wellental der Wirtschaftskrise begann seine Karriere. Man holte ihn für die Inszenierung eines Stückes, das vom Staat subventioniert wurde. Es gab einen ungeheuren Erfolg für ihn. Plötzlich schien jeder seinen Namen zu kennen als Bühnenschriftsteller, Regisseur und Schauspieler. Es konnte nicht ausbleiben, daß ihm die Filmindustrie ein Angebot unterbreitete. So ging er nach Hollywood mit einem bescheidenen Vertrag in der Tasche, um billige Filme zu drehen, hatte aber das große Glück, an Plänen mitzuarbeiten, die ungewöhnlich waren. Es handelte sich um wenig kostspielige Versuche, aber dennoch entstanden daraus hintereinander drei Filme, die auch heute noch als bedeutend angesehen werden.

Eitel erinnerte sich dieser Zeit immer als der besten achtzehn Monate seines Lebens. Er war ein draufgängerischer junger Mann voller Vertrauen, daß sein Talent unerschöpflich sei. Einige Leute hielten ihn für ein Genie. Ganz so einfach war es indessen nicht. Jene drei Filme hatten trotz der positiven Pressekritik und der Tatsache, daß sie an Colleges, Museen und von Filmklubs vorgeführt wurden, trotz aller erhaltenen Auszeichnungen und ihres sich bis auf den heutigen Tag erhaltenden guten Rufes und ihres Einflusses auf die Filmproduktion – eine ganze Anzahl von Regisseuren ahmte seinen Stil später nach – keinen finanziellen Erfolg. Und wenn er auch dann einen besseren Vertrag bei einer anderen Filmgesellschaft erhielt, mit höherem Gehalt, größerem Budget, berühmteren Stars – die Drehbücher stammten nun nicht mehr von ihm. Er wehrte sich zwar heftig gegen diese ihm auferlegte Einschränkung, machte aber dennoch Filme, die besser waren als die meisten; sie hatten obendrein Kassenerfolg. Indessen, die Enttäuschung fraß an ihm. Das war um die Zeit des Spanischen Bürgerkrieges, und was er von seiner politischen Überzeugung in seinen Filmen nicht unterbringen konnte, gab er an politische Komitees weiter, in denen er arbeitete. Noch war er voller Begeisterung; er behauptete, daß eine Zeit kommen würde, da der Regisseur und nicht der Geldgeber Filme planen und durchführen würde. Inzwischen warb er öffentlich für Spanien und verlor zugleich die Zuneigung seiner Frau. Sie fühlte sich unglücklich, und sie haßte Hollywood. Sie spürte, daß er ihrer überdrüssig geworden war, was zutraf. Er begehrte sie nicht mehr; er wünschte sich eine Frau, die anziehender war, intelligenter, ebenbürtiger; ihn verlangte nach mehr als einer Frau. Er sah so viele in Hollywood, die er haben konnte, und dies stärkte sein Verlangen, frei zu sein.

Jedoch fühlte er sich seiner Frau gegenüber schuldig. Sie war ihm einmal ein großes Bedürfnis gewesen und hatte seine ersten aufregenden Erfolge mit ihm geteilt. Sie waren gute Freunde gewesen, sie hatte ihn so viel gelehrt, und es war nicht ihr Fehler, daß er nun über sie hinausgewachsen war. Bisweilen gestand er sich ein, daß seine Arbeit nicht nur durch das Studio, sondern durch ihn selbst zuschanden gemacht worden war. Ähnlich lag der Fall in seiner Ehe: Er war zu bequem und zu leicht gelangweilt; es fehlte ihm an charakterlicher Vertiefung. Und so beschloß er, nach Spanien zu gehen.

Er fuhr an die Front als Beobachter. Das Jahr, das er dort verbrachte, war vergeudet. Es gelang ihm nicht, den Film zurückzubringen, den er erhofft hatte. „Das war der Krieg, der der Kultur von fünfhundert Jahren ein Ende setzte", liebte er zu bemerken. Sie kehrten in ihr Eheleben zurück. Er ging seinen Dingen nach und sie den ihrigen; sie unterrichteten sich gegenseitig darüber, denn sie waren entschlossen, Freunde zu bleiben; sie versprachen einander, ehrlich zu sein. Dennoch waren sie oft uneins. Man hatte ihm ein sehr großes Gehalt bei Supreme Pictures angeboten, und er war dafür, es anzunehmen, sie dagegen. Er war davon überzeugt, daß er, um Filme zu drehen, wie er sie wünschte, erst einmal in einem Studio festen Fuß gefaßt und in einer Welt der klaren Geschäftsprinzipien Siege davongetragen haben müßte. Er drehte zwei schlechte Filme, aber der eine brachte eine Menge Geld ein. Zu dieser Zeit verlangte seine Frau die Scheidung; sie hatte einen anderen Mann gefunden. Jahre hindurch hatte er von dieser Trennung geträumt, und nun, als es soweit war, glaubte er zu seiner eigenen Überraschung, diese Frau nicht entbehren zu können. So kam es zu einer jener morschen Versöhnungen, die stets so unangenehm sind. Ein halbes Jahr später wurden sie geschieden. Sie zog schließlich in eine andere Stadt und heiratete dort einen Gewerkschaftsführer. Eitel sah sie nie wieder, und nun war ihr Bild in ihm inzwischen völlig verblaßt.

Danach heiratete er eine Schauspielerin, die der tonangebenden Gesellschaftsschicht angehörte. Während dieser Ehe drehte er Filme, viele Filme, erwarb ein Vierzehn-Zimmer-Haus, das eine Bibliothek enthielt, einen Weinschrank, einen Gymnastikraum und ein Schwimmbassin. Ferner gehörten dazu eine Garage für vier Wagen, ein Netzball-, ein Federball- und ein Tennisplatz. Weinstöcke wuchsen auf den Terrassen und zäunten einen konventionellen Garten ein; eine Reihe von Zypressen standen gegen den

Ozean. Schließlich gab es auf dem Gelände noch einen Zwinger für ein Dutzend Hunde. Das war der Rahmen seiner zweiten Ehe, und er behielt das Haus länger als seine neue Frau. Von ihr eignete er sich an, was ihm gesellschaftlich noch an Kenntnissen fehlte; und er zahlte selbstverständlich dafür.

Die zweite Scheidung fiel zeitlich mit seinem Eintritt in die Armee zusammen. Er drehte Ausbildungs- und Kriegsfilme und reiste kreuz und quer durch Europa im Schlepptau all der Generale, internationalen Schönheiten und Schwarzhändler, Politiker, Filmproduzenten und Staatsmänner. Er schuf sogar seinen letzten guten Film – einen Dokumentarfilm über Fallschirmtruppen – so unterschiedlich von all den Schlachtenbildern, die man sonst auf der Leinwand zu sehen bekam, daß die Armee die Freigabe des Films verweigerte.

Als Eitel aus dem Kriege zurückkam, erwarb er sich seinen endgültigen Ruf. In den darauffolgenden Jahren, so verlautete gerüchteweise, habe er mit der Hälfte aller gutaussehenden Frauen Hollywoods geschlafen, und keine Woche verging, ohne daß sein Name in der Klatschspalte der einen oder anderen Zeitung zu finden war. Er fuhr fort, für Supreme Pictures Filme herzustellen, die hervorragend waren. Häufig beschränkte sich der Wert auf einen wirksamen Anfang oder auf einzelne Szenen von ausgezeichneter Qualität, die Erinnerungen an seine frühere Arbeit zurückriefen. Als sein Talent ohne sichtlichen Schaden für seine Karriere zu verblassen begann, denn viele seiner Filme waren Kassenerfolge, und ihr Urheber zählte zu den bestbezahlten Regisseuren im Studio, schien er eine Vorliebe für Filme mit gewaltsamen Handlungen und bizarren Charakteren zu entwickeln, bis er schließlich daraus einen besonderen, erfolgreichen Typ schuf. Der „Eitel-Stil" garantierte eine ausreichende Anzahl von Morden vor exotischem Hintergrund. „Das Publikum setzt sich aus sentimentalen Leuten zusammen, die eine unnatürliche Liebe für Tote haben", sagte er einmal zu mir.

Von all dieser Zeit, die damit verging, Geld zu verdienen und meist wieder auszugeben, Filme zu drehen, die stets Kompromisse waren – Schauspieler, Drehbuch und Handlung lieferten Supreme Pictures, während Charles Francis Eitel ihnen jeweils nur den Stempel des Meisters aufzudrücken hatte –, von all dieser Zeit war das letzte Jahr seiner Tätigkeit im Studio für ihn das bedrükkendste. Wiederholt kam er in unseren Unterhaltungen darauf zurück.

Dieses letzte Jahr hatte mit seiner dritten Scheidung begonnen. Er heirate stets aus Mitleid, erklärte mir Eitel einmal, und nun sei er inzwischen dazu gelangt, seinem Mitleid zu mißtrauen. Dahinter verbarg sich seine Eitelkeit. „Ich bin der Typ des Mannes, der fünf- oder sechsmal heiraten muß, weil er einfach nicht glauben kann, daß so ein armes Ding ohne ihn auskommt.“ Die dritte Frau, jene Lulu Meyers, von der Jay-Jay gesprochen hatte, war eine Schönheit. „Sie werden sie früher oder später kennenlernen“, sagte Eitel zu mir. „Zwischen den Filmen kommt sie stets hierher.“ Lulu sei sehr jung gewesen, erklärte Eitel, und er habe wirklich geglaubt, daß sie ihn brauche. „Es wirkt auf einen demoralisierend, wenn eine Ehe in die Brüche geht. Man kommt aus dem Gleichgewicht. Diesmal wurde es dadurch schlimmer, daß ich gerade nicht an einem Film arbeitete. Wie es kam, weiß ich nicht, aber ich geriet anschließend in eine ganz trostlose Affäre mit einer rumänischen Schauspielerin. Sie hatte ein Leben hinter sich, das so fürchterlich war, daß man es nicht ertragen kann, auch nur daran zu denken. Ihr erster Mann, von dem sie behauptet, daß sie ihn liebte, kam bei einem Verkehrsunfall ums Leben; der zweite brannte mit ihrem Geld durch. Anscheinend war sie in Rumänien eine bekannte Schauspielerin gewesen. Als der Krieg ausbrach, steckte man sie in ein Konzentrationslager, obgleich sie, nach allem, was ich von ihr weiß, ebensogut hätte eine Nazi-Anhängerin sein können. Schließlich traf sie in Amerika mit nichts anderem als ihrem schrecklichen rumänischen Akzent ein. Hier zählte nicht, was für eine Größe sie in Rumänien gewesen sein mochte. Es gibt nicht viele Rollen, die man mit beinahe fünfzig Jahren spielen kann, wenn man nicht mehr gut aussieht und einem dieser gräßliche Akzent anhängt. Sie brachte sich kümmerlich als technischer Beirat bei Filmen durch, die im Balkanmilieu spielten.“

Wir saßen auf dem Patio, der sich vor dem Wohnzimmer von Eitels Haus erstreckte. Plötzlich schwieg er und schnitt dem Yuccabaum, der sich im Schatten des Zwielichts blau färbte, eine Grimasse. „Sergius O'Shaugnessy“, sagte er in jenem komischen Pathos, mit dem er meinen Namen auszusprechen beliebte, „was suchen Sie eigentlich hier in Desert D'Or, Sie smarter Ire?“

„Nichts“, sagte ich, „ich versuche, meine Fliegerzeit zu vergessen.“

„Haben Sie Geld genug, dies beliebig lange fortzusetzen?“ fragte er mich.

„Etwa für ein Jahr.“

„Und was dann?“

„Darüber werde ich nachdenken, wenn das Geld verbraucht ist.“

„Sind Sie wirklich nur hier, um sich zu amüsieren?“ fragte Eitel ungläubig. Ich nickte. „Frauen?“ fuhr er fort.

„Wenn ich's schaffe.“

„Sergius, Sie sind ein Gentleman des zwanzigsten Jahrhunderts“, sagte er, und wir lachten beide.

„Das schlimmste an meiner Rumänin ist“, fuhr er fort, „daß sie einmal sehr anziehend gewesen war und sich zu viele Männer in sie verliebt hatten. Und nun wurde es umgekehrt, keiner bewunderte sie mehr, sie war empfindlich, und so bewunderte sie mich.“ Er mochte sie jedoch gar nicht, erklärte Eitel, und gerade deswegen fühlte er sich verpflichtet, so nett wie möglich zu ihr zu sein. „Auf solcher Basis kann so etwas weitergehen. Es hielt ein ganzes Jahr an. Ich gehöre nicht zu den Männern, die einer Frau wenigstens mit einer gewissen Regelmäßigkeit die Treue halten. Auf meine Art bin ich zwar immer ein anständiger Kerl gewesen, der es jedoch fertigbrachte, im Laufe einer Nacht von einer Frau zur nächsten zu wandern; anders glaubte ich beide Damen nicht wirklich gern haben zu können. Trotzdem war ich ihr treu, dieser Rumänin – auf meine Art. Sie hätte mich gern jeden Abend bei sich gehabt, denn sie hatte Angst davor, allein zu bleiben. Ich aber hätte sie am liebsten nicht mehr wiedergesehen. Das Ergebnis war, daß wir uns an zwei Abenden in der Woche trafen. Einerlei, ob ich mich gerade in einer neuen Liebesaffäre befand oder in einem Interregnum; ob ich für diesen Abend eine Verabredung hatte oder nicht – Dienstag und Donnerstag ging ich zu ihr und schlief dort. Sie war übrigens von einer bedrückenden Leidenschaftlichkeit.“

„Wie kann Leidenschaftlichkeit bedrückend sein?“ fragte ich.

Eitel nahm es freundlich auf. „Sie haben recht, Sergius. Es war nicht wirklich Leidenschaft, und deshalb ließ sie mich kalt. Sie war hungrig, nichts weiter.“ Er schickte sich an, einen Cocktail zu mischen, doch er klapperte nur mit den Eiswürfeln in seinem Glas. „Wie ich schon sagte, glaubte ich damals wirklich, ich ginge nur zu ihr, weil ich sie nicht kränken wollte. Aber zurückblickend möchte ich doch sagen, daß es nicht ganz stimmte, denn ich brauchte sie.“

„Ich weiß nicht, ob ich Ihnen folgen kann."

Eitel schüttelte den Kopf. „Vielleicht war ich nicht in bester Verfassung, nachdem Lulu fortgegangen war."

„Einige meinen, daß Sie sie immer noch lieben", sagte ich geradeheraus. Ich glaube, daß das auch meine Meinung war. Ich hatte Lulu Meyers vor fast einem Jahr gesehen, aber nur aus einer Entfernung von zwanzig Metern, als sie durch unsere Offiziersmesse, umgeben von sie bewundernden Generalen, schritt, und dann noch einmal hundert Meter entfernt, als Tausende von Soldaten zwischen mir und ihr saßen und sie einen kleinen Schlager auf einer improvisierten Überseebühne vortrug und mit uns von der Bühne herunter plauderte, wobei sie so unnahbar blieb wie eine Märchenprinzessin, die über den Pazifik zu uns geflogen war, um einige wenige Gunstbezeigungen zu verschenken, einen Hauch ihres Parfüms, einen Lederfleck vom Absatz ihrer Tanzschuhe oder eine Spange von ihrem Kleid.

Ich erinnere mich sogar, den Namen ihres Mannes gehört und wieder vergessen zu haben, und deshalb machte es auf mich einen großen Eindruck, jetzt über sie so ganz nebenbei mit dem Mann sprechen zu können, der ihr Ehemann gewesen und jetzt mein Freund geworden war.

„In Lulu verliebt?" fragte Eitel. Er begann zu lächeln. „Ach, Sergius, in unserer Ehe paarten sich zwei Nullen." Er goß jetzt seinen Cocktail ein und nahm einen kleinen Schluck, bevor er das Glas wieder absetzte. „Als Lulu und ich heirateten, sah ich das Ende bereits voraus. Das quälte mich hinterher. Man beginnt sich wie ein Nachtwandler zu fühlen, wenn man nicht einmal am Hochzeitstag an das Bestehen seiner Ehe glauben kann. Deshalb brauchte ich die Rumänin. Meine Arbeit ging indessen vor die Hunde." Es war ihm nach fünfzehn Jahren und achtundzwanzig Filmen bewußt geworden, daß er weiter von seinem geheimen Ziel entfernt war als zu Beginn, daß er nie machtvoll genug sein würde, um nur noch Filme zu drehen, für die er wirklich Neigung besaß. Das ging bis zu dem Tage, an dem er niedergeschlagen erkannte, daß er gar nicht den ernsthaften Wunsch hatte, seine eigenen Filme zu machen, daß er mit Hollywood auf Gedeih und Verderb verheiratet war und daß er nichts anderes kannte, was ihn mehr zu verlocken vermöchte. Noch schlimmer war es, daß er nach fünfzehn Jahren dabei war, seinen Ruf, über den er einst gleichgültig die Nase gerümpft hatte, zu verlieren. Sein letzter Film „Liebe ist vergänglich" war ein kostspieliger Mißerfolg gewesen; aber auch die beiden vorangegangenen hatten keinen Erfolg gehabt.

„Und dann", sagte Eitel, „kam dieses verfluchte Untersuchungskomitee." Monatelang hatte es über ihm gehangen. Zu viele Aufrufe trugen seinen Namen, und bei vielen Gelegenheiten hatte er Geld gespendet, erst aus Überzeugung, dann aus Schuldgefühl, schließlich aus Gewohnheit. Für ihn gehörte das alles der Vergangenheit an; er hielt sich jetzt für politisch desinteressiert, und doch erfuhr er, daß er zu einer der nächsten Ausschußsitzungen vorgeladen werden sollte. Das aber bedeutete, daß er seine Position in Hollywood verlieren würde, falls er nicht willens war, die Namen aller ihm bekannten Personen preiszugeben, die jemals jenen Parteien oder Komitees angehörten, die als diskriminiert auf der Regierungsliste standen. Er fühlte nichts mehr für alle die Leute, die er einmal gekannt hatte; einige mochte er auch noch heute in seinen Gedanken gut leiden, aber sich ihretwegen seine Karriere zu verscherzen, indem er sie durch sein Schweigen verteidigte und damit indirekt ein politisches System, das bestenfalls für ihn identisch war mit dem Studio, für das er gearbeitet hatte – das erschien ihm lächerlich. Aber sein Stolz machte ihm zu schaffen. Man kroch nicht vor politisch ehrgeizigen Leuten zu Kreuze. „Es war eine entsetzliche Zeit", sagte Eitel. „Ich vermochte keinen Entschluß zu fassen." Er lächelte bei der Erinnerung, als ob er erfreut sei, daß nun alles vorüber war. „Sie können sich keinen Begriff von der Arbeit machen, die ich da hineinsteckte. Die moralische Frage zu erörtern blieb mir keine Zeit, ich war zu sehr damit beschäftigt, mit meinem Anwalt zu konferieren, mich mit meinem Agenten zu besprechen, der im Studio seine Fühler ausstreckte, und mit meinem Vermögensverwalter, der endlose Sitzungen mit Bücherrevisoren hatte, die meine Einkommensteuererklärungen erneut durchsahen. Sie erforschten die Lage, man klärte sie und erforschte sie aufs neue – ein Ausweg wurde nicht gefunden. Meine Unkosten seien hoch, sagten sie mir, mein Gehalt dürfe nicht niedriger werden; mein Kapital sei durch die Scheidungen zerflossen, und obendrein fand ich bei Supreme Pictures keine Rückendeckung. Mein Agent war sogar überzeugt, das Studio hätte im Hinblick auf mein hohes Gehalt das Komitee geradezu ermutigt, die Untersuchungen gegen mich zu betreiben. Nüchtern betrachtet, verblieb mir nur noch wenig bares Geld. Deshalb rieten sie mir alle das gleiche, nämlich mit dem Komitee zusammenzuarbeiten." Eitel zuckte die Schultern. „Ich sagte zu. Es war mir zuwider, aber es war nicht zu ändern. Mein Anwalt und ich fingen an, in stundenlanger Arbeit die Namen zu überprüfen, wobei sich herausstellte, daß ich fünftausend Menschen in Hollywood gekannt haben mußte. Mittendrin änderte ich wieder meinen Entschluß. Ich veranlaßte den Anwalt, einen neuen Plan auszuarbeiten für den Fall, daß ich mich nicht fügen würde. Und während dieser ganzen Zeit gingen meine Freunde bei mir ein und aus, um mir Ratschläge zu erteilen. Einige drängten darauf, ich solle reden, andere rieten, mich verschlossen zu zeigen, wieder andere kamen nur, um zu erklären, daß sie sich in meiner Lage auch keinen Rat wüßten. Ich fand kaum noch Schlaf. Keinen kümmerte es, daß ich gerade in einem neuen Film steckte. Das Studio hatte mich für eine musikalische Komödie mit dem Titel ‚Sturm ahoi' engagiert. Nichts Schlimmeres hätte mir passieren können; denn ich hasse musikalische Komödien."

Alles ging mit dem Film verkehrt. Der Produzent mischte sich in Eitels eigenstes Arbeitsgebiet, die Inszenierung; dann tauchten plötzlich Filmgrößen auf, die kein Wort von sich gaben. Verzögerungen traten ein, die vermeidbar, und andere, die nicht zu verhindern gewesen waren; die Hauptdarstellerin erkrankte, Farbaufnahmen wurden durch unglaubliche Belichtungsirrtümer versaut, und ein Kulissenarbeiter erlitt einen Unfall. Es gab Streit mit dem Kameramann. Dann entschloß man sich plötzlich, Änderungen im Drehbuch vorzunehmen. Zeitlich war man bereits mehrere Tage im Rückstand. Eine kostspielige Szene mit Komparsen, für die man einen Vormittag angesetzt hatte, erstreckte sich bis zum nächsten Morgen. Die Leistung war beispiellos mangelhaft, und Eitel wußte, daß er daran schuld war. Jede Nacht saß er im Vorführungsraum, um die fertiggestellten Aufnahmen zu überprüfen. Das war Salz in seine Wunden. Der Film war schlecht, doch je besessener er an ihm arbeitete, desto schlechter wurde er. Mal war das Tempo zu schleppend, mal zu schnell; die Darstellung armselig: eine Komödie ohne Witz mit übersteigerten Gefühlsergüssen. Die Schlußszenen mit ihrem riesigen Aufgebot an Tanzgirls und ewig wechselnden Dekorationen wurden zerrissen von der Auffassung des Ballettmeisters auf der einen und Eitels auf der anderen Seite, wobei Eitel, der nicht einmal ein musikalisches Thema erkennen konnte, dem anderen noch vorwarf, daß er ohne musikalische Einfälle sei. Das störendste von allem war der „Eitel-Stil". Hier und da gab es eine Szene mit abstraktem Libretto, verworrenen Schatten und einem sinnlosen Anflug von „Atmosphäre". So ging das drei Wochen lang, bis es eines Morgens zum endgültigen Krach kam. Produzent, Regisseur, Schauspieler, Kameramann, Bühnenarbeiter, Ballettmeister und Girls liefen gereizt auf der Bühne durcheinander. Eitel, am Rande seiner Kräfte und jenseits jeder Selbstkontrolle, stürzte fort und verließ das Studio – eine Schlacht im Rücken, von der er nicht wußte, wie sie ausgehen würde. Supreme Pictures lösten sofort den Vertrag, und am nächsten Morgen wurde einem anderen Regisseur die undankbare Aufgabe übertragen, „Sturm ahoi" zu beenden. Eitel war nicht einmal persönlich anwesend, um seine Entlassung entgegenzunehmen. Seit er an jenem Morgen das Studio verließ, hatte er begonnen, ein eigenes Drehbuch auszuarbeiten, das, Termin hin, Termin her, einige Tage benötigen würde.

6

Er kehrte umgehend in sein Vierzehn-Zimmer-Haus zurück und befahl dem Diener, niemandem die Tür zu öffnen. Seine Sekretärin war auf Urlaub. Er rief den Kundendienst an und gab Anweisung, alle Gespräche der nächsten zwei Tage für ihn entgegenzunehmen. Dann setzte er sich in sein Arbeitszimmer und begann zu trinken. Das Telefon klingelte den ganzen Nachmittag über, und das einzige Zeichen dafür, wieviel Alkohol er in sich hineingeschüttet hatte, war, daß ihm das Klingeln des Telefons immer alberner erschien. Völlig betrunken zu werden, gelang ihm nicht. Der Gedanke, daß er in achtundvierzig Stunden vor dem Komitee zu erscheinen hatte, ernüchterte ihn. „Nun bin ich also frei", sagte er zu sich selbst, „ich kann tun, was ich will." Aber anscheinend kam er auf nichts anderes, als sich den Schaden auszurechnen, der dadurch entstanden war, daß er „Sturm ahoi" im Stich gelassen hatte. Sein Vertrag mit Supreme Pictures war erledigt, daran hatte er keinen Zweifel. Dennoch war seine Lage noch nicht hoffnungslos. Falls er bereit war, mit dem Komitee zusammenzuarbeiten, würde er in einem anderen Studio Arbeit finden. Jedenfalls stand fest, daß sein übereilter Wutausbruch ihm für die nächsten fünf Jahre ein paar hunderttausend Dollar weniger Geld einbringen würde. Er ertappte sich dabei, Trost darin zu finden, daß ja doch alles das Finanzamt schlucken würde. Am Abend vor der Vernehmung hatte er seinen Anwalt immer noch nicht gesehen und ihn schließlich nur kurz am Telefon unterrichtet, daß er ihn eine halbe Stunde vor Beginn der Verhandlungen in seinem Büro aufsuchen würde. Dann rief Eitel den Kundendienst an und machte sich bereit, die Namen derjenigen entgegenzunehmen, die ihn in den letzten sechsunddreißig Stunden angerufen hatten. Es handelte sich um mehr als hundert Anrufe, und nach kurzer Zeit wurde er es überdrüssig, all das aufzunehmen, was man ihm mitzuteilen wünschte. „Geben Sie mir nur die Namen, nicht die Mitteilungen", sagte er zu dem Telefonfräulein, und selbst diese verdrängte er bereits in dem Augenblick, als er sie hörte. Als Marion Faye unter den Namen auftauchte, unterbrach er das Telefonfräulein: „Was wollte Faye?"

„Er hinterließ keine Nachricht, nur eine Telefonnummer."

„Vielen Dank, das genügt. Die übrigen können Sie mir später geben."

Faye erschien eine Stunde nach Eitels Anruf. „Nun, beim Versuch, sich daran zu gewöhnen, allein zu leben?" begrüßte er Eitel.

„So ist es."

Marion setzte sich und klopfte eine Zigarette sorgfältig auf sein Platinetui. „Gestern sah ich Dorothea", sagte er. „Sie wettete, daß du aussagen wirst."

„Ich ahnte nicht, daß Leute meinetwegen Wetten abschließen."

Faye zuckte die Achseln. „Bei welcher Gelegenheit wetten die nicht?"

„Warum eigentlich?"

„Weil es ihnen eine Genugtuung bereitet."

„Nun", fragte Eitel, „und du, wie hast du gewettet?"

Faye sah ihn an. „Ich wettete dreihundert Dollar, daß Dorothea unrecht behält."

„Vielleicht solltest du besser auf beide Möglichkeiten setzen."

„Dann schon lieber verlieren."

Eitel versuchte, sich im Stuhl zurückzulehnen. „Ich habe unerfreuliche Geschichten über dich gehört."

„Sie stimmen."

„Mir unbegreiflich.“

„Wir werden ein anderes Mal darüber reden. Ich wollte dir nur sagen...“

„Nun, was?“

Marion hatte seine Stimme nicht ganz in der Gewalt. „Ich wollte dir sagen, daß ich jede Verbindung mit dir abbreche, falls ich meine Wette verlieren sollte.“

Die Förmlichkeit, mit der er das sagte, ließ ihn sehr jung erscheinen.

„Marion!“ rief Eitel in Ermangelung einer Antwort.

„Wirklich“, versicherte Faye.

„Ich habe dich in den letzten drei Jahren vielleicht dreimal gesehen. Was für eine Freundschaft hätte ich da schon zu verlieren?“

„Halt's Maul“, sagte Faye. Seine Stimme zitterte.

Diese Antwort brachte Eitel auf. Früher war Marion ganz besonders gewählt in seinen Ausdrücken gewesen.

„Ich wollte mit dir sprechen“, sagte Eitel.

„Höre“, murmelte Faye. „Ich kenne dich, Charley, ich weiß, daß du keinen Namen nennen wirst.“

„Vielleicht doch.“

„Wozu? Damit man dich noch ein paar schlechte Filme mehr machen läßt?“

„Was sollte ich sonst tun?“

„Denk nach. Das hast du dich seit fünfzehn Jahren gefragt.“

„Vielleicht habe ich mich selber genarrt.“

„Es geht doch um die große Zukunft... oder nicht? Du wirst Wassersuppen kochen, bis du stirbst.“

Eitel konnte sich nicht darüber klarwerden, was er getan haben würde, wenn ihn Faye nicht aufgesucht hätte. Jedenfalls ging er nach einer besonders schlecht verbrachten Nacht am folgenden Morgen in das Büro seines Anwaltes, begrüßte ihn mit seinem breiten, heiteren Lächeln und sagte wie nebenbei: „Ich werde keine Namen nennen“, als ob das von Anfang an beschlossene Sache gewesen sei. „Bewahren Sie mich einzig und allein vor dem Gefängnis, das ist alles.“

„Sie sind sicher, daß Sie Ihre Absicht unterwegs nicht ändern werden?“ antwortete der Anwalt.

„Diesmal nicht.“

In den nachfolgenden Wochen versuchte Eitel über sein Erscheinen vor dem Komitee nachzudenken, denn es hatte sich seinem Gedächtnis als etwas eingeprägt, das ihn stolz machte. Er hatte genauso gehandelt, wie er es erhoffte; er war kühl gewesen, hatte nie die Kontrolle über seine Stimme verloren, und zwei Stunden lang wich er trotz aller Erregung unangenehmen Fragen aus. Und aus Freude darüber, daß der Druck all dieser vorangegangenen Wochen nun endlich gewichen war, schnitt er sich selbst jeden Rückzug ab. Als es vorüber war, schritt er durch eine Ansammlung von Fotografen, entwischte in seinen Wagen und brauste davon. Es war ein Uhr mittags, aber er verspürte keinen Hunger. Von seiner guten Laune angetrieben, unternahm er eine Fahrt durch die Berge.

Das Kreischen der Reifen auf der kurvenreichen Strecke tat seinen Nerven wohl.

Das war endlich überstanden! Wie betäubt fuhr er schließlich langsam einen Boulevard entlang, der zum Meer führte, und dann weiter kreuz und quer über viele Kilometer, ohne daß seine Augen das blaue Meer, die Badehäuser der Filmkolonie oder die Olivenhaine aufnahmen, die sich über der Straße erhoben. An einem breiten Strand vor der Stadt, wo sich die Dünung in langen, gleichmäßigen Wogen ausrollte, hielt er an, setzte sich an den Rand des Wassers und beobachtete die Wellenreiter. Alle waren sie jung, zwischen achtzehn und zwanzig, mit ihren geschmeidigen Körpern, dem Bronzeton der gebräunten Haut und ihren von der Sonne gebleichten Haaren. Sie lagen gruppenweise schlafend im Sand, tobten sich balgend umher oder beobachteten die Wellenreiter, wenn sie sich, eine halbe Meile vom Ufer entfernt, aufrichteten und auf dem ersten Wellenkamm balancierten. Mit den Füßen fest auf dem Brett, schossen sie mit ausgebreiteten Armen der Brandung voraus. Sobald sie in flaches Wasser gerieten und nun nicht länger mehr aufrecht stehen konnten, sprangen sie ab, steckten die riesigen Bretter in den Ufersand, und dann lagen sie nebeneinander, die Jungen mit den Köpfen auf den Hüften der Mädchen. Eitel beobachtete sie aufmerksam. Er verlor sich in den Anblick eines großen, kräftigen Mädchens mit runden Gliedern und prächtigen Brüsten. Keine fünf Meter von ihm entfernt stand sie vorgebeugt allein da und bürstete sich den Sand aus ihrem blonden Haar. Sie schien sich der Schönheit ihres Körpers und daß es eine Lust zu leben sei, äußerst sicher zu sein. Mit einer bei ihm seltenen Spontaneität kam ihm der Gedanke: „Die muß ich haben“, und er sprach sie auch sofort an.

„Ist es schwer, auf diesen Brettern zu reiten?“ fragte er lächelnd.

„Das kommt drauf an.“ Der Sand in ihrem Haar schien ihr wichtiger zu sein.

„Wo könnte ich jemanden finden, der es mir beibringt?“ versuchte er es nochmals.

„Weiß ich nicht. Warum versuchen Sie es nicht allein?“ Er spürte, wie gleichgültig er ihr war. Das brachte ein unangenehmes Kribbeln auf der Haut seines Gesichtes hervor.

„Wenn Sie mir nicht helfen, werde ich sicherlich ertrinken“, sagte er mit Augenzwinkern, und seine Stimme versuchte, die Spröde zu bezaubern. Das Mädchen gähnte. „Besorgen Sie sich ein Brett, und irgend jemand wird es Ihnen schon beibringen.“

Ein flachshaariger Bursche von etwa neunzehn Jahren mit breiten Schultern und kräftigen Beinen raste an ihnen vorbei, klatschte auf ihre Hüfte und rief mit dröhnender Stimme: „Komm mit ins Wasser!“ Sein Gesicht zeigte unausgeprägte Züge und schien nur ein Stück gesunden Fleisches zu sein, das mit den Muskeln seiner Glieder harmonierte. „Warte nur, Chuck, warte, bis ich dich kriege!“ rief das Mädchen und stürzte den Strand entlang hinter ihm her. Chuck blieb stehen, sie fing ihn, und sie rangen miteinander voll tierischen Vergnügens. Chuck bewarf ihr Haar mit Sand, während sie aufkreischte. Einen Augenblick später rasten sie weiter über den Sand, tauchten im seichten Wasser unter und kamen wieder hoch, sich gegenseitig bespritzend.

„Ich war zu allem bereit“, gestand mir Eitel. „Ich wollte ihr meinen Namen nennen und auf die Chancen hinweisen, die ich ihr bieten könne.“ Er hielt ein. „Plötzlich war mir zum Bewußtsein gekommen, daß ich keinen Namen mehr hatte, und das war eine so schreckliche Erkenntnis. Ich war mir all diese Jahre so wichtig vorgekommen, weil so viele Leute nach dem Namen Charles Francis Eitel jagten, und um ihn zu erwischen, mußten sie zuvor auf mich treffen. Nun gab es nur noch mich.“ Er lächelte voller Selbstironie. „Wie gesund waren doch diese jungen Menschen. Sie glichen Ihnen“, sagte er geradeheraus, und ich erkannte einen weiteren Grund dafür, warum Eitel meine Gesellschaft liebte.

„Ich setzte mich wieder in meinen guten, alten Cadillac, kehrte zur Stadt zurück und kam mir wie ein älterer Mann vor, der gedenkt, sich einen Schnurrbart wachsen zu lassen. Als ich heimkam, hatte meine Rumänin angerufen. Sie hing noch immer an mir." Eitel schüttelte den Kopf, als wundere er sich über sich selbst. „Das überzeugte mich von der Notwendigkeit, die Stadt sofort zu verlassen. Seitdem ich jenes Mädchen gesehen hatte, bedrängte mich das Gefühl, die Beziehungen zu der Rumänin nicht weiterführen zu können. Trotzdem hatte ich sie nie so gern gehabt wie gerade in diesem Augenblick, wenn ich mir auch bewußt wurde, drauf und dran zu sein, mich in etwas vollkommen Unmögliches zu verwikkeln. Ich sprach mit meinem Vermögensverwalter und bat ihn, das Haus zum Verkauf zu stellen, das Personal zu entlohnen, und bestieg ein Flugzeug nach Mexiko." Auf diesem abendlichen Flug nach dem Süden ließ ihn ein flüchtiger Blick in die Zeitung seinen Namen auf der rechten Seite finden. Wie sie mich doch hassen müssen, dachte er, und dann fiel er in einen erschöpften Schlaf.

In einem Seebadeort Mexikos, der Desert D'Or ähnelte, nur daß er sich an eine Felswand schmiegte, erreichte ihn die Reaktion der Öffentlichkeit. Hunderte von Briefen trafen ein; die Broschüre einer Vegetarier-Vereinigung; die Präsidentin des „Klubs der Verehrer Lulu Meyers" schrieb, daß sie glücklich sei, daß sich Lulu von ihm habe scheiden lassen; andere Briefe enthielten zotige Andeutungen. Aber auch einige wenige Glückwünsche langten ein. Dem Brief eines Anti-Raucher-Vereins lag eine mit rotem Bleistift umrandete Fotografie bei, die Eitel nach der Zeugenaussage darstellte, eine Zigarette rauchend. Eitel ist unter die Verrückten geraten, dachte er und schickte sich an, den Brief seines Vermögensverwalters zu öffnen, der ihn über die katastrophale Steuernachzahlung unterrichtete.

„Eigentlich war es nicht so arg in Mexiko", sagte Eitel, „wenn auch gräßlich genug. Sie werden es nicht glauben, weil Sie mich erst jetzt kennengelernt haben, aber ich war immer fähig gewesen, einen riesigen Arbeitsanfall zu bewältigen, und nun schien ich plötzlich nicht mehr imstande zu sein, irgend etwas zu vollenden."

Ich nickte; man hatte es mir zugetragen, daß Eitel, wenn er einen Film drehte, achtzehn Stunden hintereinander zu arbeiten vermochte. „Es gab ein paar Wochen da unten", fuhr er fort, „in denen mir bewußt wurde, in was für einer schlechten Verfassung ich mich befand. Nach all dem, was ich in meinem Leben getan habe, mag es Ihnen eigenartig klingen, daß ich mich wieder mit dem

Traum der Studienzeit beschäftigte, als ich mir vorgenommen hatte, stets nur ich selbst zu sein, und wie ich Jahre nach dem Examen damit zubrachte, umherzureisen, um überall Erfahrungen zu sammeln. Natürlich ist es naiv, aber jeder Künstler hat wohl diese Art Ehrgeiz, solange er jung ist, glaube ich. Jedenfalls habe ich viel zu früh geheiratet, und als ich auch darüber in Mexiko nachdachte, kam es mir vor, als ob ich seitdem niemals wieder ein freier Mensch war. Immer war ich in irgend etwas verwickelt, was ich eigentlich gar nicht wollte. Ich begann zu glauben, daß der Hauptgrund für mein Verhalten gegenüber dem Komitee der Wunsch war, wieder ganz allein für mich zu sein. Und dennoch wußte ich nicht, was ich mit dieser Freiheit, die ich mir verschafft hatte, nun anfangen sollte. Ja, das war es, was mich in eine so schlechte Verfassung brachte."

Eitel lächelte. „Gleichwohl – gewonnen oder verloren –, ich brachte es schließlich fertig, nicht mehr darüber zu brüten. Ich versuchte, mich von den Plätzen fernzuhalten, an denen ich Bekannte treffen könnte, und meine Gedanken gingen in eine neue Richtung. Langsam erwachte mein Interesse an einer kleinen Erzählung wieder, die seit Jahren behütet in mir ruhte." Er tippte auf das Manuskript, das neben ihm auf dem Tisch lag. „Wenn dies gelingt, wird ein Film daraus, der so manche frühere schlechte Arbeit rechtfertigen wird." Er blätterte durch die Seiten. „Ein Jammer, daß es mich drängte, hierher zurückzukehren."

„Sie scheinen aber hier nicht viel mehr zu tun als in Mexiko", sagte ich sanft.

Eitel nickte. „Es ist lächerlich, ich weiß, aber ich konnte die Einsamkeit dort nicht länger ertragen. Wenn man in meinem Alter ist, fällt es schwer, nach einem neuen Wohnort Ausschau zu halten. Ich wollte wieder unter Menschen sein, die mich kannten." Er lächelte. „Sergius, ich schwöre Ihnen, ich werde anfangen zu arbeiten. Dieser Film muß gemacht werden."

„Würde Ihnen denn jemand das Geld geben?" fragte ich.

„Das ist nicht das eigentliche Problem", sagte Eitel. „Ich kenne einen Produzenten in London. Ich mag ihn nicht, aber ich kann mit ihm arbeiten, wenn ich muß. Wir haben miteinander korrespondiert. Er ist begeistert von meiner Idee, und in Europa kann ich unter einem Pseudonym drehen. Notwendig ist nur, ein gutes Drehbuch zu schreiben." Er seufzte. „Aber das ist nicht so einfach.

Ich fühle mich, als wäre ich amputiert worden. Wissen Sie, ich habe seit drei Monaten keine Frau besessen.“ Ich begriff Eitel nach diesem Bericht noch weniger. Immer hatte ich angenommen, daß Sich-selbst-Erkennen genüge, um das Leben zu meistern, vermutlich weil ich mich selber überhaupt nicht kannte. Ich konnte nicht verstehen, wie Eitel sich so klar zu erkennen und doch nicht folgerichtig zu handeln vermochte. Auch wunderte ich mich sehr darüber, daß er mein Schweigen über meine Vergangenheit nicht übel aufnahm. Gern hätte ich mit ihm über diese Dinge gesprochen, um sie zu klären, aber es war mir nicht möglich. Oftmals, wenn ich ihn verlassen hatte und wieder in mein ödes Haus zurückgekehrt war, das ich am Rande der Wüste gemietet hatte, hörte ich auf, über Eitel und seine mir so fremde Welt nachzudenken, und dann überfiel mich meine eigene Vergangenheit mit all ihrer Qual und Verwirrung, die so groß gewesen waren, daß ich mich nicht erinnern kann, während meiner Fliegerzeit jemals das Waisenhaus erwähnt zu haben. Ich hatte ein solches Verlangen danach, wie jeder andere behandelt zu werden, wenigstens wie jeder, dem Erfolg beschieden war, und um Erfolg zu haben, studierte ich nächtelang, um die Vorführungen zu bestehen. Bis ich die Fliegerschule absolviert hatte, schien mir nichts wichtiger, als das Pilotenabzeichen zu ergattern.

Es ist schwer zu beschreiben, was es für mich bedeutete, Flieger zu sein. Ich hatte Freundschaften geschlossen, von denen ich glaubte, sie würden ewig halten, und in den Kämpfen rettete ich, wie sich das von selbst versteht, verschiedene Male das Leben von Kameraden, genauso, wie sie das gleiche für mich taten. Wir hegten Gefühle füreinander, die selten und erhebend waren. Wir wußten oder fühlten, daß niemand sich mit uns messen konnte. Wir waren besser, wir waren stärker. Wir waren sehr stolz.

Zum erstenmal in meinem ganzen Leben glaubte ich, eine wirkliche Heimat gefunden zu haben. Doch auch diese Heimat brach eines Tages zusammen. Ich erinnere mich noch sehr genau an dieses entscheidende Ereignis, das sich nicht einmal im Luftkampf abspielte. Ein feindliches Flugzeug zu bekämpfen, war eine unpersönliche Angelegenheit. Man fühlte sich dabei unbelastet, wie bei allen Kämpfen ähnlicher Art. Ich hatte stets das Empfinden dabei, daß es nur darum ging, in einem Spiel zu gewinnen. Ich flog einen Einsatz, wie ich zu boxen pflegte als kalter Schläger. Im Laufe der

Zeit wurde ich abgestumpft. So erging es auch den übrigen, aber dennoch blieb es die einzige Phase meines Lebens, in der ich glücklich war und nicht den Wunsch hatte, irgendwo anders zu sein. Selbst der Gedanke an den Tod störte nicht, denn ein Leben außerhalb der Luftwaffe schien mir reizlos zu sein. Darum konnte ich mir auch nicht vorstellen, was später einmal sein würde.

Manchmal belegten wir aus taktischen Gründen kleine Dörfer mit Brandbomben. Ich tat dies nicht besonders gern, aber ich pflegte mit den Handgriffen, die erforderlich waren, um mein Flugzeug in den Sturzflug zu bringen und die Brandbomben über den vorgeschriebenen Plätzen abzuwerfen, allzu beschäftigt zu sein, um andere Gedanken aufkommen zu lassen. Zudem ist, aus der Luft gesehen, eine brennende Stadt kein häßlicher Anblick.

Eines Morgens kam ich von einem solchen Einsatz zurück und ging zum Frühstück in die Offiziersmesse. Wir waren auf einem Flugplatz in der Nähe von Tokio stationiert, und einer unserer japanischen Küchenhelfer, ein fünfzehnjähriger Bursche, hatte sich gerade seinen Arm an einem umgeworfenen Suppenkessel verbrannt. Wie fast alle diese asiatischen Bauern war er von zäher Natur, und so servierte er die Gerichte mit einer Hand, während er den verbrannten Arm steif hinter sich hielt und ihm der Schweiß auf der Stirn stand. Zugleich verbeugte er sich mit einer kleinen entschuldigenden Grimasse, weil er unser Mahl störte. Ich konnte meine Augen nicht von der Brandwunde wenden; sie reichte vom Ellbogen bis zur Schulter hinauf, und die Haut hatte begonnen, große Blasen zu werfen. Der Junge begann, mir auf die Nerven zu fallen. Zum erstenmal seit Jahren dachte ich wieder an meinen Vater, an den Buckligen und an Schwester Roses Lektion über die Pflicht des Menschen.

Nach dem Frühstück nahm ich den Küchenjungen beiseite und fragte den Koch nach der Brandsalbe. Es war jedoch keine vorhanden, und so bestand ich darauf, daß sie Tee kochten und damit angefeuchtete Kompressen auf den Arm legten. Dabei kam es mir plötzlich in den Sinn, wie lächerlich das war. Vor zwei Stunden war ich noch eifrig damit beschäftigt gewesen, Dutzende oder Hunderte von Menschen dem Flammentod zu überantworten.

Wie hartnäckig ich auch versuchte, das Bild zu verscheuchen, es gelang mir nicht, die Erinnerung an den japanischen Jungen mit seinem steifen, verbrannten Arm und seinem entschuldigenden Lächeln ganz zu bannen. Die Veränderungen traten nicht plötzlich bei mir ein, aber im Verlauf einer gewissen Zeit hatte die Freundschaft, die mich mit den meisten Fliegern verband, an Echtheit eingebüßt. Ich begann sie auf eine neue Weise zu betrachten, und ihr Gelächter, ihre Vergnügungen, ja ihre Freundschaft selbst schien mir oberflächlich zu sein. Sie gehörten einer anderen Sorte von Menschen an als ich. Sie waren wirklich glücklich, während ich es nur vorgab. Nun überfielen mich wieder die alten Gemütserregungen, die ich längst überwunden zu haben glaubte. Es machte mich fast krank, denn ich mußte eine Entscheidung treffen. Meine Aufträge hatte ich ausgeführt, meine Dienstzeit war damit beendet, und ich mußte mich nun entscheiden, ob ich eine Karriere innerhalb der Luftwaffe anstrebte oder nicht. Die Folge war ein kleiner Zusammenbruch, so daß ich eine Zeitlang im Lazarett weilte. Ich war nicht sehr krank, immerhin aber lag ich sieben Wochen ziemlich stumpfsinnig zu Bett. Als ich aufstand, hatte man mir die Entscheidung abgenommen: Ich wurde aus gesundheitlichen Gründen entlassen. Ich nahm es ziemlich gelassen auf. Ein Flieger zu sein, war für mich schwierig geworden. Man erzählte mir, ich müßte eine Brille tragen; mit zweiundzwanzig fühlte ich mich alt. Aber sie hatten sich geirrt, meine Augen besserten sich. Während ich zu Bett lag, waren Erinnerungen wach geworden an all die Bücher, die ich mit solcher Leidenschaft gelesen hatte, wann immer ich eine Stunde in einer öffentlichen Bücherei zubringen konnte. Im Hinblick auf die leere Zukunft, die nach der Fliegerzeit vor mir lag, flößte mir der Gedanke, meine Schreibereien wiederaufzunehmen, einige Hoffnung ein.

In dieser Hinsicht mag Desert D'Or als ein wenig geeigneter Platz erscheinen, und tatsächlich schrieb ich dort kaum eine Zeile. Noch war ich nicht reif für meine Aufgabe. Ich benötigte meine Zeit für eine gründliche Erholung, und so ließ ich mich durch die Monate meines dortigen Aufenthaltes treiben. Ich weiß nicht, ob ich es klarmachen kann, warum ich mich nicht allzusehr an Gefühle verschwenden wollte. Auf gar keinen Fall wollte ich nachdenken. Nur kam mir die Vorstellung vom Vorhandensein zweier Welten, einer wirklichen Welt, wie ich sie nannte, die Welt der Kriege und des Unheils und der Kinderheime in öden Hintergäßchen, diese grauenhafte Welt der Tatsachen, in der Waisenkinder Waisenkinder verbrannten und in der stets unvorhergesehene Ereignisse eintraten, die man niemals verstehen konnte, weshalb es besser war, überhaupt nicht darüber nachzudenken.

Aber zugleich gab es eine unwirkliche Welt, in der zu leben ich vorzog, wo alles leichter hinfloß, wenn auch nicht immer angenehm, in der man aber wenigstens die Tatsachen der anderen Welt vergessen konnte.

Jedoch ich schreibe zuviel. In wenigen Tagen würde die Wintersaison beginnen, und der tägliche Schlendrian, mit dem ich meine Zeit gleichmäßig zwischen Dorothea im Hangover und Eitel im Yachtklub vertat, würde aufhören. Kaum daß die Filmkolonie eine Woche lang wieder in Desert D'Or weilte, hatte das zu geschehen begonnen, wovon ich nun berichten werde.

7

Am Anfang der Saison regnete es ein wenig, gerade eben genug, um die Wüstenflora erblühen zu lassen. Diese Blütezeit zog die Masse der Besucher aus Hollywood nach Desert D'Or. Die Hotels waren voll besetzt mit Filmleuten, und die Villen der Prominenz öffneten ihre Pforten. Filmstars sah man jetzt auf den Straßen, Spieler, Verbrecher mit gesellschaftlichen Beziehungen, Fotomodelle, Unternehmer, prominente Sportler, Flugzeugfabrikanten, ja sogar einen oder zwei Künstler. Sie kamen in Wagen aller Typen und Größen, von der chromblitzenden Cadillac-Limousine bis zum kleinen ausländischen Tourenwagen. Mit dem Beginn der Hochsaison lernte ich die Gartenmauer schätzen, die meinem Haus die sichere Abgeschiedenheit bewahrte. Manchmal stellte ich mir vor, wie verwirrend diese Stadt der Zäune und Mauern auf gelegentliche Touristen wirken mußte. Stundenlang hätten sie durch die Straßen wandern können, ohne mehr von dem Leben ihrer Bewohner zu erfahren, als die Korridore eines großen Geschäftshauses über das Innere seiner Räume aussagen.

An Eitel zog dieser Fremdenstrom spurlos vorbei. Er zog es vor, allein zu bleiben, und war nur selten im Hotel zu finden. Eines Tages, als ich bei ihm zu Hause war, klingelte im Schlafzimmer das Telefon. Von der Diele aus konnte ich ihn sprechen hören. Es war deutlich zu entnehmen, daß er von irgend jemandem, der gerade im Yachtklub eingetroffen war, eingeladen wurde, ihn zu besuchen. Als er zurückkam, lag seine Freude darüber klar zutage. „Was würden Sie davon halten, einen Piraten kennenzulernen?“ sagte er mit einem Lächeln, das er nicht zu unterdrücken vermochte.

„Wer ist es?“

„Ein Filmproduzent, Collie Munshin.“

„Warum nennen Sie ihn einen Piraten?“ fragte ich.

„Warten Sie ab, bis Sie ihn kennengelernt haben.“

Aber Eitel konnte sich nicht verbeißen, doch noch einiges hinzuzufügen; vielleicht um zu überspielen, daß ihm diese Einladung so viel Freude bereitete.

Munshin sei der Schwiegersohn von Herman Teppis, erklärte Eitel, und Teppis der Chef von Supreme Pictures. Munshin hatte Teppis’ Tochter geheiratet, und diesem Umstand verdankte er es, daß er der bedeutendste Produzent in Hollywood wurde. „Nicht daß er es nicht auch so geschafft haben würde“, sagte Eitel. „Collie hätte nichts zurückhalten können.“ Anscheinend war Munshin von jedem etwas gewesen: Handelsreisender, Redakteur von meist unseriösen Meldungen, Radioansager eines unbedeutenden Senders, Presseverbindungsmann, Schauspieleragent, Produktionsassistent, bis er schließlich selber Produzent wurde. „Ehemals“, fuhr Eitel fort, „war er eigentlich nichts anderes als mein Laufbursche gewesen. Ich kenne den Schlüssel zu Collies Geheimnis. Er kennt keine Scham. Man kann einen Mann nicht aufhalten, der sich niemals durch sein Gewissen erschüttern läßt.“

Eitel begann sein Oberhemd zu wechseln. Aus der Sorgfalt, mit der er seine Krawatte wählte, erkannte ich, daß er sich keineswegs so sicher fühlte, wie er zu erscheinen versuchte. „Neugierig, warum er mich sehen will“, sagte er mit lauter Stimme mitten beim Anziehen. „Ich vermute, daß er mir eine Idee stehlen möchte.“

„Was macht das schon?“ fragte ich. „Nichts ist heutzutage billiger als Ideen.“

„Das ist seine Technik. Collie bekommt Witterung für einen Stoff. Es steckt nichts Reales dahinter, es ist nur eine vage Idee. Dann lädt er einen beschäftigungslosen Schriftsteller zum Frühstück ein und läßt eine Andeutung fallen, er lauscht den Vorschlägen des Schriftstellers, und alles wird selbstverständlich vertraulich durchgesprochen. Am nächsten Tag lädt er einen anderen zum

Frühstück ein. Nachdem er auf diese Weise ein halbes Dutzend Autoren aushorchte, hat er einen Stoff, den er nunmehr von einem seiner Sklaven, die er in einem Loch von Zimmer versteckt hält, ausarbeiten läßt. Und jetzt kann Collie diese Fabel als seine eigene Schöpfung ans Studio verkaufen. Oh, er ist gerissen, ein zäher Bursche, voller Ränke, voller..." Eitel fand keine weiteren Ausdrücke mehr.

„Was könnte einen solchen Mann aufhalten, eines Tages Präsident der Filmgesellschaft zu werden?" fragte ich.

„Nichts", sagte Eitel, seine Jacke anziehend, „eines Tages wird er die Welt beherrschen." Als er die Tür hinter uns schloß, fügte er hinzu: „Eines mag ihn vielleicht daran hindern: er hat stets Schwierigkeiten mit Frauen."

„Hat er so viele?"

Eitel sah mich an, als hätte ich noch eine Menge über die Psychologie der männlichen Prominenz in Hollywood zu lernen.

„Nein. Collie hat zuviel wichtige Fragen zu schaukeln, das dämpft den forschesten Mann, wußten Sie das nicht? Außerdem ist es nicht leicht, sich einen Harem zu halten, wenn man mit Herman Teppis' Tochter verheiratet ist. Aber er hat natürlich ein Mädchen, und das hat ihm schon genug Unannehmlichkeiten mit Herman Teppis eingebracht. Irgendeine Tänzerin, die er sich im verborgenen hält. Seit Jahren ist sie schon seine Mätresse. Gesehen habe ich sie nicht, aber Collie wird Ihnen als erstes von seiner Not mit ihr erzählen. Es ist das Übliche: sie will, daß er sich von seiner Frau scheiden läßt und sie heiratet, und Collie läßt sie in dem Glauben, daß er es tun werde. Armer Junge, etwas preiszugeben, ist ihm unerträglich." Eitel kicherte. „Die Kleine läßt ihn aber tüchtig dafür büßen. Wenn Collie außer Sichtweite ist, macht sein Kätzchen Seitensprünge. Einige meiner Schauspieler hatten etwas mit ihr; sie soll im Bett großartig sein."

„Ist das nicht sehr demütigend für ihn?"

„Ich weiß nicht", sagte Eitel, „Collie hat zwei Seiten. Es bereitet ihm auch Vergnügen, den Märtyrer zu spielen."

„Weiß Gott, ein paar feine Leute, die Sie da kennen", sagte ich zu ihm.

„Kommt darauf an, von welchem Gesichtspunkt aus Sie es betrachten. Collie ist nicht so arg. Vergessen Sie nicht, er ist wirklich einzig dastehend in seiner Art."

Wir hatten Munshins Bungalow erreicht, und Eitel schlug mit dem Klopfer an die pastellfarbene Tür. Nach einer Weile hörte ich jemanden zur Tür laufen, sie flog auf, und für einen Augenblick sah ich den Rücken eines dicken Mannes, der im Schlafrock zum Telefon zurückstürzte, so daß der Schlafrock um seine Beine flatterte, während er über die Schulter hinter sich rief: „Kommt rein, Jungens, bin gleich wieder da."

Er sprach mit hoher freundlicher Stimme, und man hörte, wie er am Telefon sich mit jemandem in New York unterhielt. Er hatte den Hörer in der linken Hand und mischte mit der rechten Cocktails für uns, wobei er nicht nur sein Gespräch weiterführte, sondern mir gleichzeitig freundlich zulächelte, als ich ihm vorgestellt wurde. Er war unter Mittelgröße, und mit den nach oben gezogenen Gesichtszügen sah er wie ein Clown aus, was noch dadurch unterstrichen wurde, daß sein runder Kopf auf einem schweren Oberkörper saß. Als die Getränke fertig waren, reichte er sie schwungvoll zu uns herüber und begann dann mit der nun freien Rechten über sein blondes Haar zu streichen, wobei er eine kahle Stelle freilegte, die er liebevoll wieder versteckte, um gleich darauf sorgfältig seinen Leib zu betasten, um festzustellen, ob er ihm eine kranke Stelle verheimliche. Sein unstetes Benehmen war auffallend; mir kam der Gedanke, daß man ihn sicher selten nur mit einer Sache beschäftigt sehen würde.

Eitel setzte sich mit gelangweiltem Ausdruck nieder und lächelte über die ihm vertrauten Manipulationen des Produzenten. Nach beendetem Telefongespräch sprang Munshin auf und ging mit vorgestreckter Rechten und einem entzückten Grinsen auf Eitel zu. „Charley!" rief er, als ob Eitel soeben erst ins Zimmer getreten und er überrascht sei, ihn hier zu sehen. „Siehst großartig aus. Wie ist es dir ergangen?" Mit den unbeschäftigten Fingern seiner Linken umschloß er ihren Handschlag. „Ich habe große Dinge von dir gehört."

„Hör auf, Collie", lachte Eitel. „Bei mir gibt's nichts zu stehlen."

„Stehlen? Aber mein Lieber, ich will nur dich selber stehlen, nur deine Gesellschaft." Er fiel Eitel um den Hals. „Du siehst großartig aus", wiederholte er. „Ich habe wunderbare Sachen von deinem Drehbuch gehört. Ich möchte es lesen, sobald es fertig ist."

„Wozu?" fragte Eitel.

„Ich will es erwerben!" Er sagte es, als ob keine Hindernisse bestünden, etwas von Eitel anzukaufen.

„Nur wenn du es ungelesen kaufst."

„Ich kaufe es ungelesen. Es ist doch von dir, Charley, da kaufe ich blind."

„Nicht einmal einen Shakespeare würdest du unbesehen kaufen."

„Du glaubst wohl, ich spaße", sagte Munshin vorwurfsvoll.

„Hör schon auf damit, Collie", sagte Eitel.

Während er sprach, fuhr Munshin fort, Eitel in den Arm zu kneifen, auf die Schulter zu klopfen oder in die Rippen zu stoßen.

„Charley, zeige niemandem dein Drehbuch, nicht bevor es fertig ist. Arbeite daran. Mache dir deine Gedanken über deine Lage."

„Nimm deine Pfoten weg, du weißt, daß ich den Film selber mache."

„Typisch für dich, Charley", sagte Munshin und nickte bedeutungsvoll. „So solltest du es immer gemacht haben."

Er erzählte uns einen Witz, gab einige Klatschgeschichten zum besten und behielt seine Hände auf Eitels Körper, und sie betasteten ihn wie die eines geschickten Detektivs, der einen Betrunkenen untersucht. Dann zog sich Eitel von ihm zurück. Wir setzten uns und sahen uns an. Nach kurzem Schweigen verkündete Munshin: „Ich beschäftige mich mit dem Gedanken, einen wirklich großen Film zu machen."

„Was für einen?" fragte ich aus Höflichkeit, denn Eitel machte ein gleichgültiges Gesicht.

Der Produzent nannte den Titel eines berühmten französischen Romans. „Dieser Autor versteht etwas von der sinnlichen Liebe", erklärte er. „Nach seinen Schilderungen kann ich mir nicht mehr vorstellen, daß ich mich noch jemals verlieben könnte."

„Warum verfilmst du nicht gleich das Leben des Marquis de Sade?" fragte Eitel gedehnt.

„Glaubst du, ich würde das nicht tun, wenn ich nur den Dreh finden würde?"

„Collie", sagte Eitel, „nun setz dich mal hin und erzähl mir den Stoff, den du wirklich hast."

„Ich habe überhaupt keinen. Ich bin für Vorschläge zu haben. Ich bin es leid, immer wieder den gleichen alten Kram zu machen. In unserer Branche hat jeder seine künstlerischen Ambitionen."

„Nämlich hundertprozentig skrupellos zu sein", sagte Eitel hochfahrend.

Collie grinste nur. Er legte seinen Kopf zur Seite, mit dem drollig entzückten Blick eines Hundes, der scherzhaft ausgescholten worden ist. „Du übertreibst wieder mal“, sagte Munshin.

„Und du bist nicht totzukriegen.“

„Ich liebe dich doch.“

Munshin goß uns noch einen Cocktail ein. Wie bei einem Baby war seine Oberlippe mit Schweißtropfen bedeckt.

„Also, wie geht es?“ fragte er mit verändertem Tonfall.

„Danke, gut, Collie. Wie geht es bei dir?“ fragte Eitel teilnahmslos. Ich bemerkte, wie sehr er auf der Hut war.

„Charley, auch mein Leben ist in keiner guten Verfassung.“

„Deine Frau?“

Munshin starrte ins Leere. Seine harten kleinen Augen strahlten unter dem Fett seiner Gesichtszüge Energie aus. „Nein, zwischen uns ist alles beim alten.“

„Was ist es dann, Collie?“

„Ich habe mich entschlossen, meiner Freundin den Laufpaß zu geben.“

Eitel begann zu lachen. „Es wurde Zeit.“

„Nein, lache nicht, Charley. Das ist eine große Entscheidung für mich.“

Ich war von Munshins Offenheit überrascht. Er kannte mich noch keine Viertelstunde und tat so, als ob er mit Eitel allein sei. Es fehlte mir noch die Erfahrung, daß Munshin, wie sehr viele Hollywoodleute, offen und warmherzig über ihre persönlichen Dinge sprechen konnten, während sie in ihren geschäftlichen Angelegenheiten Musterbeispiele an Zurückhaltung waren.

„Du gibst sie doch nicht wirklich auf?“ rief Eitel aus. „Was ist geschehen? Hat Teppis dir die Leviten gelesen?“

„Charley!“ sagte Munshin mit vorwurfsvollem Ton. „Das Ganze ist eine Tragödie für mich.“

„Du liebst also das Mädchen?“

„Nun, das möchte ich nicht sagen. Es ist schwer zu erklären.“

„Davon bin ich überzeugt, Collie.“

„Ich mache mir um ihre Zukunft Sorgen“, sagte Munshin verdrießlich, während seine Finger wieder seinen Bauch nach verborgenen Krankheitsherden abtasteten.

„Nach dem, was ich von ihr gehört habe, wird sie ohne dich auskommen.“

„Was hast du gehört?“ fragte Munshin.

„Nur, daß sie neben dir noch andere hat.“

Munshin setzte eine Duldermiene auf. „Wir leben in einer Welt des Klatsches“, sagte er ernst.

„Verschone mich damit, Collie“, murmelte Eitel.

Munshin stand auf. „Du verstehst das Mädchen nicht“, sagte er mit leidenschaftlicher, theatralischer Stimme. Dieser plötzliche Wechsel überraschte mich. „Sie ist ein Kind, ein schönes, warmherziges, harmloses Kind.“

„Und du ein schöner, warmherziger, harmloser Papa.“

„Ich habe dich verteidigt, Charley“, erklärte Munshin. „Ich habe dich verteidigt, wenn ich Geschichten über dich hörte, die du bestimmt nicht gern gehört hättest. Aber jetzt beginne ich zu glauben, daß es falsch war. Ich ahne, daß du vollkommen verderbt bist.“

„Verderbt, aber ohne Heuchelei, ohne Heiligenschein.“

„Ich habe nicht behauptet, ein Heiliger zu sein“, schrie Munshin auf. „Ich bin nur nicht gefühlsroh.“ Er wandte sich mir zu. „Was halten Sie von mir, wenn Sie mich hier so sehen?“ fragte er. „Ein dicker Mann, der Gefallen daran findet, einen Narren aus sich selbst zu machen. Heißt das jedoch, daß ich bar aller menschlichen Gefühle bin?“

Das war nicht mehr der Hanswurst, für den ich ihn anfangs gehalten hatte. Seine ehemals sanfte hohe Stimme hatte an Kraft gewonnen und eine tiefere Färbung angenommen. Wie er so vor uns stand, wurde mir klar, daß er über einige Körperkräfte verfügen mochte.

„Nun gut, Charley“, fuhr er fort, „ich weiß, was du von mir hältst, aber ich will dir etwas sagen: Ich mag ein Geschäftsmann sein und du ein Künstler, vor dessen Talent ich große Achtung habe, sehr große Achtung, aber du bist kalt, während ich Gefühle habe, und deshalb kannst du mich nicht verstehen.“

Während dieses Ergusses hatte Eitel an seiner Zigarette gesogen. Nachlässig drückte er sie jetzt aus. „Warum hast du mich eigentlich hergebeten, Collie?“

„Aus Freundschaft; kannst du das nicht verstehen? Ich wollte von deinen Sorgen hören und dir die meinen anvertrauen.“

Eitel beugte sich vor, sein schwerer Körper krümmte sich. „Ich habe keine“, sagte er lächelnd. „Laß mich die deinen hören.“

Munshin hatte sich beruhigt. „Meine Angelegenheit hat eine positive und eine negative Seite. Es ist billig, über das Mädchen die Nase zu rümpfen. Ich habe es selbst einmal getan. Als ich sie auszuhalten begann, dachte ich, ‚eine Nachtklubtänzerin'. Ein heißes italienisches Kindchen mit südlichem Temperament. Nun, ich hatte unrecht, Charley. Sie mag nicht sehr gescheit sein und anscheinend auch ärmlicher Herkunft" – er schaute mich an –, „aber ich war, was Frauen anbelangt, stets voller Vorurteile. Du weißt ja, ich suchte Mädchen von Rang und Klasse, und ich will zugeben, daß mich das noch immer bei Elena stört. Sie paßt nicht zu den Leuten, die ich kenne. Aber ich glaube doch, daß sie ein sehr menschliches Wesen ist."

„Und dennoch willst du sie hinauswerfen?" fragte Eitel.

„Es gibt keine Zukunft für uns beide. Ich gebe es zu, siehst du, ich gebe es durchaus zu, gesellschaftlich bin ich ein Feigling wie jeder andere in der Filmindustrie."

„Und so wie alle diese Feiglinge wurdest du es also müde, ihren Wunsch, sie zu heiraten, immer wieder abzulehnen."

„Elena ist keine Raffinierte", sagte Munshin hitzig. „Soll ich dir mal etwas sagen? Vor ein paar Tagen versuchte ich ihr tausend Dollar in die Hand zu drücken. Sie würde sie nicht nehmen. Nicht ein einziges Mal hat sie mich gebeten, sie zu heiraten. Sie ist nicht die Sorte, die mit Drohungen kommt. Was mich allein bedrückt, ist der Gedanke, daß sie mit mir keine Zukunft hat."

„Und sicherlich kann Herman Teppis diesen Gedanken auch nicht ertragen."

Munshin überhörte es. „Laß mich dir von ihr noch mehr erzählen. Ihr Wesen ist eine Mischung aus verletztem Stolz, Temperament, Dreck und alles überstrahlender Liebe", erklärte er in der beschwörenden Art eines Verteidigers vor dem Schwurgericht. „Ich veranlaßte meinen Psychoanalytiker, sie zu einem seiner Freunde zu schicken, aber es kam nichts dabei heraus. Sie besitzt nicht genug Persönlichkeit, um mitzuarbeiten. Das ist ein ernsthaftes Problem." Munshin zeigte seine unförmige Handfläche vor, als ob er dadurch unsere Aufmerksamkeit zu konzentrieren wünschte. „Nimm einmal den Beginn unserer Bekanntschaft. Sie war eine Füllnummer bei einer Wohltätigkeitsveranstaltung, die ich arrangierte. Ich sah sie im Kostüm, fertig zum Auftritt in den Kulissen. Ein echter Carmentyp. Aber eine Carmen, die vor Angst bebte", sagte Munshin und blickte uns an. „Sie umkrallte buchstäblich die Hand ihres Partners. Da windet sich ein menschliches Geschöpf vor Pein, dachte ich, ein Mädchen, das sonst wild und temperamentvoll ist wie ein Tier. Aber als sie auf die Bühne herauskam, war sie sehr gut. Eine solide Flamenco-Tänzerin. Hinterher sprachen wir miteinander, und sie erzählte mir, daß sie an den Tagen, an denen sie aufzutreten hat, nicht einen einzigen Bissen hinunterbringe. Ich erklärte ihr, daß ich glaube, ihr bei einigen ihrer Probleme helfen zu können, und sie war mir dankbar dafür wie ein kleiner Hund. So fing es an." Munshins Stimme war erregt. „Du, Eitel, würdest das wieder als ein durchtriebenes Verhalten deuten, aber es entsprang echtem Herzenskummer. Das Mädchen besteht nur aus Gefühl."

Während Munshin zu sprechen fortfuhr, hatte ich den Eindruck, als beschreibe er sie wie die Heldin eines neuen Films bei einer Drehbuchbesprechung, mit allen Einzelheiten und interessanter, als der Film sein dürfte, der später dabei herauskam.

„Nimm die Schwierigkeiten dazu, Italienerin zu sein", fuhr Munshin in seinem Vortrag fort. „Ich kann dir in diesem Zusammenhang nicht alles erzählen über diese Gefühlskomplexe, die ausgelöst werden, wenn man einer Minderheit angehört, über all diese Spitzfindigkeiten, worüber ich nie nachgedacht habe, obwohl ich ein guter Liberaler bin. Wenn sie zum Beispiel von einem farbigen Kellner bedient wurde, bildete sie sich stets ein, daß er ein wenig zu vertraulich mit ihr gewesen sei. Ich habe mit ihr darüber gesprochen. Ich versuchte ihr zu erklären, wie verkehrt es sei, Vorurteile einem Neger gegenüber zu haben, und sie verstand es dann."

„Ungefähr so!" sagte Eitel und schnalzte mit den Fingern.

„Hör auf damit, Charley", rief Munshin, von seinem Sitz aufspringend. „Du weißt, was ich meine, sie schämte sich ihrer Vorurteile. Sie ist nicht wie wir alle, die sich zwar auch schämen, aber dann doch nichts unternehmen. Elena ist ein Mensch, der alles haßt, was niedrig an ihm ist. Sie verzehrt sich in der Leidenschaft, ein wertvoller Mensch zu werden. Verzehrt sich, begreifst du das?" Und er gestikulierte mit der Faust.

„Collie, ich glaube, du bist wirklich aufgeregt."

„Und was ihr lockeres Liebesleben betrifft", fuhr Munshin fort, „so gehört sie zu den Mädchen, die froh wären, einen Mann, Kinder und ein gesundes Familienleben zu haben. Du meinst, es stört mich nicht, daß sie sich mit anderen traf? Aber ich wußte ja, es war meine Schuld. Ich war zu tadeln und gestehe es freimütig. Was konnte ich ihr denn bieten?"

„Was konnten die anderen ihr bieten?" warf Eitel ein.

„Gut, gut. Gut genug als eine Äußerung von dir. Ich will dir etwas sagen, Charley, ich erkenne zweierlei Maß nicht an. Eine Frau hat ebenso viele Rechte auf sexuelle Freiheit wie ein Mann."

„Warum gründen wir nicht einen Klub?" spottete Eitel.

„Ich bin immer für dich eingetreten, Eitel. Ich verwendete mich bei H. T., dich nach ‚Sturm ahoi' nicht hinauszuwerfen. Bist du so undankbar, daß ich dich erst daran erinnern muß, wie oft ich dir dazu verholfen habe, Filme zu drehen, die du gern machen wolltest?"

„Und dann hast du sie zusammengeschnitten."

„Gewiß, wir hatten unsere Meinungsverschiedenheiten, aber stets habe ich dich als meinen Freund angesehen. Was sich zwischen uns ereignet, meine Haltung wird sich dadurch nicht ändern."

Eitel lächelte nur.

„Ich bin neugierig" – Munshin legte seine Hände auf Eitels Knie –, „was denkst du jetzt von Elena?"

„Ich denke, sie ist besser, als du es verdienst."

„Ich bin froh, daß du das sagst, Charley. Das bedeutet, daß es mir gelungen ist, ihre Qualitäten richtig darzustellen."

Munshin verstummte und löste die Schnur seines Schlafrockes.

„Du mußt nämlich wissen, daß ich erst vor einer Stunde Elena erklärt habe, daß wir Schluß machen müssen."

„Vor einer Stunde?"

Munshin nickte.

„Du willst damit sagen, daß sie hier ist?" fragte Eitel ungläubig. „Hier im Ort?"

„Ja."

„Eigens hergeholt, um sie hinauszuwerfen?"

Munshin begann im Zimmer auf und ab zu gehen. „Ich hatte es nicht geplant. Ich nehme sie sehr oft auf meinen Fahrten mit."

„Und bringst sie in einem anderen Hotel unter?"

„Was soll ich anderes tun, du kennst die Situation."

„Wann ist deine Frau fällig?"

„Sie wird morgen hier sein." Munshin schneuzte sich. „Ich hatte keine Ahnung, daß sie kommen würde. Seit Monaten wußte ich, daß es mit Elena so nicht weitergehen könnte, aber ich hatte die entscheidende Unterredung nicht für heute vorgesehen."

Eitel schüttelte den Kopf. „Was willst du, daß ich tun soll? Ihr Händchen halten?"

„Nein..." Munshin sah bestürzt aus. „Charley, sie kennt hier keine Menschenseele."

„Dann schicke sie in die Stadt zurück."

„Ich kann den Gedanken nicht ertragen, sie allein zu wissen. Sie ist so verkrampft. Man weiß nicht, was sie tun wird. Charley, ich verliere noch den Verstand." Munshin starrte auf sein Taschentuch, das er immer noch in der Hand zerknüllte. „Elena war diejenige, die sagte, daß wir uns trennen sollten. Ich weiß, was es für sie bedeutet. Sie wird sich allein die Schuld geben. Sie wird meinen, daß sie nicht genug für mich war."

„Ist es nicht so?" sagte Eitel müde. „So denkst du doch auch."

„Meinetwegen bin ich der letzte Dreck. Ich tauge nichts." Munshin stellte sich vor Eitel auf. „Charley, ich erinnere mich, du hast einmal gesagt – es sind deine eigenen Worte –, als Junge wolltest du immer wissen, wie man zu einer Frau kommt, und später wolltest du wissen, wie man sie wieder loswird."

„Das war Angabe."

„Kannst du kein Mitgefühl aufbringen?"

„Mit dir?"

„Könntest du sie nicht aufsuchen?"

„Ich kenne sie nicht."

„Du könntest als ein Freund von mir eingeführt werden."

Eitel richtete sich auf. „Sage mir eins, Collie", forschte er kalt, „hast du mir deshalb für zwei Wochen das Geld geliehen?"

„Welches Geld?" fragte Munshin unschuldig.

„Du brauchst dir wegen Sergius keine Sorgen zu machen", sagte Eitel und begann zu lachen. „Ich schäme mich für dich. Zweitausend Dollar ist eine Menge Geld für Collie Munshin, um einen erledigten Regisseur zu kaufen, damit er ihm ein Mädchen abnimmt."

„Charley, du bist vollkommen verroht", rief Munshin. „Ich borgte dir das Geld, weil du mein Freund bist, du könntest ruhig etwas diskreter sein. Wenn es je in die Öffentlichkeit käme, würde ich bis hierher in Unannehmlichkeiten stecken." Der Produzent fuhr sich an die Kehle. „Im Augenblick denke ich nur an Elena.

Laß diesen jungen Mann unser Zeuge sein: Wenn ihr etwas geschieht, wirst du mit Schuld daran tragen."

„Du schreckst vor nichts zurück, Collie", begann Eitel, aber Munshin ließ ihn nicht weiterreden.

„Charley, ich scherze nicht, dieses Mädchen darf nicht allein gelassen werden. Ich bin doch nicht rechthaberisch, was forderst du von mir – mein Leben? Mach wenigstens einen Vorschlag."

„Übergib sie Marion Faye."

„Du bist herzlos", sagte Munshin. „Ein menschliches Wesen leidet Qualen, und du sagst so etwas."

„Ich werde zu ihr gehen", platzte ich ungewollt heraus.

„Aber dies ist nichts für Sie."

„Sie sind ein reizender Junge", erwiderte Munshin gleichmütig.

„Mischen Sie sich da nicht ein", fuhr Eitel mich an.

„Selbst dieser Junge zeigt Hilfsbereitschaft", sagte Munshin. „Sag mal, Charley, hast du gar kein Herz mehr? Ist da gar nichts übriggeblieben? Oder wirst du schon zu alt, um dich noch einer echten Frau annehmen zu können?"

Eitel lehnte sich in seinen Sitz zurück, streckte die Beine weit von sich und starrte zur Decke. „Nun gut, Collie", sagte er, „nun gut. Eine Hand wäscht die andere. Ich werde mich mit deinem Mädchen besaufen."

„Du bist ein Goldjunge, Charley", sagte Munshin mit trockener Kehle.

„Was aber, wenn etwas – na, du weißt schon, was – passiert?" fragte Eitel gedehnt.

„Bist du verrückt?" sagte Munshin. „An so etwas denk ich nicht einmal."

„Woran sonst?"

„Du wirst Elena mögen und sie dich auch. Es wird ihr wohltun, daß ein Mann von deinem Ruf und Ansehen sie bewundert."

„Guter Gott", sagte Eitel.

Das Telefon klingelte.

Munshin versuchte noch etwas hinzuzufügen, als ob er Angst hätte, Eitel könnte seine Meinung wieder ändern, aber der Lärm des Telefons ließ es nicht zu. Im unregelmäßigen Rhythmus des Fräuleins vom Amt verstummte es für eine Weile, um dann aufs neue zu klingeln.

„Geh endlich 'ran", sagte Eitel irritiert.

Munshin preßte den Hörer an seine Wange. Er schickte sich an, einen weiteren Cocktail zu mischen, aber der Lärm, den er durch die Muschel vernahm, ließ ihn erstarren. Wir hörten eine schreiende und grell lachende Frauenstimme und dann ein hysterisches Schluchzen, das den Raum mit zunehmender Angst erfüllte. So viel Entsetzen und Schmerz lagen in dieser Stimme, daß ich beklommen auf den Fußboden starrte. Ein neuer durchdringender Schrei, der aus tiefster Verlassenheit und Seelenangst zu kommen schien, machte die Situation fast unerträglich.

„Wo bist du, Elena?“ fragte Munshin scharf ins Telefon.

Das Schluchzen wurde leiser, ich vernahm einige von Tränen fast erstickte Worte. „Ich komme sofort hinüber“, sagte Munshin. „Nein, du bleibst dort! Du bleibst, wo du bist, verstehst du mich, Elena?“ Kaum hatte er eingehängt, zog er sich mit einer für einen Mann seines Umfanges erstaunlichen Schnelligkeit einen Anzug an und befestigte die Manschettenknöpfe an seinem Oberhemd.

Eitel war blaß. „Collie“, sagte er mit Anstrengung, „soll ich mitkommen?“

„Sie ist auf ihrem Hotelzimmer“, sagte Munshin bereits von der Tür her. „Ich rufe dich nachher an.“

Eitel nickte und legte sich zurück. Wir schwiegen, nachdem Munshin gegangen war. Einige Minuten später stand Eitel auf und mischte einen Cocktail. „Gräßlich, diese Sache“, murmelte er.

„Wie kann ein Mann bei einer Frau bleiben“, fragte ich, „die so...? Ach, es ist widerwärtig.“

Eitel blickte auf. „Ein bißchen Mitleid ist manchmal alles, Sergius. Dachten Sie, wir suchen uns immer nur uns gleichwertige Partner aus?“ Er nippte verdrießlich an seinem Glas. „Möchte wissen, ob ich je eine Antwort darauf finden werde.“ Die Zeit verstrich, und wir fuhren fort, Collie Munshins Alkohol zu vertrinken. Langsam verging der Nachmittag. Es schien sinnlos, hier länger zu bleiben, aber ebenso sinnlos, fortzugehen. Draußen würde nur die Wüstensonne sein. „Ich bin deprimiert“, verkündete Eitel mit breitem Grinsen nach einem halben Dutzend Cocktails. Ich hatte den Eindruck, als ob sein Gesicht erstarrte; behutsam, mit sichtbarem Vergnügen streichelte er seinen kahlen Schädel. „Bin neugierig, wie Collie damit zu Rande kommen wird“, sagte Eitel nach einer weiteren Pause.

Ein Klopfen an der Tür war wie eine Antwort. Ich ging, um zu öffnen. Ein älterer Herr schob mich beiseite und trat ins Zimmer. „Wo ist Carlyle?“ fragte er, ohne sich an jemanden unmittelbar zu wenden. Mir blieb nur übrig, hinter ihm herzugehen.

Eitel war aufgestanden. „Oh, Mr. Teppis“, sagte er.

Teppis sah ihn verärgert an. Er war ein großer, mächtiger Mann mit Silberhaar und von einer blühenden Gesichtsfarbe. Doch trotz seines weißen Sommeranzuges und der handgemalten Krawatte war er weit davon entfernt, gut auszusehen. Unter seiner Sonnenbräune lagen unbedeutende Gesichtszüge und unter den kleinen Augen dicke Hautsäcke. Seine Nase war flach, sein fliehendes Kinn ging ohne Unterbrechung in den dicken Hals über. Er hatte eine penetrante Ähnlichkeit mit einem Ochsenfrosch. Seine Stimme war dünn und heiser.

„Ach“, sagte er barsch, „was machen Sie denn hier?“

„Gar keine so dumme Frage“, sagte Eitel.

„Collie führt etwas im Schilde“, verkündete Teppis. „Warum er sich mit Ihnen verabredet hat, weiß ich nicht. Ich jedenfalls würde mit einem Roten nicht einmal die gleiche Luft atmen wollen. Wissen Sie, was mich ‚Sturm ahoi‘ durch Ihr Verhalten gekostet hat?“

„Vergessen Sie nicht das Geld, das ich Ihnen eingebracht habe... Herman.“

„Schau an“, sagte Teppis, „jetzt nennt er mich auch noch beim Vornamen. Man steht nicht mehr in Lohn und Brot bei mir, und schon glaubt man, sonst wer zu sein. Eitel, ich hatte Lulu vor Ihnen gewarnt. Da heiraten Sie eine feine amerikanische Schauspielerin, die für Sie viel zu gut war, und Sie ziehen sie mit in den Dreck. Wenn mich irgend jemand mit Ihnen sprechen sehen würde, müßte ich mich schämen.“

„Das sollten Sie ruhig tun“, sagte Eitel. „Lulu war ein feines amerikanisches Mädchen, und ich machte eine Hure aus ihr.“ Seine Stimme war kühl, aber ich spürte, daß er dennoch erregt war.

„Sie haben eine niederträchtige Schnauze“, sagte Herman Teppis.

„Dieser Ton ist wohl mir gegenüber nicht mehr angebracht. Ich bin nicht mehr Ihr Angestellter.“

Teppis wippte auf seinen Füßen vor und zurück, als ob er den folgenden Worten Nachdruck verleihen wollte: „Das ist meine private Meinung. Vor fünf Jahren rief ich Sie in mein Büro und warnte Sie. ‚Eitel‘, sagte ich, ‚jeder, der sich gegen die Gesetze dieses

Landes stellt, endet in der Gosse.‘ Das sagte ich, aber haben Sie auf mich gehört?“ Er bewegte einen Finger hin und her. „Wissen Sie, worüber man im Studio spricht? Man sagt, Sie würden versuchen, wieder zurückzukommen. Aber nicht einen Tag könnten Sie ohne Protektion des Studios arbeiten. Ich schäme mich, mit Ihren Filmen Geld gemacht zu haben.“

„Kommen Sie, Sergius, lassen Sie uns gehen“, sagte Eitel.

„Warten Sie“, sagte Teppis zu mir, „wie heißen Sie?“

Ich nannte ihm – in einem irischen Tonfall – meinen Namen.

„Was für ein Name ist das für einen anständigen jungen Menschen wie Sie? Sie sollten ihn ändern. John Yard. Einen solchen Namen sollten Sie tragen.“ Er sah mich an, als sei er dabei, einen Ballen Tuch zu kaufen. „Wer sind Sie?“ fragte Teppis. „Was machen Sie? Ich hoffe, Sie sind kein Rumtreiber.“

Wenn er beabsichtigt hatte, mich zu reizen, war es ihm gelungen.

„Ich war bis vor kurzem bei der Luftwaffe“, erwiderte ich.

Ein Glanz kam in seine Augen. „Ein Flieger?“

An der Tür stehend, beschloß Eitel, sich einen Spaß zu erlauben. „Wollen Sie etwa sagen, daß Sie noch nie von diesem Jungen gehört haben, H. T.?“

Teppis war auf der Hut. „Ich kann nicht alles wissen“, sagte er.

„Sergius ist ein Held“, improvisierte Eitel. „Er schoß vier Flugzeuge an einem Tage ab.“

Ich wollte gerade protestieren, kam aber nicht dazu. Teppis lächelte, als ob man ihm etwas sehr Wertvolles mitgeteilt habe. „Ihre Eltern müssen außerordentlich stolz auf Sie sein“, sagte er.

„Das entzieht sich meiner Kenntnis. Ich wuchs in einem Waisenhaus auf.“ Meine Stimme schwankte wohl, denn ich konnte an der Veränderung in Eitels Gesicht erkennen, daß er wußte, ich sprach die Wahrheit. Sogleich wurde ich wütend, weil ich mich so gedankenlos preisgegeben hatte. Aber so ist es immer. Jahrelang bewahrt man ein Geheimnis, und dann schüttet man es aus wie eine Tasse Kaffee.

„Ein Waisenknabe“, sagte Teppis. „Ich bin erschüttert. Wissen Sie, daß Sie ein ansehnlicher junger Mann sind?“ Er lächelte heiter und blickte zu Eitel hinüber. „Charley, kommen Sie zurück“, sagte er mit seiner heiseren Stimme. „Wozu wollen Sie ausrücken? Sie haben mich doch schon früher so reden hören.“

„Sie sind ein Grobian, Herman", sagte Eitel von der Tür aus.

„Ich bin ein Grobian?" Teppis legte eine Hand väterlich auf meine Schulter. „Wieso? Nicht einmal zu meinem Portier würde ich grob sein." Er lächelte und begann zu husten. „Eitel", sagte er, „was ist mit Collie? Wohin ist er gegangen?"

„Er hat es mir nicht gesagt."

„Ich verstehe keinen Menschen mehr. Sie sind ein junger Mann, Johnny", sagte er, auf mich zeigend. „Sie werden mir erklären, was das Ganze bedeutet."

Aber noch ehe ich antworten konnte, fuhr er fort: „In meiner Jugend heiratete ein Mann, und er hatte mit seiner Wahl entweder Glück oder nicht – aber auf alle Fälle blieb er verheiratet. Ich war es zweiunddreißig Jahre lang, möge meine Frau in Frieden ruhen. Ihr Bild steht auf meinem Schreibtisch. Können Sie das auch behaupten, Eitel? Was steht auf Ihrem Schreibtisch? Halbnackte Mädchen! Ich kenne niemanden, der noch Achtung vor der Gesellschaft hat. Ich nehme mir Collie vor. Was geschieht? Er wird noch aufgeblasener. Er schwelgt in Vergnügungen. Und diesen Mann hat meine Tochter unbedingt heiraten müssen. Ein Narr, der mit einer verkommenen Tänzerin herumrennt."

„Wir haben alle unsere Besonderheiten, Herman", sagte Eitel.

Aus irgendeinem Grunde schien dies Teppis zu erzürnen. „Eitel", schrie er, „ich hasse Sie, und Sie hassen mich, aber ich bemühe mich, mit jedem auszukommen." Um seine Ruhe wiederzugewinnen, begann er dann, mich aufmerksam von Kopf bis Fuß zu betrachten.

„Was machen Sie?" fragte er wieder, als ob er meine vorangegangene Antwort nicht gehört habe. „Sind Sie Schauspieler?"

„Nein."

„Ich wußte es. Keiner der gutaussehenden anständigen Burschen ist mehr Schauspieler. Nur unangenehme Patrone mit Gesichtern wie Ungeziefer." Er räusperte sich mit einem bellenden Laut. „Sehen Sie, Johnny", fuhr er fort, „ich mag Sie, ich möchte etwas für Sie tun. Morgen abend gebe ich eine Gesellschaft. Für unsere Leute hier draußen. Ich lade Sie hiermit ein."

Im Augenblick, als er diese Einladung aussprach, durchfuhr mich die Freude, an dieser Geselligkeit teilnehmen zu dürfen. Seit Tagen sprach jedermann in Desert D'Or davon. Dies war die erste Gesellschaft, zu der man mich dort einlud. Doch dann ärgerte ich mich, daß ich die Einladung im ersten Impuls annehmen wollte, ohne in diesem Augenblick an Eitel zu denken. Es sollte für dich Ehrensache sein, daß Teppis, falls er dich – aus welchem Grunde auch immer – dort zu sehen wünscht, Eitel mit einzuladen hat.

„Ich weiß nicht, ob ich allein kommen möchte", sagte ich zu ihm und war froh, daß es beiläufig klang.

„Bringen Sie ein Mädchen mit", schlug Teppis vor. „Haben Sie eins?"

„Es ist für mich nicht leicht, eine Freundin zu finden", bemerkte ich. „Ich verbrachte zu lange Zeit damit, Flugzeuge zu steuern."

Ich schien Herman Teppis richtig eingeschätzt zu haben. Er nickte weise. „Ich verstehe, was Sie meinen", sagte er.

„Ich dachte, Charley Eitel könnte mir helfen, ein Mädchen zu finden", fügte ich hinzu.

Für einen Augenblick glaubte ich, Teppis würde in Wut geraten. Er blickte uns beide feindselig an. „Wer hat Eitel eingeladen?"

„Haben Sie ihn nicht eingeladen?" erwiderte ich. „Ich glaubte."

Mit großer Mühe brachte Teppis ein Lächeln zustande. „Johnny, Sie sind ein überaus treuer Freund." Im gleichen Atemzug fügte er heiser, sich an Eitel wendend, hinzu: „Sagen Sie mir, Charley, Hand aufs Herz: Sind Sie ein Roter?"

Eitel antwortete nicht sofort. „Sie sollten die Antwort darauf selber wissen, Herman", murmelte er endlich.

„Ich weiß!" schrie Teppis. „Ich weiß alles über Sie. Ich werde es nie verstehen, warum Sie ein solches Theater mit sich selbst angestellt haben." Er warf seine Arme empor. „Nun gut, ich weiß, Sie sind ein unbeschriebenes Blatt. Kommen Sie auf meine Gesellschaft." Teppis schüttelte den Kopf. „Tun Sie mir nur einen Gefallen, Charley, sagen Sie nicht, daß ich Sie eingeladen habe. Beziehen Sie sich auf Mac Barrantine."

„Das ist eine Unverschämtheit", antwortete Eitel.

„Ach, sagen Sie das nicht. Einem geschenkten Gaul sieht man nicht ins Maul. Sie wissen schon, wie ich es meine. Gehen Sie an einem dieser Tage hinauf zur Regierung und bereinigen Sie alles, und dann werde ich vielleicht wieder mit Ihnen arbeiten. Ich habe nichts dagegen, auch mit Leuten Geld zu verdienen, die ich nicht mag. Das ist meine Devise." Er nahm meine Hand und schüttelte sie kräftig. „Einverstanden, Johnny? So ist's recht. Ich sehe Sie also beide morgen abend."

Auf der Rückfahrt zu Eitels Haus war ich bester Stimmung. Teppis hatte mich richtig aufgepulvert, und so sprach ich unaufhörlich über meine Empfindungen bei meinem ersten Soloauftritt. Doch bald bemerkte ich, daß Eitel immer deprimierter zu werden schien, je länger ich redete. Um schließlich das Thema zu wechseln, fragte ich: „Was halten Sie denn von unserer Einladung? Die Leute werden Augen machen, wenn Sie auf der Gesellschaft erscheinen", und unwillkürlich mußte ich bei dem Gedanken lachen.

Eitel schüttelte nur den Kopf. „Bestimmt wird man annehmen, ich hätte geheime Besprechungen mit dem Untersuchungsausschuß geführt, denn wieso sollte mich Teppis sonst auf seiner Gesellschaft dulden?" Dann überzog ein Grinsen sein Gesicht, und er bemerkte neckend: „Mann, müssen Sie nicht einfach Erfolg bei Teppis haben?" Doch dann verloren wir beide uns in unsere eigenen Gedanken und sprachen kein Wort mehr, bis wir die Garage erreicht hatten und Eitel den Wagen mit einem Ruck anhielt. „Sergius, ich gehe nicht auf die Gesellschaft", erklärte er plötzlich.

„Wollen Sie es sich nicht noch einmal überlegen...?" Ich wäre gern hingegangen. Ich glaubte, jetzt soweit zu sein. Doch ohne Eitel mußte es für mich natürlich schwieriger werden, denn ich kannte sonst niemanden dort.

„Sie haben heute Ihre Sache gut gemacht", fuhr Eitel fort. „Sie sollen hingehen und werden sich gut unterhalten. Aber ich kann nicht gehen. Zu viele Jahre war ich Teppis' Handlanger." Wir hatten das Haus betreten. Er warf sich in einen Stuhl und preßte seine Hände gegen die Schläfen. Das vertraute Drehbuch lag auf einem Abstelltischchen neben ihm. Er nahm das Manuskript auf, raschelte mit den Seiten und warf es auf den Boden. „Erzählen Sie es keinem, Sergius", sagte er, als wünschte er sich auf diese Weise mir gegenüber zu offenbaren, „aber mein Manuskript ist miserabel."

„Sind Sie dessen gewiß?"

„Ich weiß nicht. Ich kann mich von mir selbst nicht einmal so lange losreißen, um auch nur einen Blick hineinzuwerfen." Er seufzte. „Wenn ich es je schaffen sollte, wollen Sie mich dann an diese Unterhaltung erinnern? Sehen Sie, ich versuche Klarheit darüber zu bekommen, ob ich schon früher mal so deprimiert war und daß dann doch ein guter Film am Ende entstand."

„Ich werde Sie daran erinnern", sagte ich.

Ein paar Minuten später rief Munshin an. Elena sei wieder in Ordnung, teilte er Eitel mit. Sie schlafe nun. Er werde sich diese Nacht um sie kümmern. Doch bat er Eitel, sich am nächsten Tag ihrer anzunehmen.

Eitel versprach es. Als das Gespräch beendet war, glänzten seine Augen. „Wissen Sie", sagte er, „ich kann mir kaum einen Vorwurf daraus machen, Teppis nachgelaufen zu sein, wenn ich Collies Freundin ausführe."

„Was soll aus dem Mädchen werden?"

„Vielleicht ist das für sie der beste Weg, um über Mr. Munshin hinwegzukommen. Sie wird es erleben, daß ein Fremder in einer Nacht mehr für sie tun kann als er in drei Jahren."

„Was haben Sie vor?" fragte ich.

„Nun, ich werde mit ihr auf der Gesellschaft erscheinen", erklärte Eitel.

8

Den „Lagunen-Raum" im Yachtklub, den Herman Teppis für seine gesellige Veranstaltung gemietet hatte, konnte man eigentlich nicht als Raum bezeichnen. Er war zwar von unregelmäßigen Stuckwänden umschlossen, die in den im Yachtklub vorherrschenden zitronengelben Farben gehalten waren, aber nach oben hin stand er offen, und wie beim Terrassen-Café schlängelte sich ein zu einem Bassin sich erweiterndes Wasserband an den Tischen vorbei, umgab einen Teil der Tanzfläche und endete hinter der Bar. Farbige Lichter spiegelten sich darin und tauchten den See in die Farben von Tomatenaspik, Limonadenpudding, blasser Suppe und nachtdunkler Tinte. Auf einer nicht ganz von Wasser umgebenen Insel von kaum sechs Meter Breite war in der Mitte des Raumes das Orchester untergebracht und damit unerreichbar den Betrunkenen, die vielleicht die Lust anwandeln konnte, die Trommel selber zu bedienen.

Weil es nun einmal Herman Teppis' Fest war, hatte die Direktion des Yachtklubs Filmsymbole in die Ausstattung gefügt. Einer der in Hollywood üblichen Scheinwerfertypen, die jedoch in Desert D'Or kaum benutzt wurden, warf eine Lichtsäule beinahe senkrecht in die Luft, jedoch so, daß es die Augen der Gäste nicht blendete, und außerdem waren weitere Beleuchtungskörper so angebracht, daß man die Illusion bekommen sollte, die Gesellschaft finde auf einer Aufnahmebühne statt. Den Clou bildete eine übertrieben riesige Aufnahmekamera aus Pappe, die auf einer Holzstange drehbar war und von einem Pagen im Kostüm eines Kameramannes aus der Stummfilmzeit in kurzen Kniehosen, die mit der Krempe nach hinten gedrehte Mütze auf dem Kopf, bedient wurde. Den ganzen Abend über war die Kamera ständig in Bewegung; bald senkte sie sich fast bis aufs Wasser hinab, oder sie war hoch emporgerichtet, so daß ihr gigantischer Schatten die Farben des Lagunen-Raumes verschluckte.

Ich hatte Schwierigkeiten beim Eintritt. Getreu seinem Versprechen, daß er Elena aufsuchen würde, war Eitel am frühen Abend verschwunden und bis elf Uhr noch nicht zurückgekehrt, so daß ich beschloß, allein zu gehen. Am Eingang zum Lagunen-Raum, den man über eine kleine Laufbrücke betrat, kontrollierte ein Mann, der wie ein Seeoffizier oder, richtiger, wie ein Zahlmeister uniformiert war, die Einladungskarten. Mein Name war auf der Gästeliste nicht zu finden. Einer Eingebung folgend sagte ich: „Könnte ich als John Yard eingetragen sein?"

Jedoch kein John Yard stand auf der Liste des Zahlmeisters.

„Und wie ist es mit Charley Eitel?" schlug ich vor.

„Mr. Eitel ist eingetragen, doch dann hätten Sie mit ihm zusammen kommen müssen."

Doch schließlich entdeckte der Zahlmeister meinen Namen. In letzter Minute hatte mich Teppis als „Shamus oder so ähnlich" eingetragen. So mischte ich mich als „Shamus oder so ähnlich" unter die Gesellschaft.

Nahe beim Tisch des Zahlmeisters saßen auf zwei sich gegenüberstehenden Chaiselongues ein halbes Dutzend Frauen. Alle waren sie kostbar gekleidet, und ihr Make-up zur Behebung der kleinen Mängel, wie zum Beispiel zu schmale Lippen, kleine Augen oder mausgraues Haar, hatte den Lippen einen lebhafteren Schwung gegeben, die Wangen gerötet und goldene oder nußbraune Schattierungen den Frisuren hinzugefügt. Wie Krieger, die sich hinter angemalten Schilden verbargen, saßen sie steif zu dritt beisammen und starrten sich bei einer stumpfsinnigen Unterhaltung gegenseitig an. Ich verbeugte mich schüchtern, während ich mich ihnen näherte, ungewiß, ob ich mich ihnen vorstellen oder weitergehen sollte, wobei eine der Frauen aufblickte und mich mit scharfer Stimme fragte: „Sind Sie im Engagement bei ‚Magnum'?"

„Nein", sagte ich.

„Oh, ich verwechsle Sie mit jemand anderem", sagte sie und schaute wieder weg.

Sie sprachen über ihre Kinder, und ich fühlte instinktiv, was Eitel mir später bestätigte, daß sie die Frauen bedeutender Männer oder zumindest von Männern waren, die hofften, bedeutend zu sein, und die sich jetzt gegenseitig im Lagunen-Raum suchten, während ihre Frauen ihrer gequälten Unterhaltung überlassen blieben.

„Was meinen Sie damit, Kalifornien sei nicht günstig?" sagte eine von ihnen heftig. „Es ist doch herrlich für Kinder."

Wann immer ein Mann den Raum betrat, gaben sie sich den Anschein, ihn nicht zu beachten, aber ihre Neugier war nicht zu verbergen. Ich stellte fest, daß ich, weil ich mit einem unverbindlichen Lächeln vorüberging und meine Unsicherheit, ob ich sie ansprechen sollte oder nicht, verriet, ihnen den schlechten Dienst erwies, sich der Situation bewußt zu werden, in der sie sich befanden. Andere Männer traten nach mir ein, und ich sah, daß sie entweder, ohne einen Blick auf die Frauengruppe zu werfen, vorübergingen oder anhielten, um eine kleine, aber betont eifrige Artigkeit anzubringen.

„Carolyn!" würde etwa einer von ihnen ausrufen, als ob er völlig überrascht und entzückt sei, die Angesprochene hier anzutreffen.

Und „Mickey!" würde eine der Damen mit gleichem Tonfall erwidern.

„Meine Lieblingsfrau", würde dann sicherlich der Mann antworten und ihre Hand ergreifen.

„Der bestaussehende Mann, den ich kenne", würde die verlassene Frau sagen.

Und Mickey würde lächeln, den Kopf schütteln und weiterhin ihre Hand halten: „Wenn ich nicht wüßte, daß du es nicht ernst meinst, würde ich dich jetzt in Verlegenheit bringen."

„Sei nicht so sicher, daß ich scherze", würde die Frau sagen.

Mickey pflegte dann ihre Hand loszulassen. Einen Augenblick lang würde Schweigen herrschen, bis Mickey murmelte: „Was bist du doch für eine Frau!", um dann in geschäftlichem Ton die Unterhaltung zu beenden: „Wie geht's den Kindern, Carolyn?"

„Gut, gut."

„Großartig, großartig" – mit einem Lächeln an alle Damen.

„Wir müssen uns beide einmal richtig sprechen."

„Du weißt, wo ich zu finden bin."

„Haha, Carolyn", macht dann Mickey zum Abschied, und schon ist er in der Menge verschwunden.

Wo immer man eine Couch im Lagunen-Raum finden konnte, saßen Frauen zu dritt in beinah immer gleicher Weise beisammen. Da zudem viele Männer ohne Frauen erschienen waren, häuften sich die Männergruppen nahe dem Schwimmbassin, abseits der Tanzfläche, bei den Tischen oder an der Bar. Ich nahm einen Schluck an der Bar und wanderte durch die Menge, nach einem Mädchen Ausschau haltend, mit dem ich mich unterhalten könnte. Aber alle attraktiven Mädchen waren bereits umlagert, wenn auch nicht von soviel Männern wie die Filmregisseure oder Studioleiter, denen man begeistert lauschte. Und außerdem wußte ich gar nicht, wie ich eine Unterhaltung anfangen sollte. Alle schienen sehr vertraut miteinander zu sein. Ich hatte geglaubt, daß meine Erscheinung und meine Uniform mir nicht zum Nachteil gereichen würden, doch die meisten Mädchen schienen von der Unterhaltung mit angejahrten dicken oder dünnen Männern eingefangen zu sein, unter denen ein deutscher Filmregisseur mit einem gewichtigen Bauch den Vogel abgeschossen zu haben schien, denn er hatte seine Arme um die Taillen gleich zweier Filmstars gelegt. Aber im Grunde war ich auch gar nicht auf ein Mädchen aus. Solange man eben noch nicht betrunken war, hatte es eigentlich größere Vorteile, nur von einer Gruppe zur anderen zu schlendern.

In einer mit zwei Tischen besetzten Barnische, an der ein Ausläufer des Wasserbeckens vorbeiführte, fand ich Jennings James, der einigen nicht sehr bedeutenden Filmschauspielern einen Witz erzählte. James schwankte, seine Augen erschienen hinter den silbergeränderten Brillengläsern wie vernebelt. Dem Witz folgten weitere, einer immer konfuser als der andere. Ich verließ sie nach einer Weile, aber Jay-Jay holte mich ein.

„Was für eine blöde Gesellschaft", sagte er. „Ich sollte heute nacht noch arbeiten; die Fotografen auf die richtigen Gruppen aufmerksam machen." Er rülpste aus verdorbenem Magen. „Ich ließ die Fotografen drüben bei der Anrichte; Fotografen lieben es, mehr zu essen als zu trinken." Jay-Jay hatte einen Arm um meine

Schulter gelegt, und ich bemerkte, daß er mich dazu brauchte, um die Toilette zu erreichen.

„Sie kennen doch die Zeile: ‚Mich dünkte, ich sah das Grab, wo Laura lag'?" Aber was er auch immer noch zitieren wollte, es war seinem Gedächtnis entschwunden, und nun stand er da und blickte mich wie ein Schaf an. „Ach, eine herrliche Gedichtzeile", sagte er schließlich, und wie ein Junge, der am Hinterperron eines Straßenbahnwagens hing, während er einen Hügel hinauffuhr, und nun abspringt, weil er sein Ziel erreicht hat, so ließ Jay-Jay meinen Arm los und schwankte, ständig sein Gleichgewicht suchend, durch die Toilettentür.

Ich war mir wieder selbst überlassen und wanderte von einer Gruppe zur anderen. Ein Regisseur hatte soeben eine Geschichte beendet, von der ich noch die letzten Worte aufschnappte. „Ich setzte mich und erklärte ihr, um eine gute Schauspielerin zu sein, müsse sie immer die Wahrheit in jeder Rolle aufspüren, die sie zu spielen hat", sagte der Mann mit selbstgefälliger Stimme, „und sie erwiderte mir: ‚Was ist Wahrheit?' Und ich sagte, sie könne definiert werden als die echte Beziehung zwischen menschlichen Wesen. Und Sie haben ja selbst gesehen, was ich an schauspielerischer Leistung aus ihr herausgeholt habe." Er hielt inne, und die jungen Männer und Frauen um ihn herum nickten weise. „Ein wunderbarer Rat, Mr. Sneale", plapperte ein Mädchen, und die anderen murmelten beifällig.

„Howard, erzähl die Geschichte mit Mr. Teppis", bat einer.

Der Regisseur lachte unterdrückt. „Nun wohl, diese Geschichte geht auf Hermans Kosten, aber ich weiß, er wird nichts dagegen haben. Es gibt genug Geschichten über unser Verhältnis zueinander, die auf meine Kosten gehen. H. T. hat einen Instinkt, der beinahe unfehlbar ist. Es hat schon seinen Grund, warum er solch ein bedeutender Filmproduzent, ein so schöpferischer Geist ist."

„Das stimmt, Howard", bestätigte abermals das gleiche Mädchen. Ich ging weiter und stieß beinahe mit dem Gegenstand der eben erzählten Geschichte zusammen. In einer Ecke stand Herman Teppis, in eine angeregte Unterhaltung mit zwei Männern vertieft, die ihm in Alter, Gebaren und Kleidung nicht unähnlich waren. Man hatte mich bereits auf die beiden aufmerksam gemacht, als die Leiter von Konkurrenzstudios: Eric Haislip von Magnum und Mac Barrantine von Liberty Pictures. Aber ich glaube, ich hätte es ohnedies erraten, wen ich vor mir hatte, denn diese Männer standen völlig isoliert da, ohne Zuhörer. Wenn ich nicht schon so viel Alkohol zu mir genommen hätte, wäre mir vielleicht dieser gesellschaftliche Trick aufgefallen, nach dem es anscheinend nur den Großen in dieser Gesellschaft erlaubt schien, sich ohne fremde Zuhörer zu unterhalten. So aber stellte ich mich harmlos am Ellbogen des Produzenten Mac Barrantine auf. Alle drei fuhren in ihrer Unterhaltung fort, ohne mir auch nur die geringste Beachtung zu schenken. „Wieviel, glaubst du, wirst du mit ‚Tigerweib‘ machen?“ fragte Eric Haislip.

„Dreieinhalb bis vier“, sagte Herman Teppis.

„Dreieinhalb bis vier“, wiederholte Eric Haislip. „H. T., du sprichst nicht mit deinem New Yorker Büro. Du wirst glücklich sein, wenn du dein Geld wieder hereinbekommst.“

Teppis lachte laut. „Ich könnte dein Studio mit dem Geld kaufen, das wir machen werden.“

Mac Barrantine sprach schwer und langsam aus der Mundecke, in der er seine Zigarre hielt. „Ich behaupte, man kann es einfach nicht mehr voraussagen. Es gab einmal eine Zeit, in der ich mir sagen konnte, wenn ich ihn mit eineinhalb ’reinbringe, springt eine Million dabei heraus. Heutzutage Filme zu drehen, ist was völlig Verrücktes. Ein Reißer, ich schäme mich, es zu sagen, macht Geld, und eine klassische Musikkomödie wie etwa ‚Singt, Mädchen, singt‘ bringt nichts. Nun rechne dir das mal aus.“

„Das stimmt nicht“, sagte Teppis, ihn mit dem Finger berührend. „Du weißt doch, was los ist. Die Menschen sind heutzutage alle durcheinander. Also, was wollen sie? Sie wollen einen Film, der sie ebenfalls durcheinanderbringt. Warte nur ab, bis sie ganz durcheinander sind, dann werden sie wieder einen Film haben wollen, der sie ins rechte Lot bringt.“

„Nun, man muß ihnen eben ein Stück Wirklichkeit auf der Leinwand zeigen“, seufzte Eric Haislip.

„Wirklichkeit?“ explodierte Teppis. „Wir bringen ihnen genug Realismus. Aber weil da ein Kerl in einem italienischen Film das ganze Lokal vollspeit und weil das in irgend so einem Kunsttempel, der nicht mal Luftkühlung hat, gefällt, sollen wir unserem Publikum nun auch so etwas vorsetzen…“

„Es gibt keine Disziplin mehr“, sagte Mac Barrantine. „Selbst ein Regisseur, und was für ein Mann, läuft Amok wie ein Gangster!“

„Charles Eitel hat dir die Kehle durchgeschnitten“, sagte Haislip.

„Alle versuchen sie, mir die Kehle durchzuschneiden“, sagte Teppis leidenschaftlich. „Vergangen ist vergangen, lassen wir es ruhen. Zum Schluß komme ich mit jedem aus.“

„Es ist nur die mangelnde Disziplin“, wiederholte Barrantine. „Ich entdeckte mal einen Star, den Namen will ich nicht nennen, und eines Tages kommt sie zu mir – sie wußte, daß wir in zwei Monaten mit der Produktion einer wirklichen großen Sache starten würden –, und wißt ihr, welche Unverschämtheit sie mir zu sagen wagt? – ‚Mr. Barrantine, ich erwarte ein Kind. Ich bin im zweiten Monat!‘ – ‚Ein Kind bekommen Sie?‘ sagte ich. ‚Zum Teufel, und wo bleibt die Vertragstreue? Aber ich weiß doch, was Sie für eine Egoistin sind. Sie wollen mir doch nicht weismachen, daß Sie sich all die Sorgen auf den Hals zu nehmen wünschen, die mit einem Kind verbunden sind.‘ – ‚Aber was soll ich denn tun, Mr. Barrantine?‘, heulte sie los. Ich blickte sie von der Seite an: ‚Ich kann die Verantwortung, Ihnen etwas zu raten, nicht übernehmen‘, sagte ich. ‚Aber verflucht noch mal, besser wäre, Sie tun etwas.‘“

„Sie wird in dem Film spielen, hörte ich“, sagte Erich Haislip.

„Natürlich wird sie in dem Film spielen. Sie ist ein ehrgeiziges Mädchen. Aber Disziplin! Hat eine von ihnen denn Disziplin?“ Eric Haislip sah mich an. „Wer sind *Sie* denn eigentlich? Was machen Sie hier?“ fragte er plötzlich, obwohl er schon seit mehreren Minuten von meinem Vorhandensein wußte.

„Auch ich bin eingeladen worden“, sagte ich.

„Aber habe ich Sie eingeladen, sich auf meinen Schoß zu setzen?“ fragte Mac Barrantine.

„Da wären Sie der erste, der das tut“, murmelte ich.

Zu meiner Überraschung sagte Teppis: „Laßt mir den Jungen in Ruhe. Ich kenne ihn, er ist ein netter junger Mann.“

Nichts hätte mich mehr verwirren können. Barrantine und Haislip glotzten mich an, und ich blickte finster zurück. Wir standen uns in der ungemütlichsten Weise gegenüber. „Die Jugend, die jungen Leute!“ verkündete Teppis. „Ihr alle glaubt, einiges Wissen zu besitzen, aber ihr solltet euch einmal mit den Ideen eines jungen Mannes vertraut machen. Dieser hier könnte euch einiges erzählen.“

Was ich auch immer hätte erzählen können – Barrantine und

Haislip schienen nicht darauf erpicht zu sein. Die Konversation zerbröckelte, und dann verließen uns die beiden mit der Entschuldigung, ihre Gläser wieder füllen zu wollen. „Ich werde den Kellner rufen“, erbot sich Teppis. Sie schüttelten jedoch die Köpfe. Sie brauchten etwas Bewegung, erklärten sie. Nachdem sie gegangen waren, schien sich Teppis in guter Laune zu befinden. Ich hatte den Verdacht, daß er mich nur verteidigt hatte, um sie zu kränken. „Erstklassige Burschen“, sagte er zu mir. „Ich kenne sie seit Jahren.“

„Mr. Teppis“, fragte ich, „warum haben Sie mich eingeladen?“

Er lachte und berührte meine Schulter. „Sie sind ein gescheiter Junge“, sagte er schlagfertig. „Ich habe das gern.“ Seine dünne heisere Stimme schien mich in eine gemeinsame Verschwörung einbeziehen zu wollen, ob ich es mochte oder nicht. „Diese Wüste“, vertraute er mir an, „ist eine wunderbare Gegend, um einem was einfallen zu lassen. Mir ist, als hörte ich die ganze Zeit Musik. Mir schwebt ein musikalischer Film vor, voller Cowboys und all dieser Kerle, die die Einsamkeit suchen – wie heißen sie doch... diese Eremiten. Für Cowboys, Eremiten und Pioniere – für die ist das hier die richtige Umgebung. Kerle, die nach Gold suchen. Jung, wie Sie sind – würde Ihnen ein solcher Film nicht Spaß machen? Ich liebe geschichtliche Themen“, fuhr er fort, ehe ich Zeit fand zu antworten. „Dafür braucht man aber einen begabten Regisseur, einen Burschen, der die Wüste kennt.“

Er stieß mich in die Rippen, als wolle er eine ehrliche, spontane Antwort aus mir herauspressen. „Und nun nehmen Sie diesen Eitel! Trinkt er noch immer?“ sagte Teppis plötzlich, mit seinen kleinen stumpfen Augen meine Reaktion überwachend.

„Nicht viel“, sagte ich rasch, aber mein Blick muß unstet gewesen sein, denn Teppis drückte abermals meine Schulter.

„Wir müssen uns mal ausführlich sprechen“, sagte Teppis.

„Ich habe Charley Eitel gern. Ich wünschte, er hätte nicht diesen Schmutzfleck auf der Weste. Politik! Idiotisch! Wie denken Sie darüber?“

„Ich meine, daß er dabei ist, den besten Film seines Lebens zu machen“, sagte ich, in dem Wunsche, Teppis aufzubringen.

„Für die Kunsttempel, ja“, rief Teppis aus und deutete mit einem Finger auf seine breite Stirn. „Er wird nicht aus dem Herzen kommen. Sie sollten besser nicht so vorlaut sein in diesen Dingen“, fuhr er fort und wechselte auf eine verwirrende Weise wieder das Thema: „Wer ist schon an Ihrer Meinung interessiert? Ich will Ihnen sagen, wie es wirklich steht: Eitel ist erledigt."

„Ich kann Ihnen nicht zustimmen", sagte ich heiter, in dem Bewußtsein, daß ich der einzige auf dieser Gesellschaft war, der Herman Teppis gegenüber nicht höflich sein mußte.

„So. Sie stimmen mit mir nicht überein. Aber was wissen Sie denn schon, Sie Baby?"

Dennoch glaubte ich zu spüren, daß etwas an ihm fraß, nämlich die Furcht, daß er einerseits unrecht haben und andererseits sich womöglich blamieren könnte, indem er Eitel wieder in Betracht zog.

„Nun hören Sie mal zu", begann er wieder, aber wir wurden unterbrochen.

„Guten Abend, Daddy", sagte eine Frau.

„Lottie", rief Teppis zärtlich und umarmte sie. „Warum hast du mich nicht angerufen?" fragte er. „Kein Anruf von dir wie sonst um zehn Uhr morgens!"

„Ich konnte heute nicht", sagte Lottie Munshin. „Ich hatte für die Reise zu packen."

Teppis begann sie über seine Enkelkinder zu befragen, wobei er mir fast den Rücken zukehrte. Während sie sprachen, beobachtete ich Collie Munshins Frau mit Interesse. Sie gehörte zu den Frauen, die vorzeitig altern und deren gebräunte Haut Frische nur vortäuscht. Ein hagerer, nervöser Typ mit strengem, vor Anspannung verzerrtem Gesicht, in dem die Vertiefungen auf der Stirn und um den Mund deutlich sichtbar waren, sobald sie ihre Gesichtszüge entspannte, weil die Sonne sie nicht erfaßt hatte. Blasse, verstörte Augen waren von sonnengeröteten Lidern umrahmt. Sie trug ein teures Kleid, sah aber trotzdem nachlässig anzogen aus. Das Dekolleté gab den Blick auf ihre knöcherne Brust frei, während eine Art Krause über der sommersprossigen Haut raschelte, wie die Gardinen im Wohnzimmer einer alten Jungfer. „Ich bin zu spät gekommen", sagte sie zu ihrem Vater mit so gequälter Stimme, daß man den Eindruck hatte, ihre Kehle sei vollkommen ausgetrocknet. „Doxy hat heute Junge bekommen; du kennst doch Doxy?"

„Eine von deinen Bastardhündinnen?" fragte Teppis unbehaglich.

„Immerhin erhielt sie das ‚Blaue Band' ihrer Klasse", sagte Lottie Munshin vorwurfsvoll. „Erinnerst du dich nicht?"

„Nun, das ist schön“, stieß Teppis hervor. „Aber warum tust du deine Hunde nicht einmal für ein paar Wochen beiseite und machst ruhige Ferien? Vergiß einmal alles andere und erhole dich gemeinsam mit Collie.“

„Ich kann sie doch nicht zwei Wochen allein lassen“, sagte sie erschrocken. „Salty bekommt in den nächsten Tagen Junge, außerdem müssen wir Blitzer und Nod für die Hundeschau trainieren.“

Teppis antwortete ihr, als habe er ein Kind vor sich. „Sicher, eine feine Sache“, sagte er tonlos. „Jetzt muß ich aber noch jemanden sprechen, deshalb werde ich dich der Gesellschaft dieses jungen Mannes überlassen. Es wird dir Spaß machen, dich mit ihm zu unterhalten. Und, Lottie, vergiß nicht“, sagte er, „es gibt wichtigere Dinge als Hunde.“

Ich beobachtete ihn, wie er dahinschritt, den Leuten zunickend, die herbeiströmten, ihn zu begrüßen – den einen oder anderen aus dem Schwarm wie einen Schmarotzerfisch mit sich ziehend, indem er ihm eine Hand auf die Schulter legte. Ein Pärchen verließ sogar die Tanzfläche und eilte auf ihn zu.

„Mögen Sie Hunde?“ fragte Lottie Munshin mit einem gewissen Nachdruck. Ich spürte ihre Schüchternheit heraus.

Es war ein Fehler, daß ich sie nun fragte: „Züchten Sie Hunde?“

Sie antwortete sofort und sehr ausführlich. Sie ließ es sich nicht nehmen, in Einzelheiten zu gehen, die mich noch weniger interessierten, und angesichts ihrer Leidenschaft, einer kalten Leidenschaft wie bei allen Fanatikern, versuchte ich, mir das natürliche, zurückhaltende Mädchen vorzustellen, das ehemals diese Frau gewesen sein mußte. „Wir haben die schönste Farm im Umkreis von Hollywood“, sagte sie mit ihrer gepeinigten Stimme, „obwohl es natürlich ganz auf mich fällt, sie in Gang zu halten. Das ist eine ziemliche Arbeit, kann ich Ihnen versichern. Jeden Morgen muß ich um sechs Uhr aufstehen.“

„Da sind Sie aber zeitig auf den Beinen“, räumte ich ein.

„Zeitig ins Bett und mit der Sonne raus, das habe ich gern. Mit einer solchen Zeiteinteilung kann sich jeder in guter Verfassung halten. Sie sind zwar noch jung, sollten aber ebenfalls darauf achtgeben. Wenn sich die Menschen dem Rhythmus der Tiere anpassen würden, wären sie genauso gesund wie diese.“ Über ihre Schulter hinweg konnte ich die Tanzfläche sehen und das Schwimmbassin. Ich fühlte mich unbehaglich, weil ich einesteils den Wunsch hatte, sie interessanterer Leute wegen zu verlassen, andererseits scheute ich mich davor, sie allein zu lassen. Während sie sprach, pflückten ihre knochigen Finger an ihrem Kinn. „Ich habe eine glückliche Hand", sagte sie. „Alles gedeiht unter meinen Fingern. Ich denke manchmal, daß mein Vater wohl zum Farmer bestimmt gewesen war, denn wer sonst sollte es mir vererbt haben!"

„Ah, sehen Sie, da kommt Ihr Gatte", bemerkte ich erleichtert.

Sie rief ihn an. Er stand in einiger Entfernung und hatte anscheinend nicht die Absicht gehabt, zu uns zu kommen, aber beim Klang ihrer Stimme blickte er mit übertriebener Überraschung auf, woraus man erriet, daß er nicht im geringsten überrascht war. Dann kam er auf uns zu. Als er mich erkannte, veränderte sich für einen Augenblick sein Gesichtsausdruck, aber trotzdem schüttelte er mir herzlich die Hand.

„Da treffen wir uns ja wieder", sagte er einfach.

„Collie, ich wollte dich fragen, ob du diese Zwölfhundert-Kalorien-Diät versuchen willst."

„Ich werde sie prüfen", sagte er gelangweilt und ergriff mich beim Arm.

„Lottie, ich habe etwas mit Sergius zu besprechen. Du wirst uns entschuldigen", und kurzerhand steuerte er mit mir auf einen Yuccabaum zu. Wir standen in seinem harten Schatten, der von einem Scheinwerfer über dem Blattwerk erzeugt wurde.

„Was machen *Sie* denn hier?" fragte er. Noch einmal war ich zu der Erklärung gezwungen, daß mich Herman Teppis eingeladen habe.

„Eitel auch?"

Als ich nickte, schrie Munshin los: „Ich würde mich nicht wundern, wenn er Elena mitbrächte!" Während er mißfällig den Kopf schüttelte, begann ich zu lachen. „Die Gesellschaft ist doch langweilig genug", sagte ich, „sie könnte eine Aufmunterung vertragen."

Ich war erstaunt über Munshin. Ein berechnender Ausdruck überzog sein Gesicht, plötzlich machte er den Eindruck eines kampferprobten Clowns auf mich, der auf eine stille, sehr zurückhaltende Art ein welterfahrener Mann war. „Wenn ich erfahren könnte, was in H. T.s Kopf vorgeht, würde ich es mich gern eine Stange Geld kosten lassen", murmelte er wie für sich und ließ mich dann neben dem Yuccabaum allein zurück.

Die Gesellschaft wurde lebhafter, sie begann sich in Pärchen aufzuteilen, wenn sie auch noch immer Schwärme um den einen oder anderen Punkt des Interesses bildete. In einer Ecke war ein Gesellschaftsspiel im Gange, die Tanzfläche war beinahe gefüllt, ein wohlbekannter Komiker hatte eine Conférence begonnen und mit einer Bemerkung über ein erfolgreiches Bühnenstück einen Beifall ausgelöst, der fast die Musik der Tanzkapelle übertönte. Ein Betrunkener erkletterte den Mast, der die Pappkamera trug, und stritt sich mit dem Kameramann, der ihn zu überreden versuchte, wieder herunterzukommen. In der Nähe lachte eine Frau hysterisch auf. „Ronnie brütet auf der Fahnenstange!" verkündete sie immer wieder. Die Schwimmlehrerin des Hotels gab in einem durch ein Seil abgegrenzten Teil des Bassins eine Vorführung im Tauchen, bekam aber nur flauen Beifall, da nur wenige ihr zusahen. Ich stürzte ein paar Gläser an der Bar hinunter und versuchte erfolglos, in den einen oder anderen Kreis einzudringen. Entmutigt hörte ich einem Volksliedsänger zu, der wie ein Waldläufer gekleidet war und alte Balladen mit einer hohen zittrigen und schnarrenden Stimme zum besten gab, die selbst den Lärm des Tanzorchesters übertönte. „Ist er nicht talentiert?" begeisterte sich eine Frau in der Nähe.

Ich fühlte, daß mir jemand auf die Schulter klopfte. Ein gutaussehender junger Mann, den ich als Tennislehrer des Yachtklubs wiedererkannte, lächelte mir zu. „Kommen Sie mit rüber", sagte er, „jemand möchte Sie gern kennenlernen." Es stellte sich heraus, daß es Teddy Pope, der Filmstar, war. Er war groß von Gestalt, hatte einen angenehmen, offenen Gesichtsausdruck, dunkelbraunes Haar, das ihm in einer Welle in die Stirn fiel. Als ich auf ihn zutrat, lächelte er mich an.

„Ist das nicht eine verdammt langweilige Gesellschaft?" fragte er.

Wir sahen uns an. Ich wußte nichts zu erwidern. Neben Pope saß Marion Faye, klein, angespannt und außerordentlich gelangweilt. Er nickte mir nur zu.

„Spielen Sie Roulett?" fragte der Tennislehrer. „Teddy ist ein leidenschaftlicher Spieler."

„Ich habe versucht, ein System auszuknobeln", sagte Teddy. „Eine Zahlentheorie. Aber Mathematik übersteigt mein Fassungsvermögen. Ich engagierte einen Statistiker, damit er dahinterkommen sollte." Er lächelte mir abermals zu.

„Stemmen Sie Gewichte?“ fragte mich Teddy.

„Nein, sehe ich so aus?“

Sie schienen dies ungeheuer amüsant zu finden. Pope, der Tennislehrer und Marion Faye brachen einstimmig in Lachen aus.

„Ich kann eine Eisenstange biegen“, erklärte Teddy, „vorausgesetzt, daß sie dünn genug ist. Aber ich bleibe beim Gewichtheben, um mich vor Fettansatz zu bewahren.“ Er kniff in seinen Bauch und brachte es zuwege, einen Überschuß an Fett vorzuzeigen, der nicht dicker war als ein Bleistift. „Widerlich ist das.“

„Sie sind doch gut in Form“, sagte ich, unangenehm berührt.

„Das Gewichtheben hat Ihre Vorhand ruiniert“, warf der Tennislehrer ein.

Teddy Pope antwortete nicht. Er lehnte sich zurück und lächelte zum Himmel hinauf. „Ich sehe, daß Sie Flieger sind“, sagte er. „Ist es wahr, daß die meisten von ihnen nur Trinken und Liebe kennen? – Oh, da, die Kleine, ein hübsches Ding“, setzte er hinzu und deutete auf ein vorübergehendes Mädchen. „Möchten Sie sie kennenlernen? – Marion sagte, Sie seien ein wenig schüchtern.“

„Ich werde es allein schaffen“, sagte ich.

„Warum hilfst *du* ihm nicht, Teddy?“ spöttelte Marion.

„Würde dabei nur hinderlich sein“, sagte Pope.

„Setzen Sie sich doch, Sergei“, sagte der Tennislehrer.

„Ich... ach, verstehen Sie“, stammelte ich, „ich versprach jemandem, etwas zum Trinken zu bringen.“

„Kommen Sie zurück, wenn es Sie dort langweilt“, sagte Teddy.

Unter einem anderen Yuccabaum näherte sich mir ein kleiner, kahlköpfiger Herr in einem himmelblauen Tropenanzug, der ein großes, rothaariges Mädchen bei der Hand hielt. „Ach, hier sind Sie ja, ich habe Sie schon gesucht“, sagte er lebhaft. „Ich möchte mich mit Ihnen bekannt machen. Ich bin Bunny Zarrow. Sie werden vielleicht schon von mir gehört haben. Agent für Schauspieler.“ Ich mußte ihn überrascht angesehen haben, denn er fügte hinzu: „Ich sah Sie mit Mr. Teppis in einer Unterhaltung. Darf ich fragen, worüber Sie gesprochen haben?“

„Er fragte mich wegen eines Films um Rat.“

„Ah, sehr interessant. Das ist ungewöhnlich. Und Ihr Name?“

„John Yard“, sagte ich.

„Sie haben bereits einen Vertrag, nehme ich an.“

„Selbstverständlich.“

„Nun wohl, ein Vertrag kann manchmal in einen besseren verwandelt werden. Ich wünschte, ich könnte was für Sie tun. Allerdings ist das hier weder die rechte Zeit noch der richtige Ort, aber wir sollten mal zusammen lunchen, um die Sache zu besprechen. Ich werde Sie im Studio anrufen." Er zeigte auf das Mädchen neben sich. „Ich möchte Sie Candy Ballou vorstellen." Das Mädchen gähnte und versuchte dann zu lächeln. Sie war sehr betrunken.

Bunny zog mich zur Seite. „Erlauben Sie mir, daß ich Ihnen die Telefonnummer von dem Mädchen gebe. Sie ist ein charmantes, großzügiges Ding."

Er zwinkerte mit den Augen. „Ich freue mich, Ihnen gefällig sein zu dürfen. Wenn ich nicht so überarbeitet wäre, würde ich ihre Nummer für mich behalten, aber es wäre doch eine Schande, ein solches Mädchen für sich allein haben zu wollen." Er übergab mich Candy Ballou und fügte unsere Hände ineinander. „Nun, Kinder, ich bin sicher, ihr beide habt manches gemeinsam", sagte er und ließ uns stehen, während wir uns gegenseitig musterten.

„Möchten Sie gern tanzen?" fragte ich das rothaarige Mädchen.

„Nicht gleich so stürmisch, mein Täubchen", erwiderte sie mechanisch, aber dann blickte sie mich interessiert an. „In welchem Studio?" platzte sie heraus.

„War nur ein Scherz, Candy", sagte ich. „Ich bin nicht beim Film."

„Also Zarrow was vorgemacht, oje!"

„So ist es."

„Was tun Sie?"

„Nichts", sagte ich.

„Kein Zaster. Hätte ich mir denken können." Weich bog sie ihren Körper zum Rhythmus der Rumbamusik. Gleichzeitig gähnte sie heftig. „O Liebling", sagte sie mit kleiner gebrochener Stimme, „sei mal'n Kavalier, bring mich zur Toilette."

Nach meiner Rückkehr blieb mir zur Gesellschaft nur ein weiterer Cocktail. Dann sah ich endlich Eitel hereinkommen in Begleitung einer Frau – Elena, wie ich wußte.

9

Mit ihrem in sattem Rotbraun schimmernden Haar war sie fast eine Schönheit. Ihre Haut hatte einen warmen Ton. Ihr Gang verriet die bewußte Körperbeherrschung einer Tänzerin. Das hatte mich schon immer bei einem Mädchen angezogen, schon seit meinem ersten Jahr bei der Air Force, als ich wie jeder andere Draufgänger auf einem Soldatenvergnügen, das Käppi verwegen zurückgeschoben, mit meinem Elan – wie Elena – alle andern auszustechen versuchte. Obwohl sie ihre Lippen stark geschminkt hatte und die hohen Absätze einer Revuetänzerin trug, lag etwas Feines und sehr Stolzes über ihrem Wesen. Sie ging aufrecht, den Kopf erhoben, das trägerlose Abendkleid ließ ihre schönen runden Schultern unbedeckt. Ihr Gesicht war eigentlich nicht weich, eher herzförmig. Über einem feingeschwungenen Mund und Kinn ließen mich die Flügel ihrer langen schmalen Nase eine reiche Begabung ahnen. Munshins Beschreibung erschien mir armselig.

Davon abgesehen, fühlte sie sich offensichtlich nicht behaglich. Als ich Eitel sie in die Löwenhöhle der Gesellschaft führen sah, erinnerte sie mich an ein edles, zur Flucht bereites Tier. Ihr Erscheinen auf der Gesellschaft hatte eine wellenförmig sich fortpflanzende Unsicherheit ausgelöst, und nur sehr wenige wußten, wie sie sich verhalten sollten, als sie Eitels ansichtig wurden. Einige traten heran, lächelten und riefen „Hallo“ oder nickten ihm zu, aber die Mehrzahl wandte sich ab. Alle jedoch schienen verwirrt zu sein. Es mußte einen Grund dafür geben, daß Eitel eingeladen worden war, und ehe sie nicht dahinterkamen, konnte alles, was sie auch taten, falsch sein. Ich war wütend über die Art, wie man ihn und Elena schließlich sich selbst überließ. Niemand hatte sich ihnen angeschlossen, als Eitel endlich an einem leeren Tisch nahe beim Bassin haltmachte, einen Stuhl für Elena heranzog und sich dann selbst setzte. Aus der Entfernung mußte ich seine Haltung bewundern; er hatte tatsächlich so unbekümmert ausgesehen, wie er es sich gewünscht haben mochte.

Ich ging zu ihrem Tisch und begrüßte sie. „Darf ich mich zu Ihnen setzen?“ fragte ich unbeholfen.

Eitel blickte dankbar lächelnd auf. „Elena, Sie müssen Sergius kennenlernen, er ist der beste Mensch von allen.“

„Ach, schweigen Sie doch“, sagte ich zu ihm und wandte mich dann an Elena. „Verzeihung, wie war Ihr Name?“

„Esposito“, murmelte Elena verlegen, „ein italienischer Name.“

Ihre Stimme war ein wenig heiser und erstaunlich tief, wodurch sie weit weniger anziehend wirkte als das Gesicht, aber es war eine Stimme, die eine geheime Kraft verriet. Diese Art von Stimmen war mir von Kindheit an vertraut.

„Schaut sie nicht aus wie ein Modigliani?“ sagte Eitel begeistert und fügte dann hinzu: „Ich weiß, Elena, man hat es Ihnen schon mehr als einmal gesagt.“

„Ja“, sagte Elena, „so ist es, einmal sagte es mir schon jemand. Es war Ihr Freund.“

Eitel nahm von der Erwähnung Munshins keine Notiz. „Aber wo kommen nur diese grünen Augen her?“ sagte er neckend. Indessen sah ich, wie seine Finger ruhelos auf seine Knie trommelten.

„Oh, von meiner Mutter“, sagte Elena, „sie ist eine halbe Polin. Zu einem Viertel bin ich wohl polnisch und zu drei Vierteln italienisch. Eine Mischung wie Öl und Wasser.“ Alle lächelten, nur Elena rückte unruhig auf ihrem Stuhl hin und her. „Ein komisches Thema“, bemerkte sie.

Eitel begann, sich den Lagunen-Raum anzuschauen, und sagte amüsiert: „Hier fehlt bloß noch eines.“

„Was?“ fragte ich.

„Eine Achterbahn.“

Elena brach in Lachen aus. Sie hatte ein angenehmes Lachen, das ihre weißen Zähne zeigte, aber sie lachte zu laut. „Nein, wie komisch“, sagte sie.

„Ich liebe Achterbahnen“, fuhr Eitel fort. „Wenn man das erstemal hinuntersaust wie in das schwarze Loch des Todes. Ein unvergleichliches Gefühl.“ Und für die nächsten zwei Minuten beschrieb er all die Sensationen einer Achterbahn, bis ich aus der Bewunderung in Elenas Augen erkennen konnte, daß er seine Darstellung lebendiger gestaltet hatte, als es mir selbst erschien. Er war in guter Form und als Pendant dazu Elena eine gute Zuhörerin. Ich ertappte mich bei der Feststellung, daß sie nicht dumm war, obgleich sie nichts anderes tat, als mit einem Lachen oder einer belanglosen Bemerkung zu antworten. Es lag an der Intensität ihrer Aufmerksamkeit. In ihrem Gesicht spiegelten sich alle Einzelheiten des Berichts wider. Eitel übertraf sich noch: „Da haben Sie den Beweis für meine erprobte Theorie", sagte er. „Man besteigt eine Achterbahn gewisser Erregungen wegen. Es ist das gleiche wie in den Beziehungen zu einer Frau. Als ich jünger war, pflegte ich zu denken, daß es gräßlich sei, ja sogar unsauber, wenn ein Mann, der verliebt zu sein glaubt, die gleichen Worte bei allen Frauen, die er nacheinander hat, anwendet. Dennoch ist nichts Schlechtes daran. Die Menschen halten eigentlich nur ihren Gefühlen die Treue, die sie immer wieder auszulösen wünschen."

„Ein solcher Mann kann aber in Wirklichkeit überhaupt nichts für eine Frau fühlen", sagte Elena.

„Im Gegenteil. In diesen Augenblicken betet er sie wahrhaft an." Diese Entgegnung verwirrte sie. „Ich meine... meines Erachtens ist es... ach, ich weiß es nicht." Aber sie vermochte nicht, es dabei schweigend bewenden zu lassen. „Ein solcher Mann hat keine Bindungen zu der Frau. Er ist hemmungslos."

Eitel schien entzückt zu sein. „Sie haben recht", widersprach er sich selbst. „Ich glaube, es ist wirklich der Beweis dafür, wie hemmungslos ich immer gewesen bin."

„Nein, Sie sind sicherlich nicht hemmungslos", sagte sie.

„Doch", lächelte er. Es schien, als wollte er sie warnen. Ihm Glauben zu schenken mußte jedoch schwerfallen. Seine Augen leuchteten, sein Körper hatte sich ihr zugeneigt, und in seinem dunklen Haarkranz schien es vor Erregung zu knistern. „Urteilen Sie nicht nach Äußerlichkeiten", begann Eitel wieder, „denn ich kann Ihnen sagen –" Er brach ab. Munshin näherte sich uns. Elenas Gesicht wurde ausdruckslos, und Eitels Lächeln verkrampfte sich.

„Ich weiß nicht, was hier gespielt wird", schrie Collie, „H. T. sagte mir, ich solle hinübergehen und dich begrüßen. Er möchte später mit dir sprechen."

Als keiner von uns sofort antwortete, begnügte sich Munshin damit, Elena anzustarren.

„Wie geht es dir, Collie?" fragte Eitel endlich.

„Ich habe mich schon besser gefühlt." Seine Lebhaftigkeit schien plötzlich völlig verschwunden zu sein. „Ich habe mich schon sehr viel besser gefühlt", sagte er, weiterhin auf Elena blickend.

„Amüsierst du dich nicht?" fragte sie.

„Nein, ich fühle mich ganz elend", antwortete Munshin.

„Ich habe nach deiner Frau Ausschau gehalten", sagte Elena, „aber ich kenne sie ja nicht."

„Sie muß hier irgendwo herum stecken", sagte Munshin ausweichend.

„Und dein Schwiegervater? Du sagtest, er sei hier."

„Nun, wenn schon", sagte Munshin mit einem weichen, einschmeichelnden Blick, der wohl zu suggerieren versuchte: Eines Tages wirst du dich wieder mit mir ausgesöhnt haben.

„Gewiß, aber ich möchte dich nicht in Verlegenheit bringen", sagte Elena hart, nahe am Rande ihrer Beherrschung. Man erkannte, wie schlecht ihre Situation bei einem Streit sein dürfte.

„Ich traf Teddy Pope hier", versuchte ich, so gut ich konnte, das Thema zu ändern. „Was ist das eigentlich für ein Mensch?"

„Ich kann es Ihnen sagen", erklärte Eitel, dankbar für meinen Versuch, „er hat in einigen meiner Filme mitgespielt. Wissen Sie, in seiner Art ist er wirklich ein anständiger Schauspieler. Eines Tages könnte er sehr gut sein."

In diesem Augenblick trat ein auffallend schönes blondes Mädchen in einem blaßblauen Abendkleid hinter Munshin und bedeckte seine Augen mit ihren Händen. „Rate mal, wer?" sagte sie mit rauher Stimme. Ich bemerkte eine kleine Stupsnase, ein mit einem Grübchen versehenes Kinn und einen aufgeworfenen Mund, der mir bekannt erschien. Beim Anblick von Eitel verzog sie das Gesicht. „Lulu", sagte Munshin, sich halb von seinem Stuhl erhebend und im ungewissen, ob diese Unterbrechung die Situation erleichterte oder erschwerte. Dann umarmte er väterlich Lulu mit ausgebreiteten Armen, Elena und Eitel zulächelnd, während er, nur für mich sichtbar, ihr Hinterteil tätschelte, als wollte er ihr zu verstehen geben, daß ihm etwas mehr als diese flüchtige Umarmung nicht unsympathisch wäre.

„Miß Meyers – Miß Esposito", stellte Eitel leise vor, und Lulu nickte flüchtig und uninteressiert Elena zu.

„Collie, wir müssen uns sprechen", erklärte Lulu, „ich habe etwas auf dem Herzen, über das ich unbedingt mit dir zu reden wünsche." Dann schenkte sie Eitel ein süßes Lächeln. „Charley, du wirst dick", sagte sie.

„Setz dich doch", schlug Eitel vor. Sie nahm einen Stuhl an seiner Seite und bestand darauf, daß Munshin an ihrer anderen Seite Platz nahm. „Will mir denn niemand die Luftwaffe vorstellen?" fragte sie geradezu, und als ihr mein Name genannt wurde, betrachtete sie mein Gesicht. Ich zwang mich, sie anzustarren, bis sie die Augen sinken ließ, aber es kostete mich einige Mühe. „Was für ein hübscher Junge Sie sind", sagte Lulu Meyers. Sie konnte selbst kaum viel über zwanzig sein.

„Sie ist großartig", sagte Munshin. „Was für ein Mundwerk!"

„Möchten Sie gern etwas trinken?" fragte ich Elena. Sie war schweigsam geworden, seit Lulu anwesend war, und ihr gegenüber erschien sie mir nicht mehr so anziehend wie zuvor. Vielleicht spürte sie das selbst, denn sie zupfte nervös an den Fingernägeln.

„O ja, gern", sagte Elena verlegen, und als ich aufstand, reichte mir Lulu ein Glas. „Wollen Sie mir einen kleinen Martini mitbringen?" fragte sie, ihre veilchenblauen Augen auf mich richtend. Ich bemerkte, daß sie nicht weniger nervös war als Elena, aber auf andere Weise; Lulu machte es sich auf ihrem Sitz bequem – mit dem gleichen Trick, den ich bei der Luftwaffe gelernt hatte.

Als ich zurückkam, sprach sie mit Eitel. „Wir vermissen dich, altes Haus", sagte sie. „Ich kenne niemanden, mit dem man sich besser betrinken kann als mit dir."

„Ich bin unter die Abstinenzler gegangen", parierte Eitel grinsend.

„Du scheinst nur im Hinblick auf mich enthaltsam zu leben", sagte Lulu mit einem Seitenblick auf Elena.

„Man sagte mir, du wirst Teddy Pope heiraten", antwortete Eitel. Lulu wandte sich an Munshin. „Sage H. T., er soll endlich mit dieser Propaganda aufhören", sagte sie ärgerlich und warf ihre Zigarette auf den Fußboden, sie mit einer raschen ungeduldigen Bewegung zermalmend. Mein Blick fiel für einen Augenblick auf ihre Beine und ihre hübschen kleinen Füße, die in silbernen Sandaletten steckten. Diese Beine waren so bekannt wie die Form ihres Mundes; beide hatten sich in das Gedächtnis der Leute eingeprägt. Durch Hunderte – oder waren es Tausende? – von Fotografien waren sie in allen Einzelheiten wiedergegeben worden. „Collie, diese Propaganda hat aufzuhören, sage ich dir."

Munshin lächelte einfältig. „Nun, beruhige dich nur, Kleines. Wer will dich denn zu irgend etwas zwingen?"

„Ich bin damit einverstanden, daß Lulu Teddy heiratet", sagte Eitel gedehnt.

„Charley, du bist ein alter Stänker“, sagte Munshin heftig.

Elena und ich blickten uns an. Sie bemühte sich, dieser Gruppe als zugehörig zu erscheinen. Ihre Augen folgten jedem der Sprecher, und sie lächelte gezwungen, aus Angst, nicht richtig zu reagieren und uneingeweiht zu erscheinen. Wahrscheinlich tat ich dasselbe. Wir flankierten, wie Buchstützen, die Anwesenden und fühlten uns unbehaglich.

„Ich meine es ernst“, sagte Lulu. „Du kannst Mr. T. bestellen, daß ich erst diesen hübschen Jungen hier heiraten werde“, und dabei richtete sie einen Finger beiläufig auf mich.

„Sie haben noch nicht um mich angehalten“, sagte ich.

Elena lachte mit so viel Vergnügen, als ob sie das selber gesagt hätte. Wieder war ihr Lachen zu laut, so daß die anderen sie anstarrten.

„Nicht gleich so stürmisch, mein Täubchen“, sagte Lulu mit einem Nachdruck, der dem rothaarigen Mädchen, Candy Ballou, nicht gelungen war. Sie hielt ihr leeres Glas hoch, so daß wir es alle sehen konnten, und ließ einen letzten Tropfen auf den Fußboden fallen. „Ich bin müde, Collie,“ verkündete sie und legte ihren Kopf an Munshins Schulter.

„Ich sah deinen letzten Film“, sagte Eitel zu ihr.

„War ich nicht geradezu gräßlich darin?“ Lulu schnitt ein Gesicht. „Die machen mich noch kaputt. Was ist deine Meinung?“

Er lächelte unverbindlich. „Ich werde mit dir noch darüber sprechen.“

„Ich weiß, was du sagen willst. Ich schauspielere zu sehr, wie?“ Sie hob ihren Kopf und kniff Collie in die Wangen. „Ich hasse es, zu schauspielern“, und unmittelbar anschließend beugte sie sich vor, um eine Frage an Elena zu stellen. „Und was tun Sie, Miß Esposo?“

„Esposito“, beeilte sich Eitel zu sagen.

Elena fühlte sich geniert. „Ich war... etwas... eine Tänzerin, möchte ich sagen.“

„Und jetzt – Modell?“ fragte Lulu.

„Nein... ich meine... natürlich nicht...“ – Elena war nicht ganz hilflos ihr gegenüber – „Verschiedenes“, schloß sie endlich. „Wer möchte schon ein mageres Modell sein?“

„Ich möchte wetten“, sagte Lulu und sprach wieder zu mir, „Sie sind der neueste Schweif an Eitels Drachen.“

Ich merkte, daß ich errötete. Ihre Angriffe kamen überraschend und auf vielfältige Weise. „Man sagt, du seist erledigt, Charley", wandte sie sich bereits wieder an Eitel.

„Es wird viel über mich geredet", sagte Eitel leichthin.

„Nicht soviel, wie du glaubst. Die Zeit geht drüber hin."

„Ich werde immer als dein zweiter Exgemahl in der Erinnerung bleiben", sagte Eitel gedehnt.

„Das ist richtig", sagte sie. „Wenn ich an Charley Eitel denke, denke ich stets an Nummer zwei." Mit einem munteren Lächeln erwiderte Eitel: „Wenn du die Schlagringe anlegen willst, Lulu, sag's nur frei heraus." Nach einem Augenblick der Stille lächelte Lulu zurück: „Verzeih mir, Charley." Dann wandte sie sich an uns alle, und mit jener heiseren Stimme, die so reizend zu ihrem blonden Haar und den blauen Augen paßte, sagte sie: „Ich sah heute ein ganz gräßliches Bild von mir in den Zeitungen."

„Lulu", sagte Munshin rasch, „das könnten wir sofort ändern. Die Fotografen werden hier bald mit ihrer Arbeit anfangen."

„Ich will nicht mit Teddy Pope in die Zeitung kommen."

„Wer zwingt dich denn dazu?" sagte Munshin.

„Legst du mich auch nicht rein, Collie?"

„Ich werde dich nicht reinlegen", versprach Munshin, sein Gesicht abtrocknend.

„Warum schwitzt du so?" fragte Lulu und stand plötzlich auf.

„Jay-Jay", schrie sie laut und öffnete die Arme. Jennings James, der gerade auf uns zugekommen war, drückte sie an seine dünne Gestalt, was mir wie eine Parodie auf Munshins Umarmung vorkam. „Mein Lieblingsmädchen", sagte er mit seiner lauten, von einem südlichen Akzent gefärbten Stimme.

„Was hast du da vorgestern für eine Notiz über mich zusammengestümpert!" sagte Lulu.

„Süße, du bist völlig verrückt", protestierte Jennings James. „Es war doch ein Liebesdienst für dich." Er nickte uns allen zu.

„Wie geht es Ihnen, Mr. Munshin?" sagte er. Nach dem Besuch der Toilette schien er sich wieder erholt zu haben.

„Nimm dir einen Stuhl, Jay-Jay", sagte Munshin, „dies ist Miß Esposito."

Jennings James verneigte sich förmlich. „Ich liebe das Würdevolle der italienischen Frauen, Miß Esposito." „Bleiben Sie lange mit uns in Desert D'Or?"

„Ich fahre morgen zurück", sagte Elena.

„Nein, keineswegs", protestierte Eitel.

„Nun, ich bin noch nicht sicher", verbesserte sich Elena.

Ein Kellner brachte Gefrorenes. Es war auf den Tellern fast zerschmolzen, nur Elena nahm eine Portion. „Das ist Halbgefrorenes, nicht wahr?" sagte sie. „Das soll die teurere Sorte sein." Als alle ziemlich verdutzt über diese Bemerkung dreinschauten, machte Elena den verzweifelten Versuch, sich zu rechtfertigen. „Ich weiß nicht mehr, wo ich es gehört habe – Halbgefrorenes, so ist es mir in Erinnerung, oder vielleicht habe ich es auch schon gegessen, ich weiß es nicht mehr."

Eitel kam ihr zu Hilfe. „Stimmt, Duvons in Hollywood haben eine Art Halbgefrorenes. Ich habe es selbst schon gegessen. Aber ich glaube nicht, daß dies hier von Duvons kommt, Elena."

„Ach nein, ich weiß ja, daß es nicht von dort ist", sagte sie rasch.

Jay-Jay wandte sich wieder an Lulu: „Süße, alles ist jetzt bereit für die Aufnahme. Die Fotografen haben endlich aufgehört, sich zu mästen, und man wartet auf dich."

„Meinetwegen, laß sie warten", sagte Lulu. „Ich möchte noch etwas zum Trinken."

„Mr. T. bat mich ausdrücklich, dich zu holen."

„Also los, gehen wir alle", sagte Munshin. Ich vermutete, daß er darin Elena, Eitel und mich aus keinem anderen Grunde einschloß, als Lulu daran zu hindern, sich den Zurückbleibenden eventuell anzuschließen. Munshin nahm ihren Arm, wartete auf Elena und Eitel und ging dann am Rande des Schwimmbassins entlang, an der Tanzfläche vorbei zu den Fotografen.

Jay-Jay schloß sich mir an. „Diese Esposito-Dame", sagte er, „ist Munshins Verhältnis, hörte ich."

„Keine Ahnung", erwiderte ich.

„Mann, das ist eine! Ich habe nie was mit ihr gehabt, aber ich weiß es von anderen, die es wissen müssen. Wenn Charley Eitel die Esposito hinter sich hat, sollten Sie mit ihr ein paar köstliche Stunden verbringen." Dann begann er sich über ihre Qualitäten auszulassen. „Und obendrein sieht sie noch süß aus", fügte er galant hinzu. „Ist ein hartes Leben in Hollywood für so ein Mädchen. Ich werfe ihr nichts vor. Warum Teppis selbst, dieses Schwein – "

Aber James konnte den Satz nicht mehr beenden, denn wir hatten die Fotografen erreicht.

Ich erblickte Teddy Pope, der aus der entgegengesetzten Richtung herankam. Der Tennismeister begleitete ihn noch immer, und sie schienen über einen Witz zu lachen. „Lulu, Liebling“, sagte Pope und streckte seine Hand aus. Sie berührten gegenseitig ihre Fingerspitzen und standen Seite an Seite.

„He, Leute!“ rief Jay-Jay, sich mit einem Sprung den drei Fotografen nähernd, die phlegmatisch vor dem Kameramast standen. „Wir möchten jetzt ein paar natürlich wirkende Aufnahmen haben. Nichts Gekünsteltes, nur so, wie Filmleute miteinander leben und sich unterhalten. Ihr versteht schon, wie ich es meine.“

Gäste waren von verschiedenen Seiten herbeigekommen.

„Du siehst entzückend aus, mein Schatz“, rief Dorothea O'Faye aus der Ansammlung heraus, und Lulu lächelte. „Danke dir, meine Süße“, rief sie zurück. „He, Teddy“, sagte ein Mann, „kann ich ein Autogramm haben?“ Und Teddy lächelte. Jetzt, da er von Publikum umgeben war, hatte sich sein Benehmen verändert. Er erschien gleichzeitig jungenhafter und männlicher. „Sieh da, Mr. T. naht“, rief er laut mit einer jähen Verachtung im Gesichtsausdruck für diejenigen, die sie zu entdecken vermochten. Er begann in die Hände zu klatschen, und mindestens ein Dutzend der Zuschauer applaudierte unter dem Zwang der Höflichkeit ebenfalls. Teppis streckte seine Hände in die Höhe: „Wir machen heute nacht ein paar Bilder von Teddy und Lulu, nicht nur aus Interesse an ihrem Film, oder sollte ich sagen unserem Film ‚Am Himmelstor‘, sondern als ein Symbol, so möchte ich es nennen, für den heutigen Abend und unsere gute Stimmung.“ Teppis räusperte sich und lächelte wohlwollend. Seine Anwesenheit hatte den Erfolg gehabt, ein Dutzend mehr Zuschauer anzulocken, und eine Zeitlang war alles in Anspruch genommen von den Blitzlichtern, dem Wechsel der Aufnahmedispositionen und den Anweisungen der Fotografen. Ich sah Teppis zwischen Teddy und Lulu, Lulu zwischen den beiden Männern, Teddy und Lulu zusammen, Teddy und Lulu einzeln, Teppis, Lulus Hand in väterlicher Weise haltend, Teppis, die Hand auf Teddys Arm legend. Ich war überrascht, wie gut sie es machten: Teddy glücklich lächelnd, vor Gesundheit strotzend; Lulu süß, Lulu erotisch – alles mit einer Leichtigkeit, für die die Würde und der väterliche Stolz Herman Teppis' das rechte Gleichgewicht bildeten. Es war in der Wirkung vollendet. Teddy Pope zeigte ein offenes, vergnügtes Gesicht zu jeder Anweisung des Fotografen, seine Stimme drückte bescheidene Würde aus, sein Lächeln schien die Freude an seiner Umgebung widerzuspiegeln. Er schwenkte die Hände über dem Kopf wie ein Boxer und tat, als ob er sich dabei die Schulter wegen der ungewohnten Körperbewegung verrenkt habe; er legte seinen Arm um Lulus Taille, er küßte ihre Wange. Und Lulu glitt in einer liebkosenden, anschmiegenden Bewegung an seine Seite. Sie schien zu schweben, wenn sie dahinschritt; ihre Schultern wiegten sich leicht im Takt ihrer Hüften, sie neigte den Hals, das Haar umrahmte in goldenen Locken den Kopf, und ihre sanfte heisere Stimme lachte über die Scherze der anderen. Ich dachte bei mir, das ist das schönste Mädchen, das du je gesehen hast.

Als die Fotografen ihre Arbeit beendet hatten, hielt Teppis noch eine kleine Rede: „Man kann es ja nie wissen – wir sind nun mal eine große Familie bei Supreme, aber ich will euch dennoch etwas sagen: Ich glaube nicht, daß die beiden jungen Menschen hier nur gespielt haben.“ Und während er die Hände auf den Rücken legte, schob er sie aufeinander zu, bis sie nicht mehr anders konnten, als sich gegenseitig mit den Armen zu umfangen, falls sie nicht hinfallen wollten. „Was höre ich da, Lulu“, sagte er laut in das Lachen der Gäste, „eine kleine Freundin hat mir erzählt, du und Teddy seid sehr gute Freunde?“

„Aber Mr. Teppis“, sagte Lulu mit der einschmeichelndsten Stimme, „Sie hätten Heiratsvermittler werden sollen.“

„Das ist ein Kompliment, ich nehme es als ein Kompliment“, sagte Teppis. „Ein Produzent ist gewöhnt, Ehen zu schließen, zwischen Kunst und Geld, Talent und Publikum. Unterhaltet ihr euch alle gut heute nacht?“ fragte er die aufmerksam beobachtenden Gäste, und mehrere bestätigten ihm, daß sie sich gut amüsierten. „Versorge die Kamerajungens“, sagte Teppis zu Jay-Jay und ging mit Lulu am Arm fort. Die Menge zerstreute sich, die Fotografen begannen ihre Ausrüstungsgegenstände einzupacken. Neben dem Bassin sah ich Teppis stehenbleiben, um mit Eitel zu sprechen, und während er sprach, schaute er auf Elena. Ich konnte sehen, daß Teppis sie im gleichen Moment erkannte, als Eitel sie vorstellte, denn Teppis reagierte sofort. Sein Rücken steifte sich, sein frisches Gesicht schien anzuschwellen, und zweifellos sagte er etwas Schroffes, denn Eitel ging rasch mit Elena fort.

Teppis wischte, mit Lulu allein gelassen, sein Gesicht vor Aufregung. „Geh und tanz mit Teddy“, hörte ich ihn mit heiserer Stimme zu Lulu sagen, als ich mich näherte. „Tu mir den Gefallen.“ Wegen der vielen Leute konnte ich nicht verfolgen, was Eitel inzwischen unternommen hatte. Lulu fing meinen Blick. „Mr. T., ich möchte erst mit Sergius tanzen“, sagte sie schmollend, und von Teppis weggleitend, nahm sie meine Hand und zog mich zur Tanzfläche. Ich hielt sie eng in meinen Armen. Der Alkohol, den ich den ganzen Abend über genossen hatte, machte mich kühn. „Wie lange wird es dauern“, fragte ich in ihr Ohr, „bis Sie nach Teddy Ausschau zu halten beginnen?“ Zu meiner Überraschung nahm sie es freundlich auf. „Sie können das nicht verstehen“, sagte Lulu.

„Und wieso verstehen Sie es?“

„Bitte, seien Sie nicht so, Sergius. Ich habe Sie gern.“ In diesem Augenblick schien sie nicht älter als achtzehn Jahre zu sein. „Es ist schwerer, als Sie denken“, flüsterte sie, und da sie sich verführerisch an mich lehnte, fand ich es nicht leicht, meinem ersten unangenehmen Eindruck von ihr weiterhin Glauben zu schenken. Sie schien so jung; vielleicht war sie sehr verwöhnt, aber doch so reizend.

Wir tanzten nun schweigend. „Was sagte Teppis zu Eitel?“ fragte ich plötzlich.

Lulu schüttelte den Kopf und kicherte. „Er sagte, Charley solle sich zum Teufel scheren.“

„Dann, glaube ich, muß ich auch gehen“, sagte ich zu ihr.

„Sie waren nicht eingeschlossen.“

„Eitel ist mein Freund“, sagte ich.

Sie zwickte mich ins Ohr. „Herrlich, Charley wird das guttun. Ich muß es ihm sagen, wenn ich ihn sehe.“

„Gehen Sie mit mir fort“, sagte ich.

„Nicht jetzt.“

Ich hörte auf zu tanzen. „Wenn Sie es wünschen“, sagte ich trokken, „werde ich erst Mr. T. um Erlaubnis bitten.“

„Sie glauben wohl, ich habe Angst vor ihm?“

„Sie haben keine Angst vor ihm, aber schließlich werden Sie doch mit Teddy tanzen.“

Lulu begann zu lachen. „Sie sind anders, als ich zuerst dachte.“

„Das liegt nur am Alkohol.“

„Ach, das hoffe ich nicht.“

Zögernd, beinahe nachdenklich, erlaubte sie mir, sie von der

Tanzfläche fortzuführen. „Das ist ein fürchterlicher Fauxpas", flüsterte sie mir zu.

Trotzdem schien Lulu keine Angst zu haben, als wir an Teppis vorübergingen.

Wie ein Unternehmer, der die verkauften Sitze im Theater überprüft, stand er neben dem Eingang, mit den Augen das sich ihm bietende Bild kontrollierend. „Mein Mädchen", sagte er, sie am Arm packend, „wohin gehst du?"

„Ach, Mr. T.", sagte Lulu wie ein unartiges Kind, „Sergius und ich haben uns so viel zu erzählen."

„Wir möchten ein wenig Luft schnappen", sagte ich vergnügt und benutzte die Gelegenheit, ihm seinen Rippenstoß zurückzugeben.

„Luft?" Er war indigniert, als wir weitergingen. „Luft?" Ich konnte ihn sehen, wie er zur nicht vorhandenen Decke des Lagunen-Raumes aufschaute. Hinter uns drehte sich eintönig die Pappkamera auf ihrem Holzpfahl, die Scheinwerfer bildeten dorische Säulen, auf denen der Himmel als Giebel ruhte. Die Party verlor an Reiz. Der Höhepunkt war überschritten, und die Pärchen zogen sich auf die Couches zurück, denn die Stunde der Trunkenheit war so weit vorgeschritten, daß alles möglich erschien: Jeder begehrte jeden, und wenn Wünsche Taten wären, würde die Nacht in die Geschichte der Filmindustrie eingehen.

„Sagen Sie Charley Eitel", schrie Teppis hinter mir her, „daß er erledigt ist. Das sage ich Ihnen. Er ist erledigt. Er hat seine Chance verspielt."

Über seine ohnmächtige Wut kichernd, liefen Lulu und ich die Pfade entlang und passierten die kleinen überdachten Brücken, bis wir den Parkplatz erreichten. Einmal, unter einer japanischen Laterne, hielt ich an, um sie zu küssen, aber sie lachte zu sehr, und unsere Lippen trafen sich ungeschickt. „Ich werden Ihnen Unterricht geben müssen", sagte sie.

„Lehren Sie mich nichts, ich hasse Lehrer", sagte ich und zog sie hinter mir her, während ihre Absätze klapperten und ihr Rock knisterte, in der verheißungsvollen Melodie aus Klappern und Wispern, die aufklingt, wenn ein Mädchen versucht, in einem Abendkleid rasch zu laufen.

Wir stritten uns darüber, wessen Wagen wir nehmen sollten. Lulu bestand darauf, ihren offenen zu benutzen. „Ich fühle mich sonst bedrängt", sagte sie, „ich will selber fahren."

„Dann fahren Sie meinen Wagen", schlug ich vor, aber sie wollte nicht von ihrem Wagen lassen. „Ich werde überhaupt nicht mitkommen", sagte sie trotzig, „ich werde zur Gesellschaft zurückkehren."

„Sie haben also doch Angst", stichelte ich.

„Ich habe keine."

Sie fuhr schlecht. Sie war unbeherrscht, was ich schon vermutet hatte, aber schlimmer noch, sie konnte ihren Fuß nicht ruhig auf dem Gaspedal halten. Das Auto fuhr bald langsamer, bald schneller, als drücke sich darin ihre Stimmung aus, und trotz meiner Trunkenheit wurde ich mir einer möglichen Gefahr bewußt, aber es war nicht diese Gefahr, die mich beunruhigte.

„Ich bin verrückt", sagte sie von Zeit zu Zeit.

„Laß uns parken, Verrückte", antwortete ich.

„Sind Sie je bei einem Psychoanalytiker gewesen?" fragte Lulu.

„Sie brauchen ihn nicht", sagte ich zuversichtlich.

„Ach, ich brauche etwas", sagte sie, und mit einer scharfen Wendung, so daß der Sand gegen die Kotflügel prasselte, brachte sie den Wagen vom Sommerweg hinunter wieder auf die Fahrstraße.

„Laß uns anhalten", sagte ich. Sie parkte, als es ihr schließlich paßte. Ich hatte die Hoffnung aufgegeben und mich halb damit abgefunden, höflich neben ihr zu sitzen, während sie uns von der Autostraße kurvte und wir mit hundertzehn Kilometer Stundengeschwindigkeit an Kakteen vorbei taumelnd über den Lehm der Wüste rollten.

Aber Lulu fand doch, wir könnten noch eine Weile am Leben bleiben – sie schlug schließlich auf gut Glück einen Seitenweg ein und flog mit kreischenden Rädern um eine Kurve, worauf sie langsamer wurde, weiterfuhr und endlich in einer verlassenen Ebene anhielt, den funkelnden Nachthimmel als eine gigantische Halbkugel über uns.

„Schließen Sie das Fenster", sagte sie, während sie damit beschäftigt war, den Knopf zu drücken, der das Dach des Wagens zum Schließen brachte.

„Es wird zu heiß werden", protestierte ich.

„Nein, die Fenster müssen zugemacht werden", entschied sie.

Nachdem alle Vorbereitungen getroffen waren, drehte sie sich auf dem Sitz herum und erlaubte mir, sie zu küssen. Sie muß gespürt haben, daß sie einen Stier losgelassen hatte, und tatsächlich war es auch so: Zum ersten Mal nach fast einem Jahr wußte ich, daß mir alles gelingen würde.

Dennoch war es nicht so leicht. Sie gab sich meinem Munde und meinen Armen hin, sie nahm meine Zärtlichkeiten entgegen, und dann wich sie wieder aus, ängstlich durch die Autofenster schauend. „Dort kommt ein Mann“, flüsterte sie. Ihre Nägel gruben sich in mein Handgelenk, und ich war genötigt, einzuhalten, meinen Kopf zu heben und den Horizont abzusuchen, um schließlich zu erklären: „Niemand ist da, das siehst du doch.“

„Ich bin sehr erschrocken“, sagte sie und reichte mir wieder ihren Mund. Wie lange das so weiterging, weiß ich nicht, aber es war wie nach einem erprobten Schema. Sie lockte mich an, sie stieß mich zurück, sie erlaubte mir, ein Stück ihrer Kleidung abzustreifen, nur um sich dann wie eine gepeinigte Jungfrau zu verkriechen. Wir hätten Halbwüchsige auf einem Sofa sein können. Meine Lippen waren von Küssen gesprungen, mein Körper litt, meine Finger waren geschwollen, und als ich es endlich erreicht hatte, wenigstens die Unterwäsche zu erobern, die sie unter ihrem Abendkleid trug, und hinter mich auf den Sitz zu werfen wie ein verrückter Eichelhäher, der dabei ist, sein Nest auszupolstern, konnte ich Lulu noch immer nicht dazu bewegen, ihr Kleid auszuziehen. Obwohl sie mir erlaubte, weiter vorzudringen und sogar gewährte, sie für einen – zwei – ja drei Herzschläge zu besitzen, stieß sie mich plötzlich mit einer kleinen Bewegung zurück und setzte sich auf, um durch die Fenster zu sehen. „Da kommt jemand. Da ist jemand auf der Straße“, sagte sie und kniff mich, als ich versuchte, ihr nahe zu kommen.

„Jetzt zählt nur dies!“ sagte ich zu ihr, aber trotz allem, was ich ihr erklärte, war der Höhepunkt anscheinend erreicht. Während einer weiteren Stunde ließ sie mich, gleichgültig, was ich tat, wie ich sie auch bedrängte, bettelte oder mit ihr scherzte, nicht wieder so nahe heran. Die Dämmerung konnte nicht mehr fern sein, als ich erschöpft, entmutigt und fast uninteressiert die Augen schloß und murmelte: „Du hast gesiegt.“ Mit einer matten Geste überreichte ich ihr die Siegestrophäen, ihre Unterwäsche, und lehnte mich auf meinen Sitz zurück.

Zärtlich küßte sie meine Lider, ihre Finger streichelten meine Wange. „Du bist süß“, flüsterte sie. Um mich wieder zu beleben, zog sie an meinem Haar. „Küsse mich, Sergius", sagte sie, als ob ich sie überhaupt noch nicht umarmt hätte, und in der nächsten Minute, während ich mich im Sitz zurücklehnte, ungläubig und beinahe passiv gegenüber ihrem Willen zur Hingabe, mit einer letzten Wiederkehr jener erobernden Kraft, die mich beflügelt hatte, als wir begannen, war es mir erlaubt, in das geheimnisvolle Innenleben einer Filmkönigin einzudringen. Sie gab sich mir sanft, sie war köstlich, eine Liebende, eine keusche Liebende selbst dann noch, als sie mir zuflüsterte, daß sie gar nicht darauf vorbereitet gewesen sei und ich rücksichtsvoll zu sein habe. So mußte ich allein den Weg zu Ende gehen und wurde belohnt, indem sie sich hinterher in meine Arme kuschelte.

„Du bist wunderbar", sagte sie.

„Ich bin nur ein Anfänger."

„Nein, du bist wunderbar. Mein Gott, ich liebe dich, du!"

Auf dem Rückweg fuhr ich den Wagen, während sie sich neben mir zusammenrollte, ihren Kopf an meiner Schulter. Das Radio lief, und wir summten zur Musik. „Ich war wie besessen heute nacht", sagte sie. Ich betete sie an. Der Gedanke an die Arroganz, mit der sie jeden behandelt hatte, als ich sie kennenlernte, machte es nur noch herrlicher. Denn auf dieser gefährlichen Fahrt, ehe wir parkten, hatte ich mir gesagt, daß ich unbedingt mit ihr Erfolg haben müsse, und die Erinnerung daran, jetzt, nachdem mir tatsächlich Erfolg beschieden war, verschaffte mir eine wunderbare Genugtuung. Vielleicht war es nichts anderes, als daß nun genug Zeit verstrichen war, aber ich fühlte, daß ich es überwunden hatte; ich fühlte mich bereit – wozu, wußte ich nicht genau zu sagen. Aber ich hatte es geschafft – und mit was für einem Mädchen noch dazu! Lulu war verlegen, als wir uns vor ihrer Tür zum Abschied küßten.

„Laß mich bei dir bleiben", sagte ich.

„Nein, nicht heute nacht." Sie schaute hinter sich, um zu prüfen, ob die Pfade menschenleer seien.

„Dann komm zu mir in mein Haus."

Sie küßte mich auf die Nase. „Ich bin am Ende, Sergius." Ihre Stimme war wie die eines Kindes.

„Also gut, dann sehen wir uns morgen."

„Ruf mich an."

Sie küßte mich wieder, sie warf mir einen Kuß zu, als sie durch die Tür verschwand, und ich stand allein in dem Labyrinth des Yachtklubs. Die Sonne eines neuen Wüstenmorgens war nicht mehr weit, das Laubwerk schimmerte blaßblau wie das Blaßblau ihres Abendkleides.

Es mag jämmerlich klingen, aber ich war so voller Begeisterung, daß ich sie mit jemandem teilen wollte, und ich konnte dabei an niemand anderen als an Eitel denken. Daß er mit Elena beschäftigt sein mochte oder daß er als der Exgatte der Frau, zu der ich soeben gefunden hatte, nicht gerade hocherfreut an meinem Erlebnis Anteil nehmen würde, kam mir nicht in den Sinn. Ich zweifle, ob ich überhaupt im Bewußtsein hatte, daß Lulu mit ihm verheiratet gewesen war. Lulu besaß für mich keine Vergangenheit, und wenn sie mir auch wichtiger als das Leben erschien in dieser sagenhaften Morgendämmerung, blieb sie mir doch völlig unreal. Wie liebte ich mich in diesem Augenblick selbst. In der fortschreitenden Dämmerung, die schließlich den Yachtklub mit ihrem Morgenlicht umfing, konnte ich an jene dämmerige Morgenstunde zurückdenken, wenn ich auf einem Flug unterwegs war, der in der Dunkelheit des Hangars seinen Anfang genommen hatte, den süßen Geschmack des Kaffees auf der Zunge und mit den wunderbaren Fackeln, die aus den Auspuffrohren meines Flugzeuges loderten. Wir pflegten eine Stunde vor Morgengrauen aufzusteigen, und wenn uns dann in elftausend Meter Höhe die Sonne begrüßte, während unten noch die Nacht wie ein Mantel Land und Meer verhüllte, glaubte ich, das Kreisen des Universums durch meine eigene Körperkraft beherrschen zu können, denn durch die Kraft des Flugzeuges schien sie gewachsen zu sein. Es war wie Zauberei. Magisch war es, ein Flugzeug zu führen, eine geheimnisvolle Kunst magisch Verschworener war es, ein Rauschgift. Man wußte, daß, gleichgültig, was sich dort unten ereignete, wie klein, verwirrt oder verängstigt wir selber sein mochten – daß jene Stunde kommen würde, in der wir uns, obwohl wir im Verband flogen, allein fühlen würden, losgelöst vom Leben, eben auf jene magische Weise, die uns zu Riesen machte. Und es gab nichts an Ereignissen, wenn wir wieder dort unten waren, die nicht verwandelt oder vergessen werden konnten, sobald wir aufs neue von unseren Flugzeugen aus die Nacht gen Westen fliehen sahen.

Ich hatte mich bemüht, all das zu vergessen; zu sehr hatte ich es geliebt, und es war schmerzhaft für mich gewesen, zu erkennen, daß ich wahrscheinlich nie wieder diese magischen Kräfte besitzen würde. Aber in dieser Morgendämmerung, mit dem Geschmack von Lulus Mund auf meinen Lippen, wußte ich, daß es doch noch etwas anderes für mich gab, und ich hätte die Flugzeuge betrauern können, die ich verlassen hatte, weil es etwas gab, was ihren Platz in meinem Empfinden einnehmen konnte.

Dies und ähnliche Dinge bedenkend, schritt ich den Pfad hinauf, dem Platz entgegen, auf dem ich meinen Wagen geparkt hatte. Halben Weges setzte ich mich auf eine Bank unter einer Laube aus Blattwerk, die frische Luft einsaugend.

Plötzlich erschrak ich. Aus einem nahen Bungalow hörte ich streitende Stimmen, einige fürchterliche Flüche, und dann öffnete sich eine Tür, und Teddy Pope schwankte heraus, noch immer in Sweater und Baumwollhosen, aber mit nackten Füßen.

„Du Schweinehund!" schrie er.

„Mach, daß du rauskommst", antwortete ihm die Stimme des Tennislehrers, „mit dir will ich nichts mehr zu tun haben."

Teddy fluchte. Er fluchte ausgiebig und so laut, daß ich sicher war, jeder in den benachbarten Bungalows mußte davon aufwachen. Die Tür öffnete sich abermals, und Marion Faye trat heraus. „Scher dich zu deinen Hurenjungen, Teddy", sagte er mit gelassener Stimme, und dann trat er ins Haus zurück und schloß die Tür. Teddy drehte sich um und sah an mir mit leeren Augen, die überhaupt nichts wahrnahmen, vorbei.

Ich beobachtete, wie er an der Wand entlang dahinschwankte, und gegen meinen Willen folgte ich ihm in einiger Entfernung. In einem der Miniaturpatios des Yachtklubs, wo ein Springbrunnen, ein paar Yuccabäume und eine Hecke einen Schlupfwinkel bildeten, blieb Teddy Pope stehen und telefonierte in der dort befindlichen, von Kletterrosen überwölbten Zelle.

„Ich kann so nicht schlafen gehen", stammelte er in den Apparat. „Ich muß mit Marion sprechen."

Die Stimme am anderen Ende gab irgendeine kurze Antwort.

„Häng nicht ein", schrie Teddy Pope.

Wie ein Nachtwächter auf seiner Runde nahte Herman Teppis. Er trat an Teddy Pope heran und schmetterte den Hörer auf die Gabel. „Du elender Wicht", sagte Herman Teppis und setzte ohne ein weiteres Wort seinen Weg fort.

Teddy Pope taumelte weiter und blieb an einem Yuccabaum stehen. Er lehnte sich an ihn, als sei er seine Mutter. Dann begann er zu weinen. Noch nie hatte ich einen Menschen so betrunken gesehen. Schluchzend und aufstoßend versuchte er die Rinde des Baumes anzuknabbern. Ich zog mich zurück und hatte nur den Wunsch zu verschwinden. Als ich außer Sicht war, hörte ich Pope in die Weite der Dämmerung hinausschreien: „Sie Hund! Teppis! Sie wissen, was Sie mich können, Sie fettes Schwein!"

Ich konnte ihn mir vorstellen, mit dem Kopf am Yuccabaum. Ich fuhr langsam heim und hatte es aufgegeben, Eitel ausfindig zu machen.

10

Frauen, die mich gut kannten, haben mir stets früher oder später Herzlosigkeit vorgeworfen. Obwohl die Frau kaum ahnen kann, was in einem Mann vorgeht, steckt in diesem Ausspruch vielleicht doch ein Körnchen Wahrheit. Der erste englische Romanschriftsteller, den ich gelesen hatte, war Somerset Maugham, und irgendwo hat er einmal gesagt: „Niemand ist einen Deut besser, als er sein muß." Da sich diese Philosophie damals genau mit meinen eigenen Gedanken deckte, eignete ich sie mir als Leitspruch an. Doch schließlich mußte ich mir vermutlich eingestehen, daß es auch Ausnahmen gebe, daß manche Leute ein wenig besser, andere ein wenig schlechter seien, als sie sein müßten, denn sonst wäre die Welt ja nichts als ein perfektes Uhrwerk. Trotzdem kann ich kaum beanspruchen, das warmherzigste männliche Geschöpf auf Erden zu sein.

Von den verschiedenen Seelen, die in mir wie in jedem Menschen wohnen, könnte eine die Seele eines Klatschspaltenredakteurs sein. Vielleicht würde ich schlechte Klatschspalten schreiben – ich habe einen Hang zur Ehrlichkeit –, doch wäre ich bestimmt der erste, der diese Tätigkeit als eine Kunst ansieht. Manchmal meine ich, der Journalist bemüht sich, Tatsachen zu finden, nur um eine Lüge zu verbreiten, während der Schriftsteller, als Sklave seiner Phantasie, die Wahrheit suchen kann. Für vieles, was nun folgt, muß ich meine Phantasie zu Hilfe nehmen.

Das gilt besonders für Eitels Affäre mit Elena Esposito. Ich frage mich, ob ich der Rechte bin, darüber zu schreiben. Zwar habe ich manches in Desert D'Or gelernt, und doch weiß ich nicht, ob ich Eitel, der so sehr verschieden von mir ist, richtig beschreiben kann. Und Phantasie wird bald zum Laster, wenn man sich nicht ständig darin übt. Demnächst werde ich ein Buch über eine Stadt schreiben, in der ich nur zwanzig Minuten zu Besuch war, und wenn es mir recht gelingt, wird jeder meinen, ich hätte dort zwanzig Jahre zugebracht. Deswegen hat es auch keinen Zweck, sich zu entschuldigen – ich bilde mir eben ein, zu wissen, was geschah, schließlich wußte in Desert D'Or ja jeder, daß die Geschichte gut begann. Um seine Selbstachtung wiederzugewinnen, war es für Eitel notwendig, etwas Selbstloses zu tun, und deshalb war er, als Teppis ihn aufforderte, den Raum zu verlassen, guten Mutes. Auf dem Wege zu seinem Wagen schien er zu Späßen aufgelegt. Er ahmte die Leute nach, die sie auf der Gesellschaft getroffen hatten, bis Elena atemlos vor Lachen seinen Arm ergriff. „Ich liebe die Würde der italienischen Frauen", fuhr Eitel fort, Jennings James kopierend. Sie vermochte ihm nur noch zuzuflüstern: „Hören Sie auf!"

Als sie vor seinem Bungalow angelangt waren, ging sie wie selbstverständlich mit hinein. Er bereitete zwei Cocktails und setzte sich neben sie auf die Couch, mit dem Gedanken beschäftigt, daß sicherlich nichts so sehr ihr Selbstbewußtsein stärken könnte, als wenn er sich ihr gegenüber zärtlich und liebevoll benahm und ihr die Zuneigung erwies, die er tatsächlich für sie empfand. Trotzdem verstärkte eine Unruhe seinen Pulsschlag.

„Ich glaube, daß ich Sie schon einmal gesehen habe", sagte er nach einer Weile des Schweigens.

Elena nickte. „Sie haben es. Aber Sie haben mich nicht einmal angesehen."

„Ich kann es mir nicht denken, daß das je möglich war", sagte er mit seinem verführerischsten Lächeln.

„Und doch ist es so." Sie nickte ernst. „Ich war damals in der Kostümabteilung bei Supreme. Einmal brachte ich Ihnen ein paar Kleider zur Begutachtung, dabei schienen Sie mich überhaupt nicht zu bemerken. Sie sahen nur auf die Kostüme."

„Ich dachte, Sie seien eine Flamenco-Tänzerin gewesen."

Elena zuckte mit den Schultern. „Ich wollte eine werden. Hin und wieder verschaffte mir mein Agent für ein paar Abende Arbeit. Aber es war nicht der Rede wert."

Ihre Bemerkung gab ihm eine Vorstellung von all diesen Männern aus der Peripherie der guten Gesellschaft, durch die sie hindurchgegangen sein mußte, sogannte Agenten, stellungslose Schauspieler, Grundstücksmakler mit einem Einzimmerbüro und den einen oder anderen Mann mit einem bekannten Namen für die Stunden einer Nacht oder vielleicht sogar eine Berühmtheit wie ihn selber.

Es war ihm nicht sehr sympathisch, Munshin zu erwähnen, aber die Neigung war zu groß. „Collie sagte, er habe Sie auf einer Wohltätigkeitsveranstaltung getroffen."

Sie lachte. „Das ist Collies Darstellung. Er liebt es, alles aufzubauschen. In Wirklichkeit hat er mich niemals tanzen sehen; ich bekam Hemmungen in seiner Gegenwart."

„Wie sind Sie dann zusammengekommen?"

„Collie war nicht so wie Sie, ich fiel ihm auf." Ihre grünen Augen neckten ihn. „Auch in sein Büro brachte ich Kostüme, und eins kam zum anderen, bis er mich schließlich eines Abends ausführte." Sie seufzte. „Wissen Sie, was ich Collie vorzuwerfen habe? Er veranlaßte mich, die Stellung aufzugeben, und mietete mir eine Wohnung. Er sagte, wir könnten uns nicht mehr treffen, wenn ich weiterhin bei Supreme arbeiten würde. So wurde ich also von ihm ausgehalten, vermutlich nur, weil ich zu bequem bin."

Eitel studierte ihr Gesicht, dabei die Möglichkeit erwägend, ob sie für einen Film in Betracht gezogen werden könnte. Mit einem Blick stellte er jedoch fest, daß das nicht gehen würde. Es war bedauerlicherweise nicht zu übersehen, daß ihre Nase etwas zu lang geraten war, und auch die Sinnlichkeit ihrer Nasenflügel würde die Kamera noch gröber zum Ausdruck bringen.

Er wechselte das Thema. „Sind Sie je Ski gelaufen?" fragte er.

„Nein."

„Wir müssen das einmal tun. Es gibt nichts Schöneres als Ski laufen", sagte er mit Begeisterung, als ob sie schon am nächsten Tag ein Flugzeug nach dem Norden besteigen würden.

„Ich habe überhaupt nicht viel unternommen."

„Unfaßbar", sagte Eitel. Seine Stimme verschleierte sich durch die Nähe ihres Körpers. „Sie könnten alles, wenn Sie Ihre Ängstlichkeit bekämpfen würden."

„Ach."

Sie nippten an den Gläsern. „Ich könnte sicher etwas spanische

Musik im Radio finden", meinte Eitel. „Würden Sie für mich tanzen?"

„Nicht heute nacht."

„Aber Sie werden einmal für mich tanzen?"

„Ich weiß nicht", sagte sie.

„Ich möchte Sie gern einmal sehen. Ich weiß, Sie tanzen einen hinreißenden Flamenco."

„Sie wollen nur nett zu mir sein." Ihre Hand spielte nervös mit der seinen. Nach ein paar Minuten beugte sie sich mit einem kleinen Lächeln vor und küßte ihn.

Im Nu waren sie beide im Nebenzimmer. Er fand ihre Hingabe erstaunlich. Mit Ausnahme eines Augenblicks, in dem sie versuchte, ihn aufzuhalten, und ausrief: „Nein, nein", worauf er ihr ohne Brutalität in der Stimme antwortete: „Ach, halt deinen Mund", was ihre Erregung nur noch erhöhte. Nie zuvor hatte er eine Frau besessen, die sich bei der ersten Umarmung so vorbehaltlos hingab. Wieviel wußte sie doch, dachte er benommen, unheimlich viel. Für Eitel, der mehrmals erfahren hatte, daß, wenn alles gesagt war, nur wenige Frauen wußten, wie sie sich zu verhalten hatten, und sehr wenige nur wirklich Gefallen daran fanden, war Elena ein außergewöhnliches Erlebnis. Er war ganz aus Versehen auf einen Schatz gestoßen. Es war eine der besten Erfahrungen seines Lebens. Lange, nachdem seine höchste Erregung abgeklungen war und er sie mit einer kunstfertigen Technik, die vielmals geprobter Bemühungen entsprang, umwarb, mußte er sich plötzlich Munshins rundes, traurig dreinblickendes Gesicht ausmalen. „Et tu, alter Freund", würde Munshin sagen, und dies stachelte aufs neue Eitels Begehren. Eitel hatte immer gefühlt, daß aus der Art, wie eine Frau sich gab, auf ihren Charakter geschlossen werden könnte; es war ein ebenso verläßliches Kennzeichen wie jedes andere. Elena erblühte in unmittelbarer Nähe zu besonderer Schönheit. Eine solche Veränderung hatte er niemals zuvor erlebt. Sie, die unter Menschen schüchtern war, flammte in der Liebe auf, aus dem Kind wurde eine Frau, und aus der Unbeholfenheit ihres Geistes erwuchs eine kluge Erotik. In ihrem fast habgierigen Verlangen trieb sie ihn immer weiter. Als sie endlich ermüdet waren und Eitel über das Geleistete vor Freude glühte, das für ihn wertvoller war als das Vergnügen selbst, lagen sie Seite an Seite und lächelten einander an.

„Du bist... du bist...“, begann sie und endete mit einem seltsamen Wort, „...du bist ein König.“ Dann wendete sie sich mit einem leisen Stöhnen der Verwunderung von ihm ab. „Niemals habe ich... du mußt wissen...nie war es so wie heute.“

Seit jenem Tage, an dem ihm das Mädchen am Strande zu verstehen gegeben hatte, wie gleichgültig er ihr war, hatte er an sich selbst zu zweifeln begonnen. Mit zunehmendem Alter war er gegenüber der sanften Ablehnung seines Körpers empfindlich geworden, selbst bei Frauen, die sich ihm dennoch hingaben, und dies hatte ihn sexuell geschwächt. Er vermutete, daß dieser Abschnitt seines Lebens nach wenigen Jahren beendet sein dürfte.

Es tat ihm deshalb wohl, Elenas Worten Glauben zu schenken, nicht nur, weil es angenehmer war als anzunehmen, daß sie sich zweifellos jedesmal solcher Worte bediente, sondern aus einem nachträglich entwickelten Instinkt heraus – wer wußte, wie viele in einem schlummerten – auf Grund ähnlicher, ernstgemeinter oder schmeichelnder oder von jenen Frauen gebrauchter Worte, die ihn auszunutzen wünschten. So oft hatte er sie gehört, und nicht zu Unrecht, denn wenn er es auch ironisch meinte, hatte er sich selbst darin als einen wirklichen Künstler bezeichnet. „Um ein guter Liebhaber zu sein“, hatte ich ihn sagen hören, „darf man sich nicht verlieben.“ Aber er glaubte Elena auch aus einem anderen Grunde. Sich so zu geben, wie sie es getan, lag jenseits der Bewußtseinsgrenze. Dies konnte nicht vorgetäuscht werden, um ihm zu schmeicheln. Im Laufe der Jahre war er durch ziemlich tolle Abenteuer gegangen – selbst wenn er sie nüchtern betrachtete –, aber niemals, nein, niemals hatte die erste Nacht ein solches Übermaß an Leidenschaft ausgelöst. Entzückt von sich selbst, während er ihren schlummernden Körper in unendlicher Liebe an sich drückte, erlaubte er sich schließlich, ebenfalls seine Augen zu schließen, und mit schläfriger Befriedigung rief er sich in Erinnerung zurück, wie er sonst gar nicht schnell genug das Bett einer Frau verlassen konnte, nachdem er sie besessen hatte, während er jetzt nicht nur wünschte, die Nacht über mit Elena zu schlafen, sondern sie in seinen Armen zu halten. Er schlief ein als glücklicher Mann.

Am Morgen waren beide deprimiert. Eitel ließ sie im Bett und zog sich im Wohnzimmer an. Im Eiswürfelbecher stand das Wasser drei Zentimeter hoch, er schüttete es in ein Glas, goß etwas Alkohol hinein und gurgelte damit. Als Elena in ihrem Abendkleid erschien – das Gesicht ungeschminkt, ihre ehemals zu einem griechischen Knoten aufgesteckten Haare hingen jetzt unordentlich über ihre Wangen –, mußte er beinahe lachen. War sie in der vergangenen Nacht eine Schönheit gewesen – jetzt sah sie kläglich und völlig reizlos aus.

„Wir wollen frühstücken", sagte er, ihr mit Mühe zulächelnd, und als sie nickte, begann er ein paar Rühreier zu bereiten und das Kaffeewasser aufzusetzen.

„Nachdem wir gegessen haben", rief er aus der Küche, „und uns wieder menschlich fühlen, fahre ich zu deinem Hotel und hole dir ein paar Kleider; das wird dich aufmuntern."

„Ich werde gehen. Mach dir um mich keine Sorgen", sagte sie verdrießlich.

„Aber das meine ich doch gar nicht." Sie hatte angenommen, daß er sie so schnell wie möglich los sein wollte und er sich deshalb bemühte, freundlich zu ihr zu sein. „Ich möchte, daß du den heutigen Tag mit mir verbringst", sagte er rasch. Das schien sie zu besänftigen.

„Morgens habe ich immer schlechte Laune."

„Ich auch. Wir ähneln uns sehr, sag ich dir." Und in einer Eingebung wollte er sie küssen. Sie bot ihm die Wange.

Beim Frühstück begann sich seine Laune unter der Einwirkung des Kaffees zu bessern.

„Wie würdest du darüber denken, zum Yachtklub schwimmen zu gehen?" fragte er begeistert.

„Dort?"

Er nickte. Er merkte, daß sie sich ausmalte, wie es sein würde, vor so vielen Fremden, die alle ihr neues Verhältnis zu Eitel gewahr werden würden, am Bassin zu erscheinen.

„Lieber nicht", sagte sie.

„Wir wollen ihnen einen Schock versetzen." Er war in jungenhaft heiterer Stimmung. „Und wenn Teppis auftauchen sollte, werfen wir ihn ins Wasser."

„Ein gräßlicher Mensch!" sagte Elena. „Wie er zu dir sprach!"

„Er kann nicht anders. Er formt keine Sätze, sondern schleudert nur Gefühle heraus." Eitel lachte. „Er ist ein Mann, der nur aus Gefühl besteht. Anders als ich."

„Du bist aber voller Gefühle", sagte sie und schaute verwirrt auf ihren Teller.

Niedergeschlagenheit befiel Eitel. Er war Teppis in der vergangenen Nacht die richtige Antwort schuldig geblieben. So vieles hätte er ihm sagen sollen, statt dessen hatte er zu lange überlegt, dann nur verächtlich gelächelt und war mit Elena fortgegangen.

„Mir fällt gerade etwas ein", rief er aus, sich einen Ruck gebend, „ich kenne einen hübschen kleinen Wassertümpel in der Wüste. Mit Kakteen. Auch ein Baum ist dort, glaube ich. Warum wollen wir eigentlich nicht dorthin schwimmen gehen?"

Trotz eines leisen Zeichens von Zustimmung spielte sie immer noch eine kleine eigensinnige Italienerin. „Ich glaube, ich werde heute mit dem Bus nach Hause fahren", sagte sie ruhig.

„Ach, du bist verrückt."

„Nein, ich möchte nach Hause." Er stellte fest, daß sie sich wegen der Einsamkeit ihrer Behausung nicht zu bemitleiden schien.

„Du bist sehr nett zu mir gewesen", fügte sie unbeholfen hinzu und begann zu zittern.

Er spürte ihre Erregung.

„Hör mal, Esposito", begann er leichten Tones, aber sie verließ das Zimmer. Er hörte sie die Schlafzimmertür schließen.

„Zu blöd", sagte Eitel laut und wußte dabei kaum, ob er Elena meinte oder sich selbst.

Er überlegte, ob sie sich ihm nur gegeben hatte, um Munshin zu demütigen, und nun, am Tag danach, fühlte sie sich selbst gedemütigt. Er schritt zur Tür, öffnete sie und setzte sich neben Elena aufs Bett.

„Weine nicht", sagte er zärtlich zu ihr. Plötzlich war sie ihm sehr lieb. Er mochte sie wirklich gern. „Weine nicht, kleines Äffchen", sagte Eitel und streichelte ihr Haar, was einen Wasserfall von Tränen bei Elena zur Folge hatte. Er hielt sie in seinen Armen, ein wenig belustigt über so viel Erregung, aber zugleich auch ein wenig gelangweilt, dennoch nicht ohne Mitgefühl. „Du bist sehr süß", sagte er ihr ins Ohr.

„Nein... du bist so nett zu mir", schluchzte sie.

Nach einer Weile stand sie mit geschwollenen Augen auf, um sich im Spiegel zu betrachten, stieß einen Laut der Bestürzung über den Anblick aus, und den Kopf abwendend, flüsterte sie ihm zu: „Sobald ich meine anderen Kleider habe, können wir zum Schwimmbassin gehen."

„Ach, du kleiner Tyrann", sagte er, und sie umschlang ihn gierig. „Bitte, schau mich nicht an“, sagte Elena. „Nicht bevor ich mich zurechtgemacht habe.“

Er gehorchte. Nachdem er, mit dem Eingeständnis, daß es unordentlich sein werde, den Schlüssel zu Elenas Zimmer erhalten und seinerseits beteuert hatte, daß ihn das in keiner Weise störe, unternahm er eine kleine Rundfahrt durch Desert D'Or und fuhr dann in ihr Hotel. Ihr Zimmer war nicht groß, und die Fenster sahen auf einen Luftschacht hinaus, den einzigen Luftschacht von Desert D'Or, glaubte er. Sie besaß nur ein Köfferchen, ein schäbiges kleines Gepäckstück, dennoch hatte sie es fertiggebracht, den wenigen Inhalt über alle Möbel zu verstreuen. Sie war liederlich, und es entsprach dem Rang des Hotels, daß sich das Zimmermädchen damit zufriedengegeben hatte, nur das Bett zu machen. Verdrießlich betrachtete Eitel die Unordnung. Wie hilflos sie ist, dachte er, einen Schlüpfer auf eine zerknüllte Bluse werfend, um Platz zu schaffen. Er setzte sich auf den freigemachten Stuhl, zündete sich eine Zigarette an und ermahnte sich selbst: „Ich muß mich überwinden und sie heute abend in den Bus setzen.“

Doch er setzte sie nicht in den Bus. Der Nachmittag gestaltete sich unerwartet angenehm. Daß keiner zu ihrem Tisch kam, um mit ihnen zu sprechen, paßte genau in seine Stimmung. Seit dem Augenblick des Erwachens hatte seine Laune ständig zwischen angenehmer Melancholie und Erregung gewechselt.

An sich gefiel ihm, daß sich die Neuigkeit über seinen Streit mit Teppis so schnell verbreitet hatte. Laßt mich nur allein, dachte er, laßt uns beide ganz allein. – Ein neuer Anfang! Das war es, was Eitel den ganzen Tag über bei sich wiederholte wie das Thema eines Liedes, das einem nicht aus dem Kopf geht. Er war mit Elena sehr zufrieden. Ihr Körper, den zu betrachten er während der Umarmungen kaum Zeit gefunden hatte, war köstlich in einem Badeanzug. Er spürte, in der Sonne sitzend, eine sinnliche Wärme bei dem Gedanken, daß er sie in ein paar Stunden wieder besitzen würde. Es war lustvoll, diesen Augenblick hinauszuschieben. Sie hatte ein entzückendes Lachen; ihr weichgeschwungener Mund gab dann ihre schönen weißen Zähne frei, die ihm entgegenleuchteten, und es reizte ihn, sie durch seinen Witz immer wieder zum Lachen zu bringen. Sie war sich bewußt, wie die Leute sie anschauten, fühlte sich zwar im Grunde nicht sehr wohl dabei, aber es gelang ihr jetzt, im Gegensatz zur vergangenen Nacht auf der Gesellschaft, eine gewisse Haltung zu zeigen. Er mußte die Würde loben, mit der sie zuhörte, wie ihre Augen an seinem Munde hingen, um sich den Sinn keines seiner Worte entgehen zu lassen. Ich könnte etwas aus diesem Mädchen machen, dachte er. Es würde nicht schwer sein. Er könnte ihr beibringen, nicht mit den Händen zu reden, und ihre tiefe Stimme kultivieren. Eitel war wie geblendet von diesem Nachmittag. Alles war so vollkommen. Eitel gegen die Welt, dachte er mit sich selbst überwachender Ironie, aber es konnte seine Überschwenglichkeit kaum dämpfen. Er rief jene Jahre in seine Erinnerung zurück, da er am College einer vornehmen Universität im Osten des Staates studierte – es war die Krönung der ehrgeizigen Pläne seiner Eltern –, und plötzlich, zu lange war es schon her, wurde ihm wieder bewußt, wie ungeschickt er noch als fast schon ausgereifter Jüngling gewesen war und wie schwierig er es empfunden hatte, unter Studenten zu leben. Mit welcher Gier und zugleich welchem wilden Haß er wohlhabende Studenten beobachtet hatte, wenn sie mit ihren überaus begehrten Freundinnen vor den Häusern der verschiedenen Studentengemeinschaften paradierten, bei Veranstaltungen, zu denen er nie eingeladen wurde, während er sich mit armseligen Eroberungen zufriedengeben mußte, die er selbst geringschätzte, ebenso wie die gelegentliche Einladung zu einer reizlosen Studentin aus dem benachbarten Mädchencollege. Daß ihn die Welt als so unwichtig, häßlich und unbedeutend ansah, ließ sein Blut kochen, als er das College verließ, und vielleicht diente dies als Ansporn bei seinem ersten Film. Wenn es zutraf, dann waren Gier und Zorn der Ausgangspunkt für sein erfolgreiches Kunstschaffen gewesen. Nachdem er aber in Hollywood seine Gier befriedigt und ein heller Verstand seinen Zorn gemildert hatte, war der ursprüngliche Antrieb verbraucht, und unter der aufkommenden Bewunderung seines Talentes welkte seine Kraft. Aber jetzt, da er neben Elena saß und sich klar darüber wurde, daß er nun wieder dort stehe, wo er begonnen hatte, gewann er die Überzeugung, daß seine Schaffenskraft zurückkehren würde. Elena würde ihm dabei helfen; jetzt konnte er mit einer solchen Frau leben, und in einer Begeisterungswoge ermutigten sich seine Gedanken; er fühlte sich Elena sehr nahe. Sie hatte Wärme und so vieles mehr in der vergangenen Nacht gegeben. Wie notwendig war es für sein Selbstvertrauen gewesen. „Du bist großartig“, sagte er zu ihr, gefühlvoll wie ein

Jüngling, und es machte ihn noch gerührter, als er die Befangenheit sah, mit der sie sein Lob hinnahm. Sie besaß ein feines Empfinden, das stand für ihn ohne jeden Zweifel fest. Freiwillig hatte sie begonnen, von Munshin zu sprechen, und es hatte ihn beeindruckt, wie klar sie ihn sah. „Er ist kein schlechter Mensch“, sagte Elena. „Er möchte eine Frau, die ihn wirklich liebt, und ich war so niederträchtig, ihn glauben zu machen, daß ich ihn liebe.“ Ihre Offenheit zog Eitel an.

„Collie dachte, du liebst ihn?“ fragte er.

Sie überraschte Eitel durch ihre Antwort. „Ich weiß es nicht. Er ist klug. Und du weißt, daß er in solchen Dingen sehr sensibel ist.“

„Das stimmt.“

„Mein Psychoanalytiker meint, ich solle versuchen, mit ihm auszukommen.“

„Bist du nun damit fertig?“

„Ich ging nicht mehr hin. Ich glaube nicht, daß ich die richtige Art der Übertragung anwandte.“ Es klang seltsam, solche Worte aus ihrem Mund zu hören. „Mein Doktor war für mich wie Collie“, sagte sie, und ein Teufel glitzerte für einen Augenblick in ihren Augen. „Ich habe all diese verrückten Dinge mit anderen Männern nur getan, um ihm interessanter zu erscheinen.“ Sie kicherte. „Du weißt, damit er mich als interessanten Fall verbuchte.“

Eitel bemühte sich, Fassung zu bewahren.

„Und wie nahm Collie es auf?“

„Ich hasse ihn“, rief sie plötzlich aus. „Er würde mir sogar verziehen haben, wenn ich ihn in seiner Gegenwart betrogen hätte. Aber er ist ein Heuchler“, schrie sie wütend, und Eitels Hand pressend, fügte sie hinzu: „Ich verstehe nicht, wie ich es so lange mit ihm aushalten konnte.“

Eitel nickte. „Bei der Scheidung von seiner früheren Frau war er durchaus nicht so edel.“

„Ach, es war unmöglich. Ich ekle mich vor mir selber.“ Sie spielte unbewußt mit ihrem Munde. „Ein komischer Kerl, dieser Collie. Voller Schuldgefühl und voller Angst.“

Immer dieser verdammte Psychiater-Jargon. Er war ihm bis zum Überdruß bekannt von seinen früheren Affären. So viele Frauen hatte er besessen, die unaufhörlich zum Psychoanalytiker liefen und allen möglichen Klatsch zwischen ihm und dem Doktor hin und her trugen, als lebten sie mit beiden in einer modernen Ehe zu dritt. Doch Elena war noch immer in ihre eigenen Gedankengänge vertieft. „Collie ist äußerst kompliziert", fuhr sie fort. „Er hält sich für selbstlos und zugleich für schlecht. Wahrhaft glücklich fühlt er sich, wenn er beides zu gleicher Zeit zu sein glaubt. Verstehst du? Ich weiß nicht, wie ich es anders ausdrücken soll."

Sie ist unbezahlbar, dachte Eitel. „Ich könnte es selbst nicht besser ausdrücken", sagte er obenhin.

„Eigentlich hasse ich Collie nicht", setzte sie hinzu, „ich schäme mich nur."

„Warum?"

„Weil..." Ihre nervösen Finger zupften Lack von ihren Nägeln. Er würde ihr diese Angewohnheit abgewöhnen müssen, dachte Eitel. „Weil du weißt, du bist besser als er", bemerkte Eitel lächelnd.

„Ach, ich weiß nicht." Ein Kobold lugte aus ihren grünen Augen. „Doch, das ist es wohl", gestand sie und fing wieder an zu lachen.

„Du bist wunderbar", sagte Eitel.

„Ich *fühle* mich heute auch wunderbar", erklärte Elena.

Die folgende Nacht wurde so aufregend wie die vorangegangene. Vielleicht ging alles sogar noch besser, denn den ganzen Tag über hatte er sie begehrt. Wieder konnte er über Elena nur staunen: sie besaß die Wollust einer gelangweilten Gräfin, und nichts hatte er so lange vermißt als dies. Die Frage, ob alles nur Zufall war oder sich noch einmal wiederholen könnte, war nun für ihn beantwortet.

„So ist es noch nie gewesen", sagte sie zu ihm, und als er nur nikken konnte, schüttelte sie sich vor Verwunderung. „Was ist mit mir geschehen?" Und während sie sich noch mehr an ihn schmiegte, flüsterte sie, einen ersten Hauch von Eifersucht bei ihm erstickend: „Früher habe ich immer nur so getan."

Er hatte schon Frauen gehabt, die erst bei ihm zur vollen Entfaltung gekommen waren, und diese beträchtliche Gabe hatte seiner Eitelkeit wohlgetan, aber noch nie war er einer so vollkommenen Übereinstimmung begegnet. Eitel fand es bemerkenswert, daß sie so übereinstimmten in den feinen Unterscheidungen zwischen grenzenloser Hingabe und Ausschweifung. Er hatte es immer als eine seiner stärksten Begabungen angesehen, seinen eigenen Körper mit dem der Frau identifizieren zu können, so daß er im Verlauf eines Zusammenseins jeden gleichempfindlichen Nerv zu entdecken wußte. Eigentlich ist es nur Selbstbefriedigung, dachte er. Mit jeder noch so ausgeklügelten Umarmung umarme ich mich nur selbst. Aber Elena reizte ihn über alle Maßen. Ihr Körper war von unerschöpflicher Vitalität. Einer Frau, die ihn so gut verstand, war er bisher nie begegnet.

Sie endeten in vollkommener Harmonie, ohne Bedrückung, zuviel oder zuwenig getan zu haben. Eitel fiel in Schlaf. Wie die meisten Zyniker war er dem anderen Geschlecht gegenüber im Grunde sentimental. Es war für ihn nicht das Höchste, aber eine Art Ersatz, der ausreichte, um ihn beim Erwachen mit der Hoffnung zu erfüllen, daß die Verbindung zu Elena seine Kraft wiedererwecken würde, seinen Mut befestigen und ihn zu dem machen könnte, der zu sein er einmal geglaubt hatte. Er lag im Bett, mit Elena an seiner Seite, und dachte zum ersten Male seit vielen Jahren wieder, daß es für ihn das Wertvollste auf der Welt sein würde, einen großen Film zu schaffen.

Es konnte mit einem abwärtsgehen, sehr steil abwärts, aber einmal mußten sie den Grund erreicht haben. Er selbst, über alles Ausmaß verwüstet, und dieses Mädchen, das er kaum kannte. Gemeinsam würden sie einer dem andern voranhelfen. Er empfand unendliche Zärtlichkeit für Elena. Sie war anbetungswürdig, ihr Rücken war vollkommen in seinen Formen. „Wach auf, kleines Äffchen", flüsterte er ihr ins Ohr.

Den Tag über spielte er mit dem Gedanken, daß sie zusammen leben sollten, aber er war viel zu vorsichtig, ihr dies anzuvertrauen, ehe er seiner ganz sicher war. Die Zeit floß angenehm dahin. Sie waren jetzt in das Stadium gelangt, über frühere Liebschaften zu sprechen, ein Thema, das Eitel immer fesselte. Er stellte fest, daß Elena nicht nur Gefallen an Klatsch fand, sondern bei der Erwähnung schwieriger Situationen geradezu erregt wurde.

„Warst du schon mal mit zwei Frauen zusammen?" fragte sie. Er bejahte. Sie bestand darauf, alle Einzelheiten zu erfahren, und lauschte wie ein Kind einem Märchen. „Vielleicht können wir es auch einmal arrangieren", schlug sie vor.

„Vielleicht."

„Aber was für ein törichtes Gespräch!"

Dennoch war sie unersättlich. Ihr herzförmiges Gesicht strahlte es aus. Sie wünschte zu wissen, ob er schon einmal mit mehreren auf einer Orgie zusammen gewesen sei.

„Ich habe mich eigentlich stets davon ferngehalten", sagte Eitel. Gleich darauf versicherte er ihr aber, daß er Leute in Desert D'Or kenne, mit denen es möglich sei. Ob sie Interesse daran habe?

Sie war daran interessiert. Sie sollten es einmal tun. „Ich habe es schon mit Frauen getan", beichtete Elena. „Und einmal..." Es kam heraus, daß sie auch schon an mancherlei teilgenommen hatte. Sie ließ sich nur ungern darüber aus.

„Collie wollte mich umbringen, als ich es ihm erzählte. Es fiel ihm schwer, mir auch dies zu verzeihen."

„Du kleiner Teufel! Sicherlich hast du es nur getan, um es ihm nachher erzählen zu können."

„Nun, er mußte es erst aus mir herauslocken." Sie kicherte. „Ich bin schrecklich."

„Ich bin neugierig, was du von mir erzählen würdest", sagte Eitel.

„Kein Wort würde ich über dich sagen", erklärte sie mit vollkommenem Ernst. „Niemals, ich könnte es nicht." Er blickte beiseite, aber die unvermeidliche Frage kam. „Wieso?" fragte sie. „Würdest du denn von mir etwas erzählen?"

„Nein, natürlich nicht." Eitel mußte sich überwinden. „Einfach phantastisch", hörte er sich sagen, „die beste Frau, die ich je hatte." Er schlug ihr auf den Hintern. „Du lustiges Äffchen." Ehe er es sich versah, hatte seine Stimme hinzugefügt: „Und wen liebst du jetzt?"

„Dich", sagte sie. „Nein, es ist nicht wahr. Ich liebe keinen."

„Du fühlst dich also frei?"

„Ja."

„Ein schönes Gefühl." Und unmittelbar anschließend begann er andere Geschichten zu erzählen.

Gemütlich verstrich der Tag, und erst am Abend fingen sie an, davon zu sprechen, was aus ihr werden solle. Elena bestand noch immer darauf, am nächsten Tag nach Hollywood zurückzukehren, und Eitel erklärte, er würde sie nicht gehen lassen. Nachdem sie eine Stunde darüber debattiert hatten, verkündete er begeistert: „Laß uns zusammen leben." Zu seiner Überraschung schien sie eher verstört als erfreut zu sein.

„Ich glaube, besser nicht", sagte sie ruhig.

„Warum?"

Sie versuchte, ihre Gründe darzulegen. „Ich bin so lange mit einem Mann zusammen gewesen..."

„Nicht wirklich“, unterbrach Eitel.

„Nun, da ich von Collie frei bin, möchte ich nicht wieder damit anfangen... das heißt, noch nicht. Ich möchte sehen, ob ich nicht allein leben kann.“

„Du verschweigst mir den wahren Grund.“

„Nein, das ist der wahre Grund“, sagte sie und blickte ihn an. „Außerdem würde es mit dir nicht gutgehen.“

„Laß es uns versuchen.“

Elena erregte sich. „Natürlich, laß es uns versuchen – denn, was kannst du schon dabei verlieren?“

Beinahe hätte er erwidert: Was kannst *du* schon verlieren? Aber er hielt sich zurück. Sie einigten sich auf einen Kompromiß. Elena würde in Desert D'Or bleiben, und sie würden sich sehen, wann immer sie Bedürfnis danach hatten, selbst täglich, wenn es so kommen sollte.

„Du kannst tun, was du willst“, sagte Elena, „ich tue, was ich will.“

„Ausgezeichnet“, sagte Eitel. „Brauchst du Geld?“

„Ich habe genug für eine Weile“, sagte sie bescheiden.

Es lief besser, als er hätte erwarten können. Er würde sie besitzen und konnte trotzdem sein eigenes Leben führen. Sie ist klug, dachte er, sie versteht es, die Dinge nicht zu verderben. Eitel bestand darauf, eine Woche im voraus ihr Zimmer zu bezahlen, und dann brachte er Elena ins Hotel zurück und schlief allein. Sobald sie sich getrennt hatten, wußte er, daß er sich auf diesen Augenblick gefreut hatte. In jeder seiner Liebesaffären, wie ergötzlich sie auch gewesen sein mochten, war immer der Moment gekommen, da er wünschte, für sich allein zu sein; glücklicherweise war Elena so vernünftig gewesen, selbst diese Pause zu verlangen. Eitel schlief rasch ein, noch feststellend, wie ihn jetzt der Schlaf übermannte.

Aber nach drei Stunden war er wieder wach und konnte kein Auge mehr schließen. Das lange Warten auf den Morgen brachte die alte Qual zurück. Sein ganzes Leben rollte im Geiste vor ihm ab, eine klägliche Situation nach der anderen, bis er sich selbst als der Hassenswerteste von allen vorkam. Der Geruch von Elenas Körper, der ihn entzückt hatte, hing noch an ihm, er schien ihm bis in den Schlund anzuhaften. Die Anspannung seiner Nerven wurde ihm unerträglich; seine Glieder waren wie Blei. Ein Schlafmittel zu nehmen, wäre zu so später Stunde unsinnig gewesen; in seinem Zustand würde er mehrere benötigen. Er stand auf und begann zu trinken, aber es kam nichts Gutes dabei heraus, nicht mehr, als ihn davor zu bewahren, sich noch schlechter zu fühlen.

Er spielte mit dem Gedanken, Elena anzurufen, sie solle zu ihm herüberkommen. Die Vorstellung, sie bei sich zu haben, war überaus angenehm; es erschien ihm unbedingt notwendig, er wollte nicht allein auf die Dämmerung warten. Er griff zum Telefon. Es folgten lange zehn Sekunden, ohne daß sie sich meldete, Zeit genug für ihn, um an einem Druck im Herzen zu spüren, was für eine Katastrophe es sein würde, falls er erfahren sollte, daß sie zu dieser Stunde nicht im Hotel sei. Dann hörte er ihre Stimme. Er war nicht sicher, aber er hatte das Gefühl, als ob Elena Verschlafenheit nur heuchelte. „Ach, Liebling", sagte sie, „ist etwas geschehen?"

„Nichts." Er räusperte sich. „Ich wollte nur deine Stimme hören." Ihre Antwort kam sanft zurück. „Aber Charley, zu dieser Stunde?" Eitel zündete sich eine Zigarette an. „Höre mal, du möchtest wohl nicht zu mir herüberkommen?" Er versuchte, gleichgültig zu sprechen. Sie schien nachzudenken.

„Liebster, ich bin zu müde", murmelte Elena endlich.

„Schon gut, sprechen wir nicht mehr davon."

„Du bist mir nicht böse?"

„Aber nein", sagte Eitel.

„Ich bin so schläfrig."

„Ich hätte dich gar nicht erst anrufen dürfen. Geh wieder ins Bett."

„Ich vermisse dich heute nacht", sagte Elena. „Morgen wird es um so schöner sein."

„Morgen", wiederholte er. „Ich habe dich auch vermißt."

Lange, nachdem er eingehängt hatte, blieb er, auf das Telefon starrend, sitzen. Der Gedanke beschäftigte ihn, ein Mann sei in ihrem Zimmer gewesen, während sie mit ihm sprach.

Zu seinem größten Erstaunen entdeckte Eitel, daß er eifersüchtig war, eifersüchtig wegen Elena. Seit vielen Jahren hatte er keine Eifersucht mehr gekannt – ein befriedigendes Gefühl, wie in der Tat jede Art von Gefühl eine gewisse Befriedigung bereitet. Nichtsdestoweniger erduldete er ziemliche Qualen. Die Vorstellung, daß Elena ihre Seufzer der Lust einem anderen schenke, überwältigte ihn. Eitel focht eine dieser heroischen nächtlichen Schlachten durch, die keinen einzigen Leichnam hinterlassen. Mindestens ein dutzendmal streckte er seine Hand zum Telefon aus und zog sie wieder zurück. Durch die fürchterliche Klarsicht, die Eifersucht vermittelt, das rabiateste aller Gefühle, gelangte Eitel an die wahren Wurzeln all dieser von ihr kichernd erzählten Anekdoten, so daß sich jetzt alles in ihm auf jenen Mann konzentrierte, den sie erwähnt hatte, und auf ihre zufällige Bemerkung: „Himmel, war ich betrunken!" – um dann bis zu dem ihn verrückt machenden Kern vorzudringen: wie sie sich hingegeben hatte – seufzend, stöhnend und schreiend, aber alles nur gespielt, wie er wußte, vom Alkohol inspiriert – bis die Eifersucht in ihrer letzten schaudererregenden Phase sein phantasiereiches Auge nahezu blendete. Und dennoch waren diese ausschweifenden Bilder lustvoll für ihn. Dieser Mann, mit dem sie zusammen gewesen war und von dem sie annahm, daß er nicht gewußt hatte, daß sie nur spielte – dieser Mann hatte hinterher bei seinen Freunden geprahlt mit dem, was sie gesagt und wie sie sich gebärdet hatte.

Es war für Eitel unerträglich. Wenn er früher den zahllosen Beichten anderer Mätressen gelauscht hatte, waren sie ihm nie anders denn als Lustspielszenen vorgekommen, und Wollust und Vergnügungen der Frauen bei ihren verflossenen Abenteuern hatten ihn nie mehr beeindruckt als die von Fremden. Jetzt hätte er jeden einzelnen Mann umbringen können, der Elena gekannt hatte. Ihr Verbrechen war, daß sie Elena nicht hoch genug einschätzten – und sie konnten sie schließlich nicht höher einschätzen als sie sich selber. Wie alle eifersüchtigen Liebhaber meinte Eitel, daß Elena sein Eigentum schlecht verwalte. Sie war nur das, was er aus ihr machen konnte, und wenn er wegen ihrer Vergangenheit Eifersucht spürte, dann deswegen, weil alles, was sie früher getan haben mochte, nur als etwas zu verstehen war, was sie auch jetzt tat. Jene Lobeshymnen, die sie einmal einem anderen Mann zugeflüstert hatte, mußten die Aufrichtigkeit und Leidenschaftlichkeit der Worte, die sie ihm zuflüsterte, in Frage stellen. Als schlüge man ihm mit einem Eispickel vor die Brust, so empfand er die Worte, die er selbst vor nur wenigen Tagen über sie geäußert hatte: „Wenn Collie außer Sichtweite ist, macht sein Kätzchen Seitensprünge. Ein paar meiner Schauspieler erzählten mir, sie sei großartig im Bett." Er hätte sie erwürgen mögen, weil sie nicht auf ihn gewartet hatte; warum hatte sie nicht gewußt, daß sie nicht nötig hatte, etwas vorzutäuschen, weil er erscheinen und ihr alles geben würde? Verblaßt war der stärkende Geistesblitz, daß man eine Achterbahn besteige, um gewisse Gefühle zu erleben. Er betrachtete es als ein Verbrechen, daß sie sich auch nur für einen flüchtigen Augenblick mit einem anderen Mann vergnügt hatte.

Die nächsten Tage waren unerträglich. Er verbrachte seine Zeit damit, auf Elenas Kommen zu warten, und sobald sie eintraf, begehrte er sie wie rasend und mit einer Glut, die er für immer erloschen gehalten hatte. War sie abwesend, gab er sich dem Trunke hin, saß im Yachtklub, fuhr mit dem Auto hinaus, an ihrem Hotel vorbei, umrundete die Stadt, um nochmals an ihrem Hotel vorüberzukommen. Als ich ihn nach der Gesellschaft zum erstenmal wieder besuchte, war er nervös vor Tatendrang. Eine Stunde lang erzählte er mir die tollsten Anekdoten, wobei er mit einer einzigen Geste die Personen zu charakterisieren verstand. Ich hatte mein Wiedersehen mit ihm hinausgeschoben, weil ich befürchtete, daß es unserer Freundschaft schaden könnte, sobald ich ihm beichten würde. Aber er hatte nur vor Lachen gebrüllt, als ich alles bekannt hatte, mir gratuliert und gekeucht: „Ich wußte, daß es dazu kommen würde. Bei Gott, ich wußte es."

„Aber wieso?"

„Oh, Sie verstehen, ich habe etwas in ihr ausgelöst. Ich habe es gespürt, daß sie jetzt, gerade jetzt, reif war für die ganz unvorhergesehene Bewegung mit dem Schwert eines Edelmanns."

„Schwert eines Edelmanns? Oh, ich habe eine schmierige Phantasie", sagte ich. Aber ich war dennoch erfreut.

„Erklären Sie mir doch", fügte ich beiläufig hinzu, „was ist Lulu für ein Mensch?"

Er vermochte nicht länger ruhig zu sitzen, sprang auf und wanderte umher. „Nein! Nein! Sie denken doch nicht etwa, daß ich ein Collie Munshin sei. Sie müssen sie selber entdecken." Und dann tat er etwas für ihn Uncharakteristisches, er schlug mir kräftig auf den Rücken. „Was sind wir doch zu bedauern!" rief er pathetisch aus.

Nach Verlauf einer Woche, gerade als er davon überzeugt war, daß seine Eifersucht unbegründet sei, oder, um es richtiger auszudrücken, als seine Eifersucht abzuflauen begann und er sie nur aus Vergnügen an der Selbstquälerei und in der Annahme aufrechterhielt, sie abstellen zu können, wann immer er wolle, mußte Eitel erfahren, daß Elena ihm tatsächlich untreu gewesen war.

Ruhig war sie in seinen Bungalow gekommen, vielleicht war sie eine Spur zerstreut gewesen, hatte ihn geküßt, war süß gewesen wie immer, aber ein wenig zurückhaltend. „Ich traf heute einen alten Freund von mir", erklärte sie nach einer Weile, „jemand, der dich auch kennt." Als er nicht antwortete, sein Herz aber bereits zu klopfen begann, sagte Elena: „Marion Faye."

„Marion Faye. Wieso kennst du ihn?"

„Ach, ich kenne ihn seit langem."

„Er ist ein alter Freund von dir?" Bis jetzt hatte Eitel es fertiggebracht, seine Eifersucht zu verbergen, aber die Anstrengung wurde ihm zuviel. „Sage mal", fragte er rauh, „brauchst du Geld?"

In ihre Augen trat eine vorsichtige Schläue. „Wovon sprichst du eigentlich?"

„Marion Faye ist ein Zuhälter."

„Das wußte ich nicht. Ehrlich, ich hatte keine Ahnung."

Elenas Gesicht wurde ausdruckslos. „Aber, mein Gott, er ist doch nur ein alter Freund von mir."

„Und nun ist er ein neuer Freund?"

„Nein."

„Du hast nur mit ihm gesprochen?"

„Nun, ein wenig mehr als das."

„Meinst du damit, viel mehr als das?"

„Ja."

Eitel fühlte sich beinahe vergnügt. Wenn ihm auch die Knie wie gelähmt waren, seine Zunge war es nicht. „Anscheinend habe ich dich nicht befriedigt."

„Wie sprichst du zu mir?"

„Immerhin hattest du noch etwas in Reserve."

„Nein, das nicht."

„Nur so zur Gesellschaft – aus alter Gewohnheit?"

„Es macht dir Spaß, dich über mich lustig zu machen."

„Entschuldige, wenn ich dich verletzt habe." Er widerstand dem Wunsch, sich an den Kopf zu fassen.

„Also, warum hast du es getan?"

Ihr Gesicht verzog sich zur Abwehr. „Mir war halt so. Ich war neugierig."

„Warst du wohl immer, wie?"

„Ich wollte sehen – " Sie hielt inne.

„Ich weiß. Du brauchst mir nichts zu erzählen. Ich bin Kenner."

„Du scheinst in allem ein Kenner zu sein“, sagte Elena. Sie stockte abermals, und dann fuhr sie fort: „Ich wollte herausfinden, ob –“

„Ob du dieses erregende Prickeln nur mit mir hervorrufen könntest oder ob es mit jedem beliebigen anderen Mann auch geht. Stimmt's?“ Eitel ärgerte sich selbst über seine widerliche Genauigkeit.

„Ungefähr so.“

„Ungefähr so! Ich werde dich umbringen!“ schrie er verzweifelt.

„Ich mußte es herausbekommen“, murmelte Elena.

„Und was hast du herausbekommen?“

„Das wollte ich dir doch sagen. Ich war wie aus Stein bei ihm.“

„Nur daß du dich nicht wie ein Stein benommen hast.“

„Aber – ich habe nur an dich gedacht.“

„Du bist ein Schwein“, sagte er zu ihr.

„Ich werde gehen, wenn du es wünschst“, erklärte sie steif.

„Bleib hier!“

„Ich glaube, es ist besser, wir machen jetzt Schluß“, sagte Elena. „Ich werde dir das Geld für mein Hotelzimmer zurückzahlen. Ich bleibe damit zunächst in deiner Schuld.“

„Und wo willst du es hernehmen? Von Faye?“

„Ich habe nicht daran gedacht, ihn darum zu bitten“, sagte sie. „Aber nun, wo du mich darauf bringst –“

Zu seiner Überraschung begann Eitel sie zu schütteln. Elena fing an zu weinen, und er ließ sie los und wandte sich ab. Der ganze Leib schmerzte ihn.

„Du machst dir nichts aus mir“, sagte sie, „nicht das geringste. Nur dein Stolz ist verletzt.“

Er versuchte, sich zu beruhigen. „Elena, warum hast du es getan?“

„Du glaubst, ich bin dumm. Gut, vielleicht bin ich dumm. Ich kann dir geistig nichts bieten, ich bin nur ein Spielzeug für dich.“ Ihr Weinen steigerte sich. „Du bist zu klug für mich, das ist es.“

„Was hat das damit zu tun? Ich halte dich für klug. Ich habe es dir sogar gesagt.“ Wieder schmollte sie zur Abwehr. Ihr kleines, herzförmiges Gesicht versuchte, Gleichgültigkeit auszudrücken.

„Eine ungetreue Frau ist für einen Mann anziehender.“

„Hör auf, deine Lektionen herzusagen“, brüllte Eitel wieder. In einer Art von Raserei zog er sie an sich. „Du Idiot!“

„Es ist wahr. Es ist wahr. Es ist keine Lektion. Ich weiß es."

Die Qual in ihrem Gesichtsausdruck schien ihm in diesem Augenblick echt zu sein. Sie hatte recht. Mochte ihr Fleisch befleckt sein – nie war sie ihm reiner erschienen, aber auch niemals so begehrenswert. „Du Idiot", wiederholte er. „Begreifst du denn nicht? Ich liebe dich." Trotz des gelähmten Zentrums seines Verstandes durchschoß ihn der Gedanke: Nun sitzt du in der Tinte, lieber Freund.

„Du liebst mich nicht", sagte sie.

„Ich liebe dich", widersprach er.

Elena begann aufs neue zu weinen. „Ich bete dich an", schluchzte sie. „Noch nie hat mich jemand so behandelt wie du."

In einem Gefühlsüberschwang küßte sie seine Hände. „Ich liebe dich mehr, als ich je einen Mann geliebt habe", sagte sie mit entwaffnender Hingabe. Jetzt erst begann der wirkliche Anfang ihrer Liebe. Elena willigte ein, mit ihm zu leben.

11

In den ersten Wochen ihres Zusammenlebens wichen Elenas Blicke nie von Eitels Gesicht. Ihre Stimmung war der Gradmesser seiner Gemütsverfassung; war sie fröhlich, so bedeutete es, daß Eitel glücklich war; hatte Eitel schlechte Laune, war sie verstimmt. Für sie existierte kein Mensch außer Eitel. Ich übertreibe nicht gern, und doch glaube ich, daß diese Beschreibung der Wahrheit entspricht.

Aus dem, was Eitel aus ihrem Leben zu erfahren gelungen war, konnte er entnehmen, daß ihre Eltern ein winziges Schokoladengeschäft im Zentrum Hollywoods gehabt hatten und daß die Ehe kläglich gewesen war; der Vater ein erfolgloser Jockei und Tunichtgut, ein eitler kleiner Mann; die Mutter eine hübsche Xanthippe. Von ihr war Elena verhätschelt und beschimpft, in den Himmel gehoben und dann wieder in die Ecke geschoben worden; sie hatte Elena Ehrgeiz eingeimpft und sich zugleich lustig über ihn gemacht. Der um die Pferde betrogene und mit fünf Kindern geschlagene Vater hatte sie nicht gemocht; sie war die jüngste und war viel zu spät gekommen. Da gab es Brüder und Schwestern,

Onkel und Tanten, Vettern, Großeltern. – Familienzusammenkünfte, bei denen man handgreiflich wurde. Der Vater war ein gutaussehender Dandy, der mit keiner Frau allein sein konnte, ohne eine Verführung zu versuchen, aber er war auch redlich und predigte den anderen Moral. Die Mutter war kokett, lüstern und eifersüchtig und krankte daran, daß das Leben sie in einem Schokoladengeschäft vergaß. „Du verstehst, sie war so närrisch zu mir", erzählte Elena, „als Kind rief sie mich einmal zu sich und sagte: ‚Wenn du sonst nichts zustande bringst, sieh zu, daß du aus dieser verfluchten Straße herauskommst.' Fünf Minuten später aber konnte sie mir eine so heftige Ohrfeige versetzen, daß ich fast hingefallen wäre. Wenn ich manchmal nicht tun wollte, was sie verlangten, erzählten sie mir, ich sei gar nicht ihre Tochter, sie hätten mich von irgend jemandem gekauft und würden mich schnellstens wieder zurückschicken. Oh, es war schlimm, Charley." Als Kind hatte Elena im Bett weinend mit anhören müssen, wie Vater und Mutter sich beschimpften; ihre ganze Kindheit war von diesen eifersüchtigen Streitereien überschattet gewesen.

Elena hatte den Mut gehabt, das Elternhaus zu verlassen, ehe sie zwanzig Jahre alt war, es zuwege gebracht, ein möbliertes Zimmer zu beziehen, und begonnen, im Schlepptau ihrer Freundinnen und Freunde – Mädchen, die bei Supreme arbeiteten, junge, stellungslose Schauspieler, Studenten, die eine Abendschule besuchten –, das Leben eines Bohemien – ihr eigenes Wort – zu führen. Auch sie war auf die Abendschule gegangen, hatte tanzen gelernt, arbeitete als Modell in Kunstschulen und als Garderobenmädchen in Restaurants mit imitiert holzgetäfelten Wänden. Dann war Collie gekommen und mit ihm eine möblierte Wohnung in der Nähe der Studios.

Eitel wurde es zärtlich zumute, wenn er an ihr Leben dachte. Sie hatte ein so starkes Mitgefühl bei ihm hervorgerufen und empfangen, wie sonst keine seit Jahren. Sie war aus dem Nichts gekommen und belastet mit den quälenden Erinnerungen an ein vertanes Leben. Selbst jetzt, obwohl sie ihre Familie in den letzten sechs Jahren nicht gesehen hatte, dachte sie immer an sie. Sie hatte eine Tante, die ihr alle Neuigkeiten zukommen ließ. Sie war die einzige Verbindung zur Familie, und Elena antwortete stets mit langen Briefen. Sie brannte darauf zu erfahren, daß dieser Verwandte geheiratet hatte, jener Vetter krank war, ihr Bruder bei der Polizei unterzukommen versuchte und ihre Schwester Krankenpflegerin werden wollte. Elena berichtete die Ereignisse aus dem Leben dieser Menschen, die er niemals gesehen hatte, gewichtigen Tones, in dem Klatschsucht mitschwang. Sie konnte nicht mehr zu ihrer Familie zurückkehren – das war gerade der Kummer dabei. Man hätte sie zwar aufgenommen, aber ihr Leben würde unerträglich werden. Als sie das letztemal ihre Eltern besuchte, hatten sie nicht gewußt, worüber sie miteinander reden sollten, und sich an den Mittagstisch gesetzt. Mitten in der Mahlzeit hatte sie der Vater wegen ihres Lebenswandels zu beschimpfen begonnen, und Elena war weggelaufen.

Nun war sie in Eitels Obhut, ohne Familie und ohne Freunde. Collie hatte dafür gesorgt, sie von allen alten Bekannten zu trennen, und neue Freunde wußte sie nicht zu finden. Während sie mit Eitel unbefangen plaudern konnte, oftmals wie ein Kind von einem Thema zum andern wechselnd, war sie in Gesellschaft gehemmt.

Doch in diesen Tagen gingen sie selten aus, wurden wenig eingeladen, und Eitel kümmerte sich kaum darum, was die Leute über ihn redeten. Drei Tage nachdem Elena zu ihm gezogen war, stand in der Klatschspalte des lokalen Wochenblättchens folgende Meldung zu lesen:

„Wie verlautet, soll der rot angehauchte Charley Eitel eine Schlafzimmeraffäre nach Pygmalion-Art mit dem früheren Protektionskind eines gewissen prominenten Produzenten angefangen haben. Ungefähr zur selben Zeit – ob zufällig oder nicht – wurde Eitel gebeten, den Yachtklub nicht mehr zu besuchen.“

Was diese Maßnahme wirklich bedeutete, konnte ich an der Wut ermessen, in die Lulu jedesmal verfiel, wenn ich Eitel und Elena zu Hause besuchte. Eitel lachte nur, als ich ihm davon erzählte. „Insgeheim bewundert Sie Lulu deswegen“, bemerkte er grinsend. „Sagen Sie ihr nur, auch sie sei uns jederzeit willkommen.“

Das war an jenem Abend, als mir Eitel seine Lebenstheorie entwickelte. Ich bin nicht sehr für Theorien, aber vielleicht ist sie doch charakteristisch. Ich könnte sie heute noch niederschreiben, wie er sie mir darlegte, und ich meine in aller Bescheidenheit, ich könnte auch die eine oder andere Ergänzung hinzufügen, aber dies ist zum Teil auch eine romanhafte Darstellung meiner damaligen Empfindungen, und deshalb schildere ich sie so, wie ich sie damals in mich aufnahm, denn auf die andere Art würde es zu lange dauern. Eitel bezog sich auf berühmte Leute und berühmte Bücher, von denen ich bis zu jenem Abend nie etwas gehört hatte. Ich habe es seitdem zwar geschafft, sie zu lesen, das Kernstück seiner Theorie war jedoch, daß in jedem Menschen eine zweite, verborgene Natur stekke, die er den „edlen Barbaren" nannte und die im Laufe eines Lebens so stiefmütterlich behandelt und unterdrückt wird, bis sie schließlich fast vollkommen verschüttet ist. Besonders glückliche Menschen seien diejenigen, die einen Gefährten finden, in dem die gleiche verborgene zweite Natur noch nicht verschüttet ist, was sie gemeinsam stark und froh machen könnte. Natürlich stünden solchem Vorhaben viele Schwierigkeiten im Wege – vor allem der Snobismus, der sich zumeist als stärker erweisen und die zweite, verborgene Natur tyrannisieren dürfte.

Inzwischen verliefen die Tage für Eitel und Elena still und ruhig unter dem goldenen Schein der Nachttischlampe an ihrem Bett. Eitel hatte jene Reise angetreten, die er schon so häufig begonnen und so oft aufgegeben hatte und nun von neuem begann. Denn er meinte, daß Elena zart und anschmiegsam war, sie war stolz, wenn sie sich ihm gab, und sie war als Frau, die seiner Phantasie entsprang, wirklicher für ihn denn als Mädchen mit einer Vergangenheit. Die Verschmelzung ihrer Leiber vollzog sich nun ruhig, sie war zart geworden – das hatte ihn in seinem Empfinden zutiefst berührt –, ihre ersten Nächte, die er für so außergewöhnlich gehalten hatte, erschienen ihm nun gegenüber dem, was sie jetzt aneinander besaßen, nur wie eine unterhaltsame Stunde in einer Sportarena. Eitel spürte in seinem Leib Veränderungen vor sich gehen, die die Veränderung seines Denkens weit übertrafen, als ob all jene Nerven und Organe, die er zum Erliegen abgestumpft hatte, wieder zum Leben erwachten, und als ob sein Denken ihrem Pfade folgte, als ob Elena nicht nur seine Frau, sondern auch ein linderndes und lösendes Heilmittel für ihn sei. Eitel hoffte nur, daß diese Stimmung länger anhalten möchte, daß nicht der Snobismus in ihm wieder die Oberhand gewinnen und ihn mit Elenas Fehlern quälen möge, mit ihrer Unwissenheit und ihrer Unfähigkeit, nichts als seine Gefährtin zu sein. Hier in diesem Haus wollte er bleiben, sich erholen, die notwendige Arbeit tun, um dann wieder in den Kampf des Lebens hinauszuziehen.

Eitel fand Gefallen an diesen Wochen und der neuen Situation. Er fühlte sich glücklich, wie in einem Zustand der Genesung, wenn der Appetit zurückkehrt und man vermeint, täglich kräftiger zu werden. Im Gegensatz zu der früheren Ruhelosigkeit war er nun fähig, stundenlang auf dem Patio zu verbringen, der an ihren Bungalow grenzte, ernsthaft der Lektüre hingegeben, wie seit vielen Jahren nicht mehr, und in dem Gefühl, daß er in der Zwischenzeit seinen Geist hatte verkommen lassen und daß es nun wichtig für ihn sei, zu lesen und zu lernen – *was* aber, das konnte er nicht genau sagen. Daß er überhaupt las, genügte. Und des Nachts, wenn ihre eigene Liebessonne mit der Wärme der kosmischen konkurrierte, wenn sie als gereifte Liebende beieinanderlagen und voneinander entzückt waren, wurden sie immer von Erstaunen ergriffen, daß sie vergessen konnten, wie magisch es mit ihnen beiden war. Jede neue Umarmung erschien ihnen deshalb vollendeter als die vorangegangene. – Ein schlechtes Gedächtnis ist nun einmal unentbehrlich für leidenschaftliche Liebhaber, dachte Eitel lächelnd. Er hatte manchmal das Gefühl, in einem Opiumrausch zu leben, denn nichts war wirklich für ihn als allein die Erwartung der Nacht, in der sie von jedem neuen Wunsch geleitet, der Lust gewärtig, leicht zusammenfinden würden, sie würden ein wenig tiefer schürfen, er reicher heimkehren. Immer und immer wieder aber würde er sich daran gemahnen, daß nichts von ewiger Dauer ist, daß die Zartheit, die er so sehr genoß, für sie nicht die gleiche Anziehungskraft besitzen mochte – ihre ersten Nächte waren immerhin ganz anderen Charakters gewesen –, aber Elena besaß einen so bunten Reichtum an Liebhabereien darin wie er selbst, und deshalb bewahrte er den Glauben, daß sie in diesen Tagen fortfahren würden, sich gemeinsam zu entwickeln.

Es gab Verstimmungen, es kam zu Streitigkeiten, aber auch daran fanden sie noch ein kindisches Vergnügen. Elena hatte darauf bestanden, die Aufwartefrau zu entlassen, da sie die Hausarbeit selber erledigen könne. Erfreut über ihr Angebot, auch im Hinblick auf notwendige finanzielle Einschränkungen, hatte Eitel zugestimmt. Doch Elena war eine jämmerliche Hausfrau, und das ewige Durcheinander in den Zimmern ging ihm auf die Nerven. Ihre kleinen Streitigkeiten folgten einem vorausbestimmbaren Schema – so fand die Zubereitung des Frühstücks häufig ein kritisches Ende –, doch Eitel war das alles neu, denn bei seinen früheren Frauen hatten Auseinandersetzungen stets in eisigem Schweigen geendet, und deshalb bereitete ihm dieser kindische Wortwechsel Vergnügen. Er brauchte Elena nur für irgend etwas zu kritisieren, und sofort ging ihr Temperament mit ihr durch.

„Du bist meiner überdrüssig", sagte sie, „du liebst mich nicht mehr."

„Im Gegenteil, *du* liebst mich nicht mehr", behauptete er. „Sobald ich etwas an dir auszusetzen habe, willst du zum Messer greifen."

„Du meinst, ich sei nicht genug für dich. Denkst du noch an das Ding da in der Zeitung? Und du sagst nur, daß ich dich nicht mehr liebe, weil *du* mich nicht liebst. Nun gut. Ich werde gehen." Und dann ging sie tatsächlich zur Tür.

„Um Himmels willen, komm zurück!" befahl er, und fünf Minuten später, wieder vereint, war der Auftritt vergessen. Er verstand sie. Er wußte, daß hinter ihrer Neigung, alles zu dramatisieren, der Zweifel stand, die Befürchtung, daß es mit einem Schlag zu Ende sein könne, und sie beurteilte die drohende Gefahr nicht nach dem Gegenstand des Streites, sondern nach dem Eifer oder dem Mangel an Eifer, mit dem er ihn zu schlichten suchte. Manchmal brachte es ihn an den Rand der Erschöpfung, und es wurde ihm langweilig, und manchmal hatte er das Gefühl, mit einem empfindsamen wilden Tier die Behausung zu teilen. Ihr Interesse an dem, was er *dachte,* war maßlos.

Streit aus Eifersucht gab es nur einmal, und den begann Eitel. Zufällig waren sie in einer Bar auf Faye gestoßen. Er hatte sich an ihren Tisch gesetzt, er war aufmerksam gegenüber Elena gewesen, und als sie gingen, lud Elena ihn ein, zu ihnen hinüberzukommen. Eitel meinte zwar, daß Faye ihr jetzt gleichgültig war, aber als sie nach Hause kamen, beschuldigte er sie, Verlangen nach Marion zu haben, obwohl er sich bewußt war, daß es nicht stimmte, daß bei ihrer ungeheuren Liebeskraft Treuebrüche nicht einmal in ihren Gedanken bestanden. In Eitels Phantasie dagegen waren sie vorhanden, und er hegte sie wie ein geiziger Verwalter. Wenn er auch nur einen eigenen Schatz besaß – wie viele hatte er nicht Munshin entliehen! So zwang Eitel sich dazu, sich selber zu verletzen, aus Angst, daß das Versiegen der Eifersucht bedeuten würde, auch das Wissen zu verlieren, daß ihrerseits sie ihn verletzen konnte – diese gesegnete Frau, die ihm Schmerzen bereiten konnte nach so vielen Dutzenden, die ihn gleichgültig gelassen hatten.

Nicht nur aus diesem Grunde liebte er die gegebene Situation. Er erkannte nun, daß er nur eine wahre Liebe besaß – jene Filme nämlich, die in seinem Geiste geblüht hatten und nie entstanden waren. Und da er diese Liebe verraten hatte, verriet er sich selber. Das führte ihn zu einer neuen These. Nach ihr schwankte ein Künstler immer zwischen Verlangen nach Einfluß in der Welt und dem Verlangen, Macht über sein Schaffen zu gewinnen. Mit diesem Mädchen war es unmöglich, in der Welt voranzukommen; jetzt konnte er nur durch seine Kunst siegen. Und in diesen Wochen, diesen alltäglichen Wochen, da alles gutging und ihm allein die Tatsache, neben ihr in der Sonne zu sitzen, ein Gefühl seiner Stärke und das Vertrauen zu sich selber schenken konnte, gewann er eine köstliche Gleichgültigkeit gegenüber der Welt, die aufzugeben er als so schwer empfunden hatte. Sie bis zum letzten aufzugeben – das war schön; es gab einem das Gefühl, daß das Leben doch Früchte trage. Und mit Erregung, die ihn schon deshalb erwärmte, weil sie wieder von ihm Besitz ergriffen hatte, bewegte ihn die Erkenntnis, daß er Gutes an Elena vollbrachte, da er – vielleicht zum erstenmal in seinem Leben – einen positiven Einfluß auf einen anderen Menschen ausübte, daß jemand einen Halt an ihm fand, daß nicht alles verdorrte, was seine Hand berührte.

Mit Begeisterung durfte er daher ihr Verhältnis zueinander als hoffnungsvoll ansehen. Elena würde sich bessern. Ihr all die kleinen Dinge beizubringen, war eine Bagatelle; wichtiger war, daß sie das übrige schon von sich aus besaß. Eitel sah sie schon vor seinem geistigen Auge als die kluge, rührige Herrin seines Hauses, gelassen, sich selber vertrauend und dem, was sie ihm geben konnte! Und am Ende seiner Phantasien stand schließlich doch die Rückkehr zur Welt.

Er wies immer auf die Zukunft hin, er pflegte davon zu sprechen, was sie gemeinsam in einem Jahr unternehmen würden, in zwei Jahren. Er hörte sich selber mit einer gewissen Verwunderung zu, wenn er, wie unter einem geheimen Zwang, das Netz der gegenseitigen Bindung immer enger um sie schlang. „Laß uns irgendwann einmal nach Europa reisen, Elena“, sagte er, „Europa wird dir gefallen.“

Sie nickte. „Weißt du, wenn der Film beendet ist“, fuhr er fort, „dann vielleicht...“

„Was vielleicht?“

„Ich biete dir doch zur Zeit gar nichts, nicht wahr?“

Sie erregte sich: „Ich denke gar nicht an so etwas, warum tust *du* es?“

„Weil du eine Frau bist. Es muß in deinen Gedanken sein.“ Plötzlich wurde er zornig. „Oh, ich kenne doch all diese Leute, die da herumsitzen und darauf warten, daß wir miteinander brechen.“

„Sie sind Mittelklasse, sie sind mir gleichgültig.“ Das war ihr Motto. Irgendwo hatte sie das Wort aufgelesen, und es diente ihr als Schild. Wenn er eifersüchtig war, war er Mittelklasse; wenn sie nichts war, so doch wenigstens nicht Mittelklasse. „Wenn ich dich verlassen würde, weil du mich nicht heiratest“, sagte sie ruhig, „würde es bedeuten, daß ich dich nie wirklich liebte.“

Er betete sie hierfür an. Sie besaß Würde. Wenn er seinen Film, wenn er dieses Werk schaffen könnte, das seine Errettung bedeutete, dann... Er würde ihr nur Gutes tun. Gleichgültig was, er würde sie gut behandeln. Das nahm er sich fest vor.

Während der ganzen Zeit formten sich neue Gedanken um diesen Film, mit dem er sich jahrelang abgequält hatte, und auch für das Drehbuch, mit dem er verschiedene Male in den letzten Monaten begonnen hatte. Manche Nacht lag er wach, rauschhafte Dialoge und ganze Szenen schaffend; er hörte Elena im Schlaf murmeln, wenn er das Licht andrehte, um noch eine Eintragung in das Notizbuch zu kritzeln, das auf dem Nachttisch zu liegen pflegte. Das Notizbuch füllte sich jetzt rasch, und er hatte die Hoffnung, daß es nun endlich soweit sei. Seine Ideen waren ausgereift, es ging voran. Mit dem Stolz, ähnlich dem mancher Menschen auf die Schönheit ihrer Kinder, war Eitel entzückt von der Schönheit seiner Schöpfung und ungeduldig, daß noch Monate vergehen mußten, ehe das Drehbuch fertig und das Geld da war, und dann kam noch die Produktion.

Eines Nachts verdichtete sich seine Liebe zu diesem Film so stark, daß er sich hinsetzte und ein Exposé schrieb, in das er in dem ihm eigenen Stil all die Begeisterung hineinschrieb, die er nicht länger für sich behalten konnte. Einige seiner Zweifel steckten auch darin. Als ich ihn das nächstemal besuchte, zeigte er es mir. Es lautete:

Ich will versuchen, die Geschichte eines modernen Heiligen zu erzählen, eines Mannes, der in der Welt emporgestiegen war unter Nutzbarmachung der Kümmernisse anderer, indem er eine später berühmt gewordene Fernsehsendung schuf, bei der Leute ausgewählt wurden, die auf der Aufnahmebühne ihre Sorgen darlegten und die einen bündigen Rat erteilt bekamen, so wie er dem Publikum behagte. Es wurde ein Geschäft mit den Gefühlen und Nöten anderer, und seine Karriere gelangte auf ihren Gipfelpunkt, während die vielen namenlosen Gesichter, die während der Sendung ihre Klagen hervorstammelten und von ihren Bedrängnissen berichteten, von Eltern, die unheilbar krank waren, von Kindern, die nicht gehorchen wollten, und von Ehepartnern, die die Eifersucht plagte – allen wurde nicht mehr Anteilnahme geschenkt, als für den Augenblick notwendig war, in welchem sie auftauchten,um gleich darauf wieder zu verschwinden, nachdem man ihre Nöte in theatralische Effekte umgesetzt hatte.

Ich will klarmachen, daß es sich bei diesem Film um ein Märchen handelt. Doch der Augenblick wird kommen, da mein Held es nicht mehr länger ertragen konnte, diese Geschichten mit anzuhören. War er durch die Leiden anderer zu Wohlstand gekommen, würden ihn nun diese Leiden in den Abgrund stürzen. Eine kleine Tür würde sich zunächst in seinem Herzen öffnen, durch die aber bald der Sorgenstrom der ganzen Welt flösse. Unaufhaltsam mußte der Held darin ertrinken, denn er würde versuchen, den Bittstellern Ratschläge zu erteilen, die sich mit der Wahrheit deckten, wodurch er den Erfolg einer Sendung untergraben würde, weil die Wahrheit zu sagen nicht unterhaltend zu sein pflegt.

Der Held würde hinuntersteigen auf die Straße, zum Fundament des Thrones, hinein in die Elendsviertel, die Suppenküchen und die traurigen billigen Kneipen jener Stadt, in der er einst König gewesen war, und die Menschen zu trösten versuchen, ohne jedoch anderes zu erreichen, als sich selbst zu zerstören, bis er sich im Zorn gegen sie wenden würde – ein Heiliger nur vor dem Hintergrund seiner Sünden.

Wenn ich es gut genug gestalte, würde vielleicht aus dem Sturz des Helden eine Schönheit erstrahlen, die weit über den Film hinausgreifen könnte – die tragische Schönheit eines Mannes, der sich einem Meer von Mitleid öffnet und darin ertrinkt. Ich will die Welt mit dem Spiegelbild ihrer selbst verletzen! Diese heuchlerische, brutale, verlogene Welt. Vergangen ist der Gedanke, daß das Böse im Leben nur dazu da ist, daß der Mensch es zerstören kann.

Mein günstiger Kommentar: Mach ich es gut genug, kann mein Held wahrhaft schön sein und der Film ein Meisterwerk. Mein ungünstiger Kommentar: Meisterwerke entstehen gewöhnlich nicht dadurch, daß man solche Gedanken an den Anfang ihrer Entstehung knüpft. Spiele ich vielleicht nur mit den begeisternden Phantasien der Nacht?

C. F. E.

Ich gab ihm das Exposé mit der Bemerkung zurück, ich glaube zu verstehen, was er meinte. Er nickte nur und erwiderte: „Auf zwei Seiten zusammengedrängt wirkt das natürlich alles ein bißchen lächerlich. Doch ich sehe es ganz deutlich vor mir." Lachend fuhr er fort: „Elena meint, es sei herrlich, doch sie ist natürlich voreingenommen."

„Mach keine Scherze darüber", ließ sich Elena von der anderen Seite des Zimmers her vernehmen.

Doch der Teufel schien ihn zu reiten, denn mit einem rätselhaften Lächeln spann er das Thema weiter. „Wissen Sie, Sergius, Elena glaubt, Sie hätten mir als Vorbild für meinen unwahrscheinlichen Helden vorgeschwebt."

„Nun hör schon auf", warf Elena ein, ohne mich dabei anzusehen.

„Hören Sie mal, Charley Francis", entgegnete ich mit gespielter Entrüstung. „Lieber wäre ich ein Schwerathlet als das Modell für Ihren Helden. Welch eine Zukunft für mich!"

Alle lachten, und ich warf einen Blick auf Elena, während ich zum erstenmal darüber nachdachte, daß Eitel vielleicht mehr an Elena haben mochte, als er sich eingestehen wollte. Wir machten nicht viel Aufhebens davon, doch Elena und ich, wir konnten uns gut leiden. Wir hatten manches gemeinsam – meine erste Freundin war Griechin, und ihr Vater besaß ein fliegenübersätes Speisehaus. So war ich nicht überrascht, daß Elena bald meinen Blick erwiderte. Wir lachten insgeheim, nur wir beide, und Eitel machte ein dummes Gesicht. Ich glaube, es war in diesem Augenblick, daß Elena und ich instinktiv übereinkamen, gute Kameradschaft zu halten und uns nicht näherzukommen, zumindest nicht, solange ihr Leben mit Eitel verknüpft war.

„Laß uns in die kleine nette Bar gehen", schlug Elena nun vor. Sie pflegten gelegentlich eine kleine französische Bar in nächster Nachbarschaft aufzusuchen, wo ich mich häufig zu ihnen gesellte. Sie war neu eröffnet, und die einzige Unterhaltung lieferte ein Akkordeonspieler, der nicht besonders gut war. Aber trotzdem flochten sich seine Melodien in ihr Liebesverhältnis. Das Geflüster des Bal musette – „Das Leben ist traurig, das Leben ist heiter, das Leben ist heiter, weil es traurig ist“ – war zärtlich wie die Melodie eines alten, einst geliebten Liedes und lenkte, glaube ich, Eitels Gedanken zu den Filmen zurück, die er in seiner Jugend gedreht hatte. Er war bereit, dort wieder anzufangen.

Zur Abwechslung aber war er wieder einmal mit seiner finanziellen Situation beschäftigt, schrieb Briefe an seinen Vermögensverwalter, rechnete aus, was ihnen noch verbleiben würde, und mit einer gewissen Belustigung über die Einschränkungen, die sie sich bereits auferlegten, verkündete er schließlich Elena, daß sie wahrscheinlich nur noch für drei Monate Geld besäßen. Dann würde er seinen Wagen und die Hypothek auf den Bungalow verkaufen können. So viel verblieb ihm nach fünfzehn Jahren. Dennoch deprimierte es ihn nicht.

Eines Abends führte er für sich und Elena mit der Akkordeonmusik im Hintergrund, die durch die Wüstenluft drang, auf seinem eigenen Projektionsapparat eine Sechzehn-Millimeter-Kopie eines seiner früheren Filme vor. Es war ein sehr starker Film, empfand er; ein Film über Arbeitslose, den er mit den Ideen eines jungen Mannes und der Begeisterung, die er vor zwanzig Jahren besaß, gedreht hatte, aber er war noch immer so gut, daß er jetzt wußte, warum er ihn sich viele Jahre hindurch nicht angeschaut hatte. Und während die Kamera surrte und die Schauspieler ihre kurzen Szenen spielten, beobachtete er wehen Herzens, entzückt, mit dem Schaffensstolz des Künstlers, sein Werk, zugleich aber auch bedrückt, ähnliches nie wieder erreichen zu können, um dann plötzlich in eine Begeisterung hineinzugeraten, daß er weit mehr, daß er alles leisten könne! Er bestaunte den beherzten, ernsten und warm empfindenden jungen Mann, der er in seiner Jugend gewesen sein mußte, wenn er solche Filme schaffen konnte. „Als ich den Film drehte, habe ich keine Ahnung gehabt“, sagte er zu Elena, „und habe irgendwie doch mehr gewußt. Ich frage mich, wo sich das in mir verbergen mag.“ Elena küßte ihn, als der Film zu Ende war. „Ich liebe dich“, sagte sie. „Du wirst noch einen solchen Film machen.“ Und Eitel, im Rausch und von maßloser Furcht gepeinigt, wußte, daß seine Ferien vorüber waren und daß er wieder mit dem Drehbuch beginnen mußte, diesem ersten Skelett eines Kunstwerkes, das zu gestalten ihm bisher nicht gelungen war.

12

Ein Mädchen wie Lulu hatte ich bisher nicht kennengelernt; auch nicht ein solches Verhältnis, wie es zwischen uns beiden bestand. Natürlich hatte ich meine Erfahrungen mit anderen Mädchen hinter mir – man geht nicht zur Luftwaffe, ohne etwas über die Frauen zu erfahren –, aber ich bin immer ein schlechter Detektiv gewesen, und gebildete Frauen waren mir unerreichbar, dennoch glaube ich, Lulu wäre für jeden Mann eine Überraschung gewesen. Unmöglich war es – nicht einmal von einer Stunde zur anderen –, vorauszusagen, ob wir uns lieben oder voneinander scheiden, ob wir uns liebkosen oder streiten würden, oder beides zugleich, oder nichts von alldem. Als ich sie das erstemal wiedersah, war sie mit Freunden zusammen und erlaubte mir nicht, allein mit ihr zu sein. Am nächsten Tag kam sie zu mir ins Haus und machte es mir nicht nur recht leicht, sondern erkärte auch, daß sie mich liebe. Natürlich versicherte ich ihr das gleiche – unmöglich, es nicht zu tun; außerdem war ich tatsächlich in sie verliebt – insofern Liebe bedeutet, daß man an nichts anderes mehr zu denken vermag. Bevor sie wegging, kam es zu einem Streit: Nie wollten wir uns wiedersehen! Eine halbe Stunde später rief sie mich vom Yachtklub aus an und brach in Tränen aus. Wir liebten uns eben doch.

Zweifellos waren wir wie von Sinnen. Ich entdeckte in mir immer neue Gefühle, von denen ich nie gewußt hatte, daß ich sie besaß, und ich muß es nicht weniger als Lulu genossen haben. So glaubte ich, durch das, was wir taten, Lulu für immer den Stempel meiner Persönlichkeit aufzudrücken. Meine Art, sie zu lieben, muß einem Wettlauf geähnelt haben, in dem ich schließlich das Band zerriß, während meine Lungen fast zersprangen, die Muskeln sich verkrampften, aber alle Sinne darauf ausgerichtet gewesen waren, Rekord zu laufen. Nur auf diese Weise konnte ich sie ganz erfassen und sie mir wenigstens auf kurze Zeit unterwerfen. Gleich einem Trupp verbitterter Infanteristen, die für eine Nacht in einem Museum einquartiert waren, bereitete es mir Vergnügen,

Wandteppiche zu zerfetzen, meine Finger durch Aktgemälde zu bohren und Marmorbüsten auf den Fußboden zu schmettern. Dann erst konnte ich sie als besiegt fühlen, konnte ihrem süßen, verwundeten Atem lauschen und glauben, daß – gleichgültig wie sie sich sonst benahm – Lulu mir in diesen Augenblicken gehörte, als ob ihr Fleisch die Wahrheit mehr offenbarte als ihre murmelnden Lippen. Wir alle tragen etwas Mystisches in uns, wenn wir lieben. Zu dem Stolz, ein so schönes Mädchen zu besitzen, gesellte sich noch der andere Stolz, die Schatten von Millionen neidischer Männer in ihrer kläglichen Schwermut hinter mir zu spüren. Nie würden sie besitzen, was ich besaß. Draußen bleiben würden sie in der Kälte und bestenfalls in der Ecke eines Schreibtischfaches oder in einem Regal ihres Schrankes einen Altar errichten und eine Fotografie Lulu Meyers anbeten. Ich war sehr stolz auf mich, da ich wußte, daß ich Millionen Männer auf meinen Schultern trug.

Aber wenn ich sie auch im Bett besaß – so doch nirgends sonst. Manche Tage bestand Lulu darauf, für sich zu bleiben, an anderen erlaubte sie mir nicht, sie auch nur für einen Augenblick allein zu lassen; auf alle Fälle hatte ich jedem auftauchenden Einfall Folge zu leisten.

So konnte ich zum Beispiel den telefonischen Befehl erhalten, sie gegen Mittag in ihrer Zimmerflucht im Yachtklub aufzusuchen, weil sie die Absicht hatte, mit mir in die Wüste auszureiten. Traf ich dann bei ihr ein, fand ich sie noch im Bett, und das Frühstück war noch nicht serviert. Ob ich mit ihr Kaffee trinken wolle? Hatte dann das Zimmermädchen gerade sein Tablett abgestellt, fiel es Lulu ein, daß sie sich einen Stinger-Cocktail wünsche.

„Ich weiß nicht, wie man ihn mixt", sagte ich zu ihr.

„Aber, Süßer, jeder Mensch weiß es doch. Dort ist Kognak und Pfefferminzlikör. Was habt ihr denn bei der Luftwaffe gemacht, Kühe gemolken?"

„Lulu, gehen wir reiten?"

„Ja, wir gehen reiten."

Sie hielt einen Spiegel empor, studierte ihr Gesicht mit dem unerbittlichen Blick eines Direktors aus einem Schönheitssalon und streckte dem Spiegelbild die Zunge heraus. „Sehe ich auch ohne Schminke gut aus?" fragte sie mich in geschäftsmäßigem Ton, der jede scherzhafte Antwort ausschloß.

„Du siehst sehr gut aus."

„Meine Lippen sind ein wenig zu dünn."

„In der vergangenen Nacht waren sie es nicht", sagte ich.

„Ach du, du wärst auch mit einer Leiche zufrieden." Aber gleichzeitig zog sie mich heftig an sich. „Ich liebe dich, Liebling", sagte sie.

„Laß uns reiten gehen."

„Aber Sergius, du bist viel zu nervös."

„Ja, ich bin es. Ich kann es nicht ertragen, einen Tag zu vergeuden."

„Aber ich habe keine Lust, mich aufs Pferd zu setzen", entschied Lulu.

„Ich wußte es. Auch ich habe keine Lust."

„Warum hast du dir dann Reithosen angezogen?"

„Weil du sonst darauf bestanden hättest, auszureiten."

„Aber so bin ich doch gar nicht", widersprach sie, im Bett sitzend, bog den Kopf zurück und umarmte sich selbst mit verschränkten Armen. „Nein, wirklich nicht."

Das Telefon klingelte. Es war ein Anruf aus New York. „Nein, ich heirate Teddy Pope nicht, Bill", sagte sie zu einem Journalisten. „Natürlich, er ist ein Luder. Ja, schreiben Sie, wir seien gute Freunde, mehr nicht. Auf Wiedersehen, Süßer." Sie hängte ein und lachte. „Dieser Dummkopf von meinem Presseagenten! Wenn er nicht einmal mit einem Klatschspaltenschreiber fertig wird, was für ein Presseagent ist er dann?"

„Warum läßt du ihn dann nicht laufen?"

„Ach, dieser Dummkopf!"

So ging es weiter. Als ich schließlich erzürnt war, begann sie sich anzuziehen. Der Kaffee sei kalt, teilte sie mir mit und rief das Zimmermädchen, um neuen zu fordern. Ich verlor meine Geduld und erklärte ihr, daß ich jetzt endgültig ginge. Sie lief in ihrem Negligé hinter mir her und hielt mich fest; ich war gern bereit, mich wieder einfangen zu lassen. „Ich bin wirklich ein Luder", sagte sie. „Ich wollte dich rasend machen."

„Das hast du auch nicht andeutungsweise geschafft."

„Eines Tages wirst du mich hassen. Bestimmt. Keiner mag mich, der mich wirklich kennt. Ich mag mich ja selbst nicht."

„Du liebst dich."

Sie grinste vor Entzücken. „Das ist nicht dasselbe, Sergius. Laß uns reiten gehen."

Endlich gingen wir. Sie ritt entweder zu langsam oder im Galopp. Wir kamen an einen alten Holzzaun, und sie bestand darauf, daß ich hinübersetzte. Ich erhob Einwände. Ich sei ein schlechter Springer, erklärte ich. Es war eine ehrliche Einschätzung meiner Fähigkeiten; ich ritt erst seit einem Monat.

„Das lausigste Double würde sich für fünfzig Piepen auf den Hintern fallen lassen, und du traust dich nicht", sagte sie schroff.

Tatsächlich wollte ich gern springen. Ich erwartete, daß ich zu Fall kommen würde, und dann hatte Lulu mich zu pflegen. Das war zwischen uns beiden noch nicht gespielt worden. Nach dem Sprung, von dem ich glaubte, daß er mir gut gelungen war, drehte ich mich um in der Hoffnung, ihren Beifall zu ernten, sah sie jedoch in kurzem Galopp in der entgegengesetzten Richtung davonreiten. Sicherlich hatte sie überhaupt nicht hingesehen. Nachdem ich sie eingeholt hatte, wandte sie sich um. „Was bist du doch für ein Kind, eine solche Herausforderung anzunehmen."

Wir ritten schweigend zurück. Als wir den Yachtklub erreichten, ging sie in ihre Badehütte, kam im Badeanzug heraus und unterhielt sich mit jedem der Anwesenden, nur nicht mit mir. Das einzige Mal, da unsere Augen sich trafen, hob sie ihr Glas empor, so wie sie es in der Nacht auf der Party getan hatte, ohne sich an jemanden dabei zu wenden, und sagte: „Süßer, bring mir bitte einen kleinen Martini."

Ihre Vorsicht, die sie zu Beginn unseres Verhältnisses an den Tag legte, war töricht. Sie pflegte zu Fuß in mein Haus zu kommen oder mich erst nach Eintritt der Dunkelheit in ihr Zimmer einzulassen. „Sie würden mich an den Pranger stellen, wenn sie es herausbekommen", beschwor sie mich, „denk an Eitel" – mich dadurch mit Elena gleichstellend. Diese Affäre hatte sie wütend gemacht. „Eitel hat nie Geschmack besessen", erkärte sie. „Jeder Trampel, der ihm sagt, daß er großartig sei, kann ihn einwickeln." Als wir die beiden einmal auf der Straße antrafen, war sie wenig freundlich zu Elena gewesen. „Ich wette, sie trägt schmutzige Unterwäsche", sagte Lulu. „Paß auf, bald wird sie fett sein wie ein Schwein." Als ich erklärte, Elena gern zu haben, wurde Lulu mürrisch. „Natürlich! Das bedauernswerte Opfer!" fauchte sie. Jedoch erklärte sie mir einige Stunden später, nachdem sie wohl Gelegenheit gehabt hatte, über sich selbst nachzudenken: „Weißt du, Süßer, vielleicht wäre es besser geworden, wenn man mir es nicht so leicht gemacht hätte.“ Einen Finger am Kinn, fragte sie: „Bin ich wirklich so ein Greuel?“

„Nur in senkrechter Stellung... wie die Iren sagen.“

„Warte, dafür wirst du mir büßen müssen!“ Und sie jagte mich mit einem Kissen umher. Als sie es müde war, mich zu puffen, mußte ich mich neben sie auf die Couch legen. „Ich bin gräßlich. Aber, Kraftmensch O'Shaugnessy, ich möchte gern gut sein. Weißt du, warum ich dich liebe, Sergius? Es macht mir so viel Vergnügen mit dir. Mit Eitel war es schrecklich. Er lachte mich aus, und einige seiner Freunde waren geistig sehr anmaßend.“ Sie gluckste. „Als ich mit Eitel zusammen war, gab ich mir Mühe, eine Intellektuelle zu werden.“

Während sie bis dahin fest entschlossen gewesen war, unser Verhältnis geheimzuhalten, änderte sie plötzlich ihre Ansicht, indem sie sich eines Tages im Yachtklub auf meinen Schoß setzte. „Ihr solltet meinen Süßen später mal ausprobieren“, sagte sie zu einigen ihrer Freundinnen. „Er ist nicht übel.“ Das bedrückte mich. Denn ich wußte, wenn ich wirklich gut gewesen wäre, hätte sie ihren Freundinnen keinen Anhaltspunkt gegeben. In den nächsten Tagen ließ sie sich mit mir in der Öffentlichkeit nur noch untergehakt sehen. Die Nachtklubfotografen hielten unser gemeinsames Bild fest. Eines Morgens erwachte ich und fand Lulu mit einer Zeitung in den Händen an meinem Bett sitzend. „Schau dir das mal an. Enorm, was?“ sagte sie zu mir. Ich las: „Atombombe Lulu Meyers und der mögliche zukünftige Mr. Meyers, der ehemalige Hauptmann des Marinekorps Silgius McShonessy, Erbe eines Ost- oder auch Mittelwest-Vermögens, versetzen die Geigerzähler von Desert D'Or in Aufruhr.“

Ich wußte nicht, ob ich geschmeichelt oder entsetzt sein sollte. „Können die denn nie einen Namen richtig schreiben!“ platzte ich heraus. Lulu fing an zu kichern. „Weißt du, das ist nicht schlecht“, sagte sie. „Atombombe Lulu Meyers. Glaubst du, daß die Leute wirklich so von mir reden?“ Ihre heisere Stimme verriet ihr Vergnügen.

„Natürlich nicht. Du weißt doch genau, daß das von deinem Presseagenten stammt.“

„Das ist doch gleichgültig. Immerhin ist es interessant.“ Wie so vielen Berühmtheiten in Desert D'Or machte es Lulu wenig aus, daß die Nachricht im Grunde von ihr selbst kam. Es nun gedruckt zu sehen, erzeugte eine magische Wirkung; ich bin sicher, daß dadurch unser Verhältnis für sie realer wurde. „Geigerzähler“, sagte Lulu gedankenvoll, „klug ausgedacht, das wirkt. Der Junge ist großartig. Ich werde ihn später anrufen.“ Jetzt, da unser Verhältnis allgemein bekannt war, bemühte sich Lulu, die Leute erneut zu verwirren. „Sie schreiben so interessant über meinen Süßen“, erklärte sie eines Nachts einigen Leuten in der Bar, „daß ich ihn wirklich mal ausprobieren sollte. Wirklich, Süßer.“ Und sie gab mir einen schwesterlichen Kuß, den Kuß einer älteren Schwester.

Bald entwickelten wir eine weitere Gelegenheit zum Streiten. Ich stellte fest, daß ich meine Liebe zu Lulu zu einer Art Telefonzubehör machte. Dauernd läutete es bei ihr, und kein Augenblick war zu köstlich, um sie daran zu hindern, das Telefon zu bedienen. Ihr ganzes Entzücken war es, die ersten Rufzeichen einfach zu überhören. „Sei nicht so nervös, Süßer“, pflegte sie zu sagen, aber ehe es fünfmal geläutet hatte, griff sie dann doch zum Apparat. Stets ging es um geschäftliche Dinge. Sie sprach mit Herman Teppis oder Munshin, der inzwischen nach Hollywood zurückgegangen war, mit einem Schriftsteller oder dem Regisseur ihres nächsten Films, einmal auch mit ihrem Friseur, da Lulu auf eine neue Frisur aus war, die sie gesehen hatte. Kaum war die Unterhaltung im Gange, begann sie wieder mich zu liebkosen. Und mich, während sie telefonierte, in Erregung zu bringen, hatte für sie einen besonderen Reiz.

„Natürlich bin ich ein braves Mädchen, Mr. Teppis“, pflegte sie zu sagen, während sie mich anblinzelte. „Wie können Sie so etwas von mir denken?“

Auf einen Höhepunkt ihrer Virtuosität gelangte sie, als sie sich mir hingab – während eines Telefongesprächs mit Teppis, das sie mit weinerlich vorwurfsvoller Stimme führte.

Ich versuchte sie zu überreden, mich zu Hause zu besuchen, aber plötzlich hatte sie etwas dagegen. „Es würde mich deprimieren, Süßer. Es ist mir nicht anregend genug.“ Eine Zeitlang erschien ihr nun alles zu sanft. Schließlich auch ihr eigenes Heim. Zu meiner Überraschung – wegen ihrer Verschwendung – bestand sie eines Tages darauf, daß ihre sämtlichen Zimmer neu hergerichtet werden sollten. Innerhalb weniger Stunden wurden die cremefarbenen Wände mit einem zarten Blau übermalt, von dem Lulu behauptete, daß es ihr am besten stehe. Von gleicher Farbe waren die Bettlaken. Nun lag sie mit ihrem Goldkopf auf blaßblauem Leinen und bestellte durchs Telefon, das für sie ebenso wichtig war wie ein Glied oder Organ ihres Körpers, rosafarbene und dunkelrote Rosen, die der Blumenverkäufer vom Yachtklub selber arrangieren mußte. Sie kaufte ein Kleid und schenkte es ihrem Mädchen, noch ehe sie es getragen hatte. Zugleich beklagte sie sich aber darüber, sie habe nichts zum Anziehen. Eines Nachmittags tauschte sie ihr Kabriolett gegen das gleiche Modell in anderer Farbe um, zahlte aber tausend Dollar dabei drauf. Als ich ihr klarmachte, daß sie den neuen Wagen nur in langsamem Tempo einfahren dürfe, mietete sie einen Chauffeur, der ihn bis zur erforderlichen Kilometerzahl durch die Wüste spazierenzufahren hatte. Ihre erste Telefonrechnung für einen Monat lautete auf fünfhundert Dollar. Aber wenn es darum ging, Geld zu verdienen, zeigte sie sich nicht unbegabt. Zu jener Zeit waren gerade Vertragsverhandlungen über ihre Mitwirkung bei drei Filmen im Gange. Sie rief ihre Anwälte an, diese riefen ihren Agenten an, der Agent sprach dann mit Teppis, Teppis mit ihr. Sie verlangte eine übertrieben hohe Gage und erhielt mehr als drei Viertel der von ihr gewünschten Summe. „Ich mag meinen Vater nicht", erklärte sie mir, „aber in Geschäftsdingen ist er wunderbar, verwegen wie ein Spieler." Es kam heraus, daß Magnum Pictures sie durch einen Sieben-Jahres-Vertag zu binden versucht hatte, als sie dreizehn Jahre alt war und eine Fachschule in Hollywood besuchte. „Ich würde jetzt noch lächerliche siebenhundertfünfzig die Woche machen, wie all die anderen armen, ausgebeuteten Dummköpfe, aber Vater hat's nicht erlaubt. ‚Keine Bindung', erklärte er, ‚unser Land ist auf Freiheit aufgebaut.' Er ist nur ein Orthopäde, hat aber seine Finger auch im Grundstücksmarkt. Er wußte genau, worauf es ankam."

Ihre Zehen spielten mit der Telefonschnur. „Es gibt Männer, die nie für sich selbst Geld machen können, immer nur für andere. Dazu gehört auch mein Vater."

Über Vater und Mutter änderte sich Lulus Meinung stündlich. Einmal war der Vater der Wunderbare: „Was für ein Aas meine Mutter ist! Sie hat alle Kraft aus ihm gezogen. Armer Papa." Ihre Mutter habe ihr Leben ruiniert, behauptete Lulu. „Ich dachte nie daran, Schauspielerin zu werden. Aber Mutter verlangte es. Es war ihr Ehrgeiz. Ein... Polyp ist sie." Einige Telefongespräche später schwatzte Lulu mit ihrer Mutter. „Du, ich bekomme davon richtigen Ausschlag“, sagte sie in bezug auf bestimmte Lebensmittel. „Glyzerin ist das richtige, Mama?... Er ist was?... Er spielt sich wieder auf... Nun, sage ihm, er soll dich in Ruhe lassen. Ich würde mir das nicht gefallen lassen, wenn ich an deiner Stelle wäre. Ich hätte mich schon längst scheiden lassen. Genau das.“

„Ich weiß nicht, was ich ohne sie tun sollte“, sagte Lulu, das Telefon einhängend. „Männer sind schrecklich“, und dann wollte sie mit mir für die nächste halbe Stunde nichts zu tun haben.

Ich brauchte länger als notwendig, um zu merken, daß ihr Hauptvergnügen darin bestand, sich zur Geltung zu bringen. Sie dachte nicht daran, sich irgendeinen Zwang aufzuerlegen. Wenn Lulu nach Aufstoßen zumute war, stieß sie auf; wenn es ihr in den Sinn kam, sich Creme ins Gesicht zu schmieren, tat sie es, auch wenn sie ein halbes Dutzend Leute um sich hatte. Genauso war es, wenn sie sich über ihre Bedeutung als Schauspielerin äußerte. Sie könnte, ohne sich zu genieren, einem ihr völlig Fremden gegenüber äußern, daß sie auf dem Wege sei, die größte Schauspielerin der Welt zu werden. Einmal war sie im Gespräch mit einem Bühnenregisseur dem Weinen nahe, weil ihr das Studio nie eine Rolle in einem ernsten Film gebe. „Die ruinieren mich“, beklagte sie sich. „Die Leute wollen doch keinen Bluff, sondern wirkliche Schauspielkunst. Ich würde die kleinste Rolle annehmen, wenn sie mir liegen würde.“

Dann aber stritt sie sich drei Tage lang herum, und wie viele Stunden sie dabei am Telefon verbrachte, weiß ich nicht, weil Munshin, der ihren nächsten Film drehte, ihre Rolle nicht vergrößern wollte. Reklame, gab sie kund, sei Quatsch, aber mit ihrem Instinkt dafür, was jungen Männern gefallen würde, tat sie mehr, als sich mit den Fotografen gutzustellen. Die besten Einfälle kamen stets von ihr. Als sie einmal fotografiert wurde, während sie Sodawasser schlürfte, formte sie aus dem zweiten Strohhalm ein Herz. Das Foto, das dann in vielen hundert Zeitungen abgedruckt wurde, zeigte Lulu durch das Herz lugend, sittsam, keusch, ausgelassen und liebenswürdig – alles in einem. Während der wenigen Male, da es mir erlaubt war, die Nacht bei ihr zu verbringen, wachte ich manchmal auf und sah dann Lulu eine Propagandaidee in ihrem Notizbuch festhalten, das sie auf ihrem Nachttisch liegen hatte, und vor mir erstand ein Bild aus ihrer Ehe mit Eitel, wie jeder von beiden mit seinem eigenen Notizbuch auf dem eigenen Nachttisch beschäftigt war. Mit Vergnügen legte sie mir dar, worauf es beim Fotografieren ankomme. Ich erfuhr, der Hauptgrund ihrer Abneigung gegen Teddy Pope sei die Tatsache, daß sie sich beide am günstigsten von links fotografieren ließen. Sie war ebenso wie Teddy darauf aus, der Kamera auf keinen Fall die schlechte Seite zuzuwenden. „Ich hasse es, mit solchen Käuzen zu spielen", beschwerte sie sich. „Teddy pochte auf seine Vorrechte, und sie gaben nach. Ich glaubte hinterher, Ziegenpeter gehabt zu haben, als ich die Aufnahme sah. Junge, habe ich da Krach geschlagen." Lulu spielte es mir vor. „Sie haben mich runiert, Mr. Teppis!" schrie sie mir zu. „Es gibt heutzutage keine Kavaliere mehr."

Gelegentlich, während der Zwischenspiele, zu denen sie je nach Laune bereit war, hatten sich die Dinge ein wenig verschoben. Von meiner Art des Rituals, die sie ermüdet haben mußte, leitete sie mich allmählich zu etwas ganz Neuem. Ihr stand der Sinn nach dem Spielerischen, und wenn sie, meinem jagenden Tempo preisgegeben, wie eine ausgeglühte Kohle unter mir lag, dann belebte sie sich wieder in einem Spiel. Ich war überzeugt, daß niemals zuvor zwei Menschen solche Dinge miteinander genossen hatten oder sie auch nur auszudenken vermochten. Wir waren außergewöhnliche Liebende, das fühlte ich voller Stolz; ich hatte Mitleid mit den vielen, die nichts Derartiges kennen konnten. Und darin unterstützte mich Lulu auf das herrlichste. Niemand anderen verglich sie mit mir; denn das vollendet Beste war uns gelungen. Ich war herrlich, sie war herrlich; wir waren allen überlegen. Anders als Eitel, der nun kein Wort mehr über Elenas frühere Liebhaber ertragen konnte, war ich überaus nachsichtig gegen Lulus vorangegangene Verehrer. Und warum auch nicht? Sie hatte mir geschworen, daß sie im Vergleich zu mir wie Stöcke gewesen seien. Sie hatte mir Eitel als unmöglichen Liebhaber hingestellt, und mein Herz schlug, in diesem Augenblick die Freundschaft brechend, vor boshafter Freude. Doch überwand ich das schnell. Ich wünschte Eitel zu meinen Füßen, als zweiten nach dem Meister, und ich empfand Genugtuung, daß ich in meiner großen Liebesaffäre so viel Verständnis für den Geringeren bewies. Wir spielten unsere Spiele. Ich war der Fotograf und sie das Modell; sie war der Filmstar und ich der Hotelboy; sie die Königin, ich der Sklave. Bisweilen standen wir auf gleicher Ebene. Besonders gern spielte sie die exaltierte Minderjährige, die mit einem Burschen im Wohnzimmer herumtändelt und zum Schluß verführt wird – natürlich widerfuhr es ihr immer zum erstenmal. Vor solchen Kulissen machte ihr die Hingabe das größte Vergnügen. Ich war jung genug, um überhaupt nichts anderes zu wünschen, als mit ihr allein zu sein. Niemals war ich übersättigt. Jedesmal, wenn ich mit ihr zusammen war, konnte ich ja nie wissen, selbst fünf Minuten vorher nicht, ob sie sich mir hingeben würde. Mein Verlangen war ungestüm und wurde durch den Groll über all das, was ich mit ihr in der Öffentlichkeit auszustehen hatte, noch genährt. Mit ihr gemeinsam eine Mahlzeit im Restaurant einzunehmen war eine neue Folter. Ob sie mit Freunden oder mit Fremden zusammen war, stets würde ihre Aufmerksamkeit entfliehen, und ihre Augen würden beginnen, unruhig umherzuwandern. Stets schien es, als ob die Unterhaltung an einem anderen Tisch noch interessanter und aufregender sei als die am eigenen Tisch. Sie litt unter der unerträglichen Angst, eine Klatschgeschichte zu versäumen, einen Hinweis, eine Filmrolle, eine finanzielle Transaktion, irgend etwas, das irgendwo vor sich ging, etwas Wichtiges, das zu versäumen sie sich nicht leisten könne. Deshalb war es mit ihr bei Tisch genauso wie im Bett. Wenn man hier durch das Telefon unterbrochen wurde, empfand sie dort den Zwang, ihre Tischgenossen zu verlassen, um von einem Tisch zum anderen zu eilen, bisweilen mich mit sich ziehend, manchmal mich aber auch zurücklassend, bis ich mir auszurechnen begann, welche mathematische Wahrscheinlichkeit es wohl für Lulu gebe, eine ganze Mahlzeit zu sich zu nehmen, wenn sie hier einen Löffel Suppe, dort ein Stück Pastete oder am eigenen Tisch ein Stück Hühnerbrust verspeiste, um gleich darauf Neuangekommene zu begrüßen, deren Krabbencocktail sie probierte. Man wußte nie, ob sie je an ihren Tisch zurückkehren würde. Ich erinnere mich an ein gemeinsames Abendessen mit Dorothea O'Fayc und Martin Pelley. Sie hatten gerade geheiratet, und Lulu schätzte sie sehr. Dorothea sei eine alte Freundin, eine sehr liebe, versicherte mir Lulu, aber ehe zehn Minuten vergangen waren, verschwand sie vom Tisch.

Als Lulu endlich zurückkehrte, setzte sie sich auf meinen Schoß und wisperte mir, dennoch für die anderen hörbar, ins Ohr: „Süßer, ich mußte mal, aber ich konnte nicht. Was soll ich nur essen? Ist das nicht gräßlich?"

Fünf Minuten später bestand sie darauf, zu zahlen.

13

Mit der Zeit lernte ich sehr viele von Lulus Freunden kennen. Die Person, an der sie am meisten hing, war Dorothea O'Faye-Pelley, und meine Abende im Hangover, die unterbrochen worden waren, begannen wieder. Als Dorothea vor einigen Jahren noch ihre Zeitungsspalte redigierte, hatte Lulu schon zu ihren Lieblingen gehört, und darin war im wesentlichen keine Änderung eingetreten. Keinem anderen Menschen gab sich Lulu so bescheiden wie ihr gegenüber. An den Abenden, die wir dort verbrachten, pflegte sich Lulu auf ein Kissen zu Dorotheas Füßen zu hocken und sanftmütig, das Gesicht auf die Hände gestützt, den Gesprächen zu lauschen. Da Lulu jetzt berühmter als Dorothea war, muß es für jeden neuen Besucher verwunderlich gewesen sein, wie sie still zwischen dem Grundstücksmakler und dem trunkenen O'Faye saß, aber ich weiß, daß es mit ihrer gemeinsamen Freundschaft zu Ende gewesen wäre, falls Lulu je versucht hätte, mit Dorothea zu konkurrieren.

Für mich hatte Dorothea an Reiz verloren, und je länger unsere Bekanntschaft dauerte, um so fremder wurde sie mir. Für jeden ihrer Besucher schien die Vorschrift zu bestehen, sein Privatleben vor Dorothea auszubreiten. Sie liebte nichts so sehr, als deren Probleme zu besprechen und durch ihre Hinweise und Ratschläge ihre Freunde um so fester an den Hangover zu fesseln. Nehmen wir zum Beispiel Jay-Jay. Er hatte eine Freundin, die ich nie kennenlernte. Es ging von ihr das Gerücht um, daß sie ihn von seiner Süchtigkeit befreit habe. Er sei bereits soweit gewesen, sich das Narkotikum nicht mehr unter die Haut, sondern in die Ader zu spritzen, erklärte Jay-Jay mit seiner gedehnten Stimme, und sie habe ihn durch eine Entziehungskur, wobei sie sich mit ihm zusammen ins Zimmer einschloß, von seiner Sucht befreit. Jetzt sei er darüber hinweg, nie würde er mehr rückfällig werden, solange sie da sei, diese Perle.

„Nur, daß du sie nicht heiraten willst", sagte Dorothea anzüglich.

„Ja, nun, das allerdings ist es“, gab Jay-Jay zu. „Ich sollte sie heiraten, fünf Jahre hat sie an mich verschwendet, aber mein Blick schweift zuviel umher. Ich kann an nichts anderes denken, als sie zu betrügen.“

„Bei dem Gesicht, das sie hat“, schnaubte Dorothea, „würde ich sie auch betrügen.“

Jay-Jay lachte ebenso laut wie die anderen. „Ja, mal hier mit einer, mal dort mit einer – wirklich“, sagte er, um dann mit einer Feierlichkeit, die einen in Erstaunen versetzte, fortzufahren: „Aber oftmals, wenn ich, wie jetzt, an sie denke, meine ich, daß ich sie liebe; was soll ich nur tun?“

Pelley hustete. Als Dorotheas Mädchen für alles sagte er dann ernst: „Wenn ein Mann wirklich liebt, will er auch heiraten.“

Und Dorothea lachte glucksend: „Und wie ist das andere Ding, mit dem du da herumläufst?“ fragte sie.

„Du meinst die, die aussieht, als ob sie an einer Feige lutsche?“ fragte Jay-Jay gelassen und schüttelte den Kopf. „Die habe ich aufgegeben, bevor sie mich ganz erledigte.“ Jay-Jay lächelte. „Habe aber schon wieder eine neue“, sagte er. „Eine verrückte Person, ein süßes Ding mit zwei kleinen Töchtern. Roberta heißt sie – Bobby. Sie ist mit ihrem Mann auseinander und möchte nun Call-Girl werden. Diese Verrückte! Eher könnte ich Call-Girl werden.“ Du könntest es, dachte ich, aber man kann ja nicht alles sagen. Dadurch kam Marion Faye allen in Erinnerung, und Dorotheas Laune war verdorben. Vielleicht hatte es Jay-Jay darauf angelegt.

Früher oder später würde auch mein Privatleben an die Reihe kommen. Dorothea war zu der Entscheidung gelangt, daß ich für Lulu passend sei, und daher war ihr Plan, meinen Lebensstandard zu heben. Immer war sie mit einem Vorschlag für irgendeine Stellung, die ich annehmen sollte, zur Hand. Sie kannte einen Redakteur, der mich als Hilfskraft nehmen würde; in einem Studio würde sie mir den Assistentenposten bei einem sehr erfolgreichen Regisseur verschaffen; auch kannte sie einen Unternehmer, der mich auf irgendeinem Platz seiner Fabrik unterbringen würde – ich brauchte nur ja zu sagen. Ich versuchte dann stets, vom Thema abzubiegen, wurde redselig, sogar freundlich. „Ja, ja, Dorothea“, sagte ich. „An einem der nächsten Tage werde ich ganz brav werden.“

Zu jedermanns Erstaunen nahm Lulu mich in Schutz. Es war

das einzige Mal, daß sie Dorothea widersprach. „Laß ihn in Ruhe, meine Süße", sagte sie. „Sergius ist ein Braver. Wenn er eine Stellung annimmt, wird er ein Nebbich wie alle anderen." Das brachte das Thema für ein paar Tage zur Ruhe, und man ließ mich ohne Karriere in Frieden.

Auch Lulus Probleme wurden ausführlich behandelt. Sie liebte es, Dorothea mit jeder neuen Nachricht zu versorgen über das Projekt Herman Teppis', sie mit Teddy Pope zu verheiraten. Damals wurden darüber die meisten Witze im Hangover gerissen. Lulu fragte sich immer, wie sie wohl Teddys Freunde unterhalten könne.

„Die müssen unterrichtet werden, wer ich bin", sagte sie. „Ich meine, wie können sie sonst ahnen, daß ich eine richtige Frau bin?"

„Brauchst dir nur die Schminke abzuwischen,Liebling", lispelte der betrunkene O'Faye mit einem schiefen Lächeln.

„Ach, du lieber Gott", sagte Lulu inmitten des allgemeinen Gelächters.

„Ja, aber mein Gott, Liebes", sagte Dorothea, „wenn du Teddy nicht heiraten willst, solltest du besser etwas unternehmen. Mit Herman Teppis ist nicht zu spaßen."

„Warum heiratest du nicht Sergius?" fragte Pelley, und ich wußte, daß Dorothea ihn dazu beauftragt hatte.

„Weil er mich nicht will", sagte Lulu und zeigte ihre schönen Zähne. Solche Unterhaltung machte Lulu noch nervöser als üblich. Sie bestand hartnäckig darauf, daß wir sofort heiraten sollten, und ich glaube, ich war für sie nie anziehender, als wenn ich mich weigerte. Der Gedanke an diese Heirat deprimierte mich. Ich konnte mir nur allzugut die Rolle des neuen Mr. Meyers vorstellen: ein blasser Diener, der Getränke für Lulu und ihre Gäste mischte und immer von irgendwelchen Plänen träumte. Ich vermute, daß der Hauptgrund für meine schlechte Laune darin bestand, daß ich darüber nachzudenken gezwungen war, was ich eigentlich wollte, und hierzu hatte ich noch keine Lust, noch lange nicht. Je nach meiner Stimmung und meiner allgemeinen Beurteilung meiner Finanzmittel dachte ich mitunter, ich könne alles werden, vom Hochschuleinpauker bis zum Psychoanalytiker, mehrmals ertappte ich mich auch dabei, an eine Laufbahn im FBI zu denken oder an die noch einfachere Arbeit eines Tellerwäschers, die für alle Nachtschwärmer von so großer Bedeutung ist. Manchmal, wenn mich der Mangel an Ehrgeiz peinigte wie ein Leberleiden, erinnerte ich mich, daß ich einst Schriftsteller hatte werden wollen, und wenn ich die Gedanken daran zugunsten anderer Berufe unterdrückte, die erwägenswert schienen, blieb alles ziemlich vage, ganz gleich, ob ich mir vorstellte, Arzt zu werden oder Fürsorger oder Auslandskorrespondent – höchstens hatten diese Überlegungen eines gemeinsam, daß ich nach einem Beruf suchte, der mir wirklich zusagte.

Aber sobald man von Heiraten spricht, bedeutet es bereits den Tod aller Liebesvergnügungen. Zwischen Lulu und mir gab es jetzt mehr Streit als Harmonie; unsere Auseinandersetzungen hatten an Bitterkeit zugenommen. Manchmal war ich der Meinung, daß wir Schluß machen sollten, und ich freute mich dann mit einer genießerischen Melancholie auf die Zeit, da ich wieder frei sein würde. Ich glaubte tatsächlich, daß es ein leichtes sei, sie aufzugeben. So viel Selbstvertrauen entwickelte das Verlangen einer Frau, geheiratet zu werden! Dann mußte ich mir jedoch eingestehen, daß sie es erreichte, mich ganz klein und elend zu machen. Denn kaum hatte sie mich gebeten, sie zu heiraten, zeigte sie mir, wie anziehend sie andere Männer finde, besonders solcher Eigenschaften wegen, die sie an mir vermisse. Der eine war leutselig, der andere von Geheimnis umwittert, ein dritter kraftstrotzend – sie war stets davon überzeugt, daß diese Eigenschaften auch auf sie übergingen, wenn sie sich mit diesen Männern einließe. Und in diesen Augenblicken mußte ich dann feststellen, daß ich sie liebte, unglücklich liebte; und ich suchte nach Fehlern bei ihr, in der Hoffnung, ihre Anziehungskraft für mich dadurch vermindern zu können.

In der Tat war es hoffnungslos. Die Vorbereitungen für Lulus neuen Film nahmen ihren Fortgang, und sie entschloß sich, für ein paar Tage nach Hollywood zu fahren, um an einigen Besprechungen teilzunehmen. Die Trennung war uns beiden sympathisch. Sie erklärte, daß Desert D'Or sie zu langweilen begonnen habe, und ich stellte mir vor, wie angenehm es sein würde, zu Hause zu bleiben, ein Buch zu lesen, mich zu entspannen und keinen Menschen zu sehen. Der Staub der Wüste lag sicherlich dick auf meiner Kamera und meinem Tonbandgerät. Ich mußte nachdenken, ich hatte in jenen Tagen so wenig dazu Zeit gefunden. Angenehme Bilder des Alleinseins bauschten sich in der Erinnerung auf, ich dachte, wenn Einsamkeit schwer zu ertragen sein sollte, die Liebe war es kaum weniger. So verlockend waren diese Bilder, daß ich wünschte, Lulu sei schon nach Hollywood abgereist, um mich sofort dem Entzücken des Alleinseins hingeben zu können. Als sie aber schließlich fort war, vermochte ich mich nicht zu konzentrieren. Das Buch, das ich in der Hand hielt, unterstrich nur meine Ruhelosigkeit, und die wenigen Tage vergingen, ohne daß ich etwas von dem unternahm, was ich mir vorgestellt hatte. Ich war so daran gewöhnt, mich mit ihr zu streiten, daß ich einen ganzen Vormittag damit verbrachte, nachzudenken, ob ich einen Spaziergang machen sollte oder nicht. Während ihrer Abwesenheit hingen wir die ganze Zeit am Telefon. Ich rief sie an, um ihr zu sagen, daß ich sie liebe, sie rief eine Stunde später zurück, und wir hatten die gleiche Unterhaltung. Wie alte Zigeuner, die sich hundertmal täglich bekreuzigen, um Unheil abzuwehren, so versicherten wir uns immer wieder unserer Liebe. Einen Tag früher als geplant eilte sie nach Desert D'Or zurück, und in dieser Nacht hatten wir ein vollendetes Beisammensein. „Du trägst mich weit weg", sagte sie. „Sergius, es ist geradezu wunderbar." Dies sagte sie mir mehrere Male. Gegen Morgen aber war sie verstimmt und ich ebenfalls. Wir hatten es übertrieben. Als wir angezogen waren, erkärte Lulu hartnäckig, ihren Körper zu riechen. „Ich besitze den gräßlichsten Körpergeruch, Süßer."

„Ich rieche nur dein Parfüm."

„Ach, du hast ja keinen Geruchssinn. Ich weiß, daß ich rieche. Das geschieht bisweilen mit Menschen. Plötzlich entwickelt sich an ihnen ein schrecklicher Geruch, und sie werden ihn für den Rest ihres Lebens nicht mehr los."

„Das ist doch Unsinn!"

„Nein, das ist kein Unsinn. Ich kenne jemanden, dem es so ergangen ist. Süßer, ich muß ein Bad nehmen."

Sie badete, kam aus dem Bad zurück und badete wieder. Ich mußte sie pudern; nun hatte sie herausgefunden, daß der Geruch irgendwo im Zimmer sei. „Ach, es ist entsetzlich", schrie sie.

Mehrere Tage lang badete sie unter jedem Vorwand. Dann beschloß sie, Brustkrebs zu haben. Sie befahl mir, nach einem Knoten zu suchen. Ich riet ihr, einen Arzt zu konsultieren, und sei es nur, um sie zu beruhigen. Statt dessen ging sie zu Dorothea. Dorothea mußte sie untersuchen, und als sie zurückkam, war sie von einer anderen Furcht befallen. „Wenn ich älter werde, werden sich meine Brüste senken", sagte sie niedergeschlagen. „Und ich kann es auf diese Weise verhindern. Willst du mir versprechen, vorsichtig zu sein, wenn du sie berührst, Süßer?“ Sie brach in Tränen aus. Was denn nur los sei, fragte ich. Nichts sei los. Aber irgend etwas müsse doch los sein; ich bat sie, es mir zu sagen. Dabei kam heraus, daß Lulu geplant hatte, sich einer Operation zu unterziehen, um die Brüste zu heben, sobald sie beginnen würden, sich zu senken, aber heute habe sie nun Dorotheas Brüste gesehen, die einer solchen Operation unterzogen worden waren.

„Sie sind völlig reizlos“, sagte Lulu unglücklich. „Sie sind so flach, richtig plattgedrückt.“

„Ach, Unsinn.“

„Doch, sie sind es. Sie hat sie mir ja gezeigt. Ganz plattgedrückt sind sie. Mir ist zumute, als wenn es mir selber geschehen wäre.“

„Was aber nicht der Fall ist – noch nicht.“

„Ach, was weißt du – roher Kerl.“

Als der Tag des Drehbeginns näher kam – in wenigen Wochen würde es soweit sein –, steigerte sich ihre Nervosität. Eines Tages erklärte sie mir, sie werde Schauspielunterricht nehmen. „Ich werde ganz von vorn anfangen. Ich werde erst mal gehen lernen. Weißt du, ich bin doch nie richtig ausgebildet worden, Sergius.“

„Nie wirst du Stunden nehmen“, antwortete ich unfreundlich.

„Doch werde ich das. Ich will die größte Schauspielerin werden. Aber mich versteht ja keiner.“

Später erfuhr ich, daß dies die Folge schlechter Studiopropaganda war, durch die sie sich gekränkt fühlte. Ich spürte ihren Kummer, als sie mir das Zeitungsbild zeigte. Weil es ihr nicht schmeichelte, war sie völlig erledigt. „Sieh dir Tony Tanner an, er sieht viel besser aus als ich, und dabei ist er nur ein zweitrangiger Schauspieler. Ich kann ihn nicht ausstehen.“

Sie hatte recht. Der junge Schauspieler, dessen Arm um ihre Taille lag, sah besser aus als Lulu. „Erschießen sollten sie den Fotografen“, sagte sie verbittert. „Haben sie denn überhaupt kein Gehirn? Eine solche Aufnahme freizugeben!“ Lulu fragte sich, ob sie Herman Teppis anrufen solle. „Ich werde es ihm ins Gesicht schleudern. Ich werde sagen: ‚Mr. Teppis. Sie haben mein Gesicht verunstalten lassen, und das ist eine Gemeinheit. Jawohl, das ist es!‘“

„Wann hast du Tanner getroffen?“

„Ach, dieser Nebbich! Er wird mit Teddy Pope in meinem nächsten Film spielen. Sie kommen bald her wegen der Propagandaaufnahmen."

„Du scheinst nicht sehr unglücklich zu sein – wie er da seinen Arm um deine Taille legt", bemerkte ich.

„Und du bist närrisch", sagte Lulu. „Was willst du denn, das ist doch nur Reklame. Ich kann ihn nicht ausstehen. Ein Zuhälter war er, nichts weiter. Ihn und Marion Faye sah man früher immer zusammen, nur daß er noch schlimmer ist als Marion. Ich finde sie beide widerlich."

„So einfach ist das mit Marion nicht", sagte ich, um sie aufzubringen.

„Ja, der liebe Marion! Er ist ein Homo wie du", sagte Lulu. „Warum besuchst du deinen Freund nicht mal wieder?"

„Daß ich dich nicht heiraten will, stempelt mich noch nicht zum Achtgroschenjungen", sagte ich.

„Arme Dorothea", sagte Lulu ohne Zusammenhang.

Es ärgerte Lulu, daß ich Marion Faye jetzt so oft sah. Ich hatte es mir zur Gewohnheit gemacht, ihn in den frühen Morgenstunden aufzusuchen, nachdem ich mit Lulu zusammen gewesen war und sie darauf bestanden hatte, daß ich nach Hause ginge. Ich wußte selber nicht, was ich in Faye suchte. Ich hatte über Lulus Anschuldigung nachgedacht, nach etwas Bedrückendem in mir gesucht, als Beweis, daß sie recht haben könnte. Wenn ich mich gründlich genug erforscht hätte, hätte ich wohl etwas gefunden – es gab da einige kleine Erinnerungen aus dem Waisenhaus –, aber ich glaube, daß mich etwas völlig anderes zu ihm zog. Marion hatte sich mir gegenüber nicht im geringsten verändert; aus allem, was er äußerte, ging eine Verachtung gegenüber meinem Verhältnis zu Lulu hervor, und das war wohl der Grund, weshalb ich ihn aufsuchte. Mehr als einmal hatte ich festgestellt, daß Menschen in solchen Situationen Freunde um sich zu sehen wünschen, die zustimmen, aber auch diejenigen, die dagegen sind, um durch diese von außen kommenden Urteile Ordnung in ihre eigenen Gefühle zu bringen, die oft so widerspruchsvoll waren. So wie Eitel meine Gesellschaft suchte, weil ich Elena gern hatte und ihr Verhältnis guthieß und dadurch seine Haltung stärkte – so suchte ich Marion auf, um meine matte Entscheidung, Lulu nicht zu heiraten, zu festigen, weil diese Entscheidung schon ein wenig verwittert war und täglich neu durch ihre fortgesetzten Sticheleien, die Hinweise auf ihre

Hilflosigkeit, angenagt wurde, ebenso durch das Gefühl meiner eigenen Hilflosigkeit, da ich ihrer bedurfte, und am meisten vielleicht durch die Glorifizierung unseres Verhältnisses, auf die Dorothea ihre Höflinge geschult hatte. Unter diesem gesellschaftlichen Druck, der allmählich stärker wurde als die Liebe selber, tauchte in mir die Frage auf, ob sich Menschen überhaupt lieben würden, falls es nicht die anderen gebe, die darauf bestanden, und ich war überzeugt, daß sich Lulu und ich auf einer einsamen Insel immer streiten würden, etwa darüber, wer dran sei, Fische zu fangen, während wir die Liebe den Leuten auf den Ozeandampfern überlassen würden, die weit draußen außer Sichtweite vorbeizogen.

So meine ich also, daß ich wahrscheinlich Marion wegen seiner Kritik und seiner Skepsis so häufig sah. Dennoch sprachen wir nicht sehr viel über Lulu und mich. Es gibt wahrscheinlich keine größere Leidenschaft als die des Philosophen, gierig nach einem Publikum zu suchen, und Marion schien entschlossen zu sein, mich zu seinem Publikum zu machen. Es brauchte mich nicht zu überraschen, daß es immer dabei endete, Marion über sich selber sprechen zu hören. Er hatte irgendwo eine Zeile in einem Buch gefunden, die er nun zitierte: „...es gibt kein größeres Vergnügen als das, was aus einer überwundenen Abneigung hervorgeht." Als Beispiel dafür, für wie zutreffend er diesen Ausspruch hielt, pflegte er mir über seine Abenteuer mit Teddy Pope zu erzählen.

„Also gut", sagte er, „nehmen wir meine Erfahrungen mit den Mädchen. Als ich mich zum erstenmal mit Teddy einließ, nahm ich an, es würde mir widerstehen und ich würde mich sehr überwinden müssen, darauf einzugehen. Und dann habe ich es tatsächlich so geschafft. Aber es war doch anders. Sehen Sie, mir wurde klar, daß es mir deswegen nicht zuwider wurde, weil ich im tiefsten Grunde selber anormal bin."

„Ich sah Sie einmal mit Pope", sagte ich. „Sie schienen sich gut mit ihm zu unterhalten."

„Weil ich grausam zu ihm bin. Dadurch gelang es mir, ein Homo zu werden. Sehen Sie, an sich ist mir Grausamkeit zuwider. Ich kann Pope ins Gesicht sagen, daß er ekelhaft und abstoßend sei und daß er nur einen Wunsch habe, daß ich ihn liebe, ja nicht einmal das, es genüge ja schon, daß ich ihm meine Zeit widme, alles übrige besorgt er dann selber – aber tief innen ist er nichts anderes als ein reizendes kleines Blümchen, das darauf wartet, zertreten zu werden, und in den Augenblicken, wo mir das klar wird, muß ich mich einfach dazu zwingen, grausam zu sein, aber dennoch fühle ich mich hinterher gut; wenigstens beinahe. Ganz bin ich nie etwas gewesen in meinem Leben."

„Wissen Sie", sagte ich, „Sie sind eben ein religiöser Mensch, nur daß Sie Ihr Inneres außen tragen."

„Ach", murmelte Faye, „Sie haben ein Gehirn wie Rührei."

„Nein, schauen Sie", sagte ich, „nehmen wir Ihr Zitat, aber ändern wir darin ein Wort."

„Welches Wort?"

„Hören Sie zu: ‚...es gibt kein größeres Vergnügen als das, was aus einem überwundenen *Laster* hervorgeht.'"

Er sah betroffen drein. „Darüber muß ich nachdenken", sagte er ärgerlich. „Einen guten Irenschädel haben Sie", fügte er in kühler Bewunderung hinzu.

Zwei Abende später erhielt ich seine Antwort. „Ich glaube, ich habe es gefunden", sagte er. „Tugend und Laster – sie sind das gleiche. Es hängt von der Richtung ab, in die man geht. Sehen Sie, wenn ich es je schaffen sollte, werde ich einmal umkehren und den anderen Weg wählen. Der Tugend entgegen. Nur muß man es durchführen."

„Und was steht zwischen beiden?" fragte ich.

„Der Träge."

Er entfernte etwas Marihuana-Asche von seinen Lippen und legte die nichtaufgerauchten Reste sorgfältig in den Krug zurück. „Ich hasse träge Menschen. Sie denken stets nur, was sie denken müssen."

Die sich selbst etwas vormachen, regten Faye am meisten auf; in dieser Beziehung stand er im Gegensatz zur übrigen Menschheit. Im Laufe jener Nächte, die wir im Gespräch verbrachten, lernte ich ihn besser kennen, und er wurde mir weniger undurchsichtig, obwohl ich es niemals dahin brachte, ihn ganz zu verstehen. Aber schließlich bekam ich eine Vorstellung davon, wie er seine Zeit verbrachte, wenn ich nicht da war, was er des Nachmittags tat – nie stand er vor zwölf Uhr auf –, wie er durch die großen Hotels schlenderte, einen Schluck an der Bar nahm und die Verabredungen für seine Mädchen zusammenbrachte, und ich vermochte einen Blick hinter die Reihen der Spieler, Ölmagnaten und der Schauspieler zu werfen, die für einen Tag hergekommen waren, und der Gauner aus Hollywood – hinein in einige der versteckten Winkel seiner täglichen Beschäftigung. Selten ging er vor der Morgendämmerung zu Bett; es gehörte zu seiner Gewohnheit, die letzten zwei Stunden der Nacht in verschrobenen Büchern zu studieren, seine Tarotkarten auf eine neue Weise zu legen und sich nicht groß mit eigenen Gedanken zu plagen; jedenfalls beschrieb er es so. In der Kluft zwischen der Arbeit am Nachmittag und den einsamen frühen Morgenstunden griff er auf, was sich ihm bot, und immer schien es etwas anderes zu sein. An einem Abend konnte er mit den hysterischen Klagen eines seiner Mädchen beschäftigt sein, an einem anderen den Gastgeber für Gangster und jugendliche Verbrecher spielen, am dritten seinem eigentlichen Geschäft nachgehen, das er verabscheute – es war so mechanisch geworden –, nämlich ein neues Mädchen einzuarbeiten, um am vierten plötzlich, einer Eingebung folgend, bei Dorothea zu erscheinen, am fünften nach Hollywood zu fahren, um ein von ihm geschätztes Orchester zu hören, oder aber ebenso möglich in der entgegengesetzten Richtung über die Landesgrenze in einen der Spielorte in der Wüste. Oder auch Freunde aufzusuchen wie etwa Eitel oder Teddy Pope, vielleicht sogar sich einen Film anzusehen oder an der Bar zu trinken – aber gegen drei oder vier Uhr morgens war er zu Hause. Darüber gibt es viele Geschichten, und so verschieden sie auch sein mochten, so gleich waren sie im Grunde alle. Ich will aber eine auswählen, die ich für die typischste halte.

Sie beginnt an einem frühen Morgen, kurz nachdem ich sein Haus verlassen hatte. Er saß allein vor dem ausgelegten Tarotspiel, als das Telefon klingelte. Er war daran gewöhnt, mochte es ihn auch noch so ärgern; seine Beschäftigung verband ihn mit Leuten, die immer glaubten, ihn sofort ganz dringend zu beliebiger Zeit sprechen zu müssen, und wenn er auch der Meinung war, daß es keine Mitteilung gebe, die nicht mindestens eine Woche auf ihre Weitergabe warten könnte, nahm er die Belästigung als unabänderliche Eigenart seines Berufes hin.

Er war kaum überrascht, daß es Bobby war, Jay-Jays Mädchen, das in den letzten zehn Tagen für ihn gearbeitet hatte.

„Marion, ich *mußte* dich anrufen", sagte sie.

Gespräche um vier Uhr morgens begannen stets so. „Nun", sagte Marion, „ich glaube, dir doch gesagt zu haben, mich nach drei Uhr nicht mehr anzurufen."

„Ich *mußte.* Bitte, Marion!"

Er lächelte vor sich hin. „Wie ist es gegangen?" fragte er.

Wenn die Mädchen so spät anriefen, hieß das für gewöhnlich, daß sie schlecht behandelt worden waren und sich nun beschweren wollten. Hin und wieder pflegte eines seiner begabten Mädchen etwas Außergewöhnliches zu erleben und ihn dann eifrig-erregt nach seiner Meinung zu fragen. Er konnte jedoch kaum annehmen, daß das diesmal der Fall war. „Darüber wollte ich ja mit dir sprechen", sagte Bobby. „Es war so eigenartig und ungewöhnlich."

„Dann schieß los." Als Vater dieser Strumpfbandmädchen hatte er ihre Geschichten reichlich satt.

„Ich kann es nicht am Telefon."

Keine konnte es, dachte er. „Gut, dann erzähle es mir morgen."

„Marion, es ist ein besonderes Entgegenkommen, ich weiß... aber könntest du nicht jetzt zu mir kommen, damit ich es dir erzähle?"

Bobby brachte ihn auf. Sie hatte den einschmeichelnden schillernden Charme eines Kleinstadtmädchens, und es widerstand ihm sehr, daß sie ihn jetzt an ihm zu erproben versuchte.

„Hör schon auf damit", sagte er in das Telefon.

„Nun, kann ich dann zu dir kommen?"

„Ja, morgen."

„Marion, unser gemeinsamer Bekannter hat mir fünfhundert Dollar gegeben", verkündete Bobby.

„Gratuliere." Er war jetzt doch interessiert. Er konnte es nicht verstehen.

„Wirst du nun zu mir kommen?"

„Nein."

„Darf ich zu dir kommen?"

„Wenn es nicht lange dauert."

„Ach, ich kann ja gar nicht, Marion. Ich ließ das Mädchen, das auf die Kinder aufgepaßt hat, nach Hause gehen, als ich mit meinem Kavalier heimkam."

Er hatte das natürlich nicht vergessen. Die beiden kleinen Mädchen im Schlafzimmer des winzigen Vier-Zimmer-Häuschens.

„Dann hole das Mädchen zurück", sagte er geduldig in das Telefon.

„Ich weiß nicht, wie ich das machen soll, Marion."

„Dann laß es bis morgen."

Pause. Er konnte beinahe Bobbys kleines Gehirn arbeiten hören. Endlich seufzte sie kindlich. „Nun gut, Marion, ich werde sie irgendwie zurückholen."

„Beeile dich oder geh ins Bett", sagte er und hängte ein.

Während er wartete, zog er einen Schlafrock an. Es war nur noch wenig Rauschgift in seinem Krug. Am nächsten Tag müßte er versuchen, mehr zu bekommen, und er überlegte, ob er sich noch ein Pfeifchen stopfen sollte oder nicht. Marihuana verschaffte ihm nicht den geringsten Genuß. Das Gift machte ihn kalt, sinnlich und geistig kalt, sogar seine Schläfen fühlten sich an, als ob Eis auf ihnen läge. Manchmal wurde ihm sogar leicht übel.

Trotzdem rauchte er es. Dann und wann pflegte es ihn in die eigenartigsten geistigen Zustände zu versetzen. Als ob ein Gedanke in ihm aufsteige, der festgehalten zu werden verdiente – irgend etwas, was einem oft des Nachts als sehr tiefsinnig erscheinen kann, um sich am Morgen als etwas Sinnloses zu entpuppen, wie etwa: „Die drei Augen der Liebe" – um dann festzustellen, daß sein Gehirn den Gedanken überwachte, der Gedanke überwachte seine Hand, und die Hand den Bleistift, der Bleistift das Papier, bis das Papier ihm mit feindseligem Grinsen antwortete: „Du bist am Ende, Mann." Er hatte versucht, vom Marihuana loszukommen. Vor ein paar Monaten war er zu Spritzen übergegangen, aber das Ergebnis war verheerend gewesen.

Es klopfte, und Bobby trat ein. Jeder wußte, daß seine Tür nie verschlossen war – eine weitere seiner sich selber auferlegten Geißelungen. Es gab genug Leute, die er zu fürchten hatte, Feinde, die er sich auf die eine oder andere Weise zugezogen hatte, einige absichtlich, einige auf Grund seiner Beschäftigung, und so war er nie ganz ohne Furcht. Viele Nächte lag er oft wach, um den Geräuschen der Wüste zu lauschen, der wenigen dahineilenden Tiere, des Windes oder der Automobile, wobei sein Herz vor Wut über seine Angst klopfte. Sich selber zur Strafe legte er nie die Kette vor und ließ es obendrein alle Leute wissen. Die Idee, die Tür nicht verriegeln zu dürfen, war eines Nachts mit einem prickelnden Grausen über ihn gekommen; er hatte sich dagegen aufgelehnt, gegen die Härte dieses Gedankens: „Nein", hatte er beinahe laut gerufen, „muß ich das tun?" Und während er noch um Milde für sich bat, wußte er, daß es ihm unmöglich sein würde, die Tür jemals wieder zu verriegeln.

Bobby küßte ihn auf die Wange. Dies war eine der Manieriertheiten untalentierter Call-Girls. Diese Mädchen liebten es, sich wie schwesterlich-huldvolle Königinnen zu benehmen, und er beobachtete stets mit größtem Vergnügen, wie jedes neue Mädchen die Affektiertheit der anderen nachahmte.

„Es war eine himmliche Nacht, Marion", sagte Bobby.

„Sicher", sagte Marion, „mit fünfhundert!"

„Ach, das meine ich nicht. Er war so nett zu mir. Er nannte es ein Darlehen. Weißt du, Marion, wenn es mir je gelingen sollte", erklärte Bobby, „werde ich sie ihm zurückzahlen." Sie ging, ihn anblickend, ruhelos im Zimmer umher, sich von einem Stuhl auf den anderen setzend.

Bobby war groß gewachsen und nicht besonders hübsch für ein Mädchen ihres Berufes. Sie hatte einen nichtssagenden Ausdruck, der ihn ebenfalls verdroß.

„Was du für eine wundervolle Bude hast."

Er hatte sein Haus möbliert gemietet und nie empfunden, daß es zu ihm in einer Beziehung stehe. Die modernen Möbel erschienen ihm so alltäglich wie Stein und Kaktus in der Wüste. „Wie war es?" fragte er unverblümt. Er war nicht wirklich neugierig. Marion hatte über die sexuellen Eigenheiten eines jeden in Desert D'Or so viele Kenntnisse eingesammelt, daß ein neuer Kunde kaum seinen Erfahrungsschatz bereichern würde. Er fragte nur aus der lästigen Pflicht eines Enzyklopädisten heraus.

„Ach, es war wunderbar. Ich war richtig wild", sagte Bobby. Das bezweifelte Marion jedoch. Sein Geschmack hatte sich in letzter Zeit kalten Frauen zugewandt, aber diese hier hatte er noch weniger als kalt gefunden; der Akt war ein Alptraum für sie, und was das Widerwärtigste war, sie war sich dessen nicht einmal bewußt. Um ihren Mund hatte ein starres Klein-Mädchen-Lächeln gelegen.

„Liebestrunken", sagte Marion.

„Ich war richtig hingerissen."

„Ja", sagte Marion, „Eitel hat allerhand Technik."

„Es war keine Technik. Ich glaube, Charley ist in mich verschossen. Du ahnst nicht, wie süß er war."

„Er ist ein netter Bursche", sagte Marion.

„Es war so lustig, als er die Kinder sah. Veila wachte auf und fing zu weinen an, und er nahm sie in seine Arme und wiegte sie. Ich könnte schwören, er hatte Tränen in den Augen."

„Das war, bevor er dich bezahlte?"

„Ja."

„Na und was weiter?" fragte Marion ungeduldig.

„Du bist nicht nett", sagte Bobby. „Du verstehst mich nicht. Dabei hatte ich heute Katzenjammer und glaubte ganz ungeeignet zu sein. Aber Charley Eitel gab mir einen ungeheuren Auftrieb. Man bekommt das Gefühl, man ist etwas."

„Wann, sagte er, würde er dich wiedersehen?"

„Nun, er sagte es nicht direkt, aber nach der Art, wie er lächelte, als er ging, weiß ich, daß es nur ein paar Tage dauern wird."

„Fünfhundert", sagte Marion. „Rechnen wir ein Drittel für mich, zwei Drittel für dich, dann schuldest du mir hundertsiebenundsechzig. Ich kann wechseln."

Bobby war überrascht. „Marion", sagte sie, „ich dachte, ich schulde dir nur siebzehn Dollar. Eitel sollte doch eigentlich nicht mehr als fünfzig zahlen, nicht wahr?"

„Ein Drittel, zwei Drittel. In jedem Fall."

„Aber ich hätte es dir doch gar nicht zu sagen brauchen. Du strafst mich dafür, daß ich ehrlich zu dir bin."

„Baby, dir war nach Angeben zumute. Dafür zahlst du jetzt. Für deine Eitelkeit. Meine Eitelkeit aber wünscht, bezahlt zu werden."

„Marion, du weißt nicht, was diese Einnahme für meine Kinder bedeutet."

„Schau", sagte er, „meinetwegen kannst du sie ersäufen, mir ist es gleich." Er fragte sich, ob er sie schlagen sollte. Er tat es sehr selten, aber sie reizte ihn zu sehr. Sie war so ein Kleinstadtmädchen und obendrein Masochistin. Es bot ihr etwas, sich als eine Heruntergekommene zu fühlen. Aus solchen Figuren setzt sich nun mein Stall zusammen, dachte er. Nein, er durfte sie unmöglich schlagen, Bobby würde es für mindestens eine Woche genießen.

„Marion, ich glaube, daß ich dir etwas erzählen sollte."

„Hör endlich auf, es immer erst anzukündigen", fuhr er sie an.

„Ich glaube, ich bin sehr verliebt in Eitel", sagte sie, „und das hat mich in ein gewisses Dilemma gebracht, über das du Bescheid wissen solltest. Marion, ich glaube nicht, daß ich mich für diesen Beruf eigne."

„Natürlich tust du es. Ich habe noch keine kennengelernt, die sich dafür nicht eignet."

„Ich dachte daran, es aufzugeben, falls es mit Charley Eitel weitergehen sollte; und was geschehen ist, das war dann nur ein kleines Intermezzo, weil es mir nicht gutging. Ich meine – denke doch an die Kinder."

Bobby legte eine Hand auf seine Schulter. „Marion, du wirst nicht enttäuscht darüber sein und glauben, du hättest deine Zeit mit mir vergeudet? Sieh mal, ich liebe doch Charley wirklich. Ein Erlebnis, wie das heutige, hat man nicht sehr oft. Mit dem Geld, das er mir gab, abzüglich der siebzehn Dollar, die dir zustehen – von den fünfzig, meine ich –, könnte ich alles ins reine bringen."

Er hörte nicht zu. Marion dachte an den Sittich, den sie sich hielt, wie sie in dem schäbigen kleinen Wohnzimmer ihres Häuschens vor dem Käfig stand, sich mit dem Vogel in Kindersprache unterhielt... und er überlegte, ob er wohl schon zu sehr unter dem Einfluß des Marihuanas stehe, denn ihm war, als ob Bobbys Vogel aus ihr sprach, und nun sprach dieser Bobby-Vogel zu ihm aus dem Gefängnis seines Käfigs.

„Schau", sagte Marion schroff, „du meinst, daß Eitel auf dich aus ist?"

„Natürlich, sonst hätte er sich nicht so benommen."

„Aber er sagte nicht, daß er wiederkommen würde?"

„Ich weiß nur, daß er bald kommen wird."

„Das werden wir gleich feststellen", sagte Marion und griff nach dem Telefon.

„Du willst doch nicht etwa anrufen?" protestierte Bobby.

„Es wird ihm nichts ausmachen, sich aus dem Bett zu erheben. Er wird dann eben hinterher noch eine Schlafpille nehmen."

Durch das Telefon konnte er es wieder und wieder klingeln hören. Endlich vernahm man, wie auf der anderen Seite der Hörer heftig abgenommen wurde. Marion lächelte bei der Vorstellung, wie Eitel sich in der Dunkelheit über den Fußboden tastete, halb noch im Schlaf und benebelt vom Nembutal. „Charley", sagte Marion munter, „hier ist Faye. Ich hoffe, ich habe dich nicht gestört."

Bobby hatte sich dicht an ihn gedrängt, um mitzuhören.

„Oh... du bist es..." Eitel sprach schwerfällig. Es entstand eine Pause, und Faye konnte beinahe spüren, wie Eitel sich zusammenzunehmen versuchte. „Nein, nein... Was gibt es?"

„Kannst du sprechen?" fragte Marion. „Ich meine, ist deine Freundin in der Nähe?"

„Nun ja, sozusagen", sagte Eitel obenhin.

„Du bist ja noch halb im Schlaf", lachte Marion. „Erzähle deiner Freundin, ich hätte angerufen, um dir einen Pferdetip zu geben."

„Was für ein Pferd?"

„Ich spreche über ein Rendezvous von dir; Bobby heißt sie. Entsinnst du dich?"

„Ja, natürlich."

„Also, sie ist gerade hier weggegangen und erzählte mir von dir." Er hielt seine Stimme so neutral wie ein Anwalt. „Charley, ich weiß nicht, was du davon gehabt hast", sagte er, „aber Bobby ist ganz verrückt nach dir."

„Wirklich?"

Er ist immer noch benommen, dachte Marion. „Nun, hör mal zu, Charley, versuch mal, dich zusammenzunehmen..., ich muß es wegen meiner Arrangements wissen... Wann möchtest du Bobby wiedersehen? Morgen abend? Oder übermorgen?"

Dies machte Eitel munter. Als ob das Telefon eine Antenne sei, durch die sich Eitels Zustand ihm mitteilte, merkte er, wie die Schlaftrunkenheit von ihm abfiel und er hellwach wurde. Es dauerte einige Sekunde, ehe die Antwort kam.

„Wann?" wiederholte Eitel. „Großer Gott, niemals!"

„Gut, danke, Charley. Geh schlafen. Das nächstemal werde ich dir einen anderen Typ verschaffen. Grüße deine Freundin von mir." Und mit einem vielsagenden Blick legte Marion den Hörer auf.

„Er war ja noch im Schlaf", rief Bobby. „Er wußte nicht, was er sagte."

„Ich werde nochmals anrufen."

„Marion, das war nicht fair."

„Doch war es fair. Hast du jemals von einem Unterbewußtsein gehört? Er sprach aus dem Unterbewußtsein."

„O Marion", jammerte Bobby.

„Du bist müde", sagte er zu ihr, „geh jetzt schlafen."

„Er meinte aber wirklich, was er sagte, als er bei mir war", stieß Bobby hervor und begann zu weinen.

Es kostete ihn volle zehn Minuten, sie wieder zu beruhigen und dann nach Hause zu schicken. An der Tür gab sie ihm mit einem törichten Lächeln einhundertsiebenundsechzig Dollar. Er streichelte sie und sagte, sie solle sich gut ausruhen. Als sie fort war, fragte er sich, ob er sie hätte bei sich behalten sollen, und wünschte, es getan zu haben. Das Leben war ein endloser Kampf gegen das Gefühl. Sich mit Bobby abzugeben, während sie noch die Wunde ihrer eingebildeten Liebe zu Eitel pflegte, würde etwas ganz Neues gewesen sein.

Diese verdammte Eitelkeit der Frau! Er wünschte sie wie einen Wurm zu zertreten. Er merkte, daß er zuviel Rauschgift genommen hatte. In diesem Zustand war er zur Liebe unfähig. Sein ganzer Körper wurde empfindungslos. Ein Jammer, denn das einzig Richtige wäre gewesen, etwas in ihr Gehirn zu hämmern, was dort nicht vorhanden war: eine Spur Ehrlichkeit gegenüber sich selber. Sie hatte Eitel nie geliebt, und umgekehrt Eitel auch sie nicht, nicht einmal für dreißig Sekunden. Niemand liebt einen anderen; Narren ausgenommen und jene seltsamen Wesen, die sich in eine Idee verlieben oder in ein hilfloses Kind. Aber statt dessen Ehrlichkeit zueinander – das sollte man ihnen beibringen, und wenn man es in sie hineinpressen müßte!

Es war ihm jetzt klar, daß er eine außerordentliche Gelegenheit mit Bobby nicht genutzt hatte. Was er hätte tun sollen, aber zu tun versäumt hatte, war, sie bei sich zu behalten. Es gab eine Zärtlichkeit, die ihr angeblich zuwider war, und er konnte sie damit hinhalten, endlose Minuten lang, während deren nichts geschah, und sie damit doppelt demütigen. Warum hatte er nicht früher daran gedacht? Er wußte, daß es sein Stolz gewesen war, der ihn zurückgehalten hatte, die Gefahr, daß Bobby schwatzen würde.

Plötzlich verwarf er seinen Stolz, er hätte es trotzdem tun sollen. Er konnte unangreifbar sein, wenn das Sexuelle ihm nichts bedeutete, und damit würde er zugleich allen anderen überlegen sein. Das war das Geheimnis des Lebens. Alles war verkehrt, und um das Leben richtig zu sehen, mußte man es auf den Kopf stellen. Je länger er überlegte, was er mit Bobby hätte tun können, desto enttäuschter und aufgeregter wurde er. Noch war Zeit, sie anzurufen, sie zurückkommen zu lassen, und er lächelte bei dem Gedanken, daß das Kindermädchen nun zum drittenmal bemüht werden müßte.

Als er noch über die Lektion nachdachte, die er Bobby erteilen wollte, mußte er zu seiner Überraschung feststellen, daß trotz des Marihuanas seine Empfindungslosigkeit gewichen war, und nun wäre es lächerlich gewesen, sie anzurufen; es wäre alles gegenteilig verlaufen: Bobby würde gewiß verkünden, daß sie nunmehr *ihn* liebe. Faye wußte nicht, ob er mit den Fäusten an die Wand trommeln sollte oder lachen.

„Hallo, Marty, wie geht es dir, Kleiner?“ sagte plötzlich eine Stimme.

Es wurde ihm bewußt, daß er mit geschlossenen Augen in der Mitte des Zimmers stand, seine zornig zusammengeballten Fäuste in den Taschen seines Schlafrockes. „Nun, Paco, was hast du mir zu sagen?“ fragte Faye ruhig.

„Ich bin am Ende.“ Paco sah ihn an; wie aus dem Boden aufgetaucht stand er vor ihm, ein hagerer mexikanischer Junge um die Zwanzig mit einem langen, dümmlichen Gesicht und großen, traurigen Augen. Sie waren jetzt fiebrig, und Marion wußte, warum er gekommen war. Es war unverkennbar: Paco brauchte eine Dosis. Er tanzte umher, war heiter, gestikulierte mit den Händen, und es gelang ihm nur durch größte Willensanstrengung, einigermaßen Haltung zu bewahren.

„Weißt du, was ich mir dachte?“ fuhr Paco mit der gleichen unbeschwerten Stimme fort. „Hast ihn lange nicht mehr gesehen, diesen findigen Marty, der einen Jungen nicht im Dreck steckenläßt.“

„Was machst du hier in Desert D'Or?“ Er kannte Paco aus Hollywood; eine Zeitlang hatte er sich mit diesen jungen Tunichtguten, zu denen Paco gehörte, umhergetrieben.

„Ich bin erst seit einem Tag hier. Diese Stadt ist was für Leute wie wir.“

„Stimmt“, sagte Faye gelassen.

Paco war der lästigste Klubkamerad gewesen, eine Niete, wenn es zu Schlägereien kam, außerdem sah er komisch aus. Er war die geborene Zielscheibe für Witze. Trotzdem belästigte ihn niemand, denn er galt als etwas verrückt und unzurechnungsfähig. So stand es mit Paco. Unter jenen Raufbolden war er der einzige gewesen, der Dinge tun würde, an die andere nicht einmal dachten. Einmal hatte er eine Schere ergriffen und auf den Klubdiener eingestochen, weil er ihn wegen seiner Schwester hänselte. Marion hatte ihn lange nicht gesehen. Paco war bei einem Raubüberfall erwischt worden und hatte einige Zeit im Gefängnis verbracht. Die Tatsache, daß er nach zweijähriger Abwesenheit plötzlich vor ihm auftauchte, erschreckte Faye nicht. Solche Dinge erlebte er immer. „Ich höre, du hausierst mit Nutten“, sagte Paco. „Hast du eine für mich?“ Es war unheimlich. Paco war immer leicht erregbar gewesen, ein verträumter Junge mit Pickeln im Gesicht, der einen ständig um Geld anging. Seine Mutter hatte ihn hinausgeworfen, weil er sie unflätig zu beschimpfen pflegte. Im Klubhaus sah man ihn stundenlang herumlungern und Bilder-Groschenhefte lesen; einmal hatte er erklärt, in die Südsee gehen zu wollen. Selbst noch im Alter von siebzehn Jahren traten ihm Tränen in die Augen, wenn man ihm ein hartes Wort gab. Und nun war er süchtig geworden und brauchte wieder mal eine Dosis. Plötzlich empfand Faye Mitleid für Paco, diesen heruntergekommenen kleinen Mexikaner.

„Brauchst 'nen neuen Stoß, was?“ fragte Faye.

„Marty, ich werde es mir abgewöhnen, so wahr mir Gott helfe, aber jetzt bin ich krank – es gehört mit zur Kur, ich brauche was.“ Eine plumpe Pfiffigkeit strahlte durch seine Lügen. „Fünfzig Piepen, Marty, und es reicht für eine Woche. Ich hau rasch ab, und dann mach ich radikal Schluß damit.“ Als Faye nicht sofort antwortete, fuhr Paco fort: „Fünfundzwanzig, das würde mich gerade über Wasser halten. Marty, ich muß raus aus dieser Stadt, sie ekelt mich an. Hier werde ich verrückt.“

Ich könnte ihm hundert geben, überlegte Faye, und dann ertappte er sich dabei, daß seine Gedanken mit der Pistole spielten, die in seinem Schreibtisch lag, und mit der automatischen im Handschuhfach seines Wagens. Von dem Richter in ihm, den er niemals abzuschütteln vermochte, kam der Rat: gib ihm gar nichts. Sein Mitleid war nicht uneigennützig gewesen, Angst steckte darin.

„Paco“, sagte Faye, „ist nichts mit Anpumpen.“

„Zehn Piepen. Ich brauch 'nen Stoß, Marty!“

„Is' nich'.“

„Fünf, Himmel!“ Paco war im Begriff zu zerfließen. Er schwitzte widerwärtig, und sein armseliges, verpickeltes Gesicht war abstoßend häßlich. Noch einen Augenblick, und er würde vielleicht in Ohnmacht fallen oder sich übergeben.

Aber auch Faye war es beinahe schwindlig vor peinigender Erregung. Er kämpfte sein Mitleid mit diesem Rasenden nieder, der versuchte, wieder nach oben zu gelangen. „Geh jetzt, Paco“, sagte er sanft. Paco setzte sich auf den Fußboden. Es sah aus, als wollte er in den Teppich beißen; von weit her kam Faye die Erinnerung an Teddy Pope und den Yuccabaum, und plötzlich glaubte er, daß man, um das Größte zu erlangen, völlig auf den Hund kommen und leiden muß wie Paco. War er vielleicht deshalb soweit gegangen mit seinen Spritzen, damit er bald auf Händen und Füßen kriechen könne und bellen wie ein Hund?

„Chinga tu madre“, sang Paco zu ihm empor.

Er mußte diesen Mexikaner hier rausbekommen, aber wohin mit ihm? Es gab nur die Polizei. Faye zuckte mit den Schultern. In einem oder zwei Monaten, falls Paco Freunde gefunden hatte, die zu ihm hielten, war es möglich, daß sie ihn umbringen würden, weil er einen Süchtigen der Polizei überlassen hatte. Natürlich bezahlte er die Polizei für seinen persönlichen Schutz, und die könnte schon etwas dagegen tun. Aber er hatte etwas vergessen. Auch die Polizei würde Paco eine Dosis geben, sie mußte es tun, und ihn dann der Entziehungsanstalt von Hollywood übergeben. So käme Paco doch noch zu seinem Stoß.

Für einen Augenblick dachte Faye daran, ihn umzubringen. Aber eine solche Null? Wenn er jemanden töten müßte, sollte es einen Sinn haben. Indessen, etwas mußte mit Paco geschehen. Aber was? Er könnte ihn mit seinem Wagen irgendwo am Wege abladen. Man würde ihn finden und ihn ins Krankenhaus bringen, wo er ebenfalls seine Dosis bekommen würde. Welche Möglichkeit er auch in Betracht zog, immer dürfte Paco an seine Dosis gelangen.

Jetzt aber drohte Paco, ihn umbringen zu wollen. Nur ein Süchtiger konnte einem erzählen, daß er einen töten würde, während er flach auf seinem Gesicht lag.

„Warum brichst du nicht in einen Laden ein?“

„Welchen Laden?“ fragte Paco heiser.

„Du glaubst doch nicht, daß ich es in den Akten haben möchte, dir einen Laden genannt zu haben?“

Dieser Gedanke belebte Paco. Wenn er einen Laden ausräuberte, käme er an Geld und damit an Rauschgift. Er sprang auf seine Füße und wankte zur Tür. Möglicherweise konnte er sich für die nächste Stunde zusammenreißen. Faye spürte, wie es Paco fast den Kopf zersprengen mußte.

„Ich werde dich bald umbringen, Marty“, sagte Paco mit geschwollener Zunge und schmerzendem Munde an der Tür.

„Komm mal wieder vorbei, und dann heben wir einen“, sagte Faye.

Als das Geräusch von Pacos Schritten verklungen war, die ihn auf dem Bürgersteig die leere Straße mit ihren modernen Häusern und den endlosen Ziegelmauern hinunterführten, ging Faye ins Schlafzimmer und zog sich eine Jacke an. Auch ihm war zumute, als ob er zerspringen sollte. Nichts war erschöpfender, als Mitleid zu bekämpfen. Über Mitleid wußte Faye Bescheid. Es war das schlimmste aller Laster, er wußte es aus langjähriger Erfahrung. Mit siebzehn hatte er aus Neugierde einen Tag damit zugebracht, auf der Straße um Geld zu betteln. Eine Kleinigkeit war das gewesen; es genügte, den Leuten fest in die Augen zu blicken, um sie zu erweichen. Deshalb erreichten die meisten Rumtreiber so wenig: sie vermochten den Leuten nicht in die Augen zu sehen. Er aber hatte es gekonnt. In hundert Gesichter hatte er gestarrt, und neunzig von ihnen waren ein wenig erblaßt, und er hatte seine Münze empfangen – aus Angst, aus Schuldgefühl. Wenn man erst einmal erkannt hatte, daß auf dem Schuldgefühl die Welt erbaut ist, gab es kein Problem mehr. Man kann die Welt in seinen Besitz nehmen oder auf sie spucken. Allerdings mußte man zuvor von seinem eigenen Schuldgefühl loskommen, und um das zu erreichen, mußte man jedes Mitgefühl ersticken, denn Mitleid thronte wie eine Königin über der Schuld. Darum zum Teufel mit diesem elenden Paco, der ihm so zusetzte! Er ging in die Garage, bestieg seinen kleinen ausländischen Wagen und raste damit die Straße hinunter. Ein flüchtiges Lächeln huschte über sein Gesicht bei dem Gedanken, wie er jetzt so manchen aus dem Schlaf reißen mochte.

In östlicher Richtung befand sich in etwa fünfzehn Kilometer Entfernung eine kleine, völlig unbedeutende Erhebung, zu der ein ungepflasterter Weg führte, aber von all diesen Straßen, die schnurgerade über die flache Hochebene der Wüste führten, war sie die einzige, die eine Aussicht gewährte. Nie war er rechtzeitig auf diesen Gipfel gelangt. Die Morgendämmerung würde bald anbrechen, und er wünschte den Sonnenaufgang zu erleben, nach Osten zu blicken, wo Mekka lag. Faye beschleunigte seinen Wagen, bis das leichte Chassis wie ein Vogel zitterte, dem man die Flügel stutzte, und war seinem Ziel völlig hingegeben, Entspannung zu finden, die sie alle suchten, die an diesen verrückten Wettkämpfen teilnahmen, einem Eiswettessen, einem Redewettkampf, einem Äpfelpoliererjubiläum. Er erreichte die Anhöhe zeitig genug, um die Sonne aus der flachen Landschaft emporsteigen zu sehen, und starrte weithin über das Land, hundertfünzig Kilometer weit, wie er hoffte. Irgendwo in der Ferne, jenseits der Grenze, lag eine der

Städte des Südwestens mit den berühmten Spielhöllen, und Faye entsann sich der Zeit, da er dort nächtelang spielte, ja in den neuen Tag hinein, und er mit weißem Schein, dem Hauch der großen Flamme dort draußen in der Wüste, in die Spielräume eindrang, mit einem Licht, das kälter wirkte als das Neonlicht über dem grünen Roulettuch und auf die harten, leeren Gesichter der Spieler fiel, die sich durch die Nacht geschleppt hatten.

Selbst in dieser frühen Stunde arbeiteten irgendwo in der Wüste Fabriken, Güterwagen schütteten das Erz tonnenweise in den großen Rachen der Hochöfen; pausenlose Arbeit, vierundzwanzig Stunden am Tag, gleich der Arbeit der Spieler, höhlte in wilder Zerstörungswut Berge aus. Vielleicht auch standen irgendwo Soldaten in Reih und Glied und marschierten in Gräben hinein, wenige Kilometer von einem mit Pulver geladenen Turm entfernt. Und sie würden dort in der Morgendämmerung hocken, während ihre Offiziere ihnen mit Worten, wie man sie in den Zeitungen findet, ihre Aufgabe erklären: Worte der Verkommenen, die die Welt hinter Worten verbergen.

So mag es denn geschehen, dachte Faye. Eine Explosion möge der anderen folgen, bis der in Flammen gehüllte Gott die Erde verbrannt haben würde. Laß es geschehen, dachte er, nach Osten, gen Mekka blickend, dort, wo die Bomben bereits tickten, während er auf einem winzigen Hügel stand und zweihundert, vierhundert, sechshundert Kilometer weit die Wüste zu überblicken suchte. Laß es geschehen, betete Faye wie ein Mann, der um Regen fleht, laß es geschehen, damit alle Fäulnis und aller Gestank vergehen. Laß es allen widerfahren, an jedem Orte, und klar wird dann stehen die Welt in der weißen toten Dämmerung.

14

Nach dem Telefonanruf von Marion Faye konnte Eitel nicht gleich einschlafen. Elena war nun so weit aufgestört worden, um fragen zu können, wer am Telefon gewesen sei, und als er ihr die Antwort gab, die ihm Faye freundlicherweise gleich nahegelegt hatte – daß es sich nur um einen Tip für ein Pferd gehandelt habe, nicht mehr und nicht weniger –, war Elena nur noch in der Lage gewesen, halbwach zu murmeln: „Die haben Nerven, mein Gott, zu dieser Stunde!", um dann wieder völlig in Schlaf zu sinken. Er wußte, daß sie sich am Morgen nicht mehr daran erinnern würde, denn oftmals hatten sie ähnliche Unterhaltungen geführt, die ihrem Gedächtnis entschwanden.

Daher war es wohl kaum die Angst, daß Elena hinter sein Abenteuer mit Bobby kommen könnte, die Eitel jetzt wach hielt. Nichtsdestoweniger rotierte die Unterhaltung mit Faye in seinem Gehirn, und je länger er sie überdachte, um so mehr war er davon überzeugt, daß Bobby bei Marion gewesen sein mußte, während sie miteinander sprachen. Er kannte Faye; Faye würde sonst nicht angerufen haben, und Eitels Erinnerung an die stöhnend gegebene Antwort: „Mein Gott, niemals!" quälte ihn jetzt. Es wurde ihm fast übel bei dem Gedanken, daß Bobby ihn gehört haben könnte. In einigen Tagen hätte er das Mädchen aufsuchen und ihm klarmachen können, daß er es nie wieder zu sehen wünsche. Er hätte abermals ein Geschenk hinterlassen können, allerdings nicht fünfhundert Dollar, aber irgend etwas anderes.

Für Eitel stand es plötzlich fest, daß er von Sinnen gewesen sein mußte. In den letzten Monaten hatte er sich einzuprägen versucht, daß er kein reicher Mann mehr sei, daß er an neues Geld nur langsam gelangen und hart dafür zu arbeiten haben würde. Und in einem lächerlichen, sentimentalen und krankhaften Impuls hatte er fünfhundert Dollar einfach hinausgeworfen! Unter dem Druck dieser Gedanken wurde es Eitel klar, daß der neue Tag, gleichgültig, wie lange er im Bett bleiben würde, für die Arbeit verloren war. Dicht an Elena geschmiegt und von ihrer Wärme Beruhigung erhoffend, plünderte er sein Gedächtnis – wie ein Betrunkener am Schluß einer Cocktailparty die Reste des kalten Büfetts – und griff nach allen Vorgängen der vergangenen Wochen.

War es erst so kurze Zeit her, daß er an seinem Drehbuch wieder zu arbeiten begonnen hatte?

So große Hoffnungen hatten am Anfang gestanden, als er alle Hindernisse, die sich seinem Erfolg in den Weg stellten, nur als Ansporn empfand. Er war in der Stimmung eines Spielers gewesen, der alles, was er besitzt, auf eine einzige Zahl setzt, so voller Überzeugung, zu gewinnen, daß er sogar noch zu glauben beginnt, je größer das Risiko, desto größer die Chance. Doch als er sich jetzt an diese Hoffnung erinnerte, mußte er feststellen, daß er bisher nicht sehr viel Glück mit dem Drehbuch gehabt hatte. Schließlich war es seine Schuld. Schließlich ist man immer selber daran schuld, wenigstens wenn man Eitels Maßstab anlegt, doch ein bißchen besser hätte die Sache schon anlaufen können. Es mußte ja nicht gerade vor sechs Wochen, genau am Vortage seines Entschlusses, mit dem Schreiben zu beginnen, die Welt mit einem unerwarteten Besuch an seine Tür klopfen.

Und doch kam die Welt zu ihm, und zwar in Gestalt eines Mannes namens Nelson Nevins, der als Assistent mehrere Jahre unter Eitel gearbeitet hatte und nun einen eigenen Ruf als Regisseur besaß. Eitel verachtete Nevins' Filme; er hielt sie für Blendwerk, übertrieben und voll billiger Sentimentalität, die obendrein den Anspruch erhoben, als Kunst gewertet zu werden, kurz, es waren alle die Mängel vorhanden, die er auch an eigenen Filmen festgestellt hatte. Was ihn am meisten an diesem Besuch ärgerte, war, daß Nevins nicht einfach ferngeblieben war; er kam doch nur, um ihn schadenfroh zu beäugen.

Eitel und Elena verbrachten eine Stunde mit ihm. Nevins war für ein Jahr in Europa gewesen und hatte dort einen Film gemacht, den besten, den er je vollbrachte, versicherte er Eitel. „Teppis weinte, als er ihn sah. Hättest du das für möglich gehalten? Ich konnte es selber nicht glauben."

„Ich pflegte ihm nie zu glauben, wenn Teppis meiner Filme wegen weinte", sagte Eitel gedehnt. „Und ich hatte recht. Jetzt nennt er sie entartet."

„Ach, ich weiß", sagte Nevins, „er weint ja immer. Aber das ist es nicht, was ich meine. Diesmal weinte er richtig. Bei so etwas kann man sich selber nichts vormachen." Nevins war dick, er trug einen grauen Flanellanzug und einen gestrickten Schlips. Er roch nach teurem Toilettenwasser, und seine Nägel waren manikürt. „Du hättest mit mir in Europa sein sollen, Charley. Was für eine Gegend! Welch ein Leben und Treiben! Die Woche vor der Krönung war fabelhaft."

„Oh, war da eine Krönung?" fragte Elena. Eitel hätte sie erwürgen mögen. „Weißt du, daß die Prinzessin geradezu fasziniert ist von Filmstars?" fuhr Nevins fort, und Eitel erduldete es. Nevins war hier gewesen, er war dort gewesen. Er hatte mit einer berühmten italienischen Schauspielerin geschlafen.

„Wie ist sie?" fragte Eitel mit einem Lächeln.

„Alles echt an ihr. Sie ist schön, klug und temperamentvoll, eine der geistreichsten Frauen, die ich je getroffen habe. Und im Bett, Mann, ist sie richtig."

„Ich finde es gräßlich, wie Männer über Frauen sprechen", mischte sich Elena ein, und mit Anstrengung hielt sich Eitel davon zurück, ihr zu sagen: „Fühl dich nur nicht verpflichtet, an jeder Unterhaltung teilzunehmen."

Die Minuten gingen dahin, und Nevins hörte nicht auf zu erzählen. Er hatte die wunderbarsten zwölf Monate gehabt, die beste Zeit seines Lebens, wie er gestehen müsse. Er hatte so viele Menschen getroffen, so viele Erfahrungen gesammelt: jene Nacht, in der er sich mit einem berühmten alten Lord betrunken hatte; jene Woche, die er mit dem berühmten amerikanischen Staatsmann verbracht hatte, der ihn bat, seine Reden auszuarbeiten – alles in allem ein sehr abwechslungsreiches, aufheiterndes Jahr. „Du solltest auch nach Europa gehen, Charley. Dort sind alle Möglichkeiten vorhanden."

„Sicher", sagte Eitel.

„Ich höre, daß du dir große Dinge von dem Film versprichst, an dem du arbeitest."

„Ein wenig", sagte Eitel.

„Er wird großartig werden", erklärte Elena verbissen und leise.

Nevins sah sie kurz an. „O ja, ich bin davon überzeugt", sagte er. Es ärgerte Eitel, daß Nevins Elena unbeachtet ließ. Er benahm sich höflich, aber gleichgültig ihr gegenüber und blickte sie kaum an. Allerdings konnte auch Bestürzung dahinterstecken; Nevins schien damit auszudrücken: „Warum hast du dich so weit gehenlassen, alter Freund? Wo es doch in Europa die erstaunlichsten Frauen gibt."

Als er schließlich ging, geleitete ihn Eitel an seinen Wagen. „Übrigens", sagte Nevins, „erwähne nicht, daß ich hier war. Du weißt, was ich meine."

„Wie lange wirst du bleiben?"

„Nur ein paar Tage. Das ist ja das Schlimme, ich bin maßlos beschäftigt. Ich nehme an, du auch."

„Das Drehbuch hält mich in Atem."

„Ich weiß." Sie schüttelten einander die Hände. „Nun", sagte Nevins, „grüße deine Madame von mir. Wie war doch ihr Name?"

„Elena."

„Sehr nettes Mädchen. Rufe mich an, vielleicht können wir einen geeigneten Platz finden, um zusammen zu lunchen.“

„Oder ruf du mich an.“

„Natürlich.“

Nachdem Nevins weggefahren war, widerstand es Eitel zunächst, ins Haus zurückzugehen. Er traf Elena in einem ihrer Zustände an. „Wenn du nach Europa gehen willst, kannst du es gleich tun“, sagte sie mit lauter Stimme. „Glaube nicht, daß ich dich zurückhalte.“

„Wie du sprichst! Im Augenblick könnte ich nicht einmal einen Paß bekommen.“

„Aha, das ist es! Bekämst du einen Paß, würdest du in fünf Minuten aufbrechen und zu mir sagen, leck mich...“

„Elena“, sagte er ruhig, „bitte, benimm dich nicht wie ein Fischweib.“

„Ich wußte es“, erklärte sie heftig zwischen Schluchzen, „es war nur eine Frage der Zeit, du hast die Hand immer am Drücker gehabt, bis es knallen sollte.“

Über Elenas Vergleiche konnte er hochgehen. „Also gut, worüber bist du so aufgeregt?“ fragte er müde.

„Ich hasse deinen Freund.“

„Er ist es nicht wert“, sagte Eitel.

„Aber dennoch denkst du, daß er dir über ist.“

„Mach dich nicht lächerlich.“

„Doch denkst du das. Und das ist das Gräßliche. Nur deshalb nennst du mich Fischweib, weil du es mit keiner Prinzessin treiben kannst – wie er.“

„Er trieb es mit keiner Prinzessin, nur mit einer Schauspielerin.“

„Am liebsten würdest du jetzt sofort nach Europa gehen und mich gern los sein.“

„Hör auf, Elena!“

„Du bleibst nur bei mir, weil ich jemand bin, dem du dich überlegen fühlen kannst. An der Meinung der anderen über dich bildest du dir deine Meinung über dich selber. Danach, was andere von dir denken.“

„Ich liebe dich, Elena“, sagte Eitel mit Anstrengung. Sie glaubte ihm nicht, und während er sie tröstete und ihr erklärte, daß tausend solcher Nevins für ihn nicht so wichtig seien wie ein vorüberhuschender Schatten von Traurigkeit auf ihrem Gesicht, haßte er sich zugleich, weil er wußte, daß es nicht wahr war; haßte er sich, weil er Eifersucht, Neid oder Pein darüber verspürte, daß man ihn vergessen hatte, und nun Leute, die ehemals seine Assistenten gewesen waren, zu Krönungen fuhren und mit berühmten Frauen schliefen, wie er sie seit langer Zeit nicht mehr besessen hatte. Werde ich nie erwachsen werden? fragte er sich selbst verzweifelt. Es war einfach Pech. Zum erstenmal seit Wochen war er wirklich deprimiert. Immer wieder klagte er: „Mußte Nevins gerade heute kommen, wo ich endlich mit dem Drehbuch beginnen wollte?“ Am Abend betrachtete er Elena kritisch. Wenn sie unter seinen Blicken aufsah und fragte: „Ist dir etwas, Charley?“, schüttelte er nur den Kopf und murmelte: „Nein, gar nichts. Schön siehst du aus.“ Immer wieder sagte er sich, aus wie schlechtem Holz sie doch eigentlich geschnitzt sei und wie unendlich lange es dauern würde, sie zur vollendeten Dame zu erziehen.

An gewissen vertrauten Anzeichen entdeckte er ihr Verlangen, heute nacht seine Umarmung zu spüren, und er hatte ein wenig Furcht davor, sehr zu Recht, wie sich später herausstellte, denn danach war seine Verstimmung noch stärker. Zum erstenmal hatte Elena bei ihm versagt, und doch flüsterte sie ihm gerade in diesem Augenblick zu: „Ach, Charley, wenn du mich umarmst, ist alles wieder gut“, und mit sehnsüchtigen Blicken der Unsicherheit fragte sie schüchtern: „Geht es dir auch so?“

„Aber ja, es war schöner als je“, fühlte er sich verpflichtet zu antworten, doch verschlimmerten die aufeinanderfolgenden kleinen heimlichen Niederlagen seinen Zustand nur noch mehr, und schließlich fühlte er sich wirklich einsam.

Am nächsten Tag zwang er sich zur Arbeit. Es war das drittemal in fünfzehn Monaten, daß er mit dem Drehbuch begann, ganz zu schweigen von dem halben Dutzend Versuchen, die er in den vergangenen zehn Jahren unternommen hatte. Jetzt hoffte er, endlich der Aufgabe gewachsen zu sein. Viele Jahre lang hatte er über die Handlung nachgedacht, und während der letzten Wochen mit Elena hatte er jede einzelne Szene durchdacht, so daß er genau wußte, was er schreiben wollte. Und doch stellte sich jetzt beim Schreiben heraus, daß er den Film mit den Augen anderer Menschen – vielleicht Nelson Nevins’ – betrachtete. Wie er sich auch bis zur Erschöpfung abmühte, zwölf bis vierzehn Stunden täglich am Schreibtisch zubrachte, das Werk blieb in seinen Augen schäbig, unwahr, unecht und langweilig. Müde und verdrossen lag er dann nachts neben Elena oder genoß unbeteiligt ihre Umarmungen wie etwa ein betäubendes Schlafmittel.

Manchmal, wenn er ins Grübeln kam, zehrte er sogar nachts noch an seiner erschöpften Energie. Dann trank er massenhaft Kaffee und wanderte, die Whiskyflasche als Begleiter, durch die Zimmer und dachte über sich selber nach.

Nun mache ich schon den Psychoanalytikern Konkurrenz. Wie konkurrenzfähig ich doch bin, dachte er dann bei sich und fühlte indessen, wenn er am nächsten Morgen in dumpfer Betäubung darniederlag, daß ihm niemand anders helfen konnte als er selber. Die Antwort auf die ihn quälenden Fragen war einfach, und er kannte sie auch. Sein Film war gefährlich, denn er hatte zu viele Feinde – wirkliche Feinde, die kein Psychoanalytiker bannen konnte. War er so naiv gewesen, zu glauben, daß er diesen Film schaffen konnte, während Leute wie Herman Teppis dabeisitzen und ihm applaudieren würden? Um eine solche Aufgabe zu bewältigen, brauchte man Kraft und Mut und alle jene schlauen Tricks, die er in zwanzig Jahren im Umgang mit den Leuten erworben hatte, die für ihn arbeiteten. Dafür aber benötigte man einen jungen Menschen, einen, der so stark und einfältig war, zu glauben, die Welt sei nur dazu da, daß er sie ändere. Voller Wut gedachte er all der Menschen, die er in all den Jahren kennengelernt hatte, und ihrer Verachtung für den Film. Ja, der Film mußte wohl eine verachtungswürdige Kunst sein – eine Kunst des Italien im fünfzehnten Jahrhundert, und wer dafür arbeiten wolle, mußte Fürsten umschmeicheln, den Condottieri die Füße küssen, Intrigen schmieden und alle anderen betrügen. Und wenn man dazu noch tüchtig war, könnte man eventuell vorankommen, und fünf Jahrhunderte später würden die Touristen die Museen durchstreifen und gehorsam sagen: „Welch ein großer Künstler! Das muß ein vortrefflicher Mensch gewesen sein. Seht nur die Durchschnittsgesichter dieser Aristokraten!"

Nein, sein Werk gedieh nicht gut. Je mehr er seinen Willen anstrengte, um so weniger kam er voran. Gegen seinen Willen tüftelte er jeden Tag an wenigen Zeilen, bedachte alle möglichen Einwände der Zensur und konnte von der in fünfzehn Jahren erworbenen Technik der Tricks und Bluffs nicht loskommen. Drei Wochen lang verschwendete Eitel alle seine Energie an das Drehbuch, und in gewisser Hinsicht waren es die schlimmsten Wochen seines Lebens. Sie erschienen ihm länger als ein Jahr, denn seine Erfahrung lehrte ihn, daß das Manuskript sehr schlecht war. Die kleinen Überraschungen, die unerwartete Entwicklung der Handlung und der Aufbau der Charaktere fielen ihm einfach nicht ein, und er war so sicher gewesen, daß sein Werk gelingen würde. Er hatte nie geglaubt, daß die Aufgabe über seine Kraft gehen würde, wie ein junger Mann niemals an bevorstehende Fehlschläge glauben kann. Er hatte auch die Idee gehabt, daß dieser Film seine Rechtfertigung als Künstler werden sollte. Seit den Tagen des Spanischen Bürgerkrieges, bestimmt aber während der Zeit der Cocktail-Gesellschaften, Jeep-Reisen und requirierten Schlösser, die für ihn den Zweiten Weltkrieg bedeuteten (abgesehen von einem Besuch in einem Konzentrationslager, der ihn tief erschüttert hatte, weil er mit seiner wachsenden Erkenntnis übereinstimmte, daß die Zivilisation jeder Barbarei fähig sei, wenn sie nur genügend autoritär und organisiert war) – durch alle diese wechselvollen Wanderungen von einer schönen Frau zur anderen hatte er sich den Luxus erlaubt, sein Leben als einen edlen Wein zu betrachten, den er in ein Glas schüttete, dessen Farbe er erforschte, dessen Gärung er bewunderte mit dem nur ihm eigenen geheimen Geschmacksempfinden –, daß er über all diesen Dingen stand, daß er besser sei als die anderen, ehrlicher, und daß er eines Tages sein Leben in die Hand nehmen und zu einem Kunstwerk formen würde – härter als der Diamant und dauerhafter. Hatte er gefürchtet, seine Schaffenskraft zu erproben, dachte er nun, fürchtete er insgeheim, seine eingebildete Überlegenheit könnte in Wirklichkeit gar nicht existieren? Wie ein Stück Lumpen lag das Drehbuch jetzt vor ihm auf dem Schreibtisch, und Eitel erkannte von neuem die Schwierigkeit des Kunstschaffens, das den Menschen jedesmal von neuem an sein Leben erinnerte und mit jeder neuen Aufgabe wuchs. Als er so über die Vergangenheit grübelte, erinnerte er sich des uneingestandenen Vergnügens, das ihm die Herstellung gängiger Filme bereitet hatte. Dabei hatte er sich – zumindest zeitweilig – wohl gefühlt, trotz aller vorgetäuschten Abneigung. Als er sich nun diese so lange vor sich selber verborgenen Empfindungen ins Gedächtnis zurückrief, empfand er in dumpfem Schmerz, er hätte schon längst erkennen müssen, daß er nie der Künstler werden würde, den er sich stets erträumt hatte, denn eins mußte der wahre Künstler allen anderen voraushaben – das Gefühl der Scham, der Übelkeit und des Widerwillens gegenüber jedem Werk, das nicht sein bestes war.

Und doch erschien ihm seine Situation ein wenig unwirklich, wie ihm sein ganzes Leben unwirklich erschienen war. Sollte es tatsächlich eine Zeit gegeben haben, wo er sich als junger Student beim Training die Nase brechen ließ, nur um sich zu beweisen, er sei kein Feigling? Hatte er sich wirklich einmal freiwillig zum Waffendienst in Spanien gemeldet und drei schreckliche Wochen lang bei einer aufgeriebenen Anarchistenbrigade in einem zerschossenen Dorf gelegen, nur um festzustellen, daß er tapferer war, als er glaubte, weil er selbst dann die Nerven nicht verlor, als die Front zusammenbrach und sie gezwungen waren, sich als Flüchtlinge nach Frankreich durchzuschlagen? Wohin waren all die guten und bösen Tage entschwunden? Es ist nicht wahr, dachte er, daß mit zunehmendem Alter die Vergangenheit deutlicher wurde. Die Vergangenheit ist wie ein Krebsgeschwür, das die Erinnerung wie die Gegenwart so lange zerfrißt, bis das Gefühl erloschen ist und die eigenen Erlebnisse stets in Gefahr sind, den gleichen Tod zu sterben wie die Vergangenheit.

Die Zeit war nun jedoch gekommen, wo Eitel fühlte, er müßte sich selbst ins Auge sehen, Abrechnung halten und das neue Werk beginnen. Nur wollte es mit der neuen Arbeit nicht vorangehen. Eine höchst bemerkenswerte Art von Krebsgeschwür. Nicht nur, daß es die Vergangenheit vernichtete und die Gegenwart betäubte, es fraß sich sogar hinein in die Zukunft, ehe er sie gestalten konnte. Auch nachdem er den Glauben an sein Drehbuch verlor, setzte er die Arbeit daran fort, in einer Depression, die sein Werk wie seine Mühe abstumpfte und ihn von einem Tag in den anderen schleppte. Unter der Last dieser Bürde begann er, Elenas Fehler stärker als bisher zu kritisieren. Er stöhnte, wenn er sie essen sah und sie mit der Gabel herumfuchtelte oder mit vollem Mund redete. Er versuchte, sie zu korrigieren, doch sie hörte nur mürrisch zu, versprach, es zu versuchen, doch machte sie nie die geringsten Anstrengungen hierzu, als wollte sie ihm in ihrem Starrsinn zu erkennen geben: „Wenn du mich wirklich liebst, könnte ich alles lernen."

Das machte ihn wild. Fühlte sie denn nicht, wieviel ihm daran lag, daß sie seine Lehren annahm? Wünschte sie nichts weiter, als daß der Sohn des Altwarenhändlers die Tochter des Süßwarenhändlers heiratete? Seine Eltern waren verstorben, doch als er jung war, hatte er jahrelang gegen seine Eltern ankämpfen müssen –

gegen die Fesseln der mütterlichen Liebe und gegen seines Vaters Unwillen über den Sohn, der seine Zeit im Theater vergeudete und sich von seiner Frau aushalten ließ. So litt er auch jetzt unter Elenas Ungeschick.

Seit er in Desert D'Or wohnte, und besonders seit der Gesellschaft im Lagunen-Raum, schmolz die Zahl der Leute, die ihm Einladungen schickten, immer mehr zusammen. Gesellschaftlich wurde er immer einsamer, so daß er und Elena sich schließlich auf eine kleine Gruppe beschränken mußten, die er die Emigrés nannte. Es waren Schriftsteller, Regisseure, Schauspieler und sogar ein oder zwei Produzenten, die sich, wie auch er, geweigert hatten, vor dem Untersuchungsausschuß auszusagen. Vor Jahren hatten sich viele von ihnen hier in Desert D'Or kleine Anwesen gekauft, auf die sie sich nun, ebenso wie Eitel, zurückgezogen hatten. Es befriedigte ihn natürlich keineswegs, mit diesen Leuten gesellschaftlichen Umgang zu pflegen, nur weil sie sonst von niemandem in Desert D'Or eingeladen wurden, und er haßte es, mit diesen Emigrés auf eine Stufe gestellt zu werden.

Auch Elena mochte diese Leute nicht. „Geben die an!" erklärte sie einmal.

„Du hast vollkommen recht", erwiderte er lächelnd.

„Angeber sind immer so erfüllt von Mitleid mit sich selber", fügte sie, durch seine Bestätigung ermutigt, hinzu.

Eitel stimmte ihr zu. Die meisten Emigrés fand er langweilig. Einer oder zwei waren ganz angenehm, doch als Gruppe langweilten sie ihn, sie vermochten gewisse Gespräche nur aus dem Grunde nicht zu Ende zu führen, weil sie dann irgend etwas aufgeben mußten, an das weiterhin zu glauben sie im voraus beschlossen hatten. Wie gut er all diese Leute kannte; schon vor Jahren hatten sie ihn gelangweilt, als er noch ihren verschiedenen Komitees angehörte. Jetzt priesen sie Eitel alle als den großen Künstler, der es abgelehnt hatte, mit den Geiern zu paktieren, denn das entsprach genau ihrer eigenen bescheidenen Meinung über sich selber.

Vor Jahren, als er sich von den Ausschüssen zurückzog, waren sie natürlich die ersten, die häßliche Klatschgeschichten über ihn verbreiteten. Deswegen konnten ihn heute ihre Lobeshymnen auch keinesfalls beeindrucken. Die Frauen der Gruppe ärgerten ihn vielleicht noch mehr als die Männer, denn seit seiner ersten Ehe hatte er nie mehr viel für Frauen übrig, die zu betont politisch eingestellt waren. Wie unangenehm ihm auch die Emigrés und die Frauen waren, hätte er doch gewünscht, Elena wäre nicht gar so unwissend gewesen in den Dingen, die in diesen Kreisen gesprochen wurden. Sobald die Unterhaltung auch nur mittelmäßiges Niveau erreichte, wußte Eitel, daß Elena der Abend verdorben war. Mürrisch und mit verbissenem Lächeln saß sie dann in der Gesellschaft. Versuchte sie wirklich einmal, sich an der Unterhaltung zu beteiligen, und das war selten genug, fühlte er, wie peinlich es allen anderen war. Jemand erzählte zum Beispiel einen Witz, und alle lachten. Dann wiederholte Elena bestimmt die Pointe und zerpflückte sie. „Er hatte es also gar nicht gewollt", meinte sie. „Wie komisch." Auf dem Heimweg an solchen Abenden war sie schlechter Laune. „Nein, fang nicht damit an", sagte sie, wenn er sie rücksichtsvoll auf ihre Fehler aufmerksam machen wollte. „Es ist meine Schuld, ich weiß, aber ich will eben nicht darüber reden."

„Elena, du kannst doch nicht annehmen, du seiest klüger als alle anderen."

„Nein, dümmer bin ich", rief sie dann in Erinnerung an die Einzelheiten des Abends aus, warf sich auf die Couch und starrte auf die Wand.

„Es liegt allein an dir", fing sie kaum fünf Minuten später wieder an. „Gib mir doch nicht immer die Schuld. Wenn dir die Frauen so gut gefallen, dann nimm dir doch eine. Ich halte dich nicht", erklärte sie verbittert, und manchmal gab es sogar Tränen.

Im Gegensatz zu der üblichen Dramatik, mit der sie sonst ihre Trennung von Eitel anzukündigen pflegte, erklärte Elena eines Abends ganz ruhig, daß es besser wäre, sie gingen auseinander. „Mit jedem anderen Mann könnte ich auskommen und auch glücklich werden."

„Natürlich könntest du das", beruhigte er sie.

„Selbst mit einem von deinen angeberischen Freunden."

Da begann Eitel zu lachen, und mit einem die Emigrés imitierenden Pathos des öffentlichen Redners erklärte er: „Selbst noch nach Jahren, wenn man den Kampf für den Frieden unseres Landes richtig zu schätzen versteht, wird man den mutigen Standpunkt individueller Grundsatzerklärungen – und seien sie auch so eigenwillig wie die Charley Eitels – nicht vergessen, die sich mit dem Bewußtsein des amerikanischen Volkes befassen, das, was wir nicht vergessen wollen, trotz seiner kollektiven Hysterie eine aus tiefstem Herzen friedliebende und fortschrittliche Nation ist."

„Sicher sind sie alle sehr albern“, bemerkte Elena dazu, „und außerdem haben sie alle Angst vor ihren Männern, aber vielleicht sind doch wenigstens ein paar richtige Männer darunter.“

„Ja“, erwiderte er gedehnt. „Sie haben die Kraft dickbusiger Frauen.“

Sie lachte gezwungen. „Eines Tages werde ich dich verlassen, Charley. Ganz bestimmt.“

„Das weiß ich, aber ich brauche dich.“

Tränen traten ihr in die Augen. „Ich wünschte, ich wäre besser.“

Schließlich war es dann dahin gekommen, daß sie nur noch die wenigen Leute um sich sahen, unter denen sich Elena wohl fühlte. Ich gehörte zu ihnen, und an jenen Abenden, wenn Lulu mich nicht bei sich haben wollte, pflegte ich die beiden zu besuchen. Mit mir konnte Elena heiter, ja ausgelassen sein. Wir verbrachten zu dritt Abende, an denen Eitel unentwegt Geschichten und Anekdoten erzählte, die er köstlich variiert und reich ausgeschmückt vorzutragen verstand.

An diesen Abenden schien er mit ihr zufrieden zu sein, und sie ihrerseits glühte vor Liebe zu ihm. Alles ging gut bis zum nächsten Morgen, an dem die Arbeit und seine Depressionen wieder einsetzten. Tief in die Ausweglosigkeit seines Bemühens um das Drehbuch verstrickt, erschien ihm Elena dann als eine gar zu armselige Gefährtin, um mit ihm an einer Krönung teilnehmen zu können. Im Geiste konnte er sie stammeln hören: „Hallo, Hoheit!“

15

Ungefähr um diese Zeit flog Collie Munshin hinauf nach Desert D'Or und verbrachte seinen ersten Abend bei Eitel und Elena. Collies Erklärung, daß er für eine Woche gekommen sei, um in aller Muße über einen neuen Film nachzudenken, klang kaum überzeugend für Eitel, aber was auch immer Collies Gründe sein mochten, er wiederholte seinen Besuch am folgenden Abend. Am nächsten Tag tauchte Collie zu einem Spätnachmittag-Cocktail auf. In meiner Abwesenheit, denn Lulu hatte mich auf einen Ausflug mitgenommen, der uns in die Spielkasinos jenseits der Grenze führen sollte, wurde Munshin zum Hausfreund der beiden.

Sie hatten es gemütlich, die drei. Nun, nachdem Munshin Elena verloren hatte, entzückte ihn alles, was Elena tat. Wenn die Gespräche mit Eitel über neue Filme, Budgets, Arbeitsverhältnisse und die Konkurrenz drohten, Elena das Gefühl zu geben, daß sie wieder einmal ausgeschlossen sei, strahlte Munshin sie an und sagte:

„Puppe, du bist hinreißend."

Aber all das waren nur einleitende Unterhaltungen. Es dauerte kaum eine Stunde, bis Collie zu persönlichen Bekenntnissen schritt.

„Ich hasse Konventionen", verkündete er nach kurzem Schweigen.

„Warum?" fragte Eitel gehorsam.

„Weil wir drei hier in der verwickeltsten und heikelsten Beziehung zueinander stehen, und was tun wir? Wir sprechen über Alltägliches."

„Über was wäre sonst zu sprechen?" fragte Elena.

Er wandte sich ihr zu. „Elena, du kannst die Leere nicht ahnen, die du bei mir hinterlassen hast. Ich hingegen existiere für dich überhaupt nicht mehr."

Er nahm einen Schluck seines Getränkes. „Frauen haben kein Herz. Davon bin ich überzeugt." Seine Stimme hatte einen sonoren Klang bekommen, und Eitel wußte, was nun an Rhetorik folgen würde.

„Ihr Frauen könnt die Dinge auf eine Weise vergessen, wozu ein Mann nie fähig wäre", erklärte Collie. „Ich kann mir vorstellen, was du über mich erzählt hast, und es stimmt, zweifellos stimmt es. Du bist eine gefühlvolle Person, aber hat einer von euch beiden je an meinen Schmerz gedacht und daß ich es bin, der sich der guten Dinge erinnert, nicht du, Elena. An all das Echte, das zwischen uns bestanden hat, ja Leidenschaft, sogar Leidenschaft, hörst du, Eitel?"

„Glaubst du wirklich, du könntest hier angeben?" fragte Eitel.

„Behandle mich bitte wie ein menschliches Wesen", schrie Munshin erregt und fügte mit schwacher Stimme hinzu: „Mir blutet das Herz."

„Das kannst du dir leisten", erwiderte Eitel. „Du hast eine ganze Menge Blut."

Er erkannte jedoch, daß Collie einen Erfolg erzielt hatte. Jeder

Frau fällt es schwer, einem früheren Liebhaber, der zu leiden vorgibt, nicht zu verzeihen. Als Collie seine Rede beendet hatte, wurde Elena munter und begann, ihn mit einer leichten, spitzen Bosheit zu hänseln, die Eitel bisher nicht an ihr bemerkt hatte. Sie begann zu schwatzen, sie lachte ihr charmantes Lachen und stellte kleine Fragen an Collie: „Ich las in der Zeitung", sagte Elena beispielsweise, „daß deine Frau einen Preis für ihre Hunde bekommen hat."

„Nun ja, Lottie hat ihn abermals bekommen."

„Ich wette, es hat dich sehr stolz gemacht", sagte Elena rasch. Collie hatte das gern. Jedesmal, wenn Elena ihn angriff, schimmerten seine Augen feucht und einfältig. Ich verdiene es, schienen sie auszudrücken, glaube nicht, daß ich es nicht merke.

Nachts, als sie schlafen gingen, wiederholte Elena mehrmals: „Ich fühle mich heute so wohl, Charley."

Jedoch hielt ihre Stimmung nicht lange vor. Als sie sich im Bett umdrehten, sagte sie gedankenvoll zu Eitel: „Collie macht sich gar nichts aus mir. Nur du interessierst ihn."

Trunken durch die Bewunderung eines anderen Mannes für sie, wünschte Eitel seinen Rausch nicht zu zerstören. „Du Dummchen", sagte er.

„Nein", entgegnete sie beinahe böse, „jetzt, wo es vorbei ist, bietet es Collie was, darüber zu reden, was er an mir verloren hat. Aber ich weiß es besser." Sie überraschte ihn jedoch durch das, was sie dann sagte: „Charley, wenn er anfangen sollte, Sachen über mich zu erzählen, glaube ihm nichts. Du weißt, wie Collie sich manchmal hinreißen läßt, wenn er erzählt."

„Was könnte er mir von dir erzählen, was ich nicht wüßte?"

„Nichts", erwiderte Elena rasch, „aber du weißt, wie er ist. Er lügt. Ich habe kein Vertrauen zu ihm."

Trotzdem sahen sie Munshins täglichen Besuchen erwartungsvoll entgegen. Nach der erdrückenden Arbeit am Drehbuch war es sehr angenehm, einige Stunden auf diese Weise zu verbringen. Alle drei unterlagen der reizvollen Illusion: Eitel und Elena seien das bereits seit zehn Jahren verheiratete Ehepaar und Collie, der Junggeselle, der Hausfreund. Es entwickelte sich in der Tat so angenehm, daß Eitel zum erstenmal nach all den Jahren, seit er Munshin kannte, feststellte, daß er ihn im Grunde wirklich gern mochte und daß Collie im Begriff sei, sich zu verändern. Auf alle Fälle war er der einzige von Supreme, der den Mut hatte, ihn regelmäßig zu besuchen. Dem war schwer zu widerstehen.

Dennoch blieb Eitel mißtrauisch; er durchschaute nicht ganz, warum Munshin nach Desert D'Or gekommen war, noch warum er sie so oft aufsuchte. Deshalb überraschte es Eitel selbst, daß er Munshin die Handlung seines Filmes zu erzählen begann. Es geschah bei seinem vierten Besuch, als sie lange plaudernd aufblieben. Nachdem Elena zu Bett gegangen war, begann Collie zunächst über seine eigenen Probleme zu sprechen. Es gehörte zu seiner Technik, um anderen Ideen zu entlocken, aber diesmal verübelte es ihm Eitel nicht. Collie war offenherzig und gestand, daß er mit einem Film in Schwierigkeiten geraten sei, und erbat Eitels Rat.

Endlich kam Eitel an die Reihe. Munshin hatte geseufzt und seine Körpermasse im Stuhl unruhig bewegt und dann mit beinahe weicher Stimme gefragt: „Charley, sag mir die Wahrheit, wie steht es mit deinem Drehbuch?“

Eitel gedachte zu lügen. Statt dessen antwortete er: „Schlecht.“

„Ich dachte es mir“, sagte Munshin. „Charley, du bist es gewohnt, mit anderen zusammenzuarbeiten. Wenn du mir davon erzählen willst, vielleicht kann ich dir helfen.“

„Oder mir den Stoff stehlen.“

Collie lächelte. „Mir ahnt, daß ich ihn nicht werde stehlen können, selbst wenn ich es wollte.“

Eitel wunderte sich, daß es ihn so drängte, zu erzählen. Collie würde unter gar keinen Umständen die Filmbehandlung akzeptieren, und trotzdem mochte es vielleicht ergiebig sein, sie ihm darzulegen. Vielleicht konnte er in Munshins Reaktion sogar eine Anregung finden. Genau wußte er jedoch nicht, warum er Collie seinen Film anvertrauen wollte. Nur um ihn zu zerstören, sagte er zu sich selber. Eine Handlung wiederzugeben, gehörte zu seinen großen Fähigkeiten, und diesmal trug er den Stoff so gut vor, zu gut vielleicht, daß er während seines Vortrags selber fühlte, daß er diesen Stoff, wenn er ihm wirklich so viel bedeutet hätte, wie er geglaubt hatte, nicht so leicht hätte preisgeben können. Immer lebendiger wurde er in seiner Darstellung; sie war besser als alles, was er davon niedergeschrieben hatte. Collie war ein guter Zuhörer. Man kannte seine Art, wie er bei solchen Gelegenheiten zuzuhören pflegte. Er stieß hörbar seinen Atem aus, schnalzte mit der Zunge, nickte mit dem Kopf, lächelte wohlwollend – stets den Eindruck vermittelnd, daß er noch nie einen besseren Stoff vorgesetzt bekommen habe. Aus Erfahrung wußte Eitel jedoch, wie wenig das bedeutete. Als er geendet hatte, lehnte Munshin sich zurück und schneuzte seine Nase. „'ne Wucht ist das", sagte er sichtlich bewegt.

„Magst du ihn wirklich?"

„Außerordentlich."

Aber auch das bedeutete wenig. Collie würde mit seiner wahren Meinung erst später herausrücken.

„Ich glaube", fuhr er fort, „daß das der größte Film der letzten zehn Jahre werden kann."

„Nicht mit dem Drehbuch, das ich habe."

„Dafür reicht kein Drehbuch aus. Du brauchst eine Dichtung." Munshin betastete seinen Bauch. „Das ist deine einzige Schwäche. Er ist abstrakt, er ist wie Poesie." Dann seufzte er. „Ich möchte nicht sagen, daß ich ganz sicher bin, Charley. Wenn mich irgendeiner aus der Fassung bringen könnte, dann du, aber wie willst du Poesie auf die Leinwand übertragen?"

Eitel wußte nicht, ob er befriedigt oder enttäuscht sein sollte. „Collie, warum sagst du mir nicht offen, was du wirklich denkst?"

Es dauerte lange, ehe Collie zur Sache kam. „Ich will dir etwas sagen", meinte er endlich. „Er gefällt mir. Ich mag so ausgefallene Filmstoffe gern. Aber außer mir wohl niemand, weil sie sie nicht verstehen."

„Ich kann dir nicht recht geben. Ich glaube, wir würden uns wundern, wie viele Leute sie doch schätzen."

„Charley, du verstehst ja die Geschichte selber nicht. Du bist ein Regisseur und denkst in Filmbildern. Du bist konkret, aber das hier ist abstrakt. Ich weiß, warum du Schwierigkeiten bei der Arbeit gehabt hast. Du versuchst, ein Drehbuch zu schreiben, das alle Filmgesetze verletzt, die dir geläufig sind."

„Selbstverständlich. Du weißt, wie ich über Filmgesetze denke."

Munshin legte eine Hand auf Eitels Arm. „Ich liebe diese Geschichte", sagte er, „aber ich kenne auch ihren entscheidenden Fehler."

„Und welchen?"

„Sie kommt keinem tieferen Interesse entgegen."

Das war das Todesurteil. „Charley, es ist zu traurig. Ein wahres

Hurenhaus ist das. Dein Held ist ein erbärmlicher Wicht. Ein Mann, der Tausende von Dollar in der Woche beim Fernsehen macht und sich entschließt, es aufzugeben! Und wofür? Um hinauszugehen und den Menschen zu helfen? Ihr Leid zu beenden? Lächerlich! Sie werden deinen Film von der Leinwand herunterlachen. Du glaubst, sie wollen ihr Geld dafür ausgeben, um erzählt zu bekommen, daß dieser Mensch besser sei als sie selber?"

Eitel machte sich nicht die Mühe, Einwendungen zu erheben. Mit jedem Wort hatte Collie ihm seine Hoffnungen mehr zerschlagen. Das Meisterwerk war etwas Unmögliches, fühlte er plötzlich. Das mußte der Grund dafür gewesen sein, warum er sich Munshin offenbart hatte; bestätigt zu bekommen, daß es etwas Unmögliches war. Wahrscheinlich hatte er es selbst gewußt, aber jemanden benötigt, der es ihm sagte. Nun würde er vielleicht seine Kräfte nicht länger daran vergeuden. Eine Erleichterung überkam ihn, eine wohlbekannte Erleichterung – er war von einer Bürde befreit.

„Weißt du", sagte Munshin, „ich sehe einen Weg, den Film zu retten. Es fehlt die richtige Motivierung, das ist alles." Einer von Collies dicken Armen fuhr empor. „Laß mich ein wenig darüber nachdenken", sagte er. Aber das war nur Getue, Collie würde laut denken. „Eitel, ich habe es", sagte er. „Die Lösung ist einfach. Du brauchst einen Prolog zu diesem Film. Laß deinen Helden als Priester beginnen."

„Als Priester?"

„Du hast deinen Kopf nicht genügend angestrengt. Ein Priester wird dir aus der Patsche helfen. Daß du nicht selbst darauf gekommen bist." Collie kam in sein Fahrwasser, die Geschichte wurde neu geformt, der Geist des Produzenten drang in sie ein, gewandt wie die Figur eines Marionettenspielers. Eitels Held sollte zu Beginn in einem Priesterseminar sein. Seine Person würde man mit allen Vorzügen ausstatten: Charme, Intelligenz, Harmonie – nur einen Mangel sollte er haben. „Der Junge ist zu anmaßend. Ich sehe eine großartige Szene vor mir. Der Chef oder der Obermönch, oder wie immer sie auf einem Priesterseminar heißen, ein weiser alter Irentyp, läßt Freddy zu sich kommen" – es gehörte zu Munshins Art, daß er den Helden bei der Darlegung eines Stoffes stets Freddy nannte – „und sagt ihm, daß es leider nicht so weitergehe, er glaube nicht, daß sich Freddy für den Priesterstand entscheiden solle, jedenfalls noch nicht jetzt. Wissensmäßig sei alles in Ordnung: Erster in Kirchengeschichte, als Weihwasserträger, im Arrangieren geselliger Zusammenkünfte und in Religionspsychologie – aber das Herz eines Priesters fehle ihm. ‚Geh hinaus in die Welt, mein Sohn, und lerne Demut', sagt zum Schluß der alte Priester. – Siehst du es nun, Eitel?" Eitel sah es. Er brauchte kaum mehr hinzuhören, als Collie fortfuhr: „Laß es uns mal von Freddys Standpunkt aus betrachten", sagte Munshin mit dem Vergnügen eines Mannes, der eine gute Mahlzeit in sich hat. „Wenn du für Freddys Verhalten Beweggründe brauchst, kannst du den alten Geistlichen zu einer Art Vater für ihn werden lassen. Der Junge faßt seinen Rat als Ablehnung auf. Es ist für ihn bitter. Er fühlt sich ungeliebt. Also, was tut er? Er geht von der Priesterschule ab, und auf die eine oder andere Art – wir werden das ausarbeiten – kommt er zum Fernsehen, ein verbitterter Junge von der Art, die im Film immer wirkt. Doch gleichzeitig können wir bereits andeuten, daß es ihn zu bedrücken beginnt, mit welchem Schund er die Menschen beim Fernsehen abspeist. Dessen ungeachtet schießt seine Karriere wie eine Rakete in die Höhe." Munshin unterbrach sich und streckte seine Hände ausdrucksvoll Eitel entgegen. „Du läßt ihn sich zum üblen Geschäftemacher entwickeln, und dann kommt die große Wandlung. Durch irgend etwas gelangt er zur Demut. Ich weiß nicht, was wir da erfinden können, aber darum mach ich mir keine Gedanken. Irgend etwas mit einem Kruzifix oder sonst einem kirchlichen Symbol. Zeig ein Christusmotiv auf der Leinwand, und wer kümmert sich schon darum, ob es hinpaßt. Das Publikum wird es abnehmen. Sobald Freddys Gewissensbisse beginnen, können wir ihm ein Wanderjahr geben, wie er dahintaumelt, mit Tränen in den Augen, umgeben von Vagabunden, viel Leben um ihn herum, und jeden liebt er. Ich kann dir sagen, sogar die Jugend wird aufhören, ihren Puffmais zu kauen. Verstehst du, was ich meine? Ich brauche es gar nicht erst auszumalen. Zum Schluß..." Freddy dürfe nicht in der Gosse enden, erklärte Collie, er könne ins Priesterseminar zurückkehren und nun in Gnaden aufgenommen werden. Ein erhebendes Ende. „Etwas mit Engelstimmen im Hintergrund. Aber nicht zuviel Kitsch." Munshin war so aufgeregt, daß er nicht stillsitzen konnte. „Diese Geschichte hat mich gefangengenommen", erklärte er, auf und ab gehend. „Ich werde heute nacht nicht schlafen können."

Eitel lachte. „Collie, du bist ein Genie."

„Ich meine es ernst, Eitel, wir müssen diesen Film machen. H. T. wird ihn mögen."

„Ich könnte ihn nie machen."

„Natürlich kannst du es."

„Ich halte nichts von der Kirche", sagte Eitel.

„Du hältst nichts von der Kirche? Du Kindskopf! Als ich noch ein Junge war, in einem Elendsviertel, kaum besser als die jugendlichen Verbrecher dort, pflegte ich auszuspucken, wenn ich an einer Kirche vorbeikam. Was hat das damit zu tun?"

„Ich habe einen Grund. Wir beide wissen, wieviel die Kirche mit diesem Untersuchungsausschuß zu tun hat."

„Wenn nicht sie, dann wären es andere. Charley, ich war mein ganzes Leben lang Liberaler, aber um Gottes willen, laß hier die Politik heraus."

„Wir wollen heute nicht mehr davon reden."

„Gut, machen wir für heute Schluß damit. Aber du denkst über das nach, was ich gesagt habe, Charley. Ich schwöre dir, ich will ihn mit dir machen. Diese Figur ist eine Goldgrube." Er klopfte Eitel auf die Schulter. „Du bist dir nicht darüber klar, was du da hast", sagte Munshin, bevor er ging.

Eitel konnte nie ausfindig machen, ob Collie diese Nacht geschlafen hatte, aber sicher war, daß er selbst nicht schlief. Alles schien auf den Kopf gestellt. Der Routinier in Eitel verlangte nach der neuen Fassung; sie war die ideale Unterlage für einen gewinnbringenden Film, sie war herrlich unwahr. Der Routinier blüht auf, wenn es unwahr zugeht, und Collie hatte ihm den Geschmack daran wiedergegeben.

Am Morgen, als er zu arbeiten versuchte, stellte er fest, daß ihm Ideen durch den Kopf schossen, die dem Drehbuch einen neuen Titel aufdrängten: Nr. 2/Meisterwerk-Ersatz. War seine Fabel, um die er so schmerzvoll gerungen hatte, bereits völlig versunken? Bestand eigentlich sein Haß auf die Kirche noch? War er eigentlich noch er selber? Schon dachte er darüber nach, welche finanziellen Vereinbarungen er mit Munshin treffen könnte. Aber er ertappte sich auch bei dem Gedanken: Nie wieder werde ich vor dem Untersuchungsausschuß erscheinen; ich werde das Drehbuch zunächst unter einem Pseudonym schreiben, ganz gleich, wieviel ich dabei verliere. Und die ganze Zeit über grübelte er, wie ernsthaft es Collie gemeint haben könnte.

Munshin besuchte sie an diesem Tage nicht, und als Eitel den Yachtklub anrief, erfuhr er, daß der Produzent ein Flugzeug nach einem der Spielorte genommen hatte. Also war es vollkommen klar, Collie konnte es sich leisten, vierundzwanzig Stunden zu warten und ihm die Sorgen zu überlassen. Es war offenkundig Taktik, aber Eitel fühlte sich dennoch nicht wohl. Am frühen Abend kam Marion Faye ins Haus. Eitel und Elena waren daran gewöhnt, ihn ein- oder zweimal wöchentlich zu sehen. Die Spannung, die nach Elenas Episode mit Marion für einige Zeit bestanden hatte, war nur noch wenig spürbar. In der letzten Zeit hatte sich Eitel sogar seiner Besuche erfreut.

Marion hatte die Angewohnheit, zu ungewöhnlichen Zeiten aufzutauchen. Eine Woche konnte, sogar ohne einen Anruf, verstreichen, aber dann erschien er plötzlich. Vielleicht lag es am Marihuana, oder er war einfach nur betrunken, jedenfalls brachte er es bisweilen fertig, eine halbe Stunde lang in ihrem Wohnzimmer zu sitzen, ohne ein Wort zu sagen, und manchmal nicht einmal auf ihre höflichen wenigen Fragen zu antworten. Dann stand er plötzlich auf und ging wieder. Zu anderen Zeiten redete er eine Menge und ließ gelegentlich etwas von seinem besonderen Charme ahnen. Er ist ungewöhnlich, hatte Eitel oft gedacht. Wenn sich Marion von seiner sympathischen Seite zeigte, war er mehr als sympathisch; die Erleichterung, die man darüber spürte, war angetan, seine Liebenswürdigkeit zu überschätzen.

Merkwürdigerweise war er oft nett zu Elena. Er flirtete sogar mit ihr, leicht und unbefangen. Wenn Faye besonders aufmerksam gewesen war, pflegte sie sich ein wenig damit zu brüsten und Eitel zu hänseln, sobald Marion gegangen war. „Ach, wie gern würde er einen Streit zwischen uns entfachen", mochte Elena sagen.

„Ich habe ihn noch nie in diesem Maße an einer Frau interessiert gesehen."

Elena wurde dann plötzlich mürrisch. Das Kompliment war zu auffällig gewesen. „Er würde es nur zu gern sehen, wenn er mich in seinen Harem bekommen könnte", sagte sie.

„Aber das ist doch lächerlich."

„Es ist nicht lächerlich. So denkt er über mich. Ich mag ihn nicht", erklärte Elena.

„Denk nie zu gering von dir selbst", sagte Eitel ärgerlich. In Wirklichkeit war er aber immer noch sehr darauf bedacht, daß Elena Fortschritte machte. Einmal, nur einmal, hatte sie einen Erfolg bei den Emigrés gehabt. Jemand hatte einen Paso doble aufgelegt, und Eitel hatte sie Flamenco tanzen sehen. Sie war wunderbar gewesen. Mit stolz erhobenem Kopf, weißen Zähnen und ihrer goldenen Haut hatte sie sehr selbstbewußt getanzt, daß ihre Röcke flogen, mit ihren scharfen kleinen Absätzen den Rhythmus in großer Genauigkeit schlagend und mit solchem Temperament, daß er sie voller Bewunderung betrachtete. Dann hatte sie sich betrunken und aufgehört zu tanzen, aber die Erregung, die ihr Triumph ihm verschaffte, hielt die Nacht über an. Am Morgen hatte er ihr Vorwürfe gemacht, weil sie nicht mehr tanze, und für ein paar Tage hatte sie wieder angefangen zu üben; sie sprach sogar davon, sich ein Engagement in einem Nachtklub zu suchen. Aber wenn er sie beim Üben beobachtete, erkannte er, daß sie nie eine Berufstänzerin werden würde, und konnte sich nun vorstellen, wie unglücklich sie sich in jenen armseligen Engagements gefühlt haben mußte, die ihr Agent für sie ergattern konnte, bei denen sie nicht mehr war als eine Ruhepause für die Besucher, damit sie ihre Getränke zwischen zwei Nackttänzerinnen zu sich nehmen konnten.

Nein, sie würde nie die Grunderfordernisse eines Berufes erfüllen können, die, gleichgültig in welcher Stimmung man sich selbst befand, stets eine Mindestqualität an Leistung verlangten. Man durfte nie Furcht haben. Das würde Elena nie erreichen können. Aus seinen Beobachtungen erkannte er, daß sie begabt war, aber es war nur die wilde Begabung eines Amateurs. Kein Wunder, daß sie sie ins Bett übertrug; Liebe war nur etwas für Amateure. Deshalb wußte er auch, obwohl er es haßte, sich das einzugestehen, daß er noch weniger aus ihr würde machen können, je mehr er es versuchte. Alles endete bei ihr in dem Schrei: „Liebe mich, liebe mich wirklich, vielleicht kann ich dann tun, was du verlangst."

Das meinte Faye auch. An jenem Abend, als Eitel auf Munshins Anruf wartete, blieb Marion stundenlang bei ihnen. Am Anfang des Abends erzählte Eitel ihm, während Elena in der Küche Kaffee bereitete, Munshins Ideen über seinen Entwurf, aber noch während er sprach, hatte er das unbehagliche Gefühl, daß er von Marion ermutigt zu werden wünschte.

„Es hört sich ganz wie einer von Munshins Beiträgen an", meinte Marion.

„Ich finde es so fürchterlich, daß ich halb erschlagen bin", murmelte Eitel.

„Es ist nicht angenehm, draußen zu stehen, wie?" sagte Marion und schwieg, bis Elena ins Zimmer zurückkehrte. Aber auch dann blieb er stumm, und Elena begann sich ungemütlich zu fühlen. Als Faye schließlich ein neues Mädchen erwähnte, das er angeworben hatte, Bobby mit Namen, war Elena sehr neugierig geworden, alles über sie zu erfahren. Jede Einzelheit aus deren elendem Dasein – Bobby hatte versucht, Modell zu stehen, gehofft, eine Schauspielerin zu werden, hatte geheiratet und war geschieden worden und saß nun mit zwei Kindern da – sog Elena gierig in sich ein.

„Aber wie fing es mit ihr an?" unterbrach ihn Elena. „Ich meine, was hat sie früher getan?"

„Was weiß ich", sagte Faye. „Krawatten wird sie an einem Hutstand verkauft haben oder sich selbst für lebende Bilder an einen Nachtklub. Was macht man schon?"

„Nein, ich meine, wie entschloß sie sich dazu, *das* zu tun?"

„Hältst du es für so schwer? Jay-Jay nahm sie in die Mache, und dann sprach ich mit ihr."

„Aber wie *fühlte* sie sich dabei?" wollte Elena wissen.

„Wie würdest du dich fühlen?" fragte Faye.

Elena kicherte. „Es ist schrecklich", sagte sie zu Eitel. „Ich nehme an, daß ein Mädchen wie sie damit anfängt, weil sie keine anständige Beziehung zu einem Mann findet."

„Und dir ist es gelungen", sagte Faye. Eitel kannte die Vorzeichen. Marion fing an, borstig zu werden.

„Natürlich", sagte Elena. „Glaubst du es nicht?"

Faye lachte. „Natürlich glaube ich es. Den richtigen Mann aber zu finden, das ist die Schwierigkeit für jedes Mädchen."

„Was meinst du damit?" fragte Elena.

Eitel lächelte. „Er meint, du solltest mich laufenlassen."

„Marion haßt dich, Charley", erklärte sie mit einem Trotz, als fürchte sie, beide würden sich gegen sie wenden.

Eitel konnte nur lachen. Mit diesem Lachen hatte er sich jahrelang beschützt. „Stimmt das, Marion?" fragte er leichthin.

Faye zog den Rauch seiner Zigarette ein und schnippte sie dann in den Kamin. „Natürlich; ich hasse dich", sagte er.

„Aber warum?"

„Weil du ein Künstler hättest sein können und darauf spuckst."

„Und was ist ein Künstler?“ fragte Eitel. Fayes giftige Stimme verletzte ihn.

„Willst du etwa hierüber debattieren?“ spottete Marion. „Ich glaubte, es sei nicht nötig, dir das zu erklären.“

„Deine Einstellung tut mir leid“, sagte Eitel beherrscht. Er empfand es als großen Verlust, daß Marion ihn nicht mehr respektierte. Noch ein Freund weniger, stellte er sachlich bei sich fest.

„Wenn das deine Meinung über Charley ist“, sagte Elena, „warum kommst du dann ständig zu uns?“

Faye starrte sie an, als ob sie ein Phantom sei. „Meinst du das wirklich, oder sagst du das, weil ich vielleicht recht habe?“ fragte er.

„Ich finde, du bist – verlaß das Haus!“ schrie Elena ihn an, und wie alle Befehle, hinter denen kein Nachdruck steht, war es sinnlos und hatte nur zur Folge, daß sie selber das Zimmer verließ.

„Warum in aller Welt mußtest du das sagen?“ stöhnte Eitel.

„Weil ich das Täubchen besser durchschaue als du“, erwiderte Faye.

„Also gut, vielleicht hast du recht“, bemerkte Eitel kühl und begab sich ins Schlafzimmer. Er fand Elena in Tränen aufgelöst; er hatte es gewußt. Sie lag auf dem Bett und würde ihn nicht anhören.

„Du solltest niemandem erlauben, so zu dir zu sprechen“, schluchzte sie. „Und auch nicht zu mir.“ Er redete ruhigen Tones auf sie ein. Marion habe es nicht so gemeint, seine Nerven seien angespannt; sie hätte Marion nicht so viele Fragen stellen dürfen. Hoffnungslos fuhr Eitel in seinen Bemühungen fort. Die ganze Zeit über wußte er, daß er sie im Grunde zu überzeugen versuchte, wie unrecht Marion habe; nie würden sie voneinander lassen, er würde sich ihrer immer annehmen.

Der Zeitpunkt kam, da sich Elena ihm ärgerlich zuwandte.

„Du hältst nicht viel von deinem Freund, du solltest aber wissen, was er in Wirklichkeit für ein Freund ist.“

Aus der Art, wie sie es sagte, wußte er, daß noch einiges nachfolgen dürfte. „Was meinst du damit?“ fragte Eitel.

„Jedesmal, wenn du den Rücken kehrst, sagt Marion, daß er mit mir leben möchte.“

„So?“

„Ja sogar, daß er mich liebe.“

In seine Verblüffung mischte sich Freude. Laß ihn sich nur ruhig um sie kümmern, das würde vielleicht seine eigene Verantwortung verringern. „Kannst du denn nicht verstehen, warum Marion sich so benahm?“ hörte er sich fragen.

„Bist du denn nicht einmal böse darüber?“

„Elena, wir wollen es nicht aufbauschen.“

„Du bist gefühllos, Charley“, sagte sie.

„Ach, laß es gut sein. Du kannst Marion doch nicht übelnehmen, daß er in dich verliebt ist.“

Zum Schluß willigte sie ein, ihm gute Nacht zu sagen. Verlegen, mit rotumränderten Augen, kam sie für einen Augenblick zurück und lächelte Marion zu. „Wie schön du bist, Liebling“, sagte Marion und warf ihr eine Kußhand zu. „Wirklich, du bist besser als wir alle.“

Auch nachdem Elena zu Bett gegangen war, hatte sich Marions Laune nicht gebessert. „Warum zweifelst du an meiner Liebe zu Elena?“ fragte Eitel.

„Was wünschst du darauf zu hören? Ich will es gern sagen.“

„Du schätzt sie doch selber“, fuhr Eitel fort. „Du hast es ja selber zugegeben. Sie hat etwas Selbstbewußtsein so nötig.“

„Selbstbewußtsein!“ Marion lehnte sich vor, als ob er sich durch ein Hindernis zwängen wollte. „Charley, du weißt so gut wie ich, daß sie nur ein verkommenes kleines Ding ist.“

„Das ist nicht wahr, das erfaßt nicht alles.“ Eitel ärgerte sich darüber, daß seine Stimme so ruhig blieb. Wenn ich sie wirklich liebte, könnte ich jetzt nicht so gefaßt sein, dachte er und lächelte verbittert in sich hinein.

„Mit Elena kann man alles anstellen“, sagte Faye beinahe verträumt. „Sie gehört zu der Sorte von Mädchen, an denen man sich die Hände abwischt.“

Eitel machte noch einen Versuch. „Und doch ist sie die ehrlichste Frau, die ich je gekannt habe.“

„Vollkommen richtig. Weißt du, warum du bei ihr bleibst?“

„Nun?“

„Aus Angst, Charley. Ich möchte wetten, daß du ihr treu bist.“

„Ich bin es.“

„Und da hast du immer behauptet, daß Treue eine Vergewaltigung menschlicher Triebe sei.“

„Vielleicht meine ich das auch heute noch.“

„Du hast wirklich Angst. Du hast sogar Angst davor, dich mit einem meiner Mädchen einzulassen.“

„Nutten haben mich nie interessiert."

„Das ist eine Ausrede. Was willst du damit sagen? Daß es eine Geschmacksfrage sei?"

Während Faye redete, spürte Eitel etwas von der Wut zurückkehren, die ihn während der ersten Wochen in Desert D'Or überfallen hatte, als ihm klar wurde, daß jene Art Frauen, die einmal zu seiner Bekanntschaft gehörten, sich nie mehr mit ihm einlassen würden, auf jeden Fall weder die ehrgeizigen noch die jungen noch die, nach denen es ihn vielleicht verlangte; für ihn blieben nur noch die Frauen der Emigrés, die Call-Girls zweiter Klasse und jene unzweideutigen Prostituierten, die im Ansehen von Desert D'Or so niedrig standen, daß er für sie noch immer eine Prominenz darstellen würde. Oder hatte Faye doch recht? Hatte er sogar vor diesen Frauen Angst? Diese Gedanken zeigten Eitel, wie gering er Elena einschätzte. Aber er antwortete: „Wenn du so wenig von meiner Freundin hältst, warum bist du dann an ihr so interessiert?"

„Ich bin noch nicht dahintergekommen. Es ist wohl das Tier in mir." Faye gähnte und stand auf. „Tu dir selber einen Gefallen", sagte er, „frag einmal Elena, ob sie es schon für Geld getan hat."

„Was weißt du darüber?" entgegnete Eitel fast herausfordernd.

„Nichts, Charley. Ich fühle so etwas nur", und damit schlenderte Faye zur Tür hinaus.

Eitel fand nicht vor dem nächsten Nachmittag Gelegenheit, Elena danach zu fragen. Als er ins Bett ging, schlief sie bereits, und am Morgen war sie vor ihm auf. Von Munshin kam kein Anruf, und während Eitel zu arbeiten versuchte, quälte ihn ein heftiges sinnliches Verlangen nach Elena. Am Nachmittag nahm er sie ins Schlafzimmer, und sie verbrachten eine aufregende Stunde miteinander, doppelt aufregend für Elena, wie er wußte, weil seine Begierde sie unvorbereitet überfiel. Hinterher stellte er die Frage mit gespielter Harmlosigkeit. Hatte sie wirklich je Geld genommen? Eigentlich nicht, beichtete sie ihm, mit einer Ausnahme. So, einmal doch? Und wie kam das? Es sei eine komische Angelegenheit gewesen. Er wollte es genau wissen, und sein Herz erstarrte bei seiner Frage. Nun, ein Mann habe mit ihr schlafen wollen, sie hätte sich jedoch geweigert, daraufhin habe er ihr Geld geboten, zwanzig Dollar.

„Und was tatest du?" fragte Eitel.

„Ich nahm es. Es erregte mich."

„Du bist ein verworfenes kleines Ding“, sagte Eitel mit Fayes Worten.

Elenas Augen waren lebhaft. „Nun ja, das weißt du doch“, sagte sie mit frecher Vertraulichkeit. „Du bist auch nicht anders.“

„Gewiß.“ Das schlimmste war, dachte Eitel, daß diese Geschichte ihn sinnlich erregte.

„Es machte mir Spaß, die zwanzig Dollar auszugeben“, fuhr Elena fort.

„Es war dir also nicht unangenehm?“

„Nein.“

„Doch muß es dir unangenehm gewesen sein“, drängte Eitel.

„Nun ja, am nächsten Abend gingen die Nerven mit mir durch, aber ich bin ja immer so durcheinander.“ Ihr Gesicht bekam einen gedankenverlorenen Zug. „Charley, wir wollen nicht darüber reden. Als ich sechzehn Jahre alt war, hab ich mich immer mit dem Gedanken gequält, daß ich einmal als Hure enden würde.“ Dann lachte sie auf, als wollte sie die Erinnerung verscheuchen, und setzte sich auf seinen Schoß. „Erinnerst du dich, daß wir mal über die Möglichkeit mit zwei Mädchen gesprochen haben?“ Eitel nickte.

„Vielleicht könnten wir eins finden. Es müßte natürlich eins sein, auf das ich nicht eifersüchtig bin.“ Eitel lachte über sich selbst. „Ist es nicht gräßlich, über so etwas zu sprechen und Pläne zu schmieden?“

Er preßte sie an sich und fühlte so vieles, was er ihr nicht sagen konnte, fühlte seine Erregung bei der Vorstellung, mit zwei Frauen zusammen zu sein, und zugleich die Kränkung, daß Elena sich für zwanzig Dollar verkauft hatte, und über allem die Sorge um Elena, daß ihm beinahe Tränen kamen. Was würde geschehen, wenn er sich nicht mehr um sie kümmerte?

Ein wenig später entschlossen sie sich, schwimmen zu gehen. Während sie einen Drink am Schwimmbassin zu sich nahmen, fiel ihm ein, daß Collie noch immer nicht zurück war. Es war so leicht, sich irgend etwas einzureden; daß er Collie nie wiedersehen würde, war ebensogut möglich wie sein Auftauchen am heutigen Abend. Spielerisch warf er eine Münze in die Luft; sie fiel mit dem Wappen nach oben. Ich werde ihn nie wiedersehen, dachte er, und es verstimmte ihn ein wenig. Sollte er sich bereits so abhängig von Collie fühlen?

Nun, soviel über Aberglauben. Das Münzorakel behielt unrecht.

Munshin kam an diesem Abend zu ihnen. Es vergingen einige Stunden, bevor Elena zu Bett ging, und über das Drehbuch wurde in stillschweigendem Einverständnis zwischen den beiden Männern kein Wort gesprochen. Als Elena sie endlich allein gelassen hatte, zeigte Munshin eine nachdenkliche Miene. „Wir haben doch einen phantastischen Beruf", sagte er philosophierend.

Eitel jedoch war ungeduldig. „Wie geht es dem Obermönch?" fragte er.

Munshin lächelte. „Charley, ich hoffe, daß unsere kleine Unterhaltung neulich Früchte getragen hat."

„Mir sind ein paar Ideen gekommen."

„Ich bin noch immer scharf auf den Film", sagte Munshin. „Seit Jahren bin ich nicht so begeistert gewesen." Solche Sachen sagte Collie oft; er benutzte sie als Überleitung zu anderen Themen. „Was sitzt du hier eigentlich rum und spielst? fragte ich mich gestern nacht", fuhr Collie fort. „Das wirkliche Glücksspiel findest du in Desert D'Or mit Eitel."

„Wieso Glücksspiel?" wandte Eitel ein. „Als wir das letzte Mal miteinander redeten, schien dir der Erfolg doch sicher zu sein."

„Charley, reden wir doch nicht aneinander vorbei. Dafür sind wir beide zu gerissen. Deine Filmgeschichte ist auch mit meiner Veränderung ein Glücksspiel, reines Glücksspiel vom Anfang bis zum Ende."

Eitel beschäftigte sich für eine Weile damit, Getränke zu mischen. „Vielleicht sollten wir dann die Idee lieber fallenlassen", sagte er.

„Warum gleich so aggressiv, Charley?" Munshin kaute mit dem Vergnügen eines dicken kleine Jungen an der Oberlippe. „Ich habe viel darüber nachgedacht. Wenn du ihn allein machen willst, mein Lieber, gehört dir mein Vorschlag. Ich hoffe, daß er dir dazu verhilft, ein Vermögen mit dem Drehbuch zu machen, falls du es verkaufen willst."

Eitel setzte eine gelangweilte Miene auf. „Du weißt ganz genau, Collie, daß mich alle aus der Branche meiden."

„Du brauchst dich doch nur bei der Regierung reinzuwaschen."

„Eine Kleinigkeit, gewiß, aber ich habe meinen Stolz, Collie."

„Dann solltest du mit mir zusammenarbeiten."

„Vielleicht gibt es noch andere Möglichkeiten."

„Mach mir doch nichts vor! Wenn du ihn in Europa drehen

willst, brauchst du erst einmal einen Paß." Munshin strahlte. Er habe etwas viel Besseres ausgearbeitet, sagte er. Eitel solle das Drehbuch schreiben, und er, Munshin, würde ihn dabei beraten, und wenn es fertig sei – würde Eitel es wohl in zwölf Wochen schaffen? –, bekäme es Teppis als Munshins eigenes Produkt vorgelegt. Er brauche Eitel ja wohl nicht daran zu erinnern, was er, Munshin, für einen Ruf als Drehbuchschreiber besitze. Ein Drehbuch von ihm sei eine Menge Geld wert.

„Du könntest zwischen fünfundsiebzig- und hunderttausend dafür bekommen", sagte Eitel.

„Charley, warum wollen wir jetzt schon von Geld reden?"

„Weil ich wissen möchte, wie wir uns darin teilen."

Munshin spitzte die Lippen. „Charley, das ist unter deiner Würde."

„Mag es unter meiner Würde sein, aber ich wünsche, sofort zehntausend Dollar zu erhalten und vom Rest drei Viertel; ein Viertel für dich."

„Du überraschst mich", sagte Munshin. „Ich verstehe nicht."

„Gib dir ruhig ein bißchen Mühe."

„Das solltest du selber tun. Was habe ich denn von dem Ganzen, doch nur Unannehmlichkeiten. Wenn Teppis jemals herausbekäme, daß ich mit dir zusammengearbeitet habe, würde er mich umbringen. Meinst du, ich setze für ein paar lumpige Dollar meine Stellung aufs Spiel?"

„Vergiß den Ruhm für das Drehbuch nicht."

„Ist es nicht wert." Munshin schüttelte den Kopf. „Nein, Charley, nein. Ich sehe es anders. Da du im Augenblick knapp mit Bargeld bist, will ich dir zweieinhalbtausend für das Drehbuch geben, und vom übrigen bekomme ich drei Viertel."

„Collie, Collie, Collie!"

„Das Geld, das ich dir lieh, soll vergessen sein."

„Glaube nur nicht, daß ich nicht weiß, warum du es mir gegeben hast."

Sie stritten sich und feilschten noch eine weitere Stunde, ehe der Vertrag entworfen war. Später – Munshin erklärte, er müsse es mit seinem Anwalt durchsprechen – würden sie, oder auch nicht, einen endgültigen Kontrakt aufsetzen und im Hinblick auf die Einkommensteuer die zweckmäßigste Methode für die Auszahlung des Geldes an Eitel überlegen. Aber das seien Einzelheiten, sie könnten sich ja aufeinander verlassen.

Der ideale Kontrakt, dachte Eitel. Collie würde das Geld bekommen, und Fotokopien des Drehbuches nach seiner eigenen Handschrift würden ihm, Eitel, verbleiben. Er nahm die bestmöglichen Bedingungen, die er erreichen konnte, an. Collie würde ihm viertausend für das Drehbuch geben. Zweitausend sofort, zweitausend nach Fertigstellung. Sollte das Drehbuch nicht verkauft werden, gehörte es Munshin. Wurde es verkauft, erhielt Collie zwei Drittel des erzielten Honorars. Die Nebenrechte gehörten Collie, aber er versicherte, daß er Eitel einen Anteil geben würde. Ein einfaches Arrangement: Eitel würde die Arbeit leisten und Collie das Geld erhalten. Als Gegenleistung wollte Collie sein Bestes tun, um Eitel als Regisseur zu engagieren, sofern er sich noch einmal dem Untersuchungsausschuß stellen und mit ihm zusammenarbeiten würde. Vielleicht zeichneten dann sogar beide für das Drehbuch verantwortlich.

Nun bin ich unter Collies Tagelöhner gegangen, dachte Eitel traurig, die in einem Loch für ihn arbeiten müssen. Innerlich raste er. Collie besaß Menschenkenntnis. Alle seine Fronarbeiter waren anständige Kerle; nie hätte er ein solches Abkommen mit jemandem getroffen, dem er nicht vertrauen konnte.

„Trotz all der Jahre, die hinter mir liegen, bin ich noch immer ein anständiger Kerl", sagte Eitel, als ihm Collie zwanzig Hundertdollarnoten überreichte. Der Handel war abgeschlossen. Eitel fühlte ein Prickeln in seiner Hand.

Wenn er jedoch glaubte, daß die geschäftlichen Dinge für diese Nacht erledigt seien, sollte er bald feststellen, daß sie eigentlich erst begonnen haben. Collie begann nun mit einem langen Bericht, wie er Lulu im Spielkasino getroffen habe. „Sie war mit dem jungen Burschen da, deinem Freund. Wie heißt er doch gleich?"

„Sergius."

„Richtig, Sergius." Collie seufzte. „Ein netter Junge, aber nicht so gescheit, wie er glaubt."

„Kann sein." Eitel verhielt sich abwartend.

„Charley", sagte Munshin, „ich könnte jedesmal weinen, wenn ich daran denke, wie du dir deine großartige Laufbahn zerstört hast."

Eitel verbiß es sich, zu antworten. Das war der rascheste Weg, um herauszubekommen, was Munshin wirklich wollte.

„Mußtest du denn Elena H. T. direkt vor die Nase setzen, damals auf der Gesellschaft?“ fragte Collie. „Du ahnst nicht, was das für ein Fehler war. Warum wohl, meinst du, hat er dich zunächst einmal eingeladen?“

„Ich habe es nie verstanden.“

„Charley, bei all deiner Intelligenz und all deiner Phantasie hast du H. T. immer falsch behandelt. H. T. wünscht allen ein Vater zu sein, und du hast ihm nie eine Gelegenheit dazu gegeben. Zwei Stunden vor der Gesellschaft, ehe ich überhaupt wußte, daß du eingeladen warst, sagte er zu mir: ‚Ich möchte diesem Charley-Jungen eine Rehabilitierung verschaffen.‘ Das waren seine Worte.“

„Allerhand.“ Eitel trank sein Glas leer und schenkte sich ein neues voll. „Das heißt also, daß er mich von der schwarzen Liste streichen wollte?“

Munshin nickte weise. „Er würde es so eingerichtet haben, daß du in geheimer Sitzung aussagen konntest. Niemand würde je erfahren haben, was du gesagt hast.“

Wie gerissen, dachte Eitel. Eine geheime Sitzung, ein paar Zeilen auf der Rückseite einer Zeitung, und er konnte seine Karriere fortsetzen. Und der Redakteur der Klatschspalte würde wieder ein paar freundliche Worte über ihn bringen.

„H. T. ist ein harter Mensch“, sagte Munshin, „aber er ist einsam. Tief im Herzen vermißt er dich. Er lud dich ein, weil er eine Idee für einen Film hatte, den nur du machen kannst.“

„Sergius erzählte mir davon“, sagte Eitel. „Ein Wüstenfilm mit Musik.“

„Ach, Baby, du irrst.“ Collie streckte einen Finger vor. „Du hast keine Ahnung von H. T., ich muß es dir immer wieder sagen. Er dachte an einen Film über Sergius O'Shaugnessy.“

Das war einen Schluck wert. „Ich muß blind sein“, sagte Eitel, „denn ich kann mir nichts darunter vorstellen.“

„Du bist nur ein bißchen verrostet. Der Junge ist doch ein Held mit den zehn abgeschossenen Flugzeugen auf seinem Konto.“

„Drei, Collie, nicht zehn. Wenn du Sergius fragen willst, vielleicht erzählt er dir dann, daß es ihn beinahe verrückt gemacht hat.“

„Schön, mag ich ein wenig übertrieben haben“, sagte Munshin. „Die Hauptsache ist doch nicht, wie viele Flugzeuge es waren, sondern daß Sergius ein Junge ist, den man auf einer Waisenhaustreppe niederlegte. Kannst du dir filmisch etwas Lebensnäheres vorstellen?"

„Es klingt revolutionierend."

„Nimm mal das Mädchen, seine Mutter", sagte Munshin. „Ich seh ihre Rolle vor mir: ein junges gesundes Ding. Ein idealer Anfang. Du könntest zum Beispiel damit beginnen, wie sie ihr zwei Monate altes Baby auf der Treppe des Waisenhauses aussetzt, klingelt und dann weinend fortläuft, als ob es ihr das Herz zersprenge. Die Tür wird geöffnet – von einem alten Pförtner, so denke ich es mir – und er findet einen Zettel an den Windeln des Babys –, übrigens H. T.s Idee. ‚Ich wünschte, ich könnte meinem Baby einen Vaternamen geben', steht darauf. ‚Da es aber nicht möglich ist, bitte ich, ihn Sergius zu nennen, weil es ein so schöner Name ist.'"

Munshins Gesicht drückte ein Entzücken aus, als erblicke er vor sich einen Riesendiamanten. „Das muß hinhauen", sagte er, „‚Sergius, weil es ein so schöner Name ist'! Dort muß man es anpacken. Er entwickelt sich zu einem Elite-Kampfflieger. Der Waisenknabe, der zum Helden wird!"

Eitel erschien alles durchaus plausibel. Einige Male im Jahr hatte Herman Teppis eine Inspiration, und dann war irgend jemand an der Reihe, aus dieser Idee einen Film zu entwickeln. Der Grundgedanke konnte dabei aus weniger bestehen als ‚der Waisenknabe, der zum Helden wird'. Vor Jahren hatte Teppis eines Morgens Eitel zu sich gerufen und ihm erklärt: „Ich habe einen Film im Kopf: Die Renaissance. Machen Sie diesen Film." Es war Eitel gelungen, Teppis auf einen anderen Regisseur zu lenken, und als der Film fertig war, hatte sich zwar der Titel geändert, aber der Einfall ausgereicht, um die Leute bei Supreme für ein halbes Jahr in Atem zu halten. Und im Grunde genommen war diese Methode, Filme zu machen, nicht schlechter als irgendeine andere. Die meisten nach Teppis' Einfällen gedrehten Filme waren finanziell erfolgreich.

„Wie denkst du darüber?" fragte Munshin.

„Diese Geschichte hat nichts mit Sergius zu tun. Du brauchst dich nicht einmal um die Rechte zu kümmern."

„Verklagen könnte er uns nie. Aber das ist nicht der Kern der Sache. Sieh dir mal die Fabel an. Da ist etwas nicht in Ordnung. Keiner würde sie einem abnehmen, wenn man sie nicht um eine lebende Person gestalten kann. Das allein ist es, was H. T. bewegt. Die Publikumseffekte!"

„Ich glaube nicht, daß dir Sergius die Rechte geben wird", sagte Eitel.

„Meinst du?" sagte Munshin. „Ich denke anders darüber. Es stecken zwanzigtausend Dollar für ihn drin."

„Warum sprichst du dann nicht mit ihm?"

Munshin seufzte. „Es ist zu spät. Du weißt, wie es mit H. T.s Begeisterung geht. Er wollte, daß du den Film machst, weil der Junge mit dir zusammenarbeiten würde. Nun aber ist alles verdorben, weil du H. T. sinnlos beleidigen mußtest."

„Collie, warum fängst du wieder mit der alten Geschichte an?"

„Weiß ich?" Munshin bohrte heftig mit einem Finger im Ohr. „Vielleicht, weil mir noch etwas im Kopf herumgeht. Wenn wir Sergius dazu bekommen könnten, daß er die Idee gutheißt, glaube ich, Charley, daß ich noch einmal mit H. T. sprechen könnte, dir die Regie zu überlassen."

Eitel lachte. „Mit anderen Worten, du willst, daß ich Sergius von der Güte der Idee überzeugen soll."

„Ich möchte, daß du mir hilfst und gleichzeitig dir selber."

„Dann haben wir alle was davon", sagte Eitel. „Sergius kommt wieder zu Geld, ich führe Regie, und du hast den Auftrag erfüllt, mit dem H. T. dich hierherschickte."

„Wenn du es so ausdrücken willst, ja."

„Und was dann, wenn H. T. mir die Regie nicht überläßt?"

Munshin schaute nicht im geringsten überrascht aus. „Auch daran habe ich gedacht", sagte er. „In diesem Fall können wir zum Beispiel unsere Vereinbarungen über das Priester-Drehbuch ändern. Ich würde dich nicht im Stich lassen."

„Wie gut, daß wir bereits Partner sind", sagte Eitel. Großartig, dieser Collie! Er war nach Desert D'Or gekommen, weil H. T. ihm befohlen hatte, Sergius O'Shaugnessys Leben aufzukaufen. Aber Collie mußte stets zwei Eisen im Feuer haben. Deshalb machte es ihm auch nichts aus, was sich daraus entwickelte. Er würde kaum etwas verlieren. Eitel hätte gern gewußt, wie viele Abmachungen Collie wohl in der letzten Woche außerdem getroffen hatte.

„Sergius hat deine zwanzigtausend Dollar abgelehnt, wie?" fragte Eitel plötzlich.

„Es blieb offen."

„Du hast es wohl nur so über das Roulettrad hinweg besprochen?"

„Dieser Ort ist so gut wie jeder andere."
„Und hat auch Lulu Sergius bearbeitet?"
Collie mußte lächeln. „Nun, es ist ein bißchen kompliziert. H. T. ist versessen darauf, sie zu verheiraten."
„Teddy Pope?"
Collie nickte. „Indessen sind ihr jedoch mildernde Umstände zugestanden worden. Ich glaube, daß H. T. sich damit zufriedengeben wird, wenn sie Sergius heiratet."
„Ein hübscher Schluß für den Film." Eitel brüllte vor Lachen. „Allerhand bei deinem Körperumfang, Collie", konnte er endlich hervorstoßen, „daß du es fertigbringst, dich noch in die engste Spalte zu quetschen."
Munshin stimmte in das Lachen ein. Sie saßen in Eitels Wohnzimmer, lachten und lachten, doch Collie hörte plötzlich damit auf. „Ich bin wirklich nach dir verrückt, Baby", sagte er und wischte sich die Lachtränen aus seinen Augen. „Du bist der einzige, der mich durchschaut."
„Das ist ein Kompliment", sagte Eitel heiter.
„Wirst du mir bei Sergius helfen, ja?"
„Nein", sagte Eitel, „ich werde keinen Finger rühren."

16

Munshin gab einen Laut des Unwillens von sich. „Dacht' ich mir doch gleich", meinte er und lehnte sich in seinem Sessel vor. „Was hältst du davon, wenn ich dir sage, daß du mir einiges schuldig bist?" Eitel spürte die Wirkung des Alkohols und fühlte plötzlich Zorn in sich aufsteigen. „Ich schulde dir nichts", erwiderte er mit vor Erregung zitternder Stimme, „schon gar nicht nach den paar Groschen, mit denen du mich eben gekauft hast."
Munshin nickte verständnisvoll. „Ja, ich weiß schon. Ich bin ein Taugenichts. Für dich bin ich nur ein gemeiner Betrüger. Wenn du aber nur zwei Minuten lang an etwas anderes denken könntest als an dich, dann würdest du vielleicht merken, daß du überhaupt nicht" – Munshin hob einen Finger in die Höhe – „auf mein Interesse an der Sache Rücksicht nimmst."
„Das verstehe ich vollkommen", erwiderte Eitel. „Ich soll dir bei

einer deiner Machenschaften helfen.“ Die benebelnde Wirkung des Whiskys war plötzlich verflogen, und sein Geist war wieder klar, zu klar vielleicht, denn er war bereit, auf alles zu reagieren, was Munshin vorbringen mochte. „Munshin, kannst du denn nie damit aufhören?“ fügte er ärgerlich hinzu.

„Hör mal zu, Charley, du kannst mich für ein noch so gräßliches Ungeheuer halten, aber vergiß nicht, daß ich das einzige Ungeheuer in diesem verdammten halsabschneiderischen Studio bin, das sich immer noch ein kleines bißchen darum kümmert, was aus dir wird.“ Mit jedem Satz nahm Munshins Stimme eine andere Färbung an. „Also, fang nicht so mit mir an. Ich möchte es lieber nicht erst darauf ankommen lassen, wer von uns beiden der Stärkere ist, denn, ob du es glauben willst oder nicht, ich mache mir Sorgen um dich, Charley.“

Eitel lachte, doch seinem kritischen Ohr erschien das Lachen ein wenig zu schrill. Er war wütend über die gegen seinen Willen aufkommende Zuneigung für Munshin, und so antwortete er: „Ja, ich sehe direkt, wie ein erfolgreicher Produzent sich meinetwegen die Augen ausweint.“

„Verdammt noch mal, Eitel!“ entgegnete Munshin mit leiser Stimme. „Ich habe nicht gesagt, daß ich mich um deinetwegen in den Schlaf weine. Ich mache mir ein wenig Gedanken um dich, meinte ich.“

Eitel lehnte sich zurück und streckte die Beine von sich. „Also gut, Collie, das könnte ich dir vielleicht abnehmen.“

„Eitel, vertraue mir doch einmal wenigstens in dieser Stunde. Es gibt so viel Menschen in der Welt, gegen die man kämpfen muß. Dich möchte ich nicht bekämpfen.“

„Dann hören wir auf, von Sergius zu sprechen.“

„Und wenn ich dir nun erkläre, daß ich dein Gefühl für den Jungen verstehe? Glaub mir, ich verstehe es. Soviel Schund und Unsinn ich schon in meinen Filmen verarbeitet habe, ich habe mir doch das Empfinden dafür erhalten, daß jeder irgendeinen Menschen braucht, dem gegenüber er uneigennützig sein muß. Mindestens einen. So kannst du also dem Jungen gegenüber selbstlos sein. Ich will dich nicht mehr damit behelligen.“

Eitel nahm einen mächtigen Schluck. Er fing an, sich besser zu fühlen. „Ich will dir mal ein Geheimnis verraten. Wir könnten miteinander auskommen, wenn du deine Reden verkürzt.“

Munshin lächelte nur nachsichtig über den Vorwurf. „Dann hör mal zu, Eitel, sag mir einmal offen und ehrlich – und ich verdiene eine ehrliche Antwort –, wie sich nach deiner Ansicht Sergius entwickeln würde, wenn ich ihn dazu überreden könnte, Onkel Hermans Angebot anzunehmen."

„Onkel Herman?" fragte Eitel. „Onkel Herman Teppis?"

Collie grinste. „Aber sag das nicht so laut."

Beide lachten wie über einen alten Familienwitz.

„Also, Collie, das entwickelt sich hier zu einem soliden Zechgelage", lenkte Eitel ab.

„Sag was über Sergius, mein Lieber."

„Als einen Beweis für meine Intelligenz?"

„Du weißt, was ich von deiner Intelligenz halte. Soll ich erst vor dir auf die Knie fallen?" grollte Munshin. „Was meinst du denn, wozu ich hergekommen bin?"

Genießerisch nippte Eitel an seinem Glas. Ihm fiel ein, daß seine Verstimmung zum erstenmal seit Wochen verflogen war. „Ein kleines bißchen mag ich dich auch, Collie", sagte er langsam, „und du bist ganz bestimmt nicht schwer von Begriff, aber ich glaube, du unterschätzest unseren Jungen doch ein wenig."

„Spricht da nicht der eingebildete Vaterstolz aus dir?" bemerkte Munshin und strich sich mit seiner schweren Hand über die Kehle. „Für mich ist Sergius nur ein Opportunist im Glück."

„Nach all den Jahren glaubst du immer noch an das Glück?"

„Ich glaube daran. Zur rechten Zeit die rechten Beziehungen zu schaffen, ist ein Glück, an das ich glaube. Und dein Freund hat eine sehr glückliche Hand."

„Nein, so einfach ist das nicht." Eitel fuhr mit der Hand über die kahle Stelle in seinem Haar. „Ich weiß nicht, Collie, ob ich wirklich über ihn sprechen soll, doch" – Eitel seufzte, als könnte er der Versuchung nicht widerstehen – „du hast recht, ich mag ihn. In meiner schlimmsten Zeit war er mir einen Monat lang ein richtiger Freund, ich möchte nicht, daß er sich zu einem Taugenichts entwickelt."

„Wer spricht denn von solcher Entwicklung?" fragte Munshin. „Das Jungchen kriegt zwanzigtausend Dollar zum Trost, wenn Lulu ihm den Laufpaß gibt."

Nach einer bedeutsamen Pause fuhr Eitel fort: „Weißt du, du solltest lieber einmal seine Möglichkeiten als Filmschauspieler ergründen."

„Was sagst du da? Als Filmschauspieler?“ Munshins Gesicht wurde ernst.

„Ja. Für einen Bühnenstar ist er vielleicht noch etwas zu jung, aber er hat etwas an sich, was sich bestimmt als Kassenmagnet erweisen dürfte. Ich könnte nicht einmal sagen, ob er tatsächlich einen guten Filmschauspieler abgeben wird, denn ich weiß wirklich nicht, ob er überhaupt echtes Talent dazu hat. Und doch, Collie, wenn ich nur ein bißchen Menschenkenntnis besitze, möchte ich behaupten, der Junge hat eine enorme Anziehungskraft.“

„Wie du das so sagst, scheint es mir auch, als wenn irgend so etwas in ihm steckt“, meinte Munshin nachdenklich.

„Ganz bestimmt. Meinst du, Lulu würde sonst ihre Zeit mit diesem Jungen vertrödeln?“

„Was ich bei alledem immer noch nicht verstehe“, warf Collie ein, „ist, warum du ihn nicht drängst, mit mir einmal darüber zu reden. Ich dachte, der Bursche ist dein Freund.“

„Weil ich nicht weiß, ob er wirklich dazu taugt. Angenommen, er hat wirklich kein Talent, oder er macht sich nichts Besonderes daraus und er wird trotzdem zu schnell populär, könnte vielleicht ein Prahlhans aus ihm werden. Ich sehe ihn schon vor mir als einen Schauspieler, der, obwohl er vielleicht nur hundert Seiten Proust gelesen hat, berühmte Persönlichkeiten auf einer Gesellschaft in ein Gespräch zieht, nur um ihnen zu berichten, daß er den Schauspielerberuf hasse, weil er ihn daran hindert, ein großer Schriftsteller zu werden. Und jedes Tanzgirl, das ihn in seiner Garderobe besuchen mag, wird dann natürlich zu hören bekommen, der Regisseur sei ein Idiot, der nicht einmal einen Klassiker von einem Surrealisten unterscheiden könne.“

„Welch eine blühende Phantasie du hast“, entgegnete Munshin. „Ich wußte nicht einmal, daß unser Athlet überhaupt lesen kann.“

„Es ist aber so. Er ist sich dessen selber noch nicht so ganz bewußt, aber er will durchaus ein Intellektueller werden. Meine Vermutung trügt mich selten.“

„Sehr interessant“, bemerkte Collie. „Weißt du, was ich aus seinem Wesen herauslese? Angenommen, er ist zugkräftig und man läßt ihm freien Lauf, könnte er sich zu einem Super-Wildwesttyp entwickeln, der rücksichtslos von seinen Ellbogen Gebrauch macht, wenn es um seine Karriere geht. Ja, noch schlimmer, ich glaube, der Junge könnte verdammt unangenehm werden. Sobald er als Schauspieler nicht vorankommt, würde ich ihm zutrauen, daß er sich zum berufsmäßigen Moralprediger aufschwingt und politisch unerwünschte Leute wie dich durch endlose Veröffentlichungen von Klatschgeschichten hochgehen läßt."

Eitel zuckte die Achseln. „Nun, ich weiß nicht, ob ich dir unrecht geben soll. Auch das wäre möglich. Dieses Halbschwergewicht kann sich nach hundert verschiedenen Richtungen hin entwickeln. Das ist es gerade, was ihn für mich so interessant macht."

Collie nickte. „Du magst vielleicht eine Schwäche für solche Musensöhne haben. Für mich sind sie nur Psychopathen."

„Du mußt nicht alle gleich etikettieren", knurrte Eitel.

„So kommen wir ja nicht weiter. Ich möchte gern wissen, Charley, ob du nach alledem, was wir eben besprochen haben, immer noch annimmst, daß ich absolut keine Chance bei Sergius habe", erklärte Collie lächelnd.

„Zugegeben, ich weiß es selbst nicht. Wenn Sergius auf meine verflossene Gattin so versessen ist, daß er auf Onkel Hermans Vorschläge eingeht, dann bekommt ihr einen Schauspieler, der eine eigene Sekretärin brauchen wird, um all die leidenschaftlichen Briefe seiner Anhängerinnen zu beantworten."

„Eitel, ich habe eine Überraschung für dich", warf Collie plötzlich ein. „Genauso denkt H. T. über Sergius."

Eitel lächelte bei dem Gedanken an diese gemeinsame Auffassung. „Nun, Collie, dann bin ich ja in bester Gesellschaft..."

„Du machst mich noch ganz krank. Wärst du nicht so stur, könnte ich jetzt ein Meisterwerk vollbringen. Wie gern würde ich H. T. für uns beide angeln mit Sergius als Köder und dich als Haken zum Anbeißen." Munshin nickte selbstgefällig bei dem Gedanken an die Vorzüglichkeit seines Planes. „Charley, was hältst du von einem Friedensvertrag zwischen uns? Vielleicht macht das nur der gute Whisky, aber ich fange an zu glauben, wir könnten Freunde werden."

Die Verquickung von Geschäft und Freundschaft verstimmte Eitel wieder. „Meinst du nicht, ich hätte heute nacht nicht schon genug von meinem Ich an dich verkauft?" entgegnete er kühl.

„Wieso verkauft? Eitel, für mich bist du immer noch der Wunderknabe. Du verstehst einfach nicht, was ich vorhabe. Ich weiß, ich bin betrunken, aber bedenke doch nur einmal folgendes: H. T. wird nicht ewig Chef des Studios bleiben." Diesen Satz brachte

Collie in einem Flüsterton hervor, der seltsam eindringlich durch das Zimmer schwebte. „Du und ich, wir könnten ein interessantes Team abgeben. Du bist einer der wenigen Regisseure, die niemals wirklichen Schund produziert haben. Und echte Klasse ist für mich anbetungswürdig, Charley. Sobald ich die Leitung im Studio habe, kannst du versichert sein, daß ich dich in einem gewissen vernünftigen Rahmen alle die Filme drehen lasse, die dir schon immer vorgeschwebt haben." Dann brach er plötzlich ab, als bedauere er den frühen Zeitpunkt seines Vorschlags.

„Collie, wir hätten zusammenarbeiten können", gab Eitel zu, doch dann schüttelte er energisch den Kopf, als wollte er diese Möglichkeit für immer ausschalten. „Doch du hast dich zu oft in unangenehmer Weise in Filme eingemischt, die viel für mich bedeuteten, als daß ich das so schnell vergessen könnte." Ein lange verborgen gehaltener Haß sprach aus seiner Stimme. „Und das schlimmste ist, daß du nicht einmal als Geschäftsmann einen Grund für diese Einmischung gehabt hast. Denn erst heute fängt man allgemein an, sich mit den Nuancen der Filmgestaltung zu befassen, die ich schon vor fünf Jahren anwenden wollte."

„Laß doch schon die Vergangenheit ruhen!" Munshin sah ihn unbehaglich an. „Bruderherz, denkst du denn gar nicht daran, daß ich mich vielleicht auch ändern könnte?"

Eitel zeigte das Lächeln des einsamen Menschen, der es aufgegeben hat, an die Ehrlichkeit anderer zu glauben. „Du weißt", entgegnete er, „daß es nicht die Gefühle der Menschen sind, die Geschichte machen, sondern ihre Taten."

Munshin blickte auf seine Uhr und erhob sich. „Also gut", sagte er, „ich will dir meine Aufrichtigkeit beweisen. Was die zweitausend Dollar betrifft, die ich dir nach Fertigstellung des Drehbuches zahlen sollte, so kannst du sie morgen haben. Ich werde sie dir durch einen Boten schicken."

Kühl sah Eitel ihn an, als erblickte er in ihm immer noch das Ungeheuer. „Kannst die Pfennigfuchserei noch immer nicht lassen, wie, Collie?"

Die Ermüdung des vierundzwanzigstündigen Arbeitstages sprach nun aus Munshin, als er erwiderte: „Eitel, du kannst einem wirklich zusetzen." Er schwankte ein wenig auf seinen Beinen, als er fortfuhr: „Aber du hast recht. Ich rechne wirklich mit dem Pfennig. Siehst du, das eine habe ich mit Elena gemeinsam: Meine

Eltern haben auch ein Schokoladengeschäft besessen, einen gutgehenden Laden, in den jeden Augenblick Leute kamen, um für irgend etwas Geld zu kassieren oder zu sammeln. Das färbt so stark auf den Charakter eines Menschen ab, daß es ein Kaffeehaus-Dandy wie Charles Francis Eitel niemals verstehen kann."

„Eines Tages werde ich dir auch von mir etwas erzählen", erwiderte Eitel fast sanftmütig.

„Ja, das hoffe ich auch, Charley." Förmlich schüttelten sie sich die Hände zum Abschied.

„Tu mir den Gefallen und laß mich morgen den Boten zu dir rüberschicken. – War das eine Nacht!" stellte Munshin mit einem tiefen Seufzer fest.

Eitel war guter Laune, als er ins Schlafzimmer ging, und er erwachte in der gleichen Stimmung. Sein Magen, der gewöhnlich bis spät in den Nachmittag verstimmt war, genoß Frühstück und Kaffee mit Behagen. Seine Stimmung hielt bis zu dem Augenblick an, als ihm klar wurde, daß er Elena erzählen müßte, das Drehbuch sei nun nicht mehr sein Eigentum.

Es stimmte sie sehr traurig, und während er ihr zu erklären versuchte, daß er eigentlich nur für Collie arbeite, um Zeit zu gewinnen und das bedeute Geld, war er sich darüber klar, daß er sich schon in der vergangenen Nacht vor diesem Geständnis gefürchtet hatte. „Nichts hat sich wirklich geändert, Liebling", sagte er. „Ich meine, das Drehbuch, das ich für Collie schreibe, wird von meinem eigenen so verschieden sein, daß ich später in der Lage sein werde, noch das andere zu schreiben."

Sie schaute entmutigt drein. „Ich wußte nicht, daß du so nahe an der Pleite warst."

„Sehr nahe", sagte er.

„Hättest du nicht deinen Wagen verkaufen können?" fragte sie.

„Wäre das eine Lösung gewesen?"

„Ich hoffe nur, daß du nicht zu voreilig warst", seufzte Elena. „Ich habe von diesen Dingen keine Ahnung. Vielleicht hast du recht."

Während sie sprach, versuchte sie, es sich selber einzureden, aber er erkannte, daß sie ihm nicht wirklich glaubte. Im Grunde konnte er niemandem etwas vormachen. „Ich bin davon überzeugt, daß das Neue gut werden wird", sagte sie, aber den ganzen Tag über blieb sie verdrießlich.

Seine Arbeit an Munshins Drehbuch ging gut vonstatten. Vor Jahren hatte Eitel von einem guten, berufsmäßigen Drehbuchschreiber verlangt, daß er in der Lage sein müsse, in einer Stunde drei Seiten über jeden Stoff zu schreiben, mit dem man ihn beauftragte. Und in diesem Tempo arbeitete er nun selbst an seinem neuen Meisterwerk. Gewiß gab es Hindernisse, Verzögerungen und Vormittage, an denen die Weiterarbeit unbefriedigend blieb, aber im ganzen erstaunte, ja ärgerte ihn, wie leicht ihm jetzt das Schreiben fiel. Während er vorher Szenen mehrmals umschreiben mußte, um hinterher zu entdecken, daß die letzte Fassung noch schlechter war als die vorangegangene, überfluteten ihn jetzt die Einfälle, Szene reihte sich an Szene, und das Bauwerk der Handlung wurde immer geschlossener. Eitel verstand nichts vom Kirchenwesen, und dennoch wurden Freddys Auftritte im Seminar gut – verkaufsmäßig gut, die besten Filmzutaten kochten drin. Was brauchte man viel von der Kirche zu wissen? Der alte Geistliche wurde mit einem feinen irischen Humor versehen, und Freddy war dem Plan entsprechend hochmütig. Man konnte sich darauf verlassen, daß die knappe Sprache des Films verstanden wurde: ein bißchen leichtfertig, dieser Bursche, nicht ganz zuverlässig, aber da ihn Teddy Pope verkörperte, würde es schon gut aussehen.

Wirkliches Vergnügen bereitete es ihm, als er Freddys Erfolge beim Fernsehprogramm „Ratschläge für Seelen in Not" niederzuschreiben begann. Zum Sirup der Seminarszenen fügte Eitel jetzt den Essig, der für die Fernsehabschnitte des Filmes notwendig war, und er fühlte, daß die Szenen nicht durchfallen konnten. Ein bißchen süß, ein bißchen bitter und viel Herz. Das war das Rezept für die Napfkuchen, die dann die großen Filmpreise einheimsten. Wie schön war es, wieder mit zynischer Überlegenheit arbeiten zu können.

Munshin rief beinahe täglich von Hollywood aus an. „Wie wird Freddys Rolle?" fragte er.

„Freddy geht es gut. Er ist wirklich lebendig", sagte Eitel und glaubte, daß es nun wegen des „Menschen" Freddy keine Probleme mehr geben dürfte; Freddy war jetzt bereits ein Schauspieler, irgendein Schauspieler mit dem Körperbau eines Skiläufers, sonnengebräuntem Gesicht und einem großen Herzen.

„Wie geht es Elena?" fragte Munshin weiter und gab sich selber die Antwort: „Na, das ist ja großartig, ist ja großartig", während Eitel murmelte: „Es geht ihr gut, danke. Sie läßt dich grüßen."

Nur daß das nicht ganz zutraf. Wenn auch Eitel in diesen Tagen bei bester Laune war, Elena war es nicht, und ihre Verstimmung beeinträchtigte seinen Optimismus.

Zum ersten Male, seit er mit Elena zusammenlebte, war er wieder im Begriff, sich Gefühlen hinzugeben, die ihm von alten Affären her vertraut waren. Es schien nun Zeit zu sein, eine Trennung von ihr zu erwägen. Dies war immer eine heikle Angelegenheit gewesen, aber bei Elena würde er besonders geschickt vorgehen müssen. Gleichgültig, wie sehr sie ihm in diesen Tagen wegen ihrer Verdrossenheit mißfiel, wegen ihres gewöhnlichen Benehmens, ihrer Geschmacklosigkeiten, ja sogar wegen ihrer Liebe – er war sich darüber klar, daß er sich selber von Schuld nicht freisprechen konnte. Er hatte diese Beziehung begonnen und auf die Fortführung gedrungen, und so stand für ihn fest, ihr so wenig wie möglich weh zu tun. Auch beabsichtigte er nicht, sofort mit ihr zu brechen; das würde sich störend auf seine Arbeit auswirken. Die richtige Zeit wäre in einem Monat oder in zwei Monaten, sobald er das Manuskript beendet hatte; und während dieser Zeit müßte er so listig wie nur möglich mit ihr umgehen, wie etwa mit einem großen Fisch an dünner Fangleine, langsam ihre Liebe erschöpfen, ihre Hoffnungen töten und damit das Ende so schmerzlos herbeiführen wie den Tod des Fisches durch einen schnellen Schlag mit der Keule auf sein müdes und abgestumpftes Gehirn. Mein hundertvierzehnpfündiges Riesenfischlein, dachte Eitel. Das würde einen Kampf geben! Er war kühl wie jeder gute Fischer. Ich weiß, keiner ist kälter als ich, dachte er und stellte sich vor, wie er mit Selbstsicherheit und erprobter Interesselosigkeit Elena immer näher ans Boot bringen würde. Dabei bestand immer die Gefahr, daß sie sich vom Haken losreißen könnte, ehe er sie hereingezogen hatte, und dann würde es sehr mühsam werden. Er durfte sie seine veränderte Haltung nicht merken lassen, denn dann würde sie ihm einen Kampf liefern, dem er nicht gewachsen war. Er kannte ihren Stolz, der sie nicht einen Augenblick länger bei ihm bleiben lassen würde, sobald er ihr erst einmal gesagt hatte, daß er sie nicht liebe; so mußte er sich vor der Versuchung hüten, die Leine zu schnell einzuziehen.

Er hatte sich in seine Arbeit eingehüllt, und das gab ihm den Abstand, den er brauchte, die Gefühllosigkeit und den Mangel an Schamgefühl. Er distanzierte sich von ihr, wenn er zum Beispiel während einer ganzen Mahlzeit kein Wort mit ihr sprach und in ein Buch starrte; er fühlte am ganzen Körper, wie ihre Verzweiflung wuchs, ihre Liebe und ihr Mut ermatteten, und in dem Augenblick, da er spürte, daß sie es nicht länger ertragen konnte, da sie fassungslos bereit schien, ihn anzuschreien: So kann es nicht weitergehen – brachte er sie völlig in Verwirrung, indem er in das Schweigen hinein sagte: „Ich liebe dich, Liebling“, und sie küßte, wobei ihm bewußt wurde, daß ihre Verwirrung sie nur noch fester an den Haken legte.

„Ich dachte gerade, du hättest mich über“, antwortete Elena mit aufsteigenden Tränen.

Der Haken mußte immer wieder gesichert werden. Mancherlei Hilfsmittel standen ihr zur Verfügung. Besonders erstaunte ihn, wie sie in seinen Gedanken lesen konnte. Wenn sie zum Beispiel bei einem Glas Alkohol zusammensaßen und über Unwichtiges plauderten – während seine Gedanken damit beschäftigt waren, wie er schließlich von ihr loskommen könnte –, sagten seine Lippen, wie hübsch sie heute abend aussehe. Ihre offenen, grünen Kinderaugen starrten ihn an, und nicht einmal böse sagte sie zu ihm: „Charley, du möchtest mich loswerden.“

„Wie kommst du nur auf solche Gedanken?“ antwortete er dann mit gespielter Verärgerung und unterdrückte mühsam das Wort „Ja“, das an seinen Nerven zerrte, so sehr wünschte er es auszusprechen. Aber das zu sagen wäre unmöglich gewesen, der dadurch angerichtete Schaden unabsehbar. Sie würde ihn verlassen und ihn damit unfähig zu weiterer Arbeit machen, gerade jetzt, da er seinen Rhythmus gefunden hatte, oder, was noch schlimmer wäre: die berechnende Gefühlskälte, die er sich mit so viele Mühe angeeignet hatte, würde schwinden, er würde ihre Qual mitempfinden, und nichts würde ihm schrecklicher erscheinen, als sie leiden zu sehen, und damit würde sich der Fisch von der Leine losreißen, ja es wäre gar kein Fisch mehr, es wäre wieder Elena, und er müßte das ganze Spiel wieder von vorn beginnen. Deshalb mußte er geduldig und kühl bleiben, sich die ganze Zeit verstellen, ihr Wärme schenken, die er nicht empfand.

Er war zu der Erkenntnis gekommen, daß er sich über diese Affäre völlig im klaren sein müsse, bevor er sie erfolgreich beenden könne.

Warum sollte ein zweitklassiger Mann so viel Zeit an eine fünftklassige Frau verschwenden? Das paßte nicht zusammen. Zweitklassige Männer suchten sich zweitklassige Frauen; die Creme der Gesellschaft war mit ihnen bevölkert. Warum hatte er nur seine Gesellschaftsschicht verlassen? Er wußte die Antwort oder glaubte sie zu wissen; da war immer Faye gewesen mit seinen spöttischen Worten: „Du hast Angst, Charley, nichts als Angst." Stimmte es? In den letzten beiden Jahren hatte er bei vielen Frauen schlecht abgeschnitten.

Das waren nun einmal die Gesetze des Geschlechts; wenn Leidenschaft durch Technik ersetzt wurde, würde das Geschlecht – wie das Leben – gerade dann die Einlösung der Schuld verlangen, wenn man zu alt zu werden begann, um sich eine solche Ausgabe leisten zu können.

Wenn er sich an die Rumänin geklammert hatte – an Elena war er gekettet. War der Kampf mit dem Fisch nur etwas, was er sich vormachte, da er sie nie gehen lassen würde, jedenfalls so lange nicht, als er wegen seiner heiklen Männlichkeit von ihr abhängig blieb? Er war an dem Punkt angelangt, wo er die Vollkommenheit ihres Beieinanderseins nicht mehr mochte. Und doch verwirrte es ihn immer wieder, daß er sich ihrer oft genauso wie früher erfreute und er sich manchmal im Schlaf dabei ertappte, daß er sie umarmte und ihr Liebesbeteuerungen ins Ohr flüsterte.

Früher hatten sich seine Vergnügungen stets aus der Situation ergeben; ein Rendezvous mit einer Frau in einem Hotelzimmer hatte für ihn mehr Reiz, als sie mit nach Hause zu nehmen. Jetzt schien sein Leben eines tieferen Interesses zu entbehren. So verlaufen nun einmal Liebesgeschichten, dachte Eitel. Es begann mit der aufregenden Vorstellung, daß das Leben von einer neuen Spannung erfüllt sei, und endete in der Erkenntnis, daß es kein Abenteuer, sondern nur etwas ganz Alltägliches gewesen war. Dieses Absonderliche hatte er stets gutgeheißen. Die Freiheit verlockte dazu, Liebe zu suchen; war man darin versunken, wünschte man sich die Freiheit wieder zurück. So war es. In der Liebe hatte er sich immer auf der Suche befunden, war er von Affäre zu Affäre geschritten, gute und schlechte hatte es gegeben, und jede war wie eine Art Verheißung dessen gewesen, was am Ende stehen würde. Wie traurig war es nun, die Reise bereits als beendet ansehen zu müssen und zu entdecken, daß sie einen nicht verändert hatte, daß man in der Tat schlechter war als zuvor; wieder war eine Illusion verlorengegangen, und obendrein war die Erinnerung an alte Liebschaften ruiniert worden. Durch Elena wußte er, was es für eine Frau bedeutet, einen Mann zu begehren, und im Hinblick auf seine Empfindlichkeit, vielleicht nicht mehr genügen zu können, überlegte er sich, ob er überhaupt noch mit einer anderen zu schlafen vermochte. Ach, es stimmte schon: er hatte Angst. Er spielte nur mit dem Gedanken an die Bequemlichkeiten des Alleinlebens. Er nährte den Gedanken, eine Beziehung zu einer ihm im Grunde gleichgültigen Frau zu haben, deren Betrügereien und Abenteuer er nur als einen Zeitvertreib ansehen würde; eine Beziehung, die ihn nur sinnlich erregte wie die Seiten eines pornographischen Buches, die man in Geborgenheit lesen konnte; eine Frau, der man nicht jede vorübergehende Gefühlsregung gegenüber einem anderen Mann verargte. Das war die Beziehung, die zu ihm passen würde, sagte er sich, und statt dessen saß er nun im Gefängnis von Elenas Liebe. Er vermochte nicht einmal ein paar belanglose Affären in Gang zu bringen, weil er weder Zeit noch Geld dafür hatte, außerdem würde sich Elena nicht dreimal in der Woche hinters Licht führen lassen. Ehe und Untreue sind miteinander gekoppelt, dachte er. Viele Abende lang saß er mit Elena im Wohnzimmer und spürte, daß er, wenn er sie nicht jetzt für eine Stunde verlassen könne, er sie für immer verlassen würde.

Marion Fayes Besuche verstärkten diese Gefühle. Eitel versuchte, es Marion zu erklären: „Aber sie liebt mich doch, verstehst du denn nicht, warum ich mich ihr gegenüber verantwortlich fühle?"

„Keinesfalls liebt sie dich", sagte Faye. „Sie liebt die Liebe, die sie glaubt, mit irgend jemandem zu teilen; ohne sie würde sie nicht wissen, was sie mit sich anfangen sollte."

„Du läßt überhaupt nichts Gutes an ihr", beharrte Eitel, aber er spürte einen Druck im Magen bei dem Gedanken, daß sie ihn überhaupt nicht geliebt habe.

„Wenn ein Mann älter wird", sagte Faye, „kommt eine Zeit, in der er sich nur noch bei *einer* Frau als Mann bewähren kann." Er lächelte. „Mein Stiefvater, zum Beispiel, Mr. Pelley."

„Vielleicht werde ich dich in den nächsten Tagen um ein Mädchen bitten", hörte Eitel sich sagen.

„Was ist los? Hast du es satt, immer im selben Kreise zu laufen?" fragte Faye, und Eitel sah deutlich die Nacht vor sich, die Elena mit Marion verbracht hatte. „Arrangieren wir es doch gleich für heute abend", fügte er hinzu.

„Was wirst du Elena sagen?“

„Ich werde ihr irgend etwas erzählen“, sagte Eitel verdrießlich. Und so kam seine Verabredung mit Bobby zustande.

Er hatte Elena vorgetäuscht, daß ihn Collie wegen des Drehbuches zu einer Konferenz in eine Stadt bestellt habe, halben Weges zwischen Hollywood und Desert D'Or. Eine billige Ausrede. Für eine einzige Nacht paßte fast jede. Nachdem alles abgesprochen worden war, hatte er die Bar aufgesucht, in der Jay-Jay auf ihn wartete, und sich bemüht, die Gedanken an Elena zu unterdrükken. Sie haßte es, allein zu sein, Geräusche beunruhigten sie, aber ebenso bedrückte sie die Stille der Wüste, und stets war sie besorgt, ob alle Türen und Fenster geschlossen seien.

Jay-Jay war bereits betrunken. Er sei nach Bobby verrückt, erzählte er Eitel, sie sei ein so liebes kleines Mädchen. Sie habe sich bereits ein Zimmer in einem Hotel genommen und erwarte sie dort. So gingen sie – Jay-Jay kaufte unterwegs noch eine Flasche – in ihr Hotel; ausgerechnet war es dasselbe, in dem Elena gewohnt hatte, was in Eitel die bittere Erinnerung an den Morgen hervorrief, als er hierhergekommen war, um Elenas Kleider zu holen.

In dem Augenblick, als er Bobby vorgestellt wurde, erkannte er, daß sie ihm nicht zusagte. Falls er überhaupt einen Typ schätzte, verkörperte ihn Bobby auf keinen Fall. Ihr Benehmen schien auszudrücken: Ich wünschte, daß wir unsere Bekanntschaft nicht unter solchen Umständen machen müßten. Dies war ein neuer von Fayes durchtriebenen Streichen.

Sie saßen zu dritt im Hotelzimmer und versuchten, eine Unterhaltung in Gang zu bringen. Jay-Jay ließ die Flasche kreisen, während sie sich schmelzende Eiswürfel aus einer Schale fischten.

Bobby war schüchtern. Sie wandte sich nun an Jay-Jay und sprach mit ihm über Freunde, die Eitel nicht kannte – daß Larry eine Stange Geld beim Würfeln verloren habe; Barbara wieder schwanger sei; Dan ein Barmädchen in Hollywood heirate; Lilian ihre Musikkapelle auf die Beine gebracht, aber keinen Vertrag habe und so fort. Eitel hörte zu und beobachtete mit Vergnügen Jay-Jay, denn Jay-Jay offenbarte, sehr angeregt, eine heftige Zuneigung für Bobby, war ein aufmerksamer Zuhörer, der mit der Zunge schnalzte, wenn ihm von den Sorgen anderer berichtet wurde, und machte Bobby fortlaufend Komplimente. „Du bist das reizendste Mädchen, meine Süße“, sagte er, und Bobby lächelte zu Eitel hinüber. „Ich bete diesen Mann an“, erklärte sie ihm.

„Es ist eine Liebesromanze“, sagte Jay-Jay und blickte auf seine Uhr. Er müsse jetzt gehen, erklärte er. Eitel wußte, wohin; im Laufe eines Abends mochte Jay-Jay drei oder vier solcher Vermittlungen für Marion durchführen. Als er das Zimmer verließ, winkte er Eitel zu sich heran. „Meine Liebe, du mußt uns entschuldigen“, sagte er. „Charley versprach, mir einen Pferdetip zu geben.“

„Wenn es ein guter ist, laß mich mitmachen“, fiel Bobby ein, und Eitel lächelte. „Jay-Jay und ich setzen immer auf Verlierer“, sagte er. Im Hotelkorridor schwankte Jay-Jay leicht. „Charley“, stammelte er, „sie ist ein liebes Ding, sie ist in Ordnung. Nur eines möchte ich dir sagen, sie ist etwas kühl, kann aber nichts dafür, sie ist nun mal so. Mach dir aber keine Sorgen, sie wird alles tun, was du von ihr verlangst.“ Lebhaft und sachlich setzte Jay-Jay genau auseinander, was ‚alles‘ bedeute. Eitel hörte widerwillig zu. Armer Jay-Jay, er ist noch schlimmer dran als ich, dachte Eitel, und er schlug ihm zum Abschied leicht auf die Schulter.

Als er ins Zimmer zurückkehrte, fuhr Bobby mit ihrer hellen kleinen Stimme in ihrem Geschwätz fort. „Jay-Jay ist wunderbar“, sagte sie zu Eitel. „Kennen Sie jemanden, der netter sein könnte?“

„Schwer zu sagen“, sagte Eitel.

„Immer wenn ich Katzenjammer habe, ist er so nett und rücksichtsvoll. Manchmal wüßte ich nicht, was ich ohne ihn anfangen sollte.“

„Haben Sie oft Katzenjammer?“

„Nun ja, die letzten Monate waren sehr hart für mich. Sie müssen wissen, daß ich erst vor kurzem geschieden worden bin.“

„Und nun vermissen Sie Ihren Mann?“

„Nicht deswegen. Es war schwer mit ihm auszukommen. Aber mag es noch so altmodisch klingen – ich brauch nun mal einen Mann im Haus, verstehen Sie?“

Man müßte aus diesem Hotelzimmer raus, dachte Eitel; hier war es zum Ersticken.

„Ich habe Sie doch irgendwo schon mal gesehen, wie?“ sagte er, genau das, was er damals Elena gefragt hatte.

Bobby nickte. „Gewiß, Mr. Eitel.“

„Kürzlich?“

„Nun, vor zwei Jahren etwa. Damals war ich noch Schauspielerin. Bin es auch heute noch, natürlich. Ich glaube, ich bin wirklich gut. Die Leute sagen, daß ich Talent habe, aber eine Attraktion bin ich nicht, verstehen Sie?“ Sie seufzte. „Nun, mein Mann kannte jedenfalls einen Produzenten, der ihm eine Gefälligkeit schuldete, und so erhielt ich eine besondere Chance. Einmal war ich als Komparsin in einer Massenszene bei einem Ihrer Filme beschäftigt.“

„Welchem?“ fragte er.

„‚Steigende Wasser‘.“

„Ach der“, seufzte Eitel.

„Nein, Mr. Eitel, ich finde, es war ein wirklich wunderbarer Film. Sie sind ein großartiger Regisseur.“ Sie betrachtete ihn sorgfältig, und dann sagte sie mit Anstrengung: „Ich bin so glücklich, Sie endlich kennenzulernen.“

Sie war genauso wie tausend andere kleine Schauspielerinnen. Man hatte ihr offensichtlich beigebracht, daß eine Schauspielerin ihre ganze Persönlichkeit einzusetzen habe, und das tat sie unentwegt, ihr bleiches Gesicht und ihre weiche Stimme zu künstlicher Begeisterung, Abneigung oder Heiterkeit steigernd.

„Hat Ihnen denn die Arbeit mit mir Spaß gemacht?“ fühlte er vor.

„Für mich war es ein gräßlicher Tag“, sagte Bobby verzweifelt.

„Warum?“

„Ach, ich war doch so ein verrücktes kleines Ding. Ich meine... ach, ich weiß nicht... alle möglichen Ideen waren in meinem Kopf. Ich glaubte, wenn mich die Kamera erfassen würde, könnte mich vielleicht jemand entdecken.“

„Sie meinen, daß irgendein hoher Studiodirektor ausrufen würde: ‚Wer ist denn dieses Mädchen? Her mit ihr!‘“

„So ist es.“ Bobby nippte nachdenklich an ihrem Glas. „Wie töricht ich war“, sagte sie in einem Ton, der sie sowohl heiter als auch mutig erscheinen lassen sollte. „Ich entsinne mich, daß am Ende des Drehtages eine Frau zu mir kam, die seit Jahren als Komparsin gearbeitet hatte und mir riet, mich nicht so sehr in den Vordergrund zu spielen. ‚Man wird Sie nicht mehr engagieren, meine Süße, wenn sich Ihr Gesicht dem Publikum einprägt‘, sagte sie zu mir, und sie hatte recht.“ Bobby lachte nervös. „Also, sehen Sie, es war nichts mit meiner Starkarriere.“

„Leider fürchte ich, daß Ihre Freundin wirklich recht hatte, Ihnen das zu raten.“

Diese Unterhaltung erinnerte ihn an Dinge, die ihm Elena an jenem Abend erzählt hatte, als sie sich zum ersten Male trafen, und er fühlte sich verzagt. Wie würde er es je fertigbringen, mit Bobby zu schlafen?

Offensichtlich erwartete Bobby, er werde den ersten Schritt tun. Sie war so unerfahren. Er streckte seinen Arm aus, und sie legte ihre Hand in die seine und setzte sich scheu auf seinen Schoß. Als er sie küßte, wußte er, daß er unbedingt aus diesem Zimmer heraus mußte. Ihre Lippen waren leblos und verschreckt, und ihr Körper zeigte eine Anspannung, die er nur zu gut verstand.

„Könnten wir nicht irgendwo anders hingehen? Hotelbetten sehen für mich immer wie Leichname aus", sagte er.

Sie lachte und schien sich ein wenig zu entspannen. „Ich weiß nicht", sagte sie zögernd. „Wir könnten zu mir gehen, aber viel ist da nicht los, außerdem wäre es mir peinlich, wenn Sie die Unordnung dort sehen würden."

„Bestimmt wäre es angenehmer als hier."

„Gewiß, gemütlicher ist es, aber wissen Sie, Mr. Eitel – "

„Charley."

„Gut, Charley, meine beiden kleinen Töchter sind noch da."

„Ich wußte nicht, daß Sie Kinder haben."

„Zwei entzückende Dingerchen."

Das war der Ausweg, dachte Eitel. Er würde mit ihr nach Hause gehen, sich eine Weile mit ihr unterhalten, sie dann bezahlen und sich unter dem Vorwand entschuldigen, daß ihn die Anwesenheit der Kinder störe. „Gehen wir", sagte er sanft.

Während der Fahrt durch die Stadt plauderten sie weiter. Manchmal, sagte sie, habe sie alles satt. In Hollywood sei es grauenhaft gewesen. Sollte sie je einmal vorankommen, würde sie in ihre Heimatstadt zurückkehren. Dort kannte sie einen jungen Mann, der sie noch immer samt ihren Kindern zu heiraten wünsche; sie seien Freunde schon von der Hochschule her. Er kannte ihre Eltern, die die reizendsten Menschen der Welt seien. Sie war nur so dumm gewesen, einen Musiker zu heiraten. „Diesen Rat kann ich jeder geben", sagte Bobby, „sich nur nicht mit einem Manne einzulassen, der das Horn bläst."

In ihrem winzigen Vier-Zimmer-Bungalow mit den billigen eisernen Möbeln, einem roten Sofa und zwei grünen Armstühlen, den spindelartigen, überladen dekorierten Lampen und den gerahmten

Fotografien ihrer Eltern und Kinder an der Wand, fühlte er sich nicht viel besser. Bobby bereitete Getränke, die Kinderwärterin war fortgegangen, und irgendwo, wahrscheinlich in der Küche, hatte sie das Radio angestellt. Seinem Stuhl unmittelbar gegenüber saß ein Wellensittich in seinem Käfig. Wenn sie je als Call-Girl Erfolg haben sollte, würde sie in ein anderes Haus ziehen, die Möbel auswechseln, vielleicht sogar einen Dienstboten haben, aber der Vogel würde bei ihr bleiben. Ein unerklärliches Mitgefühl für Bobbys Schicksal stieg plötzlich in ihm auf und stimmte ihn so traurig, daß plötzlich Tränen in seine Augen traten; nur Marion konnte ein Vergnügen daran finden, Bobby zu einem seiner Mädchen zu machen.

Sie kam mit einem Getränk zu ihm zurück, und weil sie nicht wußte, was sie tun sollte, sprach sie mit ihrem Vogel. „Süßer kleiner Patsy, süßer kleiner Patsy“, lispelte sie. „Liebst du mich, kleiner Patsy?“ Der Vogel verhielt sich still, und Bobby zuckte die Schultern. „Wenn Fremde da sind, kann ich ihn nie zum Sprechen bringen.“

„Wir wollen tanzen“, sagte Eitel.

Sie tanzte nicht gut, denn sie war verkrampft. Alles Körperliche würde mit ihr schwer sein. Nach dem Tanz setzten sie sich auf die Couch und begannen zärtlich zu werden. Aber auch das machte sie falsch; sie küßte mit der besorgten, krampfigen Emsigkeit eines fünfzehnjährigen Mädchens, und ihre Lippen schienen sich nie ganz zu treffen. Er müsse hier raus, sagte sich Eitel immer wieder. In diesem Augenblick begann das Baby zu schreien. „Das ist Veila“, flüsterte Bobby, und erleichtert sprang sie auf und ging auf Zehenspitzen in das Schlafzimmer. Er wußte eigentlich nicht warum, aber er folgte ihr und stand neben Bobby, als sie ein einjähriges Kind hochhob. „Sie hat sich die Höschen naßgemacht“, sagte Bobby.

„Ich werde sie halten, während Sie die Windeln wechseln.“ Er hatte sich nie etwas aus Babys gemacht, aber seine Stimmung verwandelte das Kind, das er in seinen Armen hielt. Er durchlebte einen jener Augenblicke, da Jahre, Jahrzehnte, ganze Leben auf dem empfindlichen Grat trunkener Weisheit in Harmonie zu schweben scheinen, wo man alles versteht, alles vergibt und leicht darüber hinweggleiten kann. Mit Hilfe des Whiskys, diesem Kuppler der Liebe, vermochte er jetzt Veila gern zu haben, ihr künftiges

Leben vor sich zu sehen und vieler anderer Leben, und sich selbst in einem Alter von einem Jahr, Bobby als Kind und Elena als Kind, als ein kleines, lustiges italienisches Mädchen mit braunem Haar und wunderbaren grünen Augen, so verschieden und doch so ähnlich dem winzigen blonden Päckchen in seinen Armen. Würde Elena in ein paar Jahren wie Bobby sein?

Bobby hatte ihm das Kind abgenommen und ordnete die Windeln. Verwirrt sah sie zu ihm auf, und er bemerkte mit Schrecken, daß er wieder Tränen in den Augen hatte.

„Veila hatte im vergangenen Monat eine Lungenentzündung", sagte Bobby, „deshalb muß ich jetzt besonders auf sie aufpassen. Gott, diese Arztrechnungen!" Eitel betrauerte den Tod des ungeschriebenen Helden, der durch Freddy, nein, durch ihn selbst begraben worden war. Alle Sorgen der Welt waren von einer Gestalt her in sein Bewußtsein getragen worden, aber nun waren sie daraus verschwunden. „Armes Baby, es muß sehr krank gewesen sein", sagte er, wandte sich ab und ging in das Wohnzimmer zurück. Er mußte sich zusammennehmen: dies waren Whiskytränen. Und all die Zeit quälte ihn fast körperlich der Gedanke: Wenn Elena wie Bobby wird, wie werden dann die Männer Elena behandeln? Und aus dem Nichts – so muß es ihm geschienen haben – hörte er sich Bobby zurufen: „Darf ich Ihnen etwas Geld leihen?" Seit dem Vertrag mit Collie trug er stets tausend Dollar bei sich. Sie war ins Wohnzimmer zurückgekehrt und starrte ihn beinahe spöttisch an. „Nein, hören Sie", sagte Eitel, mit einer Hand ihre Wange berührend, „nicht als Bezahlung, es ist ein Darlehen." Und indem er seine Brieftasche herauszog, entnahm er ihr drei, dann vier, dann fünf Einhundertdollarnoten und faltete sie zwischen seinen Fingern. Sie schrie beinahe: „Wieso... ich könnte doch niemals... Charley, ich könnte es doch nie zurückzahlen."

„Natürlich können Sie es, gleichgültig, wie lange es dauern wird. Meinetwegen fünf Jahre oder zehn Jahre, eines Tages werden Sie es schaffen. Und ich werde glücklich sein, wenn dann unerwartet Geld zu mir kommt, gerade wenn ich es gebrauchen kann."

„Aber ich verstehe das alles nicht!"

Er überlegte, ob er je in seinem Leben so sentimental gewesen sei wie jetzt. „Nun, sehen Sie", sagte er wieder wie ein Jüngling, der das Dasein verächtlich findet, „es ist doch alles Dreck, verstehen Sie. Lassen wir es ein Geschenk sein. So sollten die Dinge sein.

Manch einer hat mir mehr gegeben", murmelte er abschließend. Er war nun bereit, wegzugehen. Im Augenblick verspürte er keinen größeren Wunsch, als das Haus zu verlassen, fort von dem Geschenk, seinem kleinen Wunder. Aber Bobby war überwältigt. Sie wollte ihn nicht gehen lassen, und er mußte sich neben sie auf die Couch setzen.

Noch immer im Bann seiner Großzügigkeit, wurde er sich seiner Beweggründe nicht klar. Wieviel ich bezahlt habe, um einem Fiasko zu entgehen! dachte er und überließ sich Bobbys Zärtlichkeiten. Es ging besser als vorher, sie wünschte sich ihm anzupassen, und so arbeiteten sie sich unvermeidlich an das im voraus bestimmte Ziel dieses Abends heran. Aber es ging nicht ganz so leicht, denn mit einem fast hysterischen Gesichtsausdruck bat sie ihn, ihr noch ein paar Minuten Zeit zu lassen, und der Anblick ihres schmächtigen Knabenkörpers und ihre dankbaren albernen Küsse dämpften jede Lust, die er verspürt haben mochte. Dadurch wurde es notwendig, einiges aus der von Jay-Jay unterbreiteten Speisekarte der Vergnügungen auszuwählen, und mit deren Hilfe und unterstützt durch obszöne Erinnerungen brachte es Eitel fertig, sie zu umarmen, und fünf Minuten lang heuchelte er mit schweißbedecktem Rücken und Gesicht, glücklich zu sein, und lächelte am Schluß. Bobby war wie wahnsinnig, oder sie täuschte die Raserei vor. Anscheinend war ihr etwas widerfahren, vielleicht ein Übermaß an Gefühlen, die aus der lähmenden Angst emporgeschossen waren. „Ach, du bist herrlich", sagte sie, „es war wunderbar." Und sie fuhr stammelnd fort, ihm klarzumachen, daß ihr zitterndes Erbeben einer großen Leidenschaft entsprang. Es konnte nicht stimmen, dachte er, er hatte sich nicht getäuscht. Beinahe bis zum Schluß hatte sie ihn mit abgewandten Augen und einem verkrampften Lächeln erduldet. Noch nie war ihm in seinem Leben so einsam zumute gewesen wie bei dieser Umarmung, und jetzt versuchte sie sich verzweifelt einzureden, daß sie einen Triumph erzielt hätte. „Liebling, Charley", sagte sie, seine Augenlider küssend und sein Haar liebevoll streichelnd.

Sie war zärtlich wie klebriges Gelee, und er brauchte eine halbe Stunde, ehe er sie verlassen konnte. Als sie sich den Gutenachtkuß gaben, blickte ihn Bobby mit leuchtenden Augen an und fragte: „Wann werde ich dich wiedersehen?"

„Ich weiß nicht. Bald", sagte er und haßte sich wegen dieser Lüge.

Nachdem er in sein Haus zurückgekehrt war, wusch er sich mit einem groben Lappen, schloß Elena im Bett in seine Arme und preßte sie an seine Brust, bis sie schnurrend protestierte, er zerbreche sie, und nahm sie, auf dem Höhepunkt schluchzend: „Ich liebe dich, ich liebe dich." Ihr Körper war die Höhle für ihn, in der er sich bergen konnte.

Dann griff er zu einer Schlaftablette und wurde ins Bewußtlose hinübergetragen, bis Fayes Anruf kam.

Nun war es Morgen, und alle Geschehnisse der letzten sechs Wochen überfielen ihn in peinigender Weise. Er erduldete die Stunden von Schlaflosigkeit, wie Menschen mit zerschmettertem Körper für die Stunde kämpfen, da die Leiden ihr Ende gefunden haben würden. So kämpfte auch Eitel für die Minute, in der Elena erwachen und er nicht länger allein sein würde. Doch während er so ausharrte, kam ihm in den Sinn, daß er Elena wohl am liebsten umgebracht hätte, wenn sie ihn in gleicher Weise hintergangen haben würde wie er sie: sich gewaschen und sich zu ihm ins Bett gelegt hätte! Es war lächerlich; das Vergnügen, das er mit Bobby gehabt hatte, war nicht mit dem zu vergleichen, was ihm Elena gab. Wenn jemand Bobby und ihn beobachtet haben würde, wäre dieser Jemand wohl von seinem, Eitels, Vergnügen überzeugt gewesen; rücksichtsvoll hatte er leidenschaftliche Laute ausgestoßen. Da sie von ihm kamen, waren sie jedoch bedeutungslos. Aber wenn Elena sich beim Zusammensein mit einem anderen so verhalten hätte, würde er sie hassen. Ganz plötzlich erkannte er, wie ausschließlich er sie zu besitzen wünschte. Kein anderes Leben konnte er ihr zugestehen. Der Schweiß brach ihm aus. Wie degeneriert ich bin, dachte er, mein Gott, wie degeneriert ich bin.

17

Es entsprach zum Teil der Wahrheit, daß Munshin mit mir ein paar Stunden im Spielkasino gesprochen hatte, wo Lulu und ich unsere Zeit, fern von Desert D'Or, verbrachten. Vielleicht kehrten wir in jener Nacht zurück, als Eitel Bobby besuchte; sicher ist jedoch, daß ich beinahe alles verpaßte, was vorging. Ich wußte nichts von Eitels neuem Drehbuch, noch daß Collie sich mit ihm so oft getroffen hatte; ich war viel zu sehr mit mir selber beschäftigt. Eines Nachmittags hatte Lulu vorgeschlagen, ihren Wagen zu nehmen, Essen für ein Picknick zusammenzupacken und einige hundert Kilometer über die Grenze zu dem von ihr am meisten bevorzugten Spielort zu fahren. Da es Lulu nicht einfiel, daß man auch unter hundertfünfzig Kilometer eine Autostraße befahren konnte, war der Gedanke an ein Picknick nicht so kurios. Jedoch, wie die Dinge sich entwickelten, aßen wir unsere Butterbrote um zwei Uhr morgens und blieben so lange fort, daß wir eigentlich ein Faß Kaffee mit uns hätten führen müssen, um ausreichend damit versorgt zu sein.

Ich war zum Spielen bereit gewesen. Die vierzehntausend Dollar, mit denen ich in Desert D'Or eintraf, waren bereits zur Hälfte ausgegeben, und der Gedanke erfüllte mich, daß es an der Zeit sei, sie zu vermehren. Ich war darauf gefaßt, viel zu gewinnen oder zu verlieren, und beides widerfuhr mir. Mit insgesamt nur ein paar hundert Dollar kamen wir beide an, aber Lulu besaß Kredit, und darauf lieh ich mir zunächst Geld, bis feststand, daß wir länger dort bleiben würden; dann hob ich Geld von meinem Konto auf der Bank von Desert D'Or ab.

Wir spielten zwölf Tage lang und würden noch dreißig weitere gespielt haben, wenn Collie nicht erschienen wäre und uns ablenkte. Wir spielten uns von zehn Uhr abends bis neun Uhr morgens durch die langen Stunden der Spieler. Es hätte eine Hitzewelle oder ein Erdbeben geben können, ja sogar eine Kriegserklärung, es hätte uns gleichgültig gelassen. Wir arbeiteten die ganze Nacht, versuchten tagsüber zu schlafen, und zur Essenszeit pflegte Lulu die Nummern der Dollarscheine zu überprüfen, um ihre Glücksnummern für die nächste Nacht herauszufinden, während ich damit beschäftigt war, Seite um Seite mit astronomischen Berechnungen zu füllen, in der Hoffnung, ein Gewinnsystem ausarbeiten zu können. Ich fand sogar eins, als mein Interesse zu schwinden begann, und es entsprach genau dem System eines Menschen, den die Spielleidenschaft bereits verlassen hatte: Mit dreißigtausend Dollar Kapital konnte ich sicher sein, in einer Nacht hundert Dollar zu gewinnen – oder jedenfalls beinahe sicher –, die Chancen standen zweihundertfünfzig zu eins zu meinen Gunsten. Verlor ich aber trotzdem, würden die ganzen dreißigtausend dahin sein. Ich erklärte es Lulu, und sie zog ein Gesicht. „Du hast Eiswasser in den Adern statt Blut", fauchte sie mich an.

Lulu spielte drauflos. Sie hatte ihre Glückszahl oder auch mehrere, spielte die auserwählten nur für kurze Zeit, um beliebige andere zu suchen; sie nahm etwa die Zahl der Leute am Tisch oder die der Knöpfe an der Weste des Croupiers, stürzte sich dann auf Rot oder Schwarz oder auf Gerade oder Ungerade, machte einen Einsatz auf Doppelzero und kam wieder auf ihre Zwei, Drei, Sieben und Elf zurück, als sei Roulett ein Würfelspiel, klebte während der Stunden, die sie die Stunden des Teufels nannte, an Zwei und Drei und wechselte auf Sieben und Elf, wenn alles gut lief. Gewann sie eine bemerkenswerte Summe, schrie sie entzückt auf, um unwillig zu seufzen, wenn sie verlor. Manchmal war sie so durcheinander, daß sie sich an ihre Zahlen nicht mehr erinnern konnte, ja bisweilen hatte ich sie im Verdacht, daß sie nicht einmal mehr die Regeln des Spieles kannte, so daß sie einen Gewinn mehrere Runden lang stehen ließ, bis sie es endlich mit einem Ausruf des Erstaunens entdeckte. Genauso unsicher war sie im Hinblick auf ihre Verluste, weil sie sich an ihren ursprünglichen Spielmarkenbestand nicht mehr erinnern konnte. Den Croupiers gab sie großzügig Trinkgelder, und trotz allem gewann sie zu jedermanns Erregung öfter, als sie verlor. Sie beim Spiel zu beobachten, ließ einen an die Legende vom Löwen und dem Schaf denken. Roulett sei ihre Leidenschaft, pflegte Lulu jedem, der es hören wollte, zu erklären, aber es war die Leidenschaft eines Kindes für irgendein Spielzeug oder eine Süßspeise.

Sie reizte mich unendlich. Ich war kein größerer Roulettfachmann als Lulu, aber ich besaß Verstand – wenigstens bildete ich mir das ein – und nahm das Spiel überaus ernst. Zehn Stunden zu spielen bedeutete für mich eine harte Arbeit, da ich immer gleichzeitig mit einem Dutzend Berechnungen beschäftigt war, jede Zahl aufschrieb, die in der betreffenden Nacht gewann, und auch notierte, ob Rot oder Schwarz, Gerade oder Ungerade herauskamen, und eine römische Ziffer hinzufügte, wenn Zahlen wiederholt gewannen, ständig bemüht, mit fünf verschiedenen, nie ganz entwikkelten Systemen Gesetzmäßigkeiten zu ermitteln oder auch nur, daß selbst das Gesetz der Serie nicht erkennbar wurde.

Zwischendurch wurde ich mir manchmal meiner eigenen Existenz bewußt, in diesem riesigen Raum mit seinen glitzernden Leuchtern im Stile Ludwigs XIV., die sinnlos über den Neonlampen der Spieltische hingen, während die modern ausgestattete Bar, die eine ganze Wand des Raumes einnahm, ständig vereinsamt blieb, bis auf die paar Touristen, die herkamen, um sich zu betrinken, ihre dreißig Dollar hinzuwerfen und besorgte Mienen zur Schau trugen wie Angelsachsen in einem exotischen Bordell. Während ich auf die Hunderte von Menschen im Raum blickte, der Stille lauschte und den hellen, harten Geräuschen der Kugel, die um das Rad hüpfte, erschrak ich plötzlich vor der Entdeckung meines eigenen Ichs, als sei ich nackt, und für einen Augenblick erschien mir das Leben und meine Person als völlig unwirklich. Im allgemeinen aber war Geld für mich etwas sehr Reales, ich hatte nie viel davon besessen, und selbst in Desert D'Or, wo ich mit einigem Unbehagen den reichen Mann spielen konnte, war es für mich durchaus keine Selbstverständlichkeit, eine Jacke für sechzig Dollar zu kaufen oder mir ein Essen für fünf Dollar zu bestellen. Einmal, das ist richtig, hatte ich das Glück des Pokerspiels in Tokio an mich gezogen, aber damals war ich ein unbedeutender junger Mann und unerfahren gewesen; jenes Glück ähnelte dem Lulus, während ich jetzt mit einer Gelassenheit – die mir jedesmal Furcht einflößte, wenn mich die Größe des Spielsaales mehr fesselte als das Drehen des Rades – zwanzig, vierzig, achtzig Dollar mit noch weiteren Verdoppelungen setzte, ohne daß es Geld für mich bedeutete. Es waren nur Zahlen für mich, genau wie die auf meinem Schreibblock, Zeichen meines kalkulierenden Verstandes. Zwischen all den Menschen bleibt jeder für sich allein; ich war mit nichts anderem als kühlen Berechnungen angefüllt.

Aber trotz alledem, trotz meiner Systeme und meines Verstandes lief es doch schließlich darauf hinaus, daß ich ziemlich viel Geld verlor. Es wäre sinnlos, das in allen Einzelheiten zu beschreiben oder all die Erregungen, die mich hinterher nach Nächten heimsuchten, in denen ich gewann oder verlor. Das durchschnittliche Ergebnis daraus blieb dasselbe: Ich wollte weiterspielen, um mehr zu gewinnen, und gewann ich, war ich davon überzeugt, daß mein neuestes System sich bewährt hatte; verlor ich, war ich noch mehr davon überzeugt, daß die Fehlerquelle entdeckt sei und daß ich morgen Irrtümer würde vermeiden können. Aber so oder so, mein Verstand ließ mich nie im Stich, ich stand über der Situation, was den Reiz des Spielens ausmacht. Bei allen Glücksspielen, die länger als eine Stunde betrieben werden, ist es dasselbe und daher unnötig, es genauer zu beschreiben, also die einzelnen Ergebnisse, Berechnungen oder auch gefühlsmäßigen und abergläubischen Entscheidungen aufzuzeichnen, die schließlich die Ursache dafür waren, daß meine siebentausend Dollar sich mal auf fünftausend verringerten, dann auf achttausend anschwollen, auf dreitausend hinabsanken; oder auch jene phantastischen Nachtstunden zu beschreiben, in denen diese dreitausend auf zehntausend anwuchsen, um schließlich auf fünftausend zurückzusinken. Wichtig ist nur das Ergebnis, nämlich, daß ich mit einem Drittel des vorher besessenen Geldes nach Desert D'Or zurückkam und daß mit dem verschwundenen Geld auch die Spielleidenschaft verflogen war.

Aber solange sie andauerte – was war sie doch für eine Leidenschaft! Lulu und ich wohnten in zwei nebeneinanderliegenden Zimmern eines luftgekühlten Hotels. Durch schwere Vorhänge an den Fenstern konnte man den Tag zur Nacht machen. Diese Zimmer waren zum Schlafen geschaffen worden, und wir schliefen durch den Tag, schwebend in dem leichten Schlummer fieberkranker Menschen. Während jener Tage besaßen wir uns nicht ein einziges Mal; Lulu hätte eine Ziege sein können oder ein Heuwagen, so gleichgültig war sie mir, und ihr erging es ebenso. Wir lebten zusammen, wir aßen zusammen, wir spielten zusammen und schliefen Tür an Tür. Nie zuvor waren wir so höflich zueinander gewesen. Wie ich schon sagte, hätte es noch einen Monat so weitergehen können, aber Collie störte uns. Als er mich aufstöberte, waren erst ein paar Tage unseres Aufenthaltes vergangen, und so schien mir nichts von dem, was er sagte, wichtig zu sein. Ebensogut hätte mir irgend jemand mitteilen können, daß ich eine Million Dollar geerbt habe. „Fein", würde ich geantwortet haben, „aber ist Ihnen aufgefallen, daß die Siebzehn in den letzten zwölf Runden dreimal herausgekommen ist? Ein Vermögen kann man mit dieser Zahl machen."

Collie steuerte unmittelbar auf sein Ziel los. Er erklärte, daß ich zehntausend Dollar erhielte, wenn ich ihm die Rechte geben würde – eine Unterschrift genüge. Als ich mich uninteressiert zeigte, wurde die Summe langsam größer, bis sie sich verdoppelt hatte. Lulu neckte ihn in dieser Nacht, und ich erwähnte wie nebenbei, daß ich nie etwas in Eile zu unterschreiben pflegte. Zum Schluß gab er es auf, ohne daß er auch nur das Versprechen erhalten hatte, ihm bis zum Ende der Woche eine Antwort zu geben. Nachdem er fort war, dachten wir einige Tage lang überhaupt nicht mehr an ihn, später aber hörte ich ihn mit Lulu telefonieren, und worüber sie auch gesprochen haben mögen – und ich konnte erraten, daß Herman Teppis der Gegenstand ihrer Unterhaltung war –, es gelang ihm, sie zu beeindrucken. Bei Lulu begann das Fieber langsam zu schwinden; sie wurde mir gegenüber wieder kritisch. Als wir abreisten, waren wir des Spielens überdrüssig, etwas anderes hatte es verdrängt und seinen Platz eingenommen.

Auf der Heimfahrt hatten wir Streit miteinander. „Mal an deine Zukunft zu denken, fällt dir natürlich nicht ein", beklagte sich Lulu. Es gab nichts, über das ich weniger nachdenken wollte. „Du bist ein Herzchen, weißt du das, Sergius?"

„Ich will nicht, daß man einen blöden Film über mich macht."

„Einen blöden Film! Wenn du mich wirklich liebtest, würdest du mich heiraten wollen, anstatt mich so zu behandeln. Mit zwanzigtausend Dollar hättest du eine sichere finanzielle Grundlage."

„Was ist das schon für eine Sicherheit", sagte ich. „Zwanzigtausend Dollar reichen gerade für deinen Jahresbedarf an Zehennagellack."

Sie wurde so böse, daß sie mit dem Wagen schleudernd auf den Sommerweg geriet und ihn zurückbugsieren mußte. „Du liebst mich nicht", sagte sie, „sonst würdest du auf mich hören." Während des halben Weges führten wir unseren Disput verzweifelt fort. Dann hatte Lulu einen Einfall. „Du hast recht, Sergius", sagte sie, „zwanzigtausend Dollar sind nicht genug."

„Ein Dreck", sagte ich leichthin, auf der Hut bleibend.

„Aber ich weiß, daß du mehr herausholen könntest."

„Und wie?"

Ihr Gesicht wurde hart und sachlich, als ob sie überlegte, welches Kleid sie anziehen sollte. „Süßer, ich möchte, daß du mir noch einmal genau erzählst, was H. T. damals zu dir sagte, als er dich zu der Gesellschaft einlud."

„Ach, hör auf damit!"

„Sergius, ich meine es ernst, du wirst mir jedes Wort erzählen." Während ich berichtete, hörte sie mit einem leichten Anflug von Triumph zu, und bisweilen nickte sie mit dem Kopf. „Natürlich, da haben wir es", verkündete sie, als ich geendet hatte. „Ich sage dir, Süßer, ich kann direkt in H. T.s Gehirn hineinschauen. Was er im Sinne hat, ist, daß du in deinem eigenen Film die Hauptrolle spielen sollst." Sie legte eine Hand auf meinen Arm, als ich sie zu hänseln begann. „Sei bitte mal ernst", rief sie aus. „Es ist doch ganz klar, daß H. T. hinter Collie steckt, weil er diesen Film herausbringen möchte. H. T. hat dich gern. Er findet, du hast Sex-Appeal."

„Woher weißt du das?"

„Ich weiß es eben. Wenn wir unsere Karten richtig ausspielen, wird H. T. allem zustimmen, was du wünschst." Sie nickte mit dem Kopf. „Sobald du ein Star bist, Süßer, sind wir beide finanziell unabhängig und können heiraten."

„Ich bin kein Schauspieler", sagte ich energisch.

„Das ist kein Problem." Und sie begann es mir auseinanderzusetzen. Danach war nichts leichter, als in einem Film zu spielen. Ein guter Regisseur würde meine Qualitäten aus mir herausholen. „Wenn du hölzern bist", sagte Lulu, „wird er es wie Redlichkeit aussehen lassen. Bist du gehemmt, wird er es durch kleine Tricks dahin bringen, daß du als ein Empfindsamer erscheinst. Und solltest du wirklich mal eine Szene schmeißen – nun, du weißt ja, daß sie sowieso alles zweimal aufnehmen. Die werden dich schon dahin bringen, daß du deine Rolle meisterst."

„Das ist das Letzte", sagte ich. „Ich will kein Schauspieler werden." Doch wie um mich Lügen zu strafen, begann mein Herz zu klopfen. „Warte, bis Collie dich erst in seinen Fängen hat", sagte sie.

Lulu hatte nicht unrecht. Zwei Tage nach unserer Rückkehr kam der Produzent angeflogen und überschwemmte mich mit seinem Redeschwall. Zu meinem Ärger – denn ich hatte immer gedacht, daß die Leute mit meinem Charakter nicht zu Rande kämen – analysierte ihn Collie im Nu. „Hören Sie mal, Sergius", sagte er gleich in der ersten Stunde unseres Alleinseins, „ich kenne Sie und will Ihnen ganz offen etwas mitteilen. Sie sind angekränkelt. Sie besitzen zwar einige gute Eigenschaften, die Ihnen von Nutzen sein könnten, Ehrlichkeit, Anständigkeit, Mut, Begierde, Herz" – er rasselte es herunter wie ein Rezept –, „aber sie fügen sich nicht zusammen. Ihnen fehlt die Initiative." Und scharfsinnig drang er weiter bis an den Kern meiner Gleichgültigkeit. „Ich bin älter als Sie, Sergius", sagte er, „und ich kann Ihnen verraten, was der wirkliche Grund Ihrer Ablehnung ist. Sie haben Angst vor einer Veränderung Ihrer Lebensumstände. Mit Lulu sind Sie keineswegs glücklich, aber trotzdem bleiben Sie bei ihr. Sie haben Angst davor, daß sie bei ihrem neuen Film sich mit einem anderen Kerl einlassen wird. Wissen Sie was? Ich könnte es ihr nicht übelnehmen. Sie haben Angst, rückwärts zu gehen, und Sie haben Angst, vorwärts zu schreiten. Sie wollen nichts anderes, als still dazusitzen. Nur daß das nicht möglich ist. Wieviel Geld haben Sie noch?"

„Dreitausend", gestand ich ihm zu meiner Überraschung.

„Dreitausend. Ich sehe Sie vor mir, wie Sie damit haushalten müssen und zugleich versuchen, mit Lulu Schritt zu halten, in der Hoffnung, daß irgend jemand Ihre Rechnungen bezahlen wird. Gewiß, mit dreitausend können Sie zunächst auskommen, vielleicht zehn Wochen. Und was dann? Dann sind Sie nämlich pleite. Ist Ihnen das klar? Und was werden Sie dann wirklich tun? Hier herumlungern und irgendeine Stellung annehmen? Jungchen, schau nicht so eingebildet drein. Ich werde es dir austreiben. Wissen Sie, was es bedeutet, in eine neue Stadt ohne einen Pfennig Geld zu gehen?"

„Gewiß, ich weiß es", sagte ich.

„Einmal war Ihnen das vertraut, aber jetzt haben Sie Geschmack an etwas anderem gefunden. Sie glauben, daß Sie an Kellnerinnen Spaß haben werden, nachdem Sie sich das Beste ins Bett legen konnten? Mein Lieber, wenn Sie erst einmal mit erstklassigen Kätzchen umgesprungen sind, macht es Sie krank, körperlich krank, wenn Sie nicht mehr das Beste bekommen können. Schlimmeres gibt es nicht, kann ich Ihnen sagen", prophezeite Munshin.

Er hatte es erreicht, mich nachdenklich zu machen. Zum ersten Male wurde ich mir der verlorenen viertausend Dollar wirklich bewußt, ich empfand sie wie Ärger und Schmerz, und ich erkannte, daß mir durch ihren Verlust viele sorglose Tage verlorengegangen waren. Munshin hatte richtig geraten; ich hatte, weiß der Teufel wie, mehr als zweihundert Dollar in der Woche ausgegeben, und seine Worte ließen die fünfzehn, sechzehn Wochen an meinem Geist vorüberhuschen, und plötzlich wurde mir wie durch einen Schlag, der mich schwindeln machte, bewußt, daß mir nur noch eine sehr kurze Zeit für diesen Ort hier verblieb und daß Entscheidungen, die ich hinausgeschoben, ignoriert und versucht hatte zu vergessen, mir näher waren als der eigene Atem; sie griffen nach meiner Kehle. Nun wechselte Munshin seine Tatik. Wie ein Anzeigenagent arbeitete er erst mit der Furcht und dann mit der Hoffnung. „Ich weiß, wie Sie über die Filmindustrie denken", sagte er. „Sie glauben, sie bestehe nur aus Lug und Trug, und Sie mögen die Filme nicht, die gemacht werden. Soll ich Ihnen mal was sagen? Auch mich ekelt es an. Kaum ein Tag vergeht, an dem ich mich nicht bis zum Überdruß angeekelt fühle. Es ekelt jeden in der Branche an, der an etwas Ernsthaftem, Bedeutendem und Fortschrittlichem teilhaben möchte. Diese Leute gibt es, sie machen sogar drei Viertel, vier Fünftel der Branche aus und sie arbeiten brav weiter, und Sie würden über die menschlichen Qualitäten einiger Produzenten erstaunt sein. Ich sage Ihnen, die Filmindustrie ist mehr als nur das Tor zu etwas Lächerlichem und Korruptem. Sie gibt uns persönlich eine Chance, zu kämpfen und zu wachsen." Und Munshin streckte seine Arme auseinander, als wollte er eine Welt andeuten, die sich ins Unendliche ausdehnte. „Sergius, Sie haben die Vorstellung gehabt, daß Sie sich für einen Sack Geld verkaufen sollten. Sie sind ein Kind", knurrte er mich an. „Hier wird Ihnen Gelegenheit gegeben zu verdienen, Jungchen, Würde und Bedeutung zu gewinnen. Fangen Sie als Schauspieler an. Auch ich mag Schauspieler nicht. Aber von da aus können Sie in alles hineinkommen, in die Produktion, Regie, Drehbücher schreiben, obwohl ich dazu nicht raten möchte, in eine Umwelt einflußreicher Leute mit vielen Chancen. Was, zum Teufel, habe ich es nötig, mit Ihnen zu streiten? Sergius, ich kenne Sie. Bringen Sie sich selbst in Gang, und Sie könnten ein hundertprozentig fähiger Kerl sein, der der Welt zum Segen gereichte. Sie sind der Typ, nur müssen Sie sich selbst eine Chance geben. Glauben Sie, daß es sauberer ist, irgendeine andere Art von Arbeit zu leisten? Ach, Sie haben ja keine Ahnung, wie wir das Waisenhaus bloßstellen würden, in dem man Sie herumstieß."

Das war der Fehler, den Collie machte. Unvermutet verlor ich die Fassung. „Das Waisenhaus bloßstellen?" schrie ich. „Munshin, was sind Sie doch für ein verfluchter Lügner!"

Es entzückte ihn, mich in Erregung versetzt zu haben, und das machte mich noch wütender. „Fortschritt, sagen Sie? Einflußreiche Leute?" fuhr ich ihn an. „Ist das Ihr Ernst?"

„Machen Sie sich nur Luft", sagte Munshin freundlich.

„Ein Dreck ist das alles", schrie ich. „Denken Sie an Dinge wie Krieg, Ehe, Filme. Nehmen Sie zum Beispiel die Religion", sagte ich, selbst nicht wissend, wie ich plötzlich darauf verfiel, „nehmen Sie an, es gäbe einen Gott, und stellen Sie sich dann vor, was er wohl denken mag, wenn er die Menschen auf ihre Hände und Füße sinken und inständig beten sieht. Oder wie finden Sie den Einfall, Kinder in Waisenhäuser zu stecken? Wie lächerlich ist es, wenn Männer und Frauen Verträge miteinander schließen, um ihr ganzes Leben gemeinsam leben zu können?“ Ich muß ihm als verrückt erschienen sein. „Auch Sie sind ein Dreck, Munshin.“

„Ach, ach, ach! Also noch ein Anarchist!“ stöhnte Munshin. Er hob seine Arme. „Wissen Sie was?“ fragte er, wieder von vorn anfangend. „Anarchisten sind befähigte Menschen. Vielleicht fühle ich im Innersten wie Sie. Ich weiß, daß Charley Eitel so fühlt.“ Seinem gewichtlosen Plauderton gegenüber kam ich mir lächerlich vor. „Nehmen Sie einen Schluck, Sergius“, lächelte Munshin, und ich empfand, wie alltäglich ihm solche Ausbrüche wie der meinige erscheinen mußten.

Nach der Hoffnung kam der Appell an das Gefühl. Auf diese Weise ist die Welt schon zehnmal verkauft worden. „Das beste ist, an Ihre guten Instinkte zu appellieren. Ich glaube, Sie sollten in diesem Film selbst mitspielen. Aber da ist noch was anderes, Größeres. Sie könnten einem Freunde helfen.“

„Eitel?“ fragte ich. Es ärgerte mich, daß ich die Unterhaltung fortführte, als sei nichts geschehen.

„Stimmt. Er ist der einzige Mensch, der Sie richtig leiten würde. Ich weiß, daß ich H. T. dafür gewinnen könnte. Begreifen Sie, was das für Eitel bedeuten würde?“

„Er ist mit seinen eigenen Plänen beschäftigt“, sagte ich.

„Unsinn. Ich kenne Charley Eitel seit vielen Jahren. Sind Sie sich seines Talentes bewußt? Ich wünschte, Sie hätten es miterleben können, wie Eitel in seinen besten Zeiten mittelmäßige Schauspieler und Drehbuchschwächen anzupacken verstand und Filme daraus schuf, die voller Schönheit waren. Sein Talent verkümmert jetzt, weil er es gewohnt ist, mit Menschen zusammenzuarbeiten, geliebt und bewundert zu werden. Sie könnten ihn dahin zurückbringen, wo er hingehört.“

„Sie meinen, ich könnte ihn dahin zurückbringen, wohin Sie ihn haben wollen.“

„Hören Sie zu. Sie haben ein kluges Köpfchen. Ich verstehe ihn besser, als er sich selber versteht. Alles ist ihm zur Zeit verschlossen. Sie wissen nichts von der Verflechtung zwischen der Filmindustrie und den Finanzleuten. H. T. hätte genügend Einfluß, um zu erreichen, daß ihn jedes Studio in der Welt auf die schwarze Liste setzt, und nur Herman Teppis könnte seine Verdammung rückgängig machen. Und Sie sind der Junge, den ich dazu benutzen könnte, um H. T. zu überzeugen, daß er es tun sollte."

„Auch wenn ich zusagte, so einfach dürfte es wohl nicht sein."

„Alles ist einfach", sagte Munshin. „Wenn H. T. einen Film machen will, und ich kann ihm diesen Film suggerieren, wird er sich eher eine Hand abhacken lassen, als darauf zu verzichten. Sogar Eitel würde er dann in Kauf nehmen."

„Könnten Sie mir das schriftlich geben?"

„Wo leben Sie, Mann?" fragte Collie. „Fünfzig Anwälte würden darüber einen Schlaganfall bekommen. Sie können mir ruhig vertrauen. Ich wünsche noch mehr als Sie, daß Eitel zurückkehrt."

„Weshalb? Sehen Sie, das frage ich mich eben", erwiderte ich.

„Ich weiß es nicht, mein Lieber", gab Collie mit breitem Lächeln zur Antwort. „Vielleicht sollte ich den Psychoanalytiker fragen."

„Ich möchte mit ihm darüber sprechen", sagte ich.

„Nur zu! Zerstören Sie ruhig alles! Charley Eitel besteht nur aus Stolz. Sie glauben, Sie können zu ihm gehen und ihn fragen, was er will? Sie müßten ihn vielmehr darum bitten, daß er Ihren Film macht."

„Ich weiß nicht, wie ich mich entscheiden soll", sagte ich zum Schluß.

„Sagen Sie: Ja! Sie würden jetzt auf der Stelle zustimmen, wenn Sie nicht so dickköpfig wären und es haßten, sich widersprechen zu müssen."

Munshin hatte am nächsten Tag wieder in Hollywood zu sein, und schließlich verließ er mich mit dem Versprechen, mich anzurufen. Er hielt Wort. Lulus Druckmittel und Collies Argumente ließen mir kaum Zeit zum Nachdenken.

Mehr als einmal war ich bereit gewesen, jedes Papier zu unterschreiben, das mir Munshin vorlegen würde, aber es war nicht nur Dickköpfigkeit, die mich dann schließlich doch davor bewahrte. Immer stand mir der japanische Küchenjunge mit seinem verbrannten Arm vor Augen, der mich höhnisch fragte: „Und ich? Werde auch ich im Film vorkommen? Werden sie Krätze und Eiter zeigen?" Je mehr ich bereit war, den Vertrag zu unterschreiben, um so hartnäckiger verfolgte er mich, und während Collie oder Lulu fortfuhren, mir meine Karriere auszumalen und von der wahren, wunderbaren Welt redeten, dachte ich, wie unrecht sie hatten, denn die wahre Welt war unterirdisch, eine Wildnis von Höhlen, wo Waisen Waisen verbrannten.

Trotz allem, was Collie gesagt hatte, ging ich schließlich doch zu Eitel. Es trieb mich dazu. Munshin war es gelungen, die ganze Angelegenheit für mich so zu verzerren, daß ich nicht mehr wußte, was eigennütziger oder verkehrter war: mich zu weigern oder meinen wertvollen Lebenslauf an Supreme Pictures zu verkaufen. Zunächst lehnte Eitel ab, darüber mit mir zu sprechen. „Sehen Sie", sagte er freundlich, „ich versprach, mich nicht einzumischen."

„Collie?" fragte ich überrascht.

„Tut mir leid, Sergius, das kann ich nicht sagen."

„Wir sind Freunde", sagte ich. „Meinen Sie nicht, daß das für mich mehr bedeutet als für Collie?"

Er seufzte. „Dachte ich mir's doch, daß ich mich nicht aus dieser Sache heraushalten kann."

„Was sollte ich also nach Ihrer Meinung tun?"

Eitel lächelte trübe. „Das weiß ich auch nicht. Haben Sie nie daran gedacht, daß es mit zunehmendem Alter immer schwieriger wird, Ratschläge zu erteilen?"

„Manchmal glaube ich, man müßte trotz allem doch irgend etwas tun", bemerkte ich.

„Ja, zu meiner Zeit nannte man das Dialektik", erwiderte Eitel und nickte, als überlegte er, ob er den Gedanken in sich aufnehmen oder verwerfen sollte.

„Sagen Sie mir, was für eine Art Film würde Ihrer Meinung nach dabei herauskommen?"

„Sergius, lassen Sie uns nicht kindisch sein", sagte er scharf. „Es wird ein Film werden, und er wird in einer Reihe schöner Aufnahmen zeigen, wie sich Flugzeuge gegenseitig abschießen. Was glauben Sie denn, was Collie überhaupt für Filme macht?"

„Und was hat Collie mit Ihnen vor?" fragte ich.

Er zuckte die Achseln. „Ich kenne diese Pläne", sagte er. „Wenn Ihr Film wirklich gedreht werden sollte und man mich dafür haben will, würde mir die eine Entscheidung nicht leichtfallen."

Er hielt einen Finger an seine Nase, als ob er damit andeutete, noch mehr sagen zu wollen. „Sergius, Sie dürfen meine Situation nicht mit der Ihrigen verknüpfen. Ich möchte Ihr Versprechen haben, daß Sie mich nicht als Entschuldigung für Ihr Nachgeben gebrauchen werden. Sehen Sie, Sie würden mir damit keinen Gefallen tun." Dann starrte er mich ziemlich lange, beinahe finster an. „Sind Sie sicher", sagte er endlich, „daß Sie im Grunde das Geld nicht doch wollen... den Ruhm... die Karriere? Sind Sie sicher, daß Sie wirklich nicht Schauspieler werden wollen?"

Als er das sagte, wurde mir beinahe übel. Ich empfand kaum mehr als eine Spur von Unbehagen in meinem Magen, hatte aber einen Augenblick lang das Gefühl, ohnmächtig zu werden, und erkannte zugleich, daß Machtgelüste, Hunger und simple Gier seit Jahren in mir gebohrt hatten, daß ein Kampf in mir ausgetragen wurde, der hin und her wogte, ein lächerlicher Zweikampf, der dennoch nichts anderem in mir Platz ließ.

„Sehen Sie", sagte Eitel, während an meinem Geist diese Jahre vorbeizogen, „ich brauchte lange Zeit, um dahinterzukommen, daß ich solche Dinge sehr begehrte. Und darum blieb ich in Hollywood."

Ich konnte ihm kaum antworten. Angewidert von meinen Gedanken und wütend auf mich selber, saß ich da. „Sie haben recht", sagte ich, und dabei zitterte, glaube ich, meine Stimme. „Ich vermute, daß ich Sie als Vorwand benutzen wollte."

„Möglich", erwiderte Eitel und lehnte sich vor. „Wissen Sie, was ich davon halte? Ich meine, Sie sollten das Angebot ausschlagen, falls Sie irgend etwas anderes lieber täten. Doch das müssen Sie wissen."

Ich nickte zustimmend und fragte langsam: „Was würden Sie von mir als Schriftsteller halten?"

„Nun, Sergius, das ist schwer zu sagen."

„Ich weiß. Deswegen habe ich ein Gedicht mitgebracht, das ich vor ein paar Tagen geschrieben habe. Nur so ein kleiner Vers."

In diesem Augenblick hätte ich gewünscht, ich brauchte es ihm nicht zu zeigen – ich hatte es nach dem Erwachen aus einem Traum geschrieben. Doch ich griff in die Tasche und reichte ihm ein Stück Papier. „Ich liebe Spielereien mit Worten", murmelte ich dabei.

„Nun hören Sie schon auf, Sergius, und lassen Sie mich Ihr Meisterwerk lesen."

Das Gedicht ging so:

Saufbolds Bebop Potpourri

Die unsündhaftig Kerlin namlich Shash
Trank Tee mit Geilinozorus heißt Asshy

Sozwischenteils warsie zukosen lasch
Macht Schläferbei natotal wischiwaschi

„Wattu dasukst datisnich"
„Du plak minik und zwicknich"

„Und/oder tudie Püschel indie Vas",
„Die Rumpelpumpel macht mich nimmerspass",

„Printz Jerrhom ward durch Hodenstrie gefraut."
„Und Sündenrom nick ineintag erbaut."

Als er zu Ende gelesen hatte, lachte Eitel und meinte: „Ist recht amüsant, möchte ich meinen. Ich wußte gar nicht, daß Sie so von Joyce beeinflußt sind."

Ich wußte, daß ich mich unsterblich blamieren würde, doch in diesem Augenblick war mir alles egal. „Wer ist denn dieser Joyce?" fragte ich.

„James Joyce. Den haben Sie doch bestimmt gelesen?"

„Nein, aber ich habe den Namen schon mal gehört."

Eitel nahm mein Gedicht und las es noch einmal. „Ist das nicht komisch?" meinte er.

Etwas wollte ich jedenfalls von dieser Unterhaltung mit nach Hause nehmen. „Glauben Sie, ich habe Talent?" fragte ich deswegen.

„Scheint mir fast so, ja."

„Also gut", nickte ich. „Ich schätze... nun also..." Mir fehlten die Worte, um meiner Begeisterung Ausdruck zu verleihen. Wie ein zehnjähriger Junge fühlte ich mich und empfand es als Erleichterung, dieses Gefühl in Anwesenheit eines Menschen zu haben, dem ich vertrauen konnte. „Macht es Ihnen etwas aus, wenn ich Ihnen erzähle, warum ich niemals Berufsboxer werden wollte?"

„Ich dachte immer, der Grund dafür war, daß Sie sich nicht Ihr Gehirn zusammenschlagen lassen wollten."

„Stimmt genau, das war es, was ich befürchtete. Aber wie konnten Sie das wissen?" Eitel lächelte nur. „Ich hatte immer Furcht, Charley. Es gibt viele Boxer, denen es ebenso geht und die doch halbwegs vorankommen, doch das hat keinen Zweck, wenn man sich vor jedem neuen Kampf fürchtet."

„Vielleicht haben Ihre bisherigen Gegner das gleiche empfunden."

„Manche vielleicht, doch damals habe ich das noch nicht gewußt." Ich schüttelte den Kopf. „Und was noch schlimmer war, nach einiger Zeit merkte ich, daß ich keine ausreichende Schlagkraft habe. Ein Defensivboxer ohne genügend Schlagkraft muß zuviel einstecken."

„Ja, ich weiß."

„Einmal hatte ich den richtigen Kampfgeist", fuhr ich fort. „Das war in einem Ausscheidungskampf beim Luftwaffenturnier. Es hieß, wer die Vorschlußrunde erreichte, hätte gute Chancen, in die Pilotenausbildung zu kommen. So riß ich mich nach dem Kampf und wurde fast k. o. geschlagen. Heute kann ich mich an nichts mehr erinnern, doch mein Sekundant sagte mir hinterher, ich hätte den anderen Burschen mit einer wundervollen Kombination von Schlägen erwischt, als er gerade im Begriff war, seinen Sieg zu vollenden. Und dann haben sie ihn ausgezählt, und ich merkte nichts davon, bis alles vorbei war. In der Vorschlußrunde wurde ich dann entscheidend geschlagen. Doch man sagte, manchmal sei ein Boxer gefährlich, wenn er sich ausschließlich auf seinen Instinkt verläßt und den Kampf gar nicht mehr mit dem Verstand übersehen kann. Seine Aktionen scheinen dann wie aus seinem Innern zu kommen, etwa wie bei einem todwunden Tier."

„Und was sagt Ihnen Ihr Instinkt jetzt?" fragte Eitel.

„Ich kann mir nicht helfen, ich glaube, ich möchte Schriftsteller werden. Ich möchte nicht, daß mir andere vorschreiben, wie ich meine Wesensart zum Ausdruck bringen soll."

„Vertrauen Sie Ihrem Instinkt", entgegnete Eitel und schnitt eine Grimasse. „Wie optimistisch ich doch im Grunde meines Herzens noch bin. Tun Sie, was Sie für richtig halten, Sergius."

Irgendwie hatte ich geahnt, daß mir Eitel helfen würde, das Angebot abzulehnen. Auf dem Heimweg, als ich ruhiger wurde und wußte, daß mein Entschluß nunmehr feststand, fühlte ich, daß es mich glücklich machte. Mir war jedoch klar, daß mein Entschluß im Grunde wenig bedeutete; wenn mein Film auch nicht gemacht wurde, andere würden dafür entstehen, aber wenigstens brauchte ich nicht meinen Namen dafür herzugeben. Ich würde immer ein Spieler sein, glaubte ich, und wenn ich diese Gelegenheit vorbeigehen ließ, dann nur deshalb, weil ich um höhere Werte als Geld oder eine schnelle Karriere spielen wollte. Ich fühlte eine Spur von Eitelkeit, die ich mit Eitel teilte. Jeder von uns beurteilte sich selber sehr gewissenhaft, denn in uns war der quälende Drang, vollkommen zu sein. Wir spürten, daß wir besser waren als die meisten und daß wir darum besser handeln mußten. Eine ungeheure Eitelkeit. Am Abend überfiel mich wieder die Angst. Körperlich spürte ich sie mit trockener Kehle und nervösem Herzen. Und es gab nichts, womit ich sie eindämmen konnte, nachdem ich mich entschlossen hatte und wußte, daß ich diesen Entschluß niemals ändern würde. Ich zwang mich sogar dazu, Lulu an diesem Abend alles zu sagen. Dabei war ich auf mancherlei gefaßt gewesen, auf Streit und böses Schweigen, sogar die Erklärung, daß sie mich nicht mehr zu sehen wünsche. Statt dessen überraschte sie mich. Sie schwieg eine Zeitlang, und dann sagte sie: „Du wolltest es durchaus nicht tun, nicht wahr, Sergius? Ich wußte es, Lieber. Ich wußte, daß du unglücklich warst.“ In diesem Augenblick übermannte mich ein ungeheures Gefühl für sie. Sie sah so klein aus, so durchsichtig, so enttäuscht und erschreckt, und dennoch versuchte sie nicht, mich zu überreden. Plötzlich spürte ich, wie zerbrechlich sie war und wie zärtlich ich sie liebte. Sie hatte mir ihre Empfindsamkeit offenbart, und nun konnte ich sie wieder lieben; kann es denn Liebe ohne Empfindsamkeit geben? Alles, was ich besaß, wünschte ich ihr jetzt zu geben, und ich hätte fluchen mögen, daß es so wenig war.

„Ich liebe dich, Liebling“, sagte ich zu ihr.

Tränen traten in ihre Augen. „Ich liebe dich auch“, flüsterte sie. „Jetzt weiß ich es.“

„Höre“, sagte ich, „laß uns heiraten.“

„Wie könnten wir das“, sagte sie hoffnungslos.

„Schau, Liebling, es ist nicht schwer. Laß uns fortgehen. Gib den Film auf. Vielleicht kannst du ans Theater kommen, und ich werde arbeiten, ich schwöre dir, ich werde es tun.“

Lulu begann zu weinen. „Es geht nicht, Sergius“, sagte sie.

„Doch. Du haßt Hollywood. Du hast es mir selbst eingestanden."

„Ich hasse es nicht wirklich", murmelte sie.

„Dann wollen wir leben, wo du magst, aber heirate mich." Sie versuchte zu nicken. Das war genau das, was sie sich vor noch einem Monat gewünscht hatte, aber wenn man einmal mehr gewünscht hat, ist es schwer, seine Wünsche herabzusetzen. „Es würde nicht gehen, Sergius."

Ich wußte nicht, ob es gehen könnte.

Während wir dasaßen und uns bei den Händen hielten, suchte ich nach einem Ausweg, und in meiner Begeisterung schien es mir möglich, einen zu finden. „Versuchen wir es doch wenigstens", sagte ich schließlich.

„Küsse mich, Liebling", sagte sie.

Wir umschlangen uns heftig, und sie bedeckte meine Augen und meine Nase mit heißen feuchten Küssen. „Ach, Sergius, laß uns nur für eine Weile so leben und uns nicht sorgen. Später werden wir dann weitersehen."

Was sie sagte, ließ die alte Furcht zurückkehren, als ob ich nur ihr Zimmer zu verlassen brauchte, um vor der Tür die verbrannten Leichname der halben Welt aufgetürmt vorzufinden. Wir begannen uns zu umschlingen, und ich vermochte weder an sie noch an mich zu denken, an nichts anderes als an Fleisch: aufgeplatztes Fleisch, verwesendes Fleisch, Fleisch, in Läden an Spießen aufgehängt, brennendes und bluttriefendes Fleisch.

Während wir uns liebkosten, konnte ich an nichts anderes denken, und obwohl ich es mit äußerster Anstrengung versuchte, wußte ich, daß ich versagen würde. Selbst ihr Körper erschreckte mich.

„Nein, es geht heute nicht", sagte ich zu ihr aus meiner Panik heraus, und sie mußte es bereits gespürt haben, denn sie berührte mein Gesicht leicht, weich, ohne Verlangen.

„Mein armes Baby", sagte Lulu und hielt mich an ihre Brust gedrückt. „Was ist los mit dir, mein Liebling? Ich liebe dich wirklich."

Ich entsetzte mich davor, daß ich womöglich in Tränen ausbrechen würde, und wagte nicht zu sprechen. Wir konnten nicht mehr als ein paar Zentimeter voneinander entfernt sein, und trotzdem hatte ich das Gefühl, als müßte ich über eine weite Entfernung zu ihr gelangen. „Ach, alles ist –", sagte ich, und Schweiß bedeckte meinen Körper.

„Sag mir, sag mir alles, was dich bedrückt, was es auch sein mag.“ Ich begann es ihr darzulegen oder versuchte es wenigstens. Eine halbe Stunde, vielleicht eine ganze oder länger, erzählte ich all das, was bisher niemand von mir zu hören bekommen hatte, in jeder Einzelheit. Von den Einsätzen, an denen ich teilgenommen hatte, und ihren Namen, diesen widerwärtigen Namen, die militärische Presseleute ihnen gaben und die sich wie die Namen von Nachtlokalen anhörten: Unternehmen „Kastagnette“ und „Punschbowle“ und „Süße Susanne“, und wie unter uns die Brände aufflammten, die wir gesät hatten, und von der Gewalt flüssigen Phosphors, von dem ein Tupfen genügte, um einen Menschen in Flammen zu setzen und seinen Schädel zu schmelzen. Und ich erzählte ihr, wie ich mir diese Leichname vorstellte, denn man hatte uns nie aufgefordert, die Frontstellungen zu besuchen. Aber ich konnte mir denken, wie tot die Dörfer, die wir mit Bomben belegt hatten, am folgenden Tage aussahen und wie ihre Häuser mit blinden Augen zum Himmel starrten, wie die kalte schwarze Asche eines Schuttabladeplatzes. Aber immer wieder flogen wir und gaben uns dem Trunk, den Mädchen in den Geishahäusern und dem Pokerspiel hin. Wie erregend es war, um vier Uhr morgens aufzustehen und sich bereitzumachen. Von den endlosen Unterhaltungen über Vergnügungen und Mädchen, den endlosen Diskussionen über die technischen Leistungen der einzelnen Maschinentypen und deren unterschiedliche Qualitäten und wie es mit der Karriere bei der Luftwaffe bestellt sei. Und schließlich von dem japanischen Küchenjungen und wie ich die Kameraden zu hassen begann, bis es schließlich so weit kam, daß ich mich den Geishamädchen nicht mehr nähern konnte, die so bereitwillig waren, denn Fleisch war etwas Erschreckendes geworden, etwas, was man in der harten wirklichen Welt verbrannte. Ich geriet fast außer mir wegen dieser verteufelten Empfindsamkeit, so daß ich in mich hineinhämmerte: „Ich habe Freude daran. Das Feuer gefällt mir. Ich besitze die Brutalität, ein Mann zu sein.“ Deshalb hatte ich seit länger als einem Jahr ohne Frauen und Liebe gelebt bis zu jener Nacht, in der ich sie traf. Und es hatte für mich viel mehr bedeutet als alles je zuvor – nur daß all das Bedrückende nun mich abermals zu überwältigen schien.

„Ach, mein Baby, ach, mein Liebling“, sagte Lulu, „wenn ich es doch für immer verjagen könnte.“ Und verwundert, fast wie ein Kind, als habe sie es vorher nie bedacht, fügte sie hinzu: „Du bist noch schlimmer daran gewesen als ich." Sie war gut, und wir lagen Stunde um Stunde beieinander, die Angst verebbte, ich empfand wieder Lust dabei, ihren Körper zu fühlen, zu riechen, zu schmekken und zu erkennen, wie lieblich es war, bis ich schließlich, durch die Schwingungen ihres Leibes, von der Berührung ihrer Hüfte und vom Schimmern ihrer Brüste entzückt, fähig wurde, sie erneut zu nehmen. Es wurde die schönste Nacht, denn ich liebte sie tief, und ich glaubte, sie mich ebenfalls. Wir verschmolzen beglückt miteinander, und lange danach lagen wir noch beisammen, schauten uns an und lächelten uns zu. „Ich bete dich an", flüsterte ich ihr immer und immer wieder zu, und ihre Augen füllten sich mit Tränen. „Ich fühle mich zum erstenmal als Frau", sagte sie. Dennoch verwandelte sich unsere Stimmung wieder, noch ehe ich sie verließ. Hatte ich sie bereits am Anfang der Nacht geliebt, jetzt war meine Liebe noch größer geworden, nie hatte ich sie mehr geliebt, und dennoch spürte ich ein bitteres Vorgefühl des Verlustes. Denn beide wußten wir, daß es nach dieser Nacht keine gemeinsame Zukunft geben würde. Mein Gefühl war richtig gewesen. Bereits am nächsten Tag hatte ich sie verloren. Wir waren uns nicht mehr nahe genug, und die sanfte Niedergeschlagenheit, die Menschen befällt, die noch von Gefühlen zueinander erfüllt sind, aber bereits wissen, daß die Gefühle ohne Zukunft sind, verließ uns selten. Wir taten, was sie vorgeschlagen hatte, wir lebten weiter wie bisher und verhielten uns so, als ob nichts geschehen sei. Und während all dieser Zeit betrauerte ich den Verlust unserer schönen Stunden. Wir absolvierten das Alltägliche, hatten unsere kleinen Streitigkeiten, machten uns etwas vor, gingen sogar gemeinsam ins Bett – ebenso regelmäßig oder unregelmäßig wie stets – und warteten ab. Der Tag, an dem sie die Arbeit an ihrem neuen Film aufnehmen würde, rückte näher, und es schien, als ob eine ganze Reihe ähnlich wichtiger Tage folgen dürfte, die das Ende für mancherlei Dinge brachten; der Tag, an dem ich mein letztes Geld von der Bank abholen würde; der Tag, an dem ich Desert D'Or verlassen mußte. Aber wir sprachen nicht darüber. Einmal sagte sie mir, daß Teddy Pope und Tony Tanner wegen der Propagandaaufnahmen mit ihr bald herkommen würden, und sie machte sich sogar die Mühe, mir die Handlung des neuen Filmes auseinanderzusetzen: Liebe zu dritt. Teddy Pope würde sie zum Schluß bekommen, aber während der ersten Hälfte dieses Films sollte sie den Eindruck erwecken, als ob sie Tony Tanner liebe. „Benimm dich aber deswegen nicht töricht", betonte sie. „Natürlich muß ich mich die ganze Zeit mit Tony und Teddy sehen lassen, denn das Studio braucht eine Menge Propaganda für diesen Film im voraus."

„Ich vermute, daß ich dich nicht viel sehen werde."

„Das ist doch albern. Du kannst immer mit uns sein. Nur wenn fotografiert wird, ist es besser, wenn du sozusagen im Hintergrund verschwindest."

„Ich werde eine Versenkung immer mit mir herumtragen", sagte ich bitter.

„Du bist wirklich ein Kindskopf."

Als Teddy und Tony eintrafen, änderte sich unser Leben. Anstatt zu Dorothea zu gehen, machten wir unsere Runde durch die Nachtklubs, Teddy als Lulus Begleiter, während Tony Tanner und ich hinterdrein zogen. Eine Woche verging mit fast nichts anderem ausgefüllt als schäbigem Nachtklub-Whisky, Rumba-Kapellen, blaß angestrichenen Räumen und den geschwungenen Wänden und muschelförmigen Bogen der Architektur von Desert D'Or. Wir bildeten wohl das ungewöhnlichste Quartett. Teddys und Lulus Liebesromanze wurde wieder hinausposaunt, und es müssen sicherlich an die hundert Bilder von ihnen aufgenommen worden sein, auf denen sie einander in die Augen starrten, sich an den Händen hielten oder zusammen tanzten. Aber wenn wir einmal beisammensaßen, ohne daß Fotografen zugegen waren, wandte Teddy Pope mir seine Aufmerksamkeit zu, während sich Tony Tanner mit Lulu in lange Unterhaltungen einließ. Wenn wir uns in der Morgendämmerung trennten, pflegte ich mit Lulu für ein oder zwei Stunden allein zu sein. Ich hatte sie noch nie so glücklich gesehen. Sie war entzückt darüber, gewissermaßen in drei Teile geteilt zu sein. „Gern möchte ich wissen, welches dieser drei Mädchen du am liebsten bist", sagte ich eines Abends zu ihr, und sie antwortete etwas zu rasch: „Deines natürlich. Was ist Tony doch für ein langweiliger Kerl."

Tony sah gut aus, groß, muskulös, mit dunklem Haar, das in auffälligen Wellen lag, und er hatte ein Grübchen im Kinn. Er war fünfundzwanzig Jahre alt, schritt mit jungenhaftem Wiegen des Körpers einher und gestattete sich, die Manieriertheiten der meisten Komödianten zur Schau zu stellen, besaß aber nur wenig Humor. Ohne Zweifel war ich voreingenommen, aber er reizte mich. Seine Ausdrucksweise war das Exaltierteste, was ich je erlebt hatte.

„He, ihr Küken“, sagte er zum Beispiel, „laßt uns die Maus ins nächste Loch treiben“, was bedeutete, daß wir aufbrechen sollten. Lulu lachte beinahe zu allem, was er sagte. Er hatte vielerlei Jargon aufgelesen und benutzte ihn mit der Kraft eines Teppichklopfers. „He, Zuckerjunge“, sagte er etwa zu mir, wenn ich mit ihm zu diskutieren versuchte, „verschluck dich nur nicht. Diskussion ist was für Sonderlinge.“ Auf das nervöse Gekicher einer Frau pflegte er lachend zu erwidern: „Madam, vergessen Sie nicht die Libido zu ölen.“ Vielleicht hilft es, sein Charakterbild zu vervollständigen, wenn ich erwähne, daß er recht umgänglich war, wenn ich mich mit ihm allein unterhielt. Das gelang einmal für eine halbe Stunde, und da war er voller Bewunderung für meine Fliegertätigkeit. „Ihr seid mir schon Burschen“, sagte er ernsthaft nickend. „Ich glaube, ihr hattet es wahrhaft nicht leicht. Ich war mal drüben, um die Jungens zu unterhalten, und weiß daher ein klein wenig Bescheid.“

„Ja“, sagte ich, „ein klein wenig.“

„Ich fühle mich beschämt und komme mir wie ein Nichts vor, wenn ich mit solchen Kerlen wie Sie rede.“

„Wie ich gehört habe, kennen Sie Marion Faye“, schnitt ich ihm das Wort ab.

„Dieser Hund! Läßt ein paar Hürchen, mit denen ich zu schaukeln pflegte, für sich arbeiten, und gleich gibt's ein Gerede, daß auch ich Zuhälter sei. Und ausgerechnet jetzt, wo man was in der Branche zu werden beginnt.“

„Sie wollen also ganz groß werden, wie?“ fragte ich.

Er blickte mich an, als ob ich ein Idiot sei. „Was denn sonst?“ Plötzlich veränderte sich seine Redeweise. „Doch ich werde nie dahin gelangen. Ich werde es nie schaffen, junger Mann.“

„Das kann man nie wissen. Sie werden es schaffen.“

„Ich war in einen Skandal verwickelt. Wegen dieser Verrückten, mit der ich zusammenlebte und die ganz wild nach mir war. Ich habe sie so lange ausgehalten, wie ich konnte, dann sagte ich, sie solle abhauen, und da brachte sie sich um. Was für ein Blödsinn. Ob Sie's nun glauben oder nicht, ich hab das Beste der Kleinen gewollt. Und nun sagt man, ich habe sie dazu getrieben.“

Sobald Tony Tanner nicht mehr mit mir allein war, änderte sich sofort sein Benehmen. Hatte er Publikum, war er stets im Angriff. Er und Lulu pflegten sich auf die ausgefallenste Weise zu streiten.

„Scheinst mir ein rechter Weichling zu sein“, ärgerte sie ihn.

„Ich, ein Weichling? Mein Liebchen, ich platze vor Saft."

Lulu lachte. „Ich wette, daß du auf der Türschwelle in Ohnmacht sinkst."

„Deiner süßen kleinen Türschwelle?" Tony spielte mit seinem Haar. „Laß mich nur rein, und ich demoliere dir das ganze Haus." Er sprach so laut, daß sich die Leute an den Nachbartischen verwundert umdrehten. Tony winkte ihnen zu, und ihre Blicke kehrten zu den Tellern zurück. „Ihr Liebsten", rief er ihnen zu.

„Großer Gott", stöhnte Teddy Pope. Wenn er mit uns zusammensaß, zeigte er sich verdrießlich, und er schien unerträglich gelangweilt.

„Was ist denn los?" fragte Tony. „Leidest du?"

„Ich wünsche, du wärest schon arriviert", sagte Pope gedehnt. „Es würde dann leichter sein."

„Ich habe Neuigkeiten für dich", sagte Tony. „Weißt du, wie viele Verehrerbriefe ich in der letzten Woche bekam?"

Teddy gähnte und wandte sich ab. „Es ist schade, daß Sie Angst vor mir haben", flüsterte er mir ins Ohr. Sein Benehmen mir gegenüber hatte verschiedene Stadien durchlaufen. Am ersten Abend zog er mich auf: „Sie sind immer noch ein schüchterner Junge, wie ich sehe." Und dann gähnte er. „O pardon, ich vergaß, daß Sie verliebt sind."

Nach einigen Abenden hörte er auf, mich zu hänseln, und wurde beinahe freundlich. „Wenn Sie über dreißig sein werden wie ich", sagte er einmal, „werden Sie begreifen, daß echte Liebe nur etwas für Leute meines Schlages ist. Man kann nur gegen die Konventionen der Gesellschaft lieben."

In der Zwischenzeit unterhielten sich Tony und Lulu über Messalina.

„Messalina hat dir nichts voraus, Mäuschen", sagte Tony.

„Ich mag dich, Tony", sagte Lulu, „weil du frech bist."

„Ich bin ein Lüderjan, du solltest mich mal ausprobieren." So ungefähr ging es weiter. Zu meinem Verdruß stellte ich nach einigen Tagen fest, daß der Klatsch in Desert D'Or Tony in Lulus Bett und Teddy in das meine gelegt hatte.

„Nun, da wir Liebesleute sind", sagte Teddy eines Nachts grinsend zu mir, „lassen Sie mich Sie vor meinem schlechten Charakter warnen." Und theatralisch erzählte er mir seine Lebensgeschichte. „Meine Mutter war eine schlimme Person. Vater starb, als ich noch ein kleiner Junge war, und dann machte ich die Bekanntschaft mit einem neuen Onkel nach dem anderen." Er lächelte. „Jetzt wünschte ich, daß sich etwas ereignet, wobei ich mir selber gegenüber einmal ehrlich sein könnte. Einen Augenblick der Würde erleben. Begreifen Sie?"

„Das sagen Sie doch nicht ernsthaft", behauptete ich.

Teddy schaute mich offen an. „Sergius, Sie mögen mich nicht."

„Ich habe weder etwas für noch gegen Sie."

„Das stimmt nicht. Sie fühlen sich in meiner Gegenwart unbehaglich. Das geht vielen Menschen so, aber es sollte ihnen keinen Grund geben, sich mir überlegen zu fühlen."

„Da haben Sie recht", gab ich zu. „Entschuldigen Sie."

„Bedauern Sie es wirklich?"

„Ja", sagte ich. „Jeder hat das Recht, so zu lieben, wie es in seinen Möglichkeiten liegt." Ich hatte es ernst gemeint, aber für Teddy mußte es herablassend geklungen haben. Er blies mir Zigarettenrauch ins Gesicht und sagte: „Mir liegt nichts an Streit, aber Sie reizen mich."

„Nun, Kinder, hört doch schon auf damit", schrie Tony Tanner. „Lulu kann ja nicht einmal verstehen, was ich ihr ins Ohr flüstere."

„Wir können uns beide ja mal draußen weiter unterhalten", griff ich Tony an.

„Solche Unterhaltung vor allen Leuten könnte mich direkt reizen", entgegnete er.

„Vor Publikum sind Sie besonders reizend", gab ich über den Tisch zurück. Er war vielleicht zwanzig Pfund schwerer als ich und in sichtlich guter Verfassung im Gegensatz zu mir, und doch kümmerte ich mich nicht darum, was aus diesem Streit entstehen könnte. Die Lust zum Boxen kribbelte mir in den Fingerspitzen, und ich war bereit, die Sache noch weiter auf die Spitze zu treiben.

„Ich will Ihnen was sagen, Mann. Entweder kommen Sie mit mir hinaus, oder wir unterhalten uns hier ein bißchen."

Doch Lulu machte der Sache ein Ende. „Hör auf, Sergius", rief sie mir ärgerlich zu. „Du bist so brutal. Praktisch bist du doch ein richtiger Berufsboxer."

„Ach so", bemerkte Tony erheblich ruhiger. „Davon haben Sie aber noch gar nichts gesagt, wie?"

Ich hatte vergessen, wo ich war, und wußte nicht mehr, wem ich mehr grollen sollte – Tony, Lulu oder mir selber. Ich wußte nicht, was ich sagen sollte; aber Tony wußte es, das mußte ich ihm lassen. „Warum sollen wir nicht beide hinausgehen?“ meinte er. „Nur, wenn Sie mich fertigmachen wollen, machen Sie mich richtig fertig, denn wenn Sie mich nicht umbringen, habe ich ein paar Freunde, die sich für Sie interessieren werden.“

„Also gehen wir“, sagte ich und machte Anstalten, mich zu erheben. Und wieder machte Lulu unserem Streit ein Ende. Das war eine Nacht. An die anderen kann ich mich gar nicht mehr erinnern. Ich weiß nur, daß ich stundenlang herumsaß und trank, und all die Wut, die nicht zum Ausbruch kommen konnte, brannte inwendig in mir. „Also wollen wir uns wieder vertragen, Mann“, sagte Tony schließlich an jenem Abend. Und ich fühlte mich so dumm und elend, daß ich, um die Wahrheit zu sagen, ihm sogar die Hand schüttelte.

Eine Woche lang ertrugen wir vier uns gegenseitig, und dann war es für Teddy und Tony Zeit, nach Hollywood zurückzugehen. Lulu war am Abend ihrer Abreise schlechter Laune, und ich nahm sie in einen Nachtklub mit. „Ich konnte Tony nicht ausstehen“, sagte sie. „Jetzt wird es mir erst bewußt. Er ist so ordinär, findest du nicht auch, Süßer? Er zieht mich auf sein Niveau herunter. Ekelhaft ist das.“

An den folgenden Abenden kehrten wir zum Hangover zurück. Die Routinebesuche wurden wiederaufgenommen. Wir hörten Dorothea und Martin Pelley zu, der uns immer wieder erklärte, was für eine vollkommene Frau Dorothea sei, und spielten Ghost. Lulu zeigte ein verändertes Wesen. Ihre Grobheit mir gegenüber hatte zugenommen, und im Bett war sie teilnahmslos. Eine Depression, dicht wie eine Nebelbank, lag über ihr. Um Lulus Stimmung zu heben, mietete Dorothea einen Vorführapparat, und eines Tages wurden zwei von Lulus Filmen gezeigt. Als Filme erschienen sie mir schlecht, und die Lulu auf der Leinwand verwirrte mich. Es gab Szenen, in denen sie den Charakter darstellte, der dem Handlungsablauf entsprach, und andere, in denen sie sich selber spielte, und viele andere, in denen sie Seiten ihres Wesens offenbarte, die mir neu waren. Dennoch schuf sie etwas, was neben dem Film vorhanden war, und diese Leistung bedeutete einen Triumph für sie. Schöner als je erschien sie mir. Als eine ziemlich ungewöhnliche Gestalt – halb Mädchen, halb Frau – wirbelte sie durch den Film, ungeheuer anziehend, beinahe auf eine magische Weise. Sie zeigte eine kindliche Keuschheit, die einen Mann nur reizen konnte, sie ins Gegenteil zu verkehren. Ihre kleine heisere Stimme wurde durch eine Anzahl eigener Einfälle belebt. Ich saß neben ihr in der Halle, während der Film lief, und spürte, daß ihr Filmbild wie eine Vision auf sie wirkte. Kleine Laute drangen aus ihrer Kehle, ihre Lippen öffneten und schlossen sich, ihr Körper schwankte langsam vor und zurück. Sie beobachtete ihr Bild mit Bewunderung und Qual und einer Art angespannter Ehrfurcht. Dann trank sie einen Schluck, nahm mit einem halben Lächeln das Lob von Dorotheas Freunden entgegen, vergaß nicht, ihnen dafür zu danken, und brachte es sogar fertig, noch eine halbe Stunde zu bleiben. Als wir nach Hause kamen, wurde sie hysterisch. „Es ist entsetzlich, es ist entsetzlich", weinte sie.

„Was ist entsetzlich?" Vor meinen Augen sah ich noch das silberne Bild Lulus, das sie mehr beunruhigt hatte als irgendeine Person ihrer Umwelt.

„Ach, Sergius", schrie sie, „für den Rest meines Lebens kann es mit mir nur noch bergab gehen."

Wie immer in solchen Augenblicken hysterischer Ausbrüche kam zu vieles zusammen. Das Telefon klingelte. Es war Tony Tanner, der von Hollywood aus anrief. Lulu schluchzte in das Telefon, hängte ein und weinte weiter. Nach einer halben Stunde, in der ich versucht hatte, sie zu beruhigen und zu trösten und ihr zu schmeicheln, sagte sie mit gebrochener Stimme: „Sergius, du hast ein Recht darauf, es zu wissen. Ich habe mich Tony Tanner hingegeben."

„Aber wo? Wann?" schrie ich, als ob dies das Wichtigste sei.

„In einer Telefonzelle."

Nachdem sie es gesagt hatte, überwältigte sie wieder der Kummer. Er habe sie gedemütigt, brachte sie heraus. „Nie werde ich etwas taugen", rief sie weinend in die Dunkelheit, denn ich hatte das Licht gelöscht und saß, eine Zigarette rauchend, neben ihr auf der Kante ihres Bettes.

Am nächsten Tag verließ sie Desert D'Or und ging nach Hollywood. Sie müsse ihres Filmes wegen dort sein, die Aufnahmen würden zwar nicht vor Ablauf der nächsten zehn Tage beginnen, aber es sei wichtig, daß sie abreise. Eine Woche lang versuchte ich vergeblich, sie telefonisch zu erreichen, auf die hinterlassenen Botschaften antwortete sie nicht, und nie war sie zu Haus.

18

Eines Nachts, als sie beieinanderlagen, bemerkte Eitel zufällig, daß Elenas Schenkel kleine Vertiefungen aufwiesen, wie sie sich an Fettpolstern zeigen. Es war der einzige Mangel ihrer sonst makellosen Haut, aber dennoch depremierte es ihn sehr. Er vermochte nicht mehr wegzuschauen. Schon in den mittleren Jahren würde sie verblüht sein. Er mußte sich von ihr trennen. Mit ihm hatte sie keine Zukunft, und ihre Jugend würde ihr nur noch für ein paar Jahre verbleiben. Wie er sich selber haßte. Er suchte Trost in dem Gedanken, daß außer ihm sich keiner so sehr Sorgen um Elenas Schicksal machen würde wie er. Aber dann wurde ihm bewußt, daß er es schließlich gewesen war, der die Beziehung angefangen und das aus Elena gemacht hatte, was sie nun war; er durfte sie nicht verlassen. Was würde aus ihr werden? Wenn sie liebte, gab sie alles hin; sie behielt nichts zurück, was sie in die Waagschale werfen könnte, und deshalb würde sie immer den kürzeren ziehen. So viele Männer würden nach ihm kommen, so viele Verhältnisse, eines fragwürdiger als das andere. Falls sie nie aus ihren Erfahrungen lernte, würde sie zum Alkohol oder gar Rauschgift greifen – werde nur nicht pathetisch, wies er sich jedoch zurecht. Aber dennoch: Was sollte wirklich aus ihr werden? Wieder einmal erfüllte ihn Mitleid, und er wand sich vor Pein, denn das Mitleid galt einer Elena, die in seiner Einbildung bestand. Für die wirkliche Elena, die hier neben ihm schlief, empfand er nichts. Ihr Körper behinderte nur den seinen, ja an die schmerzliche Existenz ihres Körpers vermochte er kaum zu glauben.

Ständig spürte er, wie verzweifelt sie war. Sie schlief unruhig; Nacht für Nacht fuhr sie entsetzt aus einem Traum auf und klammerte sich im Dunkeln an ihn. „Ein Einbrecher versuchte die Tür zu öffnen“, erklärte sie, oder sie hatte jemanden in der Küche gehört. Jeder Zeitungsbericht über Vergewaltigungen oder Mord an Frauen spiegelte sich in ihren Ängsten wider. „Ein Mann ist mir gefolgt“, sagte sie zum Beispiel.

„Verständlich, bist ja schließlich eine anziehende Frau", erklärte Eitel nervös.

„Aber du hast nicht den Ausdruck in seinem Gesicht gesehen."

„Sicher wollte er dich in kleine Stücke zerhacken und sie in einen Sack stopfen."

„Das würdest du wohl auch gern mit mir machen wollen." Sie schaute ihn böse an. „Du bist ein Windhund und liebst mich nur, wenn ich dir gefalle und guter Laune bin."

Weil es zutraf, ärgerte es ihn. „Im Gegenteil, *du* bist so", erwiderte er. „Nur wenn ich dir nette Dinge sage, liebst du mich."

„Du hältst dich ja für so überlegen", sagte Elena, „hast aber keine Ahnung, was in mir vorgeht."

Nach einer halben Stunde deckte er ihren verschrobensten Gedanken auf. Sie wollte Nonne werden. „Bist du verrückt?" fragte er sie. „Eine schöne Nonne würdest du abgeben."

„Eine Nonne ist wenigstens nie allein", sagte Elena.

Ihre Worte deprimierten ihn. Es stimmte, dachte er. Was er in seine Hände nahm, zerstörte er. Wenn jemand mit ihm lebte und liebte, ließ er ihn vereinsamen. „Nonnen haben immer Gesellschaft", sagte Elena verstockt.

Ein paar Tage lang plagte sie sich mit dem Gedanken, sich das Haar abschneiden zu lassen. Immer wieder kam sie darauf zu sprechen. Ob es ihm wohl gefallen würde? Ob sie wohl mit kurzem Haar gut aussehe? Was meine er? Sollte sie es tun? Und Eitel, der zunächst Interesse an diesem Problem nur vorgetäuscht hatte, nahm schließlich wirklich Anteil daran. Vielleicht sollte sie ihr Haar abschneiden, begann er zu überlegen, vielleicht sehe sie dann vorteilhafter aus. Ihr langes Haar war zwar ein Bestandteil ihrer Schönheit, aber im Laufe eines Abends geriet es stets in Unordnung und erschwerte es ihr, gepflegt auszusehen.

„Wirst du mich noch gerne haben, wenn mein Haar abgeschnitten ist?" fragte Elena und entschied dann: „Nein, bestimmt nicht."

„Wenn meine Liebe zu dir von einer solchen Kleinigkeit abhängt, müßtest du dir gleich selber die Antwort geben können", sagte er und überlegte, ob sie mit ihrer Meinung recht haben könnte.

„Ja, dann müßte ich mir die Antwort gleich selber geben", wiederholte sie.

Seit der Nacht, in der er von Bobby nach Hause gekommen war, wußte er, daß es verfrüht sei, sich jetzt schon von Elena befreien zu wollen. Nun erklärte er ihr immer und immer wieder – voll einer ihn irritierenden Traurigkeit, weil er nicht wußte, ob er Elenas oder seiner selbst wegen traurig war – : „Ich weiß, daß ich dir nichts biete“, so als ob er, wenn er es nur häufig genug wiederholte, einen Hauch von der Gnade von dem Dämon erflehen könnte, den er, ihn richtend, vor sich sah. „Du bemühst dich wenigstens“, würde der Dämon anerkennen, „ganz und gar unehrlich bist du nicht.“ Aber im Grunde bewegte ihn ein ganz anderer Gedanke in jenen langen, schlaflosen Nächten: Um ehrlich zu sein, müßte er sie heiraten. Irgend jemand mußte sie heiraten. Er hörte die zukünftigen Liebhaber sich dazu äußern: „Wenn weder Munshin noch Eitel es wollten, warum sollen wir es tun?“ Deshalb gab es nur eine Lösung: Er mußte sie heiraten, und er erwog, wie er ihr es beibringen und hinterher die Scheidung bewerkstelligen könnte. Denn das mußte er Elena klarmachen, daß sie heirateten, um sich hinterher bald scheiden zu lassen. Das würde ihr den Weg zu einem anderen ebnen. Als Mrs. Eitel, die geschiedene Frau des ehemaligen Filmregisseurs, gleichgültig, wie wenig das wirklich bedeuten mochte, hatte sie es leichter. So würde er zum vierten Male verheiratet sein. Wieviel würde ihn das kosten? Und sie... sie würde wenigstens anerkennen müssen, daß sich jemand besorgt gezeigt hatte, ihr seinen Namen zu geben. Wie idiotisch an sich, doch für Elena würde es sinnvoll sein. Wenn sie ihre Karten richtig spielte – aber nie würde sie das können; sie würde mit ihren Karten überhaupt nichts anzufangen wissen. In hilfloser Verzweiflung starrte er an die Decke und überlegte, ob er je fähig sein würde, Elena dazu zu bringen, es mit seinen Augen anzusehen. So vergingen die Tage, und Eitel arbeitete an seinem Drehbuch, ohne daß ihm der Fortschritt daran Genugtuung verschaffte.

Eines Nachmittags erreichte ihn während seiner Arbeit ein Anruf von Lulu Meyers. Ihr Film sei um eine Woche verschoben worden, sie habe sich entschlossen, für eine Nacht nach Desert D'Or zurückzukommen, um an einer Feier, die Dorothea für sie gab, teilzunehmen. „Charley, du mußt unbedingt mit dabeisein“, erklärte Lulu. „Mir ist, als ob ich nur deswegen zurückkomme, um mit dir sprechen zu können.“

Eitel sagte: „Ich höre, daß es mit Sergius aus ist.“

„Ja, es kam ziemlich plötzlich, doch ich glaube, die Wunden sind inzwischen geheilt.“

„Deine bestimmt“, sagte Eitel.

„Du Scheusal.“

„Sagtest du, daß die Gesellschaft bei Dorothea stattfindet?“

„Charley, es geht alles in Ordnung, Dorothea möchte wirklich, daß du kommst. Mehr kann ich dir nicht sagen, aber du kannst mir glauben, es hat seine Gründe.“

Die Gesellschaft war eine Gesellschaft wie viele andere. Er war weder überrascht, den Hangover ausgeschmückt zu finden, noch fünfzig Menschen anzutreffen, die die Halle füllten, und zu erfahren, daß noch weitere fünfzig erwartet würden. Lulu erwartete Eitel und Elena in der Vorhalle und führte sie sofort zu Dorothea, die, bereits betrunken, auf einem Barstuhl hockte.

„Himmel“, sagte Dorothea, „jedesmal, wenn ich Charley auf einer Gesellschaft treffe, werden wir einander vorgestellt.“

„Wenn ihr beide euch erst richtig kennt, dürfte es bestimmt eine Liebelei geben“, sagte Lulu ohne Rücksicht auf Elenas Anwesenheit.

„Es war eine Liebelei“, entgegnete Dorothea und brach in ihr heftiges Lachen aus. Sie äugte zu Elena hinüber und fügte hinzu: „Amüsiere dich gut, meine Süße.“

Sie wanderten durch die Trinkstube und unterhielten sich mit Dorotheas Mann. Martin Pelley war von Elena entzückt und nahm Eitel wiederholt beiseite, um ihm zu sagen, was für ein wundervolles Mädchen er besitze.

„Ein reizendes Kind“, sagte Pelley. „Elena“, wandte er sich an sie, „Sie sind herrlich.“

Elena errötete und blickte nervös auf die vielen Menschen in Dorotheas Trinkstube. „Eine sehr nette Gesellschaft ist das, finde ich“, sagte sie unsicher.

„Ich bin sehr neugierig euretwegen“, fuhr Pelley fort. „Jeder ist es. Wann, zum Teufel, werdet ihr heiraten?“ Elenas Gesicht versteinerte. Pelley schlug Eitel leicht auf den Rücken.

„Ein so nettes ruhiges Mädchen. Sie sollten sie heiraten.“

„Sie will mich doch nicht“, sagte Eitel heiter.

„Ich hole mir etwas zu trinken“, sagte Elena und verließ sie. „Eine großartige Nacht“, fuhr Pelley fort und beugte sich vor, um Eitel zuzuflüstern: „Sie sollten Elena heiraten.“

„Ja“, sagte Eitel. Er ärgerte sich über Pelley. Er war wie jeder verheiratete Mann.

Einige der Gäste spielten Ghost, andere Scharaden, in der Halle zwischen der Trinkstube und dem Wohnzimmer stand eine Gruppe von Männern um die Spielautomaten, hielten sie ununterbrochen in Gang und steckten Münzen in den Schlitz unter einem Plakat, auf dem zu lesen war: Dorothea O'Fayes Altersversorgung. Eitel verlor Elena aus den Augen. Vergnügt beteiligte er sich an einem Scharadespiel und war bald der beste Mann seiner Partei. Nach ein oder zwei Stunden – ein genaues Ziel hatte er nicht mehr – wurde er es müde und sich plötzlich bewußt, daß er sehr betrunken war. Auf der anderen Seite des Raumes konnte er Elena ungemütlich am Rande einer Gruppe stehen sehen, kam aber nicht auf den Gedanken, ihr zu helfen. Später sah er Marion Faye mit ihr reden, aber es beunruhigte ihn nicht. Ihre Unterhaltung würde nichts ergeben.

Ein Mann, den Eitel sofort wiedererkannte, kam ihm mit Dorothea entgegen und begrüßte ihn mit „Hallo!" Als er diese Stimme vernahm, überkam ihm das Gefühl einer sich ankündenden Gefahr. Es war Kongreßmann Selwyn Crane vom Untersuchungsausschuß. Eitel hatte Crane bisher nur im Traum wiedergesehen; oft hatte er im Verlauf eines Alpdrucks Cranes jugendliches Gesicht, seine grauen Haare und seine gesunden rötlichen Wangen vor sich gehabt und die heitere Stimme des Kongreßmannes vernommen. „Ich werde die Prominenz unter sich lassen, damit sie sich besser kennenlernt", sagte Dorothea und verschwand.

„Allerhand los heute", sagte Crane. „Dorothea gibt wirklich immer nette Gesellschaften."

Als Dorothea noch für die Zeitung schrieb, konnte man regelmäßig einmal in der Woche einige Hinweise auf Crane finden; er sei ein bedeutender Kongreßmann, pflegte Dorothea ihren Lesern zu versichern, keinen ihrer Freunde schätze sie höher als ihn.

„Ich bin mit Dorotheas Gesellschaften nicht so vertraut", sagte Eitel. Er sprach bedächtig und versuchte, seiner Erregung Herr zu werden.

„Sie würde Ihnen sehr gefallen, wenn Sie sie näher kennenlernten", sagte Crane in einem vertraulichen Ton. „Dottie... nun, Dottie gehört noch zur alten Schauspielergarde. Theaterleute wie Sie werden sich von solchen Frauen immer angezogen fühlen." Ein Höllenlärm von Gelächter aus der Gruppe der Silbenrätselspieler ließ Crane schmerzhaft zusammenzucken. „Mr. Eitel", sagte er,

„ich möchte Sie gern sprechen." Eitel sah ihn sprachlos an. Er fand keine passende Antwort unter den vielen, die möglich gewesen wären; alle könnten in gleicher Weise beginnen und trotzdem so anders sein. So nickte er nur und folgte Crane mit klopfendem Herzen durch die Halle zu einem Mädchenzimmer im Obergeschoß. Eine Flasche Whisky stand auf dem Tisch, und ein ungeöffnetes Paket Zigaretten lag neben dem Aschenbecher. Der Kongreßmann setzte sich auf das Bett und wies Eitel den einzigen Lehnstuhl im Zimmer an. Von unten her drang gedämpft der heftige, lebensgierige Lärm der Gesellschaft herauf. „Ich habe schon seit langer Zeit den Wunsch, mit Ihnen zu sprechen", sagte Crane.

„So?" antwortete Eitel und blickte zur Seite auf die Whiskyflasche.

Crane sah ihn nachdenklich an. „Mr. Eitel", sagte er, „ich weiß, daß Sie mich nicht mögen, aber das Komische daran ist, daß ich seit dem Tage, als ich Sie verhörte, das Gefühl habe, daß wir unter anderen Umständen Freunde sein könnten."

„Ist es politisch nicht für Sie gefährlich, mit mir gesehen zu werden?" unterbrach ihn Eitel. Sein Pulsschlag hatte sich beruhigt, aber er war entschlossen, seinen finsteren Ausdruck beizubehalten.

„Politik bedeutet stets Gefahr", sagte Crane, „aber ich glaube nicht, daß man dies hier mißverstehen würde."

„Mit anderen Worten, der Ausschuß weiß, daß Sie hier sind, um mit mir zu sprechen."

„Man weiß, daß ich an Ihrem Fall interessiert bin."

„Warum sind Sie das?"

„Wir alle haben das Gefühl, daß es schade um Sie ist."

„Außerordentlich interessant."

„Mr. Eitel, Sie haben wahrscheinlich die Vorstellung, daß es uns nur darum geht, Leute zu verfolgen. Aber das trifft nicht zu. Ich bin zwar persönlich über alle Maßen um die Sicherheit dieses Landes besorgt, aber keiner von uns hat den Wunsch, jemandem unnötig Schaden zuzufügen. Sie würden über die Zahl der Rehabilitierungen erstaunt sein. Es ist immer meine Überzeugung gewesen, daß in jeder Tätigkeit ein gesunder Kern steckt. Sie verstehen, mein Vater war Pfarrer auf dem Lande", fügte Crane hinzu, und als Eitel zu lächeln vergaß, nickte er kühl.

„Als Sie damals vor uns erschienen, hatten wir die Information bekommen, daß Sie noch immer eingeschriebenes Mitglied der

Partei seien. Inzwischen haben wir erfahren, daß das nicht stimmt.“

„Warum gibt das der Ausschuß nicht bekannt?“

„Ist diese Forderung nicht ein wenig unbillig?“ fragte Crane. „Sie sagten uns ein paar ziemlich heftige Dinge.“

„Ich verstehe nicht, warum Sie Interesse an mir nehmen.“

„Wir haben das Gefühl, daß Sie uns helfen könnten. Wenn wir mit Ihnen einige Ihrer früheren Verbindungen einmal durchgingen, könnte es doch sein, daß Sie auf etwas stoßen, das Ihrem Bewußtsein entschwunden war.“

„Soll das heißen, daß Sie mir eine Geheimsitzung nahelegen?“

„Ich bin nicht bevollmächtigt, für den Ausschuß zu sprechen, aber ich sehe für Sie diese Möglichkeit.“

Der Gedanke an eine Geheimsitzung hatte ihn bereits früher versucht. Vermochte er vielleicht nur deshalb nicht entgegenkommender zu sein? „Falls ich aussagen sollte, Crane“, sagte er, „was würden Sie hinterher den Zeitungen für Vorschriften machen?“

„Wir kontrollieren sie nicht. Sie mögen lächeln, aber wir haben das Gefühl, daß sie von uns ein sehr falsches Bild verbreitet haben.“ Crane zuckte mit den Schultern. „Vielleicht können Sie später Ihren Anwalt oder Ihren Agenten veranlassen, eine Cocktailparty für sie zu veranstalten. Man sagte mir, daß das ein guter Weg sei, die Presse milde zu stimmen. Aber ich bin natürlich kein Fachmann in diesen Dingen.“

Eitel mußte lächeln. „Kongreßmann, es fällt mir schwer, Sie für einen Amateur zu halten.“

„Mr. Eitel“, sagte Crane, „wenn Sie fortfahren, sich beleidigt zu fühlen, dann, glaube ich, dürfte es wenig Sinn haben, unser Gespräch weiterzuführen.“

„Ein Politiker muß ein paar Beleidigungen einzustecken verstehen“, sagte Eitel, „besonders am Anfang seiner Karriere.“

Crane entschloß sich zu lachen. „Warum sind Sie nur so widerspenstig?“ sagte er warmherzig. „Ich will Ihnen doch nur helfen.“

„Eher möchte ich vorziehen, mir selber zu helfen“, sagte Eitel, und dann schaute er ihn an. „Sprechen Sie also mit dem Untersuchungsausschuß. Vielleicht können wir irgendein Arrangement treffen, vorausgesetzt, daß die Sitzung geheim ist.“

„Wir werden es uns überlegen“, sagte Crane, „und Ihnen die Entscheidung mitteilen. Ich fliege morgen nach dem Osten zurück, aber hier haben Sie meine Büronummer, falls Sie mich irgendwann anrufen möchten." Er lächelte vergnügt, klopfte Eitel auf den Rükken und erzählte einen Witz von einem Geheimagenten, der auf einem Bankett als Frau erschien, ehe sie zusammen hinuntergingen und sich wieder mit der Gesellschaft vereinigten. Im Trinkzimmer trennten sie sich, und Eitel arbeitete sich zu einer Ecke durch und begann wieder zu trinken. Er wußte nicht, ob er nun eigentlich guter Stimmung war oder innerlich kochte.

Marion Faye kam vorbei und wollte mit ihm sprechen. „Ich habe durch dich ein Mädchen verloren", sagte er.

„Elena?" fragte Eitel.

„Bobby." Marion tat einen Zug aus seiner Zigarette. „Ich führte sie mit Collie Munshin zusammen, als er letzte Woche hier war."

„Was will denn Collie von ihr?"

Faye zuckte die Achseln. „Nichts Besonderes. Er braucht sie nur als Reserve bei Supreme."

„Ach, die Arme."

„Es wird ihr Spaß machen", sagte Marion. „Die Karriere!" Er lächelte. „Du weißt, daß Don Beda heute abend hier ist."

„Ich dachte, er sei in Europa", sagte Eitel.

Marion überhörte es. „Don sagte mir, er sei scharf auf Elena. Er möchte, daß du seine Frau kennenlernst und prüfst, ob sie dich reizen könnte."

Die zweiten fünfzig Menschen waren inzwischen eingetroffen. In der Trinkstube war man so zusammengepfercht, daß Faye und Eitel sich gegenseitig ins Gesicht atmeten. Irgendwo versuchte jemand, ein Liedchen vorzutragen, und Eitel fragte sich dumpf, wie viele Zusammentreffen – außer dem mit Crane – Dorothea noch arrangiert haben mochte. Ich hasse diese Kuppler, dachte er, benommen von der Menge der Menschen und des Alkohols. „Ich dachte, Beda sei geschieden", sagte er zu Faye.

„Er ist wieder verheiratet. Du mußt dir sein Küken mal ansehen, ein englisches Modell, weißt du das nicht?" Bedas Ehen waren berüchtigt; begreifen konnte sie keiner. Er war erst mit einer Schauspielerin, dann mit einer farbigen Sängerin, mit einer Erdölerbin mit europäischem Fürstentitel – das hatte einen besonderen Skandal gegeben – und mit der Bezitzerin des teuersten südamerikanischen Bordells verheiratet gewesen. Er genoß den Ruf, die zügellosesten Parties New Yorks zu geben. Man sprach von ihnen. Es waren Gesellschaften, die zu dem einzig logischen Abschluß führten: Von den Menschen, die zu dem hartgesottenen Kern dieser Gesellschaft gehörten, schlief – nachdem das Orchester, die Neugierigen und die Studenten, die für das Wochenende in die Stadt gekommen waren, die Räume verlassen hatten – jeder mit jedem. „Ich weiß nicht", sagte er jetzt trunken. „Ich glaube, mir ist nicht danach, Beda heute abend überhaupt zu begegnen." Das war jedoch nicht zu vermeiden. Beda arbeitete sich zu ihm hinüber und schüttelte ihm die Hand.

„Charley, so lange nicht gesehen", lächelte er.

Das seltsame an Beda war, daß er auch wie ein Faun aussah. Er war charmant, aber ein wenig zu massiv, hatte eine schmale Narbe auf der Wange, trug einen schwarzen Schnurrbart, und seine Augen standen ein wenig vor. Und dennoch galt man etwas, wenn man sagen konnte: „Ich war auf einer Gesellschaft bei Beda, ging aber natürlich früh fort."

Augenscheinlich wußte Beda, daß die Leute über ihn redeten; er benahm sich entsprechend und prahlte damit, daß er jeden zu seinen Veranstaltungen einladen konnte. „Sie können keinen finden, der nicht zugesagt hätte", pflegte er lachend zu erklären. „Sie kommen meines Geldes wegen", und dann brüllten alle vor Lachen, obwohl Beda tatsächlich sehr wohlhabend war. Eitel hatte Elena einmal von ihm erzählt, und es hatte sie aufgeregt. „Wovon lebt er eigentlich?" hatte sie gefragt.

„Das weiß niemand. Ein geheimnisvoller Mann. Er hat sein Vermögen an der Börse gemacht, behauptet es zumindest. Er soll Hotels besitzen, vielleicht auch Nachtklubs. Außerdem scheint er großen Einfluß im Fernsehen zu haben."

„Das hört sich an, als ob er fünfzig Finger hätte", hatte Elena bemerkt.

„Ja, er ist wirklich schwer zu durchschauen."

„Ihr Mädchen ist reizend, Charley", sagte jetzt Beda neben ihm.

Eitel nickte. „Ich höre, Sie sind wieder verheiratet?" Zu seinem Verdruß stellte er fest, daß Marion verschwunden war.

„Da ist sie", sagte Beda, auf eine große rothaarige Frau in einem roten Kleid zeigend, mit ausdruckslosen, äußerst stolzen Gesichtszügen. „Ich habe viele gehabt", lächelte er, „aber Zenlia ist unersättlich. Was für eine heißblütige Dame! Ich mußte sie einer gewissen dicken Majestät entführen."

„Mein Gott, ist sie schön!“ sagte Eitel. In diesem Augenblick, da er betrunken bis zur Übelkeit war, erschien sie ihm schöner als irgendeine Frau, die er je gesehen hatte. Und was für eine kostbare Schönheit!

„Nun, wie ist's?“ fragte Beda. Mehr und mehr hatte er sich im Laufe der Jahre diese Redeweise angewöhnt. Als Eitel Beda kennenlernte, hatte sich Beda sehr literarisch gegeben und sogar einen gewissen Ruf als Essayist besessen. Vor zehn Jahren hatte Beda mit seiner ersten Frau, der Schauspielerin, in Hollywood gelebt. Er war zu jener Zeit noch nicht so bekannt gewesen, und Eitel hatte ihn für eine Art Außenseiter gehalten, denn Beda hatte sein eigenes Geld dazu verwendet, einen Film zu drehen und selber Regie zu führen. Als der Film fertig war, erwies er sich von der Finanzseite wie der Kritik her als Fiasko, ein Film mit zuviel Atmosphäre und zuviel Anspielungen, die keiner verstand, alles in allem ein literarischer Film. Aber noch jetzt war Eitel überzeugt, Beda besitze Talent. Aber wer hätte sich Bedas je seiner Talente wegen erinnert? Als Eitel eines Abends bei ihm zu Gast war, hatte Beda ihm seine Frau angeboten. Eitel war mit einem Mädchen zusammen gewesen, das er kaum kannte, und Beda hatte vorgeschlagen, daß sie tauschen sollten. Alle Beteiligten waren von dem Tausch sehr befriedigt gewesen, und Bedas Frau hatte zu Eitel gesagt: „Ich würde Sie gern wiedersehen.“ Deshalb hatte Eitel diese Nacht als interessant im Gedächtnis behalten. Beda jedoch hatte ihn seitdem gemieden.

„Charley, ich frage dich, wie ist's?“

„Was heißt, wie ist's?“

„Ich schwöre, du bist völlig betrunken.“ Beda lächelte einer Frau zu, die ihn neugierig angestarrt hatte, und als er ihr zunickte, drehte sie sich verwirrt weg. „Guter Gott, diese Touristen“, sagte er. „Sie ruinieren Desert D'Or. Zenlia war New Yorks überdrüssig geworden, und ich versicherte ihr, daß wir hier die eine oder andere Orgie finden würden. ‚Im Freien?‘ fragte sie.“ Beda begann zu kichern. „Charley, wir haben immer den gleichen Geschmack gehabt, was Frauen anbelangt. Ich kann mir gut vorstellen, wie Elena ist. Sie hat was Rauhes, Trotziges an sich, eine Spur von einer Hure und viel Energie. Stimmt's?“

Sie hätten ebensogut von einem berühmten Landwein gesprochen haben können.

„Elena ist sehr kompliziert“, sagte Eitel endlich.

„Was redest du da?“ Beda blickte sich im Raum um. „Ich kenne keinen Menschen, der nicht kompliziert ist. Warum stehlen wir uns nicht davon in mein Haus?“ Als Eitel nicht antwortete, begann Beda aufzuzählen. „Da sind zunächst wir vier“, sagte er, „du, ich, Zenlia und Elena und dann Marion und ein paar aus seiner Zucht. Hast du sie gesehen? Eine ist sehr nett. Typisch für Marion, ein Callgirl auf Dorotheas Gesellschaft mitzubringen. Und dann dachte ich an Lulu und noch den einen oder anderen Burschen, die wir dazu bitten könnten. Ich würde es auch gern Dorothea vorschlagen, aber ich weiß, daß sie es ablehnen würde.“

„Dorothea würde nicht mitkommen.“

„Und was ist mit Lulu?“

„Nein, Lulu auch nicht“, sagte Eitel, um Zeit zu gewinnen.

„Sicher?“

„Sie empfindet das wie Vergewaltigung“, sagte Eitel.

„Gut, dann die anderen.“

Eitel versuchte, sich aus der Ecke herauszumanöverieren.

„Nicht heute nacht, Beda“, sagte er, „wirklich nicht.“

„Aber Charley!“

Was für einen Vorwand könnte er jetzt noch vorbringen? „Don, du mußt mich entschuldigen“, sagte er lahm, „aber ich bin heute nacht nicht zu gebrauchen.“

Beda schaute ihn mit einem Augenzwinkern prüfend an. „Wollen wir dann eine Verabredung für eine andere Nacht unter uns vieren treffen?“

Eitel drehte eine Visitenkarte in seiner Tasche hin und her. Wessen Karte war das? fragte er sich, und dann fiel es ihm ein, es war die Karte des Kongreßmannes. „Ich weiß nicht, ich glaube nicht“, sagte Eitel. „Falls ich mich anders entschließe, werde ich dich anrufen.“

„Ich werde lieber dich anrufen“, sagte Beda betont und ließ ihn dann entwischen. Im Badezimmer des Obergeschosses gewann Eitel, während er sich übergab, die geistige Klarheit, die sich in solchen Augenblicken einzustellen pflegt. Alles hatte sein Gleichmaß wiedergefunden und war unwichtig geworden. Will ich Cranes Vorschlag wirklich ablehnen? dachte er, dann erbrach er sich wieder. Warum ist mein Geist immer dann so hellwach, wenn ich zu betrunken bin, um den rechten Gebrauch davon zu machen?

Als er wieder unten war, schlängelte er sich zur Bar durch und spülte ein Glas Wasser mit Aspirin hinunter, ehe er wieder zu trinken begann. Mr. Konsolidoy, ein kleiner Geschäftsmann aus Chicago, begann ein Gespräch mit ihm und wünschte von Eitel zu hören, wie teuer es sein würde, einen Werbefilm über seine Firma zu machen. Er besitze eine Joghurtfabrik, erklärte Mr. Konsolidoy. „Es darf nicht teuer sein, ich wünsche aber etwas Fundiertes."

„Das wünscht jeder", sagte Eitel und goß sich ein weiteres Glas ein. Wie idiotisch war das alles. „Riechen Sie, daß ich mich übergeben habe?" fragte er.

Er hörte ein vertrautes Rascheln hinter sich, und dann küßte Lulu ihn auf die Wange. „Charley, ich habe dich den ganzen Abend über gesucht. Ist es nicht herrlich, daß Crane solches Interesse an dir nahm?" Eitel nickte, und Mr. Konsolidoy begrüßte sie. „Mein Freund", sagte er zu Eitel, mit dem Stolz eines Hofmannes, der eine fremdsprachliche Phrase aufgeschnappt hat. „Ich will Sie nun verlassen, damit Sie sich mit Ihrer Puppe was Hübsches erzählen können."

„Wer war das?" fragte Lulu, als er gegangen war.

„Das ist ein Mann, der mir einen Auftrag für ein Zweimillionen-Dollar-Epos geben will."

„Charley, wie freue ich mich für dich. Was will er dir zahlen?"

„Einen halben Tausender."

Lulu schaute ihn von der Seite an und lachte. „Du hast mich zum besten gehalten", sagte sie mit gekünstelter Heiterkeit und legte eine Hand auf seine Schulter. „Charley, bist du in der Stimmung, mir zuzuhören?" Ehe er antworten konnte, fuhr sie fort: „Ich habe das Gefühl, daß du der einzige bist, der verstehen könnte, was zur Zeit in mir vorgeht."

„Warum ich?" fragte er.

„Weil ich dich einmal sehr geliebt habe, Charley. Und du hast mich sehr gekränkt. Aber immer sind es die Menschen, die einen kränken, habe ich festgestellt, die einen am besten verstehen."

Er war hoffnungslos betrunken. Es spielte keine Rolle mehr, ob er noch mehr Whisky in sich hineingoß oder nicht; bald würde er sich wieder übergeben müssen.

„Ja, Lulu, genauso empfinde ich auch", log er. Er wußte, jetzt konnte er alles sagen.

„Wir waren so töricht, nicht wahr?"

„Sehr töricht."
„Du weißt, daß ich wieder verliebt bin?"
„In Tony Tanner?"
Sie nickte tiefsinnig. „Ich glaube, diesmal wirklich." Als er keine Anstalten machte, zu antworten, fuhr sie fort: „Weißt du, alle sind gegen uns. Ich bin die einzige, die eine gewisse Seite seines Wesens versteht."
„Lulu, was für eine wunderbare Art, zu beschreiben, daß man verliebt ist", sagte Eitel.
„Ich meine es im Ernst, Charley. Ich spüre viele Möglichkeiten in Tony. In seinem Innern ist er gefühlvoller, als du glaubst. Ich liebe diese Mischung bei einem Mann."
„Was für eine Mischung?"
„Nun, aus Empfindsamkeit und Brutalität. Bei Tony ist diese Mischung sehr reizvoll. Wenn ich ihn erst einmal zu einem gesitteten Menschen gemacht habe, wird er sehr interessant sein. Du solltest Verständnis dafür haben", fügte sie hinzu.
„Und wann ist das alles vor sich gegangen?"
„In den letzten zehn Tagen", sagte Lulu. „Die reine Orgie war es, von Anfang an. Tony ist ein wanderndes Lexikon. Und weißt du, das Lustige daran ist – anfangs habe ich ihn gar nicht gemocht." Die Leute drängten sich um sie, und der Lärm der Gesellschaft schwoll in seinen Ohren auf und ab. Von sehr weit her aus seinem Bewußtsein bewunderte er eine Eigenschaft an Lulu, die er mit ihr gemeinsam besaß. Beide verstanden es, ihren Freunden auf so besondere Art zuzunicken, daß niemand ihr Gespräch störte.
„Und Sergius?" fragte er. „Hast du ihn für heute abend eingeladen?"
„Natürlich. Wahrscheinlich sitzt er zu Hause und schmollt."
„Vor zwei Wochen glaubtest du noch, ihn zu lieben."
Sie lächelte. „Er muß noch viel lernen." Sie legte ihre Hand auf seinen Arm. „Charley, ich möchte gern, daß du begreifst, wie sehr ich nur das Beste für dich wünsche. Du bist einer der nettesten Menschen, die ich je gekannt habe", schloß sie mit feuchten Augen. „Ich habe auch erkannt, was du an Elena hast. Ich glaube, sie gefällt mir."
„So, du liebst also Tony?" wiederholte er.
„Davon bin ich wirklich überzeugt."
„Und du möchtest gern, daß ich dir deine Illusion zerstöre."

„Ach, du bist ja betrunken."

„Nein, ich überlege nur gerade, warum du ihn dann nicht mitgebracht hast."

„Weil... ich wollte mal allein sein, um über ihn nachdenken zu können. Und jetzt vermisse ich ihn."

Wie reizend war sie in der Tat anzuschauen, dachte Eitel. Während sie sich unterhielten, hatte Lulu mit ihm geflirtet. Ihre veilchenblauen Augen lächelten ihn sinnlich an und schienen zu sagen: Machen wir uns beide ruhig etwas vor, unsere Erinnerungen können wir doch nicht umbringen. Er fühlte sich plötzlich wie ein verlumpter alternder Säufer. Konnte es wirklich erst ein oder zwei Jahre her sein, daß sie verheiratet gewesen waren und jeder geglaubt hatte, sich unter seiner Würde fortzugeben? Nun war sie weit über ihn hinausgelangt, neue Generationen waren angetreten vom Typ Tony Tanners, der einst stundenlang vor seiner Bürotür gewartet hatte, um ihn begrüßen zu dürfen. „Gehst du bald nach Europa?" fragte er in das Schweigen hinein. Natürlich würde sie nach Europa gehen, sobald etwas Besonderes vorlag. „Das Interessante ist", sagte Lulu, „daß, glaube ich, Tony mich nicht liebt."

„Er wird es tun, wenn du ihm zum Erfolg verhilfst."

„Du wirst alt und verbittert, Charley."

Wie schlimm, dachte Eitel, daß er sie so begehrte. Er begehrte sie mehr als damals, als sie verheiratet waren. Er konnte Beda mit Elena sprechen sehen, und mit einer noch gedrosselten Erregung wurde ihm klar, daß Elena wahrscheinlich mit Beda und Bedas schöner Frau weggehen würde, falls er selber mit Lulu die Party verließe.

„Woran denkst du?" fragte Lulu scharf.

Er merkte, wie er auf den Zehenspitzen hin und her wippte. „Ich habe gerade festgestellt", sagte Eitel, „daß es einem nicht möglich ist, sich an den Körper seiner geschiedenen Frau zu erinnern."

Lulu lachte anzüglich. „Was hast du mit den Bildern von mir gemacht?"

„Natürlich vernichtet", sagte er schnell.

„Glaube ich dir nicht, Charley." Wie zufällig kniff sie ihn ins Ohrläppchen. „Vielleicht ist es pervers von mir", sagte sie, „aber ich hätte nichts dagegen, daß diese Bilder, natürlich nur ein paar, noch vorhanden wären."

„Lulu, laß uns hier weggehen", sagte Eitel.

„Warum?“ fragte sie obenhin.

„Das weißt du genau.“

„Und Elena bleibt hier?“

Er haßte sie wegen dieser Frage. „Ja, Elena lassen wir hier“, sagte er und fühlte sich, als hätte er etwas Frevelhaftes getan. Das Frevelhafte lag darin, daß es ihm so leicht über die Lippen kam.

„Charley, ich finde dich heute sehr anziehend, aber ich möchte Tony treu bleiben.“

„Unsinn!“

„Deine Zumutung war gemein. Ich muß doch endlich zur Ruhe kommen.“

„Gehen wir“, sagte Eitel. „Ich werde dir ein neues Lexikon zeigen.“

Dann bemerkte er Elena neben sich. Er wußte nicht, ob sie es mit angehört hatte, aber es war auch gleichgültig. Denn er hatte sich so an Lulu gelehnt, daß für Elena alles klar sein mußte.

„Ich möchte gern nach Hause“, sagte Elena. „Aber du brauchst nicht mitzukommen, ich weiß, daß du lieber bleiben möchtest.“ Etwas in ihrem Gesicht verriet ihm, daß sie nahe daran war, es zu einem Auftritt kommen zu lassen, und der Gedanke, daß es in Dorotheas Haus geschehen würde, war ihm unerträglich.

„Nein, ich gehe mit dir“, sagte er ruhig.

Lulu machte sich über die beiden lustig. „Warum bleibst du denn nicht, Charley? Elena erlaubt es dir doch.“

„Du mußt nicht mitgehen“, wiederholte Elena, aber ihre Augen funkelten.

Eitel überlegte, wie er die Situation retten könnte, tat aber genau das Falsche, indem er sich an Lulu wandte: „Willst du auf eine Tasse Kaffee zu uns kommen?“

„Ich glaube nicht“, erwiderte Lulu lächelnd.

„Natürlich kommen Sie mit zum Schweinestall!“ sagte Elena.

„Die Schweine sehnen sich nach einem Sprung ins Heu.“

„Gute Nacht, Lulu“, sagte Eitel.

Sie gingen, ohne jemandem sonst auf Wiedersehen zu sagen. An der Tür hielt Dorothea sie auf. Sie war sehr betrunken. „Ging's gut mit meinem Regierungsfreund?“ fragte sie mit schwerer Zunge.

„Erwartest du, daß ich dir dafür danke?“ fragte Eitel.

„Willst du denn dein ganzes Leben lang ein arroganter, blöder Kerl bleiben?“

Während er in Dorotheas Augen schaute, die ihn böse aus bleierner Trunkenheit anblickten, erinnerte er sich, daß sie einmal – gleichgültig wann – das Bett geteilt und Zärtlichkeiten ausgetauscht hatten. Es gab ihm einen Stich. Wo, in welcher Himmelsgruft moderten die zärtlichen Worte der Liebenden, wenn sie sich nicht mehr liebten?

„Komm, Elena", sagte er, ohne Dorothea eine Antwort zu geben.

„Du bist es nicht wert, daß ein Hund sich um dich kümmert", schrie Dorothea hinterher, als sie den Pfad hinunter ihr entwischten.

Auf der Heimfahrt sagten beide kein Wort. Nachdem Eitel den Wagen in die Garage gestellt hatte und ihr ins Wohnzimmer gefolgt war, mischte er sich ein Getränk.

„Ein Feigling bist du", sagte Elena. „Du wolltest gern bleiben, aber hast es nicht gewagt."

Er seufzte. „Ach, Baby, fang du nicht auch noch an."

„Natürlich ich nicht! Du wolltest mit Lulu gehen, und ich habe es vereitelt. Stimmt's?"

Wie sehr sie Ehefrau geworden ist, dachte Eitel. „Nichts hast du vereitelt", sagte er mechanisch.

„Du glaubst, daß ich dich unbedingt nötig habe", fuhr sie auf. „Ich will dir mal was sagen. Wenn ich betrunken bin, bin ich eine Million Meilen von dir entfernt."

„Ich dagegen liebe dich, wenn ich betrunken bin", sagte er.

„Warum lügst du mich so an?" Daß sie dabei ihre Tränen zurückdrängen mußte, machte sie wütend. „Ich komme auch ohne dich aus", sagte sie. „Heute wurde mir klar, daß ich dich verlassen könnte, ohne dich jemals zu vermissen."

Als er nichts erwiderte, wurde sie noch wütender. „Weißt du", fuhr sie fort, „daß dein Freund, dieser ekelhafte Don Beda, mich fragte, ob ich mit ihm und seiner Frau nach Hause gehen möchte. Und was für Sachen er zu mir gesagt hat... als sei ich der letzte Dreck. Gut, vielleicht liebe ich diese feine Gesellschaft, auch wenn sie denkt, ich sei nur Dreck. Wie gern wäre ich mitgegangen", schrie sie, „ich bin genauso wie er. Also glaube nur nicht, daß du mir etwas schuldest. Wenn du deinen Spaß haben willst – ich werde dich nicht daran hindern. Auch ich werde meinen Spaß finden."
Es war entsetzlich, in einem solchen Augenblick zu lächeln, aber er vermochte es nicht zu unterdrücken.

„Mein armes Baby“, sagte er.

„Ich hasse dich“, schrie Elena und ging ins Schlafzimmer. Ach, er war so betrunken. Armes Ding, das immer den kürzeren zieht, dachte er. Nie würde sie glauben, daß er sie heiraten wollte, aber er würde es tun. Er saß allein da und versuchte zu formulieren, wie er es ihr am verlockendsten unterbreiten könnte. Plötzlich begann er zu lachen. In diesem Augenblick war ihm, als ob sich alles klärte. Wie absurd kam es ihm vor, daß er vor kaum einer Stunde nichts sehnlicher gewünscht hatte, als mit Lulu zu schlafen. Um diese Zeit mußte auch Elena durch Don Beda in Versuchung gebracht worden sein, sonst hätte sie ihn nicht als ekelhaft bezeichnet. Wie ein sanfter Luftzug auf die glimmende Asche seiner Leidenschaft für Lulu war der Gedanke, der ihm jetzt kam, daß es vielleicht Schlimmeres gebe, als Bedas Einladung anzunehmen. Die Vorstellung, Elena solch einer Gesellschaft preiszugeben, erschien ihm zugleich abstoßend und angenehm. Mit der Tapferkeit eines Mannes, der in einem Spiegel verfolgt, wie eine Operation an seinem Körper vorgenommen wird, glaubte Eitel, in sich selbst hineinschauen zu können. Einmal – vor wie langer Zeit? – brauchte ein Mädchen ihn nur mit einem Wort zu verletzen, und gleich war das Blut des schüchternen, leidenschaftlichen und begeisterten Jünglings, der er einmal gewesen war, hervorgequollen. Er seufzte. Sein trunkenes Gehirn war mit philosophischen Überlegungen angefüllt, in denen ihm die Zeit als flüssiges Element erschien, das vertrocknete und damit die Zeit zum Verschwinden brachte. Aber hinter all diesen Gedanken war das Bewußtsein vorhanden, wie Elena jetzt leiden mußte. Es war etwas Komisches an ihr, weil sie eine dramatische Zuspitzung stets am falschen Platz hervorrief. Sie sollte sie diesmal bekommen, der Zeitpunkt war richtig, um ihr seinen Heiratsantrag zu unterbreiten. Er ging in das Schlafzimmer hinüber und schaute auf Elena, die auf der Bettdecke lag. Ihr Gesicht war in den Armen vergraben; die klassische Haltung einer mittelmäßigen Schauspielerin, um Kummer auszudrücken, und es paßte gut, daß Elena so tragisch und komisch zugleich dort ausgestreckt lag. Er berührte leicht ihren Rücken, und sie bewegte sich ein wenig. Wahrscheinlich wollte sie ihm sagen, daß ihre Äußerungen über Don Beda nicht der Wahrheit entsprachen.

„Geh weg!“ schrie Elena ihn an.

„Nein, Liebling, ich muß mit dir sprechen.“

„Bitte, laß mich allein.“

Er begann ihr Haar zu streicheln. „Liebling“, sagte er, „ich habe vieles zerstört, aber trotzdem mußt du wissen, daß ich dich liebhabe. Ich kann den Gedanken nicht ertragen, dir weh zu tun.“ In gewissem Sinne war das eine ehrliche Meinung. „Ich möchte dich immer glücklich sehen.“ In der Tat, wenn es in seiner Macht gelegen hätte, jemanden glücklich zu machen, er hätte es getan.

„Alles nur Worte“, sagte sie, in Tränen ausbrechend.

„Ich möchte, daß wir heiraten“, sagte Eitel.

Sie richtete sich auf und wandte ihm das Gesicht zu. „Wir müssen deine Zukunft sichern“, sagte er. „Meine Idee ist, daß wir zusammen weiterleben wie bisher, und wenn du fühlst, daß es nicht mehr geht, nun, dann heiraten wir, bevor wir uns trennen, und lassen uns hinterher scheiden. Ich weiß, wie gern du heiraten möchtest, weil du meinst, daß dich keiner so liebhat, um es zu tun. Und darum möchte ich es tun.“

Tränen liefen ihr über die Wangen und tropften auf ihre Hände. Schlaff saß sie da, die Hände im Schoß.

„Was meinst du dazu, Liebling?“

„Du hast keine Achtung vor mir“, sagte sie mit hölzerner Stimme.

„Doch, ich habe sehr große Achtung vor dir. Siehst du denn das nicht ein?“

„Hör auf damit“, sagte sie zu ihm.

Er fühlte die leichte Bestürzung, die einer Katastrophe vorauszugehen pflegt. „Du verstehst mich nicht“, sagte er, „ich meine, gleichgültig, was auch geschehen mag, wir werden heiraten.“

Langsam und verwirrt schüttelte sie den Kopf. „Ach, Charley“, sagte sie, „ich hasse mich selbst. Seit vielen Wochen versuche ich den Mut aufzubringen, dich zu verlassen, aber ich vermag es nicht. Ich habe Angst.“

„Dann bleibt dir nichts anderes übrig, als auf meinen Heiratsvorschlag einzugehen.“

„Nein, niemals. Begreifst du nicht, daß ich das nie tun könnte? Schon wegen der Art und Weise, wie du mich gefragt hast.“

„Dennoch mußt du mich heiraten“, sagte er mit wachsender Verzweiflung. Die Tür zum Ausweg hatte er schon einen Spaltbreit geöffnet gehabt, und jetzt war sie drauf und dran, sie wieder zu schließen. Wenn sie nicht heirateten, würde er auf die unglücklichste Weise an sie gebunden bleiben.

„Wenn du mich nicht magst, werde ich gehen", sagte Elena. „Aber nun möchte ich nicht mehr darüber sprechen."

Jetzt endlich hatte sie seine Hochachtung erworben, nur vermochte er es ihr nicht klarzumachen. Mit tauben Fingern liebkoste er ihren Fuß. Es schien die wichtigste Eigenschaft der menschlichen Seele zu sein, sagte er zu sich, stets Dinge zu veranlassen, die die Lage eines Menschen nicht verbesserten, sondern verschlimmerten. Deshalb war die Welt so schrecklich geworden, weil sie Moral und Eigennutz gleichsetzte. Er hatte sich vollkommen dieser Welt unterworfen, Elena jedoch nicht. Sie würde bei ihm bleiben, solange er es wünschte, und der Gedanke an das, was dann geschehen würde, schmerzte ihn körperlich wie eine Wunde. „Ich bin so gemein", sagte er laut, und in dem Wunsche, zu beweisen, wie verzweifelt er war, begann er zu weinen, preßte mit den Fäusten ihren Körper an den seinen, während seine Brust erschüttert wurde von der ungewohnten Anstrengung, seine Tränen als nicht erzwungen erscheinen zu lassen.

Elena wurde zärtlich. Wie eine betrübte Mutter strich sie über sein Haar. Und leise sagte sie etwas so Weises wie nie zuvor: „Zwing dich nicht zum Weinen, Liebling."

Während ihre Hände sein Gesicht liebkosten, spielte ein Lächeln der Trauer um ihre Mundwinkel. „Sieh mal, Charley, es ist wirklich nicht so schlimm. Ich kann immer einen anderen Mann finden." Ein unverkennbarer Druck in der Magengegend brachte ihm zum Bewußtsein, daß er noch immer in dem peinigenden Gefängnis der Eifersucht wohnte. In diesem Augenblick liebte er sie mit einer Intensität, wie er nie zuvor eine Frau geliebt hatte. Und doch wußte er, daß ein so starkes Liebesgefühl nie länger als Minuten andauern konnte, denn er wagte es nicht, sie so echt zu lieben. Bei ihrer Jugend sprach aus ihren Worten eine Erfahrung, die weit über seine eigene hinausging, und wenn er bei ihr bleiben wollte, hätte er sich daher ihrem Wesen völlig anpassen müssen – ein Gedanke, den er von jeher gemieden hatte.

So drängte sich immer wieder der Gedanke in seinen schmerzenden Kopf. „Warum ist mein Geist immer so hellwach, wenn ich zu betrunken bin, um rechten Gebrauch davon zu machen?" Und dann überkam ihn der ganze Kummer seines Lebens, seine ungetanen Taten, und er weinte erschüttert die bitteren Tränen des erwachsenen Mannes. Es war sein erster Tränenausbruch seit fünfundzwanzig Jahren, und während er weinte, galt ein Teil seines Kummers Elena, denn er wußte, daß er jetzt, da sie ihn nicht heiraten wollte, nach einem anderen Weg suchen müsse, von ihr loszukommen.

19

Ich kam auf die Party, nachdem Eitel gegangen war. Den ganzen Abend hatte ich mir überlegt, ob ich überhaupt hingehen sollte. Die Einladung war von Dorothea gekommen, und ich fragte mich, ob sie mir nur einen Freundschaftsdienst erweisen wolle oder ob Lulu dahinterstecke, die mich zu sehen wünschte. Je mehr ich darüber nachdachte, um so bestimmter wußte ich, daß ich hingehen würde. Ich fand Gefallen an der Vorstellung, daß Lulu von Ungewißheit gemartert wurde, denn schon war es nach zwei Uhr morgens, und noch immer war ich nicht erschienen. Ich rechnete sogar damit, daß sie mich anrufen würde, und es quälte mich, daß sie mich womöglich überall in der Stadt zu erreichen versuchte, in jeder Bar, in jedem Klub, ohne darauf zu kommen, daß ich zu Hause sein könnte, denn da ich nicht auftauchte, mußte ich etwas Besseres vorhaben. So wanderte ich, schon der Verzweiflung nahe, durch meine Zimmer, besessen von dem Wunsch, sie wiederzusehen. Das Alleinsein, nachdem sie mich verlassen hatte, war für mich recht schwierig gewesen, aber davon zu erzählen, wie ich in den letzten zwei Wochen meine Zeit verbrachte – von den Stunden, in denen ich mein Bankbuch in der Hand hielt, als ob ich, wenn ich es nur lange genug studierte, mein Guthaben dazu bewegen könnte, sich zu vermehren, oder von den Stunden, die ich vertrank oder in denen ich zu schreiben versuchte –; es würde endlos dauern, nutzlos sein und schließlich für mich nur demütigend. Ich hatte alle Energie darauf verwandt, Dorotheas Gesellschaft fernzubleiben, aber schließlich stieg ich in meinen Wagen. Es war fast drei Uhr morgens, als ich zum Hangover hinauffuhr, und als ich in das Tor einbog, verschwanden alle Vorspiegelungen des vorangegangenen Abends, und ich war nur noch von dem gierigen und zugleich ärgerlichen Wunsch erfüllt, Lulu wiederzusehen. Aber ich war spät gekommen und dachte, sie sei schon gegangen.

Die Gesellschaft hatte ihren Höhepunkt längst überschritten; benutzte Teller standen überall umher, eine Zigarette steckte wie ein Skistock in einem Hügel überbackener Bohnen, ein Stückchen Schinken schwamm in einem großen Cocktailglas, und eine umgestülpte Schüssel lag unter einem Kaffeetisch. Ebenso verstreut und einer oberflächlichen Emsigkeit hingegeben waren die noch vorhandenen Gäste – Parodien ihrer selbst, wie etwa jener Betrunkene vor dem Spielautomaten, der gleichförmig und zugleich feierlich wie aus Pflichtgefühl ihn mit Münzen fütterte und ihn damit zu beherrschen glaubte und sehr überrascht schien, wenn sie gelegentlich mit einem rasselnden Geräusch wieder herausfielen. Ein junges Callgirl war auf einer Couch eingeschlafen. Ihr Mund stand offen, die Arme hingen wie leblos herab, damit alles an Lebhaftigkeit und Tüchtigkeit verneinend, was zur Ausübung ihres Berufes nun einmal notwendig war.

So fand ich auch Martin Pelley mit auf die Brust geneigtem Kopf. Sein Atem ging schwer, aber er schlief nicht und schien verdrossen zu sein. „Ich hab's", sagte er. „Sergius, wissen Sie, was ich bin?"

„Nun, was?" fragte ich.

„Nichts weiter als ein Handlanger bin ich." Pelley seufzte. „Das ist mir heute abend klargeworden. Mir hätte es mehr Vergnügen gemacht, mit den Jungen Karten zu spielen." Sein Kopf sank wieder auf die Brust. „Lernen Sie es, solange Sie jung sind", flüsterte er schläfrig, und ein erster Schnarchton entschlüpfte ihm.

In der Trinkstube lärmten die Gäste noch immer. In der Küche erzählte man sich Witze, und im Badezimmer wurden einige Krisen durchlebt, von Klarheit erfüllte Augenblicke, die fast im selben Augenblick wieder dahinschwanden. Lulu fand ich in der Anrichte. Ihre Arme hatte sie um die Schultern zweier unbekannter Männer geschlungen, während sie ein Lied aus einer alten Posse trällerte. Die Männer unterstützen sie dabei, und alle drei versuchten, aus den Dissonanzen zur Harmonie zu gelangen. Als Lulu ihnen bei meinem Anblick entschlüpfte und mir die Hand gab, fuhren die beiden Männer in ihrem Gesang fort, die entstandene Lücke schließend, stur wie eine militärische Formation, die aufrecht in der Sonne steht und die Schwächlinge ignoriert, die ohnmächtig werden.

„Ich möchte mit dir sprechen", sagte ich zu ihr.

„Ach, Sergius, ich bin ja so betrunken, merkt man es?"

„Wo können wir uns sprechen?“ fragte ich.

Sie schien nicht halb so betrunken zu sein, wie sie vorgab. „Wir können nach oben gehen“, flüsterte sie. Um kein Mißverständnis bei mir aufkommen zu lassen, trug sie dafür Sorge, unsere Unterredung im Schlafzimmer des Hausherrn stattfinden zu lassen, wo die Damen ihre Mäntel abgelegt hatten, so daß wir in unserem Gespräch dauernden Unterbrechungen ausgesetzt waren, bis wir uns schließlich um keine Frau mehr kümmerten, die im rosa Licht des Schlafzimmers nach ihrem Pelz wühlte.

„Sergius, ich bin sehr hart zu dir gewesen“, fing Lulu an.

„Wie geht es mit Tony Tanner?“ lenkte ich ab.

„Sergius, du bist ein reizender Junge, aber ich glaube nicht, daß sich Menschen, die einmal intim miteinander waren, sich darüber unterhalten sollten, was sie jetzt tun. Ich möchte, daß wir Freunde sind“, sagte sie nachdrücklich.

„Mach dir keine Sorgen“, sagte ich, „du bist mir ganz gleichgültig geworden.“ In diesem Augenblick war sie mir tatsächlich gleichgültig. Wenn ich auch viele Tage in Verzweiflung zugebracht hatte, weil ich nicht entscheiden konnte, ob ich sie liebte oder entrüstet war, hatte ich doch jetzt jene scheinbare Ruhe gewonnen, die vorzuspielen vermag, daß man sich als geheilt fühlt. Eines Tages würde ich mich gewiß wieder darüber beklagen, sie verloren zu haben, und noch Monate später einen plötzlichen Schmerz verspüren, wenn ich ihren Namen auf einem Filmplakat entdeckte oder las, was sie einem Reporter gesagt hatte, oder noch peinigender, wenn ich ein Mädchen erblicken würde, das durch eine Bewegung oder ihre Stimme mir Lulu in Erinnerung zurückrief, während ich allein schlafen mußte. Alle diese Vorstellungen waren jedoch belanglos; im Augenblick genügte es, daß mir Lulu gleichgültig erschien und sie mich nicht mehr kränken konnte. Und so vermochte ich großzügig zu erklären: „Du bist mir gleichgültig“, mit dem optimistischen Lebensgefühl eines Mannes, der einen Erdrutsch überlebt hat.

„Was würdest du für ein nettes Mädchen sein“, versuchte ich sie zu reizen, „wenn du selber eine anständige Meinung von dir hättest.“

Sie lachte. „Was für ein Esel du bist, wenn du versuchst, den Psychologen zu spielen. Sergius, hör auf mit dem Geschwätz und sei nett zu mir. Ich finde dich wahrhaftig heute anziehender denn je.“ So wie sie es sagte, mußte ich betrübt daraus entnehmen, daß ich inzwischen für sie jemand geworden war, der ihr nie besonders anziehend erschienen sein mochte.

„Lulu“, fragte ich, über mich selber erschreckt, da ich dabei war, zu kapitulieren, „ist wirklich alles zu Ende?“

„Sergius, du bist ein reizender und guter Bursche, und ich werde dich nie vergessen“, sagte sie mit dem Versuch, freundlich zu erscheinen, während sie mich augenscheinlich schon vergessen hatte.

Ich blickte sie an. „Komm, laß uns ins Bett gehen.“

„Nein, ich bin betrunken... und ich möchte dich nicht kränken.“

„Versuche es“, reizte ich sie.

„Siehst du, zwischen uns war es doch körperlich nicht immer sehr vollkommen, ich meine, es war nicht eine körperliche Angelegenheit. Ich glaube, das hat mit den Säften zu tun, meinst du nicht auch?“

„Und was war damals...?“ fragte ich und fuhr fort, als ob man Zuneigung einfach erzwingen könne, ihr in die Erinnerung zurückzurufen, was sie angehabt hatte, was wir unternommen hatten, jede Einzelheit in sie einhämmernd von dem, was sie gesagt und wie sie es gesagt hatte, und Lulu hörte mit einem Filmlächeln zu – das freundliche junge Mädchen, das Mitleid für den hübsch aussehenden Filmpartner empfindet, den sie nicht liebt.

„Ach, Sergius, ich bin schrecklich“, sagte sie, „ich muß betrunken gewesen sein.“

„Du warst nicht betrunken.“

„Nun, es war stets sehr nett mit dir.“

Mit Anstrengungen sagte ich und damit zugebend, daß ich für sie erledigt sei: „Glaubst du, daß du Tony sehr oft sehen wirst?“

„Vielleicht, Sergius. Er ist sehr amüsant.“

Ein Betrunkener schwankte vorbei, im Obergeschoß nach einer Toilette suchend, und sie lehnte sich an meinen Arm. „Ich mache mir Sorgen, Lieber“, sagte sie mit einer Stimme, die zum Ausdruck brachte, daß wir tatsächlich nun alte Freunde seien. „Herman Teppis hat mich gebeten, ihn übermorgen aufzusuchen. Ich hoffe, von Eitel einen Rat zu erhalten, aber mit dem ist jetzt nichts anzufangen.“

„Was bedrückt dich?“

„Ich kenne doch Teppis.“ Sie zitterte plötzlich wie aus geheimer Angst. „Erzähle keinem Menschen etwas über Tony“, flüsterte sie.

Unten waren die Gäste noch immer im Aufbruch. „Sergius, fahr mich bitte zum Yachtklub“, sagte sie. „Ich bin gleich wieder da, ich will mich nur pudern.“ In der ihr eigenen Ungeniertheit schminkte sie sich mit berufsmäßiger Sorgfalt vor dem Schlafzimmerspiegel, Ausdehnung und Stärke des Puders und der Schminke auf ihrem Gesicht studierend. Einen Augenblick lang kam es mir vor, während sie ihre Gesichtszüge eingehend betrachtete, als ob das Gesicht im Spiegel lebendiger sei als das der Person, die hineinschaute, und ich spürte, daß sie sich Sorgen machte, jenes Unbehagen sie überkam, das sich in dem lautlosen Aufschrei kundtut: „Das also bist du, und dieses Gesicht wirst du niemals loswerden.“

Als wir dann die Treppen hinuntergingen, war sie schweigsam und sah sorgenvoll aus; sie beschäftigte sich wohl mit der Person, die nur scheinbar in einem Spiegel oder auf der Oberfläche einer Kinoleinwand lebte.

Dorothea küßte Lulu. „Sei vorsichtig, Herzchen, hörst du“, sagte sie, und wir zwängten uns durch die abschiednehmenden Gäste an der Tür. Auf der Straße hatte sich etwa ein Dutzend junger Menschen versammelt und wartete im trügerischen Licht der Dämmerung von Desert D'Or.

„Da ist sie, da ist sie!“ schrien einige, als wir herauskamen.

„Mein Gott, die eine kenne ich“, sagte Lulu, „von Hollywood her.“

„Miß Meyers, wir sind Mitglieder eines Autogramm-Vereins“, sagte ihr Anführer feierlich. „Würden Sie bitte Ihr Autogramm in unsere Bücher schreiben?“

„Lulu, bitte erst in meins“, bat einer.

Ich stand neben Lulu, während sie Album um Album mit ihrem Namen schmückte. „Vielen Dank“, schrieb sie. „Meinem allerbesten... Auf baldiges Wiedersehen... Tausend Dank...“ und so fort.

Als wir endlich von ihnen befreit waren und ich sie auf dem wohlbekannten Weg zum Yachtklub fuhr – das letzemal in meinem Wagen – , lag sie zurückgelehnt im Polster und strich ihr Haar zurück. Ich sah sie flüchtig von der Seite an. Der sorgenvolle Ausdruck war aus ihrem Gesicht verschwunden. „O Sergius“, flüsterte sie unter dem frischen Eindruck der soeben genossenen Bewunderung, „ist dieses Leben nicht herrlich?“

20

Zwei Tage später wartete Herman Teppis, eine halbe Stunde bevor er Lulu sprechen wollte, auf Teddy Pope. Von Zeit zu Zeit pflegte Teppis, wie mir Lulu erzählte, eine ausgiebige Plauderstunde, so nannte er es, mit einigen seiner Stars zu haben, und diese Einrichtung, in der Öffentlichkeit durch eine Reihe von Zeitschriftenartikeln aus der Feder von Propagandaagenten bekanntgeworden, wurde als das Geheimnis des guten patriarchalischen Einvernehmens bei Supreme Pictures hingestellt.

Ein solcher ausgiebiger Schwatz, der im Gegensatz zu den kleinen Unterredungen stand, die Teppis laufend in seinem Heim, seinem Landklub oder dem Sitzungsraum im Studio hatte, fand in seinem Büro hinter verschlossenen Türen und unter vier Augen statt.

Dieses Büro war einer der vielen Schattierungen von Creme – Rosé, Chartreuse, Beige – angestrichen, die für die Räume der gehobenen Angestellten bei Supremes Pictures vorgeschrieben war. In dem riesenhaften Raum mit entsprechend riesenhaften Fenstern dominierte der Schreibtisch, ein gewaltiges italienisches Renaissancemöbel, von dem man erzählte, daß es unmittelbar aus dem Vatikan gekauft worden sei. Einem alten Haus entsprechend, von dem nur die Fassade übriggeblieben war, während man das Innere völlig renovierte, enthielt dieser Schreibtisch ein Diktiergerät, ein Geheimfach für Akten, ein Kühlfach und eine kleine ausschwenkbare Bar. Sonst befanden sich in dem Raum ein paar tiefe Lehnsessel, und den Boden bedeckte ein kaffeebrauner Teppich. In diesem Riesenraum hingen nur drei Bilder: ein impressionistisches Gemälde, Mutter und Kind darstellend, in schwerem Goldrahmen, und, in handgearbeitete Silberrahmen gefaßt, die Fotografien von Teppis' Frau und Mutter, die letztere retuschiert und handkoloriert, so daß ihr das Silberhaar wie eine Strahlenkrone um den Kopf stand.

An diesem Nachmittag, da Teddy Pope Mr. Teppis besuchte, wurde er warm empfangen. Teppis schüttelte ihm die Hand und klopfte ihm auf den Rücken. „Teddy, wie freue ich mich, daß Sie es einrichten konnten, herzukommen“, sagte er mit seiner heiseren, dünnen Stimme.

„Es macht mich stets glücklich, wenn Sie mich zu sprechen wünschen, Mr. Teppis“, erwiderte Teddy.

Teppis hustete. „Möchten Sie eine Zigarre?“

„Nein, Sir, ich rauche keine Zigarren.“

„Zigarren sind mein Laster, aber mein einziges, möchte ich sagen.“ Er räusperte sich mißtönend, als ob er einem Tier zu verschwinden befehle. „Nun“, sagte er freundlich, „Sie möchten sicherlich wissen, warum ich Sie sprechen wollte.“

„Ja, Mr. Teppis“, sagte Teddy. „Ich war ein wenig überrascht.“

„Eine einfache Sache, ich kann es in einem Satz formulieren. Ich sollte die ganze Zeit, die mir zur Verfügung steht, eigentlich nur mit euch jungen Menschen verbringen, allen diesen jungen Stars, die ich in diesem Studio habe groß werden sehen. Daß es nicht geht, empfinde ich als einen Mangel, aber das bedeutet nicht, daß mein persönliches Interesse nicht groß genug sei. Ich denke sehr viel an Sie, Teddy.“

„Ich hoffe, daß Sie nur nett von mir denken, Mr. Teppis“, sagte Teddy lachend.

„Nun, seien Sie nicht besorgt. Habe ich Ihnen jemals etwas getan?“ Teddy schüttelte den Kopf. „Natürlich nicht, Sie wissen ja, daß ich Ihnen wirklich zugetan bin, ich alter Mann.“

„Sie sehen nicht alt aus, Mr. Teppis“, bemerkte Teddy.

„Nein, widersprechen Sie nicht, es stimmt leider. Manchmal denke ich an all die Jahre zurück, die ich hier in diesem Zimmer verbracht habe, an all die Stars, die auf- und wieder untertauchen, die ich groß machte, und all die kleinen Sternchen, von denen man erst in ein paar Jahren wird sprechen hören, aber sie werden Sie nicht verdrängen, darauf können Sie sich verlassen, Teddy. Eines Tages werden Sie sich auf mich berufen dürfen: ‚H.T. sagte zu mir: Sie können sich darauf mit Sicherheit verlassen.‘ Das ist es, was ich Ihnen zu sagen wünsche. Ich spüre die wirkliche Zuneigung, die alle meine Sterne und Sternchen für mich empfinden, und weiß, daß sie während unserer Unterhaltung erkennen, was für ein großes Herz ich besitze. Nicht eines einzigen kann ich mich erinnern, der diesen Raum verlassen hätte, ohne gesagt zu haben: ‚Gott segne Sie, H.T.‘ Ich bin ein warmherziger Mensch, darauf begründen sich meine Erfolge, denn was braucht man in dieser Branche, um Erfolg zu haben?"

„Herz", sagte Teddy.

„Richtig, Herz! Und auch das große Herz des amerikanischen Publikums muß man zu erreichen versuchen, man muß ihm auf halbem Weg entgegenkommen. Lassen Sie mich Ihnen ein Beispiel geben. Ich bin der Vater einer verheirateten Frau, Sie kennen meine Tochter Lottie, ich liebe sie, und kein Tag vergeht, ohne daß sie mich morgens um zehn Uhr anruft. Meine Sekretärin hält die Leitung für mich frei. Wenn sich meine Tochter nicht auf mich verlassen kann, wie dürfte ich erwarten, daß ich mich auf sie verlassen kann? Sehen Sie, Teddy", sagte er, sich vorbeugend, um Popes Knie einen leichten Schlag zu versetzen, „aber unabhängig davon, wie sehr ich auch meine Tochter liebe, in meinem Herzen ist auch noch Platz für meine andere Familie, die große Familie hier bei Supremes Pictures."

„Genauso empfinden wir für Sie, H.T.", sagte Teddy.

„Das hoffe ich, das hoffe ich ernstlich. Es würde mir das Herz brechen, wenn all diese jungen Leute hier meine Gefühle nicht erwidern würden. Sie ahnen gar nicht, wie oft ich mir über alle Gedanken mache, wegen ihrer Probleme, ihres Herzeleids und ihrer Erfolge. Ich lasse ihren Aufstieg nicht aus den Augen. Sie würden überrascht sein, Teddy, wenn Sie wüßten, wieviel ich über euer aller Privatleben weiß. Ich unterrichte mich sogar darüber, wie ihr zu religiösen Dingen steht, denn ich selber bin gläubig, Teddy. Ich habe meine Religion gewechselt, das ist nicht so einfach, wie wenn man einen Schluck Wasser trinkt. Ich kann Ihnen sagen, daß ich in meinem neuen Glauben einen großen Trost gefunden habe. Es gibt einen bedeutenden Mann in New York, einen tiefreligiösen Menschen, und ich bin stolz darauf, ihn als einen meiner besten Freunde bezeichnen zu dürfen. Ihm verdanke ich es, daß Sie und ich nun durch dieselbe Kirchentür gehen können."

„Ich fürchte, daß ich letzthin nicht oft genug in die Kirche gegangen bin", sagte Teddy.

„Das höre ich gar nicht gern. Ich würde Ihnen die Leviten verlesen, wenn ich nicht über etwas anderes mit Ihnen sprechen möchte." Teppis streckte seine Arme empor. „Schauen Sie, was ich Ihnen hier zeige: zwei Hände. Zwei Hände formen den Körper. Das ist mir widerfahren, denn zwei Glaubensbekenntnisse haben mich geformt: das eine, das mir meine Eltern vermachten, und das andere, zu dem ich hinüberwechselte. So habe ich den Reichtum zweier großer Glaubensbekenntnisse in mir. – Verwirre ich Sie auch nicht?"

„Nein, Sir."

„Nehmen Sie zunächst mein früheres Glaubensbekenntnis. Bei den Leuten, unter denen ich aufwuchs, gab es eine das Herz am meisten erwärmende Sitte, nämlich, daß sich die Eltern bis zuletzt um das Wohlergehen ihrer Kinder kümmerten und regsten Anteil nahmen an ihren Verlobungen, Hochzeiten und den Geburten ihrer Enkelkinder. Ich könnte Ihnen Geschichten erzählen, die Ihre Augen mit Tränen füllen würden. Denn Sie müssen wissen, daß noch die Dreckigsten und Ärmsten unter ihnen die Hochzeiten ihrer Kinder mit der gleichen Anteilnahme ausrichten, wie man sie anderwärts königlichen Hochzeiten entgegenbringt. Nun, wir leben in einem demokratischen Land und können Gott dafür danken, wir brauchen keine königlichen Hochzeiten mehr, ich bin auch persönlich nicht dafür; sie zu wünschen würde mir nicht einmal im Traum einfallen, obwohl sich auch manches dafür sagen ließe. Ich habe gerade über dieses Thema mit dem Bey Omi Kin Bek gesprochen, und wissen Sie, was er mir sagte? Er sagte: ‚H.T., bei uns halten wir es anders mit den Hochzeiten als in Amerika; wir ermuntern nur die jungen Leute, alles andere steht dann bei ihnen.' Das ist ein äußerst wichtiger, ein wahrhaft königlicher Standpunkt. Ich möchte jedem sagen, wie stolz ich darauf bin, den Bey zu meinem Freund zu haben."

„Ich glaube, daß viele heute Könige geringschätzen", sagte Teddy.

„Gewiß. Das ist falsch. Wissen Sie, warum man es tut? Aus Neid." Teppis entfaltete sein Taschentuch und spie hinein. „Man ist neidisch auf die an der Spitze."

„Ich glaube", sagte Teddy, „daß Könige genauso wie alle anderen Menschen sind. Nur daß sie mehr von sich reden machen."

„Nein, da irren Sie sich", unterbrach ihn Teppis. „Könige haben einen sehr hohen Preis zu zahlen. Lassen Sie mich Ihnen etwas sagen. Was unterscheidet die Menschen, die in der Öffentlichkeit stehen, von den anderen? Daß sich ihr Leben vor den Augen des Publikums abspielt! Darum müssen sie ein Leben führen, das so sauber ist wie die Zähne eines Hundes; auch privatim, nicht nur in der

Öffentlichkeit. Wissen Sie, was ein Skandal für einen Menschen bedeutet, der in der Öffentlichkeit steht? Er ist schlimmer in seiner Auswirkung als eine Atombombe. Und so müssen sich diese Menschen gewissen Dingen unterwerfen, bei denen ihnen das Herz brechen möchte. Und warum? Weil die Verantwortung der Allgemeinheit gegenüber es verlangt. Und so, wie das für Könige gilt, gilt es auch für Filmstars und einen Kerl wie mich, für uns beide. So sind nun einmal die Gesetze, und versuchen Sie nur, sie zu brechen! Wir sprechen jetzt von gleich zu gleich, nicht wahr, Teddy?"

„Von Angesicht zu Angesicht", erwiderte Teddy.

„Schauen Sie dort auf das Bild", sagte Teppis, auf das Gemälde weisend. „Ich würde Ihnen nur ungern verraten, was ich dafür bezahlen mußte, aber als ich es zum ersten Male sah, diese schöne Mutter mit ihrem schönen Kind, sagte ich zu mir: ‚H.T., und wenn es dich zehn Jahre Arbeit kostet, dieses Bild mußt du erwerben.' Und wissen Sie, warum? Weil dieses Bild das Leben darstellt; ein großer Maler hat es geschaffen. Wenn ich es anschaue, weiß ich, das ist Mutterliebe. Teddy, und ich weiß auch, was in Ihrem Herzen vorgeht. Auch Sie denken daran, bald eine schöne Frau und Kinder zu besitzen, die aus der Tür Ihres Hauses treten, um Sie zu begrüßen, wenn Sie von der Arbeit heimkommen. Dies war mir nie vergönnt, Teddy, denn als ich in Ihrem Alter war, mußte ich jeden Tag viele Stunden, sehr viele Stunden arbeiten; es würde Ihnen das Herz brechen, wenn ich Ihnen Einzelheiten davon erzählen würde. Und manchmal, wenn ich allein bin, sage ich mir: ‚H.T., die Früchte des Lebens sind dir vorenthalten worden.' Der Gedanke wäre mir verhaßt, daß Sie das eines Tages auch von sich sagen müßten. Aber es braucht nicht zu sein. Sehen Sie, bei allem Respekt, den meine Frau verdient, sie möge in Frieden ruhen, auch sie mußte sehr hart arbeiten in den ersten Jahren, aber sie beklagte sich nicht ein einziges Mal." Tränen füllten Teppis' kleine schmale Augen, er wischte sie mit dem sauberen Taschentuch aus seiner Brusttasche fort, und der Geruch seines Toilettenwassers verbreitete sich im Raum. „Sie brauchen doch nur ein Mädchen zu heiraten", fuhr Teppis fort, „Sie würden diese Probleme nicht haben. Sie könnten Ihrer Frau von vornherein finanzielle Sicherheit geben, und wissen Sie warum? Weil sie Ihnen zu einem soliden Leben verhilft. Ich würde mich sogar selber mit Ihnen und Ihrem Agenten zusammensetzen und gemeinsam überlegen, wie man Ihre Finanzen wieder in Ordnung bringen könnte, so daß Sie nicht mehr länger im Vorschuß bleiben müßten." Teppis blickte ihn stirnrunzelnd an. „Es ist wirklich eine Schande, Teddy. Die Leute müssen glauben, wir zahlten Ihnen nicht genug, wenn Sie immer Geld borgen."

„Darüber würde ich gern mal mit Ihnen sprechen, Mr. T.", sagte Teddy rasch.

„Wir werden darüber sprechen, wir werden über alles sprechen. Aber jetzt ist noch nicht der richtige Zeitpunkt dafür. Teddy, denken Sie bitte daran, daß Sie der Abgott des amerikanischen Publikums sind, und ein Abgott braucht sich wegen Geld keine Sorgen zu machen, solange er mit seinem Publikum im reinen ist." Teppis schenkte sich ein Glas Wasser ein und trank es langsam, als ob er es besonders genösse. „Ich kenne einen jungen Mann Ihrer Art, dem die Welt ebenfalls zu Füßen lag", fuhr er fort. „Viele Male lehnte er es ab, zu heiraten. Warum sollte ich heiraten? fragte er sich. Was kommt dabei für mich heraus? Teddy, ich möchte Ihnen sagen, da steckt eine Menge für Sie drin. Denken Sie einmal nach. Die ganze Welt lebt in einer Zwangsjacke, und man wird sagen: ‚Du da drüben, zieh auch du deine Zwangsjacke an.' Denn die Welt haßt den Junggesellen; er ist nicht populär. Die Leute versuchen, auch ihn unterzukriegen. Und was ich da für Geschichten höre, zu neunundneunzig Prozent sicher unbegründet, aber ich würde mich schämen, ich könnte Ihnen nicht in die Augen sehen, wenn ich Ihnen wiedererzählen sollte, was ich gezwungen war, mit anzuhören. Es genügte, um sich einem den Magen umdrehen zu lassen. Nun, ich lasse sie diese Gechichte erzählen, aber dann sage ich: ‚Hören Sie auf mit diesen schmutzigen Sachen über Teddy. Ich will so was nicht hören. Daß der Junge heiraten will, hat mit all dem, was Sie mir da erzählen, nichts zu tun, und darum Schluß damit.' Sehr bestimmt sage ich das, und die Leute wissen, daß H.T. für Klatschgeschichten nichts übrig hat." Plötzlich schlug Teppis mit der Faust auf den Schreibtisch. „Gerüchte über Leute wie Sie breiten sich rasch aus. Briefe erhalten wir von Ihren Verehrerklubs von überall her. Aus Klein-Kleckersdorf, aus der Kleinstadt, verstehen Sie? Wissen Sie, was diese Briefe enthalten? Es heißt darin, daß die Mitglieder des Teddy-Pope-Verehrerklubs sehr besorgt seien, weil sie die schrecklichsten Geschichten über ihren Teddy hören. Ihr Vertrauen sei dahin. Aber ich verteidige Sie,

Teddy. Wissen Sie warum? Nicht aus geschäftlichen Gründen oder weil ich Sie einfach gern habe, was ja wirklich stimmt, sondern weil ich in meinem Innersten überzeugt bin, daß Sie mein Verhalten rechtfertigen werden. Ich würde mich nicht für einen Menschen einsetzen, und wenn es um eine Million ginge, falls ich nicht fest davon überzeugt wäre, daß H.T. auf lange Sicht recht behielte. Das nennt man Vertrauen. Und darf ich ein solches Vertrauen nun wirklich in Sie setzen?“ Teppis streckte einen Finger empor. „Antworten Sie nicht jetzt, Sie brauchen überhaupt nicht zu antworten, denn ich weiß, daß ich dieses Vertrauen in Sie setzen kann.“ Er stand auf und ging zum Fenster. „Wissen Sie, daß mein Vertrauen bereits belohnt wurde? Ich entnahm es einer Zeitung. Ich sah das Bild von Ihnen und Lulu aus Desert D'Or, auf dem Sie sich bei den Händen halten. Es ist eines der schönsten, eindruckvollsten und rührendsten, die ich je gesehen habe. Junge Liebe, das drückt es aus. Es erweckt den Wunsch in mir, daß jener berühmte Maler, der das Bild dort an der Wand gemalt hat, noch leben möchte, damit ich ihn veranlassen könnte, Sie beide als Symbol der jungen Liebe zu malen.“

„Mr. Teppis“, sagte Teddy, „das war doch nur Propaganda.“

„Propaganda! Hören Sie mal zu, wissen Sie, wie viele der erfolgreichsten Ehen in der Filmbranche mit der gleichen Propaganda begonnen haben? Neunundneunzig Prozent, sage ich Ihnen. Ich kenne Sie, Teddy, Sie sind ein anständiger Junge. Ich habe eine Menge solcher Bilder gesehen. Ich glaube es einfach nicht, daß Sie und Lulu sich wie zwei Turteltauben ansehen, und sollte es nur gespielt sein? Versuchen Sie mir nicht zu erzählen, daß Lulu nicht nach Ihnen verrückt sei. Dieses Mädchen trägt ihr Herz auf den Händen. Teddy, sie ist eines der feinsten Mädchen, die ich kenne. Sie ist ein wirklich feines amerikanisches Mädchen aus wirklich amerikanischem Geblüt. Solch eine Frau ist ein Geschenk Gottes. Wenn ich auf das Bild meiner Mutter hier auf dem Schreibtisch sehe, wissen Sie, wozu es mich befähigt? Zur Inspiration. Ich trage ihr Bild immer in meinem Herzen. Sie sollten fähig sein, gleiches zu tun.“

Teddy schwitzte. Er beugte sich vor, um zu sprechen, er vermochte aber nur zu stammeln: „Mr. Teppis, Sie müssen mir gestatten...“

„Warten Sie“, sagte Teppis. „Ich möchte Ihre Antwort gar nicht hören. Sie sind ein Dickkopf. Warum sind Sie so dickköpfig, wenn

Sie doch wissen, was in Ihrem Herzen vorgeht? Im Grunde wollen Sie mir doch recht geben. Sie brauchen einen Mann wie mich, um in sich selber Ordnung schaffen zu können. Ist es nicht so?"

Mit ruhiger Stimme sagte Teddy: „Mr. Teppis, Sie wissen ganz genau, daß ich anders veranlagt bin."

„Ich will nicht gehört haben, was Sie da eben sagten", schrie Teppis.

„Aber es ist nun mal so", murmelte Teddy. „Dagegen ist nichts zu machen. Was ist, ist."

„Wollen Sie mit mir philosophieren?" schrie Teppis. „Hören Sie mal zu. Wenn ein Mann in der... Scheiße sitzt, muß er wissen, wie er wieder herauskommt."

„Mr. Teppis, ist Ihr Herz nicht weit genug, meine Gefühle zu verstehen?"

„Sie sind der undankbarste Bursche, der mir je vorgekommen ist. Sie rauben mir nachts den Schlaf. Glauben Sie etwa, daß das Sexuelle alles bedeutet? Ich will vergessen, was Sie gesagt haben, verstehen Sie mich? Ich möchte es nicht auf meinem Gewissen haben. Aber nehmen Sie sich in acht. Ich könnte Sie kurzerhand hinauswerfen."

„Lassen Sie mich doch versuchen, es Ihnen zu erklären –"

„Sagen Sie: Lulu, nichts weiter. Ich weiß, was gespielt wird. Sie opponieren gegen die menschliche Gesellschaft. Sie sollten die Gesellschaft jedoch lieben, nach all dem, was Sie ihr verdanken. Ich liebe die Gesellschaft. Ich respektiere sie. Sie sind krank, mein Junge, aber Sie und ich, wir könnten diese Sache meistern."

Teppis streckte seine Faust empor. „Ich möchte Ihnen nicht zusetzen, aber noch nie in meinem Leben habe ich etwas so Perverses gehört." Das Telefon klingelte. „Gut, gut", sagte Teppis in das Telefon, „sagen Sie, daß man warten soll, ich werde in einer Minute zu sprechen sein."

„Mr. Teppis", sagte Teddy, „es tut mir leid. Vielleicht würde ich gern Kinder haben, aber ich habe noch niemals Beziehungen zu einer Frau gehabt."

Teppis starrte Teddy Pope sekundenlang an. „Teddy, wir haben eine ganze Menge geredet", sagte er. „Was ich jetzt möchte, ist, daß Sie mir nur versprechen, nicht voreilig zu erklären, Sie seien unfähig, ein so schönes, sinnliches Mädchen wie Lulu zu befriedigen. Muß ich Ihnen dabei Hilfe leisten? Ich sage Ihnen, Sie können es. Nur das verlange ich von Ihnen, Teddy, entscheiden Sie nicht gleich, überschlafen Sie's. Ich vermute, daß das ein guter Vorschlag ist."

Pope zuckte müde die Schultern.

„So ist's richtig. Das ist mein Teddy Pope." Teppis begleitete ihn zur Tür.

„Also, Teddy, niemand zwingt Sie zu irgend etwas. Selbst wenn Sie jetzt sofort ja gesagt hätten, würde ich Ihnen empfohlen haben, es erst einmal zu überschlafen. Kann also irgend jemand behaupten, daß ich versucht hätte, Sie in irgend etwas hineinzuhetzen?"

„Wer sollte es wagen?"

„Richtig. Ich zwinge niemanden. Niemals. Ich bespreche die Dinge, nichts weiter. Eines Tages, Teddy, werden auch Sie zu mir sagen: ‚Gott segne Sie, H.T.'"

Sobald Teddy gegangen war, griff er zum Telefon. „Bitte, schikken Sie mir Lulu herein", sagte er. Er erwartete sie an der Tür, um sie zu begrüßen, und hielt Lulu eine Armeslänge von sich ab, während er sie mit lächelnden Augen betrachtete. „Ich wünsche, ich könnte Ihnen mein Vergnügen beschreiben, daß Sie solchen Glanz in mein Büro bringen", sagte er zu ihr. „Süße, Sie nehmen eine große Sorgenlast von mir, und auf diesem Schreibtisch häufen sich wahrhaftig die Sorgen." Er hielt ihre Hand. „Ich liebe ein Mädchen wie Sie, das Sonnenschein in diesen Raum bringt." Wahrscheinlich hatte Lulu es zuwege gebracht, nicht älter als siebzehn auszusehen.

„Ich liebe Sie auch, Mr. T.", sagte sie.

„Ich weiß. Jeder sagt es mir. Aber bei Ihnen weiß ich, daß Sie es ernst meinen." Er führte sie zu dem Sessel, in dem vorher Teddy Pope Platz genommen hatte, und aus einem Fach des riesigen Schreibtisches holte er eine Flasche Whisky hervor und tat Eiswürfel in ein Glas.

„Ach, Mr. T., ich trinke zur Zeit nicht", sagte Lulu.

„Unsinn, ich kenne Sie doch! Sie glauben, Süße, Sie könnten mich um Ihren kleinen Finger wickeln", sagte er gefühlvoll. „Aber ich will Ihnen mal was ganz Neues sagen: In der Tat gibt es keinen Mann auf der Welt, den Sie nicht um Ihren Finger wickeln könnten. Und ich verstehe es, Süße, ich bin ja selbst verrückt nach Ihnen. Ich möchte nicht, daß Sie glauben, Sie dürften nur ein Gläschen hinter meinem Rücken trinken."

„Ich glaube, Sie sind der einzige Mann, der mich versteht", sagte Lulu.

„Das stimmt nicht. Keiner kann Sie verstehen. Wissen Sie, warum? Weil Sie eine große Frau sind. Sie sind nicht nur eine große Schauspielerin, sondern Sie haben als Mensch Format durch Ihr Temperament, Ihren Geist und Charme. All das besitzen Sie. Plaudern Sie es nicht aus, aber es kümmert mich nicht, wenn Sie ein Glas trinken. Sie haben sich das Recht erworben, alles zu tun, was Sie wollen."

„Nur nicht anderer Meinung zu sein als Sie, H.T.", sagte Lulu kokett.

„Ich liebe Sie. Was haben Sie für ein Mundwerk, was für ein Temperament! Ich fragte mich: H.T., was ist eigentlich an Lulu, daß sie die Kasse sprengt? Und ich brauchte nicht lange nach einer Antwort zu suchen, sie liegt in einem einzigen Wort: Lebenskraft." Teppis deutete mit einem Finger auf sie. „Das ist es, was Lulu besitzt." Er schenkte sich selber ein und nippte höflich an dem Getränk. „Sie wollen sicher wissen, warum ich Sie herzukommen bat?" fragte er nach einer Weile. „Ich werde es Ihnen sagen. Ich habe über Sie nachgedacht. Kennen Sie meine persönliche Meinung über Lulu Meyers? Sie ist die größte Schauspielerin dieses Landes, und dieses Land besitzt die größten Schauspielerinnen der Welt."

„Sie sind der größte Schauspieler der Welt, Mr. T.", sagte sie.

„Ich nehme es als Kompliment. Aber Sie irren sich, Lulu, ich kann mich nicht verstellen. Wissen Sie, warum? Ich bin zu aufrichtig. Ich empfinde zu tief und kann das nur nicht immer so zum Ausdruck bringen. Nächtelang liege ich manchmal wach und mache mir Sorgen um Sie. Wissen Sie, was an meinem Herzen nagt? Das amerikanische Publikum. Wäre ich das amerikanische Publikum, setzte ich Sie an die erste Stelle in der Rangliste der Filmprominenz. Und welche Nummer haben Sie in Wirklichkeit?"

„Siebzehn, nicht wahr, Mr. T.?"

„Siebzehn! Können Sie das begreifen? Es gibt sechzehn Schauspieler in diesem Lande, die das amerikanische Publikum Ihnen vorzieht. Ich verstehe es nicht. Ich würde Lulu Meyers allen anderen vorziehen."

„Schade, daß es nicht zehn Millionen Leute wie Sie gibt, H.T.", sagte Lulu. Sie hatte ihr Glas ausgetrunken, nach einer kleinen Pause trat sie an den Tisch und goß sich ein weiteres ein.

„Lulu, wissen Sie, welche Nummer Sie im letzten Jahr hatten? Zwölf! Dieses Jahr hätten Sie hinaufsteigen sollen, statt hinunter. Auf zehn, acht, drei, eins, so hätte es sein sollen."

„Mr. Teppis, vielleicht bin ich bereits unten durch."

Teppis streckte seine Hand aus. „Lulu, für eine solche Bemerkung sollte ich Sie übers Knie legen und durchhauen."

„Ach, Mr. T., was könnte ich dahinter vermuten!"

„Hahahaha. Ich bin ganz verrückt nach Ihnen, Lulu, aber hören Sie mir zu: Das Unglück ist, daß Sie propagandamäßig so schwach dastehen."

„Ich habe den besten Agenten", sagte sie rasch.

„Sie glauben, daß Sie die Öffentlichkeit kaufen können? Einen guten Ruf beim Publikum zu haben ist ein Geschenk Gottes. Die Zeit ist vorüber, Lulu, wo irgend so ein Springinsfeld – sie werden merken, daß ich ganz offen mit Ihnen rede – , daß irgend so ein Mädchen, weil sie die sogenannte Freundin dieses oder jenes Mannes ist, bereits Erfolg hat. Das Publikum wünscht heute die anständige Sorte. Und warum? Weil das Leben selber unanständig ist. Daran möchte es nicht erinnert werden. Lassen Sie mich Ihnen Psychologie beibringen. Vor zehn Jahren war eine Frau ihrem Manne noch treu, sie wünschte sich etwas Aufregendes und träumte davon, ein Verhältnis mit einem Filmstar zu haben. Lulu, mit niemandem sonst auf der Welt würde ich so offen sprechen. Heute dagegen hat die gleiche Frau Affären soviel sie will, mit dem Mann, der den Fernsehapparat installiert und so fort. Glauben Sie, daß man jemanden auf der Leinwand zu sehen wünscht, der genauso ist wie man selber? Genauso eine Verrückte? Nein. Die Frau im Publikum schämt sich ja über sich selber. Sie will Hochachtung empfinden, eine Frau sehen, die glücklich verheiratet ist, ein königliches Paar, die Nummer Eins der legal Liebenden von Amerika. So ist es!"

Lulu rutschte auf ihrem Stuhl hin und her. „H.T., Sie hätten Heiratsvermittler werden sollen."

„Das sagen Sie mir immer wieder. Ich will Ihnen etwas erklären. Wenn Sie den richtigen Jungen heiraten würden, etwa einen, der an siebenter oder neunter Stelle steht, glauben Sie, daß sich dann Ihrer beider Position ausgleichen wird? Nein, sage ich, im Gegenteil. Sie würden beide an die höchste Stelle kommen. Und wissen Sie, warum? Zwei und zwei ist nämlich nicht vier. Es ist fünf, und fünf macht zehn. Das sind die Zinseszinsen. Lulu Meyers mit irgend jemandem vereint, Joe McGoe, es wäre mir gleich, wie er heißt, sofern er nur eine hohe Nummer hat – dann wären Sie beide das königliche Paar von Amerika, und Amerika ist die Welt. Dort an der Spitze sollten Sie stehen." Teppis blies Lulu einen Kuß zu. „Sie sind mein Liebling, wissen Sie das? Mein allergrößter Liebling."

„Ich hoffe es, H.T."

„Und nehmen Sie nun Ihren jungen Freund, wie heißt er doch, diesen Shamus-Zuckerjungen –"

„Sie meinen Sergius."

„Ich habe ihn mir angesehen. Ein netter Junge. Ich habe ihn gern. Ich würde ihn anstellen, verstehen Sie, nicht als Schauspieler, aber für irgendwelche Arbeit, die in den Ateliers zu finden ist, Kraftfahrer, dafür ist er der richtige Typ, ernst, wahrscheinlich ehrlich, aber wenn ich an eine Verbindung mit Ihnen denke, wissen Sie, was ich dann sagen muß: Lulu, dieser Junge ist nichts für Sie. Er ist unbedeutend. Er würde Sie hinunterziehen. Es ist mir egal, wie viele Flugzeuge er abgeschossen haben mag, er ist nur ein Portiertyp."

„Ach, Sie müssen Sergius nicht schlechtmachen, Mr. T.", warf Lulu ein. „Er ist so süß."

„Süße Jungen – im Dutzend billiger. Er ist doch nur ein Kind. Sie dagegen sind eine reife Frau. Da liegt der Unterschied. Ich glaube, daß wir uns verstehen. Ich möchte Ihnen sagen, daß mir da was eingefallen ist, was Sie vielleicht überraschen wird. Wollen Sie wissen, welchen Mann Sie meiner Meinung nach heiraten sollten?"

„Ich kann nicht wissen, was Sie denken, Mr. Teppis."

„Raten Sie. Los, raten Sie mal."

„Tony Tanner", sagte Lulu.

„Tony Tanner? Lulu, ich schäme mich Ihretwegen. Ich habe selber nachgesehen, welche Nummer er hat. Hundertneunzehn! Solch ein Nichts ist er. Er ist eine Schande, wenn sich eine Frau nicht selber richtig einzuschätzen weiß. Ich habe jemand Besseren im Sinn. Ich möchte aber, daß Sie sich mit keinem Wort dazu äußern, sondern es erst überschlafen. – Teddy Pope! Was sagen Sie nun?"

Lulu sprang auf. Sie gab eine kleine Vorstellung, wie man den Mund vor Erstaunen zu öffnen und schließen hat. „Ich bin empört, Mr. T.", sagte sie endlich.

„Setzen Sie sich doch. Ich will Ihnen etwas sagen. Vielleicht wissen Sie es nicht. Ich habe nicht den Wunsch, es vor Ihnen zu verbergen. Teddy Pope ist anders veranlagt. Es erstaunt Sie, nicht wahr? Kann H.T. wirklich zu der Sorte Mann gehören, der auf Händen und Knien vor einem schönen Mädchen liegt, um es zu bitten, einen Homo zu heiraten?"

„Unmöglich", erwidert Lulu. „Dazu sind Sie zu anständig."

„Lassen Sie uns nicht abschweifen. Ich möchte, daß Sie mir eine Frage so ehrlich wie nur möglich beantworten. Geben Sie zu, wenn Sie mal Ihre persönlichen Wünsche außer acht lassen, daß es für Sie im Hinblick auf Ihre Karriere der größte Segen sein würde, mit Teddy Pope verheiratet zu sein? Sie wären das prominenteste Ehepaar von Amerika. Hab ich nicht recht?"

„Nein, ich vermag Ihnen nicht zuzustimmen, Mr. Teppis." Lulu klapperte mit den Eiswürfeln im Glas und fügte mit einer Stimme, die ihn nachahmte, hinzu: „Ich finde, daß Sie sehr egoistisch sind."

„Niemand sonst in der Welt würde so etwas zu mir sagen."

„Eigentlich ist es mir zum Weinen zumute", sagte Lulu. „Und da habe ich jedem erzählt, daß Sie wie ein Vater zu mir seien."

„Verletzen Sie meine Gefühle nicht, Lulu."

„H.T., ich glaube, es kann nie wieder wie bisher zwischen uns beiden sein."

„So etwas zu sagen!" rief Teppis aus. „Es ist eine Schande! Nach allem, was ich für Sie getan habe."

Lulu begann zu weinen. „Ich mag Teddy Pope nicht."

„Mag ihn nicht! Hören Sie auf zu weinen. Ich kenne Sie, Lulu, und ich will Ihnen etwas sagen. Teddy Pope ist der einzige Mann, den Sie lieben können. Sie denken sicherlich, ich sei verrückt, aber Sie irren. Nur weil er anders veranlagt ist, glauben Sie, sei es für Sie eine Beleidigung? Aber ich kenne die Menschen, ich bin ein alter Mann. Sie und Teddy können es in Ordnung bringen. Er ist gekränkt worden, er hat ein empfindsames Herz, bringen Sie ihn dazu, daß er Ihnen einmal von seiner Kindheit erzählt. Lulu, Sie sind die einzige Frau, die ich kenne, die ihn zurechtbiegen könnte. Und dann würde er den Boden anbeten, auf dem Sie gehen."

Lulu hielt ein Taschentuch vor ihre Augen. „Ich hasse Sie, H.T.", schluchzte sie.

„Sie hassen mich! Sie lieben mich, und deshalb wollen Sie nicht auf mich hören. Aber ich muß Ihnen etwas versetzen. Sie sind ein Feigling. Ein Mädchen mit Ihrem Aussehen und Ihren Reizen sollte die Herausforderung annehmen. Sie sind das anziehendste Mädchen, das ich je in meinem Leben gesehen habe. Einen jungen, normal empfindenden, aber unbedeutenden Mann in Sie verliebt zu machen, ist keine Kunst. Aber unter Ihrer Würde. Das ist genauso, als wollten Sie mit Pingpongspielen den Herkulesfilmpreis erringen. Genauso lächerlich ist das. Aber stellen Sie sich mal vor, welche Hochachtung die Menschen vor Ihnen haben würden, wenn Sie aus Teddy Pope einen Mann machten."

„Und was dann, wenn ich es nicht vermag?" sagte Lulu.

„Sie geben sich schon geschlagen, bevor Sie angefangen haben. Es enttäuscht mich sehr."

„Mr. Teppis, ich will Sie zitieren: ‚Schauen Sie sich um, bevor Sie einen Schritt tun. Es könnten Hunde im Gras gewesen sein.' Das haben Sie gesagt, H.T. Ich habe Zeugen."

„Sie machen mich unglücklich. Ich dachte, Sie seien eine Spielernatur wie ich."

Tränen liefen über ihre Wangen. „H.T., ich möchte gern heiraten", sagte sie mit zitternder Stimme. „Ich wünsche nichts sehnlicher, als einen Mann zu lieben, ein schönes, reifes Verhältnis zu ihm zu haben und schöne Kinder – und der Filmindustrie Ehre zu machen."

„So ist es recht, Lulu."

„Aber wenn ich Teddy Pope heirate, wird es schiefgehen, und es wird mich haltlos machen. Sie werden es erleben. Würde es Ihnen dann nicht leid tun?"

„Nie würden Sie haltlos werden, Lulu. Sie sind zu vornehm. Nehmen wir das Schlimmste an, daß es da den einen oder anderen Burschen geben könnte, den Sie gern haben, bewundern und mit dem Sie ein wenig Umgang haben, während Sie mit Teddy verheiratet sind. Das soll nicht mein Ratschlag sein, aber es kommt nun mal vor, ohne daß deswegen die Erde aufhört, sich zu drehen."

„H.T., das ist ein unmoralischer Vorschlag. Ich schäme mich für Sie."

„Sie schämen sich für mich?" sagte Teppis, und sein Gesicht verdüsterte sich. „Das hätten Sie nicht sagen dürfen. Da sitze ich nun nachts auf und überlege mir, wie ich Ihre Karriere retten könnte, und das ist der Dank, den ich von Ihnen ernte. Sie sind unbesonnen, das sind Sie. Wissen Sie, was ein Star ist? Eine köstliche, leicht verderbliche Frucht. Und Sie müssen sie über eine weite Strecke zu Markte bringen, und wenn Sie dort angelangt sind, müssen Sie sie verkaufen. Gelingt es nicht, verdirbt sie schnell. Lulu, ich spreche zu Ihnen wie ein Mann zu einer Frau. Es gibt eine Anzahl hoher, maßgebender Persönlichkeiten hier im Studio, die Ihrer überdrüssig sind. Haben Sie überhaupt eine Ahnung, wie oft ich Ihretwegen argumentieren muß? ‚Lulu braucht Disziplin', sagen sie mir, ‚Es ist schwer, mit Lulu umzugehen. Sie macht uns mehr Kummer, als sie wert ist.' Glauben Sie mir, Lulu, Sie haben sich Feinde gemacht, Hunderte von Feinden. Wenn Sie nicht folgsamer werden, wird man Ihnen das Fell über die Ohren ziehen." Seine Stimme war zum Crescendo angewachsen. „So sieht es aus", sagte er dann ruhig. „Ich möchte Sie nicht deprimieren, aber, Lulu, Sie müssen im nächsten Jahr eine bessere Nummer haben. Sonst gibt es für Sie nur noch einen Weg." Er deutet auf den Boden. „Und dieser Weg führt abwärts. Immer weiter hinab. Sie werden älter werden, Sie werden nicht mehr so gut aussehen, nicht mehr so leicht Arbeit finden und kein Studio hinter sich haben. Sie wissen, was ein Studio bedeutet. Es ist ein Schlachtschiff. Denken Sie an Eitel. Eines Tages werden Sie sich schämen, daß Sie Ihren Namen ändern. Und so werden Sie enden: als Nachtklubpuppe, als so ein Mädchen! Ich möchte mich umbringen, so verbittert bin ich."

„Ich bin sehr erstaunt, daß Sie sich dazu hinreißen lassen, mich einzuschüchtern", erklärte Lulu.

„Machen Sie mir doch nichts vor", sagte Teppis. „Sie sind zu Tode erschrocken. Denn Sie wissen, was ich von den Leuten halte, die mich im Stich lassen." Er beugte sich vor und drückte kameradschaftlich ihre Schultern. „Lulu, beim Himmel. Sie brauchen ja nicht gleich ja zu sagen. Ich habe Sie bisher noch niemals um einen Gefallen gebeten. Würden Sie H.T. im Stich lassen?"

Lulu brach in Tränen aus: „Ach, Mr. Teppis, ich liebe Sie", schluchzte sie.

„Dann tun Sie etwas für mich."

„Ich will ja alles für Sie tun."

„Werden Sie Teddy Pope heiraten?"

„Ich würde sogar Teddy Pope heiraten. Ich möchte es sogar, nachdem Sie es mir erklärt haben, Mr. Teppis."

„Ich möchte Sie nicht in etwas hineinreden."

„Ich würde Teddy jetzt sofort heiraten", sagte Lulu, heftig schluchzend, „aber ich kann nicht."

„Natürlich können Sie", sagte Teppis rasch. „Warum nicht?"

„Weil ich heute morgen Tony Tanner geheiratet habe."

„..."

„Mr. Teppis, bitte seien Sie mir nicht böse."

„Sie lügen."

„Nein, ich lüge nicht. Wir haben uns heimlich trauen lassen."

„Mein Gott, wie konnten *Sie* mir das antun?" brüllte Teppis.

„Es ist nicht so entsetzlich, Mr. Teppis", sagte Lulu, aus ihrem Taschentuch heraus.

„Sie haben Ihr Wort gebrochen. Sie versprachen mir, es mich wissen zu lassen, wenn Sie heiraten wollten."

„Das galt nur für Sergius."

„Mir ist zum Speien zumute. Es lohnt sich nicht, weiterzuleben."

„Möchten Sie ein Glas Wasser, Mr. Teppis?"

„Nein", brüllte er. Er knallte seine rechte Faust in die linke Handfläche. „Ich werde die Ehe für ungültig erklären lassen."

„Das können Sie nicht. Tony würde darum kämpfen."

„Natürlich würde er darum kämpfen, dieser Ränkeschmied." Teppis blickte auf sie hinunter. „Würden auch Sie darum kämpfen?"

„Mr. T., Sie haben immer gesagt, einer Frau Pflicht sei es, zu ihrem Gatten zu halten."

„Ich könnte mir die Zunge herausreißen. Lulu, Sie heiraten mir zum Trotz."

„H.T., ich werde beweisen, daß Sie unrecht haben, indem ich den Rest meines Lebens es wiedergutzumachen suche."

„Mir ist übel."

„Sie müssen mir vergeben, H.T."

„Ich werde Sie zur Rechenschaft ziehen."

„H.T., strafen Sie mich, aber schikanieren Sie Tony nicht."

„Schikanieren Sie Tony nicht! Sie sind mir zuwider, Lulu, Sie sind ja gar nicht fähig, an jemand anderen zu denken als an sich selber. Aber kein Wort mehr. Sie könnten tot umfallen, und ich würde nicht einen Blick an Sie verschwenden." Mit erhobenen Armen ging er auf sie zu. Lulu schickte sich an, aus dem Zimmer zu fliehen. „Kommen Sie zurück", sagte Teppis. „Ich wünsche nicht, daß Sie so gehen."

„Ich bete Sie an, H.T."
„Sie haben mir mein Leben verkürzt."
„H.T., es ist mir gleichgültig, was Sie mir antun. Immer werde ich sagen: ‚Gott segne Sie'."
Er wies zur Tür, sein Mund zitterte.
„H.T., bitte hören Sie mich an."
„Machen Sie, daß Sie rauskommen! Sie sind eine ganz gewöhnliche Hure."
Als sie fort war, begann Teppis am ganzen Körper zu beben. Er stand in der Mitte des Zimmers, und man sah, daß er zitterte. „Ein Wunder, daß ich keinen Schlaganfall bekommen habe", sagte er laut. Der Klang seiner Stimme mußte ihn ein wenig beruhigt haben, denn er ging zum Telefon, drückte auf den Knopf und sagte heiser:
„Schicken Sie mir sofort Collie herauf."
Ein paar Minuten später war Munshin im Büro. „Nun, wann läuten die Hochzeitsglocken?" fragte er, als er eintrat. „Weißt du, was du bist, Collie, ein Tölpel", schrie Teppis ihn an, „der größte Idiot."
„H.T.! Was ist los?"
„Lulu hat heute früh Tony Tanner geheiratet."
„Mein Gott", sagte Collie.
„Dieser Teddy Pope! Ein heruntergekommener Homo. Ich hatte ihn bereits weichgemacht."
„Davon bin ich überzeugt, H.T."
„Halt deinen Mund. Diese ganze Geschichte ist deine Idee. Ich wasche meine Hände in Unschuld."
„Ich kann es nicht leugnen, H.T."
„Siehst du nicht einmal, was vor deinen Augen geschieht? Lulu hat mich vor eine vollendete Tatsache gestellt. Ich könnte sie zerfleischen."
„Diese Hure verdiente es."
„Mir ist speiübel. So ein Dutzend-Komödiant, so eine ungebildete Person wie Tony Tanner! Ich hasse ungebildete Menschen. Gibt es denn keine Menschen mehr von Format auf der Welt?"
„Du hast Format, H.T.", sagte Collie.
„Halt deinen Mund." Teppis umkreiste den Tisch wie ein verwundetes Tier und ließ sich dann in einen Sessel fallen. „Ich habe dich großgemacht, Collie", stellte er fest, „ich könnte dich genauso

vernichten. Es ist mir widerlich, daran zu denken, was du warst, als ich dich kennenlernte, ein zweitrangiger Agent, ein Tunichtgut."

„So schlimm war es, hoffe ich, nicht."

„Widersprich mir nicht. Ich erlaubte dir, meine einzige Tochter zu heiraten, ich machte dich zu meinem verantwortlichen Assistenten, ich lasse dich deine eigenen Filme herstellen. Ich kenne dich, Collie, ich kenne deine Tricks, eines Tages wirst du mir die Kehle durchschneiden. Aber ich werde dir keine Gelegenheit dazu geben, denn vorher werde ich dich vernichtet haben. Verstehst du mich? Was geht in deinem Kopf eigentlich vor?"

Während dieses Ausbruchs war Collie ruhig geblieben, beinahe gelassen. „H.T., ich will offen sein", sagte er freimütig. „Die Sache mit Tony ist meine Schuld, ich gebe es zu."

„Es ist schon besser, wenn du es zugibst. Ich weiß nicht, was in letzter Zeit mit dir los ist, Collie. Nichts kannst du mehr richtig machen. Dieser Fliegerjunge! Ich fühle mich jedesmal ganz krank, wenn ich an seinen Film denke, den wir nicht drehen können, nur weil du so ein erbärmlicher Versager bist."

„H. T., ich habe von dir viel gelernt", sagte Collie, „und deshalb mache ich mir keine Sorgen. Ich weiß, daß du alles großartig ins reine bringen wirst. Hast du nicht selber gesagt, daß Fehler dazu da sind, um einen mit Ideen zu versorgen?" Collie streckte energisch seine Arme aus. „Und bei meinem Drehbuch – es stecken deine Ideen drin, H. T. – kannst du mehr mit Tony anfangen als mit Teddy. Es wird zwar eine Menge Arbeit bedeuten, zugegeben, aber einiges habe ich von dir gelernt, H. T., Teddy ist doch erledigt. Eines Tages wirst du die Zeitung aufschlagen, und er wird im Kittchen sitzen, weil er einem Mann von der Sittenpolizei nahegetreten ist."

„Deine Phantasie ist widerlich", sagte Teppis heiser.

„Ich bin Realist und du ebenfalls, H. T. Ich weiß, daß es nirgendwo auf der Welt ein Studio gibt, das mit Tony auch nur einen Groschen machen könnte, aber du kannst es."

„Mir dreht sich der Magen um."

„Ich sehe den Werbefeldzug für Tony bereits vor mir – bestätige es mir, wenn ich recht haben sollte." Er zögerte. „Nein, die Idee ist schlecht. Sie zieht nicht. Es wäre zu schwierig..."

„Heraus damit, ich werde schon sagen, ob es taugt."

„Na ja, das übersteigt natürlich meinen Horizont, aber ich habe mich gefragt, ob du etwa im Sinn hättest, Lulu zu veranlassen, ihre Verheiratung geheimzuhalten, bis wir mit dem Film fertig sind. Dann erst werden wir es verkünden. Eine riesige Chance, Tony richtig herauszustellen: Tony Tanner, der Junge, der dem großen jugendlichen Helden Teddy Pope Lulu Meyers vor der Nase wegschnappte. Die Leute werden sagen: ‚Sie haben es wieder mal geschafft, H. T.‘, und damit hätten sie recht."

Teppis verzichtete, darauf einzugehen. „Mach mir keine Komplimente", sagte er, „ich bin ganz durcheinander. Du hast keine Ahnung, wie ich mich fühle."

Munshin brannte sich eine Zigarette an und rauchte einige Sekunden lang, dann erklärte er nachdrücklich: „Der Doktor sagte mir, du müßtest für eine Entspannung deiner Nerven Sorge tragen."

„Du bist zwar mein Schwiegersohn, aber trotzdem ein Schwein", stieß Teppis hervor. Ausdruckslos schaute er Collie an. „Weißt du, was Charley Eitel mir einmal gesagt hat? ‚Mr. Teppis, jeder von uns hat nun mal seine Eigenarten.‘ Ich mag das nicht. Es spricht sich herum."

„H. T., glaube mir, ob du etwas tust oder nicht tust, die Leute werden trotzdem über dich klatschen."

„Über mich gibt es nichts zu klatschen."

„Das stimmt."

„Seit zehn Jahren habe ich mit keiner Frau mehr geschlafen."

„Sicherlich, H. T."

Teppis blickte zur Decke auf. „Welches Mädchen hast du im Sinn?"

„Ein süßes Ding, H. T."

„Ich vermute, daß du sie auf die Gehaltsliste gesetzt hast."

„Ich habe. Einer meiner Freunde stellte mich ihr in Desert D'Or vor. Chef, das ist der bessere Weg, glaube mir, das Mädchen wird ihren Mund halten, um sich eine eventuelle Karriere nicht zu versauen. Sie ist ein niedliches Double."

„Das sagst du immer."

„Ich habe mit ihr gesprochen. Sie wird ihren Mund verschlossen halten wie den Schoß einer Jungfrau."

„Du bist ein ekelhafter Patron."

„Sie ist bestimmt zuverlässig."

„Wenn es nicht Lotties wegen wäre, würde ich dich hinauswerfen."

„Ein Genie wie du braucht Entspannung", sagte Collie. „Es wäre falsch, an den Früchten des Lebens vorüberzugehen."

Teppis legte die Hände aneinander. „Gut, schicke sie mir her."

„Sie wird in fünf Minuten hier sein."

„Scher dich zum Teufel. Glaubst du, daß sich ein Mann erlauben darf, die Gesetze der Gesellschaft zu mißachten? Diese Gesetze sind sinnvoll. Jedesmal, wenn du mir ein Mädchen schicktest, hatte ich nicht einmal den Wunsch, sie wiederzusehen, geschweige denn mit ihr zu schlafen."

„Kein Mensch kann so arbeiten wie du, H. T.", sagte Collie, während er zur Tür hinausging.

Nach kurzer Zeit trat ein etwas über zwanzig Jahre altes Mädchen mit frisch gefärbtem, honigfarbenem Haar unangemeldet durch eine besondere Tür in Teppis' Büro. Sie trug ein graues Schneiderkleid und sehr hohe Absätze. Ihr Haar wurde von einer Schleife zusammengehalten. Den Mund hatte sie in der üblichen Weise breit und sinnlich geschminkt, wodurch die dünnen Lippen verdeckt wurden.

„Setzen Sie sich, Puppe, setzen Sie sich hierher", sagte Teppis, auf einen Platz neben sich auf der Couch weisend.

„Ach, danke sehr, Mr. Teppis", sagte das Mädchen.

„Sie können mich Herman nennen."

„Wie könnte ich!"

„Sie gefallen mir, Sie sind ein nett aussehendes Mädchen, Sie haben Format. Nennen Sie mir bitte Ihren Vornamen. Nachnamen vergesse ich immer."

„Ich heiße Bobby, Mr. Teppis."

Väterlich legte er seine Hand auf ihren Schenkel. „Sie sind bei uns angestellt, sagte mir Collie."

„Ich bin Schauspielerin, Mr. Teppis, eine gute Schauspielerin."

„Meine Süße, es gibt so viele gute Schauspielerinnen, daß es geradezu eine Schande ist."

„Oh, Sie können mir glauben, ich bin wirklich gut, Mr. Teppis", sagte Bobby.

„Dann werden wir Ihnen eine Chance geben. In diesem Studio gibt es für wirkliche Talente immer eine Chance, denn ein echtes Talent muß sich erst entwickeln."

„Ich freue mich darüber, Mr. Teppis."
„Verheiratet? Haben Sie Mann und Kinder?"
„Ich bin geschieden, es ging nicht mehr. Aber ich habe zwei kleine Töchter."
„Das ist nett", sagte Teppis. „Sie müssen Pläne für die Zukunft Ihrer Kinder machen. Ich möchte, daß Sie sie nach Möglichkeit auf eine höhere Schule schicken."
„Mr. Teppis, es sind doch noch Babies."
„Pläne muß man immer machen. Mein ganzes Leben lang habe ich Geld für wohltätige Zwecke ausgegeben." Teppis nickte. „Ich hoffe, daß Sie hier Karriere machen werden, Süße. Sind Sie schon lange hier?"
„Seit ein paar Wochen."
„Eine Schauspielerin muß Geduld haben, das ist meine Erkenntnis. Ich habe Sie gern. Sie haben Aufgaben zu erfüllen. Sie scheinen mir ein sehr natürliches Kind zu sein."
„Danke, Sir."
„Komm, Kleine, rücken Sie näher, setzen Sie sich auf meinen Schoß."
Bobby setzte sich auf seinen Schoß. Für eine Minute schwiegen beide.
„Hören Sie zu", sagte Teppis mit seiner heiseren, leisen Stimme, „was hat Collie Ihnen gesagt?"
„Er sagte, ich solle tun, was Sie wünschten, Mr. Teppis."
„Und Sie verstehen, den Mund zu halten?"
„Gewiß, Mr. Teppis."
„Sie sind ein braves Kind. Wissen Sie, man kann sich auf keinen verlassen. Jeder erzählt jedem alles. Auch auf Sie werde ich mich nicht verlassen können. Sie werden es weitersagen. Es gibt kein Vertrauen mehr in der Welt."
„Mr. Teppis, auf mich können Sie sich verlassen."
„Mich kann man nicht täuschen."
„Ich würde doch einen so reizenden Mann wie Sie nicht hintergehen. – Bin ich Ihnen auch nicht zu schwer, Mr. Teppis?"
„Sie sind gerade richtig, Kleine." Teppis' Atem wurde schwerer. „Was erwiderten Sie ihm", fragte er, „als Collie Ihnen sagte, Sie sollen tun, was ich wünsche?"
„Ich sagte, ich würde es tun, Mr. Teppis."
„Kluges Mädchen."

Sie streckte versuchsweise eine Hand aus, um sein Haar zu streicheln, aber in diesem Augenblick ließ Herman Teppis Bobby zwischen seinen Beinen auf den Fußboden gleiten. Als er den überraschten Ausdruck auf ihrem Gesicht sah, mußte er lachen. „Es ist gut, Süße", sagte er und blickte auf ihren erschrockenen Mund hinab, das Abbild all jener lächelnden Lippen, die er so bereitwillig gesehen hatte, jener Kraftquelle zu dienen. „Gutes kleines Mädchen. Sie sind ein Engel, und ich mag Sie gern, Sie sind mein großer Liebling. 's ist schon recht." Nach kaum zwei Minuten begleitete er Bobby höflich zur Tür. „Ich werde Sie rufen, wenn ich Sie wiedersehen möchte, Süße", sagte er.

Wieder allein in seinem Büro, griff er zum Telefon. „Wann ist die Sitzung wegen ‚Gesang des Herzens'?" fragte er.

„In einer halben Stunde, Sir."

„Sagen Sie Nevins, daß ich seine gestrigen Aufnahmen vorher sehen möchte. Ich werde sofort hinunterkommen."

„Jawohl, Sir."

Teppis drückte die Zigarre aus. „Ein Ungeheuer wohnt im Menschenherzen", sagte er laut in den leeren Raum und flüsterte sich zu: „Sie verdienen es, sie verdienen jedes winzige bißchen, was sie kriegen."

21

Für die Zeit, die ich in Desert D'Or noch blieb, gab ich das Haus auf, das ich so viele Monate bewohnt hatte, und bezog ein möbliertes Zimmer in einem der billigen Häuser, die mit wöchentlicher Kündigung vermieteten. Dann fand ich eine Anstellung. Als ob ich Collies Prophezeiung wahr zu machen wünschte, wurde ich Tellerwäscher in einem vornehmen Restaurant, in dem ich oft mit Lulu gegessen hatte. Diese Stellung hatte den Vorzug, mir das ansehnliche Gehalt von fünfundfünfzig Dollar in der Woche einzubringen. Ich hätte auch andere Stellen bekommen können, etwa als Kellner in einer Schnell-Imbißstube, wie Munshin es erwähnt hatte, oder als Aufpasser auf einem Parkplatz oder für irgendeine Arbeit in dem einen oder anderen Hotel, aber ich zog es vor, Geschirr zu waschen, als ob diese Achtstundenschicht im Wasserdampf, Fettgeruch und Hitze, mit Fingern, die sich an den heiß aus der Maschine kommenden Tellern verbrannten, von Schweiß geröteten Augen – als ob diese Sauna des armen Mannes am besten das seit drei Monaten angesammelte moralische Fett wegschmelzen könnte. Wenn meine Arbeit beendet war, pflegte ich ein Essen in einer Imbißstube hinunterzuschlingen; dennoch war es auch dort teuer, wenn es auch das Billigste war, was ich finden konnte, denn in diesem Teil von Desert D'Or wäre es leichter gewesen, auf eine Jacht zu stoßen als auf eine billige Kneipe. Das Restaurant, in dem ich arbeitete, gab den Angestellten kein Essen – bis auf das, was mir gelegentlich eine freundliche Kellnerin zusteckte (auch das hatte Munshin mir vorausgesagt), mal einen Caesarsalat, mal einen Pfirsich Melba, den ich mit den vom Wasser runzlig gewordenen Fingern aß, ohne dabei einen der Teller auszulassen, die von der Maschine ausgespien wurden, in deren Schatten ich stand, während die erste Lektion des Klassenkampfes, das Klagelied des Tellerwäschers, in meinem Gehirn wühlte: Müssen denn diese reichen Schlemmer da draußen von so vielen Tellern essen? Am anderen Ende der Maschine stand ein fünfzigjähriger Tellerwäscher mit grauem Haar und gebeugten Schultern, der das beschmutzte Geschirr und die eiverkrusteten Gabeln in die Maschine gab. Während der Wochen, in denen wir zusammenarbeiteten, sprach er wohl keine hundert Worte. Er arbeitete, um trinken zu können; er trank, um das Ende seines Lebens herbeizuführen, aber wie alle Trinker hing er dennoch am Leben. Seine Katerstimmungen reihten sich aneinander wie die Wäschestücke unter dem blassen Tageslicht der Neonlampen in der Küche. Während der ersten vier Arbeitsstunden würgte es ihn im Hals, aber für den Rest seiner Schicht knabberte er an den Resten von den Tellern, mal einen ausgesuchten Bissen Filet, mal eine feine grüne Bohne herauspickend wie ein Sperling die goldenen Körner aus dem Pferdemist, dabei schon nervös auf den Abend wartend, wenn er seinen Durst würde befriedigen können, wofür die Befriedigung des Hungers nur einen kläglichen Ersatz darstellte. Während ich seine Hände beobachtete, welche die gelegentlich erwischten Leckerbissen in den Mund steckten und den Rest hinunter in das Spülloch an seinem Arbeitstisch kratzten, begann ich ihn mehr zu beneiden als irgend jemanden sonst in Desert D'Or. Seine Arbeit bot gegenüber der meinen viele Vorteile. Ich neidete ihm jedoch nicht die Nahrung, schmerzlich war es nur für mich, zu wissen, daß an seinem Ende die Maschine zehn Grad kühler war und die Teller, wenn er sie abkratzte und auf das Gestell stapelte, kalt waren, während sie an meinem Ende des Tunnels aus kochendem Wasser kamen, wie noch halb lebende Hummer, die einen letzten Versuch unternahmen, aus dem Topf zu schlüpfen. So erlebte ich wieder einmal, was es heißt, an unterster Stelle zu arbeiten, wo der Gedanke, daß man einen Cadillac besitzt, ebenso wenig Bedeutung hat wie die Erkenntnis des einfachen Soldaten, nie den Generalsstern zu erlangen, wo es jedoch verbittert, daß der Nebenmann in der Kaserne nur leichte Arbeit zu verrichten hat, weil er etwa nichts anderes tut, als die Latrine zu reinigen, und dadurch dem Morgenappell entgeht.

Ich hatte ins Waisenhaus zurückgefunden, war wieder zu Hause; so, als hätte ich es nie verlassen. Nach der Arbeit und der Mahlzeit in der teuren Imbißstube ging ich gewöhnlich in mein möbliertes Zimmer, um zu baden – welchen Luxus die Armen immerhin haben! –, um dann nackt und gepudert, den Körper mit Hitzepikkeln bedeckt, zeitunglesend auf meinem Bett zu liegen, bis ich einschlief. Auf diese Weise verbrachte ich drei oder vier Wochen, zermürbt vom vielen Grübeln über meine finanziellen Verhältnisse. So konnte ich etwa eine Stunde mit dem Versuch vertrödeln, meine Einnahmen und Ausgaben in Einklang zu bringen, und stellte eines Abends fest, daß ich meine Ausgaben nicht unter vierunddreißig Dollar in der Woche halten könnte, was nach allen Abzügen von meinem Gehalt ergab, daß ich niemals mehr als fünfzig Dollar im Monat auf mein Konto einzuzahlen vermochte. Auf diese Weise würde ich im Jahr sechshundert Dollar gespart haben, und nach sechs Jahren und acht Monaten Tellerwaschen hätte ich das Geld zurück, das ich in zwölf Tagen mit Lulu beim Spiel verlor. Dieser Gedanke versetzte mich in eine Art melancholischer Heiterkeit, die mich in den Stand setzte, den Gedanken an die harte Arbeit des kommenden Tages zu genießen wie ein Heiliger, der stolz seine Wunden zählt.

Dies alles geschah aber aus einem eigenwilligen Entschluß, denn ich besaß ja immer noch dreitausend Dollar. Ich mußte ja nicht unbedingt arbeiten, aber nachdem Lulu fort war, blieb mir wirklich nichts anderes übrig, als endlich zu lernen, was ich so lange versäumt hatte, nämlich ein Schriftsteller zu werden. Die Angst jedoch, die mir dieser Ehrgeiz einflößte, machte mich bereit, überallhin zu fliehen, selbst nach Afrika, falls nötig, aber schließlich kann man sein Afrika überall finden und braucht deshalb nicht einen Schritt aus Desert D'Or zu tun. Auf mich warteten das stinkige Loch und der Schmelzofen im hinteren Raum des Restaurants, und ich vergrub mich für eine Woche darin, für eine zweite Woche, für weitere fünf Wochen, meine Kräfte zerstörend, meinen Geist aufwühlend, indem ich mich für die andere Arbeit vorbereitete, die ich mit religiöser Ehrfurcht betrachtete. Dennoch konnte ich mich die ganze Zeit aus purer Romantik in keiner Weise von dem Gedanken befreien, daß Lulu eines Abends in dieses Restaurant kommen, aus Versehen in die Küche geraten und mich in meiner Geschirrwäscherschürze erblicken und zu weinen beginnen würde. Wie würden wir diese Verzauberung genießen! Man läßt sich ja nur fallen, um Kraft für den Sprung nach oben zu gewinnen.

Es konnte nicht immer so weitergehen. Meine Träume zerflossen durch die Klatschspalten der Zeitungen, und jede Nacht stachelte ich meine Leidenschaft aufs neue an, indem ich mich dazu zwang, die Filmneuigkeiten aus Hollywood zu lesen. Ich fand viele Berichte über Lulus Heirat, und die Verfasser gefielen sich darin, es die „Liebesheirat des Jahres“ zu nennen. Jene Verehrerzeitschriften, die sich nicht etwa durch früher erschienene Artikel, vielleicht unter der Überschrift: „Warum ich von Teddy Pope und mir träume – Von – Lulu Meyers“ in ein schiefes Licht gesetzt hatten, konnten es sich jetzt leisten, der sagenumwobenen Sparbüchse von Tony und Lulu Tanner Raum zu geben. Diese, durch die bemerkenswerte Prosa jener Magazine mit dem Wort ‚Kuß‘ verschleierte Geschichte, verkündete, daß jedesmal, wenn Tony Lulu ‚küßte‘ oder Lulu Tony ‚küßte‘, eine Münze in ihre Sparkasse getan wurde. „Sie füllt sich so rasch“, sagte Lulu, beziehungsweise ihr Agent, „daß Tony und ich immer Mangel an Kleingeld haben.“

Ob das wirklich zutraf oder wenigstens zum Teil, vermochte ich nicht zu beurteilen, denn nachdem ich meine Stellung angenommne hatte, verbarg ich mich und besuchte weder Eitel noch Faye oder Dorothea oder irgend jemanden sonst. Infolgedessen schenkte ich den Klatschartikeln Glauben, und das Paradoxe war, daß ich mich von der Verzauberung heilte. Ich gelangte sogar so weit, daß ich daran dachte, meine Stellung aufzugeben und mit dem Schreiben zu beginnen. Dann besuchte ich dennoch eines Abends Eitel.

Ich hatte angenommen, alles beim alten vorzufinden. In meinem Leben hatte sich nichts Neues ereignet, und so konnte ich mir nicht vorstellen, daß es anderen nicht auch so ergangen sei. Wenn ich in der Zwischenzeit an Eitel und Elena gedacht hatte, sah ich sie in meinem Geiste meist beim Essen an einem ruhigen Tisch in einer Nische meines Restaurants, oder Dorothea und Pelley bei einer lärmenden Zecherei, oder Marion, wie er seine Arrangements traf. Indessen hatte sich mancherlei ereignet. Als ich Eitel aufsuchte, war er im Begriff, seine Habseligkeiten von Desert D'Or nach Hollywood zu überführen. Er habe mit Elena gebrochen, sagte er mir, und sie wäre nun mit Marion Faye zusammen. Während der Stunde, die wir trinkend verbrachten, erzählte er mir das Vorgefallene, wobei ich nur widerstrebend zuhörte. Nichts blieb von Eitel oder sonst jemandem übrig. Alle hatten sie sich verändert, und ich bekam manches zu hören, was mich schmerzlich berührte. Natürlich sei alles seine Schuld, begann er zu erzählen. Nach Dorotheas Gesellschaft wüßte er, daß er wegen Cranes Angebot einen Entschluß zu fassen habe, der nicht mehr sehr lange hinausgeschoben werden durfte. Es blieben ihm nur zwei Möglichkeiten: in Desert D'Or zu verbleiben und mit der Arbeit, als bestes Pferd in Munshins verborgenem Stall, fortzufahren oder nach Hollywood zurückzukehren. Mit Elena gemeinsam zurückzugehen, erschien ihm jedoch nicht angenehm; sie war kaum die richtige Gefährtin für einen prominenten Filmmann. So jagten sich seine Gedanken im alten Kreis, ohne einen Fingerzeig für eine Lösung, und nach jener Nacht, in der Eitel in Elenas Armen geweint hatte, lebte er in ständigem Mißtrauen gegenüber der Zärtlichkeit, die er ihr bot. Das wurde ihm an jenem Morgen bewußt, als er das Telefon abhob, Bedas Stimme vernahm und feststellte, daß er bis zu diesem Augenblick bemüht gewesen war, ihre Unterhaltung auf Dorotheas Gesellschaft zu vergessen. Nun war es nicht mehr möglich, sie aus seinen Gedanken zu verscheuchen; Bedas Stimme drang in sein Ohr. „Schau, Baby, willst du heute sans façon mit Elena herüberkommen?"

„Wer wird noch da sein?" fragte Eitel.

„Sans façon, sagte ich, verstehst du? Zenlia beginnt mir damit zuzusetzen, daß sie dauernd Elenas saftige Eigenschaften preist."

Eitel war beunruhigt. „Höre, ich werde dich wieder anrufen", sagte er. „Ich möchte es mit Elena besprechen." Ihre Reaktion überraschte ihn. Er hatte erwartet, daß sie die Einladung ohne weiteres ablehnen würde, statt dessen zeigte sie sich amüsiert, ohne ihre abwartende Haltung aufzugeben.

„Was glaubst du, was sich ereignen wird?“ kicherte sie und fügte ein wenig ernster hinzu: „Was erwarten sie von uns?“

„Du bist schließlich zu nichts verpflichtet.“

„Ich habe ein merkwürdiges Gefühl, Charley.“

„Ich auch.“ Er zuckte die Achseln. „Besser, wir gehen nicht“, sagte er und spürte, daß er sich gegen die Enttäuschung wappnen müßte, für den Fall, daß sie ihm zustimmte.

Elena sah beinahe nachdenklich drein. „Findest du seine Frau sehr anziehend?“

„Nun, sie ist wirklich sehr schön“, sagte Eitel, „aber ich möchte nicht behaupten, daß sie mein Typ ist.“

„Was für ein Lügner du bist!“ Elenas Gesicht heiterte sich auf. „Ich finde Don Beda sehr anziehend“, sagte sie zu seiner Überraschung, „aber nicht so sehr wie seine Frau.“

„Natürlich nicht.“

„Jetzt bist du verärgert, dabei habe ich dich doch gewarnt“, neckte sie ihn.

„Ich bin nicht verärgert“, behauptete er.

„Wenn du gern gehen willst, ich bin dazu bereit“, sagte Elena. „Aber ich glaube, wir tun etwas ganz Verrücktes.“

Er rief Beda an und befand sich für den Rest des Tages in einem Zustand neugieriger Erwartung. Aus der Vergangenheit tauchte eine Erinnerung auf, die seit Jahren unberührt in ihm geschlummert hatte. Als Dreizehn- oder Vierzehnjähriger hatte er zum ersten Male ein Mädchen geküßt, und bevor er ihr gute Nacht gesagt, hatte er ihr das Versprechen abgenommen, sie am nächsten Tag wiedersehen zu dürfen. An diesem Tag war er besorgt und erregt mit dem Gefühl durch die Straßen gelaufen, daß das Leben wie ein Berg geheimnisvoller Überraschungen vor ihm lag. Er konnte den Abend kaum erwarten.

Jetzt spürte er wieder etwas von dieser Erregung, und der Tag verstrich in dem angenehmen Gefühl, daß er wieder jung sei. Nur Elenas Schweigen störte ihn. Was war sie doch für eine bedrückende Frau, sagte er ärgerlich. Natürlich erklärte sie abends, während sie gerade dabei waren, in ihren Wagen zu steigen, und legte dabei sanft eine Hand auf seinen Arm: „Charley, hoffentlich ist das kein Fehler.“

„Eine merkwürdige Zeit, das jetzt zu sagen", brummte er.

„Du möchtest doch gern hingehen, nicht wahr?"

„Laß uns absagen. Für mich ist es nicht so wichtig."

Sie sah unglücklich aus. „Ich bin nicht prüde", sagte sie, „es wäre nur besser, wenn es nicht so vorsätzlich geschehen würde. Ich meine, wenn es sich lieber zufällig ergäbe."

„Du hast mir erzählt, daß du ähnliche Dinge getan hast, um deinen Psychoanalytiker damit zu beeindrucken. War das weniger vorsätzlich?"

„Damals war ich ein Dummchen", sagte Elena. „Außerdem habe ich kein wirkliches Vertrauen dabei empfunden. Spaß macht es nur mit dir." Sie küßte ihn zart auf die Wange. „Charley, ich möchte, daß du mir versprichst, daß diese Nacht an unserer Beziehung nichts ändert."

„Wir wissen ja nicht einmal, ob sich etwas ereignen wird." Dann startete er den Wagen und fuhr los.

Es schien zunächst, als ob sich wirklich nichts ereignen würde. Viele Stunden saßen sie beisammen und tranken, und es war nicht sehr erfreulich. Zenlia schien mißmutig zu sein. Sie rauchte ihre Zigaretten in einer langen Spitze, blies den Rauch in die Luft und lächelte abwesend, wenn Eitel oder Beda etwas Amüsantes äußerten.

Elena wurde, nachdem sie genügend Alkohol in sich hatte, vergnügt. Beda machte ihr Komplimente, und dadurch erhöhte sich ihr Selbstbewußtsein. Sie gab ein paar törichte, aber reizvolle Bemerkungen von sich, ihre grünen Augen leuchteten, ihr Mund war feucht und stand ein wenig offen, und ihre Haut hob sich kontrastreich von ihrem dunklen Kleid ab. Eitel steuerte von Zeit zu Zeit ein Wort bei und versuchte, Zenlias Blick zu fangen. Er schien ihr gleichgültig zu sein; übrigens schien ihr jeder gleichgültig zu sein, außer Elena. Zenlia sprach nur selten, einmal sagte sie mit ihrer klaren, ausdrucksvollen Stimme: „Sie bewegen sich ganz wie eine liebe Cousine von mir, Elena."

„Wirklich?" Elena war auf ihrer Hut.

„Ja", ergänzte Zenlia mit einem gelangweilten stolzen Blick, „meine Cousine besitzt eine recht temperamentvolle Anmut."

„Oh, ich besitze einen recht temperamentvollen Unmut", erwiderte Elena mit einem überraschend komisch wirkenden englischen Akzent. Als alle, zum ersten Male an diesem Abend, in Lachen ausbrachen, bemerkte Eitel, daß Elena Farbe bekam.

Jetzt änderte sich die Atmosphäre. Beda begann mit Zenlia zu tanzen und dann mit Elena, darauf reichte er eine Marihuana-Zigarette herum. „Prima mexikanische Ware", betonte er mit einer forschen Handbewegung. Eitel lehnte es als einziger ab, Marihuana zu rauchen. Nach einer weiteren Runde erklärte Beda gleichmütig: „Alle sind jetzt in Schwung, Gott sei Dank!" und setzte damit den Präliminarien ein Ende.

In dieser Nacht wurden Eitel Hörner aufgesetzt. Er konnte nichts daran ändern, eine heftige Unruhe quälte ihn. Bald darauf zogen sich die anderen zurück, er blieb in seinem Sessel sitzen, rauchte eine Zigarette, trank hin und wieder einen Schluck und bemühte sich, das wilde Hämmern seines Herzens zu beruhigen. Es schien Stunden zu dauern.

Schließlich näherte sich die Party ihrem Ende. Elena bemerkte, daß er allein saß, sie trat schwankend zu ihm und sagte:

„Möchtest du gern nach Haus?"

„Nein, nicht bevor du gehst."

„Gut, ich gehe jetzt."

Sie verabschiedeten sich, als ob sie den ganzen Abend Bridge gespielt hätten, aber ehe sie fortfuhren, konnte Eitel ein Gelächter hinter dem Zaun vernehmen, der den Patio umgrenzte. Auf der Fahrt war es still, und als Elena scheu eine Hand auf sein Bein legte, blieb er vollkommen unbeweglich, er rückte weder um Haaresbreite von ihr fort noch näher zu ihr heran.

So blieb es zwischen ihnen auch, als sie zu Bett gingen. Er lag auf dem Rücken, seine Augen mit solcher Konzentration auf die Decke heftend, daß er schließlich vermeinte, in der Finsternis sehen zu können. Elena bewegte sich unruhig. Ein paarmal seufzte sie. Er spürte, wie sie Worte zu formen versuchte und sie dann doch nicht aussprach. Als ihre Hand ihn berührte und ihre Finger seine Hand drücken wollte, wurde sein Körper völlig steif.

„Faß mich nicht an", sagte er in die Dunkelheit.

„Charley...", begann sie.

„Ich möchte schlafen." Er drehte ihr den Rücken zu.

„Du wolltest doch hingehen", sagte sie sanft, tastend.

Das war zuviel für ihn. „Ich wußte nicht, was für ein erbärmliches Ding du bist", hörte er sich flüstern.

„Charley, ich liebe dich", sagte sie.

„Liebst mich! Du liebst alles und jeden", sagte er, „ob Hund,

Affe oder ein vieräugiges Pferd.“ Aber er war erst am Anfang. „Du liebst mich“, wiederholte er, „ja natürlich, sofern du auch jeden anderen anstöhnen kannst.“ Er zitterte vor Wut.

„Charley, es war nicht dasselbe“, sagte sie leise. „Ich liebe sie nicht, ich verachte sie sogar. Aber das ist nun mal das Schlimmste an mir.“ Sie fing an zu weinen. „Reg mich nicht auf, Charley“, sagte sie. „Ich liebe dich. Ich bin die einzige, die dich liebt.“

„Liebe, Elena?“ sagte er. „Nichts als große Worte.“

Der Gedanke, daß sie ihn nicht über alle Maßen liebte, ohne für irgend etwas anderes in der Welt Interesse zu zeigen, war für ihn unerträglich.

„Du bist grausam“, sagte sie leise.

„Grausam?“ rief er aus. „Ich habe nur von dir gelernt.“

„Also gut, Charley“, erwiderte Elena und richtete sich im Bett auf. Ihr Gesicht spiegelte jetzt harte Vernunft und Haß gegen ihn, bis er mit Erschrecken feststellte, wie schön sie ihm trotz allem erschien.

„Nun hör mal zu. Du warst es, der alles heute abend arrangiert hat, und trotzdem nennst du mich ein Schwein. Aber wäre es für dich besser ausgegangen, würdest du mich jetzt mit Liebe überschütten und mir erklären, wie wundervoll ich sei.“

Er war müde und erschöpft – von einem Unterlegenen kann man kaum die Haltung eines Siegers erwarten. So wandte er sich Elena zu und sprach so deutlich wie möglich zu ihr: „Mußt du denn durchaus die Dummheit anbeten, als sei sie dein Schutzheiliger?“ Dann fing sie an zu weinen. Er konnte hören, wie sie ihren Kummer zu überwinden versuchte, und die Dunkelheit verstärkte jeden ihrer Schluchzer, denn sie weinte niemals laut. Er hörte, wie sie aufstand, sich zum Badezimmer tastete, empfand wie einen Schlag gegen seine geschlossenen Augen das Aufleuchten des Badezimmerlichtes, bevor sie die Tür schloß. Dann war er allein, allein mit seinem Zorn, seiner Abneigung gegen sie und mit dem Bewußtsein, daß Elena, mit den kleinen kalten Füßen auf dem Steinboden des Badezimmers, verlassen vor sich hin weinte. Eitel versuchte, nicht mehr an sie zu denken, aber auch seine Füße waren kalt, der Schweiß war ihm ausgebrochen, und er zitterte. Nie wieder werde ich sie anrühren, nahm er sich vor und wußte im gleichen Augenblick, daß er sie nicht länger allein im Badezimmer lassen konnte, weinend vor dem blankpolierten Spiegel, zwischen den Kacheln und all den verchromten Dingen. Es ist wirklich mein Fehler, dachte er, stand auf und ging zu ihr. Sie zitterte in seinen Armen, ihr Körper war eiskalt, und minutenlang, während er sie liebkoste und sie zu beruhigen versuchte, verbarg er seinen Ärger hinter der Zärtlichkeit, die zu zeigen er sich genötigt fühlte. Er brachte nichts hervor als: „Es ist gut, Baby, es ist gut."

Sie schien sich kaum bewußt zu sein, daß er bei ihr war. „Ach, Charley, du mußt mir verzeihen", stieß sie endlich weinend hervor. „Ich dachte, du würdest nie mehr mit mir sprechen. Siehst du, es ist nichts, es ist nichts, wenn ich daran denke... ich meine, ohne dich. Ach, Charley, vergib mir. Ich schwöre, ich will es wiedergutmachen, ich gebe mein Leben dafür." Sie lallte. Noch einen Augenblick, und sie würde hysterisch werden. Aber als sei es wichtiger, irgend etwas, was sie bedrängte, zu sagen, als sich in Hysterie einzuwühlen, fühlte er, wie sie sich wie ein verzweifeltes Kind an ihn klammerte. „Weißt du", sagte sie, vom Schluckauf unterbrochen, „ich tat es nur, weil ich ihnen gefiel, ach, Charley... ich stand so im Mittelpunkt."

Er drückte sie fest an sich, führte sie ins Schlafzimmer zurück, und erschöpft schlief sie in seinen Armen ein, während er ihr zuflüsterte: „Es ist gut, Baby, hörst du, es ist alles gut", und flüsterte es sogar noch, nachdem sie bereits eingeschlafen war, flüsterte es hinein in die Dunkelheit, während sich ihre Worte „Ich stand so im Mittelpunkt... ich stand so im Mittelpunkt..." noch in seinem Schlaf und seinen Träumen drehten wie eine Grammophonplatte. Er war beinahe glücklich. Er hatte begriffen, wie sehr er sie schätzte.

Den ganzen nächsten Tag fühlte er sich wie zerschlagen. Nur nach Streitigkeiten und Krisen konnte er Elena so heftig lieben, wie er es sich wünschte. Doch am Rande dieses Gefühls wunderte er sich selber. Konnte man so schnell vergessen? Eitel sollte belehrt werden. Alles ging gut, bis sie wieder versuchten, intimer zu werden. Dann begannen die Schwierigkeiten. Elena wurde steif bei seiner Berührung und war weit von ihm, und ihm erging es genauso. Er haßte sie in der Umarmung. Es war ihm unmöglich, nicht daran zu denken, wie sie sich anderen hingegeben hatte, und jedes Lustgefühl, das sie äußerte, beschwor die Nacht bei Beda herauf, so daß, ganz gleich, welcher Ausdruck ihr Gesicht zeigte, er ihn als verstellt empfand, was ihm die Vergangenheit vergiftete, bis er die

Legion ihrer zahllosen Liebhaber hinter Beda aufgereiht sah, denen sie sich genau auf die gleiche Art hingegeben hatte. Und damit schwand sein Stolz, daß er es gewesen sei, der ihr alles zu geben vermochte, daß etwas Wertvolles an ihm sein mußte; nie war er sich wertloser vorgekommen.

Elena spürte das natürlich. Sie war schüchtern und schwierig in ihrer Umarmung, und ihre Versuche, sich aufzuraffen, beleidigten ihn beinahe. In seinem Gehirn rumorte: Liebe? Nichts als große Worte. Und er spürte, wie etwas von ihm ausging, ein giftiger Nebel, der die Luft verpestete, Knochen in Gummi verwandelte und Gefühle in Leim, so daß er nicht nur sie und sich selber haßte, sondern das Leben überhaupt. Am widerlichsten erschien ihm, daß sie zärtlich zueinander gewesen waren, daß sie sich gegenseitig verziehen und geweint hatten und daß er sie trotzdem nicht liebte, daß sie ihn nicht liebte, keiner von ihnen für irgend jemanden wirklich Liebe empfand. An diese Dinge dachte er während ihrer Umarmungen, und hinterher lag er neben ihr, streichelte sie sogar mit einer empfindungslosen Geschicklichkeit, die es nur darauf anlegte, eine Szene zu vermeiden. Und Elena ermutigte ihn obendrein eine Woche lang jede Nacht oder beinahe jede Nacht, sie zu umarmen, und dann erstarrte sie bei dem Gedanken, daß er sich an all das erinnerte, was er ihr im Zorn gesagt hatte. Widerwillig gestand er sich ein, daß sie sich während ihres Zusammenlebens menschlich entwickelt hatte. In ihren ersten Wochen wäre ein Verhältnis dieser Art zwischen ihnen beiden nicht möglich gewesen, jetzt hatten sie es schon eine Woche lang ertragen.

Indessen beendete er sein Drehbuch. Während der Arbeit an der Neufassung mit ihren Kunstgriffen, unechten Gefühlen, der gutdosierten Satire hatte er sich vor der Szene gefürchtet, in der Freddy zum Seminar zurückkehrte und am Schluß der Chor der Engel mit eingebaut werden sollte. Eitel hatte sich nicht eingebildet, daß er seinen eigenen Stoff niederschreibe. Er wußte nur zu gut, wie gerissen das neue Drehbuch abgefaßt war, wie wirkungsvoll und brillant in der routinemäßigen Art, aber dennoch enthielt es gerade deswegen ein Problem, denn nun durfte der Schluß nicht zu gekünstelt sein. Als Drehbuch, das auf einen großen Publikumserfolg zielte, verlangte es eine, wenn auch auf höherer Ebene, unwahre Echtheit, und er hatte sich nicht vorzustellen vermocht, wie diese Schlußszene zu gestalten sei. Aber sie wurde großartig, ein wahres

Wunderwerk. Er bewunderte, wie er so gut über Dinge schreiben konnte, an die er nicht im geringsten glaubte. Eitel fühlte sich mächtig.

Es stand für ihn fest, daß das Drehbuch viel zu gut war, um es Munshin zu den Bedingungen zu überlassen, die sie vereinbart hatten, und deshalb war es nun an der Zeit, eine Vertragsänderung zu erreichen. Während er an seinem Schreibtisch saß, zum Vorteil Collies arbeitend, dachte er wieder an Crane; wie ein Reisender, der von Tür zu Tür geht, würde Crane ihm mit den üblichen Argumenten kommen. Für einen Mann, der zehn Jahre lang der Politik gleichgültig gegenübergestanden hatte, wäre es sinnlos, sich jetzt eigensinnig zu verhalten. Namen preiszugeben erschien ihm zwar immer noch widerlich, aber schließlich waren es die Namen von Leuten, die seinen eigenen in den Schmutz gezogen hatten. Falls er in den letzten Monaten nichts anderes erkannt hatte, dann zumindest das eine, daß er kein Künstler war, und was bedeutete er als Geschäftsmann ohne Geschäfte? Diese Argumente pochten an die Tür, sie nahmen den Hut ab, traten ein und ließen ein Muster zurück, mit dem Versprechen wiederzukommen.

Eitel schrieb einen vorsichtigen Brief an Crane und deutete darin an, daß er bald bereit sein würde; und wenn einer der regelmäßigen Telefonanrufe von Munshin kam, erklärte Eitel, daß es noch Monate dauern würde, ehe das Drehbuch beendet sei.

„Warum diese Verzögerung?“ fragte Munshin.

„Mach dir keine Sorgen, du wirst ein Vermögen daran verdienen“, sagte Eitel. Er ließ Elena einen Tag allein und flog nach Hollywood, um seinen Anwalt und seinen Agenten zu besuchen. Allmählich wuchs sein Vertrauen, daß er sich von Elena trennen könnte. Das Ende ging leichter vonstatten, als er erwartet hatte. Wie bereits seit langem angekündigt, ließ sie sich eines Tages ihr Haar abschneiden mit dem Ergebnis, daß es ihr nicht gut stand. Mit seinen gleichgültig gewordenen Augen erschien sie ihm wie ein gerupftes Huhn. Von Zeit zu Zeit starrte er sie an und konnte nicht glauben, daß sie ihm mehr bedeutete als eine Küchenmagd, die er tageweise angestellt hatte. Als er sie eines Tages beobachtete, wie sie geistesabwesend mit ihrer Arbeit beschäftigt war, bemerkte er, daß ein verzweifelter Ausdruck auf ihrem Gesicht erschien, als sie sich kontrolliert fühlte. Sie war dabei, das Zimmer auszufegen, aber so zerstreut und unmutig, daß sie immer wieder den Schmutz aus einer Ecke in die andere kehrte. Eitel hatte am Abend zuvor ein Telegramm von Crane erhalten. In zwei Wochen würde eine Vernehmung vor dem Untersuchungsausschuß erfolgen, und Crane war entzückt, daß Eitel mit ihnen zusammenarbeiten wolle. Als Elena ihn gefragt hatte, was das Telegramm enthalte, gab er ihr den Inhalt bekannt.

„Das heißt also, daß du wieder Filme drehen willst?" fragte sie.

„Ich vermute es."

„Nun..." Mehr brachte sie nicht über die Lippen; denn an sich gab es ja nur eine einzige Frage, die hier zu stellen gewesen wäre, und die wagte sie nicht vorzubringen.

„Wann fährst du?" fragte sie ein wenig später, und er erkannte, daß sie die Aufforderung erwartete, mit ihm zu reisen. Nur daran denkt sie, durchfuhr es ihn bitter.

„In ein paar Wochen, nehme ich an", antwortete er, und dann sprachen sie nicht mehr davon.

Endlich war sie mit dem Ausfegen fertig, saß am Eßtisch und starrte dumpf durch das große Fenster auf den Yuccabaum, wie ein Bauer, ähnlich, wie früher ihre Eltern mit versteinten Augen aus dem schmutzigen Fenster ihres Schokoladenladens gestarrt haben mochten. Er trat hinter sie, berührte ihre Schulter und sagte: „Weißt du, du gefällst mir wirklich mit dem abgeschnittenen Haar."

„Du haßt es", sagte sie.

„Nein, ich würde es sonst nicht sagen."

Tränen drängten sich in ihre Augen, sie starrte wütend vor sich hin, weil sie ihre Gefühle verrieten, denn sicherlich hatte sie sich geschworen, keine Träne mehr zu vergießen. Er ging auf die andere Seite des Tisches und beobachtete Elenas Finger, die an ihren Nägeln zupften. Aus sicherer Entfernung fühlte er ein süßes Bedauern darüber, daß weder er noch sie fähig gewesen waren, das zu tun, was sie hatten tun wollen. Jedesmal überkam ihn dieses Gefühl, wenn ein Verhältnis seinem Ende entgegenging. Und wenn er sich auch hinterher darüber schämte, wie unehrlich seine Gefühle gewesen waren, jetzt verschaffte es ihm die Sicherheit, ihre Beziehung sogleich beenden zu können.

„Elena", sagte er, „ich möchte etwas mit dir besprechen."

„Du möchtest, daß ich dich verlasse", sagte sie. „Gut, ich gehe."

„Nicht so...", begann er.

„Ich bin erledigt für dich“, sagte sie. „Nun, dann ist es eben so.“
„Nein, warte...“
„Ich wußte, daß es so kommen würde“, sagte Elena.
„Es ist meine Schuld“, sagte Eitel rasch. „Ich bin nicht gut genug, für niemanden“,
„Was zählt schon, wessen Schuld es ist. Ach du... du bist gemein“, sagte sie und weinte.
„Sei doch kein Dummchen. Schau mal, kleines Äffchen“, sagte er und versuchte, ihre Schulter zu streicheln.
Heftig schob sie seine Hand weg. „Ich hasse dich.“
„Ich kann es dir nicht übelnehmen“, sagte Eitel.
„Worte hast du immer zur Hand. Ich hasse dich wirklich. Du... du bist widerlich“, sagte Elena grob, voller Verzweiflung, während er zusammenzuckte.
„Du hast recht“, sagte er. „Ich bin gemein.“
Ihre Finger klopften in einem monotonen, irritierenden Rhythmus auf den Tisch. „Ich gehe fort“, sagte sie. „Ich packe mein Zeug zusammen. Schönen Dank für die herrliche Zeit.“
Wie kläglich war doch ihr Talent für Sarkasmus, dachte Eitel. „Warum soll *ich* nicht gehen?“ fragte er. „Du kannst hierbleiben. Es ist auch deine Wohnung.“
„Es ist nicht meine Wohnung. Sie war es nie.“
„Elena, das darfst du nicht sagen.“
„Ach, schweig“, sagte sie. „Es ist nicht meine Wohnung“, und wieder kamen ihr die Tränen.
„Elena, wir können noch immer heiraten“, sagte er und wußte im selben Augenblick, daß er es gar nicht so unaufrichtig meinte, wie er noch gedacht hatte.
Sie antwortete nicht, sondern stürzte aus dem Zimmer. Nach einem Augenblick hörte er, wie sie Schubfächer zuwarf, und es war nicht schwer, sich vorzustellen, wie sie ihre Sachen aus einem Koffer in den anderen stopfte, ihre Tränen zu verbergen suchte und trotzdem unbeherrscht schluchzte. Endlich war es zu Ende. Er hatte nur noch zu warten, bis sie gegangen war.
Aber es wurde schwerer, als er vermutet hatte. Er versuchte, das Weinen im Schlafzimmer zu überhören, es erschütterte seine Ruhe, die er sich aufgezwungen hatte, und öffnete den Weg für eine Frage. Was würde sie tun? Er riß sich zusammen, als sei ihm auferlegt, ein schweres Gewicht für fünf Minuten ausgestreckt zu halten,

noch fünf Minuten, und noch weitere fünf Minuten. Unbedingt mußte er fest bleiben. Jede Liebesgeschichte, die über ihre Zeit hinaus dauert, hatte sich nur gehalten, weil es solange Zeit braucht, einen Koffer zu packen. Er überlegte sogar, ob er inzwischen spazierengehen sollte, aber das konnte er nicht tun. Er würde ihr ein Taxi bestellen und sie zum Taxi begleiten müssen, die Tür hinter ihr schließen, zum Abschied ihr sogar zuwinken mit dem bedrückten, verlegenen Grinsen eines Mannes, der weiß, daß er nicht recht gehandelt hat und nun wünscht, er hätte es besser gekonnt. Plötzlich fiel ihm ein, daß er ihr wahrscheinlich in diesem Augenblick genauso erschien wie Collie Munshin, als er sie in Desert D'Or verließ. Eine Veränderung ging in Eitel vor. Das war *seine* Elena! Sie verdiente nicht, so schlecht behandelt zu werden. Er hörte, wie sie nach einem Taxi telefonierte, die Adressse hervorstotterte und der Hörer auf die Gabel zurückfiel. Dann schloß sie den einen Koffer, dann den anderen. Eitel war nahe am Heulen bei dem Gedanken, daß alles, was sie in ihrem Leben erworben hatte, in zwei Gepäckstücke gepreßt werden konnte. Als sie aus dem Schlafzimmer trat, war er bereit, sich zu ergeben. Hätte sie nur irgend etwas getan, einen Schritt auf ihn zu, oder ein zärtliches Wort geäußert oder nur hilflos ausgesehen, dann hätte er etwas unternehmen müssen; wahrscheinlich würde er ihr sogar versprochen haben, sie mit nach Hollywood zu nehmen. Aber sie tat nichts und murmelte nur mit trockener, verbitterter Stimme: „Ich dachte, du wärest vielleicht daran interessiert zu wissen, wo ich hingehe."

„Wohin gehst du?"

„Zu Marion Faye."

Das brachte seinen ganzen Haß zurück. „Glaubst du wirklich, daß das richtig ist?" fragte er kalt.

„Macht es dir etwas aus?" fragte Elena.

Er wehrte sich gegen diesen Versuch, es ihm unerträglich erscheinen zu lassen, daß sie zu Faye ging.

„Ich glaube, es macht mir nichts aus", sagte er. „Ich bin nur neugierig. Wann hast du das arrangiert?" Seine Kehle schmerzte ihn so, daß es ihm erschien, als ob er bald kein einziges Wort mehr hervorbringen würde.

„Ich rief ihn gestern an. Dann habe ich den Haarschnitt arrangiert, der dir nicht gefällt. Überrascht es dich? Du glaubtest, *mich* hinauswerfen zu müssen? Nun gut." Sie räusperte sich. „Mag sein, daß ich jetzt eine Prostituierte werde, aber mach dir keine Sorgen. Ich versuche nicht, dein Mitleid zu erwecken. Du hast mich ja immer für eine Prostituierte gehalten, warum sollte es dir jetzt leid tun?“ Ihre Augen waren ausdruckslos. Diesmal, wußte er, würde sie nicht in Tränen ausbrechen. „Aber du weißt nicht, was ich von dir denke. Du glaubst, ich könnte nicht ohne dich leben. Vielleicht weiß ich es besser.“

Er hörte das Geräusch des Taxis, das den Fahrweg heraufkam. Eitel stand auf, aber Elena hatte bereits ihre Koffer in die Hände genommen. Wie eine Schauspielerin wandte sie sich ihm zu, um eine letzte Rede zu halten. „Endlich gebe *ich* einmal jemandem den Abschied“, sagte sie und verließ das Zimmer.

Eitel verharrte auf der Stelle, bis das Taxi weggefahren war. Dann setzte er sich hin und begann auf ihren Anruf zu warten. Es erschien ihm als unbedingt sicher, daß sie ihn anrufen würde, aber eine Stunde verging, und dann der Nachmittag und ein Teil des Abends. Er saß und trank, war aber zu apathisch, um sich einen Eiswürfel vom Tablett zu nehmen, und als es dunkel wurde, seufzte er und wußte nicht, ob er sich erleichtert fühlte, weil er nun frei war, oder elender als je zuvor.

22

Als Eitel mit seinem Bericht zu Ende war, blieben wir noch eine Weile im Wohnzimmer inmitten halbgefüllter Kartons und verschiedener Gepäckstücke sitzen. „Soll ich Ihnen beim Packen helfen?“ fragte ich endlich.

Er schüttelte den Kopf. „Nein, es macht mir Vergnügen, das selber zu tun. Ich fürchte, für lange Zeit wird es die letzte Gelegenheit bleiben, allein zu sein.“ Ich erriet, was er meinte.

„Für Ihre Aussage scheint also alles arrangiert zu sein?“

Eitel zuckte die Achseln. „Ich kann es Ihnen ruhig gestehen, Sie werden es sowieso bald in den Zeitungen lesen.“

„Was werde ich lesen?“

Er ging um die direkte Beantwortung herum. „Sehen Sie, nachdem Elena fort war“, sagte er, „konnte ich es nicht mehr ertragen, hier noch länger zu bleiben. Nicht in den ersten Tagen. An jenem

Morgen fuhr ich zeitig nach Hollywood und besuchte meinen Anwalt. Es hat keinen Zweck, Ihnen alle Einzelheiten zu erzählen. Bestimmt habe ich mit einem Dutzend Menschen gesprochen. Es ist erstaunlich, wie kompliziert das Ganze ist."

„Dann hat man Ihnen also die Geheimsitzung zugestanden?" bohrte ich weiter.

„Nein." Eitel blickte mich nicht an, während er sich eine Zigarette anzündete. „Ich fürchte, es wird nicht so sein. So leicht lassen die mich nicht laufen. Schauen Sie, auf ihre Art sind diese Leute Künstler in ihrem Fach. Sobald man sich zu einer Geheimsitzung bereit erklärt hat, wird ihnen klar, daß man auch in einer öffentlichen Sitzung aussagen wird. Das ist ganz sicher." Eitel lächelte über sich selber. „Nun, ich bereitete ihnen einige Schwierigkeiten. Ich verließ sie, als sie mir erklärten, daß die Sitzung öffentlich sein müsse, ging zu meinem Anwalt, tobte und wütete und wußte doch, daß ich tun würde, was sie wünschten."

Er nahm sorgfältig einen großen Schluck. „Wenn jedoch in Desert D'Or etwas gewesen wäre, wonach ich mich zurückgesehnt hätte, dann... nun, ich weiß nicht, ich will nicht nach Entschuldigungen suchen. Tatsache ist aber, daß dort nichts vorhanden war, und mir blieb nichts anderes, als wenigstens ihre Gerissenheit anzuerkennen. Sie wissen, daß man allmählich ein Königreich damit zusammenbringt, wenn man sich jedesmal damit begnügt, nur einen Acker zu verlangen." Er lachte gezwungen. „Ach, diese Namen! Sie haben keine Ahnung, wieviel Namen es gibt. Allerdings gehörte ich nie zur Partei, und so stand von vornherein fest, daß ich als Zeuge keine Prominenz für sie sei, und doch verstanden sie es, mich für ihre Zwecke nutzbar zu machen. Ich hatte einige Unterhaltungen mit zwei Detektiven, die Crane für seine Nachforschungen braucht. Sie sahen aus wie zwei typisch amerikanische Fußballspieler: Torhüter und Verteidiger, die für eine fotografische Aufnahme posieren. Sie wußten viel mehr über mich als ich über sie. Ich habe nie geahnt, unter wie viele politische Aufrufe man im Laufe von zehn Jahren seinen Namen setzen kann. Wer mich gebeten habe, wollten sie wissen, eine Petition gegen die Ausbeutung arbeitender Kinder in den Salzminen von Alabama zu unterzeichnen? Solche Sachen, verstehen Sie? Hundert, zweihundert, vierhundert Unterschriften. Sie hätten ebensogut in meiner Kindheit herumwühlen können. Da gab es belanglose Worte, die auf einer

Cocktailparty geäußert wurden oder gegenüber einem politisch gefährlichen Arbeiter – oder irgend so ein armer Teufel von Schriftsteller, entschuldigen Sie, der sich selber für einen überzeugten Liberalen hielt, hatte mir ein Papier zur Unterschrift vorgelegt." Eitel strich über seinen kahlen Kopf, als ob er damit andeuten wollte, wie viele Haare ihn diese Angelegenheit gekostet habe. „Ich fand es oft sehr verwirrend. Sie wollten, daß ich Personen belaste, die mir harmlos erschienen, während andere, bei denen das Gegenteil zutraf, etwa einige Filmstars bei Supreme und Magnum, sie völlig kalt ließen. Als ich endlich begriff, welche Verabredungen zwischen dem Ausschuß und den Studios bestanden, kamen wir rasch voran. Sehen Sie, sie hatten eine Liste von fünfzig Leuten für mich vorbereitet. Ich könnte schwören, sieben von ihnen in meinem Leben nicht gesehen zu haben, aber anscheinend täuschte ich mich darin. Ich war auf so vielen Gesellschaften gewesen, und meine beiden Fußballspieler wußten alles darüber. ‚Sie waren beide im gleichen Zimmer in der und der Nacht auf der und der Gesellschaft', erklärten sie bestimmt, und schließlich erfand ich ihretwegen eine Art politischer Unterhaltung, die man vielleicht geführt haben konnte. Am Ende wurden sie sogar freundlich. Einer von ihnen überwand sich dazu, mir zu gestehen, daß ihm einer meiner Filme gut gefallen habe. Zum Schluß schien es mir, als ob ich meine zwei Detektive genauso gut leiden mochte wie einige der Leute, über die ich aussagen würde. Übrigens sind die Hälfte dieser Leute Scheusale." Eitel lächelte müde. „Die Verhöre dauerten zwei Tage. Dann kam Crane zurück, und ich suchte ihn auf. Er war über meine Mitarbeit sehr erfreut, aber es schien, als ob noch weiteres von mir verlangt würde. Ich hatte noch nicht genug getan."

„Nicht genug?" entfuhr es mir.

„Nicht annähernd genug. Man wollte sich noch ein paar Äcker aneignen. Crane rief meinen Anwalt an, und sie taten sich zusammen, um mir zu unterbreiten, daß ich eine Erklärung abzugeben habe, die nach Beendigung meiner Aussage den Zeitungen zur Verfügung gestellt werden müsse. Crane hatte sie bereits für mich formuliert. Natürlich sei es mir freigestellt, eine andere Formulierung zu wählen, aber er habe sich gedacht, mir diejenige wenigstens zu zeigen, die wahrscheinlich die beste sei. Später machte mein Anwalt noch einen weiteren Vorschlag. Sie scheinen zu finden, daß es sehr empfehlenswert sei, eine bezahlte Anzeige in den Fachblättern zu veröffentlichen, in der ich erklärte, wie stolz ich darauf sei, ausgesagt zu haben, und wie sehr ich hoffe, daß andere in meiner Lage ihrer Pflicht auf gleiche Weise genügen würden. – Möchten Sie gern die Erklärung sehen, die ich den Zeitungsleuten übergebe, nachdem ich in der nächsten Woche ausgesagt haben werde?"

„Gern", sagte ich.

Ich überflog die paar Zeilen:

Ich habe sinnlos ein Jahr verloren, weil ich zu spät die nützliche und patriotische Aufgabe des Untersuchungsausschusses erkannte, aber jetzt erkläre ich aus freiem Willen, daß ich stolz darauf bin, meinen Teil an der Verteidigung des Vaterlandes gegen alle Infiltrierungen und Umsturzversuche beigetragen zu haben. Im Bewußtsein des demokratischen Erbes, das uns allen zu eigen ist, möchte ich nur noch hinzufügen, daß ich es für die Pflicht jedes Mitbürgers halte, dem Untersuchungsausschuß bei seiner Arbeit zu helfen und ihm alle Kenntnisse zur Verfügung zu stellen.

„Müßte eigentlich reichen", bemerkte ich.

Eitels Gedanken waren indessen weitergelaufen. „Crane hat sein Wort gehalten", sagte er. „Als ich in seinem Büro war, rief er sofort einige Leute in den verschiedenen Studios an, um für mich ein paar gute Worte bei ihnen einzulegen. Das erstaunte mich nun wirklich. Hier war mein Mißtrauen überspitzt gewesen. Ich hatte nicht damit gerechnet, daß er diese Gespräche in meiner Gegenwart führen würde."

„Was ist mit Ihrem Drehbuch?" fragte ich.

„Das ist das komischste an der Sache, Sergius. Wissen Sie, wann ich wirklich anfing, mich zu schämen? Als ich daran dachte, Collie Munshin zu betrügen. Es drängte mich, mit ihm zu sprechen, und ich erklärte ihm, daß ich beabsichtige, das Drehbuch als mein eigenes zu verkaufen. Er wurde nicht einmal böse. Ich glaube, daß er es erwartet hatte und seine Antwort darauf schon feststand. Collie sagte nur, er freue sich, daß ich zurückkommen würde, und überredete mich dazu, an seiner Seite zu bleiben. Glauben Sie mir, ich mußte feststellen, daß er mich wirklich mag. Das hat mich sehr gerührt. Er arbeitete einen neuen Vertrag aus, der für Collie und mich die gleiche Beteiligung vorsah, vorausgesetzt, daß er Teppis beeinflussen könnte, mir die Regie an dem Film zu übertragen. Wenn ich morgen in Hollywood bin, wird alles geregelt werden. Das einzige, was für mich zu tun noch übrigbleibt, ist, den Korrekturabzug meiner Anzeige gutzuheißen."

„Und wie fühlen Sie sich dabei?“ fragte ich.

„Nicht besonders, Sergius. Sie würden sich wundern“, sagte er. „Das Positive ist nur, daß ich wieder arbeiten werde. Wenigstens beurteile ich meine Rolle, die ich in dieser ganzen Angelegenheit gespielt habe, sehr ehrlich. Es erhält die Selbstachtung vor mir selber, daß ich mir eingestehe, was für ein kläglicher Kerl ich bin.“ Er steckte sich eine Zigarette zwischen die Lippen und nahm sie wieder heraus. „Übrigens“, murmelte er mit einem entschuldigenden Ausdruck, „ich habe darüber nachgedacht, ob es nicht vielleicht ein wenig vermessen von mir war, Ihnen zu raten, das Angebot von Supreme abzulehnen.“

„Ich bedaure es nicht“, sagte ich nicht ganz wahrheitsgemäß.

„Sind Sie dessen sicher?“ Er drehte sein Glas zwischen den Fingern. „Sergius, ich trage mich mit dem Gedanken, Sie zu meinem Assistenten zu machen.“

Plötzlich wurde ich böse. „Hat man Ihnen das nahegelegt?“ fragte ich. „Denken die immer noch daran, einen Film aus meinem Leben zu machen?“

Er war verletzt. „Sie gehen zu weit, Sergius.“

„Vielleicht“, sagte ich. „Aber falls ich heute abend nicht zufällig aufgetaucht wäre, würde Ihnen dann der Gedanke gekommen sein, mir Ihr Angebot zu machen?“

„Nein!“ erwiderte Eitel. „Ich muß gestehen, daß ich bis zu diesem Augenblick nicht daran gedacht habe. Aber das sollte doch nicht so wichtig sein. Sie können doch schließlich nicht Ihr ganzes Leben lang Messer und Gabeln putzen.“

„Hören wir damit auf“, sagte ich und blickte auf meine Uhr. Als ich aufstand, um wegzugehen, sagte ich plötzlich: „Möchten Sie, daß ich Elena im Auge behalte?“

Es war etwas Hilfloses an Eitel, wie er da inmitten seiner Gepäckstücke stand. „Elena?“ fragte er. „Nun, ich weiß nicht. Sie werden ja doch tun, was Sie wollen.“

„Haben Sie etwas von ihr gehört?“

Anscheinend wollte er nein sagen, aber dann nickte er. „Ich erhielt einen Brief von ihr, einen ziemlich langen Brief. Er wurde mir nachgeschickt, als ich in Hollywood war.“

„Werden Sie antworten?“ fragte ich hartnäckig.

„Nein, ich wüßte einfach nicht, wie ich es tun sollte“, sagte er. Eitel kam zur Tür, um mir auf Wiedersehen zu sagen. Als ich die

Auffahrt hinunterging, rief er mir nach, ich solle warten, und trat auf mich zu. „Ich werde Ihnen den Brief schicken", sagte er. „Ich möchte ihn nicht behalten, ihn aber auch nicht vernichten."

„Soll ich Ihnen schreiben, nachdem ich ihn gelesen habe?"

Wieder dachte er nach, ehe er bedächtig sagte: „Ich glaube nicht. Sehen Sie, ich fürchte, daß ich sie sehr vermissen würde, wenn ich mich gehen ließe."

„Nun, dann gute Nacht." Für eine kurzen Augenblick zeigt er sein charmantes Lächeln. „Bitte, verzeihen Sie mir, Sergius, daß ich Ihnen anbot, mein Assistent zu werden."

„Sie haben es sicherlich gut gemeint", sagte ich.

Er nickte, schien noch etwas zu wollen und überlegte es sich wieder. Erst als ich mich eben abwandte, kam es doch heraus: „Wissen Sie, ich möchte Sie nicht beunruhigen, doch diese Detektive haben auch viel über Sie gefragt."

Tief in meinem Inneren war ich, glaube ich, nicht so überrascht, wie ich es eigentlich hätte sein sollen. „Also gut", sagte ich leise, „was haben Sie ihnen erzählt?"

„Nichts habe ich gesagt. Das heißt, ein paar Einzelheiten aus Ihrem Leben habe ich ihnen gegeben. Ich dachte, es wäre zu verdächtig, es nicht zu tun. Doch ich glaube, es ist mir gelungen, sie davon zu überzeugen, daß man Sie nicht zu belästigen braucht."

„Aber sicher sind Sie dessen nicht", erwiderte ich.

„Nein", gab Eitel zu. „Sie könnten Ihnen vielleicht einmal einen Besuch abstatten."

„Nett, daß Sie es mir gesagt haben", entgegnete ich kühl.

Dann sah er mir zum erstenmal offen in die Augen und sagte leise: „Sergius, warum sind Sie mir gegenüber so hart? Ich habe es immer so ehrlich mit Ihnen gemeint, wie ich überhaupt kann."

Ich nickte. In diesem Augenblick war mir die Kehle wie zugeschnürt, und ich konnte kein Wort hervorbringen. Ob ich wollte oder nicht, ich empfand immer noch Zuneigung für Eitel, und so mußte ich ein wenig lügen, als ich erwiderte: „Es tut mir leid, aber vielleicht waren Sie heute ein wenig zu ehrlich mir gegenüber." Für einen Moment leuchteten seine Augen auf, und entgegen meinem Willen und im ungewissen darüber, ob ich grausam war oder ob es jetzt mehr darauf ankäme, ehrlich zu sein, mußte ich ihn noch einmal verletzen. „Ich glaube, daß es nicht fair von mir war, Sie höher einzuschätzen, als Sie es verdienen."

Er schien jedoch darauf vorbereitet zu sein. „Ja", erwiderte er, „Sie sind jetzt alt genug, um ohne Helden auskommen zu können." Dabei berührte er mich leicht an der Schulter und ging ins Haus zurück. Den versprochenen Brief erhielt ich erst Ende der Woche. In der Zwischenzeit erfuhr ich mehr als genug über Eitel. Jeden Abend las ich in meinem möblierten Zimmer eine Notiz über seine Karriere. Die Klatschberichterstatter schrieben, nachdem er ausgesagt hatte, eine Woche lang über ihn, als ob er ein Held sei, und nachdem dies erschöpft war, stieß ich noch auf ein paar weitere Notizen. Ich las eine Ankündigung von Supreme Pictures, daß sie ein Originaldrehbuch von Charles Francis Eitel und Carlyle Munshin gekauft hätten mit dem Titel „Heilige und Liebhaber" und es unter der Regie von Eitel als eine Munshin-Produktion verfilmen würden. Wenn irgend jemand sich veranlaßt gesehen hätte, seine Verwunderung darüber auszudrücken, wie Munshin und Eitel in der Zwischenzeit zusammenarbeiten konnten, wurde ihm in den meisten Notizen klargemacht, daß Munshin und Teppis gemeinsam Eitel von seiner Pflicht zur Aussage vor dem Komitee überzeugt hätten. Solche Behauptungen konnten kaum nachgeprüft werden, und sie wurden es auch nicht. Über Eitel wurde dann eine Zeitlang in den Blättern nichts Besonderes mehr geschrieben, nur daß er eifrig mit der Rollenbesetzung für seinen Film beschäftigt sei.

Lange vorher hatte er mir Elenas Brief zugesandt, und ich entzifferte unter Schwierigkeiten die mit einer beinahe unleserlichen Handschrift bedeckten Seiten, welche zudem Kleckse und verschmierte Zeilen zeigten; einige Wörter waren ausgestrichen, und die Zeilen liefen hinauf und hinunter, Anmerkungen und Parenthesen häuften sich, an die Ränder hatte sie Pfeile gesetzt. Der Inhalt deckte sich nicht ganz mit dem, was mir Eitel erzählt hatte:

23

Lieber Charley,

ich kann Dich lächeln sehen wenn Du dies liest. Was für ein dummes Mädchen sie ist, denkst Du, aber daran ist nichts Neues, da wir beide wissen, daß ich dumm bin und daß ich eingebildet bin, und außerdem erinnere ich mich daran, was Du einmal zu mir gesagt hast: Elena, verwende nicht all den psychoanalytischen Kauderwelsch und glaube nicht, daß das Dich gebildet macht. Nun wohl, Du hattest recht, und das war's, was ich gehofft hatte, was die Menschen denken würden, bis Du diese Idee vernichtet hast. Aber Du könntest Dir keine Vorstellung machen, wie ängstlich ich noch immer bin einen Brief an Dich zu schreiben, Du bist so kritisch, aber in der Schule hatte ich die besten Zensuren in englisch, es ist wahr ob Du es glaubst oder nicht, ich bekam sogar einen Einser, ich habe es Dir nicht gesagt, aber Du würdest es ja sowieso nicht geglaubt haben, gleichgültig was ich sagte. Ich hasse es so zu schreiben Charley, weil ich weiß, es klingt wie ein Fischweib wie Du Dir es angelegen sein ließest mir einmal zu sagen, aber das wichtigste für mich ist, daß ich überhaupt einen Brief an Dich schreiben kann.

Aber ich sage überhaupt nicht was ich sagen wollte. Ich fing damit an Dir zu danken, weil Du auf Deine Weise sehr gut zu mir warst, und Du bist ein viel netterer Mann als Du von Dir denkst und ich möchte um Dich weinen Charley, wenn ich an Dich denke, nur daß ich noch nicht weinen kann, warum sollte ich lügen? Ich bin noch immer verbittert Deinetwegen, aber was ich hoffe ist, daß in fünf Jahren oder ich weiß nicht wann, irgendwann in der Zukunft, ich wirklich erwachsen genug sein werde, um an Dich zu denken und Dir dankbar sein zu können, weil obwohl Du ein Snob warst und was für ein Snob, Charley, Dir es doch widerlich war einer zu sein, genau wie ich es hasse so zu sein, wie ich bin, und das ist wahr. Du siehst, daß ich diesen Brief nur aus einem einzigen Grunde begonnen habe. Ich wollte Dir sagen, Dich nicht schuldig zu fühlen, weil das lächerlich ist. Du verdankst mir nichts und ich verdanke Dir eine Masse. Es hat sich etwas ereignet was mich sehr beunruhigt, seitdem ich mit Marion Faye lebe, tatsächlich ereignete es sich vorher in der Nacht als wir mit Deinem Freund D. B. und seiner Frau Z. zusammen waren und wir zum Schluß genau das erhielten was wir verdienten, und ich hasse es an diese Nacht zu denken – außer ich weiß nicht, wahrscheinlich wären wir beide doch zu nichts gekommen. Aber wenn ich Dir wirklich die Wahrheit sage, es ereignete sich viel früher, sogar noch ehe ich Dich traf, in Wirklichkeit war es diese Nacht vorher, und weißt Du was die Wahrheit ist? Ich glaube, ich habe in meinem ganzen Leben niemand geliebt. Nicht einmal mich selbst. Ich weiß nicht, was Liebe ist. Ich dachte, ich liebe Dich, aber es ist nicht wahr, weil, siehst Du, ich doch weiß, daß ich Marion nicht liebe und trotzdem, ich sage das nicht um Dich zu verletzen Charley, aber sexuell, und Marion ist sehr krankhaft, ich möchte keine Einzelheiten sagen aber in einer Beziehung ähnelt er Dir, er denkt wenn er etwas Schmutziges tut, daß das die Welt verändern wird oder irgend so etwas. Wie dem auch sei, es ist etwas an ihm, so daß es in gewisser Weise sexuell geradeso gut geht wie mit Dir. Ich weiß, was du jetzt denkst. Du wirst sagen, natürlich, so ist es immer mit ihr gewesen, aber das ist nicht wahr, und als ich das erstemal mit Marion schlief, damals als Du und ich gerade miteinander anfingen, in dieser Nacht wollte ich nicht, daß es mit ihm ebenso gut ging und es war auch nicht gut, weil ich wünschte, Dich zu lieben. Ich log Dich sogar hinterher an und sagte, ich kenne Marion aus meiner Kindheit, aber das ist nicht wahr. Ich traf ihn hier in einer Bar und sagte ihm, er könne mich einen Nachmittag abholen, und ich wußte sogar daß er Zuhälter war, ich kannte seinen Ruf und selbst wenn ich ihn nicht gekannt hätte, er machte kein Hehl daraus. Nun weiß ich, daß ich mir nicht länger selbst was vormachen kann und daß ich nicht gut bin, ich bin nicht gut Charley, ich bin ein Bluffer wie andere auch, was ich aber nie von mir gedacht habe. Meine Mutter sagte immer ich sei nicht gut, und sie ist eine dumme mißtrauische Frau wie ich Dir schon sagte, aber plötzlich fragte ich mich gestern, was dann, wenn sie recht hat, das ist doch dann schrecklich Charley. Ich weiß nicht wie ich es ausdrücken soll, aber wenn nun alle diese dummen Frauen recht haben? Wie dem auch sei, was viel mehr zur Sache gehört ist etwas wovon ich Dir nie etwas gesagt habe. Am Tage als ich Dich verließ habe ich einen lustigen Augenblick erlebt und ich mußte lachen, denn weißt Du was ich plötzlich dachte – „Also Kinder, da wären wir nun wieder angelangt." Das dachte ich und ich lachte weil ich das gleiche zu Collie sagte, daß endlich einmal ich einen Mann hinauswerfe. Mein Doktor sagte, daß ich mir einbilde eine Königin zu sein und eine Kaiserin und ein Männer verschlingender Tiger und natürlich hat er recht. Im Grunde bin ich sehr selbstbewußt. Ich möchte Dir dafür ein gutes Beispiel geben wie dumm ich in bezug auf mich selbst bin. Als Collie aus der Tür gegangen war und wir miteinander fertig waren, weißt Du was ich tat? Ich versuchte mich umzubringen. Ich habe mich immer zu sehr geschämt es Dir zu erzählen, aber es ist wahr und das Komische ist, daß ich Marion am ersten Nachmittag an dem ich ihn kannte erzählt habe, wie ich in dem Hotelzimmer saß, nachdem Collie gegangen war, ein gräßliches Hotelzimmer übrigens das Collie für mich gemietet hatte, weil Collie nämlich immer sehr vorsichtig war, und das Gräßliche daran war, daß ich so viele Jahre lang dachte, ich hätte ihn geliebt, während ich zum Schluß dachte, ich hasse ihn. In Wahrheit habe ich überhaupt nichts gefühlt. Und dann begann ich zu trinken, was ich allein beinahe nie tue, und ich fühlte mich so einsam und ein klein wenig bange und das Unangenehme war, daß ich mich schwindlig fühlte, so fürchterlich schwindlig, daß das Zimmer nicht mehr still stand und das Unheimlichste war, daß mir das schlimmer vorkam als irgend sonst etwas, ich hatte das Gefühl ich müßte sterben, wenn das Zimmer nicht aufhören würde sich zu drehen, und ich weiß nicht, wie ich darauf kam, aber ich meinte ich müsse mich umbringen oder sonst würde ich sterben (ist das nicht seltsam?). Jedenfalls hatte ich ein Röhrchen Schlaftabletten in meinem Zimmer und nahm sie alle, es müssen fünf oder sechs gewesen sein und nachdem ich sie genommen hatte, hatte ich Angst ich würde sie wieder ausbrechen, aber ich tat es nicht, mir wurde nur noch schwindliger, und da mußte ich immerfort etwas denken. Was Collie in den guten alten Tagen immer zu sagen pflegte, wenn wir Krach hatten. „Sprich nicht mehr davon, mein Liebes. Wir werden etwas tun, aber jetzt bin ich gerade mit einem neuen Filmstoff beschäftigt." Das pflegte er immer zu sagen, und als ich nun in dem Hotelzimmer saß, betrunken wie ein Hund, sagte ich immer und immer wieder zu mir selbst, als ob ich die Stimme von Collie Munshin oder von irgendeinem anderen wäre, „Mach Dir keine Gedanken, Elena, wir werden etwas tun", und ich antwortete ihm „Collie, sicher, denn ich werde Dir nachstellen." Und dann fuhr ich fort zu mir zu sagen, daß ich nicht sterben könne, weil ich ja Collie nicht nachstellen könnte, wenn ich sterbe und das begann mich richtig zu belustigen, daß ich die Vorstellung bekam, ich muß ihn anrufen und ihm sagen, er soll sich nicht sorgen und ich werde ihn nicht belästigen. Nur einen kleinen netten spöttischen Anruf, weißt Du, aber in dem Augenblick als ich seine Stimme im Telefon hörte, war ich entsetzt, ich dachte ich spreche mit meinem Doktor oder dem heiligen Petrus oder weiß ich wem sonst und ich fing an ihn anzuschreien, daß ich stürbe und daß ich Gift genommen hätte, und ich entsinne mich Charley, daß ich immer weiter schrie, nachdem das Telefon eingehängt war, und ich fühlte mich so krank und betäubt und das Zimmer hörte noch immer nicht auf sich zu drehen, bis ich endlich auf Hände und Knie sank und betete, daß es stillstehen soll. Und als Collie zu mir kam war er erst sehr sachlich und schlug mich ein paarmal, weil ich mich wahrscheinlich hysterisch benahm, und dann fragte er nach dem Gift und ich zeigte auf das Röhrchen und ich erinnere mich, daß er sagte „Gott sei Dank, du Idiot" und dann begann er erleichtert zu lachen und ich fühlte mich schlechter als je vorher oder nachher, weil ich erkannte, daß ich nichts richtig machen konnte, nicht einmal mich umbringen, und später fand ich heraus, daß ich nichts weiter eingenommen hatte als Beruhigungspillen, nicht einmal Schlafpillen, und er veranlaßte mich, mich zu übergeben und ließ Kaffee heraufschicken und schüttete ihn in mich hinein, so daß nicht einmal nötig war den Doktor zu rufen. Warum schreibe ich dir das alles? Ich weiß es selbst nicht, nur daß ich ein paar Stunden später gegen Abend (als ich nicht mehr krank war, nur fürchterlich nervös, und es war mir gleichgültig, daß ich Collie verlor, ich hatte nur das Gefühl, daß ich ihn als Freund gern mochte und er kam mir wie ein Fremder jetzt vor) anfing erregt darüber zu werden, daß er mich dazu gebracht hatte mich zu übergeben und daß er es mit angesehen hatte, und ich brauche Dir nicht zu sagen, wie gräßlich das für mich war, weil Du weißt, daß ich es haße, wenn Du mich auch nur ohne Schminke gesehen hast, und ich habe immer eine Art von Privatleben für mich selbst gern gehabt, so sehr, daß ich mich sogar jetzt schäme, während ich darüber schreibe, daß Collie zugesehen hat, aber irgendwie regte es mich doch sehr auf, und ich ging mit Collie ins Bett. Das wollte ich Dir sagen. Es war nie vorher mit Collie sehr aufregend. Am Anfang war ich stolz, daß so ein bedeutender Mann in mir etwas sah und später als ich ihn sehr gut kannte, schämte ich mich darüber wie fett er war und manchmal war ich sogar froh, daß uns Leute nie zusammen sahen, aber in dieser Nacht war es mit Collie aufregend, ich war sehr aufgeregt, es war die Nacht ehe ich Dich traf und wir zusammen auf die Gesellschaft gingen, und plötzlich hatte ich das Gefühl von Collie frei zu sein. Ich weiß nicht wie ich es ausdrücken soll, aber es kam mir vor als ob die ganze Welt schmutzig sei und um etwas Aufregendes zu finden, konnte man egal wohin sich wenden, und das Komische war, daß Collie und ich hinterher ein langes Gespräch hatten und beschlossen, daß wir uns hin und wieder für eine Nacht treffen wollten und er mich bezahlen würde, wie ein Call-Girl. Ich glaube, wir einigten uns auf fünfzig Dollar, und als er wegging, wollte er mir wahrscheinlich klarmachen, daß wir nun nicht mehr zusammenlebten, außer ab und zu für eine flüchtige Stunde und deshalb sagte er, daß er dich am nächsten Tag schicken würde und was Du verstehn mußt Charley, ist, daß ich am ersten Tag, als wir zusammen waren, den ganzen Abend auf der Gesellschaft und dann später in deinem Hause, daß ich immer dachte, Du seist ein Kunde. Ich nehme an, das ist das richtige Wort, und darum war ich unglaublich aufgeregt. Ich will damit nicht sagen, daß ich angab. Denn mir war wirklich so, ich war unglaublich erregt, aber siehst du, ich wußte damals nicht und heute noch nicht, ob es Deinetwegen war oder wegen der Situation, und am nächsten Tag als ich feststellte, daß Du mich wirklich nicht für eine Hure hieltest, und Collie hatte nie so etwas gesagt, war ich sehr bedrückt und sehr froh zugleich und wußte nicht, was ich eigentlich fühlte. Du warst so gut zu mir und so anständig, daß ich ganz durcheinander geriet, und da machte ich einen Fehler und ich sollte damals genug Verstand gehabt haben ihn zu bereinigen, aber ich konnte nur an das kleine Hotelzimmer denken, in dem ich wohnte, und mir war angst und bange, ich könnte darin meschugge werden. Ich wollte nicht nach Hollywood zurück und deshalb schlitterte ich in die Geschichte mit Dir hinein und ehe ich mich versah, war es wieder eine Liebesbeziehung und ich konnte doch nicht daran glauben. Ich wollte nicht daran glauben, denn es bringt mich durcheinander, und das letztemal als ich mit Collie schlief, stellte ich fest, daß man die ganze Welt besitzen kann, wenn man will, wenn man nur nicht einen Kniefall vor all diesem bürgerlichen Kram macht, und Du brachtest mich dazu. Ich hasse das, was alle Frauen machen, sofort an heiraten zu denken, wenn sie mit jemand zwei- oder dreimal ausgegangen sind. So heiratete meine Mutter und einige meiner Schwestern und was führen sie für ein dummes Leben und haben Angst vorm Leben. Ich auch und das ist auch dumm. Ich entsinne mich an eine Freundin mit einem festen Freund und ich stolperte an einem Samstagabend in eine Sache mit den beiden hinein, als Collie auf einer großen Filmgesellschaft war, und ich weiß, daß Du es nicht glauben wirst, aber ich möchte Dich an Don Beda erinnern, doch war es mit den beiden ganz anders, weil ich mich am nächsten Tag gut fühlte und weil wir alle drei wie Freunde waren und ich mich deswegen nicht wie verkommen fühlte. Ich meine zum Beispiel das Sonntagsfrühstück machte uns fast so viel Vergnügen wie die vergangene Nacht, aber das ist,weil wir es uns nicht schwierig machten und das Mädchen mich sogar sehr gern hatte und keiner vom andern verlangte seine sämtlichen Probleme zu lösen. Aber das hast du mich gefragt und das habe ich Dich gefragt und *ich lehnte es genauso ab wie Du*. Deshalb schlief ich auch bereits in der ersten Woche unserer Bekanntschaft mit Faye, aber ich war ein Feigling, ich mußte mir immer wieder vorsagen Du bist wunderbar und ich liebe Dich und das Leben ist auch wunderbar und die Liebe ist wunderbar und Charley, ich bin ein solcher Bluffer und dann hatte ich Angst und hängte mich an Dich, und als Collie uns dann besuchte, wollte ich ihn nicht sehen, er erschien mir so abstoßend, und der Grund, weshalb er mir so fett und abstoßend erschien, war, daß ich immer daran denken mußte, welches Vergnügen ich auch mit ihm gehabt hatte, auf alle Fälle in der einen Nacht, und ich wollte doch glauben, daß ich nur Dich liebte.

Ich bin so neurotisch und vielleicht sollte ich öfter Briefe schreiben, denn ich konnte nie zu Dir sprechen und jetzt kann ich, ich nehme an, weil wir fertig miteinander sind, aber es gibt gewisse Dinge, die Du wirklich wissen solltest, denn Du konntest sie nicht in meinen Augen lesen wie zum Beispiel die Sache mit den Taxichauffören. Ich weiß nicht wie sie es immer gleich raus haben, aber sie wissen, daß sie zu mir nicht höflich zu sein brauchen, und sogar an dem Tag, als ich Dein Haus verließ und meine Koffer hineinstellte und Marions Adresse angab und noch versuchte mir klarzuwerden, wie mir eigentlich zumute war, sagte der Taxichaufför zu mir: „Kennst du den Faye-Burschen schon lange, Baby?“ Und er sagte es mit einem Blinzeln, genau das gleiche, pfiffige, unverschämte Jungensblinzeln, das mein Vater immer hatte, wenn er zu einer Frau sprach, und ich wurde so wütend, daß ich ihn anschrie er solle sein dreckiges Maul halten, sofort. Und als ich zu Marions Haus kam und hineinging, war ich zu allem bereit. Ich hoffte, er würde mich sofort zu einem Kunden schicken. Hast Du Dich je mit solchen Demütigungen auseinandersetzen müssen?

Wie dem auch sei, Marion schickte mich nicht fort. Er flößte mir nur noch mehr Alkohol ein und ich wurde betrunkener und betrunkener, nicht daß viel dazu gehörte, ich weiß nicht, ob Du es bemerkt hast oder nicht, aber ich war schon betrunken als ich Dich verließ. Zeitig am Morgen hatte ich Marion angerufen und ihm gesagt, daß ich zu ihm kommen würde, und dann bekam ich solche Angst, daß ich ein großes Wasserglas mit Whisky füllte, und jedesmal wenn ich in die Küche ging nahm ich einen Schluck, und deshalb war ich besoffen als ich zu ihm kam, und er gab mir mehr und an das weitere kann ich mich nicht erinnern, alles was ich weiß ist, daß ich die ganze Zeit dachte „Wie Collie leiden wird, aber das geschieht ihm ganz recht!!“ Und ich überlegte Charley, ob ich vielleicht auf gewisse Weise Collie mehr geliebt habe als Dich, weil ich immer wieder an ihn denken muß, und an Dich habe ich nicht gedacht, nicht bis ich anfing, diesen Brief zu schreiben. Und vielleicht liebe ich in gewisser Weise Marion mehr als euch beide, ich weiß nicht, ist auch egal, aber zum Beispiel sexuell ist es mit ihm manchmal sehr ekzentrisch (wie schreibt man das?), aber wenn es gut ist, scheint es mir ebenso gut wie mit Dir, ich weiß nicht vielleicht bin ich auch oberflächlich, vielleicht bin ich gar nichts, was machts? Ich nehme an, Du hattest recht als Du sagtest, daß ich immer nur an mich denken kann. Aber eines weiß ich, wenigstens ist mit Marion etwas los, er ist nicht ein Feigling und ein eingebildeter Snob wie Du, ich weiß nicht einmal, was er in mir sieht, aber das ist dann auch nichts Neues, weil ich nie verstehen konnte, was irgendeiner in mir sah, aber willst Du wissen was für einen blöden Krach ich mit Marion habe? Ich bitte ihn immer wieder mich als Call-Girl zu benutzen und er sagt nein, er sagt, er will mich heiraten und dann könnte ich Call-Girl werden. Ich vermute, er will ein ganz besonders feiner Zuhälter sein, wie Don Beda oder sonst einer. Es ist unmöglich ihn zu heiraten, er macht einen Witz daraus und ich will mich nicht verheiraten, mir wird bei dem Gedanken schon übel, aber Marion bettelt mich geradezu an, ihn zu heiraten, es ist wahr Charley, und wenn ich ihn frage warum, sagt er, daß ihm der Gedanke Spaß macht mich am Kaffeeklatsch seiner Mutter teilnehmen zu sehen oder irgend so eine Bemerkung, und er besteht darauf, daß wir immer betrunken sind oder im Huanarausch, obwohl ich mir offen gestanden aus diesem Teil gar nichts mache und obwohl ich im Huanarausch manchmal so außer mir bin, daß ich die Wände hochgehen könnte oder an einem Herzanfall sterben. Und Marion verflucht Dich. Ich glaube, Du mußt ihn irgendwie gekränkt haben. Es ist alles so krumm. Ich weiß nicht, wo es enden wird, und es ist scheußlich, ich möchte Dich nicht kränken, wenn ich Dir erzähle, daß er darauf bestand, Zenlia und Don Beda zu besuchen, aber Du wirst sowieso davon gehört haben, und ich könnte Dir noch mehr erzählen, was er tut, aber es ist nicht wichtig und ich finde es abscheulich, daß ich über ihn schreibe als ob er ein Fremder ist. Und ich habe etwas Schlimmeres getan, ich habe zu ihm über Dich in der gleichen Weise gesprochen wie über Collie zu Dir, sehr kritisch, und ich schäme mich jedesmal, was die Wahrheit ist, ich bin wirklich ein Schwein und werde nie erwachsen sein, und Du hattest recht, mich ein Schwein zu nennen, und ich möchte, daß Du glaubst, weil Du so ein unglücklicher und elender Mensch bist und es nicht anständig ist, und ich weiß nicht, warum ich sage, es ist nicht anständig, aber ich wünschte nur, Du hättest irgendeine Chance, irgendein Glück, obwohl, was für Dich Glück bedeuten könnte, wohl nur ein Genie sagen kann, aber ich vermute, daß ich zugeben muß, daß es mir genauso leid tut wie Dir, festzustellen, daß ich Dich nicht so geliebt habe, wie ich es wünschte, und ich bitte Dich wegen der Dinge um Entschuldigung, die ich gegen Dich gesagt habe. Wie konnte ich das nur tun? Charley, Du verdienst, daß es Dir gut geht. Es ist nicht anständig. –

Hier folgte ein Tintenklecks, der Anfang eines neuen Absatzes, der wieder ausgestrichen wurde, und dann, nachdem sie anscheinend beschlossen hatte, den Brief nicht fortzusetzen, ihr Name. Als ich auf die ausgestrichenen Zeilen, den Tintenklecks und die Unterschrift sah, überlegte ich, wie lange sie wohl darüber gebrütet haben mochte, ob sie noch etwas hinzufügen wollte, als ob ihr der Grund für diesen Brief entfallen sei, und in ihrer Betrunkenheit mußte sie wohl vergeblich den Beutel ihrer Erinnerungen durchkramt haben, bis sie sich dazu entschloß, nicht länger mehr darin herumzufischen, ihren Namen niederschrieb, den Umschlag verschloß und den Brief absandte.

24

Nachdem ich den Brief gelesen hatte, besuchte ich Elena und Marion, doch sie war schüchtern, und er war schwierig, und ich war verstimmt, und als ich sie nach einer halben Stunde träge dahinfließender Unterhaltung verließ, erinnere ich mich, daß Elena in der Halle auf mich zutrat und erklärte: „Sie mögen mich nicht mehr."

„Vielleicht", murmelte ich nur und schloß ihr die Tür vor der Nase zu. Dadurch, daß ich sie verletzt hatte, wich die Verstimmung, doch später, als ich in meinem möblierten Zimmer lag, kehrte sie mit doppelter Wucht zurück. Ihr Brief ließ sie mir in schlechtem Licht erscheinen, und sie bei Marion zu sehen, machte die Sache nur noch schlimmer. Ich hatte gedacht, ich wüßte genau, wie tief die Verstimmung eines Menschen absinken kann, doch dann mußte ich erfahren, was jeder Mensch jedesmal von neuem erfahren muß, daß vorangegangene Verstimmung kein Maßstab ist und daß man sich immer schlechter fühlen kann als das letztemal. So verschlimmerte sich mein seelischer Zustand im Laufe der Nacht so sehr, daß mir die Depression des vergangenen Tages wie ein Nichts dagegen erschien. Schließlich war ich beim Erwachen erschöpfter, als ich zu Bett gegangen war.

In einer Art Selbstkasteiung begann ich zu schreiben und bedeckte Seite um Seite mit dem Gekritzel, das ich im Waisenhaus gelernt hatte. In meinen Schreibereien nahm ich Rache an Lulu, obwohl das Schlimmste, was man über einen Schriftsteller sagen kann, die Behauptung ist, er schreibe aus feiger Rache. In der Erinnerung an den Katechismus, den mir die liebe Schwester Rose eingehämmert hatte, begann ich, alle Leute herunterzureißen, die ich in Desert D'Or gekannt hatte. Ich haßte nicht nur Lulu, ich haßte auch Eitel und Marion und Elena – doch am meisten verabscheute ich mich selber. Ich war voller Mitleid mit mir und sicher, niemals etwas Brauchbares schreiben zu können. Ich hatte kein Talent, ich hatte keine Freundin und zweifelte, ob es mir jemals wieder gelingen würde, eine zu haben. Insgesamt war ich so tapfer wie ein achtjähriger Junge auf der Sohle eines stillgelegten Bergwerks. Ich fürchtete, es würde ewig so weitergehen, doch schließlich wich meine elende Gemütsstimmung, und ich kroch schließlich aus dem Bergwerksschacht heraus. Aber ich will nicht vorgreifen.

Eines Abends, als ich von der Arbeit kam, saßen zwei Männer in meinem Zimmer, sie trugen hellgraue Sommeranzüge und hielten ihre hell umrandeten dunkelbraunen Strohhüte auf den Knien. Eitel hatte sie nicht schlecht beschrieben, sie ähnelten wirklich dem Torhüter und Verteidiger einer Fußballmannschaft. Doch, um bei dem Vergleich zu bleiben, muß man auch den Unterschied zwischen diesen beiden Kategorien von Fußballspielern kennen. Der wie ein Verteidiger aussah, war groß und breitschultrig, mit einem Gesichtsausdruck, als sei er gemein aus Vergnügen an der Gemeinheit. Er war der Erztyp des Schweinehundes in Dorotheas Katalog. Ein erster Blick auf ihn sagte mir, daß ich nicht weit mit ihm kommen würde, falls ich die Selbstbeherrschung verlieren sollte. Sicher konnte er seine Fäuste genauso gut gebrauchen wie ich meine. Doch das wäre erst der Anfang. Offensichtlich war er ein Mann, der nicht gern verliert und der sicher noch andere Kampfmethoden kennt. Er konnte sicher ebensogut seine Ellbogen und Knie gebrauchen, und seine Absätze würden bestimmt meine Nieren, Hals und andere Körperteile zu finden wissen. Er sah aus, als hätte er schon mehr als einem Menschen die Gesichtszüge verändert.

Der „Torhüter" war ein wenig kleiner und gedrungener und hatte ein freundliches Gesicht. Er war der Typ eines Ringers, der ein schmerzlich-bescheidenes Lächeln aufsetzt, bevor er sich in eine Schlägerei in der Kneipe einmischt und den ihm am nächsten Stehenden durch den ganzen Raum schleudert. Beide schienen die praktische Intelligenz des Athleten zu besitzen.

„Hallo", begrüßte ich sie, „warten Sie schon lange hier?" Dann wußte ich, daß es nicht gut ausgehen würde, weil ich wie immer müde war und versucht hatte, einen beiläufigen Ton anzuschlagen, was der schrille Klang meiner Stimme jedoch vereitelte. Dabei dachte ich, wie anders es doch wäre, wenn sie mich in meinem modernen Haus mit der eingebauten Bar und dem riesigen Wandspiegel besucht hätten, anstatt in diesem billigen möblierten Zimmer. Der eine, der wie ein Verteidiger aussah, hielt einen Zeitungsausschnitt in der Hand. „Sie heißen O'Shaugnessy oder McSonessy", sagte er und sah mich mit einem sonderbaren starren Blick an, der sich nicht auf meine Augen, sondern gegen meine Nasenwurzel richtete. Mit diesem Trick gelang es ihm, daß ich mich noch unbehaglicher fühlte.

„Der erste Name stimmt."

„Marine oder Luftwaffe?"

„Luftwaffe."

Der wie ein Torhüter aussah, lächelte mich fortgesetzt an. „Warum haben Sie sich dann als Hauptmann des Marinekorps ausgegeben?" forschte der Verteidiger.

„Das habe ich nie getan."

„Wollen Sie mir vielleicht einreden, diese Zeitung hier lügt?"

„Sehen Sie mal an. Zeitungen haben sich wohl noch nie geirrt", erwiderte ich.

Er grunzte nur und reichte den Zeitungsausschnitt an den Torhüter weiter, der mich jetzt im Dialekt der Südstaaten fragte: „Und warum, Jungchen, schreiben sie O'Shaughnessy ohne ‚h'?"

„Da müssen Sie meinen Vater fragen."

„War ein Vorbestrafter, nicht?"

„Mein Vater hatte eine ganze Menge Berufe", entgegnete ich.

„Ja", bekräftigte der Verteidiger. „Er war vorbestraft."

Ich setzte mich auf das Bett, denn die beiden hatten die einzigen Stühle besetzt, und öffnete umständlich ein Päckchen Zigaretten. Ich glaube, das ist mir schließlich auch gelungen, ohne daß mir die Hände zitterten. Doch ihnen auch noch Zigaretten anzuzünden, wäre bestimmt über meine Kraft gegangen. Ich hatte keine Ahnung, ob sie nur mal eben nach Desert D'Or gekommen waren, um sich mit mir einen Spaß zu erlauben, oder ob es sich um ein schwerwiegendes Mißverständnis handelte. „Bevor wir in unserer Unterhaltung fortfahren", sagte ich, „würde es Ihnen etwas ausmachen, mir einmal Ihre Ausweise zu zeigen?"

Eine Minute verging, ehe der Verteidiger eine Brieftasche zog und mir ein eindrucksvolles Dokument mit dem Aufdruck „Untersuchungsausschuß gegen umstürzlerische Umtriebe" und dem Titel „Sonderbeauftragter" unter einem Paßbild vorwies. Sein Name war Greene, Harvey Greene.

„Also was wünschen Sie?" fragte ich.

„Ein bißchen über einige Leute zu ermitteln, Sie eingeschlossen."

„Was gibt's da zu ermitteln?"

„Wir stellen die Fragen. Falls Sie das nicht wissen sollten, könnte es Ihnen einige Ungelegenheiten bereiten."

„Ich kann keine Ungelegenheiten sehen", warf ich ein.

„Sagen Sie mal, Jungchen, ist Lulu Meyers eine Rote?" fragte der Torhüter.

Ich lachte kurz auf. „Wissen Sie, ich habe nie einen Roten gekannt. In den Kreisen bewege ich mich nicht."

„Aber Sie kennen doch Charley Eitel, nicht wahr, mein Bürschchen?"

„Ja."

„Eitel hatte hier Umgang mit politisch verdächtigen Leuten."

Jetzt begann ich mich ein wenig besser zu fühlen. „Nun, die Namen wird er Ihnen ja wohl gegeben haben."

„Bestimmt hat er das", antwortete Greene.

„Erzählen Sie uns was über Lulu, Jungchen", warf der Torhüter ein.

„Über Politik habe ich nie mit ihr gesprochen."

„Worüber habt ihr denn gesprochen?" fragte Greene.

„Private Dinge."

„Sie hatten intime Beziehungen zu ihr?"

„Die Antwort können Sie sich ja wohl denken."

„Wir wollen sie aber von Ihnen hören."

„Wir haben uns geliebt", antwortete ich.

Greene verzog geringschätzig den Mund. „Sie meinen damit wohl, daß Sie unmoralische und illegitime Beziehungen zu ihr hatten."

„So betrachte ich das nicht", entgegnete ich.

„So betrachten Sie das nicht", echote Greene. „Denn wenn Sie es täten, würde ein junger Ire wie Sie sich nicht mit solchem Kroppzeug herumtreiben."

Furcht beschlich mich. Das einzige, was zu Harvey Greenes Namen paßte, waren seine stechendgrünen Augen. Ich erinnerte mich an einen Polizisten mit solchen stechendgrünen Augen, der einmal in das Waisenhaus kam, weil ein paar Jungens von uns in Ladengeschäften gebettelt hatten. Eine halbe Stunde lang hatte er mich damals verhört und mich schließlich zum Weinen gebracht, nachdem er mich zwang, zu bekennen, daß ich heimlich onanierte. So hatte ich jetzt Angst – das ist das treffende Wort –, daß sich das alles noch einmal so abspielen würde.

Doch nur wenige Polizisten können dauernd systematisch zusammenarbeiten, und so befreite mich der Torhüter vorübergehend von meiner Angst. Ich habe den Verdacht, daß die beiden einander ein wenig überdrüssig waren. Jedenfalls schien er an anderen Dingen als meinem Seelenleben interessiert zu sein. „Sie haben Glück gehabt, Bürschchen, mit einem Filmstar anzubändeln", sagte er mit einem Anflug von Humor, doch aus seiner Stimme klang auch der Gedanke an seine einhundertzwanzig Dollar Wochenlohn, an Frau und Kinder und das Leben in der Vorstadt. „Es hat Ihnen sicher Spaß gemacht, für gute Dollars Gefälligkeiten zu erweisen.“ Unterbewußt fühlte ich, daß sich hier eine Gelegenheit anzubahnen schien. Zu meiner eigenen Überraschung sagte ich lächelnd: „Sie haben einen guten Instinkt für persönliche Beziehungen.“

„Jedenfalls weiß ich so viel, daß Sie sich für recht leistungsfähig halten müssen.“

„Prahlen ist nicht meine Sache.“

„Sie brauchen gar nicht zu prahlen. Wir wissen alle, daß Filmstars kalt wie eine Hundeschnauze sind“, erwiderte der Torhüter. Er lehnte sich vor und schien sich irgendwie in Zorn zu reden, während Greene stumm dabeisaß und nur mißbilligend den Kopf schüttelte. „Finden Sie nicht, daß sie frigide sind?“ wiederholte der Torhüter.

„Kommt auf den Mann an“, tastete ich vorsichtig vor.

„So, das meinen Sie“, sagte der Torhüter mit zunehmender Erregung. „Also los, Sie Don Juan, dann erzählen Sie uns mal alles über Lulu.“ Doch bevor ich mir noch darüber im klaren war, was ich möglicherweise preisgeben konnte, sprach der Torhüter schon weiter. „Wie ich höre, soll Lulu...“ Und dann sprach er zwei volle Minuten lang. Mit seiner Phantasie war es zwar nicht weit her, doch er war in diesem Punkt anderer Meinung als ich. Schließlich gab er zum Abschluß seiner langen Rede kund, daß „kein halbwegs anständiges Call-Girl mit Lulu reden würde“.

Ich riß all meinen Mut zusammen, das heißt, ich zeigte mehr Mut, als ich hatte.

„Wenn Sie mich verhören wollen, dann möchte ich mein Tonbandgerät anstellen.“

Plötzlich brach der Torhüter ab. Das Lächeln und die Erregung wichen aus seinem Gesicht, und er saß ein wenig verwirrt da. Das war das letzte, was ich auf seinem Gesicht zu sehen wünschte. Einen Augenblick war ich sicher, zu weit gegangen zu sein. Ich sah mich schon mit gebrochenem Kiefer und verbundenem Schlüsselbein im Krankenhausbett liegen und stellte mir vor, wie sie mich wachzwicken würden und wie ich schließlich dem Polizeistenographen zuflüstern würde: „Ja, ich gebe zu, ich war sternhagelbesoffen und bin vom Stuhl gefallen.“

Der Torhüter lehnte sich jetzt vor und bohrte mir seinen Finger in den Oberschenkel. „Wie wir hören, tragen Sie ein lavendelfarbenes Hemd, das Ihnen Teddy Pope geschenkt hat. Sie sehen mir zwar nicht so aus, aber ich schätze, Sie lieben solche süßlichen Sachen."

„Wie lange sind Sie denn schon von der Sittenpolizei weg?" fragte ich dagegen.

Dann mischte sich Greene wieder ein. Er blickte auf die Stelle zwischen meinen Augen und bemerkte: „Sagen Sie das doch noch mal." Ich war der Hysterie näher, als ich zugeben wollte, und doch gibt es in solchen Augenblicken ein seltsames Gefühl der Ruhe. Jedenfalls bei mir, denn trotz allem war meine Stimme ruhig und unerschüttert, als ich langsam sagte: „Greene, ich habe dreitausend Dollar auf der Bank, und ich werde alle dreitausend Dollar für einen Anwalt ausgeben. Also versuchen Sie einmal, sich vorzustellen, welch ein Aufsehen Ihr Ausschuß erregen wird, wenn es sich herausstellt, daß Sie mit einem Luftwaffenpiloten Schindluder getrieben haben." Mir erschien diese Rede ausgezeichnet, und meine Entlassung aus Gesundheitsgründen ließ ich unerwähnt.

„Sie sind ein Umstürzler und Abtrünniger", erwiderte Greene.

„Geben Sie mir das schriftlich, und ich werde Sie wegen Verleumdung verklagen."

„Reden Sie nicht ein bißchen viel?" meinte Greene.

Es wäre vielleicht heroisch gewesen, wenn ich ihn jetzt aufgefordet hätte, mit mir nach unten zu gehen. Doch statt dessen lächelte ich wieder. „Alle reden ein bißchen viel."

Dann erhoben sie sich, um zu gehen. Mit Verwunderung stellte ich fest, daß sie mich vielleicht doch ein wenig fürchteten. An der Tür drehte sich Greene noch einmal um und sagte: „Verlassen Sie nicht die Stadt, ohne uns davon in Kenntnis zu setzen."

„Ja, wenn Sie mir das schriftlich geben."

„Also verlassen Sie nicht die Stadt", entgegnete er nur und ging durch die Tür. Ich wartete eine Minute und verschloß sie, damit sie nicht noch einmal kommen konnten. Dann legte ich mich auf mein Bett und ließ mich gehen.

Das war die Sorte Menschen, unter denen ich im Waisenhaus aufgewachsen war, und als ich alles überdacht hatte, kam mir in den Sinn, daß ich gar nicht so anders war als sie, längst nicht so anders, als ich es gar zu gern geglaubt hätte, und ein Teil von meinem Innern hatte allem zugestimmt, was sie gesagt hatten. So versenkte ich mich wieder in jene Art von geheimen Selbstgesprächen, an die ich schon seit Jahren gewöhnt war, und manche Nacht lag ich wach, erschöpft und ausgehöhlt vom Tellerwaschen. Ich dachte nach und lernte jedenfalls, es zu versuchen, denn dazu mußte man ständig auf der Jagd sein nach dem scheuesten Wild – dem wirklichen Motiv unserer Handlungen im Gegensatz zu dem angeblichen Grund –, und deswegen mußte ich in mich gehen.

Das war nicht so leicht, was gab es schon? Ich war ein Nichts, ein falscher Ire aus einem echten Waisenhaus, ein Boxer ohne Schlagkraft, ein Flieger, desssen Ruhm erloschen war, ein möglicher Lockvogel für jeden Polizisten, der seine Fäuste zu gebrauchen wußte, und – was am schlimmsten war – der junge Mann für die Präliminarien im Schlafzimmer. Das mußte schließlich jedes Nachdenken unmöglich machen. Denn wer könnte mehr aus dem Nachdenken über sich selbst gewinnen als die Erkenntnis: „Es ist nicht sehr gut für mich, noch weiter nachzudenken." Und was das Schlimmste war, wenn ich mich nicht mächtig antrengte, würde ich für immer der kleinste Patsy (*Verkleinerungsform von St. Patrick, Apostel und Schutzheiliger Irlands*) in der großen Welt bleiben, und zu viele Menschen und die Geschichte schienen nur darauf aus zu sein, alle Patsies umzubringen. Allerdings verstand ich gar nichts von Geschichte, und das fiel mir bei der Gelegenheit auch ein, und wenn ich der Welt entgegentreten wollte, war es höchste Zeit für mich, Ordnung in meinen eigenen Angelegenheiten zu schaffen.

Und so ließ ich mich mit der Grazie einer in die Knie gehenden Kuh und in der geheimen Sorge, daß ich als Boxer zu viele Schläge an den Kopf bekommen haben könnte, um überhaupt noch logisch denken zu können, in den Zwiestreit der Gedanken fallen, mit denen sich jeder schon einmal abquälen mußte. Ich dachte nach über Mut und Feigheit, Heldentum und Furcht, Ehrlichkeit und Täuschung und über den Tanz des Lebens, der die Menschen gerade in dem Augenblick voneinander abwendet, wenn sie sich am nächsten zu sein glauben, und wie wir uns gegenseitig mit Lügen, Mißverständnissen und Plattheiten das Leben erschweren. Worte fielen mir ein, die mir nicht als bloße Begriffe, sondern als Schubfächer meiner Erfahrung erschienen – Gegenüberstellungen wie Liebe und Haß, Sieg und Niederlage, warm und kalt. So erforschte ich mein Wesen in Demut und voreiligem Hochmut, mit Eifer und Schrecken, während ich auf meinem armseligen Bett lag und nicht wußte, ob meine Schwäche sich jemals wieder in Stärke wandeln würde. Ich war auf dem tiefsten Grund der Depression angelangt, doch je mehr ich in mich ging, um so weniger furchtbar erschien mir meine Lage und desto mehr begann ich, mich zu verstehen. Dann machte ich die ersten mühsamen Anstrengungen, mich zum Schreiben aufzuschwingen. Aus dem kürzlichen Geschreibsel konnte ich kaum schließen, ob ich wirklich Talent hatte oder nur ein eingebildeter Narr war. Und trotzdem setzte ich meine Arbeit eine Weile fort unter dem Zwang des Gedankens, daß jeder Mensch schließlich selber handeln muß, um zu lernen, denn wir können nur in der Unwissenheit ehrlich sein, weil wir kaum das glauben können, was man uns erzählt. Nur das eigene Erleben konnte der Maßstab unserer Erkenntnis sein. So schrieb ich ein paar armselige Seiten, gab es dann auf in der Gewißheit, daß ich es bald wieder versuchen würde.

In der Zwischenzeit hatte ich von den beiden Detektiven nichts mehr gehört, und allmählich spielte ich mit dem Gedanken, Desert D'Or zu verlassen, selbst auf die Gefahr hin, daß der Ausschuß mir Schwierigkeiten machen sollte, was ich jedoch bezweifelte. Nach Mexiko zu gehen schien mir sehr verlockend. Dort wollte ich Kunst oder Altertumswissenschaft an einem der besonders für Kriegsveteranen eingerichteten Institute studieren, wobei das Studium mir noch genügend Zeit zum Faulenzen in der Sonne lassen würde. Schließlich war mir die Regierung noch einiges schuldig, und irgendwie muß der Mensch ja leben, denn jedes Jahr gewinnt man nicht vierzehntausend Dollar beim Pokerspiel. In meinen Zukunftsplänen spielte ich mit einem seltsamen Gedanken. Je öfter ich an Elena dachte, um so mehr mißfiel mir die Art, in der ich sie das letztemal bei Marion behandelt hatte. Allmählich kam ich zu der Erkenntnis, daß ich Elenas Brief auf meine Weise ausgelegt hatte, so daß ich daran eigentlich das kritisierte, was mir an Lulu mißfiel, wobei ich die Frage offenließ, wessen Schuld das war. Nach und nach begann Elenas Brief auf mich einzuwirken. Ich las ihn immer wieder von neuem, so wie ich einst Eitels Aussage vor dem Untersuchungsausschuß eingehend studiert hatte. Schließlich meinte ich sogar, daß ich Elena unrecht getan hätte. Und so beabsichtigte ich, sie noch einmal bei Marion aufzusuchen, und wenn ich feststellen sollte, daß sie mit Marion nicht gut auskam – insgeheim war ich gewiß, daß es noch viel schlimmer sein mußte –, dann wollte ich ihr ein Angebot machen. Sie könnte mit mir nach

Mexiko gehen, und, wenn sie es wünschte, sollten wir sogar wie Bruder und Schwester zueinander stehen. In der Erinnerung scheint es mir jetzt allerdings nicht ganz sicher zu sein, daß ich diese Bedingung damals ganz ernst meinte. Je mehr ich über den Plan nachdachte, um so verlockender erschien er mir, obwohl auch Stunden kamen, in denen ich dachte, es sei verrückt, Elena mitzunehmen. Ich war überzeugt, daß man nicht allzuviel Chancen im Leben hat, und wenn ich mich mit Elena zusammentat, würde es keine flüchtige Affäre werden. So war nur die Frage offen, ob wir beide genügend Charakter hatten, um gegenseitig in uns das Gute zum Leben zu erwecken. Das bezweifelte ich zwar, doch andererseits war ich zu jung, um das Risiko abzulehnen. Aus dem Widerstreit der Gefühle erwächst schließlich die Entscheidung. Nur, ich zögerte und debattierte mit mir und erfreute mich an dem Gedanken, ich sei ein Altruist, bis ein wenig zuviel Zeit darüber verstrich. Denn als ich eines Abends meine Tellerwäscherschicht beendete, hörte ich von einer Kellnerin, was inzwischen mit Marion und Elena geschehen war, und das waren entsetzliche Nachrichten. Ob zu Recht oder Unrecht, ich hatte wahrscheinlich ein wenig zu lange gezaudert.

25

Was könnte ich darüber berichten? Faye spürte, als ob es ihm selber widerfuhr, wie riesengroß Elenas Einsamkeit war. Wie eine Wasserwoge, die hinter dem Deich darauf wartet, daß er berste, erschien sie ihr. Sie würde sie weit davontragen in das überschwemmte Land ihrer Vergangenheit. Und ihm war es klar, daß diese Einsamkeit den Nährboden für einen Selbstmord bildete.

Er hatte es genau durchdacht. Seit Monaten peinigte ihn der Gedanke, daß er den Zweck seines Lebens verfehlt habe, und in jenen schlaflosen Stunden, die jeder Dämmerung vorangingen, lag er in seinem Bett, während ihn die Angst wegen der unverschlossenen Tür marterte und ihn oft annehmen ließ, daß die Leute, die er draußen auf der Straße hörte, endlich, endlich die Mörder seien, die er erwartete. Dann überfiel ihn eine neue Qual, die schmerzlicher war als die alte, denn sie bestand nur aus Feigheit. Nichts als ein Zuhälter bin ich. Weiter habe ich es nicht gebracht, dachte er gepeinigt. Er durchlebte die Enttäuschung eines Entdeckungsreisenden, der sich bewußt wurde, daß er über das Gebiet, das Bars und Nachtklubs begrenzten, niemals hinauszugelangen vermochte. Ein Kompaß fehlte ihm, irgendein fester Punkt, dem er auf seiner dunklen heroischen Reise folgen könnte. Aber diese Reise wurde nie angetreten. Nachdem ein Jahr und ein weiteres vergangen waren, schien sich Faye für immer in seinem Geschäft etabliert zu haben; er wußte, daß keiner mehr von ihm als dem reichen Jungen mit seinem Hobby sprach. Faye war ein Geschäftemacher geworden und sich selber darüber klar. Nach der unerbittlichen Konsequenz des Handels führte er bereits zwei verschiedene Arten von Geschäftsbüchern, hatte einen Rechtsanwalt, zahlte Tantiemen aus, ja er ertappte sich sogar dabei, seine wichtigen Verbindungsleute in dem Gebiet zwischen Hollywood und der Wüste zu umschmeicheln. Schlimmer noch: Eine Woche bevor Elena zu ihm gezogen war, wurde er von einem Raufbold verprügelt, dem er ein Mädchen vermittelt hatte und der sich dann weigerte, zu bezahlen. Er hatte das eingesteckt, ohne sich höheren Orts, wo man ihm Schutz zu gewähren pflegte, zu beklagen; bestimmt hätte man sich dort der Sache angenommen, aber auch das hätte er als demütigend empfunden. Es widerstand ihm, sich einzugestehen, daß man ihn inzwischen für so verbürgerlicht hielt, daß die Raufbolde ihn nicht mehr respektierten. Ein Geschäftemacher bin ich, nichts weiter, hatte sich Faye nach der Schlägerei eingestanden, und zum ersten Male war ihm sein Tun und Treiben albern erschienen. Er grübelte über die Probleme nach, die ihm in seiner Jugend zu schaffen gemacht hatten. Zwischen fünfzehn und siebzehn hatte er ständig an den Mann denken müssen, der angeblich sein wirklicher Vater war. Aus einem unklaren Grunde haßte er es, daß Dorothea stets triumphierend darauf hinwies, daß er eine europäische Hoheit gewesen sei. Lieber hätte er als seinen Vater einen hervorragenden, wenn auch lasterhaften Geistlichen gesehen. Es erschreckte ihn jetzt die Erinnerung, daß er damals versucht hatte, diesen Gedanken im Beichtstuhl zu erörtern, was ihm jedesmal nur Schelte eingetragen hatte. Zu jener Zeit war er ein gläubiger Junge gewesen, hatte gefastet und war mit dem Gedanken umgegangen, in ein Kloster einzutreten. Ja, zu Dorotheas Bestürzung, in die sich allerdings auch ein wenig Stolz mischte, war er sogar eine Woche lang in einem Kloster gewesen. Diese Woche hatte ihn fast zum Wahnsinn getrieben. Mit einer Rasierklinge hatte er schließlich ein kleines Stückchen aus dem Zipfel des Altartuches geschnitten und war voller Entsetzen geflohen.

Und was war von der Leidenschaft geblieben, fragte er sich nun, die ihn durch alle Klassiker der Pornographie, ernste und oberflächliche, gehetzt hatte, durch die alten Dokumente über Hexenprozesse und schwarze Messen, von denen er so viele, wie er zu leihen oder zu kaufen in der Lage gewesen war, gelesen hatte, ebenso über Liebeshändel in den Klöstern, Giftmischerei und Liebesküchlein, die auf den Schenkeln lüsterner Frauen gebacken wurden, über die Kristallnadeln der Äbtissin, die damit die Körper der Nonnen prüfte, um herauszufinden, ob der Satan in sie gefahren sei. Damals hatte er sich gefühlt, als ob er tausend Jahre Menschengeschichte in sich trüge.

Es war vorübergegangen, achtzehn und neunzehn war er geworden und hatte sich in der Welt umgesehen, und es war sein Stolz, daß keiner vermuten konnte, was alles er gelesen hatte und welche Gedanken durch seinen Kopf gezogen waren.

Seitdem Elena mit ihm lebte, suchten ihn wieder Angstträume heim. Er konnte sich nicht von der Vorstellung befreien, daß sie seine Nonne und er der verwirrte Beichtvater sei, der sie in eine Hexe verwandeln würde; und, wie angesteckt von den hohen Geistern des Mittelalters, hätte er sein Leben dafür gegeben, die Qualen des frevelhaften Priesters auf sich nehmen zu dürfen. In seiner Phantasie erfand er Geschichten, in denen er den Seelenschmerz des Priesters auf sich lud, der Gott bittet, alle Teufel in ihn eintreten zu lassen, damit nur er allein in der Hölle brennen würde, so daß alle anderen, die Nonnen, die Gemeinde, das Schloß, das Land, ja die ganze Welt verschont bleiben würden. Während der ganzen Zeit, da der imaginäre Pater Marion so betet, macht er sich klar, was er indessen tut. Er ist ein Verdammter, denn er hat die Chorknaben verführt und die Hälfte der reichen Frauen im Dorf geschwängert, Nonnen zum Wahnsinn getrieben, indem er sie mit dem Stecken des Teufels in ihren klösterlichen Betten peinigte, den Hexenbesen an ihren gläubigen Brüsten saugen ließ und die kniefälligste Schwester, die reinste, frömmste, ihrer Ergebenheit in Gott geraubt, so daß sie nicht mehr Gott liebte, sondern Pater Marion in fleischlicher, ungezügelter Liebe, und obendrein würde er ihr sagen, daß es gut sei, denn Körper und Seele seien nicht eins, und um wahrhaft rein zu werden, muß man die Sünde an sich ziehen, den Körper in der Sünde verunreinigen, damit die Seele sich rein emporschwingen kann. Jedoch es genüge noch nicht, die Schwester in eine Hexe zu verwandeln, sie muß auch verfolgt und angeklagt werden, aber nicht vorzeitig, denn vorzeitig würde bedeuten, aus ihr eine Märtyrerin zu machen, zu spät dagegen, daß sie schon tot sein könnte; und darum muß der Priester, der alle Teufel in sich einließ, um die Welt zu erlösen, diese Teufel sehr klug und sehr vorsichtig benutzen, damit die Schwester, die nunmehr eine Hexe ist, die anderen mit in den Abgrund stürzt, das Nonnenkloster, die Kirche, das Schloß, die Welt, bis alle brennen, und sie dann schließlich selber brennt, und ein Schrei von ihrem Scheiterhaufen ertönt: „Mein Gott, laß Gnade walten für Pater Marion, denn er ist ein Heiliger der Hölle." Und wenn es vollbracht ist, wenn sie alle verbrannt sind und er allein zurückgeblieben ist mit seinen Gebeten und seinem Flehen, wird er geläutert sein. „Oh, mein Gott, ich habe es für Dich getan und die Seelen, denen ich als Versucher nahte, armselig gefunden; sie sind Deiner nicht würdig." Doch während er betet, packt ihn die Angst, denn ER wird ihn jetzt verfolgen bis in die Hölle und nicht wegen solcher Geringfügigkeiten wie Verführung und Sodomie, oder daß er den frommen Sinn der Nonnen in Wahnsinn verwandelte oder der Brände wegen, der Anschuldigungen oder Verwüstungen, sondern wegen einer viel größeren Sünde, einer so schrecklichen und riesigen, daß Gott selber davon erbleichen muß. „Oh, mein Herr", läßt Marion den Pater Marion in einem Kloster beten, „ich habe gesündigt und bin der Gnade unwürdig, weil ich deine Verdammnis wünsche!"

An sein Bett und die neben ihm liegende Elena gefesselt und die geringe Pein ertragend, daß seine Haut bei dem Gedanken, Elena neben sich zu haben, zu jucken beginnt, und seine Nasenflügel vor dem Geruch ihres Leibes, den Eitel so sehr genossen hat, vor Ekel zucken, wanderte Faye mit dem Marihuana im Körper durch die Dschungel seiner Phantasien zum kalten Steinboden des Nonnenklosters, wo Schwester Elena mit loderndem Körper verbrannte, während ihre Füße eiskalt bleiben – bis Faye fühlte, daß sein Kopf zu zerspringen drohte, daß kein Schädel diesen Furien und Versuchungen standhalten könnte, die immer näher auf ihn eindrangen, bis er nur noch seine Augen öffnen, seine Zähne zusammenbeißen und dem Dämon, der am Ende des Bettes auf seinen Zehen tanzte, zuflüstern konnte: „Unsinn, Unsinn, verdammter Unsinn! Schluß damit!" – als ob seine Gedanken zu den Nadeln geworden seien, die prüfen, ob der Teufel in ihm sei. Wenn sie ohne Schmerz in sein Gehirn eindrangen, dann war er verdammt, hatte er sich enthüllt – oder war er befreit? Denn jenseits, weit, weit jenseits gab es die Ketzerei, den Glauben, daß Gott der Teufel ist, und der, den sie den Teufel nennen, ist Gott-in-der-Verbannung, der wie ein Fürst seines wahren Himmelreiches beraubt wurde. Und Gott, der der Teufel ist, hat alle besiegt bis auf die wenigen, die durchschauten, daß Gott keineswegs Gott ist. Dann betete er: „Laß mich kalt sein, Teufel, und ich werde die Welt in deinem Namen regieren." Und so raste es in Marion weiter, hinauf und hinunter, bis er in seinem Fieber die Hand nach Elena ausstreckte, sie aufweckte und ihr heiser ins Ohr flüsterte: „Komm, Elena, wir wollen uns vergnügen." Seitdem sie mit ihm lebte, war Elena wie ein Feuer für ihn; aus der Asche des Waldes keimte neues Leben, nur um wieder verbrannt zu werden. Und während er sie umarmte, abgestoßen von dem, was sie ihm gab, kasteite er sich selber, ein schaudernder Priester, seine Sinne durch Bilder entfacht, von einem Mönch, der unter dem Priesterrock die verkommene Schwester strafte, weil sie den Glauben verriet. Dann, wenn sie zurücksanken, wenn ein letztes versinkendes Bild der Verdammnis ihn über den Augenblick der Leere hinwegtrug, wandte er sich Schlaf suchend von Elena ab, während die Gedanken bohrend bis in den Kern seines Entsetzens drangen: er mußte Elena zum Selbstmord bringen. Seitdem sie bei ihm war, erkannte er, daß er unbegreifliche Dinge tat, als ob es ihn zu rasch in unbekannte Fernen treibe, bis er mit Entsetzen und zugleich Stolz sich selber gerade in einem Augenblick zu verstehen begann, als sein Körper an den ihrigen geschmiegt lag und er Wärme für seine fröstelnden Glieder suchte. Der Gedanke hatte ihn plötzlich befallen, um immer wiederzukehren, daß sie sich an einem dieser Tage umbringen werde, und noch bevor er es ganz erfaßt hatte, drängte ihm sein Geist wie ein fremder Herrscher seinen Willen auf, so daß er satanisch ergänzen mußte: Du hast sie dazu zu bringen! Faye hatte sich dagegen gesträubt, wie er sich gegen die Entscheidung gesträubt hatte, seine Tür unverschlossen zu lassen. Er hatte mit sich gerungen und gebettelt: Nein, das ist zuviel! –

Nur um den Hohn zu hören, der ihn immer wieder zum nächsten Schritt getrieben hatte: Wenn du dies nicht kannst, wirst du auch zu allem anderen zu schwach sein – und es schauderte ihn in der Dunkelheit. Dieser Befehl erschien schrecklicher und bedeutungsvoller, als wenn er sich befohlen hätte, Elena selber umzubringen. Mord bedeutete nichts. Die Menschen mordeten sich gegenseitig zu Millionen. Indessen, Elena zu veranlassen, sich zu töten, würde der wahre Mord sein; und so erbebte er vor dieser mystischen Vorstellung und wußte, daß er sich nicht mehr davon würde befreien können.

Aber wie sollte er es anstellen? Er konnte nicht glauben, daß er es ernstlich wollte, und doch tickte unaufhörlich die Idee in ihm wie eine Zeitzünderbombe, unerbittlich, unabstellbar. Faye erkannte, tief in seinem Innern, daß dies die Situation war, die ihn über alles hinausgelangen lassen würde, was er je getan hatte, an etwas Endgültiges. So wie er früher davon gesprochen hatte, daß etwas aus ihm herausbrechen würde – was es sein würde, wußte er nicht –, aber nach so vielen Erfahrungen mußte es vorhanden sein, davon war er überzeugt. Deshalb hatte er Elena, nachdem sie kaum eine Stunde in seinem Haus war, gebeten, ihn zu heiraten, ohne im Augenblick zu erkennen, warum er es tat. Er hatte gesagt: „Warum nicht? Du möchtest es gern, und mir macht es nichts aus.“ Und obwohl sie betrunken war, hatte sie traurig gelacht.

„Das Leben ist verrückt!“

„Sicher ist es das.“

„Drei Jahre war ich mit Collie zusammen, niemals hat er mich auf eine Gesellschaft mitgenommen.“

„Und Eitel hat dich nie gebeten, ihn zu heiraten?“

Als sie nicht antwortete und nur ihr Getränk hinunterschluckte, hatte er sie weiterhin angestarrt und gemurmelt: „Was denkst du darüber, Elena, heirate mich.“

„Marion, es ist so merkwürdig für mich, hier zu sein.“

Er lachte. „Ich werde dich morgen wieder fragen.“

So hatten die wenigen Wochen ihres gemeinsamen Lebens ihren Anfang genommen. Es gab Tage, an denen sie nie ganz nüchtern waren, aber auch nie völlig betrunken, wenigstens Faye nicht. Er beobachtete Elena mit Widerwillen, denn sie konnte nicht viel vertragen, und so verliefen ihre Gemütsbewegungen in voraussagbarer Weise über Heiterkeit zu höchster Erregung, Übelkeit und Depression, bis sie wieder zum Glas griff und er deswegen mit den Zähnen knirschte. Meist war sie lebhaft und redete eine ganze Menge, lachte mit seinen Freunden und berichtete Faye hinterher, wie frei und voller Selbstvertrauen sie sich bei ihm fühle, und daß sie sich bei Eitel immer wie zur Seite geschoben vorgekommen sei. Aber manchmal überkam sie eine panikartige Stimmung, und an Nachmittagen und Abenden, wenn er ausging, um einige Arrangements zu treffen, schien sie Angst davor zu haben, allein gelassen zu werden.

„Mußt du wirklich fort?“ fragte sie.

„Die Geschäfte laufen nicht von selber.“

Elena schmollte. „Vielleicht wäre es besser, eines deiner Call-Girls zu sein. Dann würde ich dich öfter sehen.“

„Kann sein.“

„Marion, ich möchte auch eines werden“, versicherte sie.

„Noch nicht.“

Sie kniff die Augen zusammen in der ungeschickten Bemühung, einen dramatischen Effekt zu erzielen. „Was meinst du damit?“ fragte sie. „Hältst du mich für eine Hure?“

„Was will ein Wort schon besagen“, gab er zur Antwort.

Ehe er zur Tür hinaus war, klammerte sich Elena an ihn. „Marion, komm bald wieder“, bat sie. Wenn er nach ein paar Stunden heimkam, sagte sie, als sei es ihr eben erst eingefallen: „Du glaubst, ich liebe dich?“ Beinahe hysterisch lachte sie dazu. „Ich möchte lieber ein Call-Girl werden.“

„Du bist ja betrunken, Baby.“

„Faß dich an deine eigene Nase, Marion“, schrie Elena ihn an. „Was glaubst du wohl, warum ich mit dir lebe? Nur weil ich zu faul bin, allein zu leben. Was sagst du nun?“

„Angst kennt jeder“, sagte er.

„Außer dir. Du fühlst dich so erhaben und mächtig, aber halte dich nicht für etwas Besonderes.“

Diese Anfälle gingen vorüber, dann weinte sie und war zerknirscht, bat ihn um Verzeihung und erklärte, sie habe es nicht so gemeint, und vielleicht liebe sie ihn, sie wisse es nur nicht genau, und er erwiderte darauf: „Laß uns nicht länger darum herumreden, sondern heiraten.“

Elena schüttelte stets den Kopf. „Ich möchte ein Call-Girl werden“, wiederholte sie hartnäckig.

„Dafür bist du nicht die Richtige“, sagte er zu ihr. „Erst laß uns heiraten, dann werden wir weitersehen.“

Was er wirklich für sie empfand, wußte er nicht. Er meinte sie zu verachten, sah sie als eine Nervenprobe an, und bei ihren Umarmungen verabscheute er sie. Und wenn es ihm nicht Vergnügen bereitet hätte, diesen Ekel vor ihr zu studieren, aus dem nüchternen Zentrum seines Gehirns heraus festzustellen, wie völlig unfähig er war, sich selber zu verlieren, während sie hingegen bereit war, sich gehenzulassen, anscheinend nichts weiter wünschend, als sich mit der Leidenschaft eines Kindes wegzuwerfen, das um ein Bonbon bittet – wäre es für ihn vielleicht überhaupt unmöglich gewesen, sie zu umarmen. Es reizte ihn, die wenigen Grenzpfähle niederzureißen, die sie sich gesetzt hatte, und mit einer Beharrlichkeit, der sie nichts entgegenstellen konnte, führte er sie durch eine Reihe von Zusammenkünften, bei Bedas, in seinem eigenen Hause, mit einigen seiner Mädchen, mit fremden Männern, mit Raufbolden und Gangstern, mit Jay-Jay, mit all denen, die ihn seine Launen heranschleppen ließen.

Manchmal fand sie ein Vergnügen daran, manchmal war sie verdrossen, dann wieder heiter, und er überwachte sorgfältig ihre Stimmungen, wie ein Tierbändiger mit der Peitsche knallend, Geschmack an dem Gedanken findend, daß sie wirklich ein gezähmtes Tier sei, mit dem er alles machen könne. Es schien eine unerschöpfliche Quelle der Kraft in diesem Gedanken zu liegen, und er schwor sich zu, daß er sich nichts dabei vormachte, wenn er feststellte, wie jede neue Ausschweifung die vorangegangene schal werden ließ, bis er schließlich ihr Vergnügen daran überhaupt erschöpfte, so daß sie mit leeren Händen dastand. So würde er die Seele allmählich vom Körper lösen, indem er den Körper spüren ließ, daß er sich nie mit der Seele würde vereinigen können und daß es die größte Sünde sei, zu glauben, daß beide zusammengehörten.

Sie versuchte ihm Einhalt zu gebieten. Eines Morgens, nachdem sie eine Nacht in Bedas Haus verbracht hatte und Marion sie erneut bat, ihn zu heiraten, schüttelte sie ärgerlich den Kopf und erklärte: „Ich werde dich bald verlassen.“

„Und wo wirst du hingehen?“ fragte er.

Sie antwortete nicht sofort. „Du glaubst mich zu hassen“, sagte sie. „Würde ich davon wirklich überzeugt sein, wäre ich längst gegangen.“

„Ich liebe dich“, sagte er, „warum meinst du wohl, daß ich dich sonst bitten würde, mich zu heiraten?“

„Weil du es für einen großartigen Witz hältst.“

Er hatte darüber gelacht. „Was für Widersprüche in mir stekken“, sagte er, und sein Gesicht sah in diesem Augenblick, als er lächelte, sehr jungenhaft aus.

Eines Nachts jedoch, als er nicht schlafen konnte, stand er auf, ging um das Bett herum und schaute sie an. Trauer befiel ihn, als ob sie bereits tot sei. Irgendwoher aus seiner Seele, unbestimmbar, empfand er gegen seinen Willen Mitleid für sie; wie eine Frühgeburt entriß sich dieser Klumpen schmerzlichen Mitleidens, halb am Leben und halb schon gestorben und von Qualen durchzuckt, seiner Seele. Sie hatte sich allmählich an den Gedanken gewöhnt, ihn zu heiraten, aber es bekümmerte ihn, daß sie nicht begriff, wie sehr sie von diesem Heiratsversprechen abhing. Er fand es lustig, daß das einzige, was in die Vorstellung eines Ehelebens paßte, ihre Neigung zur Unordnung war. Sie verstreute ihre Kleider über alle Räume, Nahrungsmittel über die Küche, ließ Gläser fallen, brannte Zigarettenlöcher in die Möbel, entschuldigte sich immer wieder deswegen, wurde aber wütend, wenn er ihr befahl, ein Zimmer aufzuräumen. Er hatte, ehe sie mit ihren beiden Gepäckstücken eingetroffen war, in strenger Ordnung gelebt, und nun fühlte er sich verbittert und verhärtete seinen Willen gegenüber dieser durch die Unordnung erzeugten Irritierung. Sie hatten als Haushaltshilfe eine mexikanische Frau mittleren Alters mit einem törichten Gesicht, die jeden Morgen für zwei Stunden kam und die Zimmer aufräumte – damit Elena sie wieder durcheinanderbringen konnte. Es gab zwischen ihnen Zank wegen dieser Frau, weil Elena behauptete, sie werde von ihr gehaßt.

„Eine Pute hat sie mich genannt“, sagte sie.

„Wahrscheinlich hat sie nur ein Gebet gemurmelt.“

„Marion, entweder geht sie oder ich.“

„Dann mach, daß du rauskommst“, sagte er. Öfter und öfter forderte er sie dazu auf, in der Überzeugung, daß Elena ihn nie verlassen würde. Er zog sie sogar damit auf. „Mach dir doch nichts vor“, sagte er, „wo willst du denn hingehen?“ Trotzdem war es Faye, der der mexikanischen Frau sagte, sie möge nicht wiederkommen. Plötzlich hatte Elena begonnen, sich mit ihr anzufreunden. Vormittags konnte er die beiden miteinander schwatzen hören, und manchmal lachte eine von ihnen. Elena machte die Bemerkung, daß sie die Frau falsch eingeschätzt habe. „Sie besitzt ein gutes Herz“, sagte sie. Erst hatte er es mit Belustigung hingenommen in der Annahme, daß es sich um eine vorübergehende Zuneigung handle. Nie würde sie sich wirklich mit einer mexikanischen Bäuerin befreunden können, die sie doch nur daran erinnern konnte, daß sie selber bäuerlicher Abstammung war. Dann jedoch ging es ihm zu weit. Als die Frau eines Tages Elena ein Geschenk machte, einen hölzernen Serviettenring, und Elena sie dafür küßte, gab Faye der Mexikanerin ein Wochengehalt als Abfindung und befahl Elena, das Haus nunmehr selber in Ordnung zu halten. Von da an gab es nur noch Unordnung und Zank wegen Elenas Besuche bei jener Frau. „Pack hält zu Pack“, sagte er, und damit hatte er Erfolg. Elena stellte ihre Besuche ein.

Nach einiger Zeit begann er, sie viele Stunden allein zu lassen. Wenn er zurückkam, war sie außer sich vor Eifersucht. Einmal sagte er ihr bei solch einer Gelegenheit, daß er es nicht ändern könne, aber er finde sie nun einmal jetzt weniger anziehend. „Das wird natürlich vorübergehen“, sagte er. „Ich bin unterwegs zu sehr abgelenkt.“ Zwei Tage später zog er in das andere Schlafzimmer, und während der vielen Stunden, in denen er wach lag, konnte er hören, wie sich Elena unruhig in ihrem Bett wälzte. Einmal hörte er sie weinen. Sein Körper bedeckte sich mit Schweiß vor Anstrengung, nicht zu ihr zu gehen.

Sie hatten eine letzte Verabredung zu dritt. Zenlia hatte Don Beda verlassen und war nach dem Osten abgereist, und eines abends lud Marion ihn ein, allein zu ihm zu kommen. Beda war dieser Tage schlechter Laune.

„Schmerzt dich Zenlias Verlust?“ fragte ihn Marion.

Beda lachte. „Seit fünfzehn Jahren hat mich kein Verlust einer Frau geschmerzt. Aber ich bin ein bißchen wetterempfindlich.“

Elena sagte trotzig: „Ich bin verrückt nach Beda. Ich liebe Männer, die sich nicht immer gleich verletzt fühlen.“

„Herzchen, ich bin auch verrückt nach dir“, gab Beda zurück. „Du bist reizender, als du denkst.“

Elena blickte Faye an. „Und wie steht es mit dir?“ fragte sie.

„Laß mich heute aus“, antwortete Faye.

„Dann nicht“, sagte sie, und Faye blieb im Wohnzimmer, während sich Elena und Beda zurückzogen.

Faye nippte an seinem Marihuanapfeifchen, und endlos kreiste in ihm der Gedanke, den er sehr komisch fand: Noch habe ich ein junges, ansehnliches Gesicht, aber körperlich bin ich ein Wrack.

Endlich war Beda wiedergekommen, aber ohne Elena. Er kämmte sich das Haar, während er zu Marion sagte: „Dein Mädchen ist am Ende mit ihren Nerven."

„Sie ist nur ein bißchen betrunken."

„Marty, quäl sie nicht zu sehr. Sie ist ein tapferes Mädchen."

„Jede behauptet das zu sein", sagte Faye.

„Weißt du", meinte Beda, „Leute wie du verderben Leuten wie mir den Ruf."

„Mein Lieber, ich wußte nicht, daß es dich stört."

„Eines Tages werde ich dich im Gefängnis besuchen."

Als Beda fort war, ging er ins Schlafzimmer und blickte prüfend auf Elena. Sie hatte sich zugedeckt, lag auf dem Rücken und sah an ihm vorbei. „Ich hätte mit diesem Mann fortgehen sollen", sagte sie wie versteinert.

„Einen Tag würde er dich behalten haben."

Elena drehte sich im Bett um. „Du sagst nichts mehr davon, daß du mich heiraten willst", sagte sie bitter.

„Liebst du mich?"

„Ich weiß es nicht." Sie blickte auf die Wand. „Wer könnte dich lieben?" sagte sie.

Er lachte laut. „Das verstehe ich nicht, viele Küken halten mich für das große Los."

Elena atmete schwer. „Ich fühle mich verkommen, wie krank."

Plötzlich wurde er böse. „Du bist wie alle. Erst tust du, wonach dir, weiß Gott was, verlangt, und dann meinst du, weil du dich verkommen fühlst, daß du es eigentlich gar nicht getan hast."

„Na, und was, wenn du recht hättest?" fragte sie.

Faye mußte es ihr ins Gesicht sagen, wie jeder: „Nimm den Dreck der ganzen Welt, das ist die Liebe, Berge von Dreck."

„Sehr glücklich bist du nicht", sagte Elena.

„Das ist meine Schuld. Wenn bei einer Idee nichts herauskommt für mich, so heißt das noch nicht, daß sie falsch ist." Er zündete sich ein neues Marihuanapfeifchen an und blies den Rauch auf sie hinunter. „Elena, du glaubst, daß du erst den Wunsch hattest, Eitel zu heiraten, daß du ihn geliebt hast. Liebst du ihn noch immer?"

„Ich weiß es nicht“, sagte sie. „Wir wollen ihn vergessen.“

„Je mehr ich darüber nachdenke, um so mehr komme ich zu dem Entschluß, daß du ihn geliebt haben mußt.“ Marion lachte. „Jetzt weiß ich es. Du hast ihn tatsächlich geliebt.“

„Hör auf, Marion.“

„Es klingt fast pathetisch“, erwiderte er. „Du mit deinem harten, ehrgeizigen Herzen hast ihn also doch geliebt. Meinst du, daß du ihn leidenschaftlich geliebt hast?“

Jetzt wußte er, daß er an ihre geheimsten Empfindungen gerührt hatte, und deswegen fuhr er fort: „Eine pathetische Geschichte ist das, denn du und Eitel, ihr habt nur den richtigen Kontakt versäumt. Ich will dir ein Geheimnis über Charles Francis verraten. Er ist ein verhinderter Lehrer. Kannst du solche Typen begreifen? Tief in seinem Innern ist ein Bursche wie Eitel von der Idee besessen, daß die Leute ihm vertrauen müßten.“

„Woher weißt du das?“ fragte Elena.

„Du könntest ihm bestimmt nicht vertrauen, nicht wahr, Elena?“

„Laß mich in Ruhe, Marion. Vielleicht liegt es daran, daß mich schon zu viele Männer haben sitzenlassen.“

„Siehst du – da ist es auch kein Wunder, daß du Eitel niemals erzählt hast, mit wieviel Männern du dich schon eingelassen hast, nur um gelegentlich in einem Nachtklub auftreten zu können.“

„Nicht so viele, wie du vermutest“, warf sie ein. „Ich hatte auch meinen Stolz, ob du es glaubst oder nicht.“

„Ja, und vielleicht warst du zu stolz, um einzusehen, daß Eitel dich geliebt hat“, erwiderte Marion. „Er wußte es selbst nicht, und du warst zu stupide, ihn richtig zu behandeln, aber geliebt hat er dich. Elena, du hast nicht einmal den Verstand einer Qualle, um dich zu verheiraten und dann unter einem Stein zu verbergen.“

Sie nahm alles hin und versuchte nur ein schwaches Lächeln.

„Bleib bei mir, Elena“, fuhr Marion fort. „Mir macht es nichts aus, ob du mir vertraust, und ich bin Spezialist für stupide Frauen.“

„Ich habe dich gebeten, ein Call-Girl aus mir zu machen“, sagte sie bedrückt.

„Tja, ich glaube nicht, daß du dich dazu eignest.“

„Weshalb nicht? Ich könnte ein sehr gutes Call-Girl sein.“

„Nein“, stellte Marion ungerührt fest. „Du bist nicht fein genug. Es fehlt dir an Klasse.“

Sie fuhr zurück, als habe er sie geschlagen.

„Dann mach mich zu einer Prostituierten“, schrie sie ihn an.

„Laß uns heiraten“, sagte Marion und sog an seiner Pfeife.

„Ich würde dich nie heiraten.“

„Zu stolz, wie? Wie würdest du sagen, meine Liebe, wenn ich dir erklärte, dich niemals zu heiraten?“

„Ich möchte eine Prostituierte werden“, wiederholte Elena.

„Ich handle nicht mit Prostituierten“, sagte Marion. Er empfand einen unbestimmten Schmerz in der Brust. „Ich könnte dich jedoch zu einem Freund schicken. Er hat eine Beschäftigung für dich, bei der du sozusagen halb in einem Bordell arbeiten könntest.“

„Was heißt halb in einem Bordell?“

„Es heißt in einem Bordell an der mexikanischen Grenze.“

Elena sah für einen Augenblick erschreckt aus. Angst war hinter ihrer Apathie zu spüren, aber sie verging wieder. „Nein, Marion“, sagte sie.

„Willst du die Vornehme spielen? Denk an die armen Geschöpfe da unten, wie sie vor dir kriechen werden.“

„Marion, das kannst du nicht von mir verlangen.“

„Gar nichts kann ich von dir verlangen“, erwiderte er. „Aber hör mal zu, Elena. Ich habe von dir jetzt genug. Mehr als genug. Vielleicht ist es besser, du machst, daß du hier rauskommst.“

„Ich gehe“, sagte sie, aber ihre Stimme klang unsicher.

„Dann los.“

„Ich werde schon gehen.“

Elena lag auf dem Rücken und starrte an die Decke. „Ich wünschte, ich wäre tot“, murmelte sie. „Ich möchte mich am liebsten umbringen.“

„Dazu fehlt dir der Mut.“

„Reize mich nicht.“

Er ging auf einen Augenblick hinaus, fühlte, wie seine Finger zitterten, als er zwischen den Röhrchen und Tabletten, den Haarpomadebüchsen und Plastikbandagen im Schränkchen wühlte. Dann kam er mit einem Fläschchen zurück, das zwei Pillen enthielt. „Ich hatte sie für mich selber aufgehoben“, sagte er. „Sie wirken wie Schlafmittel.“ Er stellte sie auf ihren Nachttisch. „Möchtest du Wasser haben?“

„Du glaubst, daß ich es nicht tun werde?“ fragte Elena.

„Ich glaube nicht daran, daß du irgend etwas tun wirst."

„Mach, daß du rauskommst, laß mich allein!"

Er ging ins Wohnzimmer zurück, setzte sich und lauschte seinem Herzschlag. Die Schläge schienen seinen ganzen Körper auszufüllen und verursachten ihm Beklemmung. So kann es nicht weitergehen, dachte er, und sein Herz zuckte zusammen, als er Elena aufstehen und ins Badezimmer gehen hörte. Wasser begann zu laufen, dann wurde es still, bis abermals Wasser lief, jetzt in die Badewanne. Vor sich selber überrascht, dachte er: Kann ich wirklich so weit gehen?

Das Wasser wurde abgestellt. Er konnte die Geräusche nicht mehr deuten. Unbeweglich saß er da, entschlossen, nicht aufzustehen, mindestens nicht vor Ablauf einer Stunde. Merkwürdigerweise hielt er das für seine Pflicht Elena gegenüber, denn er litt entsetzlich darunter, auf dem Stuhl verharren zu müssen. Vielleicht hätte es ihm Erleichterung verschafft, wenn er wenigstens im Zimmer auf und ab gehen oder sich eine Zigarette hätte anzünden können. Aber er wiederholte sich immer und immer wieder, daß er sich ihrer Qual anpassen müsse, sich zwingen müsse, zu erfassen, wie ihr zumute war. Und bereits davon überzeugt, daß sie tot sei, betrauerte er sie sehr. Sie war besser als alle anderen, dachte er plötzlich. Die ganze Zeit über hielt er die Augen auf die Uhr gerichtet, und als die Stunde verstrichen war, ging er zum Badezimmer. Elena hatte abgeschlossen, hilflos rüttelte er am Türknopf und rief: „Elena?!... Elena?!..." Keine Antwort erfolgte, und dumpf dachte er, wenn er genügend lange warten würde, müßte die Tür sich öffnen.

Er begann wieder an der Tür zu rütteln, schlug mit der flachen Hand dagegen, und schließlich fing er leise zu schluchzen an. Eine jungenhafte Verzweiflung bemächtigte sich seiner, als ob er selber dort eingeschlossen sei, und wütend über diese Vorstellung, entschloß er sich, die Tür mit Gewalt zu öffnen, bis er sich erinnerte, daß er einen zweiten Schlüssel bei sich habe. Mit Mühe konnte er seine Finger ruhig halten, während er den Schlüssel umdrehte – vor seinen Augen saß Elena neben der mit Wasser gefüllten Badewanne in einem Schlafrock, das Fläschchen mit den Pillen krampfhaft in der einen Faust. Wie eine Statue sah sie aus, alle Kraft war in den Knöcheln ihrer Finger, die das Fläschchen umschlossen, das sie mit theatralischer Gebärde mit ausgestrecktem Arm auf dem

Knie hielt. Leblos wie ein Stein wirkte sie. Tränen rannen über ihre Wangen, die sie wohl nicht spürte, und ihre Augen starrten ihn an, als müsse sie sich an irgend etwas klammern, gleichgültig woran, selbst an ihn. Faye streckte die Hand aus und nahm ihr das Fläschchen fort. Die zwei Pillen waren noch darin, und er stieß einen Schmerzenslaut aus, als ob er sich verbrüht habe, denn in diesem Augenblick verspürte er eine Erleichterung, die sich jedoch in so tiefen Haß verwandelte, daß er Elena auf den Boden hätte werfen mögen.

Elena blickte mit tränenbenetztem Gesicht auf und murmelte mühsam: „Ach, Marty, es tut mir leid, es tut mir leid, aber ich möchte es nicht tun, ich möchte es nicht tun... laß mich", und als ob die Stunde in dem Badezimmer eine Reise durch eine Wildnis gewesen sei, die zu betreten sie nie wieder wagen würde, begann sie erneut zu weinen, leise und vor großer Erschöpfung. „Ich werde gehen, morgen oder übermorgen. Ich verspreche es dir."

Faye wußte, daß er geschlagen war. Er legte sie ins Bett und blieb die Nacht bei ihr. Er schlief nicht, nicht einmal zu denken vermochte er, sein Körper schmerzte ihn. Am nächsten Tag war sie niedergeschlagen, auch am zweiten Tag, aber er hatte die Kraft verloren, sie zu zwingen, irgend etwas zu unternehmen. Er lebte in seiner eigenen Verzweiflung, einer größeren als je zuvor. Er erhob keine Einwendungen, als sie ihre Sachen zu packen begann und ihm sagte, daß sie gehen würde. Er nickte nur. „Wohin gehst du?" fragte er dann.

„Nach Hollywood, eine Stellung suchen."

Er nickte abermals. „Ich werde dich hinfahren."

„Ich möchte nicht mit dir fahren." Sie schüttelte den Kopf.

„Dann werde ich dich wenigstens zum Flugplatz bringen."

„Ich habe kein Geld für eine Flugkarte."

„Ich kaufe dir eine."

„Nein, das erlaube ich dir nicht."

„Du mußt es mir erlauben", bat er, und der Klang seiner Stimme ließ sie aufblicken.

„Bitte", sagte er nochmals.

„Ich verstehe dich nicht", sagte Elena.

„Ich auch nicht, aber laß mich das Billett kaufen."

Sie willigte ein, und er rief ein Reisebüro an, belegte einen Platz und brachte ihr Gepäck in seinem ausländischen Wagen unter.

Auf dem Weg zum Flughafen überholte er einen Wagen in der einzigen Kurve dieser Wüstenstraße, obwohl er wußte, daß ein anderer Wagen aus der entgegengesetzten Richtung nahte; er konnte dessen Lichter sehen. Zu spät entdeckte er, daß es ein Lastwagen war. Als er Gas gab, um rechtzeitig die alte Fahrbahn wieder zu erreichen, erkannte er, ohne es glauben zu wollen, daß er es nicht mehr schaffen würde – und dann hörte er Elenas Schrei, spürte einen Stoß, der ihn mit unvermuteter Gewalt traf, als der Lastwagen seitlich mit dem Hinterteil seines Wagens zusammenprallte und das Steuerrad ihm aus der Hand gerissen wurde. Er hatte das Gefühl, als ob die einzelnen Teile seines Körpers in alle Richtungen gezerrt wurden, und trotz aller Verwirrung stellte er fest, daß der Wagen zum Stehen gekommen war. Sein Kopf war gegen seinen Arm gepreßt, und er empfand Schmerzen. Er versuchte, sich zusammenzureißen, und er wußte, daß er an etwas Wichtiges denken mußte. Er lauschte auf Elenas Schluchzen an seiner Seite, wollte ihr mitteilen, daß sich in dem Handschuhkasten die Pistole befinde, und bemühte sich, ihr zu sagen, daß sie sie in den Graben werfen sollte, denn die Pistole würden sie gegen ihn benutzen. Immer hatte er es gewußt, daß er wegen einer lächerlichen Angelegenheit ins Gefängnis kommen würde, wie etwa wegen unerlaubten Pistolenbesitzes. Aber es ist gut so, dachte er und hielt sich mit Mühe am Bewußtsein; es war, als versuchte er, mit seinem zerschlagenen Mund einen Gegenstand zu packen. Es ist gut so. Um es zu erreichen, brauche ich vielleicht ein solches Jahr. Mehr Erziehung, versuchte er zu sagen, aber eine Schmerzenswelle trug ihn in Bewußtlosigkeit.

Der Lastwagen hatte angehalten, die Wagen hinter ihnen hatten angehalten; in kürzester Zeit war ein Dutzend Menschen um Fayes Wagen versammelt. Sie hoben Elena zuerst heraus, sie war bei Bewußtsein. Ihre Nase blutete, und sie stöhnte, sobald jemand ihren Arm berührte, der gebrochen war. Sie hatte jedoch noch Kraft genug, um aufrecht zu stehen, aber als sie, den gebrochenen Arm mit dem gesunden stützend, einen Schritt vorwärts tat, während ihr das Blut aus der Nase rann, und dann noch einen, mußte man sie auffangen und niedersetzen. In der halben Bewußtlosigkeit war ihr, als ob sie von den Menschen davonlaufe, in die Dunkelheit flüchtete, wie ein Kind, das sich im Alptraum von Geistern verfolgt sieht und aus dem Bett flieht. Mit ihrem blutigen Mund flüsterte sie, aber ihr kam es vor wie ein Schrei: „Ach, Charley, vergib mir; ach, Charley, vergib."

Und noch etwas mußte sie sagen, denn es war alles so verworren, und die Rätsel der Liebe waren so geheimnisvoll. Marion, Marion, dachte sie, während der Schmerz nachließ und sie sanft entschlummerte. Marion, warum hast du mich nicht ein kleines bißchen gemocht? Warum hast du es nicht gewußt, daß du mich hättest lieben können? Dann fuhr der Krankenwagen die Straße herauf, und sie konnte noch die Sirenen hören, während sie auf dem Sommerweg neben der Landstraße lag.

26

Im Krankenhaus war Marion unter Polizeibewachung, und zu Elena wurde bis zum nächsten Morgen niemand vorgelassen. Nach einem häßlichen, zehn Minuten langen Disput mit der Stationsschwester über das Problem, wer für Elenas Aufenthalt bezahlen würde, machte ich meine Brieftasche um einen vollen Wochenlohn leichter und beschloß, Eitel in Hollywood anzurufen. Wenn er nicht herkäme, meinte ich, die Verantwortung für Elena übernehmen zu müssen, obwohl ich insgeheim nicht die geringste Neigung dazu verspürte. Dieser Gedanke brachte mir zum Bewußtsein, daß es noch ziemlich lange dauern würde, bis das Nachdenken über meinen Charakter mir wirklich Freude machen würde.

Seine Nummer stand nicht im Telefonbuch, ebensowenig die Munshins; aber ich erinnerte mich an den Namen von Eitels Agenten und rief ihn an.

Aus der Art, wie der Agent sprach, stellte ich ihn mir als einen nervösen Mann im Bademantel vor, eine Zigarre in die Mundecke geklemmt, aber nach allem, was ich von ihm wußte, hätte er auch genauso wie der Oberbuchhalter einer Bank aussehen können.

„Wer sind Sie?“ fragte der Agent.

„Das spielt keine Rolle. Ich bin ein Freund von ihm aus Desert D’Or.“

„Von diesem Ort möchte ich nichts mehr hören. Es wäre besser, Sie ließen meinen kleinen Charley in Ruhe.“

„Wollen Sie mir bitte seine Nummer geben.“

„Wozu?“

„Glauben Sie mir“, sagte ich, „es ist sehr dringend.“

„Lassen Sie Charley Eitel in Frieden. Jeder Mensch verfolgt ihn mit seinen Sorgen."

„Ein sehr guter Freund von ihm liegt jetzt womöglich im Sterben", übertrieb ich.

„Eine Frau?"

„Was hat das damit zu tun?"

„Nun, keiner Frau wegen braucht Charley Eitel aus dem Bett zu klettern. Er ist ein sehr beschäftigter Mann, Gott sei Dank, hören Sie also auf, ihn zu belästigen."

„Wenn er meine Nachricht nicht noch heute nacht bekommt", schrie ich in das Telefon, „wird er *Sie* morgen früh sehr erheblich belästigen."

Nachdem ich eine halbe Stunde am Telefon geschwitzt hatte, drei Dollar ausgegeben und eine falsche Verbindung bekommen hatte, erreichte ich endlich Eitel. Ich war bereits so nervös, daß ich ein wenig gestottert haben muß. „Was haben Sie nur für einen blöden Agenten?" waren meine ersten Worte.

„Sergius, sind Sie betrunken?" fragte Eitel.

Dann erzählte ich ihm alles, und eine halbe Minute lang war kein Laut von seiner Seite zu vernehmen. Vielleicht war es Einbildung von mir, aber ich hatte den Eindruck, als ob ihn die Nachricht wütend machte. Dann antwortete er jedoch:

„Mein Gott, kommt sie wieder in Ordnung?"

„Ich hoffe", sagte ich und erzählte ihm die Einzelheiten.

„Meinen Sie, daß ich kommen sollte?" fragte er und fügte, als ich hartnäckig schwieg, halb entschuldigend hinzu: „Wir sind morgen sehr mit Aufnahmen beschäftigt."

„Wollen Sie, daß ich für Sie antworte?" fragte ich kurz.

„Also gut, ich werde es schon einrichten. Sagen Sie Elena, daß ich morgen mit dem Flugzeug komme."

„Sie werden es ihr selber sagen können. Man erlaubt heute abend keine Besuche mehr."

„Dann muß es was Ernsthaftes sein", sagte er beinahe verzweifelt, und in diesem Augenblick war er mir sympathisch.

Am nächsten Morgen war Eitel vor mir im Krankenhaus. Ich traf ihn auf der Treppe, als er von seinem Besuch bei Elena zurückkam. „Ich heirate sie", war das erste, was er sagte. Es war ihm nichts anderes übriggeblieben, und so hatte es sich abgespielt:

Sie saß in ihrem Krankenbett, als er ins Zimmer trat, den Arm in einer Schlinge, ihre Nase unter einem Verband, als ob sie sich selber zu verbergen suchte. Elenas Augen mieden ihn, bis er ihre Schulter berührte. „Ach, Charley“, war das einzige, was sie sagte. Er erkannte, daß sie stark unter der Wirkung von Beruhigungsmitteln stand.

Am Anfang wußte sie nicht, worüber sie sprechen sollte. Sie blickte ihn scheu, beinahe förmlich an und flüsterte: „Ich hörte, du arbeitest wieder.“

Er nickte.

„Es muß schwer für dich gewesen sein, dich freizumachen.“

„Nicht so schlimm“, sagte er mit einem Anflug von Charme.

„Bist du glücklich bei der Arbeit?“ fragte sie höflich.

„Es ist nicht so arg. Die meisten Leute im Studio verhielten sich recht taktvoll. Man machte mir sogar Komplimente wegen meiner letzten Aussage.“

„Das freut mich“, sagte sie lahm.

Sie versuchten sich gegenseitig anzulächeln. „Ich nehme an, daß deine Karriere nun wieder gesichert ist“, fuhr Elena fort.

„Zum Teil. Es gibt noch eine Menge zu flicken.“

„Aber du wirst einen guten Film machen.“

„Auf alle Fälle werde ich es versuchen.“

„Ich weiß, du wirst einen guten Film machen.“ Sie nickte. „Für dich wird es wieder wie früher werden, Charley.“

„Nicht ganz“, sagte Eitel. Der Klang seiner Stimme veranlaßte sie, sich ihm zuzuwenden, und leise und vorsichtig fragte sie: „Charley, hast du mich überhaupt vermißt?“

„Sehr“, sagte er matt.

„Nein, Charley, ich möchte die Wahrheit hören.“

„Ja, Elena.“

Leise begann sie zu weinen. „Nein, Charley, du warst froh, mich los zu sein, und ich mache dir keinen Vorwurf.“

„Das stimmt nicht“, sagte er. „Du kennst mich. Ich erlaube mir nur nicht mehr, über irgend etwas nachzudenken. Aber ich habe dich sehr vermißt.“

„Du bist nett zu mir. Ich bin so froh, daß du gekommen bist.“

In dem Augenblick, da er die nächsten Worte sprach, war er sich bereits klar, daß er einen Fehler gemacht hatte. „Wie fühlst du dich?“ fragte er. „Ich fürchte, der Unfall muß schrecklich gewesen sein.“

Als ob er sie in einem Spiegel während der Zeit seit ihrer Trennung vorüberziehen sah, spürte er, wie sie von der Flut ihres jetzigen Elends hinweggetragen wurde, bis sie seine Gegenwart überhaupt nicht bemerkte, sondern einsam in einem Krankenhausbett lag, hinter sich die vernichtete Vergangenheit, vor sich eine unsichere Zukunft, vom Bett, der Wand und den Gegenständen des keimfrei gehaltenen Zimmers wie von einer kalten weißen See umgeben.

„Es war nicht so schlimm", sagte sie endlich und begann wieder zu weinen. „Charley, es ist besser, wenn du jetzt gehst. Ich weiß, daß du Krankenhäuser haßt."

„Nein, ich möchte mich deiner annehmen", sagte er stumpf und wider Willen.

„Heirate mich", stieß Elena plötzlich weinend hervor. „Ach, Charley, bitte, heirate mich. Ich werde mich bessern, Charley, ich verspreche es dir."

Er nickte, willenlos, mit erstarrtem Herzen, von dem Gedanken geplagt, daß es doch einen Ausweg geben müsse, und zugleich wissend, daß es keinen gab. Denn in seinem Innern tönten ihre Worte, die sie geäußert hatte, als er ihr seinen eingeschränkten Heiratsantrag nahelegte. „Du hast keine Achtung vor mir", hatte sie damals gesagt, und wie zum Spott über den Verlust seines Hochmuts fühlte er, daß er sie diesmal einfach nicht abweisen konnte. Wenn er auch schwankte, war ihm doch klar, daß er sie heiraten würde, daß er sie auf keinen Fall aufgeben könne, denn da war dieses grausame und doch so gerechte Gesetz des Lebens, nach dem man sich entweder zu entwickeln hatte oder andernfalls teuer dafür bezahlen mußte, daß er sie einmal glücklich gemacht hatte und daß ihr jetzt nichts als das Krankenhausbett geblieben war. Er fuhr fort, zärtlich ihre Schulter zu streicheln, stellte sanfte Fragen über ihre Verletzungen und sprach über ihre Heirat. Und er wußte, daß sie, gleichgültig, was er für sie fühlte, füreinander bestimmt waren, daß der Schmerz des einen durch den Schmerz des anderen gemildert wurde und daß dies besser war. Vielleicht jedoch würde es in einem Jahr anders sein, und er könnte sich wieder scheiden lassen.

Eine Woche später wurden sie getraut, an dem Tage, als sie aus dem Krankenhaus entlassen wurde. Ich las es in der Zeitung. Er reiste mit Elena in eine Stadt an der mexikanischen Grenze. Ihr Trauzeuge war Collie Munshin, was mich bei einigem Nachdenken nicht sonderlich überraschte. Im nächsten Monat erhielt ich eine Einladung von Eitel, die mir nachgeschickt worden war. In meinem Antwortbrief teilte ich ihm meine Abreise mit. Ich hatte Desert D'Or verlassen und schrieb nun in einem möblierten Zimmer in dem zweitausend Meilen entfernten Mexico-City an einem Buch über das Waisenhaus. Das wenige, was ich noch hörte, folgte wie die kleinen Wellen hinterher, die ein ins Wasser geworfener Kieselstein hervorruft. Die Berichte über ihre Heirat waren zum Teil freundlich gehalten, zum Teil skandalumwittert, und wenn auch einige Zeitungen ein Bild von Marion Faye brachten, blieben selbst die Skandalberichte gemäßigt. Ich erfuhr nie, wie man in Hollywood darüber dachte, aber es war leicht zu erraten. Von Marion Faye erhielt ich Monate nach seiner Aburteilung eine Postkarte mit dem Bild einer sauberen, hellerleuchteten hygienischen Abteilung seines Gefängnisses. „Betrifft: Unsere Unterhaltung", schrieb er. „Ich habe das Empfinden, daß ich nun dahin gelange. Ihr Ihnen zugeneigter Marty." Und ganz unten auf der Karte hatte er hinzugefügt: „P.S. Sind Sie noch immer der Musterknabe?"

Ein Jahr später sah ich „Heilige und Liebhaber" in der Stadt, in der ich nun lebte. Die Kritiken waren ausgezeichnet, das Kino schien fast ausverkauft zu sein. Peinlicher Erinnerungen voll kaufte ich mir Puffmais und kaute ununterbrochen während der Vorstellung. Der Film war nicht schlecht, gut gemacht, und nicht allzu viele Szenen empfand ich als peinlich, aber er war auch nicht überragend, und das junge Mädchen, das mit seinem Burschen tätschelnd neben mir saß, lachte bei geistvollen Dialogen und gähnte einige Male. Es ist mir zuwider, es zuzugeben, aber einen Teil des Films mußte ich bewundern. Denn obwohl Eitel behauptet hatte, er habe keine Ahnung von der Kirche, besaß er doch ein feines Gefühl für sie, mehr als ich, so daß er sie in einer Weise darzustellen vermochte, die Katholiken gefiel. Ich trug mich mit dem Gedanken, Eitel einen Brief zu schreiben, aber da ich nicht recht wußte, was ich ihm mitteilen sollte, verging der Impuls wieder.

Ich spürte, daß ich mich weit von ihm entfernt hatte, und es wäre grausam oder selbstgerecht gewesen, ihm das zu sagen.

27

So war ich nun doch endlich nach Mexiko gekommen. Mit vielen Verzögerungen und nach einem Papierkrieg der Verdächtigungen, der mir die Erinnerung an die Fußballspieler vom Untersuchungsausschuß zurückbrachte, waren meine Papiere schließlich genehmigt. Hier lebte ich auf Staatskosten, besuchte eine Kunstschule und hatte freundschaftlichen Umgang mit einigen anderen Amerikanern. Da war ein großer farbiger Bursche, der sich einst an der Hochschule als Basketballspieler hervorgetan hatte und nun Dichter werden wollte. Mit ihm hatte ich in den mexikanischen Kneipen stundenlange Streitgespräche über Literatur, dazu den Gesang der Mariachis im Ohr. Dann gab es dort noch den früheren Motorradrennfahrer, der sich den Schädel gebrochen hatte und nun sehr gefühlvoll und oft dem Weinen nahe war, und viele andere. So verlebte ich einige Monate mit ihnen und benahm mich nicht anders als all die anderen Amerikaner dort unten, die die Zeit totschlagen. Nur war ich meistens verstimmt, da ich zuviel an Lulu dachte.

Jeden Sonntag zog ich hinaus zur Plaza Mexico, um mir Stierkämpfe anzusehen, und als es mir endlich gelang, Verständnis dafür aufzubringen, lernte ich sie sogar schätzen. Durch Freunde lernte ich ein paar Stierkämpfer persönlich kennen, und als mein Spanisch etwas besser geworden war, verbrachte ich Stunden mit ihnen im Café. Nach einiger Zeit bandelte ich mit einem mexikanischen Mädchen an, der Freundin eines jungen Stierkämpfers. Das ist an sich schon ungewöhnlich, denn die meisten Stierkämpfer waren zu arm, um ein Mädchen auszuführen, und lebten nach dem Motto, man soll die Stierkampfarena nicht mit dem Schlafzimmer vertauschen. Dieser Junge aber wurde als talentierter Stierkämpfer angesehen. In der nächsten Saison wollte er ein Matador werden, denn er hatte Geld und Freunde hinter sich. Meine Freunde hatten mich alle gewarnt, es könnte gefährlich für mich werden, und er könnte mich umbringen. Und doch kam es ganz anders, denn die Stierkämpfer sind nicht alle gleich. Als er meine Liebesaffäre mit seinem Mädchen entdeckte, lud er mich zum Abendessen ein. Wir verbrachten einen rührenden, typisch mexikanischen Abend. Es fing damit an, daß wir haarscharf an tödlichen Beleidigungen vorbeisteuerten, und endete damit, daß wir uns sternhagelblau gegenseitig in die weit offenen Arme sanken. Dann begannen merkwürdige sechs Monate. Ich pflegte freundschaftlichen Umfang mit dem Novillero und seinem Mädchen, nahm Unterricht bei ihm, und die ganze Zeit wußte er, daß das Mädchen mir seine Gunst schenkte. Schließlich zog er sich von ihr so weit zurück, daß er nur noch ihren Unterhalt bezahlte. Je mehr er unter diesem Zustand litt, desto öfter bat er mich, bei ihnen zu bleiben, wenn ich sie verlassen wollte. Auch mich kostete die Affäre zuviel von meinem übriggebliebenen Geld, und sie war unangenehm dazu, denn auch das Mädchen hatte ein armseliges Leben hinter sich. Mit vierzehn hatte sie schon im Organo von Mexico-City angefangen, und dort gab es für niemanden eine Zukunft. Um die Wahrheit zu sagen, war das Mädchen auch nicht ganz nach meinem Geschmack, nur daß sie mich ein wenig an Elena erinnerte.

Jedesmal, wenn er mich zum Bleiben überredete, haßte er mich ein wenig mehr. Es war unglaublich, wie er unter meiner Anwesenheit leiden mußte, denn wie die meisten Südländer hatte er eine Einbildungskraft, die einem feuerspeienden Vulkan glich. Grimmig zog er dann am nächsten Tag in den Trainingskampf. Dabei war er verhältnismäßig feige, doch ein Drittel aller Stierkämpfer der Welt sind nicht ganz frei von Feigheit, obwohl gerade sie das Publikum mehr erregen können als die stoischen Helden der Arena. Auf mich übten sie jedenfalls solche Wirkung aus, denn ich war stets von solchen Stierkämpfern hingerissen, die zunächst äußerste Furcht zeigten, um diese dann im Laufe des Kampfes zu überwinden. Die Feiglinge unter den Stierkämpfern kennen alle Varianten der Furcht vor dem Stier und können daher auch, wenn sie sich einmal zusammengerissen haben, ganz neue Tricks erfinden.

Von dieser Art war auch unser mexikanischer Novillero. Hatte er Furcht, war er linkisch, und einem reizbaren Stier gegenüber war er hoffnungslos unterlegen. Doch von Zeit zu Zeit ging er mit Todesverachtung, bleich und kalt auf den Stier los, und dann bracht er so viele neue Variationen im Kampf an, die ich nie vorher gesehen hatte, daß ich ihn trotz unseres Mißverhältnisses zueinander für einen Künstler in seinem Fach hielt. Als Stierkämpfer war er völlig unpathetisch, und doch wirkte er so auf die Hälfte der Zuschauer in der Arena, daß sie glaubten, sie wirkten selbst an dem Stierkampf mit, während die andere Hälfte ihn wegen seiner unorthodoxen Kampfweise haßte. Er war der einzige Torero, den ich je gesehen hatte, dem es gelang, einen jungen Stier beim Ohr und Schwanz zu packen und dreimal in der Arena herumzudrehen, während die konservativen Zuschauer seinen Kopf mit Kissen bewarfen. So kam ich schließlich zu der Überzeugung, daß er ein radikaler Priester seiner Kunst war, und seine Geliebte und ich müssen in seinen Gedanken dabei der Dorn im Fleische gewesen sein, der ihn immer wieder zu neuen Taten aufstachelte. Und doch mußte er uns aus tiefstem Herzen hassen. Lange Zeit versuchte ich, einen Roman über ihn zu schreiben, und eines Tages werde ich es vielleicht auch tun.

Jedenfalls habe ich etwas bei ihm gelernt, und schließlich verließ ich die beiden. Ich bin dann auf eigene Faust losgezogen und hatte seltsame Erlebnisse, denn der Versuch, als Amerikaner in Mexiko Stierkämpfer zu werden, ist nicht alltäglich. Ich wurde mehrmals im Kampf verletzt, zuletzt so schwer, daß ich eine Weile darniederlag. Meine Arbeitspapiere wurden illegal verlängert. Doch es kam heraus, durch irgendein Versehen oder ein nichtgezahltes Bestechungsgeld, und so wurde ich schließlich über die Grenze abgeschoben. Nun war ich kein Matador und kein von der Regierung unterstützter Kriegsveteran mehr. Alles, was mir blieb, war eine tiefe Narbe am Bein, die Aussicht auf neue Wege zu den Behörden und neues Mitleid mit mir selber.

Nach einer oder zwei kurzen Unterbrechungen fand ich schließlich ein dürftiges Unterkommen in New York, in einer winzigen Wohnung am Stadtrand. Es gab ein paar komplizierte Liebesgeschichten, und ich lernte wieder ein wenig dazu, denn das Leben ist eine Erfahrung, die angewandt werden will. Ich versuchte, den Stierkämpferroman zu schreiben, doch es wollte mir nicht recht gelingen. Ich konnte es nicht vermeiden, den hervorragenden Mathematiker des Details, Ernest Hemingway, im Stil zu imitieren, und ich weiß, daß es schöpferisch niemals zufriedenstellend ist, die Arbeit eines großen Schriftstellers nachzuahmen.

Dann las ich eines Tages in den Zeitungen, daß Dorothea O'Faye-Pelley in der Stadt angekommen sei, und diese Zeitungsmeldung entsprach sogar der Wahrheit. Einer plötzlichen Eingebung folgend, rief ich verschiedene Hotels an und fand sie auch schließlich, und im Nu waren wir in eine Unterhaltung vertieft, die uns einander näherbrachte, denn sie hatte viel über unsere gemeinsamen Bekannten zu erzählen. Zu unserer beiden Überraschung blieb ich die Nacht in ihrem Hotel, und in den folgenden zehn Tagen wohnte Dorothea in meiner armseligen Dachkammer, so daß ich eine ganz andere Seite ihres Wesens kennenlernte. Dorotheas Zobelpelz lag zusammengeknüllt auf meinem billigen Lehnstuhl, während sie den verschmutzten Linoleumbelag mopte und mich darin unterrichtete, wie man mit dem Portier umspringen muß. Denn Dorothea verstand etwas von der Armut, die meist mit solchen häuslichen Problemen wie dem der Unratbeseitigung beginnt. Denn in diesen Armeleutevierteln besteht ein ständiger Krieg um die Müllabfuhr. Er zieht sich von den Spitzen der Gesundheitsbehörden hinunter bis zum Trunkenbold in der Kellerwohnung und führt schließlich dazu, daß jeder sein eigener Müllkutscher wird.

In weniger hauswirtschaftlichen Augenblicken war Dorothea für mich ein interessantes Erlebnis, nicht besonders harmonisch, doch elektrisierend. Dorothea war so viel älter als ich, und sie war gierig – wer wollte es ihr verübeln? Und bevor noch alles zu Ende war, bot sie mir an, mich auszuhalten, solange ich an dem Buch schrieb. Doch das erinnerte mich ein wenig an das Leben eines Gigolos, und während ich grundsätzlich nichts gegen Gigolos hatte, ja selber mehr als einmal in meiner Geldkalamität an solchen Beruf gedacht hatte, ist es doch sehr schwer, als Gigolo seine Menschenwürde zu bewahren. Und Menschenwürde ist wichtig, wenn man versucht, im Leben nach Höherem zu streben, man braucht sie unbedingt, wenn man schöpferische Arbeit vollbringen will. Schließlich überzeugte sich Dorothea davon, daß ich bei ihrem Angebot zu schlecht abschneiden würde, und nachdem sie wieder fort war, stellte ich fest, daß mein Leben auf der Preisfrage beruhte, ob es sich besser als Liebhaber leben ließe oder als Geliebter. Ich dachte an Eitel und seine Rumänin, an den Stierkämpfer und seine Geliebte, an Dorothea und daran, wie sehr sie mich anbetete oder vorgab, es zu tun, und wie wenig ich für sie empfand, wenn man von dem Prikkeln der Sinne absah. So kehrten meine Gedanken in den Kreis der alten Freunde zurück. Ich konnte an Lulu denken und voll Freude feststellen, daß der Schmerz vergangen war, oder zumindest der größte Teil davon, denn ich konnte mich erinnern, wie Lulu zu Dorotheas Füßen saß. Dann hatte ich ein paar neue Ideen für den Stierkämpferroman und zwang mich, sie zu Papier zu bringen. Doch statt dessen bemerkte ich, daß ich ein paar Seiten an diesem Roman zu schreiben begann. Endlich verstand ich mein Fach ein wenig. Ich hatte das Schwerste überstanden.

Der Hunger nach Bildung, den ich so lange vernachlässigt hatte, überfiel mich wieder mit all seinen Verlockungen, und ich wurde mir mehr und mehr der vielen Dinge bewußt, von denen ich nichts wußte. So verbrachte ich meine Tage, an denen ich nicht arbeitete oder schrieb, für den Rest des Jahres in öffentlichen Bibliotheken. Mit fortgesetztem Studium fand ich eine gewisse Ordnung in dem Ziel, das ich anstrebte. Jedes Buch, das ich las, brachte mich einen Schritt vorwärts auf dem Wege zur Erkenntnis, je mehr ich lernte, um so mehr wuchs mein Vertrauen in meine eigene Schaffenskraft, und ich erkannte, daß kein Schriftsteller, wie gewaltig auch sein Ruf und seine Geisteskraft sein mochten, für mich die endgültige Autorität darstellte. Die Zeit, die ich in Desert D'Or verbracht hatte, war keineswegs spurlos an mir vorübergegangen. Sie hatte mich nicht unwesentlich verändert, und so konnte ich ungetrübt an Eitel und Elena und an ihr Leben in Hollywood denken. Manchmal trug mich meine Phantasie zurück in all die Winkel der Stadt, die ich niemals wieder besuchen würde, und Eitels und Elenas Alltagsleben stand deutlicher vor meinem geistigen Auge als mein eigenes...

28

So sah ich Eitel vor mir, ein paar Jahre nachdem er zurückgekehrt war. Von morgens acht Uhr an hatte er an seinem letzten Film gearbeitet. Jetzt, am Abend, als die Kameraleute ihre Geräte für den nächsten Tag zusammenstellten, die Beleuchter ihre Lampen in die Positionen für die morgigen Aufnahmen rollten und die wenigen Schauspieler, die noch zurückgeblieben waren, ihre transportierbaren Umkleidezimmer verließen und ihm gute Nacht zuwinkten, empfand Eitel die sanfte Melancholie, die ihn stets befiel, wenn die Arbeit getan war und die riesige Tonbühne geschlossen wurde.

Als er endlich in sein Büro in einem der für die Regisseure bestimmten, abseits liegenden Bungalow kam, bat er seine Sekretärin, ihn mit CollieMunshin zu verbinden, und begann sich zu rasieren. Noch ehe er damit fertig war, kam die Telefonverbindung mit Munshin zustande. „Wie ging es heute, mein Lieber?“ fragte Collie mit seiner hohen Stimme.

„Ich glaube, gut“, sagte Eitel. „Wir sind nicht im Rückstand.“

„Ich werde morgen hinunterkommen. Ich sah heute H. T., und er erklärte, dieser Film müsse gut werden.“

„Das wissen wir selber, Collie.“

„Ich weiß, ich weiß, Kleiner, aber dieser muß wirklich gut werden.“

„Alle müssen wirklich gut werden“, sagte Eitel verdrossen. Während der Unterhaltung fuhr er fort, sich mit der freien Hand zu rasieren. „Hör mal, Collie“, sagte er jetzt mit freundlicher Stimme, „ich habe Elena in der Mittagspause angerufen und ihr gesagt, daß du mit mir heute abend über die Handlung sprechen möchtest. Ich glaube nicht, daß sie bei dir anrufen wird, aber sollte das der Fall sein, sag ihr doch bitte, ich sei unabkömmlich.“

Er spürte, daß Munshin zögerte. Das war nun das drittemal in einem Monat, daß er ihn um den gleichen Gefallen bat. „Charley, ich bin dir stets gern gefällig“, sagte Munshin gedehnt, „aber vergiß nicht, daß morgen ein wichtiger Tag ist.“

„Hör auf, mich zu bevormunden“, sagte Eitel schroff, „was glaubst du wohl, warum ich heute abend ausgehe?“

Munshin seufzte. „Grüß die Dame von mir.“

Als Eitel auf dem für die Regisseure und Produzenten reservieten Parkplatz seinen Wagen bestieg, war es bereits dunkel. Er schlängelte sich durch die überfüllten Straßen Hollywoods und fuhr dann rasch auf einem der breiten Boulevards zum Meer. Lulu wartete in ihrem am Strand gelegenen Häuschen auf ihn und würde sicherlich verärgert sein, weil er sich verspätete.

Seit einem halben Jahr standen sie wieder in einem intimen Verhältnis zueinander, bisweilen sahen sie sich sogar jede Woche. Schwierig war indessen, einen Ort zu finden, an dem sie sich ungestört treffen konnten. Lulus Heim, das in der Nachbarschaft Hollywoods lag, hatte sich als wenig geeignet erwiesen. Am frühen Abend, der für sie geeignetsten Zeit, kamen regelmäßig und unangemeldet Freunde auf einen Schluck vorbei, und darum hatten sie dieses Häuschen am Meer gemietet. Jetzt, im Winter, regnete es oft, und fast alle Filmleute hatten sich in die Stadt zurückgezogen. So lag das kleine Haus in fast völliger Einsamkeit, wenn es auch nie ausgeschlossen war, daß ihn der eine oder andere erkennen konnte. Oft parkte Eitel seinen Wagen in einiger Entfernung und legte das letzte Wegstück in der Dunkelheit zu Fuß zurück. Noch einen Monat, dann würde es Frühling sein, und sie mußten sich wahrscheinlich nach einem neuen Unterschlupf umsehen. Lulu wartete voller Ungeduld. „Ich dachte schon, du würdest nie mehr kommen“, sagte sie.

„Es war gräßlich heute“, sagte Eitel. „Du ahnst nicht, wie ich mich auf unser Zusammensein gefreut habe.“

Lulu ging nicht darauf ein. „Charley“, sagte sie, „würdest du sehr böse sein, wenn wir es heute sein ließen? Ich bin ganz durcheinander.“ Er verbarg seine Verstimmung. So viel Mühe hatte es ihn gekostet, sich für diese wenigen Stunden frei zu machen; das sollte sie zu würdigen wissen. Aber er lächelte nur. „Ganz wie du willst“, sagte Eitel.

„Charley, du weißt, wie groß stets mein Verlangen nach dir ist. Mein Gott, du bist der einzige neben Tony, und ich brauche dir ja nicht zu sagen, was das heißt.“ Eitel lächelte sie zärtlich an. Er war davon überzeugt, daß da mindestens noch zwei weitere Männer vorhanden waren, aber es machte ihm nichts aus. Lulu ging im Zimmer auf und ab. „Ich brauche deinen Rat“, sagte sie plötzlich. „Charley, es ist etwas Bedrohliches im Gange.“

„Etwas Bedrohliches?“ Eitel war auf der Hut. Sollte Lulu im Sinne haben, Forderungen an ihn zu stellen?

„Tony hat Unannehmlichkeiten.“ Lulu begann leise zu weinen. „Ich könnte ihn umbringen“, sagte sie.

„Was ist los?“

„Mein Agent, Monroney, hat soeben eine halbe Stunde mit mir am Telefon gesprochen. Er sagte, ich müsse den Zeitungen eine Erklärung geben, aber diesem Einfaltspinsel fällt nichts ein. Charley, mir auch nicht, und ich muß die Erklärung innerhalb der nächsten zehn Minuten durchgeben.“

„Aber was ist denn los?“

„Tony ist in Pittsburgh einer Kellnerin gegenüber tätlich geworden.“

Eitel schnalzte mit der Zunge. „Das ist peinlich.“

„Gräßlich ist es“, sagte Lulu. „Ich wußte gleich, daß Tony auf dieser Tournee in Unannehmlichkeiten geraten würde. Warum läßt ihn auch das Studio überallhin mitreisen! In einen Käfig sollten sie ihn sperren! Zwei volle Tage war er betrunken, sagte Monroney."

„Und was meinst du, was du tun solltest?"

„Nichts weiß ich. Es kann das Ende meiner Karriere bedeuten, wenn ich jetzt etwas Falsches tue."

„Wahrscheinlicher ist, daß es Tonys beenden wird."

Sie schüttelte den Kopf. „Nicht bei seinem Glück. Er ist die größte Attraktion Hollywoods. Das Studio muß ihn einfach halten. Aber ich könnte es mir nicht leisten." Lulu schrie wütend: „Warum mußte Tony nur so etwas tun?"

„Solltest du dich nicht mit der Propaganda-Abteilung von Supreme in Verbindung setzen?"

„Nein", sagte sie. „Charley, denk doch einmal nach. Siehst du denn nicht, daß sie Tony decken wollen. Mich haben sie nicht einmal angerufen. Da hast du den Beweis dafür. Sie werden die Geschichte verbreiten, daß ich Tony dazu getrieben habe, weil ich ihm eine schlechte Ehefrau bin."

„Supreme kann es sich nicht leisten, dich zu opfern", sagte Eitel ermutigend.

„Den Teufel können sie! Tonys Nummer in der Rangliste ist besser als meine."

„Das ist nur vorübergehend."

„Charley, hör auf zu salbadern", brüllte ihn Lulu an.

„Schrei mich nicht an, Lulu."

Sie zwang sich zur Ruhe. „Entschuldige", murmelte sie.

„Was sagt Monroney?"

Lulu setzte ihr Glas ab. „Er ist ein Idiot. Ich schmeiß ihn raus, sobald das vorbei ist. Er sagt, ich solle eine Erklärung abgeben, daß ich für Tonys Taten nicht verantwortlich sei, daß Tony brutal sei und ich genau wüßte, wie der Kellnerin zumute ist und so weiter."

„Das werden die Leute nicht gern hören wollen", erklärte Eitel.

„Natürlich nicht. Aber Monroney sagte, daß es das Beste sei, was ich tun könne. Ich muß angreifen, bevor Supreme mich angreift."

Sie breitete ihre Arme weit aus. „Charley, ich kann überhaupt nicht mehr denken."

„Lulu, Baby", sagte Eitel. „Laß mich dein Glas füllen. Es ist nicht so schlimm, wie du glaubst."

„Ich bin fertig, Charley. Bitte hilf mir."

Er nickte. „Ich bin kein Propaganda-Fachmann, aber einiges habe ich doch gelernt." Eitel lächelte. „Als erstes möchte ich feststellen, daß es ein Fehler sein würde, die Supreme-Propaganda-Abteilung herauszufordern. Die sind stärker als du."

„Das weiß ich", schrie sie verzweifelt.

„Aber das brauchst du ja auch nicht, im Gegenteil, spanne sie für dich ein." Eitel machte eine vielsagende Geste. „Sie wollen dich nicht aufgeben, wenn du sie nicht gerade dazu zwingst. Wenn du ihnen eine Brücke baust, werden sie glücklich sein, dich und Tony gerettet zu sehen."

„Charley, drück dich deutlicher aus."

„Also höre zu. Das Publikum liebt Beichten", sagte Eitel. „Darum schlage ich vor, daß du alle Schuld für Tonys Handlungsweise auf dich nimmst, aber es so formulierst, daß jeder für dich mitempfindet."

„Ich glaube, ich verstehe dich", sagte Lulu aufgeregt. „Aber Monroney wird nicht wissen, wie er es ausdrücken soll."

„Hast du eine Schreibmaschine?" fragte Eitel. „Ich kann es in fünf Minuten niederschreiben." Sie ließ ihn an einem Tisch in ihrem Trinkstübchen Platz nehmen. Er brannte sich eine Zigarette an, nahm einen Schluck und begann zu schreiben:

Wir erreichten Miß Meyers in ihrem Heim, wo sie eifrig damit beschäftigt war, Kinder der „Heiteren Fürsorgemission zugunsten vernachlässigter Kinder" zu bewirten. Sie erklärte uns: „Es ist alles nur meine Schuld. Man kann Tony nichts vorwerfen. Ich habe großes Mitleid für die arme Kellnerin, und ich weiß, daß Tony noch schlimmer zumute sein wird. Aber die psychologische Ursache für Tonys Verhalten liegt bei mir. Tony hat einen wundervollen, aber scheuen Charakter, und ich habe es daran fehlen lassen, ihm die Liebe und Aufopferung zu geben, die er braucht, obwohl ich ihn auf meine Art sehr liebe. Vielleicht werde ich aus dieser peinlichen Angelegenheit, für die ich mehr als Tony verantwortlich bin, reifer hervorgehen, wonach ich schon lange strebe. Ich fliege sofort nach Pittsburgh, um an Tonys Seite zu sein, und ich hoffe, daß sich alles zum Guten wenden wird, mehr noch für Tony als für mich."

„Charley, du bist ein Genie", rief Lulu und küßte ihn herzlich.

„Ich werde Monroney sofort anrufen." Als sie jedoch den Hörer abgenommen hatte, zögerte sie. „Was ist das mit der ‚Heiteren Fürsorgemission'?" fragte sie.

„Ich kenne Gustafson sehr gut. Das ist eine seiner Wohltätigkeitsveranstaltungen. Schick ihm einen Scheck über fünfhundert Dollar, und du wirst keine Schwierigkeiten bekommen. Er wird sogar noch eine Erklärung von sich aus abgeben: ‚Eine der barmherzigsten und warmherzigsten Schauspielerinnen unserer Stadt.'" Eitel grinste. „Veranlasse nur Monroney, ihn sofort anzurufen. Sag ihm auch gleich, daß er den Flugzeugplatz für dich bestellen soll."

Als sie ihr Gespräch beendet hatte, setzte sie sich auf Eitels Schoß. „Ich brauche erst in zwei Stunden am Flugplatz zu sein", sagte sie, „ich muß nur noch mein Mädchen anrufen und ihr sagen, daß sie mir ein Köfferchen packen und mich am Flugplatz treffen soll."

„Das hat doch noch Zeit."

„Ach, Charley, du bist ein richtiger Mann", sagte Lulu. „Monroney fand es so gut, daß er mir jetzt einreden wollte, so ähnlich habe er es sich auch gedacht. Er schickt eine Kopie der Erklärung an Supreme, sobald die Nachrichtenagenturen sie gebracht haben."

„Wenn die Zeitungen es aufnehmen, und davon bin ich überzeugt", sagte Eitel, „wird man mindestens eine Woche lang täglich über dich schreiben."

„Ich kann dir gar nicht genug dafür danken. Wieso wußte ich, daß du mir helfen könntest?" fragte sie zärtlich.

„Weil wir beide alte Gauner sind", lächelte er.

„Charley, laß uns ins Bett gehen", sagte Lulu. „Im Augenblick siehst du zum Fressen aus."

Sie verbrachten eine angenehme halbe Stunde, er fand sie angenehmer als sonst, und hinterher küßte ihn Lulu dreimal rasch auf seinen kahlen Kopf.

„Du bist der jüngste Mann, den ich kenne", sagte sie.

Er fühlte sich sehr wohl in der Wärme des Zimmers und in der Wärme, die ihr Körper ausstrahlte; die Spannung des arbeitsreichen Tages war verflogen. Zärtlich hielt er Lulu an sich gedrückt und lächelte, als sie wie ein Kätzchen an seiner Brust schnurrte. Gönne ihr die Atempause, dachte er, denn die nächsten zehn Tage werden aufregend genug für sie sein. Lulu bewegte sich in seinen Armen, und er begehrte sie aufs neue.

Ihr Verstand arbeitete bereits wieder, und sie begann sich Gedanken zu machen. „Charley, da gibt es noch einen wunden Punkt", sagte sie langsam.

„Nur einen?" fragte er sanft.

„Du weißt, ich wollte mich von Tony scheiden lassen, und nun wird das nicht gehen, mindestens nicht für ein Jahr."

„Wolltest du dich wirklich scheiden lassen?"

„Ich weiß es nicht. Wirklich, ich weiß es nicht. Vielleicht liebe ich ihn."

„Vielleicht."

„Ich bin nur wütend, daß er mich so ausgenutzt hat. Ich hätte dich nie gehen lassen sollen", erklärte sie.

„Wir sind als Freunde füreinander bestimmt", sagte Eitel. „Es ist besser so."

„Manchmal habe ich jetzt Angst, Charley. Früher hatte ich nie Angst."

„Sie kommt und geht."

Sie richtete sich auf und zündete sich eine Zigarette an. „Neulich traf ich Teddy Pope. Es ist komisch. Ich mochte ihn eigentlich nie, aber jetzt empfinde ich großes Mitgefühl für ihn."

„Was tut er?" fragte Eitel.

„Er sucht immer noch Arbeit. Er ist rührend. Er sagte mir, er hoffe, eine Stellung bei einer unabhängigen Produktionsfirma zu erhalten. Ich riet ihm, nach dem Osten zu gehen, und er stimmte mir zu. Aber er wird es nicht tun. Vor dem Theater hat er zu große Angst."

„Ich wünschte, ich könnte etwas für ihn tun", sagte Eitel.

„Teddy ist auf seine Weise wirklich nett", bemerkte Lulu und blies den Zigarettenrauch auf ihren Körper. „Trotz all seiner Scherereien mit Teppis brachte er den Mut auf, Marion im Gefängnis zu besuchen. Idiotisch war nur, obendrein diese unsinnige Erklärung abzugeben. Er brauchte es nicht jedem ins Gesicht zu schreien, daß er Marion für seinen besten Freund halte." Sie berührte Eitels Arm. „Entschuldige, Charley."

„Warum?" fragte er, dennoch mißfiel es ihm.

„Ich hatte im Augenblick nicht an die Affäre zwischen Marion und Elena gedacht."

„Das macht nichts. Keiner denkt mehr daran." Eitel zuckte die Achseln.

„Elena ist ein gutes Mädchen“, sagte Lulu.

„Ja.“

Lulu schaute traurig vor sich hin. „Nachdem ich Teddy getroffen hatte, mußte ich immer daran denken, daß H. T. recht hatte. Vielleicht hätte ich Teddy wirklich heiraten sollen. Vielleicht hätten wir es geschafft und wären beide heute besser dran.“ Lulu begann zu weinen. „Ach, Charley, ich bin so niedergeschlagen. Wenn ich nur nicht Teddy getroffen hätte.“ Eitel tröstete sie. Sie plauderten noch eine Weile, dann blickte er auf seine Uhr.

„Du solltest dich jetzt anziehen, wenn du das Flugzeug erreichen willst.“

„Beinahe hätte ich es vergessen“, sagte sie. „Ich wünschte, ich müßte nicht gehen.“

Während sie unter der Brause stand, unterhielt sie sich mit ihm. „Viel Glück für deinen Film, Charley, in meiner Abwesenheit“, rief Lulu.

„Danke.“

„Wenn ich in Pittsburgh bin, kann ich dich dann zu Haus anrufen, falls ich deinen Rat brauche?“

„Sicherlich. In diesem Fall könnte ich es Elena wohl verständlich machen.“

„Sie ist sehr eifersüchtig, nicht wahr?“ fragte Lulu.

„Manchmal.“

„Charley, ich hoffe, mit diesem Film hast du Glück. Weiß Gott, du verdienst es. Ich hielt ‚Heilige und Liebhaber‘ für einen der größten Filme, den ich je gesehen habe, und so dachte jeder in Hollywood. Du hättest den ‚Herkules‘ dafür bekommen sollen.“

„Aber ich bekam ihn nicht.“

Sie schwieg, während sie ihre Füße puderte. „Charley, bist du mit Elena glücklich?“ fragte Lulu.

„Ich bin nicht unglücklich“, sagte er.

„Elena hat sich sehr herausgemacht.“

„Ich vermute, ihr Psychoanalytiker ist ihr eine gute Hilfe.“

„Glaube nur das nicht“, sagte Lulu. „Fünf Jahre lang bin ich zu meinem blöden Gehirnakrobaten gegangen, und nicht das geringste ist dabei herausgekommen. Nein, du bist die Ursache. Du bist der Richtige für Elena; für jede.“

„Das wäre eine ganz neue Rolle für mich“, sagte Eitel.

„Du bist mit dir selber viel zu streng.“

„Vielleicht bin ich jetzt aber zu nachsichtig.“

Lulu öffnete die Badezimmertür und streckte ihm die Zunge heraus. „Unsinn. Vergiß das nicht.“ Sie ließ die Tür absichtlich offenstehen, während sie in ein Unterkleid schlüpfte. „Charley, erzähl mir von Victor. Neulich wollte ich ihm ein Geschenk senden, habe es aber dann vergessen.“

„Vickie“, sagte Eitel, „oh, ich liebe Vickie.“

„Ich konnte mir dich nie als Vater vorstellen.“

„Ich auch nicht, aber dieses Kind liebe ich.“

Er überlegte, ob das wirklich der Fall sei, und verspürte den Wunsch, das Kind jetzt in seinen Armen zu halten. Victor glich Elena; nicht der jetzigen Elena, dachte er, sondern der Elena aus der Zeit ihres ersten Kennenlernens. Aber stimmte es wirklich? Es kam doch vor, daß er eine ganze Woche lang nicht an Victor dachte. „Woher weißt du, daß du ihn liebst?“ fragte Lulu neugierig.

Eitel wollte antworten: „Weil ich möchte, daß er besser wird als ich“, – lächelte aber nur.

„Vielleicht sollte auch ich Kinder haben“, fuhr Lulu nachdenklich fort. „Vielleicht wäre das für mich die Lösung.“

„Ruf lieber jetzt dein Mädchen an.“

Nachdem Lulu angezogen war, fuhr er ihren Wagen aus der Garage und öffnete die Tür für sie. „Halte die Ohren steif, und alles wird gutgehen“, sagte Eitel.

„Kommst du in deinem Wagen zum Flugplatz nach.“

„Meinst du, daß es gut wäre, wenn man uns zusammen sähe?“

„Sicherlich nicht.“ Lulu lehnte sich aus dem Fenster und umarmte ihn noch einmal. „Ach, Charley, ich liebe dich ganz mächtig. Weißt du, daß du jetzt echte Würde besitzt?“

Das war ein nettes Kompliment, dachte Eitel, denn was war Würde, echte Würde, anderes als das ins Gesicht eingeschriebene Bewußtsein der Kosten jedes menschlichen Begehrens. „Es ist nett von dir, das zu sagen, Lulu“, erwiderte er und lächelte. „Du verstehst, ich möchte nicht, daß es bekannt wird, und ich glaube, daß ich es seit Jahren niemandem erzählt habe – meine Mutter war eine Zofe, ehe sie meinen Vater heiratete, aber sie hat natürlich nur in den besten Häusern gedient.“

„Ach, Charley, Charley,“ rief Lulu, und sie lachten beide. „Warum hast du nie gewußt, daß du meine große Liebe bist?“

Er küßte sie zart auf die Wangen und sah dem davonfahrenden

Wagen nach. Plötzlich vernahm er den Wellenschlag, ging hinunter ans Meer und sah zu, wie das Wasser des Pazifischen Ozeans sanft und unablässig gegen die Küste schlug. Es war noch früh, er brauchte nicht nach Hause zu eilen; ein wenig fröstelnd in der kühlen Luft, setzte er sich und rührte mit dem Finger im Sand. Er erinnerte sich an eine Begebenheit, die ihm jetzt einer anderen Welt anzugehören schien – an den Tag, an dem er das Mädchen auf dem Wellenreiter beobachtet und versucht hatte, mit ihr ins Gespräch zu kommen. Schmerzhaft wurde ihm bewußt, wie gierig er nach ihr gewesen war, als ob sie für ihn das Tor zu einem neuen Leben bedeutet hätte, einem Leben, das er nur nebelhaft als etwas Begeisterndes empfunden hatte. Eitel war traurig, aber es war eine lustvolle Traurigkeit. Er freute sich darauf, nach Hause zu kommen. Nach einer Reihe von Tagen, an denen ihn Elena völlig gleichgültig gelassen hatte, überkam ihn jetzt ein zärtliches Gefühl für sie, wie stets, wenn er ihr untreu gewesen war. Heute nacht würde er neben ihr liegen und ihr sagen, daß er sie liebe. Diesen Zuspruch brauchte sie nicht mehr so nötig wie früher, trotzdem würde sie glücklich darüber sein. Während Eitel die wenigen Jahre, die sie verheiratet waren, überdachte, war er froh, daß er sie hinter sich hatte. Das erste Jahr war schwierig gewesen; es hatte viel Gerede unter den Leuten gegeben, und schauderhafte Erinnerungen belasteten beide. Monatelang hatte er Hemmungen zu überwinden gehabt, wenn er sie umarmte. Aber auch das war vorübergegangen; wenn auch mit dem Schwinden der Eifersucht die Erregung, die ihm einst ihr Körper bereitet hatte, verlorengegangen war. Dennoch fanden sie immer wieder zueinander, und ihre Ehe war besser als die der meisten. Die letzten ernsthaften Schwierigkeiten entstanden, als Elena entdeckte, daß sie schwanger war. Sie hatte große Angst vor einer Abtreibung, er wiederum fürchtete, nun für sein ganzes Leben an sie gefesselt zu sein. Das Kind wurde geboren, und er liebte es oder bemühte sich, es zu lieben, und außerdem hatte sich Elena, wie Lulu bestätigte, gut entwickelt. Sie hielt das Haus jetzt in Ordnung, verstand es, mit dem Dienstpersonal umzugehen, ja sie konnte sogar Gesellschaften arrangieren. In dieser Hinsicht war sie gewachsen, und viele Leute beneideten ihn seiner Ehe wegen. Eitel seufzte. War es nach allem nicht möglich, daß es so etwas wie Liebe überhaupt nicht gab, daß eben jeder auf seine eigene Weise liebte und dabei sein Bestes zu tun bemüht war? „Das Leben hat mich zum Fatalisten gemacht", dachte er flüchtig.

Er stieg in seinen Wagen und fuhr langsam nach Hause. Das Grundstück lag auf einem der Hügel um Hollywood. Er stellte den Wagen in die Garage, zögerte einen Augenblick, um sich auf Elena vorzubereiten, und ging dann zu ihr ins Wohnzimmer. Sie blickte von ihrem Buch auf, und er bemerkte sofort, daß sie schlechter Laune war. Aber an Abenden, an denen er sie betrog, schien sie niemals guter Stimmung zu sein, und er überlegte, ob sie vielleicht alles wisse oder ob es ihm nur auf Grund seines schlechten Gewissens so schien. Mit Verwunderung stellte er fest, wie wenig er davon wußte, was in ihr vorging.

„Wie geht es Victor?" fragte er sie, als er eintrat.

Elena lächelte schläfrig. „Er war heute sehr süß", sagte sie, „ich muß dir erzählen, was er angestellt hat."

„Fein", sagte er, „erzähl es mir, aber erst muß ich einen Schluck trinken."

Alkohol würde aus seinem Mund alle Erinnerungen an Lulu tilgen und es mit Elena leichter machen. Er küßte sie auf die Wange und versuchte, eine gewissen Zurückhaltung anzudeuten, damit sie von ihm heute nacht nichts erwarte.

„Ging alles gut mit der Besprechung?"

„Halbwegs."

„Daß Collie sich niemals klar entscheiden kann!" sagte sie verdrießlich. „Er ist so wankelmütig."

„Ja", stimmte Eitel zu und setzte sich neben sie.

„Ich habe dich heute abend vermißt", sagte Elena. „Ich war enttäuscht, als du mittags anriefst."

„Ich kann es mir denken."

„Nein, das kannst du nicht."

„Ach, Baby, ich bin müde", sagte er sanft. „Zank nicht mit mir."

„Ich bin neugierig, wann wir mal einen Abend für uns haben werden", sagte Elena mutlos.

„Zum Wochenende. Ich verspreche es dir. Vielleicht Freitag abend."

„Freitag habe ich meinen Übungsabend. Dann werde ich müde sein", sagte sie. Sie hatte im letzten Jahr ihren Tanzunterricht wiederaufgenommen, mehr um ihre Figur zu bewahren als aus tänzerischem Ehrgeiz, aber sie leistete Vorzügliches, und manchmal, wenn sie Besuch hatten, willigte sie ein, vor ihren Gästen zu tanzen.

„Nein, zum Wochenende werden wir uns bestimmt Zeit verschaffen, Liebling“, sagte Eitel. Er setzte sich bequemer auf dem Sofa zurecht, nahm einen großen Schluck aus seinem Glas und rieb sich die Augen. „Wie hast du den heutigen Tag verbracht?“ fragte er.

„Nachmittags habe ich Bridge gespielt.“

„Das ist nett.“

„Ich hasse Bridge“, sagte Elena.

Ihre schlechte Laune trat deutlich zutage, und er fühlte sich so erschöpft, als ob er wirklich eine Konferenz mit Collie gehabt hätte. Eitel setzte sich auf und streichelte ihren Arm. „Was ist los?“

„Ich war heute vormittag bei meinem Psychoanalytiker.“

„Richtig, du siehst ihn noch immer zweimal wöchentlich?“ sagte Eitel.

„Ja, aber Charley, heute habe ich mich mit ihm verkracht.“

Eitel zahlte gern fünfunddreißig Dollar für die Stunde, wenn sie sich dafür mit jemand anderem zankte als mit ihm. „Und warum?“ fragte Eitel vorsichtig.

„Ich möchte über die Analyse nicht sprechen.“

„Mir auch recht.“

„Wir sprechen nur immer über dieselben Sachen.“

Er sagte absichtlich: „Meinst du den Psychoanalytiker oder mich?“

„Aber, Liebling, du weißt doch, daß ich den Psychoanalytiker meine. Gewiß, er ist klug, aber ich weiß nicht, ob ich ihn noch benötige.“

„Dann geh nicht mehr hin.“

„Das denke ich auch... außer...“

„Außer was?“

„Wir haben uns fürchterlich gestritten“, sagte Elena ausweichend. „Ich erzählte ihm von dem neuen Haus, das wir kaufen wollen, wenn dein Film Erfolg hat, und über alles, was damit zusammenhängt..., und, Charley, es stellte sich heraus, daß ich das neue Haus nicht will.“

„Du willst es nicht?“ Als sie es besichtigten, war sie so begeistert gewesen.

„Nun ja, ich will und will auch nicht. Wir entdeckten, daß mich die Idee des Hauskaufes zugleich anzieht und abstößt.“

„Soso.“

„Bitte sei nicht böse. Ich werde diese Ausdrücke nicht öfter gebrauchen als notwendig, aber wir entdeckten ferner, daß ich das Haus zu groß finde und wir auf dem Wege sind, zu reich zu werden."

„Ich verstehe, was du meinst."

„Dem Psychoanalytiker mißfiel, was ich sagte. Er erklärte, daß ich wieder zurückfalle, und das sei kindisch von mir, und daß diese Einstellung dir und dem Geld gegenüber ein Zeichen zu schwachen Selbstbewußtseins ist." Während Elena sprach, lauschte er kritisch ihrer Stimme. Sie war modulierter und nicht mehr so heiser wie früher, aber jetzt tauchten wieder ein paar der alten schrillen Töne auf.

„Ich weiß nicht, wie es eigentlich kam, Charley, aber plötzlich schrie ich ihn an und sagte ihm, er sei mir schon der Richtige, um als Besitzer eines Zwanzigzimmerhauses so mit mir zu sprechen; ein eitler Fatzke sei er, seine Selbstgefälligkeit wäre mir zuwider, und wenn er meine Redeweise nicht mag, nun gut, ich zwinge ihm mein Geld nicht auf..." Sie schwieg, dann setzte sie hinzu: „Es war entsetzlich."

„Das passierte ja nicht zum ersten Male."

„Ja, aber Charley, diesmal war es mein voller Ernst. So denke ich wirklich von ihm; ich habe kein Vertrauen mehr. Aber das nächstemal werde ich ihm keine Szene machen, wenn ich ihm meine Meinung sage; ganz ruhig werde ich mit ihm sprechen. Ich will nun einmal nicht das Leben führen, das er mir einreden möchte."

„Wie meinst du das?"

„Ich meine, daß ich ihm zwar viel verdanke, daß er mich aber im Grunde überhaupt nicht versteht."

„Ich vermag dir nicht zu folgen."

„Charley, ich weiß genau, wie du zu dem neuen Haus stehst. Du wünschst es dir mehr, als du es dir selber eingestehst, und ich weiß auch, daß es gekauft wird, weil alles getan wird, was du willst."

„Bist du nicht ungerecht?"

„Vielleicht, aber – ich weiß nicht, wie ich es ausdrücken soll, sieh mal, nun haben wir ein Baby, und wahrscheinlich wird noch ein zweites kommen, ich stehe gut mit unserem Personal, ich liebe auch meinen Tanzunterricht und auch dich, Charley, ich liebe dich, ich darf das ruhig sagen, weil mir noch immer bei dem Gedanken, dich zu verlieren, angst und bange wird. Aber, Charley, bitte, hör mir zu, ich weiß nicht, ob du erkennst, wie sehr ich Vikkie liebe und mich sorge, ob ich ihm auch wirklich eine gute Mutter bin, aber ist das alles? Ist selbst Vickie genug. Ich meine, wie wird es mit mir weitergehen? Ich will mich nicht beklagen, aber ist das eigentlich ein Leben? Was soll ich mit meinem Leben anfangen?"

Eitel streichelte sie. „Liebling", sagte er, und seine Stimme bebte vor echter Erregung, „du hast dich weiterentwickelt als irgend jemand in der Zeit, seitdem ich dich kenne, und deshalb mach' ich mir um dich keine Sorge, weil ich genau weiß, daß du, was immer du auch tust, dich und dein ganzes Leben zum Besseren entwickeln wirst."

Tränen traten in ihre Augen. Dieser Abend schien für ihn auserwählt zu sein, um Frauen weinen zu sehen. „Nein, Charley", sagte Elena, „die Antwort befriedigt mich nicht. Es hat aber keinen Sinn, mit dir darüber zu reden, weil du mich doch nicht verstehst. Was soll ich mit meinem Leben anfangen?" Er drückte sie an sich, streichelte ihr Haar und war sich bewußt, daß er sie nicht länger mehr beschützen konnte; er hätte sie bitten mögen, ihn nicht mehr zu befragen, denn trotz des weiten Weges, auf dem er ihr vorwärtsgeholfen hatte – und in solchen Augenblicken glaubte er, stolz darauf sein zu dürfen, als sei sie das einzige Wesen, an dem er je Anteil genommen hatte –, wußte er, daß weder er noch irgend jemand sonst ihr weiterhelfen könnte, denn sie war nun in jenes Stadium eingetreten, wo ihre Probleme auf der Ebene der für jeden Menschen unlösbaren Probleme lagen, wo niemand einem helfen kann, kein Arzt und keine Eltern und keine Zerstreuung, wohin nur die Philosophie und die Verzweiflung Zutritt haben. Ihn überfiel die Vorahnung, daß sie ihm entwachsen würde und daß er vielleicht in ein paar Jahren, wahrscheinlich erst in vielen Jahren, *sie* benötigen würde, und daß *sie* dann aus Freundlichkeit und Anständigkeit und vielleicht auch aus Phlegma bei ihm bleiben würde.

„Verzeih mir, Charley", sagte sie. „Du bist müde, und es ist nicht nett von mir, dich damit zu belästigen."

Dennoch hatte Elena in dieser Nacht zuerst Schlaf gefunden, und nach einer Weile, nachdem es ihm gelungen war, sich durch den ruhigen Rhythmus ihrer Atemzüge einlullen zu lassen, stand Eitel auf und ging in Victors Zimmer. Er zog sich einen Überrock an und trat hinaus auf den Balkon, schaute hinunter auf das Mosaik der Häuser und Straßen von Hollywood im Tal jenseits der

Hügelkette. Weit in der Ferne war der Ozean, und er konnte die Lichter der Automobile auf der Straße sehen, die am Ufer entlangführte. Er hatte heute abend denselben Weg genommen, und er erinnerte sich, daß er bei rotem Licht an einer Straßenkreuzung hatte halten müssen, umgeben von den Neonreklamezeilen, Würstchenbuden und den Zelten der Touristen, die sich immer näher an Hollywood heranschoben, und wie er über das Meer geblickt hatte auf einen Frachtdampfer mit seinen Positionslampen, der, unterwegs auf einer weiten Reise, mit seiner Abenteuer erhoffenden Mannschaft langsam dem Horizont entgegenglitt. Und zum ersten Male seit vielen Monaten wanderten Eitels Gedanken zu mir. Ob Sergius sich vielleicht auf diesem Frachter befindet?

Dann hatte das Verkehrslicht zu Grün gewechselt, er war rasch weitergefahren und hatte bald den Frachtdampfer vergessen, aber jetzt, da er auf dem Balkon seines Hauses stand inmitten der Hügel, gingen seine Gedanken auf eine neue Reise. Er bekam Heimweh nach Desert D'Or und dachte sehnsüchtig an die unglückselige Zeit, da er Elenas Körper angebetet hatte – eine Zeit, die vielleicht – konnte er es so nennen? – das Ende einer zu lange ausgedehnten Jugend bedeutete. Nun war sie vorbei, lag hinter ihm wie der Teil des Boulevards jenseits der Wegkreuzung, wo er das Schiff hatte entschwinden sehen, und er erinnerte sich, mit dem plötzlichen Bewußtsein, eine Gelegenheit verpaßt zu haben, daran, was er mir für Kenntnisse hatte vermitteln wollen, und er litt unter der Weisheit des älter werdenden Mannes, daß Erfahrungen, die nicht weitergegeben werden können, verwelken und für immer verloren sind. „Vergnügungen bedeuten nichts, Sergius", flüsterte er mir zu, während er meiner Ankunft in Desert D'Or gedachte, „denn Vergnügungen sind vergänglich wie Liebe oder Grausamkeit", und wie aus letzter Einsicht fügte er hinzu – „oder Pflicht". Eitel überlegte mit liebevollem Bangen, ob ich wohl wisse, was Liebe sei, selbst wenn Liebe nur durch das beschrieben werden kann, was sie nicht ist. ‚Sergius, was fängt man überhaupt je mit seinem Leben an?' dachte er aus der durch die Erinnerung unverbindlich gewordene Freundschaft. ‚Gehörst du zu jenen, die es wissen?'

Und in dem schwindenden Feuer seiner Phantasie erdachte er meine Antwort über Meilen hinweg und ließ mich von ihm Abschied nehmen. ‚Denn sehen Sie', bekannte er vor sich selber, ‚ich habe die tiefste Sehnsucht des Künstlers verloren, die Sehnsucht, die uns verkündet: Wenn alles verloren ist, Liebe und Abenteuer und Selbstzufriedenheit und Mitleid, dann bleibt immer noch die Welt, die wir zu schaffen imstande sein mögen, realer für uns und für andere als all das Blendwerk, das heute entsteht und morgen vergeht. Versuche es, Sergius', dachte er, ,versuche es, jene andere Welt zu beschreiben, jene wirkliche Welt, in der Waisenkinder Waisenkinder verbrennen und nichts schwieriger ist, als einer einfachen Tatsache auf den Grund zu gehen. Und mit dem Stolz des Künstlers sollst du auf deiner kleinen Posaune der Gerechtigkeit mutig gegen die Mauern der Macht blasen, wo immer sie sich erheben sollten.'

Das war seine Rede, und sie war wohlgesetzt. Doch ich hätte ihm entgegengehalten, daß man unablässig nach guten Tagen suchen muß, denn sie sind es, die uns die Kraft geben, es immer wieder von neuem zu versuchen. Denn stoßen wir nicht auf dem Wege zum Herzen des Mysteriums immer wieder gegen die Macht der guten Manieren, der guten Sitten, der Furcht vor Ansteckung und des Begriffs der Sünde? Von den Fesseln des Schmerzes, den seichten Vergnügungspfuhlen und den öffentlichen Stimmen in unserem ach so gefühlvollen Lande gar nicht zu reden. Wenn es einen Gott gibt, und manchmal glaube ich, es gibt einen, dann bin ich sicher, er sagt: „Nur weiter so, mein Junge. Ich weiß nicht, ob ich dir helfen kann, aber diese Menschen sollen dir nicht vorschreiben, was du tun sollst."

Es gibt Stunden, in denen ich die Vermessenheit aufbringen könnte, den Herrn selber zu fragen: „Kannst du mir zustimmen, daß die Philosophie bei der sinnlichen Liebe ihren Ursprung hat?"

Doch Gott, der älteste aller Philosophen, antwortet auf seine milde, verborgene Weise: „Verstehe diese Liebe als Zeit und Zeit als die Verkettung neuer Kreise."

Da trat für einen Augenblick ein Schimmer der Sinnesfreude in meine kühle irische Seele, einer Freude, so selten wie die seltenste Träne des Mitleids, und dann lachten wir beide, denn die Botschaft, daß diese Liebe Zeit sei und Zeit die Verkettung neuer Kreise, gehört zu jenen merkwürdigen Zwiegesprächen, die uns edlen Menschen mehr als eine Nacht mit Hoffnung erhellen.